FISCHER

ANDREAS
BRANDHORST

DAS
BITCOIN
KOMPLOTT

THRILLER

FISCHER

Aus Verantwortung für die Umwelt hat sich der S. Fischer Verlag zu einer nachhaltigen Buchproduktion verpflichtet. Der bewusste Umgang mit unseren Ressourcen, der Schutz unseres Klimas und der Natur gehören zu unseren obersten Unternehmenszielen.

Gemeinsam mit unseren Partnern und Lieferanten setzen wir uns für eine klimaneutrale Buchproduktion ein, die den Erwerb von Klimazertifikaten zur Kompensation des CO_2-Ausstoßes einschließt.

Weitere Informationen finden Sie unter: www.klimaneutralerverlag.de

MIX
Papier aus verantwortungsvollen Quellen
FSC
www.fsc.org
FSC® C083411

Erschienen bei FISCHER Taschenbuch
Frankfurt am Main, März 2022

Gesamtproduktion: CPI books GmbH, Leck
Printed in Germany
ISBN 978-3-596-70719-5

»Eigentlich ist es gut, dass die Menschen der Nation unser Banken- und Geldsystem nicht verstehen. Würden sie es nämlich, so hätten wir eine Revolution noch vor morgen früh.«

Henry Ford (1863–1947), Gründer der Ford Motor Company

»Gib mir die Kontrolle über das Geld einer Nation, und es interessiert mich nicht, wer dessen Gesetze macht.«

Mayer Amschel Rothschild (1744–1812), Gründer der Rothschild-Banken-Dynastie

»Der Verfall seiner Währung ist wohl das größte Unglück, das ein Volk treffen kann. Selbst ein verlorener Krieg bringt ihm nicht so einen schweren Schaden wie der Ruin des Geldwesens.«

Alfred Lansburgh (»Argentarius« 1872–1937), Bankier, VOM GELDE

»Es gibt keine subtilere und auch keine sicherere Methode, einer Gesellschaft ihre Grundlagen zu entziehen, als die Zerstörung ihrer Währung. … und kaum einer unter einer Million versteht das wirklich.«

John Maynard Keynes (1883–1946), britischer Ökonom

PROLOG

EIN STURM braute sich zusammen, über dem Meer und auf der ganzen Welt.

Francis Forsythe beobachtete, wie sich der Himmel verfinsterte und düsteres Grau die Silhouetten der Orkney-Inseln im Norden und Nordosten verschlang. Der Wind türmte die Wellen zu hohen Brechern auf, schmetterte sie tief unten gegen die Klippen von Dunnet Head und schickte ein dumpfes Donnern zum alten Leuchtturm.

Forsythe stand neben den Spiegeln mit der Lampe, die zum letzten Mal vor einigen Jahren geleuchtet hatte. Er liebte diesen Ort hoch in Schottlands Norden. Hier konnte selbst er für einige Stunden das Drama vergessen, das sich hinter den Kulissen der Welt anbahnte.

Langsam ging er weiter, zwischen Lampe und Fensterwand, bis er Klippen und Meer auf der rechten und das karge Land auf der linken Seite hatte.

Ein kleiner Wagen weiß wie Schnee kam über das schmale graue Band der Straße und hielt auf dem Parkplatz vor dem Leuchtturm, direkt neben der silbergrauen Limousine, und aus dem weißen Wagen stieg ein Mann, Anfang dreißig, mit kurzem blonden Haar und gekleidet in einen kobaltblauen Anzug – Simon.

Für einen Moment stand er im Wind und trotzte hoch aufgerichtet den Böen. Dann ging er zur Limousine, klopfte ans Fenster der Beifahrerseite und stieg ein.

Der neue Bericht, dachte Forsythe.

Er war stehen geblieben, den nachdenklichen Blick auf den

Parkplatz gerichtet. Eine knappe Minute verging, bevor sich die Fahrertür der silbergrauen Limousine öffnete und ein würdevoller Mittsiebziger ausstieg. Anthony – Butler, Sekretär und manchmal auch eine Art Resonanzboden – sah am Leuchtturm hoch, bevor er zur Treppe ging.

Forsythe drehte sich um und blickte wieder über das stürmische Meer. Ihm blieben noch zwei oder drei Minuten, bis Anthony eintraf, bis die andere Welt zurückkehrte, die er eigentlich nie verlassen hatte.

Der Butler erschien früher als erwartet und war ein wenig außer Atem. »Simon hat den neuen Bericht gebracht, Sir. Er rät Ihnen, sich die Zahlen sofort anzusehen. Es ist sehr wichtig, betont er.«

Zahlen, dachte Forsythe und spürte, wie sich vertraute Aufregung in ihm entfaltete.

Er nickte. »Kehren wir zum Haus zurück.«

Mit seinen dicken steinernen Mauern und dem fast bis zum Boden reichenden Dach schien sich das Haus im Sturm zu ducken. Es war keine Villa, sondern ein einfaches kleines Gebäude, vor zehn Jahren von jemandem erbaut, der das schottische Hochland mochte, dem die Einsamkeit aber schon bald zu viel geworden war. Er hatte das Haus nicht weit vom Leuchtturm entfernt beim kleinen See namens Loch of Easter Head errichtet und mit allen Annehmlichkeiten ausgestattet, darunter eine Internetverbindung per Satellitenlink, aber die Stille an diesem Ort konnte schwerer sein als die großen grauen Mauersteine.

Es war Abend geworden. Der Wind warf Regen gegen die dunklen Fenster, die den Flammenschein des Kaminfeuers widerspiegelten.

Francis Forsythe saß am Feuer, in einem üppig gepolsterten breiten Sessel, und las den neuen Bericht auf seinem Tablet. Anthony und Simon hatten am Tisch Platz genommen und sprachen leise miteinander, aber er nahm sie gar nicht wahr. Zahlen sprangen ihm entgegen und erzählten spannende Geschichten. Die anderen hielten ihn für jemanden, der genau rechnete und kühl abwog, bevor er Entscheidungen traf, und das stimmte auch. Aber wenn ihm die Zahlen von ihrer Bedeutung erzählten, von ihren Zusammenhängen und Verbindungen, fühlte er sich wie ein Kind, das ein aufregendes Buch las.

Er fragte sich, ob es dem jungen, adretten und hochintelligenten Simon ähnlich erging, wenn er mit seinen Analysen und Bewertungen beschäftigt war. Vielleicht brauchte man ein besonderes Talent, um die Stimme der Zahlen zu hören.

Mit knappen Wischbewegungen blätterte Forsythe durch den Bericht und folgte der Geschichte vom bevorstehenden Ende der Welt. Eine Stunde verging, dann eine zweite. Gelegentlich verließ Anthony seinen Platz am Tisch und legte Feuerholz nach. Simon wartete geduldig.

Schließlich ließ Forsythe das Tablet sinken und klappte die Schutzabdeckung zu. Nachdenklich blickte er in den Kamin und beobachtete den Tanz der Flammen.

»Nun?«, fragte der junge Simon, als er seine Neugier nicht mehr im Zaum halten konnte. »Wie beurteilen Sie die Situation, Mister Forsythe?«

Der ließ sich einige Sekunden Zeit, bevor er antwortete: »Was ist Ihre Meinung, Simon?«

Anthony saß dem jungen Analysten gegenüber, trank einen Schluck Tee und hörte aufmerksam zu.

»Die Situation ist ernst«, sagte Simon. »Die Regierungen müssen umgehend handeln. Ich habe bereits offizielle Empfehlungen vorbereitet. Nächste Woche beim G20-Gipfel in Paris …«

Er unterbrach sich, als Forsythe den Kopf schüttelte.

»Seit wann arbeiten Sie für Amethyst Prognosis, Simon? Seit zwei Jahren, nicht wahr?«

»Sie haben mich vor zwei Jahren und drei Monaten in Ihr Team geholt, Sir.«

»Weil Sie ein guter Analyst sind. Fast hätte Whitestone Sie mir weggeschnappt.« Forsythe gestattete sich ein kurzes Lächeln. »Sie haben einen sehr klaren Blick für die einzelnen Bilder. Doch manchmal kommt es nicht so sehr auf die Details an, sondern auf das gröbere Raster des großen Bilds.«

»Sie meinen die makroökonomischen Zusammenhänge?«

»Ich meine noch viel mehr als das.«

»Das Knäuel«, warf Anthony ein.

Forsythe nickte.

»So nennt Mister Forsythe das größte der großen Bilder, das Gesamtbild«, erklärte Anthony dem jungen Simon.

»Ein Knäuel«, bestätigte Forsythe. »Mit vielen Knoten, kaum zu entwirren. Wem es gelingt, ins Innere dieses Knäuels zu schauen ...«

»... der ist anderen Beraterfirmen und Investmentfonds gegenüber im Vorteil«, spekulierte Simon.

»Denn er weiß, was geschehen wird. An den Börsen. Am Aktienmarkt. In der Politik. Überall auf der Welt.«

»Was haben Sie gesehen?«, fragte Simon. »Was wird geschehen?«

Forsythe blickte erneut ins Feuer. Der Butler kannte seinen Herrn gut und hatte verstanden. »Wie schlimm ist es, Sir?«

»Noch schlimmer, als ich bisher befürchtet habe«, sagte Forsythe ernst. »Die alte Welt geht zu Ende. Wir haben oft über den Zusammenbruch gesprochen, Anthony. Als eine Möglichkeit.«

»Als Hypothese, Sir. Als ein Schreckensbild.«

Forsythe seufzte schwer. »Manchmal werden Albträume wahr.«

Simon sah ihn aus großen Augen an.

»Wie viel Zeit bleibt uns noch, Sir?«, fragte Anthony.

»Einige wenige Wochen. Vielleicht ein paar Monate oder ein Jahr, wenn die Regierungen die drastischen Maßnahmen ergreifen, die wir ihnen empfehlen werden. Aber sie können die Lawine nur verlangsamen, nicht aufhalten.« Forsythe stand auf. Wind und Regen hatten offenbar nachgelassen. Die Fenster waren dunkel und still. »Geben Sie den anderen Bescheid, Anthony. Wir müssen uns so bald wie möglich treffen.«

»Soll ich sie herbestellen, Mister Forsythe?«, fragte der Butler und erhob sich ebenfalls.

»Nein, es würde zu lange dauern, bis alle hier sind. Wir brechen sofort auf und fahren zurück nach London. Dort werden die Sieben beraten, wie man die Welt vielleicht noch retten kann.«

MARTIN FREEMAN

1

MARTIN HÖRTE, wie sich hinter ihm die Tür des großen Arbeitszimmers öffnete.

»Wie sieht's aus?«, fragte seine Schwester Jasmin.

Er drehte sich halb um. Barfuß stand sie da, das blonde Haar struppig, der türkisblaue kaftanartige Kittel voller Flecken. Die großen nussbraunen Augen hatten ihren Glanz verloren, und sie war noch etwas blasser als sonst.

»Hast du die ganze Nacht gemalt?«, fragte Martin.

»Ein neues Bild«, sagte sie und kam einige Schritte näher. »Vielleicht krieg ich's diesmal richtig hin.« Sie deutete auf den breiten, gewölbten Monitor, der fast von einer Seite des Schreibtischs zur anderen reichte. »Wie ist die Lage? Müssen wir die Villa verkaufen?« Jasmin lächelte schief. Vom Trading verstand sie nicht viel.

»Es ist alles in Ordnung. Die Kurse steigen.« Martin wies nicht darauf hin, dass einige der Altcoins stark gesunken waren. Er verdankte es nur einer rechtzeitig platzierten Verkaufsorder, dass sich seine Verluste in Grenzen hielten. Aber der Bitcoin stieg, und nur das zählte.

»Irgendwann verzockst du dich, und dann ist Schluss«, befürchtete Jasmin.

»Mach dir keine Sorgen. Wir können weiterhin hier wohnen.« Martin fügte seinen Worten eine Geste hinzu, die dem ganzen Anwesen galt: der Villa mit Blick auf den Genfer See, die ihre Eltern gebaut hatten, den drei Nebengebäuden und dem großen parkartigen Garten.

»Manchmal frage ich mich, ob du nicht einfach nur Glück hast.«

Martin lachte kurz. »Glück gehört dazu«, sagte er und dachte: Aber das Glück ist ein unzuverlässiger Verbündeter.

Jasmin stand wie verloren da. »Es ist seltsam. Du verdienst viel Geld mit Trading, möchtest aber jemand anders sein, ein berühmter Buchautor. Und ich ...« Sie verzog das Gesicht. »Ich weiß gar nicht, wer ich bin und wer ich sein möchte.«

Plötzlich wusste Martin, warum seine Schwester zu ihm gekommen war. Er stand auf, ging zu ihr und umarmte sie.

»Du bist Jasmin«, sprach er leise in ihr Ohr. »Und du wirst eine große Malerin sein. Aber jetzt ...« Er wich ein wenig zurück und hielt sie an den Schultern. »Geh schlafen.«

»Möchtest du das Bild sehen?«

Ihm blieb noch eine Stunde bis zu dem Treffen, das er am vergangenen Abend vereinbart hatte. Zeit genug.

Jasmin führte ihn in ihr Atelier. Das Fenster bot Blick in den Garten hinter der Villa. Hohe Bäume, Eichen und Buchen, spendeten im Sommer angenehmen Schatten. Der Herbst hatte ihre Farben verändert, sie schienen ein buntes Gewand zu tragen.

Auf mehreren fleckigen Werktischen lagen Tuben, Blätter mit Entwürfen, manche von ihnen halb zerknüllt, und zahlreiche Pinsel. Ein kleinerer runder Tisch blieb Paletten vorbehalten, einige von ihnen aus poliertem Holz, die anderen aus Porzellan oder Metall. Farbspritzer bedeckten die weißen und beigefarbenen Wände – Jasmin hatte mit ihnen ein »skurriles Ambiente« schaffen wollen.

Die Leinwand auf der Staffelei am Fenster präsentierte vor allem rote, gelbe und braune Farbtöne, darin eingebettet ein Gesicht mit weit aufgerissenen Augen und den Mund zu einem Schrei geöffnet.

Martin betrachtete es eine Zeitlang.

Jasmin sah ihn von der Seite an. »Na? Was sagst du?«

Unbehagen erfasste Martin. »Nicht schlecht. Ich meine, ziemlich gut. Hast du dich von Edvard Munch inspirieren lassen?«

»Munch?«

»Das Bild ähnelt ein bisschen dem *Schrei.*«

Jasmin starrte auf die Leinwand.

»Wen stellt es da?«, fragte Martin. »Wer schreit dort?«

Seine Schwester antwortete nicht. Sie hatte plötzlich Tränen in den Augen.

»Es ist ein gutes Bild«, sagte Martin. »Sehr ausdrucksvoll.« Er legte ihr den Arm um die Schultern. »Komm.«

Er führte sie in ihr Zimmer, das wie immer den Eindruck erweckte, als wäre es seit Tagen nicht aufgeräumt worden. Laken und Decke waren so zerwühlt, als hätte im Bett ein Kampf stattgefunden.

Jasmin sank auf die Matratze, ohne dass er nachhelfen musste. Als er sie zudeckte, hatte sie bereits die Augen geschlossen, und für einen Moment dachte er, dass sie eingeschlafen war, erschöpft nach der langen Nacht. Doch dann hob sie plötzlich die Lider und sah zu ihm hoch.

»Ich habe mich selbst gemalt«, sagte Jasmin.

»Schlaf jetzt.« Er zog ihr die Decke hoch bis zum Kinn. »Es wird alles gut.«

Jasmin schloss wieder die Augen, und eine Minute später schlief sie tatsächlich.

Martin sah auf sie hinab. Die meiste Zeit über ging es ihr gut, aber manchmal pendelte ihre Stimmung innerhalb kurzer Zeit wie bei einer bipolaren Störung zwischen Euphorie und Depression. Nicht zum ersten Mal fragte er sich, ob sie ärztliche Hilfe brauchte.

Er kehrte ins Arbeitszimmer zurück, aber seine Gedanken blieben bei Jasmin.

Begonnen hatte es vor vier Jahren, kurz nach dem tragischen Autounfall, dem ihre Eltern zum Opfer gefallen waren. Zwei Tote, ein Schwerverletzter, er selbst; Jasmin hatte nur leichte Verletzungen erlitten. Vielleicht fühlte sie sich schuldig, weil sie mit ein paar Schrammen davongekommen war. Ihre Flucht in die Malerei nahm Martin hin, denn das geerbte Vermögen gab ihnen beiden genug Spielraum.

Stellte das Bild, das sie in der vergangenen Nacht gemalt hatte, eine Warnung dar? Und wenn ja, wovor warnte es?

Martin verscheuchte die düsteren Gedanken. Ein wichtiges Treffen stand bevor, ein Gespräch mit Vincent Moreau, einem Broker mit einer Vergangenheit, in der es einige dunkle Stellen gab. Von ihm erhoffte er sich wichtige Informationen über einen Mann, der zur Legende geworden war: Satoshi Nakamoto.

2

»WOHER HABEN Sie meine Telefonnummer?«, fragte Vincent Moreau. »Sie ist nicht gerade allgemein bekannt.«

Sie saßen in einem kleinen Café beim Park der Universität von Genf. An den anderen Tischen drängten sich junge Leute, die meisten von ihnen vermutlich Studenten. Nur einige wenige trugen Atemmasken mit Cartoon-Motiven, sicheres Zeichen einer überfälligen Sars-Impfung; gerade in der Schweiz nahm man diese Regeln sehr ernst. Andere präsentierten das Zeichen der erneuerten Impfung ganz offen, ein kleines blaues oder rotes Dreieck an der Schläfe oder auf dem Handrücken. Es ermöglichte gewisse Vergünstigungen und Privilegien, zum Beispiel beim Besuch öffentlicher Veranstaltungen. Fälschungen waren nur unter großem Aufwand möglich, denn die winzigen Striche und Punkte, aus denen das Dreiecksmuster bestand, bildeten einen Mikrocode, der sich mit einem Scanner leicht überprüfen ließ.

»Ihr Name stand auf einer Liste, die zum Vermächtnis meines Vaters gehörte«, antwortete Martin, was nur die halbe Wahrheit war oder vielleicht nur ein paar Prozent davon, zumal Moreaus aktuelle geheime Telefonnummer ganz gewiss nicht auf dieser Liste stand. Auf seine besonderen Kontakte wies Martin jedoch nicht hin, die sollten sein Geheimnis bleiben.

Moreau musterte ihn. Er war ein unauffälliger Mann Anfang sechzig, mit Halbglatze und so schlank, dass er fast dürr wirkte. Nichts an ihm verriet, dass er zu den bedeutendsten Finanzjongleuren der Schweiz und vielleicht in ganz Europa gehörte.

»Ich hoffe, es war keine schwarze Liste«, sagte er ruhig. »Sie ähneln ihm. Die Augen und das Kinn erinnern mich an David. Gott sei seiner Seele gnädig. Mein Beileid.«

Das klang irgendwie seltsam, fand Martin.

»Doppeltes Beileid«, fügte Moreau hinzu. »Ihre Mutter kam bei dem Unglück ebenfalls ums Leben, nicht wahr? Sie sind noch jung, es muss Sie ziemlich hart getroffen haben.«

»Es war schwer, insbesondere für meine Schwester. Aber wir sind darüber hinweg.«

Moreau lehnte sich zurück, mit beiden Händen an der Tischkante, und musterte ihn erneut. »Warum haben Sie mich angerufen, Mister Freeman? Oder sollte ich besser ›Herr‹ Freeman sagen? Als was fühlen Sie sich? Als Amerikaner wie Ihr Vater? Als Deutscher wie Ihre Mutter Katharina? Oder vielleicht als Schweizer, weil Sie hier in Genf aufgewachsen sind?«

»Ich fühle mich als Mensch«, sagte Martin und kam zum Thema zurück. »Sie haben vor Jahren mit meinem Vater zusammengearbeitet, bei Bordier & Cie, einer der letzten großen Privatbanken in der Schweiz.«

»So groß ist sie eigentlich gar nicht«, wandte Moreau ein. »Sie hat nur noch sieben Geschäftsstellen, soweit ich weiß, und die Anzahl der Mitarbeiter ist auf knapp zweihundert geschrumpft.«

»Aber das verwaltete Vermögen ist in den letzten Jahren gestiegen«, hielt Martin dagegen. »Von knapp dreizehn Milliarden Franken auf zwanzig, der größte Teil davon in Investmentfonds.

Und seit der europäischen Deregulierung auch in Kryptowährungen.«

»Zwanzig Milliarden«, wiederholte Moreau. »Im internationalen Maßstab sind das Peanuts.«

»Es hat schon mal jemand von Peanuts gesprochen und ist damit gehörig ins Fettnäpfchen getreten«, erinnerte Martin.

Moreau nickte kurz. »Hilmar Kopper im April 1994, wenn ich mich richtig erinnere. Damals war er Aufsichtsratsvorsitzender der Deutschen Bank. 2007 holte er den späteren neuen Aufsichtsratsvorsitzenden Josef Ackermann in die Firma.«

»Ein Fettnäpfchentreter gab dem anderen die Klinke in die Hand.«

»So könnte man es nennen, Mister Freeman. Das Victory-Zeichen hätte sich Ackermann damals nach der Gerichtsverhandlung sparen können, es war wirklich dumm.« Dass sich Moreau so genau daran erinnern konnte, war für Martin ein Hinweis dafür, dass der Mann Anfang sechzig zu dieser Zeit schon im Geschäft gewesen war.

Moreau zögerte kurz. »Sie haben mir noch immer nicht gesagt, warum Sie sich unbedingt mit mir treffen wollten.«

Martin sah sich um. An den anderen Tischen wurde laut gesprochen und gelacht, und die beiden Kellnerinnen bewegten sich wie in einem schnellen Tanz, während sie den Gästen Kaffee und Brioches brachten.

Ein Mann in mittleren Jahren betrat das Café, mit grau meliertem Haar, hoher Stirn und schmalen Wangen. Er trug eine cremefarbene Stoffhose, ein Flanellhemd und eine hellbraune Lederjacke, und an der rechten Schläfe zeigte sich ein daumennagelgroßes karmesinrotes Impfzeichen. Er ging zu dem kleinen Ecktisch, der gerade frei geworden war, setzte sich und bestellte Kaffee und Kuchen.

»Als Sie und mein Vater Bordier & Cie verließen, kam es zu einem Skandal«, nahm Martin das Gespräch wieder auf.

In Moreaus Gesicht kam es zu einer subtilen Veränderung. Er zog die Hände von der Tischkante und legte sie so auf die Armlehnen des Stuhls, als wollte er aufstehen. »Wenn es Ihnen darum geht, vergeuden Sie meine Zeit.«

»Nein, bitte, bleiben Sie sitzen. Darum geht es mir nicht. Ich meine, es gab damals Verhandlungen und Vergleiche, mein Vater hat viel Geld verloren …«

»Das ist nicht meine Schuld«, betonte Moreau.

»Ich werfe Ihnen nichts vor«, versicherte Martin. »Bitcoin. Darum geht es mir. Ich schreibe ein Buch darüber.«

»Das haben Sie am Telefon erwähnt. Ein Buch über Bitcoin. Das ist alles?«

»Es wird ein sehr wichtiges Buch.« Es klang fast so, als wollte er sich selbst davon überzeugen. »Ich erkläre darin die Gründe, warum der Bitcoin schon bald den US-Dollar als Leitwährung der Welt ablösen wird. Und ich habe vor, die Identität von Satoshi Nakamoto zu enthüllen.«

Moreau schwieg einige Sekunden. »Und deshalb wenden Sie sich an mich?«

»Sie und mein Vater gehörten zu den ersten Bankern, die nach der Deregulierung mit Bitcoins gearbeitet haben. Der damalige Skandal hatte ebenfalls damit zu tun. Nein, nein«, sagte Martin schnell, »ich will Sie nicht danach befragen, versprochen. Mir geht es vor allem um den Bitcoin und Nakamoto. Es heißt, dass Sie Kontakt zu ihm hatten. 2009, als alles begann.«

»Wer sagt das?«, fragte Vincent Moreau.

Martin zog ein kleines Tablet aus der Jackentasche, kaum größer als ein Smartphone, klappte es wie ein Buch auf und drehte es, damit Moreau das Display sehen konnte.

»Was ist das?«

»Ein Forumsbeitrag, den ein gewisser ›1966nextworld‹ geschrieben hat und in dem er ein Gespräch mit ›Satoshi N.‹ erwähnt.«

Moreau zuckte mit den Schultern. »Was habe ich damit zu tun?«

»Das Testament meines Vaters enthielt mehrere Passwörter, die mir vollständigen Zugriff auf seine Computer gaben«, erklärte Martin. »Zum Glück, denn andernfalls wären die Private Keys und damit seine Bitcoins für immer verloren gewesen. In mehreren Dateien fand ich Aufzeichnungen von Forumsbeiträgen und Gesprächen in verschlüsselten Chatrooms. Einige Beiträge bringen Sie mit dem Nickname ›1966nextworld‹ in Verbindung.«

Wieder schwieg Moreau einige Sekunden lang.

»Interessant«, sagte er schließlich. »Was haben Sie sonst noch in den Computern Ihres Vaters entdeckt?«

»Haben Sie Satoshi Nakamoto damals kennengelernt?«, fragte Martin. »Wissen Sie, wer er ist oder war?«

Moreau überlegte. »Was wissen Sie über Bitcoin, Mister Freeman?«

»Ich weiß genug darüber, um damit zu traden«, lautete die verärgerte Antwort.

»Was wissen Sie von den Anfängen?«

Martin fragte sich, ob Moreau ihn auf die Probe stellen wollte.

»Satoshi Nakamoto hat den Bitcoin erfunden, im Jahr 2008, vermutlich unter dem Eindruck der Weltwirtschaftskrise, ausgelöst durch die Pleite der Investmentbank Lehman Brothers ein Jahr zuvor. Ich nehme an, er plante den Bitcoin als eine Art Gegenentwurf zum vorherrschenden Währungssystem, denn der Bitcoin unterliegt keiner staatlichen Kontrolle.«

»Digitales Gold«, sagte Vincent Moreau. »Eine harte Währung, die den Menschen Sicherheit und Schutz bieten soll. Eine Möglichkeit, Vermögen in Zeiten von hoher Inflation des Fiatgeldes, also des gewöhnlichen Geldes, zu bewahren. Eine Zuflucht für alle, die Ruin und Armut fürchten.«

»Eine Revolution«, sagte Martin. »Geld, das seinen Wert behält, weil es nicht von irgendwelchen Zentralbanken nach Belieben gedruckt werden kann. Demokratisches Geld, auf das staatliche Organe keinen Einfluss nehmen können. 2008 veröffentlichte

Satoshi Nakamoto sein Bitcoin-White-Paper, und ein Jahr später kam es zur Implementierung einer Open-Source-Software, der Blockchain, einer Art digitalem Kassenbuch, in dem alle Transaktionen verzeichnet und validiert werden. Damit war der Bitcoin geboren.«

»Es war keine leichte Geburt«, entgegnete Moreau. »Eine Zeitlang dümpelte der Bitcoin vor sich hin. Kaum jemand interessierte sich dafür. Kennen Sie die Geschichte von den beiden großen Pizzen?«

Martin nickte. »Die erste Bitcoin-Transaktion, die ein physisches Gut betraf.« Dafür brauchte er keine Gedächtnisstütze, er steckte das Tablet wieder ein. »Am 18. Mai 2010 schrieb jemand namens Laszlo im ›Bitcoin Forum‹: ›Ich werde 10 000 Bitcoin für zwei große Pizzen zahlen.‹ Er fügte an, dass die Pizzen auch zu ihm geliefert werden sollten und welche Zutaten er wünschte. Laszlo fand die Vorstellung cool, etwas mit Bitcoin kaufen zu können, mehr steckte nicht dahinter. Am 22. Mai berichtete er im Forum vom erfolgreichen Kauf der beiden Pizzen für zehntausend Bitcoin. Damit ging er in die Geschichte ein, denn zum ersten Mal war etwas mit Bitcoin gekauft worden. Besser und klüger wäre es gewesen, hätte Laszlo seine zehntausend Bitcoin zur Seite gelegt und gewartet – sie wären heute gut eine Milliarde US-Dollar wert.«

»Wäre die große Spekulationsblase vor drei Jahren nicht geplatzt, wären sie noch viel mehr wert«, sagte Moreau. »Die Marktkapitalisierung des Bitcoin stieg auf vier Billionen Dollar. Heute liegt sie bei etwa zweieinhalb Billionen. Laszlo war ein dummer Mann ohne Weitblick.«

»Wer immer damals Bitcoins gekauft und behalten hat, ist heute reich«, fuhr Martin fort. »Das gilt insbesondere für Satoshi Nakamoto. 2009 und 2010 hat er über eine Million Bitcoin geschürft. Insgesamt sollen sich 1 125 150 in seinem Besitz befinden, mehr als hundert Milliarden US-Dollar nach dem aktuellen Kurs. Sind das ebenfalls Peanuts, Monsieur Moreau? Es wäre genug, um so manchen Staatshaushalt zu sanieren!«

Vincent Moreau schwieg. Sein Gesicht gab nichts preis.

»Niemand weiß, wer hinter dem Namen Satoshi Nakamoto steckt, der wahrscheinlich ein Pseudonym ist«, sprach Martin weiter. »Nakamoto trat nie an die Öffentlichkeit, gab sich nie zu erkennen. Er wurde zur Legende. Andere versuchten, Nakamotos Ruhm und Reichtum für sich zu beanspruchen, zum Beispiel Craig Wright, Jörg Molt und einige andere. Aber sie alle wurden als Betrüger entlarvt.«

Moreau sah ihm in die Augen. »Haben Sie es darauf abgesehen? Auf Ruhm und Reichtum?«

»Ich behaupte nicht, Nakamoto zu sein.«

»Aber Sie würden gern herausfinden, wer er ist«, sagte Moreau. »Deshalb haben Sie mich angerufen und um ein Treffen gebeten. Sie möchten in Ihrem Buch Nakamotos Identität enthüllen und *dadurch* berühmt werden.«

»Es wäre ein Knüller«, gestand Martin. »Es würde dem Buch zweifellos zum Erfolg verhelfen.«

»Aber vielleicht gehen Ihre Hoffnungen noch weiter«, spekulierte Moreau. »Vielleicht glauben Sie, Zugang zu über einer Million Bitcoin zu erhalten, wenn es Ihnen gelingt, Satoshi Nakamoto zu identifizieren.«

»Nein«, widersprach Martin, »ich habe es nicht auf sein Geld abgesehen. Mein Vater hat mir genug Bitcoins hinterlassen.«

»Solange der Kurs steigt, ist alles in bester Ordnung.« Moreau beugte sich vor und trank den Rest seines kalt gewordenen Kaffees. »Aber wenn es erneut zu einem Kursrutsch kommt wie vor drei Jahren, sähe die Sache anders aus, nicht wahr? Ein guter Trader sollte eine solche Möglichkeit nie außer Acht lassen. Außerdem liebt Ihre Schwester teure Einkäufe. Wenn sie sich schlecht fühlt, was gelegentlich passiert, macht sie eine Tour durch die nobelsten Boutiquen von Genf. Wie lange können Sie das noch bezahlen?«

Es gefiel Martin ganz und gar nicht, was er da hörte. »Haben Sie mich ausspioniert?«

»Oh, ›ausspioniert‹ ist ein dummes Wort, Mister Freeman. Ich habe mich informiert, weil ich gern über die Menschen Bescheid weiß, mit denen ich mich an einen Tisch setze.«

Er wollte das Gespräch beenden und gehen, Martin spürte es.

»Haben Sie Nakamoto gekannt?«, fragte er schnell. »Lebt er noch? Wissen Sie, wie ich ihn erreichen kann?«

»Ich fürchte, Sie haben sich zu viel von mir versprochen, Mister Freeman. Ich weiß nicht, wer Satoshi Nakamoto ist. Ich weiß nicht einmal, ob er noch lebt. Aber ich bin nicht ganz mit leeren Händen gekommen.« Er holte seine Brieftasche hervor, entnahm ihr einen kleinen, gefalteten Umschlag und legte ihn auf den Tisch. »Das habe ich Ihnen mitgebracht.«

Martin nahm den Umschlag und öffnete ihn. Er enthielt eine SD-Karte.

»Eine kleine Hommage an Ihren Vater. Ein Dankeschön für einen Gefallen, den er mir damals getan hat, für eine Information, ohne die ich nicht hier säße. Die Daten auf der Karte ermöglichen Ihnen einen Blick in die nahe Zukunft. Die Deutsche Bank, über die wir vorhin gesprochen haben, spielt dabei übrigens eine nicht unbeträchtliche Rolle.«

Moreau stand auf.

»Vielleicht können Sie die Daten für Ihr Buch verwenden«, fügte er hinzu. »Oder dazu, den Rest Ihres Vermögens in Sicherheit zu bringen. Leben Sie wohl, Mister Freeman.«

Damit ging er, bezahlte am Tresen und verließ das Café.

Martin sah ihm nach, steckte den Umschlag in die Jackentasche und machte sich auf den Heimweg.

Der Mann mit dem grau melierten Haar wartete eine halbe Minute, nachdem Martin das Café verlassen hatte. Dann legte er eine Banknote auf den Tisch, stand auf und trat nach draußen.

Ein kühler Herbstwind rauschte in den Baumwipfeln des Universitätsparks.

Der Mann knöpfte sich seine Lederjacke zu, schlug den Kragen hoch, hob sein Smartphone ans Ohr und erstattete Bericht.

DIE SIEBEN – FRANCIS FORSYTHE

3

DER HIMMEL über London wurde dunkel und die Stadt zum Lichtermeer.

Im achten Stock eines vor wenigen Jahren errichteten Büroturms saß Francis Forsythe mit dem Rücken zum Fenster an seinem Schreibtisch. Die drei großen Computermonitore vor ihm zeigten letzte Berichte und den Plan, den er selbst entwickelt hatte und den er in wenigen Minuten den Sieben präsentieren wollte. Es war kein perfekter Plan, einige Schwachstellen ließen sich nicht leugnen, aber Forsythe hielt die Risiken für vertretbar.

»Sir?«

Anthony hatte das Büro betreten, nachdem er kurz angeklopft hatte. In einem dunkelgrauen Anzug stand er da, wie immer in eine Aura der Würde gehüllt.

»Sind alle anwesend?«, fragte Forsythe.

»Ja, Sir. Sie warten im Konferenzraum.«

»Lassen Sie das Buffet eröffnen, Anthony.«

»Das habe ich bereits veranlasst, Sir.«

»Wer kam als Erster, wer als Letzter?«, fragte Forsythe.

»Mister Kowalkow traf zwanzig Minuten vor den anderen ein und führte mehrere Telefongespräche über eine sichere Verbindung«, antwortete Anthony. »Miss Xanadu kam drei Minuten nach den anderen.«

Manchmal gab die Reihenfolge des Eintreffens Auskunft über die Hierarchie. »Hat sie etwas dabei?«

»Sie trägt Computerlinsen und einen Mikrotransponder im linken Ohr.«

»Xanadu kommt nie ohne ihr kleines Spielzeug«, bemerkte Forsythe. »Ich nehme an, im Showroom ist alles bereit?«

»Seit einer Stunde, Sir.«

»Gut.« Forsythe nickte.

Anthony ging zur Tür, seine Schritte lautlos auf dem dicken Teppich.

»Wie ist die Stimmung bei den anderen?«, schickte ihm Forsythe hinterher.

Der Butler blieb stehen und drehte sich um. »Erwartungsvoll, Sir.«

»Haben Sie einen Rat für mich, Anthony?« Diese Frage stellte er nicht zum ersten Mal. Anthony Wilkinson, Butler und Sekretär, war manchmal auch Berater und sogar ein Freund.

Anthony überlegte. »Die anderen kennen natürlich die Berichte, aber ich glaube, sie alle sehen nur Teile des großen Bildes und werden überrascht sein. Mein Rat lautet: Folgen Sie Ihrem Weg, Sir.«

Forsythe stand auf. »Sagen Sie ihnen, dass ich in einer halben Stunde da sein werde. Sie sollen das Buffet genießen.«

»Sehr wohl, Sir.« Anthony verließ das Büro und schloss die Tür hinter sich.

Francis Forsythe wandte sich vom Schreibtisch ab, trat zum Fenster und sah über die Stadt. Die Londoner Filiale von Amethyst Prognosis befand sich im elften Stock eines Büroturms in der City, unweit der St Mary Axe, wo sich »The Gherkin« erhob, die »Gewürzgurke«, ein hundertachtzig Meter hoher Wolkenkratzer, entworfen vom Architekten Norman Foster, dem die Deutschen die neue Reichstagskuppel und die Franzosen das Viaduc de Millau verdankten. Für Forsythe hatte »The Gherkin« nie wie eine Gurke ausgesehen, eher wie eine futuristische Rakete, bereit zu einer langen Reise und der Erforschung fremder Welten. In früheren Jahren hatte er, wenn er nicht mit Zahlen und Analysen beschäftigt war, darüber phantasiert, mit dem Raumschiff aufzubrechen, das sich nur wenige Hundert Meter entfernt erhob.

Forsythe betrachtete den Lichterteppich und dachte an die Millionen Menschen, die in London ihr Leben lebten, ohne etwas von dem Abgrund zu ahnen, vor dem sie alle standen. Nach dem Austritt aus der Europäischen Union erholte sich London, und mit der Metropole erholten sich auch die Regionen, die vom einstigen United Kingdom übrig geblieben waren. Unabhängigkeit und steuerliche Vergünstigungen waren zum Fundament eines anhaltenden Aufschwungs geworden.

Viele der Menschen dort draußen glaubten, das Schlimmste überstanden zu haben, aber sie irrten sich. Das Schlimmste stand erst noch bevor, und es hatte nichts mit der EU zu tun.

Forsythe kehrte zum Schreibtisch zurück, sah sich noch einmal den Plan an und übertrug die Daten schließlich in sein Tablet. Dann fuhr er den Computer herunter und machte sich auf den Weg.

Zwei Minuten vor Ablauf der halben Stunde betrat er den Konferenzraum.

4

»**MEINE DAMEN** und Herren, ich grüße Sie«, sagte Francis Forsythe mit einem freundlichen Lächeln.

Zwei seiner Gäste – Jurij Kowalkow aus Russland, der als Erster eingetroffen war, und Desna Laghari aus Indien – saßen mit Tellern und Gläsern am runden Tisch in der Mitte des etwa vierzig Quadratmeter großen Konferenzraums. Drei weitere – Jiang Taiji aus China, Pauline Laurent aus Kanada und Samuel »Sammy« Winster aus den USA – standen am Buffet, wählten Leckerbissen aus und ließen sich dabei von den beiden Kellnern beraten. Xanadu betrachtete die bunten tropischen Fische im großen Aquarium an der linken Wand.

»Sie haben sich Zeit gelassen«, knurrte Jurij, der manchmal

sehr direkt sein konnte. Die tiefe Stimme schien nicht recht zu dem kleinen, blassen Mann zu passen, der vor wenigen Wochen in Moskau seinen sechzigsten Geburtstag gefeiert hatte. Forsythe kannte ihn als Drahtzieher zwischen Kreml, Oligarchen und den russischen Geheimdiensten. Er tanzte auf gefährlichem Parkett, ohne jemals ins Straucheln zu geraten.

Forsythe deutete eine Verbeugung an. »Dafür bitte ich ausdrücklich um Entschuldigung. Es war gut investierte Zeit, wenn ich so sagen darf.«

»Was ist so wichtig, dass Sie ein persönliches Treffen für notwendig halten, Mister Forsythe?«, fragte Pauline. In der linken Hand hielt sie inzwischen einen Teller mit verschiedenen Meeresfrüchten und dunklen Oliven. Eine von ihnen spießte sie mit einer kleinen silbernen Gabel auf, steckte sie in den Mund und sah Forsythe mit gewölbten Brauen an.

Mit ihren siebenundfünfzig Jahren war sie noch immer eine sehr schöne Frau, auf eine unaufdringliche, zurückhaltende Art. Sie trug einen dunkelgrünen Hosenanzug, der gut zu ihrem schulterlangen schwarzen Haar passte. An der schlichten Halskette hing ein unauffälliger, in Gold eingefasster Edelstein klar wie Glas. Forsythe vermutete, dass es sich um einen Diamanten handelte, vielleicht mehrere Millionen Neue Britische Pfund wert. Pauline Laurent liebte teuren, unauffälligen Schmuck. Es war vielleicht ihre einzige Schwäche.

Unter der Ägide ihrer Familie war CanCore zum größten Rohstoffkonzern der Welt geworden, mit einem Börsenwert von hundertfünfzig Milliarden US-Dollar. Zwanzig Jahre lang hatte Pauline Laurent als Aufsichtsratsvorsitzende die Geschicke von Canadian Core geleitet und mit Zink, Nickel, Kobalt, Blei, Uran und nicht zuletzt Diamanten, die in ihrem Leben eine besondere Rolle spielten, viel Geld verdient und wichtige Kontakte in Wirtschaft und Politik überall auf der Welt geknüpft. Doch Pauline hatte schon früh die Zeichen der Zeit erkannt und auch Anteile an Unternehmen außerhalb der Rohstoffmärkte erworben, um CanCore künftigen Krisen gegenüber zu wappnen.

Vor einigen Jahren war sie in den Ruhestand gegangen, hatte aber weiterhin erheblichen Einfluss auf die Geschäftsführung und gehörte nach wie vor zu den Personen, deren Entscheidungen Folgen für die ganze Weltwirtschaft nach sich zogen. Vor allem ihr Netz aus wichtigen Kontakten machte sie zu einem Angelpunkt von Industrie und Politik, zumal sie Freundschaften zu Staatspräsidenten und Premierministern rund um den Globus pflegte, dabei jedoch darauf achtete, immer im Hintergrund zu bleiben.

»Was auch immer der Grund sein mag, ich bin sehr dankbar für die Einladung«, verkündete Samuel »Sammy« Winster aus New York fröhlich. »Sie gab mir Gelegenheit, eine kleine Auszeit zu nehmen und noch einmal diese wundervolle Stadt zu besuchen.«

Forsythe nickte ihm zu. Mit seinen neununddreißig Jahren war Winster der Jüngste der Sieben, ein extrovertierter Mann, der gern lächelte und lachte. Doch in seinen Augen verbarg sich eine dunkle Tiefe, erkennbar nur für jemanden, der es verstand, hinter die Maske zu blicken.

Sammy Winster war Vorstandsvorsitzender von Whitestone, des größten Vermögensverwalters der Welt. Er gebot über siebzehn Billionen US-Dollar, mehr als das Bruttoinlandsprodukt der Europäischen Union, ein großer Teil davon angelegt in Pensionsfonds und ETFs, börsengehandelten Fonds.

Winster hatte vor zwei Jahren die Nachfolge von Salomon Fray angetreten, des Mannes, der Whitestone 1988 gegründet hatte und auf mysteriöse Weise ums Leben gekommen war. Böse Zungen behaupteten, dass Winster hinter Frays plötzlichem Tod steckte, aber die Erben und Konkurrenten hatten ihm nichts nachweisen können.

»Es gibt viel zu sehen in London«, sagte Forsythe unverbindlich. »Aber zuerst werden Sie *hier* etwas zu sehen bekommen.«

»Das klingt interessant«, sagte Desna Laghari und untermalte ihre Worte mit einem sanften Lächeln. Die schlanke Inderin trug einen opalblauen Sari und war einundfünfzig Jahre alt. Forsythe verglich sie mit einer hübschen Blume, die zu verblühen begann. Von Delhi aus leitete sie »GoWi« beziehungsweise »Golden Wisdom«, einen Investmentfonds, dem die neue große Mittelschicht Indiens ihr Geld anvertraute. Außerdem war sie Erbin der Laghari-Holding mit Anteilen an den wichtigsten Industrien in Indien und Südostasien.

Desna Lagharis Einfluss auf Asiens Wirtschaft war fast ebenso groß wie der des schweigsamen achtundvierzig Jahre alten Jiang Taiji aus Peking, von dem es hieß, dass sich der chinesische Aktienmarkt so entwickelte, wie er es wollte. Er leitete »Shuguang«, was in Mandarin »Morgenröte« bedeutete: ein Konsortium aus zweiundneunzig großen Unternehmen, dem sich auch Huawei und Alibaba angeschlossen hatten. Vermutlich hatte Jiang Taiji auch direkte Verbindungen in den chinesischen Staatsapparat, aber wenn es deshalb in ihm zu Loyalitätskonflikten kam, ließ er sich nichts anmerken.

Forsythe hatte zunächst gezögert, ihn den Sieben hinzuzufügen, doch ohne ihn wäre die Runde nicht komplett gewesen. Immerhin betrug Chinas Anteil am globalen Bruttoinlandsprodukt inzwischen dreiundzwanzig Prozent.

Forsythe blieb zwischen Buffet und Tisch stehen. »Gefallen Ihnen die Fische, Xanadu?«

Niemand kannte ihren vollständigen Namen. Niemand wusste, wo sie geboren war und wann. Ihr Alter ließ sich schwer schätzen, zwischen vierzig und fünfzig, vermutete Forsythe. Vor fünfzehn Jahren hatte sie die Softwareschmiede »Extra« geschaffen, damals ein kleines Start-up in Kaliforniens Silicon Valley, das mit einer Marktkapitalisierung von fast drei Billionen Dollar inzwischen den ersten Platz der größten börsennotierten Unternehmen belegte, noch vor Apple und Microsoft. »Extra« entwickelte KI-Systeme und bot überall auf der Welt Aus-einer-Hand-Lösungen an:

nicht nur die Software, sondern auch perfekt darauf abgestimmte Hardware.

In den vergangenen beiden Jahren war mehrmals versucht worden, in das »Andromeda« genannte Computersystem von Amethyst Prognosis einzudringen, und Forsythe vermutete, dass »Extra« dahintersteckte, aber Beweise gab es nicht.

Xanadu wandte sich von dem großen Aquarium ab. »Ich bin einmal zwischen solchen Fischen geschwommen«, sagte sie, ging langsam zum Tisch und wählte einen Platz, wobei sie einen leeren Stuhl zwischen sich und sowohl Jurij als auch Desna ließ, wie Forsythe bemerkte. »Beziehungsweise getaucht. In der Karibik.« Mit einem geheimnisvollen Lächeln fügte sie hinzu: »In einem anderen Leben.«

Forsythe fragte sich, was sie damit meinte.

Sie trug rote Schuhe mit hohen Absätzen, aber nicht zu hohen, und ein dunkles Röhrenkleid, das sich eng an ihren schlanken Körper schmiegte, aber nicht zu eng, und an manchen Stellen aus silbernen Metallfacetten zu bestehen schien. Die Computerlinsen gaben ihren Augen einen goldenen Ton, fast die gleiche Farbe wie das lange blonde Haar.

Xanadu »die Exotin«, wie die anderen sie manchmal nannten. Wer sie zum ersten Mal sah, hatte den Eindruck, einem Menschen aus einer anderen Welt zu begegnen.

Natürlich wusste sie um ihre Wirkung, und sie ging ganz bewusst damit um. Es gehörte zu dem Mythos, den sie für sich erschaffen hatte.

»Ich hoffe, das Buffet ist nach Ihrem Geschmack«, sagte Forsythe. »Falls Sie besondere Wünsche haben, wenden Sie sich bitte an die Kellner oder an Anthony.«

Sein Butler und Sekretär stand neben der Tür, nicht nur als Bediensteter, sondern auch als Beobachter.

Jurij Kowalkow schob seinen Teller zurück. »Warum sind wir hier?«, fragte der kleine Mann mit der tiefen Stimme.

Jiang, Pauline und Sammy kamen vom Buffet zum Tisch, setzten sich aber nicht. Forsythe blieb ebenfalls stehen.

»Ich habe Sie hierhergebeten, weil wir die Welt retten müssen«, sagte er.

Einige Sekunden lang herrschte Stille.

Pauline sah ihn groß an und schien sich zu fragen, ob er sich einen Scherz erlaubte. Xanadu neigte ein wenig den Kopf, und für einen Moment sah Forsythe den Transponder in ihrem linken Ohr.

»Keine Kleinigkeit«, kommentierte Desna.

»Vorhin haben Sie gesagt, dass wir hier etwas zu sehen bekommen«, erinnerte Sammy. »Was wollen Sie uns zeigen?«

Forsythe deutete zum Buffet. »Wenn Sie noch etwas essen oder trinken möchten …«

»Dazu hatten wir eine halbe Stunde lang Zeit«, sagte Jurij Kowalkow. »Von mir aus kann es losgehen.«

Die anderen nickten.

»Also gut.« Forsythe ging zur Tür auf der anderen Seite des Tisches. »Bitte folgen Sie mir.«

5

AUF DEM großen Tisch im Showroom bildeten Tausende von bunten Dominosteinen lange Schlangen, die über ein sorgfältig gestaltetes Gelände führten, vorbei an kleinen Hügeln oder über sie hinweg, durch Tunnel und über Brücken. Ab einigen Stellen erhoben sich Räder, Schaukeln und mechanische Vorrichtungen mit Stangen und Wippen. Ein Absperrband verhinderte, dass jemand direkt an den Tisch herantreten konnte.

»Domino?«, fragte Pauline verwundert.

»Ein *Spiel?*«, fügte Jurijs Bass hinzu.

Forsythe ging zu einem zweiten, wesentlich kleineren Tisch, auf dem eine Fernbedienung lag. Damit schaltete er den an der Wand hinter dem großen Tisch angebrachten Bildschirm ein.

Eine Tabelle erschien dort und erklärte die Farben der Dominosteine. Sie repräsentierten Banken, Industrien, Versicherungen, Pensionsfonds, staatliche Institutionen und gesellschaftliche Ereignisse wie Streiks, Massenproteste und Vandalismus.

»Einen neuen Rekord brechen Sie damit nicht, Francis«, sagte Xanadu mit ihrer melodischen Stimme. »Es sind nicht genug Steine. Ich glaube, der aktuelle Rekord liegt bei fast fünf Millionen. Dies hier sind …«

»Anthony?«, fragte Forsythe.

»Es sind neuntausendneunhundertvierzehn Steine, Sir«, lautete die Antwort.

Forsythe gab den anderen ein wenig Zeit, die Anordnung zu betrachten.

Jiang und Pauline gingen langsam am Absperrband entlang zur linken Seite. Samuel Winster, Jurij und Desna traten zur rechten Seite. Xanadu blieb vorne stehen, bei Forsythe und Anthony.

Sammy grinste, streckte die Hand aus und tat so, als wollte er einen Dominostein kippen. Als er Forsythes Blick bemerkte, zog er die Hand wieder zurück.

»Keine Angst, ich verderbe Ihnen nicht die Show«, sagte er.

»*Deshalb* sind wir hier?«, brummte Jurij. »Um uns ein Dominospiel anzusehen?«

»Er wird sich etwas dabei gedacht haben«, war Xanadu überzeugt. »Nicht wahr, Francis?«

Forsythe drehte sich halb um. »Anthony?«

Der würdevolle Mann im dunklen Anzug ging zum Absperrband und löste es von einer der dünnen Stangen, an denen es befestigt war. »Sir?«

Forsythe trat durch die Lücke und zum Tisch.

»Was passiert, wenn ich einen der Dominosteine kippen lasse?«, wandte er sich an die anderen.

»Das ist nicht schwer zu erraten«, antwortete Pauline Laurent. »Die Steine werden fallen, einer nach dem anderen.«

»Wollen wir es ausprobieren?« Forsythe lächelte und wartete einige Sekunden, bevor er sich ein wenig vorbeugte und einen roten Dominostein berührte.

Der kippte und stieß gegen den nächsten, der daraufhin ebenfalls fiel. Weitere Steine kippten und fielen, aus dem vereinzelten Klicken und Klacken wurde ein Rauschen. Nach wenigen Sekunden hörte es auf, es wurde wieder still. Auf dem Wandschirm hinter dem Tisch erschien der Hinweis: *Maßnahmenkatalog 1.*

»Ich glaube, jemand hat beim Aufstellen der Dominosteine einen Fehler gemacht«, sagte Jurij.

»Warten Sie's ab.«

Ein weiterer Dominostein fiel, ohne dass Forsythe ihn angerührt hatte, und das Klicken und Klacken begann von neuem. Etwas, das wie ein großes Uhrwerk aussah, geriet in Bewegung. Dahinter drehte sich ein zwischen zwei Miniaturwolkenkratzern aufragendes Jahrmarktriesenrad und beförderte einen gelben Stein zur anderen Seite, was dazu führte, dass eine weitere Kolonne aus Dominosteinen fiel.

Lange Reihen von Steinen kippten und fielen. Zwei Wellen breiteten sich aus, eine zur rechten, die andere zur linken Seite.

»Hübsch«, kommentierte Desna Laghari, aber sie lächelte nicht. Forsythe fragte sich, ob ihr aufgefallen war, dass das Blau einiger Steine dem ihres Saris entsprach.

Der Hinweis auf dem Wandschirm wechselte zu *Maßnahmenkatalog 2.*

Die Bewegungen der Dominosteine auf dem Tisch verlangsamten sich. An einigen Stellen hörten sie auf, an anderen setzten sie sich fort, aber nicht schnell, als wären die Steine schlecht platziert, Hügel hinauf und hinunter, durch Tunnel, in denen das Klacken und Rauschen widerhallten, über schmale Brücken, auf denen die Steine manchmal schwankten, wie unschlüssig, ob sie fallen sollten oder nicht. Kleinere Wellen breiteten sich aus, nicht zu den Seiten, sondern nach vorn und hinten.

Maßnahmenkatalog 3 hieß es auf dem großen Bildschirm an der Wand.

Das Klicken und Klacken dauerte an, ohne seine Geschwindigkeit zu verändern. Schließlich fielen die letzten Steine, und Stille kehrte zurück.

Jiang Taiji betrachtete den Tisch mit großer Aufmerksamkeit, stellte Forsythe fest.

»Nicht schlecht«, erklärte Samuel Winster großzügig. »Ein paarmal sah es so aus, als käme der Rest der Dominosteine davon, aber dann ging es doch weiter. Allerdings …« Er deutete auf die Mitte des Tisches. »Die Steine dort sind übrig. Alle sind gefallen, bis auf jene wenigen.«

Sieben Steine in sieben verschiedenen Farben umringten in der Mitte des Tisches eine Kugel, einen kleinen Globus mit den vertrauten Linien der Kontinente.

Der Wandschirm wurde dunkel.

»Sieben«, sagte Xanadu. »Wie wir. Ich nehme an, das ist kein Zufall. Alle sind gefallen, aber sieben stehen. Sie haben alles überstanden.«

»Was wollen Sie uns damit sagen?«, fragte Jurij und ging am Tisch entlang.

Forsythe deutete zur Tür, die Anthony wieder geöffnet hatte. »Kehren wir in den Konferenzraum zurück. Dort erklären ich Ihnen alles.«

6

SECHS TABLET-COMPUTER markierten sechs Plätze am runden Tisch.

Forsythe vollführte eine einladende Geste. »Bitte setzen Sie sich.«

Anthony stand neben der geschlossenen Eingangstür und betätigte dort einen Dimmer, woraufhin es dunkler wurde. Ein leise summender Beamer projizierte einen blauen Amethyst auf die hundertfünfzig Zoll große Leinwand an der Rückwand des Konferenzraums. Darunter erschien der Schriftzug *Amethyst Prognosis.*

Forsythe selbst blieb stehen, die Fernbedienung aus dem Showroom in der einen Hand, und wies mit der anderen auf die Tablets. »Ich habe einen ausführlichen Bericht vorbereitet …«

»Wir kennen die letzten Berichte«, unterbrach ihn Sammy Winster mit einem fröhlichen Lächeln. »Ich nehme an, wir alle haben uns auf dem Weg hierher damit beschäftigt.«

»Diesen Bericht kennen Sie noch nicht«, erwiderte Forsythe geduldig. »Ich habe ihn selbst erstellt. Er fasst alles zusammen und rückt die Dinge in die richtige Perspektive. Die Anlage des Berichts besteht aus dem Datenmaterial, das Amethyst Prognosis beim kommenden G20-Gipfel in Paris präsentieren wird. Es betrifft den ›Maßnahmenkatalog 1‹.«

Desna Laghari saß ihm am nächsten. Ihr blauer Sari knisterte leise, als sie sich vorbeugte und mit dem Zeigefinger über das Display wischte.

Forsythe gab ihnen allen Gelegenheit, einige Absätze seines Berichts zu lesen und einen Blick auf die Anlage zu werfen, bevor er einen Knopf der Fernbedienung drückte. Auf der Leinwand erschien eine Schrift.

Der erste Stein: ImmoInvest.

Forsythe sprach, während die anderen lasen. »Ich bin immer der Meinung gewesen, dass Wetten kein gutes Geschäft sind. Das heißt, solange der Faktor Glück dabei eine wichtige Rolle spielt, und das ist oft der Fall.«

»Derivate«, sagte Xanadu, ohne von ihrem Tablet aufzusehen.

Forsythe nickte ihr zu und fuhr fort: »Die letzte große Finanzkrise begann am 9. August 2007 durch den sprunghaften Anstieg der Zinsen für Interbankfinanzkredite. Ich lasse hier den Wirtschaftseinbruch durch die Corona-Pandemie ganz bewusst außer Acht, die im März 2020 einen Börsencrash ohne unmittelbare ökonomische Ursachen zur Folge hatte. Der Grund für die Krise von 2007 war die spekulativ aufgeblähte Immobilienblase in den USA. Ihren Höhepunkt erreichte sie ein Jahr später, genauer gesagt: am 15. September 2008 durch den Zusammenbruch der amerikanischen Großbank Lehman Brothers. Bis dahin hatte die breite Öffentlichkeit angenommen, dass Banken, zumal die großen, nicht pleitegehen können, weil sie sich gegenseitig absichern.«

»Wir wissen es besser«, warf Jurij Kowalkow ein.

»Ja, denn genau durch diese gegenseitigen Verknüpfungen fielen damals weitere Dominosteine, sogar ziemlich viele«, sagte Forsythe. »Eine Bank nach der anderen kollabierte, überall auf der Welt. Die Regierungen mussten eingreifen, um das Finanzsystem zu stabilisieren und einen Zusammenbruch zu verhindern.« Er legte eine kurze Pause ein. »So wie sie auch nach Paris in ein paar Tagen eingreifen werden.«

»Sie meinen den ersten Maßnahmenkatalog«, kommentierte Pauline Laurent.

Forsythe nickte erneut und bemerkte, dass Jiang Taiji mit gerunzelter Stirn las. Der schweigsame, reservierte Chinese aus Peking hatte noch immer kein Wort gesagt. »Der Krise des Finanzsystems vor zwanzig Jahren folgte eine Krise der Realwirtschaft. General Motors meldete Insolvenz an und musste viele Mitarbeiter entlassen. Anderen großen Unternehmen ging es ähnlich. Die Arbeitslosigkeit stieg sprunghaft an. Eine Wirtschaftskrise drohte, ähnlich der sogenannten Großen Depression, die im Oktober 1929 begann und die ganze Welt ins Unglück stürzte, denn letztendlich führte sie zum Zweiten Weltkrieg. Aber im Vergleich mit dem, was uns jetzt bevorsteht, erscheint das Chaos der Großen Depression wie ein heiterer kleiner Kindergeburtstag.«

Erneut drückte er den Knopf der Fernbedienung, und der Beamer projizierte Hinweise und Zahlen auf die Leinwand.

»Derivate sind immer noch ein beliebtes Finanzinstrument. Futures, Optionen, Swaps ... Einige von Ihnen haben viel Geld damit verdient. Aber der Handel damit gleicht dem Ritt auf einer Rasierklinge, denn Derivate sind letztendlich Wetten, die man gewinnen oder verlieren kann. Vor der Finanzkrise, die 2007 begann, betrug das globale Derivat-Volumen etwa fünfhundert Billionen Dollar. Im Vergleich: Das Bruttoinlandsprodukt der ganzen Welt belief sich damals auf etwa sechzig Billionen Dollar. Hat man aus der Krise gelernt? Wie Sie wissen, haben die G20-Staaten im April 2009 das Financial Stability Board gegründet, gewissermaßen als Frühwarnsystem für zukünftige Krisen. Doch nur wenige Jahre später, im Jahr 2014, wuchs das weltweite Derivat-Volumen auf siebenhundert Billionen Dollar, während das globale BIP knapp achtzig Billionen erreichte.«

Forsythe hob die freie Hand und ließ sie wieder sinken. »Nein, meine Damen und Herren, liebe Freunde, man hat nichts aus der Krise gelernt. Das Wetten ging weiter. Es war zu reizvoll, es verhieß zu viel Geld. Allerdings nahm jemand die Finanzkrise zum Anlass, über eine Alternative nachzudenken, über ein Geldsystem, das sich der Kontrolle von Staaten und Banken entzieht, über ein ›demokratisches Finanzsystem‹, wenn Sie so wollen. Dieser Mann nannte sich Satoshi Nakamoto, und er schuf die Grundlagen für den Bitcoin. Dazu gleich mehr.«

Alle sahen ihn an, alle bis auf Jiang Taiji, der noch immer den Bericht auf seinem Tablet las. Die Falten in seiner Stirn waren tiefer geworden.

»Inzwischen sind die globalen Derivate auf eins Komma eins *Billiarden* Dollar gewachsen, bei einem weltweiten BIP von knapp hundertzwanzig Billionen Dollar. Noch nie gab es so viele Wetten und so viele Schulden. Ein weiterer Faktor kommt hinzu: Noch nie war so viel Geld im Umlauf, denn die Regierungen ließen während der Pandemie von 2020/21 immer mehr Geld drucken, um die Wirtschaft zu stützen. Eine gewaltige Blase entstand, größer als jemals zuvor. Sie wird platzen, mit einem Knall viel, viel lauter als der vor zwanzig Jahren. Laut genug, um die ganze Welt zu erschüttern. Die Auswirkungen könnten ebenso verheerend sein wie ein Dritter Weltkrieg.«

Einige Sekunden lang war nur das leise Summen des Beamers zu hören.

»Dies ist … dramatisch«, sagte Jiang Taiji, und seine Worte hatten besonderes Gewicht. »Ein explosionsartiger Anstieg der Inflation bei einer gleichzeitigen Implosion des Finanzsystems …« Er hob den Blick, der bisher aufs Tablet gerichtet war, und wies auf den Bildschirm: »Wer oder was ist ImmoInvest? Und was hat es mit dem ersten Stein auf sich?«

»ImmoInvest ist ein deutscher Immobilienfonds mit einer Marktkapitalisierung von neunzehn Milliarden Euro«, erklärte Forsythe. »Dort wird die Katastrophe beginnen, in wenigen Wochen. Der erste Stein.«

»Neunzehn Milliarden?«, wiederholte Pauline. »Das mag in einem regionalen oder auch nationalen Maßstab viel Geld sein. Aber kann ein solcher Betrag für das Auslösen einer Katastrophe genügen, die Sie mit dem Dritten Weltkrieg vergleichen?«

Die Fernbedienung in Forsythes Hand klickte. »Der berühmte Tropfen, liebe Pauline. Der Tropfen, der das Fass zum Überlaufen bringt. Die Immobilienpreise in Deutschland fallen seit Monaten, und in den kommenden Tagen werden sie noch stärker sinken. Das bringt mehrere Immobilienfonds in Schwierigkeiten. ImmoInvest wird Insolvenz anmelden, was allein für sich genommen nicht sehr schlimm ist, aber zu den Anlegern gehört auch die Deutsche Bank, die ohnehin seit Jahren in erheblichen Schwierigkeiten steckt und vom Internationalen Währungsfonds als riskanteste Bank der Welt eingestuft wurde. Ihr Derivat-Volumen ist von sechsundvierzig Billionen Euro im Jahr 2019 auf inzwischen fünfundsechzig Billionen angestiegen, mehr als das *Zehnfache* des Bruttoinlandsprodukts von Deutschland. Und die Deutsche Bank ist dreimal so groß, wie es Lehman Brothers im Jahr 2008 gewesen ist, und noch dazu eng mit vielen anderen Banken und Unternehmen verknüpft. Ihr Fall wird eine Kettenreaktion auslösen.«

»Die Dominosteine«, warf Xanadu ein.

»Ja. Sie werden fallen, einer nach dem anderen, immer schneller.«

»Der erste Maßnahmenkatalog hat das Fallen der Steine aufgehalten«, erinnerte sich Desna.

»Dabei handelt es sich um die Maßnahmen, die Amethyst Prognosis in Paris den G20-Staaten vorschlagen wird«, erläuterte Forsythe. »Maßnahmen zur Stützung des Finanzsystems. Wir werden klarmachen, wie ernst die Lage ist und dass so schnell wie möglich wichtige Entscheidungen getroffen werden müssen. Das System, meine Damen und Herren, ist an seine Grenzen angelangt. Wir stehen am Abgrund.«

»Aber die ersten Maßnahmen genügen nicht«, sagte Pauline. »Sie verhindern nicht, dass die nächsten Steine kippen.«

»Sie verlangsamen das Kippen und Fallen. Dadurch bekommen wir etwas mehr Zeit.«

»Wir«, brummte Jurij Kowalkow.

»Wir«, bestätigte Forsythe. »Die Sieben.«

»Zeit wofür?«, wollte der Russe wissen. Er schien sein Tablet kaum angerührt zu haben.

»Für den Plan«, antwortete Forsythe. »Dafür, die Welt zu retten. Und um Satoshi Nakamoto zu finden. Das ist sehr, sehr wichtig.«

»Sie halten die Katastrophe für unvermeidbar, wenn ich es richtig verstehe«, sagte Desna Laghari. »Ihrer Meinung nach lässt sie sich nur ein wenig verzögern.«

Forsythe nickte ihr zu. »Sie haben richtig verstanden.«

»Eine Katastrophe so schlimm wie der Dritte Weltkrieg.« Sammy Winster wirkte noch immer fröhlich. »Und sie beginnt in Deutschland. Schon wieder, ist man versucht zu sagen.«

»Wir stehen an einem Wendepunkt«, betonte Forsythe. »Eine

neue Ära wird beginnen, ein neue Abschnitt in der Menschheitsgeschichte.«

Sammys Lächeln verschwand. Er verzog sogar ein wenig das Gesicht. »Ist das nicht ein bisschen zu theatralisch?«

»Es mag theatralisch *klingen,* aber es ist nicht übertrieben. Das Finanzsystem der Welt wird unter der Last seiner Schulden zusammenbrechen, und die Realwirtschaft wird mit in den Abgrund gerissen. Es ist unvermeidlich. Die Lawine hat sich bereits in Bewegung gesetzt, das Weltwirtschaftssystem steht unmittelbar vor dem Kollaps. Ein Crash wie nie zuvor, und er wird in wenigen Wochen stattfinden.«

»Das Ende des Kapitalismus?«, fragte Pauline. »Und dann? Was wird sich aus den Trümmern erheben?«

»Anarchie«, sagte Forsythe. »Ein dunkles Zeitalter wird beginnen. Wenn wir nichts dagegen unternehmen.«

»Und wie wollen Sie die Welt retten, Francis?«, fragte Xanadu. Das Licht der Lampe über dem Tisch spiegelte sich in ihren goldenen Augen wider. »Womit?«

Forsythe betätigte die Fernbedienung. Der Plan erschien auf der Leinwand.

»Siebzig Billionen Dollar«, sagte er. »Zehn Billionen für jeden von uns, also zehntausend Milliarden pro Kopf, das wird unser Gewinn sein, unter Berücksichtigung aller kurzfristigen Verluste. Genug, um die Trümmer der alten Welt beiseitezuräumen und eine neue aufzubauen.«

Jiang Taiji blickte zur Leinwand. »Mit Bitcoin?«

»Das alte Geld wird bald das Papier nicht wert sein, auf dem es gedruckt ist«, erklärte Forsythe. »Wir machen den Bitcoin zur neuen Weltwährung, unter unserer Kontrolle. Und wer den Bitcoin kontrolliert, der kontrolliert auch die neue Weltwirtschaft und mit ihr die neue Weltordnung.«

»Der Bitcoin kann nicht kontrolliert werden«, sagte Desna, doch es klang nicht wie eine Feststellung, eher wie eine Frage. »Er basiert auf einer dezentralen, über zahllose Computer auf der ganzen Welt verteilten Blockchain ohne einen Single-point-of-failure, der sich kompromittieren ließe.«

»Deshalb brauchen wir Satoshi Nakamoto. Wir brauchen ihn vor allem deshalb, damit niemand anders sein Wissen anwenden kann.« Forsythe deutete zur Leinwand und drückte wieder einen Knopf auf der Fernbedienung. Einzelheiten des Plans erschienen.

Die Sechs lasen.

»Sie wollen den Crash steuern«, sagte Jiang Taiji langsam.

»Die Lawine rollt«, erklärte Forsythe, »und sie lässt sich nicht aufhalten. Doch wir werden sie in eine bestimmte Richtung lenken, damit sie möglichst wenig Schaden anrichtet.«

»Möglichst wenig Schaden für wen?«, fragte Xanadu, und ihre goldenen Augen schienen zu leuchten.

»Für uns«, sagte Forsythe. »Ich möchte nicht verlieren, wofür ich mein ganzes Leben gearbeitet habe, und ich denke, das gilt auch für Sie.«

»Gezielte Pleiten und Konkurse?«, fragte Samuel Winster. Er lächelte nicht mehr, und seiner Stimme fehlte die sonst übliche Fröhlichkeit.

»Wir stoßen hier und dort Dominosteine an, um zu bestimmen, wo etwas kippt und fällt. Jeder von Ihnen hat dabei wichtige Beiträge zu leisten.«

»Wir zerstören die Welt, um sie zu retten?«, knurrte der kleine Jurij Kowalkow.

»Wir sind wie Feuerwehrleute«, erklärte Forsythe, »und wir legen ein Gegenfeuer, um den Brand zu bekämpfen.«

Die Tür öffnete sich, und Anthony kam mit einem Serviertablett herein, auf dem sieben Sektgläser standen.

Forsythe nahm das erste und wartete, während die anderen ihre Gläser erhielten.

»Lassen Sie uns auf den Erfolg des Plans anstoßen«, sagte er dann. »Trinken wir auf die neue Welt.«

»Moment.« Xanadu stand auf, und die anderen erhoben sich ebenfalls. »Unsere Unternehmung sollte einen Namen bekommen«, schlug die Exotin vor. »Wie wäre es mit … ›das Bitcoin-Komplott‹?«

Francis Forsythe lächelte und nickte.

Die Sieben hoben ihre Gläser und tranken.

VINCENT MOREAU

7

VINCENT MOREAU verließ das kleine Café beim Park der Universität und ging nach Nordwesten, zum Englischen Garten. Ein böiger kalter Wind wehte, und dunkle Wolken kündigten Regen an, aber trotzdem waren viele Touristen unterwegs, einige von ihnen mit mehr oder weniger hübsch bedruckten Atemmasken. Viele von ihnen fotografierten sich vor dem Nationaldenkmal, vor den beiden bronzenen Frauen, Verkörperungen der Republik Genf und Helvetia, die sich an der Taille umfasst hielten und in Richtung Schweiz blickten.

Die Brücke Pont du Mont-Blanc brachte ihn zur anderen Seite der Rhône, und dort setzte Moreau seine Wanderung über die Uferpromenade zur Rotonde du Mont-Blanc mit dem Sissi-Denkmal fort, wo sich ebenfalls die Touristen drängten. Der See lag nicht glatt, der Wind gab ihm schaumgekrönte Wellen.

Immer wieder sah sich Moreau unauffällig um, wie er es sich in den letzten Wochen zur Angewohnheit gemacht hatte. Niemand folgte ihm, aber ganz sicher war er nicht. Auf der Rotonde schritt er zwischen den Gruppen einher, blieb stehen, setzte sich wieder in Bewegung und hoffte, auf diese Weise einen eventuellen Schatten zu verwirren, der sich womöglich an seine Fersen geheftet hatte.

Schließlich setzte er den Weg zum nicht weit entfernen Port Wilson fort, verharrte dort bei den Anlegestellen mit den zahlreichen Booten und fragte sich, wie viel David Dean Freeman aus Illinois seinem Sohn Martin erzählt hatte. War die SD-Karte bei ihm in den richtigen Händen?

Erste Regentropfen fielen. Moreau beschloss, zum Parkhaus zurückzukehren.

Als er es zehn Minuten später erreichte, wurde aus dem Nieseln ein Platzregen, der die Menschen von den Straßen vertrieb und unter Markisen und in Hauseingängen Schutz suchen ließ. Moreau ging die Treppe zum zweiten Stock hoch – er nahm nie den Aufzug, wenn es sich vermeiden ließ – und entschied sich, sofort nach Zürich zu fahren und nicht auf eine Reaktion von Martin Freeman zu warten. In etwa dreieinhalb Stunden konnte er dort sein, kurz nach Mittag, und das bedeutete, dass er keinen ganzen Börsentag verlor.

Fast alle Plätze des Parkdecks im zweiten Stock waren besetzt. Moreau ging an den Wagen vorbei, in Gedanken bereits in Zürich und bei den Geschäften des Nachmittags. Sein blauer E-Toyota stand neben einer Säule; Moreau parkte immer so, dass er auf einer Seite kein Fahrzeug neben sich hatte.

Er drückte die Taste des Funkschlüssels und hörte das Klacken der Entriegelung.

Als er sich der Fahrertür näherte, trat jemand hinter der Säule hervor. Moreau blieb erschrocken stehen.

»Überrascht?«, fragte Irene mit einem falschen Lächeln.

Ihre Hände waren leer, das sah er sofort. Keine Pistole.

»Was machst du hier?«

»Was machst *du* hier?«, hielt sie ihm entgegen und warf mit einer ruckartigen Bewegung des Kopfes das lange rotbraune Haar zurück. Sie stand mit dem Rücken zum Licht, ein Teil des Gesichts blieb im Schatten. »Hier in Genf?«

»Geschäfte«, sagte Moreau. »Ich nehme an, dies ist keine zufällige Begegnung. Du bist mir gefolgt.«

»Hast du ihn getroffen? Hast du mit ihm gesprochen?«

Moreau atmete tief durch. »Ich hab keine Ahnung, wen du meinst.«

Irene lächelte erneut, streckte die Hand aus und berührte ihn mit einem langen Fingernagel an der Nasenspitze. »Ich sehe, wenn du lügst. Hast du das vergessen?«

Moreau erinnerte sich an alles, an ihren herrlich warmen Körper, nicht annähernd so kalt wie das Lächeln, an ihre weichen Lippen.

Irene zog die Hand zurück. »Was hast du ihm gesagt? Wie viel hast du ihm verraten?«

»Ich bin dir keine Rechenschaft schuldig.«

»Hast du noch immer nicht begriffen, dass diese Sache viel größer ist als wir beide? Gregor hat davon erfahren.« Irene schüttelte den Kopf, ihr Haar wogte. »Ich habe dich gewarnt.«

Irenes kühler Blick verriet die dritte Person nicht, sondern blieb auf Moreau gerichtet. Dennoch merkte er, dass sie nicht allein waren – jemand stand hinter ihm. Zwei Sekunden verstrichen und entschieden über sein Leben. Er hätte sich umdrehen oder zur Seite springen können, dann wäre ihm vielleicht die Flucht gelungen, mit einem Zickzacklauf zwischen den geparkten Wagen zur Rampe oder zur Treppe.

Aber Vincent Moreau blieb stehen. Er vergeudete seine letzte Chance, indem er Irene ansah und in ihrem Gesicht nach einem Rest von dem suchte, was sie einst verbunden hatte.

Die Kugel, die ihn tötete, hörte er nicht. Der Schuss war ohnehin nicht sehr laut, ein Schalldämpfer schluckte den Knall.

MARTIN FREEMAN

8

MARTIN SASS an seinem Schreibtisch vor dem großen gewölbten Bildschirm und hielt die SD-Karte, die er von Vincent Moreau erhalten hatte, unschlüssig in der Hand. Es gab besonders hinterhältige Schadsoftware, die sich im System einnistete, ohne dass man eine bestimmte Datei aufrufen oder auf einen E-Mail-Anhang klicken musste –, es genügte, einen USB-Stick einzustecken oder eine Datenkarte in einen Kartenleser zu schieben.

Er startete ein spezielles Sicherheitsprogramm, das er von seinen Freunden bei »Tron« erhalten hatte, einer Gruppe von Hackern, die glaubten, die Welt verbessern zu können, indem sie die geheimen Datenbanken von Konzernen und Regierungen plünderten und alles veröffentlichten, »was unter den Teppich gekehrt werden sollte«, wie sie es nannten. Martin blieb ein wenig auf Abstand zu der Gruppe, denn einige Mitglieder von Tron bewegten sich nahe am Rand von Cyberterrorismus.

Aber Pietro, Willow, Amilia, Scarlett und insbesondere Dakota von Tron waren inzwischen mehr als Bekannte, die manchmal recht nützlich sein konnten. Von ihnen stammte nicht nur das Sicherheitsprogramm, von ihnen hatte er auch noch einige andere Tools, die ihm bei seinen Recherchen und auch beim Bitcoin-Trading halfen.

Er nahm die SD-Karte und drückte sie behutsam in den USB-Adapter. Wenige Sekunden später gab das Scan-Programm Entwarnung – die Karte enthielt keine Viren, Trojaner, Root-Kits oder andere Schadprogramme. Er rief den Dateibrowser auf, um sich den Inhalt der Karte anzusehen.

Durch die offene Tür des Arbeitszimmers war die Haushälterin Henriette zu hören, die in der Küche hantierte und das Mittagessen vorbereitete. Jasmin schlief nach ihrer langen Nacht.

Martin stand auf, schloss die Tür und setzte sich wieder an den Schreibtisch. Regentropfen prasselten gegen das Fenster auf der rechten Seite, der Genfer See wurde grau wie Blei.

Martin sah auf den großen Bildschirm. Der Browser zeigte nur eine einzige Datei auf der SD-Karte an, eine Textdatei im ODT-Format, aber fast fünfzig Megabyte groß, ziemlich viel für nur Text.

Als er sie öffnete, präsentierten sich ihm mehrere eingebettete Bilder, was die Größe der Datei erklärte. Auf dem ersten waren David Dean Freeman und Katharina Deininger auf einem Segelboot zu sehen, bei ihnen ihr drei oder vier Jahre alter Sohn Martin. Die nächsten Fotos zeigten sie auf Reisen in Europa und Übersee, mit einem Martin, der immer größer wurde und eine Schwester bekommen hatte, und allein in verschiedenen Büros.

Das letzte Bild war ein Schnappschuss der Beerdigung, und offenbar stammte er von jemandem, der ein ganzes Stück von den etwa achtzig Trauergästen entfernt gestanden hatte. Martin sah sich selbst, auf dem Foto fünfundzwanzig Jahre alt und im Rollstuhl, noch deutlich vom Unfall gezeichnet, daneben die zwanzigjährige Jasmin, in einem knielangen schwarzen Kleid und mit schwarzem Schleierhut.

Er hatte geschwitzt, daran erinnerte er sich mit sonderbarer Deutlichkeit. Es war ein sehr warmer Tag gewesen, und er hatte im Rollstuhl gesessen und geschwitzt, trotz der Medikamente mit stechenden Schmerzen im Rücken, nur wenige Meter vor ihm das offene Grab. Es befand sich auf dem Cimetière des Rois, dem »Friedhof der Könige«, unweit der Gräber von Grisélidis Réal, der im Mai 2005 umgebetteten berühmtesten Prostituierten von Genf, und des Reformators Johannes Calvin.

Er betrachtete die Gesichter der Trauergäste, soweit sie sich erkennen ließen. Viele glaubte er zu erkennen, andere blieben anonym.

Nur eine Datei, fünfzig Megabyte groß, auf einer SD-Karte mit einer Kapazität von vierundsechzig Gigabyte. Das war eine ziemliche Verschwendung von Speicherplatz. Hatte Vincent Moreau keine andere Karte zur Hand gehabt? Und überhaupt: Warum hatte er ihm die Bilder, die Fotos, nicht ausgedruckt gegeben? Warum sich die Mühe machen, sie in ein Textdokument einzubetten, das sich durch eine sonderbare Formatierung auszeichnete? Manche Textstellen waren groß wie Überschriften oder Schlagzeilen, andere geradezu winzig wie das Kleingedruckte in Verträgen.

Ganz oben hieß es in großen Blockbuchstaben: EIN SCHRECKLICHER UNFALL – ES TUT MIR LEID. Diesen Worten folgten die Scans einiger Zeitungsartikel, die über den Autounfall berichteten: zwei Tote, ein schwerverletzter junger Mann und eine junge Frau, die wie durch ein Wunder unversehrt geblieben war.

Für einen Moment glaubte Martin, die alten Wunden zu spüren, ein Brennen im Rücken, ausgehend von den Narben.

Wir waren Freunde, hieß es weiter unten in kleinerer kursiver Schrift. *Freunde, Kollegen und Komplizen.*

Komplizen?, dachte Martin und scrollte zu den nächsten Textstellen.

Er las einige Abschnitte in normaler Schrift, aber sie erzählten Belangloses über gemeinsame Unternehmungen und Projekte, ohne Details wie Ort, Zeit und Zweck zu verraten.

Dann stieß Martin auf eine Stelle, die ihn elektrisierte:

Wir sind SN begegnet. Unsere lange Suche hatte endlich Erfolg!

SN? Konnte es sein, dass damit Satoshi Nakamoto gemeint war?

Die nächsten Absätze, vor dem Beerdigungsbild, ergaben keinen Sinn. Martin las sie mehrmals, auf der Suche nach Hinweisen auf den legendären Nakamoto, aber die Worte schienen einfach aneinandergereiht zu sein, ohne einen Zusammenhang.

Ganz unten, am Ende der Datei, fand Martin Worte so klein, dass er den Zoom erhöhen musste, um sie zu lesen. Sie lauteten: *Manchmal sind die Dinge nicht so, wie sie zu sein scheinen.*

Er lehnte sich zurück und blickte auf den Bildschirm. Der Wind warf Regen gegen das Fenster auf der rechten Seite, ein grauer Schleier hatte sich zwischen See und Villa gelegt.

Was bedeuteten die letzten Worte? Welche Botschaft steckte in ihnen?

»Die Dinge sind nicht so, wie sie zu sein scheinen«, sagte Martin leise. Eine SD-Karte, vierundsechzig Gigabyte groß, mit einer nur fünfzig Megabyte großen Datei. Und was war mit dem »Blick in die Zukunft«, den ihm Vincent Moreau in Aussicht gestellt hatte? Die Datei enthielt keine Hinweise, und nirgends wurde die Deutsche Bank erwähnt.

Plötzlich hatte Martin eine Idee. Er schloss die Datei, rief erneut den Browser auf, der ihm den Inhalt der SD-Karte zeigte, und verglich ihre Größe mit dem freien Speicherplatz.

Achtundvierzig Gigabyte. So viel war auf der Karte frei. Durch die Formatierung ging nominale Kapazität verloren, aber der unbenutzte Speicherplatz hätte mindestens fünfundfünfzig oder sechsundfünfzig Gigabyte groß sein müssen.

Einige Sekunden lang schwebten Martins Hände über der Tastatur, bevor er Tasten drückte und ein Analyseprogramm startete, das von Dakota stammte. Schon dreißig Sekunden später hatte er das Ergebnis: Vincent Moreaus SD-Karte wies versteckte Sektoren auf.

Es gab noch mehr auf ihr, nicht nur eine Datei mit einigen Bildern und seltsamem Text.

Martins Finger verharrten erneut über der Tastatur. Er konnte gut mit dem Computer umgehen, aber er war kein Hacker wie Pietro, Willow, Amilia, Scarlett, Dakota und die anderen. Wenn er von den Werkzeugen, die er von ihnen erhalten hatte, Gebrauch machte, riskierte er, die versteckten Sektoren der SD-Karte zu beschädigen, und dann konnte man vielleicht nicht mehr auf die dort abgelegten Dateien zugreifen.

Was hatte Vincent Moreau ihm gegeben? Was war so wichtig, dass er es versteckt hatte, damit es nicht ohne weiteres gefunden werden konnte, wenn die kleine Speicherkarte in falsche Hände geriet?

Martin konnte es nur herausfinden, wenn die versteckten Sektoren und ihr Inhalt intakt blieben.

Er zog die Hände von der Tastatur zurück und beschloss, Tron um Hilfe zu bitten. Dies war ein Fall für einen Spezialisten, für Dakota.

Der Gedanke an sie entlockte ihm ein Lächeln.

Jemand klopfte an die Tür.

»Martin?« Die Stimme der Haushälterin.

Er drehte den Kopf. »Ja?«

»Es ist Besuch da«, sagte Henriette hinter der geschlossenen Tür. »Jemand möchte dich sprechen.«

Martin schickte den Computer in den Ruhezustand, erhob sich und öffnete die Tür.

»Wer ist es?«, fragte er.

»Die Polizei«, antwortete Henriette.

9

SIE BEGEGNETEN sich im Wohnzimmer, umgeben von Vasen mit den letzten frischen Schnittblumen des Herbstes und üppig gewachsenen Topfpflanzen – Henriette und Jasmin mochten es grün und bunt.

»Ich bin Claude Léon Dubois, Kommissar der Mordkommission.« Er zeigte seinen Dienstausweis lange genug, damit Martin den Namen lesen und das Bild vergleichen konnte. »Das ist Monsieur Lefèvre.« Er deutete auf seinen Begleiter. »Sie sind Martin Freeman, nehme ich an.«

»Der bin ich.« Martin deutete auf die Sessel beim Wohnzimmertisch aus echtem Mahagoni. »Bitte nehmen Sie Platz. Henriette?«

Sie stand in der Tür, in blauer Jeans und braunem Pulli, eine agile, sportlich wirkende Fünfzigerin, die recht energisch sein konnte. Martin hatte manchmal das Gefühl, dass sie ihm und Jasmin gegenüber in eine Mutterrolle schlüpfte. Ihr Gesicht zeigte Sorge.

»Ja?«, fragte sie.

»Wie wäre es mit Kaffee?« Er richtete einen fragenden Blick auf die beiden Besucher.

Kommissar Dubois nickte. Sein Begleiter, den er »Monsieur« genannt hatte, sah sich um.

Sie setzten sich.

Monsieur Lefèvre beendete die Inspektion des Wohnzimmers und richtete seinen Blick auf Martin. Er hatte dunkles Haar, graue Augen und eine Nase, die etwas zu lang wirkte in einem kantigen Gesicht. Er trug Jeans, ein weißes Hemd und darüber ein silbergraues Jackett. Die schwarzen Schuhe passten nicht, fand Martin. Sie gehörten eher zu einem Nadelstreifenanzug.

Dubois war einige Jahre jünger, um die vierzig, mit einem schmaleren Gesicht, aschblondem Haar und wachen blaugrünen Augen. Seine hüftlange dunkle Lederjacke legte er nicht ab, was vielleicht darauf hindeutete, dass er nicht mit einem langen Gespräch rechnete.

»Sie sind also von der Mordkommission«, sagte Martin. »Das legt nahe, dass Sie zu mir gekommen sind, weil Sie an einem Mordfall arbeiten und irgendein Hinweis Sie zu mir geführt hat. Um gleich alle Zweifel auszuräumen: Ich habe niemanden umgebracht.«

Claude Dubois lächelte freundlich. Das kantige Gesicht seines Begleiters jedoch blieb unverändert, als er begann: »Sie haben heute Morgen das Café ›Minerva‹ in der Nähe der Universität besucht, Monsieur Freeman …«

»Ich habe meine Zeche bezahlt«, unterbrach ihn Martin. »Den Kassenbon muss ich noch irgendwo haben.«

Wieder lächelte Kommissar Dubois. »Dieser Kassenbon hat uns hierher zu Ihnen geführt. Wir haben ihn in der Tasche des Toten gefunden, eines gewissen Vincent Moreau.«

»Oh«, sagte Martin erschrocken und betroffen zugleich.

Henriette kam mit einem Tablett aus der Küche und brachte italienischen Kaffee. Martins Gedanken wirbelten durcheinander, während sie die kleinen Tassen auf den Tisch stellte.

Als die Haushälterin das Wohnzimmer wieder verlassen hatte – Martin war sicher, dass sie in der Küche die Ohren spitzte –, fragte Dubois: »Sie sind ihm im ›Minerva‹ begegnet, nicht wahr? Haben Sie sich dort mit ihm getroffen?«

»Ja. Ja, das stimmt. Es ging um meine Buchrecherchen. Er ist ein Freund meines Vaters. Ich meine, er war es … Er ist tot? Er wurde *ermordet?*«

»Erschossen«, sagte Dubois. »In einem Parkhaus unten in der Stadt, nicht weit vom Port Wilson entfernt. Jemand, der seinen Wagen auf dem Parkdeck im zweiten Stock abgestellt hatte, fand ihn dort kurz nach der Tat. So kurz, dass sich der Täter zu jenem Zeitpunkt noch in der Nähe befinden musste.«

Lefèvre trank seinen Kaffee und beobachtete Martin stumm.

»Ich bin vom Café sofort hierher zurückgekehrt«, sagte Martin, die Gedanken noch immer in Aufruhr. »Ich habe an meinem Buch gearbeitet«, fügte er hinzu, was nicht ganz der Wahrheit entsprach.

»Worum geht es in dem Buch?«, fragte Dubois.

Martin zögerte.

»Wir wollen Ihnen keine Ideen stehlen«, versicherte ihm der Kommissar.

»Es geht darin um Bitcoin«, sagte Martin. »Um die digitale Revolution, die unsere Welt verändert.«

»Ein interessantes Thema, zweifellos«, räumte Dubois ein. »Haben Sie darüber mit Vincent Moreau gesprochen?«

»Ja, auch«, antwortete Martin langsam.

»Über Bitcoin?«

»Ja.«

»Und über Aktien?«, hakte der Kommissar nach. »Über die Börse in Zürich?«

Martin ahnte, in welche Richtung diese Fragen zielten. »Insiderhandel? Nein. Ich habe mit der SIX-Börse in Zürich nichts zu tun, auch nicht mit anderen traditionellen Börsen.«

Dubois und der stumme Lefèvre wechselten einen kurzen Blick.

»Vincent Moreau und Ihr Vater waren gute Freunde, haben Sie gesagt …«, fuhr der Kommissar fort.

»Ich weiß nicht, ob sie *gute* Freunde waren.«

»Verstehe. Beide arbeiteten für die Privatbank Bordier & Cie. Es kam damals zu einem Skandal. Können Sie uns mehr darüber erzählen?«

»Nein«, erwiderte Martin. Aus dem Augenwinkel bemerkte er, dass Jasmin in der Tür des Wohnzimmers erschien, das Haar zerzaust und nur mit einem langen blauen Hemd bekleidet. Sie verschwand sofort wieder. »Mein Vater sprach nur selten über seine Geschäfte.«

»Obwohl Sie in seine Fußstapfen getreten sind?«, fragte Dubois skeptisch. »Als Bitcoin-Trader, meine ich?«

»Zu seinen Lebzeiten habe ich hauptsächlich geschrieben.« Martin bedauerte den Tod von Vincent Moreau, aber er hatte nichts damit zu tun. Vermutlich war das Mordmotiv in den dunklen Geschäften zu finden, auf die sich Moreau eingelassen hatte.

»Ihre Versuche als Buchautor waren nicht besonders erfolgreich«, stellte Kommissar Dubois fest. »Ich nehme an, das Bitcoin-Trading bringt Ihnen mehr ein.«

»Ja.« Martin hatte das Gefühl, kostbare Zeit zu verlieren. Er wollte zu Dakota und herausfinden, was es mit der SD-Karte auf sich hatte.

»Hat sich Vincent Moreau bedroht gefühlt?«, fragte Dubois. »Als

Sie im Café ›Minerva‹ mit ihm sprachen … Wie wirkte er da auf Sie? War er beunruhigt?«

Martin sah den unauffälligen, dürren Mann Anfang sechzig vor seinem inneren Auge und hielt in dem Gesicht aus seiner Erinnerung Ausschau nach Anzeichen von Nervosität. Doch er fand nichts dergleichen.

»Er sah nicht wie jemand aus, der sich Sorgen macht«, sagte er.

Jasmin betrat das Wohnzimmer. Sie hatte sich schnell umgezogen, trug jetzt Jeans und ein zerknittertes Shirt. Das blonde Haar wirkte noch immer ein wenig zerzaust.

»Sie sind von der Polizei?«, fragte sie, doch eigentlich war es keine Frage. So viel hatte sie vorhin auf ihrem »Horchposten« an der Tür sicherlich mitbekommen. Sie wartete eine Reaktion oder Bestätigung der beiden Besucher daher auch gar nicht erst ab, sondern fragte Martin: »Was hast du angestellt?«

Die Frage klang völlig ernst gemeint.

»Das ist meine Schwester Jasmin«, stellte Martin sie vor.

»Keine Sorge, Ihr Bruder hat sich nichts zuschulden kommen lassen.« Dubois stand auf, und Lefèvre erhob sich ebenfalls. »Wir wollten gerade gehen.« Er holte eine Visitenkarte hervor und legte sie auf den Tisch. »Bitte rufen Sie mich an, falls Ihnen noch etwas einfällt. Auch der kleinste Hinweis könnte wichtig sein.«

»Was ist denn passiert?«, fragte Jasmin verwirrt. Sie schien noch nicht ganz bei sich zu sein.

»Ich erkläre es dir gleich«, sagte Martin sanft.

»Ein gewisser Vincent Moreau wurde ermordet«, beantwortete Dubois Jasmins Frage. »Ihr Bruder hat sich heute Morgen mit ihm getroffen. Wir dachten, dass er uns vielleicht bei den Ermittlungen helfen kann.«

Jasmin wich zurück, während die drei Männer in den Flur traten, und wirkte ein wenig eingeschüchtert, vielleicht sogar ängstlich. Henriette stand in der Küche, ohne sich zu rühren, und lauschte noch immer.

»Noch eine letzte Sache«, sagte Dubois, als Martin die Eingangstür öffnen wollte. »Hat Ihnen Vincent Moreau etwas anvertraut? Hat er Ihnen etwas gegeben?«

Martin versuchte, sich nichts anmerken zu lassen. »Was sollte er mir gegeben haben?«

»Irgendetwas. Akten. Unterlagen. Computer-Ausdrucke. Vielleicht einen USB-Stick.«

Martin zögerte nicht – ein Zögern wäre verräterisch gewesen.

»Nein«, log er. »Nichts.«

Die beiden Männer nahmen ihre Regenschirme und gingen, der eine ein Kommissar, der andere ein »Monsieur«.

Jasmin kam näher. »Du bist in einen *Mord* verwickelt?«

Martin drückte die Tür zu, sperrte Wind und Regen aus. »Nicht *verwickelt.* Der Mann, den ich getroffen habe, ist tot, mehr habe ich damit nicht zu tun. Vincent Moreau, erinnerst du dich? Ein Freund unseres Vaters.«

Jasmin stand blass da, die eine Hand zum Mund erhoben.

Henriette trat in den Flur und legte ihr den Arm um die schmalen Schultern. »Ich hab Kaffee für dich. Was hältst du davon, mir bei den Vorbereitungen für das Mittagessen zu helfen?«

Sie führte Jasmin behutsam und fürsorglich in die Küche.

Martin kehrte ins Arbeitszimmer zurück, zog die SD-Karte aus dem Adapter, steckte sie ein und vergewisserte sich mit einem Blick zur Tür, dass ihn niemand dabei beobachtet hatte.

Wieder im Flur nahm er Jacke und Autoschlüssel.

»Bleibst du nicht zum Essen?«, fragte Henriette, die aus der Küche kam. Offenbar hatte sie ihn gehört.

»Ich hab noch zu tun.«

Auch Jasmin kam hinzu und wollte wissen: »Wohin fährst du?«

»Recherche«, antwortete Martin. Jasmin mochte Dakota nicht, schien eine Art Rivalin in ihr zu sehen. »Heute Nachmittag bin ich wieder da.« Er ging zur Tür.

»Martin?«

Er drehte sich um.

»Lass dich nicht umbringen«, bat ihn Jasmin. »Ich möchte nicht völlig allein sein.«

DIE SIEBEN – FRANCIS FORSYTHE

10

DAS G20-GIPFELTREFFEN fand bei der Porte de Versailles statt, im neuen Kongresszentrum, das sich auf einem Teil des alten Messegeländes im Westen von Paris erhob und noch weitaus futuristischer wirkte als die Zentrale von Apple an der Pruneridge Avenue in Santa Clara, Kalifornien, die Francis Forsythe im vergangenen Jahr besucht hatte. Es sah tatsächlich aus wie ein riesiges Raumschiff aus Stahl und Glas: ein architektonisches Meisterwerk, eigentlich aus drei einzelnen Gebäuden bestehend, die jedoch so miteinander verbunden und ineinander verschlungen waren, dass sie wie ein einziges komplexes Bauwerk wirkten, ausgestattet mit gewaltigen Erweiterungen wie Flügel oder Tragflächen.

Forsythe saß in einem Wartezimmer, das wie aus einem Kristall gehauen aussah, blickte durch die breite Fensterfront nach draußen und beobachtete, wie weitere schwarze und silbergraue Limousinen den großen Parkplatz erreichten, eskortiert von Polizisten auf Motorrädern und Streifenwagen. Mehrere Hubschrauber kreisten über dem Gelände, das Wummern ihrer Rotorblätter kaum mehr als ein dumpfes Brummen.

Eine junge Frau näherte sich, eine Asiatin, gekleidet in ein burgunderrotes Kostüm. Sie stellte ein Tablett aus dünnem, zerbrechlich wirkendem Porzellan auf den kleinen Tisch neben Forsythes Sessel.

»Ich bringe Ihnen Tee, Mister Forsythe«, sagte sie mit freundlichem Lächeln. »Yorkshire. Wie Sie ihn am liebsten mögen, ohne Milch und ohne Zucker.«

»Danke.«

»Die Verzögerung tut mir leid«, fügte die Hostess hinzu. »Ich bin sicher, es wird nicht mehr lange dauern.«

Forsythe nickte, griff nach der Tasse und trank einen Schluck. Das Warten machte ihm nichts aus. Es gab ihm Gelegenheit, seine Gedanken zu ordnen.

Zehn Minuten später kam ein Mann in einem schiefergrauen Anzug und mit glattem, glänzendem Haar.

»Bitte entschuldigen Sie die Verspätung, Mister Forsythe«, sagte er und winkte knapp. »Wenn Sie mir bitte folgen würden …«

Forsythe nahm seine Aktentasche, stand auf und folgte dem zwanzig Jahre jüngeren Mann in eins der vielen kleineren Konferenzzimmer, in denen während des G20-Gipfels bilaterale Gespräche stattfanden.

Sechs Personen erwarteten ihn dort: die französische Staatspräsidentin, die eine gewisse Ähnlichkeit mit Sarah Palin von der rechtsgerichteten Tea-Party-Bewegung in den USA hatte, erst vor wenigen Monaten in ihr Amt gewählt worden war und noch immer voller Tatkraft steckte; die amerikanische Präsidentin, deren erste Amtszeit zu Ende ging und die fest damit rechnen durfte, im November wiedergewählt zu werden; der deutsche Bundeskanzler, vom Alter her und vielleicht auch politisch zwischen ihnen beiden angesiedelt; und die Wirtschaftsminister der drei Nationen. Forsythe kannte sie alle. Mit einigen von ihnen hatte er Golf gespielt, in Muirfield und St. Andrews, Schottland.

Die Staatspräsidentin reichte ihm die Hand. Forsythe ergriff sie und deutete eine Verbeugung an. »Madame le Président …«

Sie wies zum Tisch. »Bitte nehmen Sie Platz. Leider bleibt uns nicht viel Zeit. In zwanzig Minuten erwartet man uns im Plenum.«

Forsythe setzte sich und nickte den anderen zu.

»Ihre neuesten Prognosen sind … beunruhigend«, sagte der deutsche Bundeskanzler. Er war ein vorsichtiger Mann, der das

Für und Wider sorgfältig abwog. Emotionen spielten bei seinen Entscheidungen weniger eine Rolle; er ließ sich von Zahlen überzeugen, auch wenn sie ihm nicht gefielen.

Forsythe öffnete seine Aktentasche und holte ein Tablet hervor. Der Anschluss vor ihm auf dem Tisch ermöglichte es, die Anzeige des Displays auf den großen Präsentationsschirm des Konferenzzimmers zu spiegeln.

»Die Weltwirtschaft steht am Rand einer Klippe. Die Schuldenberge haben eine kritische Höhe erreicht.« Eine Tabelle erschien auf dem Schirm an der Wand. »Das sind die Unternehmen, die nach unseren Informationen in den nächsten Tagen Insolvenz anmelden werden. Nicht nur Ihre Nationen sind davon betroffen, sondern die ganze Welt. In Deutschland geht es um einen Investmentfonds namens ImmoInvest, durch dessen Insolvenz die Deutsche Bank in Gefahr gerät. Wenn sie zahlungsunfähig wird, mit einem fünfundsechzig Billionen Euro großen Volumen an Derivaten, steht uns eine Katastrophe bevor. Wir sprechen hier vom *Zehnfachen* des deutschen Bruttoinlandsprodukts«, betonte Forsythe. »Ich kann nicht eindringlich genug vor den möglichen Folgen für das globale Finanz- und Wirtschaftssystem warnen. Es könnte zu einem Schaltersturm kommen, wenn die Menschen glauben, sie müssten ihr Geld in Sicherheit bringen. Dann würden wir die Klippe hinunterstürzen, wir alle«, fügte er hinzu und nahm die Sorge im dunklen Gesicht der amerikanischen Präsidentin zur Kenntnis.

»Die Maßnahmen, die Sie vorschlagen …«, begann der deutsche Wirtschaftsminister.

Forsythe wartete. Als der Minister nicht weitersprach, sagte er: »Sie sind dringend erforderlich, und zwar sofort. Heute, nicht morgen. Es ist viel Geld, ich weiß, aber ein Absturz der Börsen und eine neue Weltwirtschaftskrise würden viel mehr Geld kosten.«

»Ich nehme an, Sie wissen bereits, was Moody's, Fitch und Standard & Poors nächste Woche entscheiden werden«, meldete sich der amerikanische Wirtschaftsminister zu Wort, der noch etwas jünger war als die Präsidentin.

»Sie werden die Kreditwürdigkeit der Türkei auf Ramschniveau herabstufen«, antwortete Forsythe. »Italien, dritte Volkswirtschaft in der EU und noch immer an den wirtschaftlichen Folgen der Pandemie leidend, wird erneut negative Aussichten bekommen, was den Spread erhöht und bedeutet, dass der italienische Staat für seine horrende Verschuldung von etwa dreieinhalb Billionen Euro, mehr als hundertfünfzig Prozent der jährlichen Wirtschaftsleistung, noch mehr Zinsen bezahlen muss. Er wird sie nicht mehr lange bezahlen können.«

Forsythe legte eine kurze Pause sein.

»Auch in dieser Hinsicht müssen Maßnahmen ergriffen werden, sonst könnte das Bankensystem der EU zusammenbrechen, wodurch vielleicht weitere Staaten in Versuchung geraten, die Gemeinschaft zu verlassen. Und da wir gerade bei Herabstufungen durch die drei großen Ratingagenturen sind … Folgende Unternehmen und Banken werden ebenfalls auf Ramschniveau fallen.« Eine Liste erschien auf dem Schirm und wurde immer länger. »Diese Informationen sind natürlich vertraulich.«

»Natürlich.« Die amerikanische Präsidentin nickte.

Forsythe betrachtete die Liste auf seinem Tablet und dachte daran, dass es sich in manchen Fällen um etwas handelte, das man »self-fullfilling prophecies« nennen konnte, sich selbst erfüllende Prophezeiungen. Nicht nur Wirtschaft und Politik waren miteinander verflochten, sondern auch die Informationsnetze. Wenn man gewisse Entwicklungen einleiten oder in eine bestimmte Richtung lenken wollte, genügte es manchmal, einen kleinen Informationsbrocken an der richtigen Stelle zu platzieren. Die Herabstufungen und Krisen bestimmter Unternehmen und Banken gingen nicht zuletzt auf lancierte Meldungen und Berichte zurück, die neue Tendenzen schufen und bestehende verstärkten. Nicht nur Geld bewegte die Welt, auch Daten konnten viel anstoßen.

»Ihre Prognosen sind bisher immer exakt gewesen«, sagte die französische Staatspräsidentin mit einem Lächeln. »Ihre Kristallkugel scheint gut zu funktionieren.«

»Sie hat einen Namen, Madame le Président«, erwiderte er.

»Andromeda«, ließ sich der Bundeskanzler vernehmen. »Ein KI-System, nicht wahr? Ich würde gern einmal einen Blick darauf werfen.«

Forsythe nickte freundlich. »Sie sind herzlich eingeladen.«

»Künstliche Intelligenz, die die Entscheidungen für uns trifft?«, fragte der französische Wirtschaftsminister skeptisch und rückte seine Brille zurecht.

Forsythe blieb freundlich. Der Minister war wie die Präsidentin erst seit kurzer Zeit im Amt.

»Nein«, sagte er, »sie entscheidet nicht für uns. Die Entscheidungen liegen selbstverständlich bei Ihnen. Andromeda ist sehr gut darin, makro- und auch mikroökonomische Daten auszuwerten und zueinander in Beziehung zu setzen. Die KI-Systeme von Ratingagenturen oder von großen Vermögensverwaltern wie Whitestone oder von Hedgefonds wie Bridgewater analysieren einzelne Unternehmen oder Unternehmensgruppen, um festzustellen, ob sich Investitionen lohnen. Amethyst Prognosis hingegen hat bei den Analysen kein eigenes Investitionsinteresse. Wir sind unabhängig. Andromeda berechnet die wirtschaftlichen Entwicklungstendenzen von Regionen, Nationen, Kontinenten und der ganzen Welt. Unser System zeigt, wohin es geht und wo man ansetzen muss, wenn einem die Richtung nicht gefällt, in die bestimmte Entwicklungen zielen. Sie sind ebenfalls herzlich eingeladen nach London – Sie alle! –, wenn Sie sich Andromeda ansehen möchten.«

»In den vergangenen Jahren haben Sie sich mit Ihren Prognosen mehrmals geirrt«, erinnerte der Bundeskanzler. »Aber die Irrtümer betrafen nur unwesentliche Details, nicht das große Bild.«

»Ich möchte Ihnen ausdrücklich danken, Mister Forsythe«, erklärte die Gastgeberin des G20-Gipfels. »Wir werden Ihre Unterlagen prüfen und dann unsere Entscheidung treffen.«

Die Staatspräsidentin stand auf und gab damit zu erkennen, dass das Gespräch zu Ende war. »Sind Sie für die Dauer des Gipfels in Paris?«

Forsythe schob das Tablet in die Aktentasche und erhob sich ebenfalls. »Ja, Madame le Président. Ich wohne im Four Seasons. Falls Sie weitere Daten oder Erläuterungen benötigen, stehe ich jederzeit zur Verfügung.«

11

FRANCIS FORSYTHE mochte die braunen und beigefarbenen Töne des Penthouse, sie vermittelten Wohlbehagen, und die Aussicht vom achten Stock des Four Seasons hätte besser nicht sein können; die Frühstücksterrasse bot einen ungehinderten Blick über die Stadt und auf den Eiffelturm. Aber Forsythe hatte die teure, hundertsechzig Quadratmeter große Dachgeschosssuite nicht wegen der Aussicht gemietet, sondern weil er die Ruhe liebte und ungestört sein wollte, selbst während des Gipfels.

Er saß im Büro, das über eine eigene Terrasse verfügte, und sah sich die neuesten Zahlen an, während draußen der Tag dem Abend wich und Paris begann, sich in ein Gewand aus Lichtern zu kleiden. Die Terrassentür blieb geschlossen, die herbstliche Kühle ausgesperrt.

Genau um zwanzig Uhr erklang der Türsummer. Forsythe öffnete und ließ eine Frau mit goldenen Augen und langem blonden Haar eintreten.

»Du bist sehr pünktlich«, sagte er. »Fast auf die Sekunde.«

»Hallo, Francis.« Xanadu hauchte ihm einen Kuss auf die Wange, legte ihre Jacke ab und wanderte durch das große Wohnzimmer.

»Nicht schlecht.« Sie strich mit dem Zeigefinger über eine Vitrine, suchte nach Staub und fand keinen. »Erstaunlich, dass du dieses Penthouse während des Gipfels bekommen hast.«

»Ich habe früh genug gebucht. Ein Premierminister und mehrere Staatssekretäre nächtigen in den Stockwerken unter uns.«

Xanadu nickte anerkennend.

»Wie ist es gelaufen?«, fragte sie und kam näher. »Heute Morgen, meine ich.«

Sie schien zu schweben, fand Forsythe. Wie auch immer sie sich bewegte, es sah nach einem langsamen, eleganten Tanz aus, nach einem anmutigen Fließen und Strömen, in dem alles weich war.

Xanadu trug erneut ein Röhrenkleid, das ihre Figur betonte, wie schon bei ihrem Treffen in London vor einigen Tagen, diesmal in einem Rotbraun, das gut zu den Farben des Penthouses passte.

Ihre dunkelroten Lippen waren ihm so nahe, dass er den Glanz des Lippenstifts sah.

»Wie erwartet«, antwortete er. »Vielleicht gibt es noch die eine oder andere Rückfrage, aber ich bin sicher, dass die vorgeschlagenen Maßnahmen ergriffen werden. Zumindest die meisten von ihnen.«

»Wir bekommen also die Zeit, die wir brauchen.«

»Davon gehe ich aus.«

»Freut mich sehr.« Ihre Fingerkuppen berührten ihn an der Wange. »Entschuldige bitte, ich bin gleich wieder da.«

Forsythe sah ihr nach, wie sie in Richtung Bad schwebte.

Er ging ins Schlafzimmer, setzte sich auf die Bettkante und wartete auf den Beginn des kleinen Rituals. Die Badezimmertür war geschlossen. Er hörte nichts, kein Rauschen, kein Plätschern.

Zehn Minuten später kam Xanadu zu ihm, in ihrer ganzen nackten Schönheit, gehüllt nur in den Duft von Flieder. Dicht vor ihm blieb sie stehen, lächelte allein für ihn und bereitete die Arme aus. »Gefalle ich dir?«

»Du bist wundervoll.« Ja, er bewunderte sie, ihre makellose Schönheit, aber er rührte sie nicht an, auch nicht, als sie noch etwas näher kam. Sie drehte sich vor ihm. Alles rund und weich, dachte er, von einer seltsamen Melancholie erfasst. Alles warm und lebendig.

Sie legte ihm die Hände auf die Wangen.

»Nein«, sagte er so sanft wie möglich.

Xanadu zögerte kurz, dann lächelte sie erneut und setzte sich neben ihn.

»Irgendwann schaffe ich es«, sagte sie.

»Irgendwann. Wir haben Zeit.«

»Nicht wenn die Welt zugrunde geht.«

»Das werden wir verhindern.«

Sie lehnte sich an ihn. »Das Bad gefällt mir. Alles aus Marmor. Und die Badewanne ist so groß wie ein Pool. Ich liebe so etwas.«

»Ich weiß«, sagte Forsythe.

Sie sah ihn von der Seite her an. »Du hast das Penthouse für mich gemietet, nicht wahr?«

»Ja.« Er sah auf die Uhr. »Und ich habe uns einen Tisch im Lapérouse bestellt, bei der Conciergerie und Notre-Dame. Dort wird es dir ebenfalls gefallen: nicht zu exklusiv, nicht zu banal, behagliches Ambiente des achtzehnten Jahrhunderts und traditionelle Küche.«

Xanadu stand auf. »Klingt gut.«

»Anschließend gibt es einige Dinge zu besprechen«, fügte Forsythe hinzu.

»Wie immer.« Sie ging zur Tür. »Es wird bestimmt ein interessanter Abend.«

12

SIE SPEISTEN im Lapérouse am Quai des Grands Augustins Nummer einundfünfzig, in einem einstigen Herrenhaus, das man 1766 in einen Weinhandel umgewandelt hatte und das im zwanzigsten Jahrhundert als Treffpunkt des literarischen, politischen und kulturellen Paris bekannt gewesen war. Wohin man auch blickte, überall sah man Geschichte.

Forsythe und Xanadu saßen an einem runden Tisch in einem Zimmer, das wie ein kleiner Privatsalon wirkte. Niemand befand sich in der Nähe, aber sie sprachen nicht über den Plan – dafür gab es später noch Zeit genug –, sondern erzählten sich kleine Anekdoten aus ihrem Leben.

Nach dem Essen sahen sie sich die Conciergerie, das ehemalige französische Staatsgefängnis auf der nahen Seine-Insel Île de la Cité an, die das mittelalterliche Zentrum von Paris gewesen war. Sie bewunderten Notre-Dame, nach dem Brand vor neun Jahren aufwendig restauriert. Eine Stunde lang wanderten sie am Ufer der Seine entlang, erst auf der einen und dann auf der anderen Seite. Als sie schließlich ins Four Seasons zurückkehrten, war es fast Mitternacht.

Es war kühl auf der Penthouse-Terrasse, aber zum Glück wehte nur ein leichter Wind, und das nächtliche Paris in seinem Lichterkleid bot einen prächtigen Anblick. Vor ihnen auf dem Tisch ruhte eine Flasche Armand de Brignac in einem Kübel aus echtem Silber.

Xanadu hob ihr Glas und trank einen Schluck von dem Rosé-Champagner. »Es ist ein ehrgeiziger Plan«, sagte sie.

»Du spielst eine besondere Rolle dabei«, erwiderte Forsythe. Er saß mit den Händen in den Jackentaschen, blickte über die Stadt und dachte an all die Menschen, die nicht ahnten, was in den nächsten Tagen und Wochen geschehen würde.

»Traust du den anderen?«, fragte Xanadu plötzlich.

»Wenn wir uns nicht vertrauen, stürzt die Welt in einen tiefen Abgrund, und wir mit ihr«, sagte Forsythe, der selbst Xanadu nicht ganz vertraute; er glaubte immer noch, dass es ihre Softwareschmiede »Extra« war, die sich Zugang zu Andromeda verschaffen wollte. »Jeder von uns hat eigene Interessen«, räumte er ein. »Aber die Gemeinsamkeiten überwiegen. Uns kann nicht an einer Welt gelegen sein, in der es keinen Reichtum mehr gibt.«

»Die Clochards am Ufer der Seine«, sagte Xanadu. »Es wird bald mehr von ihnen geben.«

»Viel mehr. Die Zahl der Arbeits- und Obdachlosen wird in die Höhe schnellen.«

»Es wird Unruhen geben.« Xanadu griff nach der Champagnerflasche und schenkte ihnen beiden nach. »In manchen Staaten – auch hier in Frankreich, in dieser wundervollen Stadt – könnte es zu bürgerkriegsähnlichen Zuständen kommen, die sich im ganzen Land ausbreiten.«

»Für uns wird es immer irgendwo ein sicheres Plätzchen geben.«

»Dunnet Head?«, fragte Xanadu.

»Ein kleiner, ruhiger Rückzugsort. Es gibt noch viele andere, für jeden von uns.«

Xanadu hielt ihr Glas in der Hand. »Siebzig Billionen Euro für uns. Etwa sechzig Prozent der derzeitigen Weltwirtschaftsleistung. Die in den nächsten Wochen sinken wird.«

»Nach unseren Berechnungen wird sich das globale Bruttoinlandsprodukt um mindestens ein Drittel verringern«, sagte Forsythe. »Aber diese Zahlen sind für uns nur bedingt relevant. Unsere Vermögen werden dann bereits einen sicheren Hafen angesteuert haben, wo ihnen keine Inflation und dergleichen droht. Genug Geld, um die neue Welt zu lenken und zu kontrollieren.«

»Bitcoin.« Xanadu trank und stellte ihr Glas auf den Tisch. »Wie gesagt, ein ehrgeiziger Plan. Er hat nur eine kleine Schwachstelle.«

»Und die wäre?«

Sie sah ihn an. »Satoshi Nakamoto.«

Forsythe nickte langsam. »Der Mann, der die Grundlagen für den Bitcoin geschaffen hat.«

»Du brauchst ihn, um die Blockchain zu übernehmen.«

»Wir brauchen Zugang zu seiner Hintertür.« Forsythe benutzte ganz bewusst das Wort *wir.* »Um zu verhindern, dass jemand anders sie benutzt.«

»Wenn es eine Hintertür gibt.«

»Davon gehen meine Quellen aus. Wer die Blockchain kontrolliert, der kontrolliert die neue Weltwährung. Wenn wir die neue Welt lenken und steuern wollen, muss ihre Währung unser Werkzeug sein.«

»Niemand weiß, wer sich hinter dem Namen Satoshi Nakamoto verbirgt und ob er überhaupt noch lebt.« Xanadu zögerte kurz. »Eben hast du von meiner ›besonderen Rolle‹ bei dem Plan gesprochen. Worin besteht sie?«

»Punkt eins: Finde Satoshi Nakamoto. Wer wäre dafür besser geeignet als du? Die Mittel und Wege stehen dir und ›Extra‹ zur Verfügung. Punkt zwei: Übernimm die Bitcoin-Nodes, die Computer, in denen die dezentrale Blockchain gespeichert ist. Derzeit sind es etwa sechzehntausend weltweit. Punkt drei betrifft die Miner, deren Anlagen die Blockchain etwa alle zehn Minuten um einen Transaktionsblock erweitern. Es wäre sehr nützlich, wenn uns die Mining-Rechenleistung zur Verfügung stünde, falls wir sie brauchen.«

»In welcher Reihenfolge?«, fragte Xanadu.

»Punkt eins ist am wichtigsten«, antwortete Forsythe. »Den Rest überlasse ich deinem Ermessen. Es ist das Gesamtpaket, das zählt. Je weniger wir dem Zufall überlassen, desto besser.«

»Ich mache mich gleich morgen früh an die Arbeit«, versprach Xanadu. »Gibt es noch einen Punkt vier?«

»Den gibt es tatsächlich, und er heißt Target Zwei. In den nächsten Stunden oder höchstens Tagen werden die G20-Regierungen Rettungspakete für die systemrelevanten Banken und Unternehmen schnüren, die ins Wanken geraten und die wir weiter destabilisieren werden. Ich koordiniere unsere Aktionen, wie es der Plan vorsieht. Übermorgen wird Sammy Winster angesichts der sich abzeichnenden Bankenkrise eine Umschichtung des Anlagevermögens ankündigen und bekannt geben, dass Whitestone in Bitcoin investiert. Andere große Investmentfonds werden folgen, und wir sorgen dafür, dass diese Nachrichten die breite Öffentlichkeit erreichen. Immer mehr Menschen werden damit beginnen, ihr Geld in Bitcoin anzulegen. Amethyst Prognosis wird eine günstige Prognose für den Bitcoin herausgeben, was dem Kurs einen zusätzlichen Schub verleihen wird.«

Forsythe zog seine rechte Hand aus der Jackentasche, ergriff sein Glas und trank einen Schluck. Der Wind wurde frischer, Kühle fraß sich durch seine Kleidung.

»Nimm dir das europäische Zahlungsverkehrssystem Target Zwei vor«, fuhr er fort. »Manipuliere die T2-Salden der Zentralbanken. Sorg dafür, dass falsche Zahlen in den Listen erscheinen. Unterbrich den Zahlungsverkehr, ohne dass es nach einem Angriff von Hackern oder dergleichen aussieht. Lässt sich das bewerkstelligen?«

»Ich bereite morgen alles vor«, erwiderte Xanadu zuversichtlich.

»Unser Ziel ist es, das Vertrauen in die Banken- und Finanzsysteme nachhaltig zu erschüttern. Dadurch wird noch mehr Geld in Richtung Bitcoin fließen.«

»Ich kümmere mich darum.«

Eine Zeitlang saßen sie schweigend in der Nacht, hinter ihnen das gedämpfte Licht des Penthouse, vor ihnen die zahllosen Lichter der Stadt.

»Es wirkt alles sehr friedlich«, sagte Xanadu nach einer Weile.

»Das wird sich ändern. Es wird Brände geben, in dieser Stadt und vielen anderen. Rauchschwaden werden den Himmel verdunkeln.«

»Bist du sicher?«

»Nein«, sagte Forsythe nach kurzem Überlegen. »Es kommt darauf an, ob wir alles richtig machen; dann bleibt uns so etwas vielleicht erspart.«

Xanadu schauderte plötzlich. »Mir wird kalt, und die Flasche ist leer. Es wird Zeit fürs Bett.«

Sie nahmen ein gemeinsames Bad, in einer Wanne groß wie ein Pool und umgeben vom erlesenen Marmor eines Badezimmers groß wie ein Salon. Eine halbe Stunde später im Kingsize-Bett lagen sie dicht nebeneinander, Xanadu auf der Seite und mit einem Arm auf seiner Brust.

»Du bist nie verheiratet gewesen«, murmelte sie schläfrig.

»Nein.« Forsythes Beziehungen zu Frauen ließen sich an einer Hand abzählen. Sie hatten ihn nie wirklich interessiert, und Männer noch weniger. »Wer weiß, vielleicht klappt es irgendwann. Ich bin noch jung, erst fünfundfünfzig.«

Xanadu murmelte etwas, das er nicht verstand, und kurz darauf war sie eingeschlafen. Forsythe wartete ein oder zwei Minuten, bevor er vorsichtig ihren Arm von seiner Brust hob. Dann drehte er sich zur anderen Seite und schlief ebenfalls.

Als Forsythe einige Stunden später erwachte, lag nur er im großen Bett. Xanadu war fort, wie ein vom ersten Licht des Tages vertriebener Schatten.

MARTIN FREEMAN

13

DAKOTA BEFAND sich nicht in der kleinen Dachgeschosswohnung im Norden von Genf, die sie aufsuchte, wenn sie ungestört sein oder ausschlafen wollte. Im Sommer mied sie ihr kleines Refugium, weil es in den beiden nicht klimatisierten Zimmern ziemlich heiß werden konnte. Im Herbst war sie dort öfter anzutreffen – sie mochte das Geräusch, wenn der Regen auf die Oberlichter klopfte.

Martin klingelte mehrmals, und als niemand öffnete, holte er sein Handy hervor und wählte Dakotas Nummer. Er erreichte sie beim dritten Versuch.

»Wo bist du?«, fragte er. Er stand unter dem kleinen Vordach des Wohnhauses, vor dem Regen geschützt, und beobachtete eine große Passagiermaschine, die gerade vom Genfer Flughafen aufgestiegen war.

»Bei Myrte.«

Er hörte Stimmen und Musik im Hintergrund. »Was ist los bei euch?«

»Oma veranstaltet eine Party. Deshalb habe ich das Handy nicht sofort gehört.«

»Eine Party? Es ist Mittag, und es regnet.«

Dakota lachte. »So was stört sie nicht, das weißt du ja.«

»Habt ihr noch Platz auf dem Boot? Ich würde dich gern sehen.«

Dakota lachte erneut. »Komm her.«

»In Ordnung, bin unterwegs.«

Martin blieb für einen Moment unter dem Vordach stehen und blickte in den gerade fallenden Regen. Ihm stand nicht unbedingt der Sinn nach einer Party, aber das Boot war groß genug, vielleicht ließ sich irgendwo eine ruhige Ecke finden.

Er brauchte fast eine halbe Stunde für die Fahrt durch die Stadt und erreichte schließlich die Stelle, an der sich Rhône und Arve trafen, im Westen von Genf. Noch ein kleines Stück weiter westlich lag Myrtes Hausboot am Ufer der Rhône, mit hohen Bäumen auf beiden Seiten des Flusses. Im Sommer, wenn die Bäume dichtes Blattwerk trugen, konnte man fast glauben, irgendwo in einem tiefen Wald zu sein.

Martin hörte die wummernde Musik schon von weitem und fragte sich, ob die alte Myrte tatsächlich Techno mochte. Vielleicht kam es ihr hauptsächlich darauf an, dass es laut war.

Dakota wartete am Anleger auf ihn.

»Ich dachte schon, du kommst nicht mehr«, sagte sie erfreut und schlang die Arme um ihn. Es fielen nur noch vereinzelt Regentropfen.

»Ich weiß nicht, was heute in der Stadt los ist«, erwiderte er mit dem regenfeuchten Duft ihres Haars in der Nase. »Überall staut sich der Verkehr.«

Auf dem ehemals weißen und inzwischen graubraun gewordenen Aussichtsdeck tanzten mehrere Paare im letzten Rest des Regens. Die fünfundsiebzig Jahre alte Myrte hatte das Ausflugsschiff vor zwanzig Jahren gekauft, nach dem Ende ihrer zweiten Ehe. Über viele Jahre hinweg war sie zuvor Kapitänin der »Eldorado« gewesen und hatte das Schiff vor dem Abwracken bewahren wollen. Der Umbau hatte die »Eldorado« hochseetüchtig machen sollen, denn damals, mit jungen fünfundfünfzig, war Myrte voller Tatendrang gewesen und hatte mit dem Schiff über die Rhône bis nach Port Saint-Louis fahren wollen, wo der Fluss ins Mittelmeer mündet, und dann noch viel weiter, durch die Straße von Gibraltar oder den Suezkanal hinaus in die Weltmeere.

Doch diesen Traum hatte sie sich nie erfüllt. Vielleicht war ihr das Geld ausgegangen, oder es lang am Tod ihres Sohns, der sie vor anderthalb Jahrzehnten schwer getroffen hatte. Durch den Umbau war das Ausflugsschiff schließlich zu einem Hausboot geworden, auf dem Myrte seit damals wohnte und lebte. Sie verließ es nur selten, trank viel und oft und verbrachte einen großen Teil ihrer Zeit damit, der Vergangenheit nachzutrauern.

Wahrscheinlich starb sie irgendwann auf ihrer »Eldorado«. Sie selbst rechnete fest damit. »Wenn ich tot bin«, hatte sie einmal gesagt, »braucht ihr mich nur auf die andere Seite des Flusses zu bringen.« Dort lag hinter den Bäumen der große Friedhof Saint-Georges.

»Hat dich deine Schwester zu mir gelassen?«, fragte Dakota, als sie zum Steg gingen, der das Hausboot mit dem Anleger verband.

»Sie weiß nicht, dass ich hier bin.«

Sie traten aufs Deck. Das Wummern wurde lauter, als Dakota eine Kajütentür öffnete.

»Was hat sie nur gegen mich?«, fragte sie und hob dabei die Stimme.

Martin zuckte mit den Schultern. Er hatte derzeit andere Dinge im Kopf.

Myrte, von allen »Oma« genannt, werkelte in der großen Kombüse und hantierte mit Töpfen und Pfannen. Sie war hochgewachsen und schlank, mit strähnigem grauen Haar, einem dunklen Rollkragenpullover, abgetragener Jeans und fleckigen braunen Cowboystiefeln, denen nur die Sporen fehlten. Gelegentlich tanzte sie kurz, wenn sie beide Hände frei hatte. Es schien ihr gut zu gehen, sie lächelte und winkte, als sie Martin sah. Er winkte zurück und rief einen Gruß, den sie wegen der lauten Musik jedoch nicht hörte.

»Sie kocht für ihre ›Mannschaft‹, wie sie die Meute nennt.« Dakota führte ihn durch einen Gang, vorbei an Bildern und alten Fotos, die eine jüngere Myrte zeigten.

»Hoffentlich bringt sie nichts durcheinander«, sagte Martin. »Wie viel hat sie intus?«

»Genug für ein bisschen Fröhlichkeit.« Dakota kletterte eine steile Treppe hinunter, und Martin folgte ihr.

Unten begegneten sie einer jungen Frau, die er zum ersten Mal sah. Sie konnte nicht älter als zwanzig sein, hatte rötliches Haar und ein Gesicht voller Sommersprossen.

Sie blieb vor ihnen stehen und hob den Zeigefinger. »Wusstet ihr, dass Genf hinter Monaco die Stadt mit der höchsten Millionärsdichte ist? Mehr als achtzehn Prozent der Bevölkerung sind Millionäre.«

»Fast jeder Fünfte«, kommentierte Dakota. »Also haben wir mehrere Millionäre an Bord. Viel Glück bei der Suche, Lindsey.«

Sie gingen weiter. Martin warf einen Blick über die Schulter und sah, wie Lindsey über die Treppe nach oben verschwand.

»Sie ist neu«, erklärte Dakota und öffnete eine Kajütentür im Heck des großen Hausboots. »Keine Ahnung, wer sie mitgebracht hat. Lindsey stopft sich den Kopf mit irgendwelchen Statistiken voll, vielleicht in der Hoffnung, sich dadurch so etwas wie Kultur zu geben.«

Sie schlüpfte ins Zimmer, zog Martin mit sich und drückte die Tür hinter ihm zu. Dann schlang sie erneut die Arme um ihn.

»Hier sind wir allein«, sagte sie und küsste ihn.

14

ES GAB hübschere junge Frauen als Dakota, die eigentlich Fleur van Leeuwen hieß, aus Amsterdam stammte und zwei Jahre älter war als er, einunddreißig. Die Augen standen ein wenig zu weit auseinander, die Nase war ein wenig zu groß, der Mund ein wenig zu klein, das Kinn zu rund, das aschblonde Haar zu kurz. Sie war unscheinbar, eine kleine, blasse Blume, häufig überstrahlt von den Farben der anderen. Aber sie hatte einen inneren Glanz, den nur sah, wer die richtigen Augen dafür hatte.

Martin mochte die Art, wie sie sich bewegte, den weichen Klang ihrer Stimme und ihren Duft, wie von Wald und Erde. Und er mochte ihren messerscharfen analytischen Verstand. Er kannte niemanden, der besser mit einem Computer umgehen konnte als Dakota.

Seit zehn Jahren lebte sie in Genf und spielte eine zentrale Rolle bei Tron. Warum sie den Niederlanden und Amsterdam den Rücken gekehrt hatte, blieb ihr Geheimnis, darüber sprach sie nie. Martin wusste nur, dass sie Mitglied einer sehr obskuren Hackergruppe namens »Concept« gewesen war.

Sie küsste ihn erneut, noch etwas länger als beim ersten Mal, und zog ihn zum Bett.

»Das ist zu schmal für uns«, wandte er ein.

»Wir müssen nicht unbedingt nebeneinander liegen«, hielt sie ihm entgegen.

»Hast du deinen Computer dabei?«

Sie sah ihn mit großen Augen an. »Das fragst du allen Ernstes?« Sie deutete zum Tisch mit dem großen Notebook, über dessen Display die grünen Zeichenkolonnen eines Matrix-Bildschirmschoners scrollten.

Dakota hatte immer ihren Computer dabei, beziehungsweise *einen* ihrer Computer. Ihr Hauptrechner stand in Trons altem Bauernhaus, im Norden von Genf, zwischen der Autobahn A1 im Osten und dem Flughafen im Süden. Kühe gab es dort keine mehr, dafür aber zwei Notstromaggregate und eine der besten Internetverbindungen in der ganzen Schweiz.

»Die Polizei war bei mir«, sagte Martin.

Das machte Dakota sofort hellhörig. »Warum? Was hast du ausgefressen?« Das hatte ihn Jasmin, nur in andere Worte gekleidet, ebenfalls spontan gefragt, als sie erfuhr, dass die Polizei mit ihm sprach, erinnerte sich Martin.

»Jemand ist ermordet worden.«

»*Hallo!*«, rief sie erschrocken. »Wer?«

Sie setzte sich an den Tisch, das Gesicht voller Sorge. Martin jedoch blieb stehen und erzählte von seinem Treffen mit Vincent Moreau am Morgen.

»Siehst du da einen Zusammenhang?«, fragte sie.

»Die Polizei jedenfalls sieht einen.«

»Die Polizei *vermutet* einen«, korrigierte Dakota.

Martin holte die SD-Karte hervor. »Vincent Moreau hat mir das hier gegeben.«

Er reichte ihr die Speicherkarte, Dakota nahm sie entgegen und drehte sie einige Male hin und her, wie auf der Suche nach etwas. »Ich nehme an, du hast der Polizei nichts davon gesagt, sonst hättest du die Karte nicht mehr.«

»Ich dachte …« Martin unterbrach sich. »Um ehrlich zu sein, ich weiß nicht, was ich mir dabei gedacht habe. Vielleicht wäre es tatsächlich besser gewesen, sie dem Kommissar zu überlassen. Er hat mich ausdrücklich gefragt, ob ich von Vincent Moreau irgendetwas bekommen habe.«

»Und du hast Nein gesagt.«

Martin nickte.

Dakota hob die Karte. »Was enthält sie?«

»Sieh es dir an.«

Dakota stand auf, und beide setzten sie sich an den kleinen Tisch in der Ecke. Sie schob die SD-Karte in einen Adapter, verband ihn mit einem USB-Port und drückte die Leertaste, woraufhin die grünen Matrix-Zeichen vom Bildschirm verschwanden.

»Eine Textdatei«, sagte Dakota. »Weiter nichts?«

»Sieh es dir an«, wiederholte Martin.

Dakotas Finger tanzten über die Tasten. Es waren hübsche Finger, fand Martin, lang und dünn, mit grün lackierten Fingernägeln.

»Bilder«, stellte sie fest. »Als du klein warst. Von der Beerdigung deiner Eltern. Seltsam formatierter Text, mal groß, mal klein.«

»Sieh dir den ganz unten an, den kleinen am Ende der Datei.«

Sie las ihn halblaut: »›Manchmal sind die Dinge nicht so, wie sie zu sein scheinen.‹ Was bedeutet das?«

»Keine Ahnung. Ich weiß nicht, was mir Vincent Moreau damit sagen wollte. Das heißt … Vielleicht meinte er die Karte damit.«

Dakota warf ihm einen kurzen Blick zu, bevor ihre Finger erneut über die Tasten flogen.

»Mit der Größe stimmt was nicht«, sagte sie nach etwa zwanzig Sekunden. »Etwas ist versteckt.«

Martin nickte. »Das dachte ich mir auch.«

Dakota lehnte sich zurück, die Hände an der Tischkante, und starrte auf den Bildschirm. Martin wartete.

»Ich schätze, dafür brauche ich einige spezielle Werkzeuge.«

Ihre Finger trommelten auf die Tischkante, während sie überlegte. Dann beugte sie sich wieder vor, fuhr den Computer herunter und startete ihn neu. Sie hatte mehrere Betriebssysteme zur Auswahl, und als sich Martin zur Seite beugte, um einen Blick aufs Display zu erhaschen, glaubte er, ein Kali-System zu erkennen, eine Linux-Variante mit zahlreichen Hackertools.

Dakota begann, die SD-Karte damit zu untersuchen. »Das könnte etwas dauern«, murmelte sie.

Jemand klopfte an und öffnete die Tür, ohne eine Einladung abzuwarten. Die Musik wurde lauter, ein bärtiges Gesicht erschien. Martin erkannte Stephan, der einige Jahre älter war als Dakota und ebenso gern trank wie Myrte. Was ihn als Sohn des neuseeländischen Konsuls in Genf zu Oma Myrtes Hausboot gebracht hatte, wusste niemand. Vielleicht waren sie sich irgendwann einmal in einem Spirituosenladen begegnet und hatten Gefallen aneinander gefunden.

»Oh, du bist nicht allein«, brummte Stephan enttäuscht und offensichtlich auch verärgert.

»Hallo, Steve«, sagte Martin übertrieben freundlich. »Schön, dich wiederzusehen. Wie steht's?«

»Steve bin ich nur für meine Freunde. Für dich bin ich Stephan.« Er wandte sich an Dakota. »Ich wollte dich fragen, Fleur … Du tanzt doch gern, oder? Ach was, alle Frauen tanzen gern.« Er lallte ein wenig. »Heute Abend gibt's 'ne Gala im Konsulat, mit allem Drum und Dran.« Er grinste und kam ganz herein, in der rechten Hand eine Flasche Wein.

Dakota klappte den Deckel des Notebooks zu, damit Stephan nicht sehen konnte, was der Bildschirm zeigte. »Du bist betrunken.«

»Ach was, ich bin nur 'n bisschen angeheitert«, widersprach er mit schwerer Zunge. »Myrte, die ist betrunken. Und niemand beschwert sich.«

Dakota verschränkte die Arme. »Ich mag es nicht, wenn man einfach so bei mir hereingeschneit kommt.«

»Ich hab angeklopft.« Stephan grinste erneut. »Und … he, ich hab keinen Schnee mitgebracht.«

Dakota seufzte so laut, dass man es trotz der Musik hörte. »Wir sind hier in einer wichtigen Besprechung und möchten nicht gestört werden.«

»In einer Besprechung seid ihr? Und worum geht's dabei?«

Martin stand auf.

»Nein«, sagte Dakota sofort und war mit einem Satz auf den Beinen. Sie trat zu Stephan. »Bitte geh.«

Er wich halb in den Kajütengang zurück. »Was ist mit heute Abend?«

»Mal sehen.« Dakota legte die Hand an die Tür. »Mal sehen.«

Stephan richtete den Zeigefinger auf Martin, als würde er ihm drohen, dann ging er. Dakota drückte die Tür zu, schloss ab und kehrte zum Tisch zurück.

»Mal sehen?«, fragte Martin.

»Ich auf einer Gala im Konsulat?« Dakota schüttelte den Kopf, setzte sich wieder an den Tisch und klappte den Notebookdeckel hoch.

»Warum hast du ihm keine Absage erteilt?«

»Weil es immer gut ist, jemanden in Reserve zu haben.« Sie sah ihn schief an. »Falls sich die erste Wahl erneut rarmacht.«

»Ich kenne sonst niemanden, der dich Fleur nennt.« Martin rückte seinen Stuhl näher an ihren heran.

»Er ist der Einzige.«

Martin legte ihr den Arm um die Schultern, zog sie kurz an sich und ließ wieder los. Er hätte sie gern länger gehalten und vielleicht noch etwas mehr getan, aber die Erinnerung an den Besuch der Polizei war zu frisch. Er musste herausfinden, worum es bei der ganzen Sache ging, und das so schnell wie möglich.

Dakota seufzte erneut, leiser als zuvor, und machte sich wieder an die Arbeit.

Martin beobachtete, wie sie die SD-Karte mit ihren »speziellen Werkzeugen« untersuchte, Sektor für Sektor. Diagramme und Zahlenkolonnen erschienen in Bildschirmfenstern.

»Es ist nicht einfach«, murmelte Dakota, während ihre flinken Finger über die Tastatur flogen. »Nein, es ist ganz und gar nicht einfach. Hier war jemand ziemlich geschickt.«

»Schaffst du's?«, fragte Martin nach einer Weile. »Kriegst du raus, was mit der Karte los ist?«

»Mit meinem Hauptrechner bei Tron wär's leichter, aber ich denke … Ja, ich glaube, ich bin auf der richtigen Spur.«

Wenige Minuten später öffnete sich ein weiteres Fenster, darin eine Liste von Dateien.

»Hier haben wir's«, sagte Dakota zufrieden. »Das ist der Inhalt der versteckten Sektoren.« Sie öffnete die erste Datei und scrollte durch den Inhalt.

Martin betrachtete Tabellen und graphische Darstellungen, die Auskunft gaben über die Kurse von Aktien und Staatsanleihen. Es folgten die Bilanzen internationaler Unternehmen und Aufstellungen der einzelnen Vermögenswerte großer Investmentfonds, an erster Stelle der Branchenriese Whitestone.

Dakota öffnete weitere Daten und fand ein Dokument, das die Deutsche Bank betraf.

»Damit kennst du dich besser aus«, sagte sie.

Martin las den Text. »Das sind Interna«, stellte er fest, »nicht für die Öffentlichkeit bestimmt. Dies hier …« Er beugte sich vor. »Darin geht es um die Derivate der Deutschen Bank, um ihre Schulden. Und offenbar sind diese Dokumente nur wenige Tage alt. Mit anderen Worten: Es handelt sich um topaktuelle Informationen.«

Dakota verstand sofort. »Aktuelle Interna. Insiderinfos. Ich schätze, die sind viel wert, oder? Wer weiß, vielleicht hatte es der Mörder von Vincent Moreau darauf abgesehen. Ziemlich heiße Sache, scheint mir. Heiß genug, um sich daran zu verbrennen.«

Eine weitere Dateiliste enthielt einen Link mit dem Titel »Untersuchungsbericht«.

Dakota klickte darauf.

Bilder erschienen und zeigten einen Unfallwagen, einen weißen Mercedes, halb zerrissen, der Innenraum voller Blut. Der Wagen lag am Ende eines Hangs, mit Felsen auf der einen und Bäumen auf der anderen Seite. Martin sah das Nummernschild und begriff, dass es sich um den Unfallwagen seiner Eltern handelte.

»Der Untersuchungsbericht eines Sachverständigen namens Jannik Angelani aus Bern.« Martin las den Text mit hungrigen Augen. An einer Stelle hielt er verblüfft inne. »Manipulierte Bremsen?«

Die Musik wummerte noch immer vorn im Hausboot, aber für Martin wurde es plötzlich so still, dass er den eigenen Herzschlag hörte.

Dakota hatte den Bericht ebenfalls gelesen, vielleicht noch schneller als er.

»Es war kein Unfall«, sagte sie. »Jemand hat die Bremsen des Wagens manipuliert. Es war Mord.«

DIE SIEBEN – SAMUEL WINSTER

15

DAS GRAB des Gründers von Whitestone auf dem Green-Wood Cemetery, New York, war nicht besonders groß oder auffällig: ein Grabstein aus weißem Marmor, darauf in goldenen Lettern der Name Salomon Fray mit dem Geburts- und Todesdatum: 2.11 1952–17.6.2026.

Samuel Winster blieb davor stehen, legte die Hände übereinander und senkte ein wenig den Kopf. Abigale Hobbs und Jayden Elroy, die beiden Journalisten von Associated Press, traten neben ihn, sie in einem dezenten dunkelblauen Kostüm, er in einem mausgrauen Anzug. Feiner Kies knirschte unter ihren Sohlen. Die drei Sicherheitsbeauftragten, die sie hierherbegleitet hatten, warteten in gebührendem Abstand. Aus dem Augenwinkel sah Winster einige Neugierige, die ihn erkannt hatten und ihn mit ihren Handys fotografierten und filmten. Umso besser, wenn sich einige Blogger unter ihnen befanden.

»Kommen Sie oft hierher, Mister Winster?«, fragte Hobbs.

Winster hob den Kopf. »Ist dies nicht ein schöner Ort? Ein Park mitten in Brooklyn, zwei Quadratkilometer groß. Bäume, Teiche …«

»Und jede Menge Gräber«, warf Elroy ein. »Sechshunderttausend.«

Er war respektlos, dieser Jayden. Jugendlicher Übermut war nicht der Grund dafür, immerhin ging er auf die fünfzig zu. Winster vermutete, dass er ihn provozieren und aus der Reserve locken wollte, in der Hoffnung, Dinge zu erfahren, die Winster sonst nicht preisgegeben hätte.

»Ein Ort der Besinnung«, sagte er. »Mehr noch als die anderen Friedhöfe. Ja, ich komme oft hierher, für eine stumme Zwiesprache mit Salomon. Sein Grab erinnert mich an die Vergänglichkeit des Lebens.« Er deutete über die weiße Marmorplatte hinweg. »Wussten Sie, dass dort drüben Leonard Bernstein ruht? Was vielleicht kein Zufall ist. Manchmal frage ich mich, ob Salomon deshalb hier an dieser Stelle begraben werden wollte.«

»Weil er sich selbst als eine Art Dirigenten sah? Für ein Orchester des Geldes?«

Winster wandte sich Elroy zu. »Da haben Sie vielleicht recht. Wie dem auch sei, er war jemand, dem die Welt dankbar sein sollte.«

»Weil er viel Geld mit dem Geld anderer Leute verdient hat?«

»Weil seine Pensionsfonds Millionen von amerikanischen Bürgern einen sorgenfreien Ruhestand ermöglichen«, erklärte Winster. »Weil er Amerikas Mittelstand die Möglichkeit gegeben hat, mehr Wohlstand zu erwerben. Whitestone«, intonierte er, »verkörpert den amerikanischen Traum und ist eine tragende Säule der Gesellschaft.«

»Klingt das nicht ein bisschen wie aus einem Werbespot für Ihre ETFs?«, fragte Jayden Elroy.

Abigale Hobbs warf ihm einen mahnenden Blick zu. »Wir möchten Ihnen danken, Mister Winster«, sagte sie. »Im Namen von Associated Press. Dafür, dass Sie einige Stunden Ihrer kostbaren Zeit für uns erübrigen. Das wissen wir sehr zu schätzen.«

Nichts zu danken, es gehört alles zum Plan, dachte Winster und lächelte erneut.

»Das versprochene Exklusivinterview«, entgegnete er. »Ohne Themenbeschränkung. Und ohne Rücksicht.« Er nickte Elroy zu. »Keine Tabus. Ich stehe Ihnen Rede und Antwort.«

Begleitet von den Leibwächtern, kehrten sie zu den beiden Limousinen an der Zufahrt zurück. Der Fahrer des ersten Wagens öffnete die Türen; Winster nahm vorn Platz, Abigale Hobbs und

Jayden Elroy im Fond. Das zweite Fahrzeug nahm die drei Sicherheitsbeauftragten auf.

»Wie beurteilen Sie die derzeitige Situation der Weltwirtschaft, Mister Winster?«, fragte Hobbs, als sie Brooklyns Green-Wood-Friedhof verließen und in Richtung Manhattan fuhren.

Winster drehte den Kopf und sah in den Fond. Die beiden Journalisten machten sich keine Notizen und hielten auch nicht ihre Smartphones in den Händen, aber er war sicher, dass sie alles aufzeichneten.

»Sie werden mit eigenen Augen sehen, wie es der Weltwirtschaft geht«, stellte er in Aussicht. »Ich zeige Ihnen Puls und Herzschlag des globalen Finanzwesens.«

»Gestatten Sie mir eine persönliche Frage?«, ließ sich Hobbs vernehmen, als sie den Hudson überquerten. Der kühle Herbstdunst lichtete sich, Sonnenschein erreichte die Stadt.

»Nur zu«, sagte Winster.

»Sie sind neununddreißig Jahre alt und noch immer Single. Warum?«

Winster lachte sein fröhliches Lachen. »Möchten Sie mich heiraten, Miss Hobbs?«

Sie lächelte. »Ich glaube, mein Verlobter hätte etwas dagegen.«

»Vielleicht«, sagte Winster, »habe ich bisher einfach noch nicht die Richtige gefunden.«

»Oder Sie sind homosexuell«, warf Jayden Elroy ein.

Winster lachte erneut. Sie spielen ein kleines Spiel mit mir, dachte er. Ein Spiel, das man unter anderen Umständen vielleicht »Guter Cop, böser Cop« genannt hätte.

»Keine Sorge, Sie sind nicht mein Typ«, erwiderte er. »Ob jemand homosexuell ist oder nicht, spielt in unserer modernen Gesellschaft längst keine Rolle mehr, oder? Doch was das Heiraten betrifft … Finden Sie das nicht ein wenig retro?«

»Vielleicht sind Sie mit Ihrer Firma verheiratet«, spekulierte Abigale Hobbs.

»Oh, es ist nicht *meine* Firma. Ich habe sie nicht aus dem Nichts erschaffen wie Salomon Fray.«

»Sie sind Vorstandsvorsitzender und Vorsitzender des Aufsichtsrats«, sagte Elroy. »Whitestone ist Ihr Baby.«

»Ein ziemlich großes Baby«, entgegnete Winster. »Aber ja, ich trage Verantwortung, wenn Sie das meinen, und zwar in erheblichem Maße. Viele Millionen Menschen vertrauen uns ihr Geld an, und wir müssen Tag für Tag beweisen, dass es bei uns gut aufgehoben ist. Gerade in schweren Zeiten wie diesen.«

Mit den letzten Worten warf er einen Köder aus, und Hobbs schnappte sofort danach. »Und wie schwer sind die Zeiten?«

Winster wurde ernst. »Sie werden schwerer. Ich zeige es Ihnen, und dann erfahren Sie von mir, wie Whitestone darauf zu reagieren gedenkt.«

16

WHITESTONE STAND in großen Lettern über dem Eingang des Bürogebäudes, das sich an der Ecke Park Avenue und 55 East erhob, umgeben von noch höheren Wolkenkratzern, zwischen denen es fast wie eingequetscht wirkte. Die beiden Limousinen hielten, und der Fahrer der ersten wartete, bis die drei Sicherheitsbeauftragten ausgestiegen waren, bevor er seinen Platz am Steuer verließ und die Türen öffnete.

Drinnen wurden sie von Winsters persönlicher Sekretärin in Empfang genommen.

Winster lächelte wieder und rieb sich die Hände. »Ich schlage vor, ich zeige Ihnen zuerst unser Lagezentrum, wo sozusagen alle Fäden zusammenlaufen, wenn Sie so wollen. Anschließend können wir uns noch ein bisschen in meinem Büro unterhalten.«

Ein Bediensteter wartete bei der offenen Aufzugstür und deutete eine Verbeugung an, als Winster den Lift betrat. Die beiden

AP-Journalisten, seine Sekretärin und einer der Leibwächter folgten ihm.

Das »Lagezentrum« befand sich im zehnten Stock: ein etwa hundert Quadratmeter großer Raum mit Computerterminals, zu zwei großen Kreisen angeordnet, mit leeren Sesseln vor den Monitoren, die wie die Bildschirme einer Börse Kurse anzeigten. Im Hintergrund erklang leise klassische Musik.

»Hier ist niemand«, stellte Abigale Hobbs erstaunt fest.

»Wir brauchen hier nur selten jemanden«, erklärte Winster. »Es ist alles automatisiert.«

Jayden Elroy schritt langsam an den Workstations vorbei. »Algorithmen«, sagte er. »Computer, die für Menschen entscheiden.«

»Ist es nicht besser so?«, entgegnete Winster. »Menschen können sehr irrational sein. Denken Sie an die Krise von 1987. An den 19. Oktober, den Schwarzen Montag. Damals war noch alles traditionell. An einem einzigen Tag verlor der Dow-Jones-Index fast ein Viertel seines Werts. Die Menschen gerieten in Panik, sie wollten ihre Aktien verkaufen, bei den Brokern standen die Telefone nicht still, und schließlich ließen sie sie einfach klingeln, was vielleicht eine noch größere Katastrophe verhindert hat. Doch die Panik breitete sich aus. In Tokio gab es den bis dahin schwersten Kurssturz der japanischen Börse, in Sydney verloren Aktien in nur fünfundvierzig Minuten zwanzig Prozent ihres Werts, und in Hongkong wurde die Börse für den Rest der Woche geschlossen. Nur das sehr beherzte Eingreifen der amerikanischen Notenbank verhinderte damals, dass die Kurse noch mehr einbrachen. Es war ein einschneidendes Ereignis in der Geschichte des Börsenhandels. Anschließend hielt der Computer in unsere Branche Einzug, denn der, Mister Elroy, reagiert nicht panisch, sondern immer rational.«

Samuel Winster wandte sich an seine Sekretärin. »Bitte bereiten Sie in meinem Arbeitszimmer alles vor, Ruth.«

»Sehr wohl«, erwiderte sie, nickte den beiden Journalisten

freundlich zu und ging. Der eine Leibwächter, der sie begleitet hatte, blieb neben der Tür stehen.

Winster deutete mit beiden Armen in die Runde. »Die Menschen haben immer noch altertümliche Vorstellungen von Börsen und dem Börsenhandel. Sie denken an Broker, die sich mit Gesten verständigen und ständig telefonieren, während große Tafeln die Kurse anzeigen, in Grün die steigenden und in Rot die fallenden. Nun, die Anzeigetafeln gibt es immer noch, aber sie spielen keine Rolle mehr. Es gibt kaum mehr jemanden, der auf sie achtet. Nehmen Sie die Wall Street. Die dortige Börse ist nicht viel mehr als Fassade, interessant nur noch für Besucher und vielleicht als Filmkulisse.« Er ließ die Arme sinken. »Willkommen in der Zukunft.«

»Dies ist eine Börse?«, fragte Abigale Hobbs. Sie sollte es besser wissen, dachte Winster. Und sehr wahrscheinlich wusste sie es besser.

»Nein, natürlich nicht«, sagte er. »Wir sind keine Broker, keine Makler, sondern Vermögensverwalter und Risikomanager.«

»Aber Sie kaufen und verkaufen«, wandte Jayden Elroy ein.

Winster vollführte eine einladende Geste. »Kommen Sie, sehen wir uns an, wie das ökonomische Herz der Welt schlägt.«

Er führte die beiden Journalisten durch eine Lücke zwischen zwei Workstations ins Innere des ersten großen Kreises aus Computerstationen. Die Monitore, jeder von ihnen fünfunddreißig Zoll groß, standen dicht an dicht und in zwei Reihen übereinander.

»Nehmen Sie Platz.« Winster sank in einen Sessel und rollte ihn zum nächsten Terminal.

Abigale Hobbs blieb noch einige Sekunden stehen. »Die Musik. Sie erinnert mich irgendwie an Hal 9000.«

»Sie meinen den Computer des Raumschiffs ›Discovery‹ in Stanley Kubricks *2001: Odyssee im Weltraum*.« Winster lachte. »Ich versichere Ihnen, hier gibt es nichts dergleichen.«

Winster wandte sich an Jayden Elroy, der beobachtete, wie sich die Zahlenkolonnen auf den Monitoren vor ihm veränderten. Viele der Zahlen waren rot.

»Unsere Hauptaufgabe besteht darin, zu analysieren und zu bewerten«, erklärte Winster. »Bis vor einigen Jahren hatten wir vier große Rechenzentren, inzwischen sind es fünf. Zusammen bilden sie gewissermaßen das Gehirn von Whitestone.«

»Eins Ihrer Rechenzentren befindet sich in Wenatchee im Bundesstaat Washington«, sagte Hobbs. »Wir waren dort und haben uns umgesehen.«

Winster nickte. »Ich habe unsere Wenatchee-Direktorin angewiesen, dass man Ihnen alle Türen öffnet.«

»Bis auf die zu Ihrem Allerheiligsten«, kommentierte Elroy.

»Aus Sicherheitsgründen. Eine Störung in unserem Computersystem könnte weitreichende Folgen haben. Jedes Rechenzentrum besteht aus mehreren Tausend Computern, in Wenatchee sind es über sechstausend. Auf ihnen läuft eine spezielle Software.«

»Eine analytische Künstliche Intelligenz namens Magix«, sagte Hobbs.

»Magix Zwei«, korrigierte Winster. »Die nächste Generation.«

»Wenatchee ist nicht gerade der Nabel der Welt«, stellte die Journalistin fest. »Gerade mal um die dreißigtausend Einwohner, praktisch keine Industrie, dafür zahlreiche Apfelplantagen. Daher gilt Wenatchee als die ›Apfelhauptstadt der Welt‹. Die Gründe, warum Sie ausgerechnet diesen Standort für eins Ihrer Rechenzentren gewählt haben – vielleicht Ihr wichtigstes –, dürften der Staudamm und das Wasserkraftwerk im Norden der Stadt sein. Wie viel Strom verbrauchen Ihre dortigen Computer?«

»Ziemlich viel«, gestand Winster. »So viel, dass der Strompreis durchaus eine Rolle spielt.«

»Was genau macht Magix?«, fragte Abigale Hobbs. »Beziehungsweise Magix Zwei.«

Wenn ihr in Wenatchee gewesen seid, solltet ihr das eigentlich wissen, dachte Winster, aber er lächelte freundlich und sogar fröhlich und antwortete: »Unser System sammelt Daten und wertet sie aus.« Er deutete auf die Bildschirme. »Globale Wirtschaftsdaten, Börsenkurse, aber auch Informationen über politische und gesellschaftliche Entwicklungen, bevorstehende Regierungswechsel, Naturkatastrophen wie Erdbeben, Überflutungen und dergleichen. Und die sozialen Medien nicht zu vergessen. Angenommen, bei Suchanfragen und Kommentaren zeichnen sich neue Trends ab, dann könnte es sich lohnen, in Unternehmen zu investieren, die entsprechende Produkte herstellen und anbieten. Magix Zwei nimmt all diese Daten und errechnet aus ihnen Entwicklungsmodelle und ihre Wahrscheinlichkeiten. Pro Woche sind es etwa zweihundertfünfzig Millionen sehr komplexe Kalkulationen. Sie dienen als Grundlage für unsere Entscheidungen. Wie ich eben schon sagte: Wir tragen große Verantwortung für all jene, die uns ihr Erspartes anvertrauen, in der Hoffnung auf einen sorglosen Lebensabend.«

»Klingt nach einer Datenkrake«, brummte Jayden Elroy.

»Klingt nach einem Klischee, Mister Elroy«, konterte Winster und ließ sich seinen Ärger nicht anmerken. »Was ist falsch daran, Informationen zu sammeln und sie zum Nutzen all der Millionen Menschen zu verwenden, die uns vertrauen?«

»Was ist mit der Privatsphäre?«

»Das Privatleben des Einzelnen interessiert uns nicht«, erklärte Winster. »Wir wollen nur herausfinden, wo wir das Geld der Anleger am besten investieren, damit deren Rendite möglichst hoch ist.«

»Und wie viel Geld verdienen *Sie* damit?«, fragte Abigale Hobbs.

Winster lächelte erneut. »Es reicht, um die Rechnungen zu bezahlen.«

»Ihr Umsatz beträgt an die dreißig Milliarden Dollar im Jahr«, wusste Jayden Elroy. »Das sollte genügen, um recht *viele* Rechnungen zu bezahlen. Bitte verzeihen Sie, Mister Winster«, fügte er schnell hinzu, »Sie haben betont, wir könnten ganz offen über alles reden.«

Samuel Winster nickte. »Selbstverständlich.«

»Sie haben vorhin den großen Börsencrash von 1987 erwähnt, den Schwarzen Montag, den man zum Anlass nahm, immer mehr Computer für den Wertpapierhandel einzusetzen. Aber ist dadurch nicht alles noch viel riskanter geworden?«

Winster besah sich den Mann. Jayden Elroy schien sehr selbstsicher, ohne arrogant zu wirken. Er strahlte das Selbstbewusstsein von jemandem aus, der gut vorbereitet war.

»Am Nachmittag des 6. Mai 2010 sank der Leitindex S&P500 innerhalb von sechs Minuten um fast sechs Prozent«, fuhr Elroy fort. »Der Dow-Jones-Industrial-Average-Index gab sogar um neun Prozent nach. Milliarden von Dollar wurden pulverisiert. Oder nehmen wir den Flashcrash vom 5. Februar 2018: Die Börsenkurse brachen innerhalb weniger Minuten um tausendfünfhundert Punkte ein, der Crash sprang von Börse zu Börse, um die ganze Welt, und zweitausend Milliarden Dollar gingen verloren. Zwei *Billionen* Dollar, fast zehn Prozent des damaligen Bruttoinlandsprodukts der Vereinigten Staaten. Angeblich ist die genaue Ursache bis heute nicht bekannt, aber Insidern zufolge lag es an den Handelscomputern: Sie reagierten zu schnell, haben zu schnell verkauft. Hochfrequenzhandel könnte der Grund gewesen sein. Computer, die mit Computern Geschäfte tätigen, innerhalb von Mikrosekunden. Ihre Algorithmen, Mister Winster, sind kein Segen, sondern ein Fluch, ein Damoklesschwert, das über uns allen hängt.«

»Ich weiß nicht, mit welchen Insidern Sie gesprochen haben, Mister Elroy«, erwiderte Winster, »aber nach meinen Informationen waren spekulative Geschäfte bestimmter Banken die Ursache für den Zwischenfall von 2018. Was den 6. Mai 2010 betrifft … Wenn Sie gründlich genug recherchiert hätten«, diese kleine Spitze konnte sich Winster nicht verkneifen, »würden Sie wissen, dass mit hoher Wahrscheinlichkeit ein gewisser Singh Sarao dafür verantwortlich war, einer jener Blitzschnell-Zocker, die jemand – ich glaube, der Bestsellerautor Michael Lewis – ›Flash Boys‹ genannt hat. Sarao spekulierte an der Wertpapierbörse von Chicago, von dort ging der Crash aus.«

»Vielleicht war Singh Sarao damals für die Aufsichtsbehörden ein willkommener Sündenbock«, wandte Elroy ein. »Wie auch immer, er verwendete einen Computer.«

Winster breitete die Arme aus. »Wir alle verwenden heutzutage Computer. Und die Welt existiert noch. Sie ist sogar sicherer geworden.«

»Aber …«

Abigale Hobbs schien zu befürchten, dass das Gespräch aus dem Ruder lief. »Die Zahlen«, unterbrach sie ihren Kollegen und deutete auf die Monitore. »Die meisten sind rot. Die Kurse sinken und sinken. Wenn wir hier das Herz der Weltwirtschaft sehen, wie Sie sagen, Mister Winster, wie ist es dann um seine Gesundheit bestellt?«

»Nicht besonders gut, um ehrlich zu sein.« Winster bemerkte, wie sich Jayden Elroy neugierig zu einem Terminal vorbeugte. »Sie können auch andere Kurse abfragen als die angezeigten, Mister Elroy. Aktien, Staatsanleihen, Banken, was immer Sie wollen. Mit der Escape-Taste rufen Sie ein Auswahlmenü auf.«

Der Mann im mausgrauen Anzug probierte es aus.

»Das Herz der Weltwirtschaft, Miss Hobbs, schlägt langsamer und unregelmäßiger, als gesund wäre«, fuhr Winster fort. »Grund sind die Schulden und die in Umlauf befindlichen Geldmengen, die vor einigen Jahren während der Pandemie extrem erhöht worden sind.«

»Sie meinen die Maßnahmen, die Massenpleiten von Firmen verhindern sollten.«

»Ja. Die Notenbanken haben ihre Druckerpressen angeworfen und immer wieder Hunderte von Milliarden Dollar und Euro in den Markt gepumpt, um einen Kollaps der Wirtschaft, eine drastische Zunahme der Arbeitslosigkeit und soziale Unruhen zu verhindern. Das musste früher oder später zu einem Anstieg der Inflation führen, wie wir es jetzt erleben. Gleichzeitig bleiben die Zinsen nahe null. Viele Banken verlangen sogar Negativzinsen von ihren Kunden, die Geld parken wollen, unter anderem die Federal Reserve und die EZB in Europa. Damit soll die Wirtschaft angekurbelt werden, aber leider sind die Investitionen drastisch zurückgegangen, weil viele Investoren einen großen Knall befürchten.«

»Einen neuen Crash?«

Winster nickte und gab sich sehr ernst. Es fiel ihm leicht, er schlüpfte einfach in eine neue Rolle. »Wir erleben derzeit einen Stillstand. Die Investoren warten, um zu sehen, wie sich die Dinge entwickeln. Gleichzeitig wissen sie, dass sie nicht zu lange warten dürfen, denn die zunehmende Inflation entwertet inaktive Vermögen. Wenn die Stagnation zu lange dauert, verkaufen Anleger ihre Aktien oder Anleihen, um flüssig zu werden und ihr Geld dorthin zu lenken, wo es mehr Rendite gibt.«

Aus dem Augenwinkel sah er, wie Jayden Elroy Tasten drückte und sich noch weiter vorbeugte. War der Mann kurzsichtig?

»Hinzu kommen die enormen Schulden, die Banken und Staaten in den vergangenen Jahren angehäuft haben«, erklärte Winster. »Das macht sie praktisch handlungsunfähig. Noch fließt das Geld, aber wenn an irgendeiner Stelle der Geldstrom versiegt, weil ein Staat oder eine große Bank zahlungsunfähig wird, könnte es zu einer Kettenreaktion kommen.«

»Das klingt nicht sehr gut«, sagte Abigale Hobbs besorgt. Ihr Blick wanderte über die Monitore mit den vielen roten Zahlen. »Wie schätzen Sie die Situation ein? Was empfehlen Sie?«

»Meine Einschätzung der Lage kann ich mit einer Ankündigung verbinden«, sagte Winster. »Whitestone wird seine Geschäftspolitik ändern und sie der neuen Situation anpassen. Sie können exklusiv darüber berichten.«

»Ein Strategiewechsel?«

»Ja«, bestätigte Winster. »Ich erkläre Ihnen alles in meinem Büro.

Lassen Sie uns diese nette Unterhaltung dort fortsetzen«, fügte er mit einem Blick auf Jayden Elroy hinzu.

17

IM BÜRO – das mit den holzvertäfelten Wänden, den großen Polstersesseln und einer umfangreichen, heimkinoartigen Audio-Video-Station einem Salon ähnelte – warteten Ruth und ein kaltes Buffet auf sie.

»Bitte bedienen Sie sich«, sagte Winster einladend. »Kaffee, Fruchtsaft, der eine oder andere leckere Happen, vielleicht ein Schluck Sekt, wenn Sie mögen.«

»Hier arbeiten Sie?« Jayden Elroy blieb in der Mitte des Raums stehen und sah sich um.

»Hier denke ich nach.« Winster deutete zum Schreibtisch an der langen Fensterfront. »Bevor ich die eine oder andere wichtige Entscheidung treffe.«

»Wie der Präsident im Oval Office«, sagte Elroy. »Und vielleicht ist Ihre Macht sogar noch größer. Whitestone verwaltet ein Vermögen von über siebzehn Billionen Dollar – das ist mehr als das Bruttoinlandsprodukt der Europäischen Union –, und Sie besitzen Anteile an praktisch allen großen Unternehmen und Banken der Welt. Damit können Sie erheblichen Einfluss auf die Geschäftspolitik all dieser Firmen und Geldhäuser nehmen, nicht wahr?«

»Verantwortung.« Winster sank in einen der großen Sessel. »Lassen Sie es mich noch einmal betonen: Verantwortung, darum geht es letztlich. Das soziale Engagement von Whitestone ist Ihnen sicher nicht entgangen. Wir weisen die Unternehmen, an denen wir nennenswerte Beteiligungen besitzen, darauf hin, wie wichtig zum Beispiel Maßnahmen für den Umweltschutz sind. Unter meiner Ägide ist Whitestone grüner geworden.«

Jayden Elroy nahm ihm gegenüber Platz, ohne einen Abstecher zum Buffet. Abigale Hobbs kam mit einem Krabbencocktail und setzte sich ebenfalls.

»Ohne Themenbeschränkung und ohne Rücksicht«, erinnerte Elroy. »Darauf hatten wir uns geeinigt.«

»Das gilt nach wie vor, Mister Elroy«, erwiderte Winster und fragte sich, wie die nächste Provokation aussehen mochte.

»Sie haben lange im Schatten von Salomon Fray gestanden, des Gründers von Whitestone«, sagte Jayden Elroy. »Bis vor zwei Jahren, als Fray plötzlich starb. Wäre es nicht dazu gekommen, säßen Sie jetzt in einem anderen Büro.«

Winster lächelte freundlich und wartete.

»Sie kennen sicher die Gerüchte«, stichelte Elroy.

»Welche Gerüchte meinen Sie?«

»Dass Sie etwas mit dem Tod von Salomon Fray zu tun haben. Dass Sie – wie soll man es nennen? – ein wenig nachgeholfen haben.«

Winster blickte kurz zur Seite. Der Sicherheitsbeauftragte stand wieder an der Tür, wie eine lebende Statue. Ruth wartete neben dem Buffet.

Abigale Hobbs gab sich von den Worten ihres Kollegen empört, aber ihr Entsetzen wirkte ein wenig gespielt. Wahrscheinlich hatten sie sich abgesprochen.

Langsam wie in Zeitlupe ließ Winster sein Lächeln verschwinden. »Wollen Sie mich des Mordes bezichtigen, Mister Elroy?«

»Ich habe von Gerüchten gesprochen, die …«

»Wenn Sie mich für einen Mörder halten, sollten Sie sich an die Polizei wenden, Mister Elroy«, unterbrach ihn Winster mit warnender Kühle in der Stimme.

Der Journalist hob die Hände. »Ich wollte keineswegs behaupten …«

»Natürlich nicht.« Winster ließ das Lächeln zurückkehren. »Das wäre auch dumm. Würden Sie mich Mörder nennen, hier oder in einem Zeitungsartikel, würde ich Sie verklagen, was sehr teuer für Sie werden könnte. Es würde Sie vermutlich ruinieren.«

Er gab sich wieder fröhlich.

»Genau das Gegenteil biete ich Ihnen an«, fuhr er fort. »Ruhm und Reichtum. Obwohl … Vielleicht mehr Ruhm als Reichtum. Es hängt ein bisschen von Ihnen ab. Informationen sind nicht nur mein Geschäft, sondern auch das Ihre, nicht wahr? Ich biete Ihnen eine Meldung, mit der Sie überall auf der Welt Schlagzeilen machen können.«

Ruth verstand den Hinweis, näherte sich und legte einen Hefter und einen USB-Stick auf den Tisch. Dann zog sie sich wieder zum Buffet zurück.

Jayden Elroy streckte die Hand nach dem Hefter mit dem Stick aus.

»Nein.« Winster schüttelte den Kopf. »Noch nicht. Ich bitte Sie um ein wenig Geduld. Beides ist für Sie bestimmt, für Sie beide. Der Inhalt des Hefters und noch mehr die Dateien auf dem Stick geben Ihnen einen kleinen Einblick in die letzten Berechnungen und Analysen von Magix. Die Zahlen werden Ihnen zeigen, dass uns eine große Krise bevorsteht, die größte, die unsere Welt je gesehen hat. Sie zeigen Ihnen, welche Banken fallen, trotz der Unterstützungsmaßnahmen, mit denen in den nächsten Tagen viele Staaten versuchen werden, die wankenden und schwankenden Finanzsysteme zu stabilisieren. Die Regierungen werden viel Geld ausgeben, wie zuletzt während der Corona-Pandemie, um zu verhindern, dass die Säulen, die unsere Gesellschaft stützen, nicht bröckeln und brechen.«

»Sie haben behauptet, Whitestone sei eine dieser Säulen unserer Gesellschaft«, erinnerte Jayden Elroy. »Was ist also mit Ihnen? Werden auch Sie bröckeln und brechen?«

Winster nickte wie zur Bestätigung. »Sehen Sie, schon wieder sind wir bei Verantwortung. Würde Whitestone fallen, würden Millionen von Amerikanern und auch viele Menschen in anderen

Ländern ihr Erspartes und ihre Pensionen verlieren. Das darf nicht passieren, und es ist unsere Aufgabe, dafür zu sorgen, *dass* es nicht passiert. Miss Hobbs, Mister Elroy …« Er legte eine kurze Pause ein, um den nächsten Worten zusätzliches Gewicht zu verleihen. »Meiner Überzeugung nach hat das alte System ausgedient. Was wir jetzt erleben und erleben werden, ist das Ende einer Epoche und der Beginn einer neuen. Wir werden ein neues Weltwirtschaftssystem bekommen, mit einer neuen Währung, die nicht mehr von den Notenbanken einzelner Staaten kontrolliert wird.«

»Glauben Sie an eine Rückkehr zum Goldstandard?«, fragte Elroy erstaunt.

»Ich glaube an *digitales* Gold«, erwiderte Winster zuversichtlich. »Hier ist meine Ankündigung: Whitestone wird seine Anlagenstrategie ändern. Wir haben damit begonnen, in Bitcoin zu investieren, in naher Zukunft die Leitwährung der Welt.«

Damit war alles Wichtige gesagt, fand Winster. Das Gespräch ging noch eine Viertelstunde weiter, was Jayden Elroy nutzte, um sich Kaffee vom Buffet zu holen und etwas freundlicher aufzutreten. Abigale Hobbs schien den Rest ihres Krabbencocktails vergessen zu haben, während sie im Hefter blätterte und sich die Tabellen ansah. Zweimal vergewisserte sie sich, dass Associated Press die Unterlagen frei verwenden durfte.

»Machen Sie einen großen Artikel daraus«, schlug Winster vor. »Verkaufen Sie ihn an andere Presseagenturen und die Online-Medien. Wie ich schon sagte, werden Sie reich und berühmt.«

Schließlich gingen die beiden Journalisten, hinausbegleitet von Ruth und dem Sicherheitsbeauftragten.

Winster setzte sich zufrieden an den Schreibtisch, verschränkte die Arme und blickte ein oder zwei Minuten lang nach draußen, bevor er den Computer mit einem Tastendruck aus dem Ruhezustand holte und sich dem Tagesgeschäft widmete.

Eine Viertelstunde später klopfte es an der Tür, und Ruth sah herein. »Wenn Sie gestatten, Sir … Mister Conrad möchte Sie sprechen, es ist sehr wichtig.«

Der Technische Direktor Nathan Conrad stapfte herein, ohne eine Aufforderung abzuwarten. Er war vierzig und trug eine verblasste Maori-Tätowierung auf dem kahlen Kopf, die wegen seiner Größe von eins fünfundneunzig allerdings kaum jemand bemerkte. Dunkle buschige Brauen wölbten sich über schiefergrauen Augen.

»Wir haben etwas gefunden«, verkündete er ernst und legte einen Gegenstand auf den Schreibtisch, nicht größer als ein Stecknadelkopf.

Winster stand auf, trat neben Conrad und betrachtete das weiße Objekt. »Was ist das?«

»Ein Mikrospion. Wir haben ihn im Computerraum entdeckt.«

»Unter dem Tisch, an dem Jayden Elroy gesessen hat«, fügte jemand hinzu.

Winster wandte den Kopf und sah den Sicherheitsmann, der im Lagezentrum neben der Tür gestanden hatte.

»Na so was.« Winster beugte sich vor, um sich den Minispion aus der Nähe anzusehen. »Na so was. Unsere beiden Gäste haben eine Wanze mitgebracht.« Er richtete sich auf. »Untersuchen Sie das Ding genau, Nathan.«

»Machen wir.« Der Technische Direktor nahm den runden Gegenstand und legte ihn in ein schwarzes Etui.

»Und geben Sie mir Bescheid, sobald Sie mehr wissen.«

Nathan Conrad nickte und ging, begleitet von dem Sicherheitsmann.

Zwei Minuten lang lauschte Samuel Winster der Stille in seinem Büro. Keine Journalisten, dachte er. Geheimdienst. Damit war zu rechnen gewesen, früher oder später. Die Regierungen würden ihnen das Feld nicht freiwillig überlassen.

Er griff nach dem Cordless auf seinem Schreibtisch, sah auf die Uhr und wählte eine Nummer in London.

MARTIN FREEMAN

18

AUF DEM Rückweg durch die Stadt fuhr Martin schneller als sonst und einmal sogar bei Rot über die Ampel, was fast zu einer Kollision geführt hätte. Sein Kopf steckte voller wirrer Gedanken; es fiel ihm schwer, sich auf den Verkehr zu konzentrieren. Er konnte es nicht abwarten, seiner Schwester von den Neuigkeiten zu berichten.

Immer wieder fragte er sich, ob er den neuen Informationen trauen durfte. Wenn der Unfall tatsächlich gar kein Unfall gewesen war … Warum hatte die Wahrheit vier Jahre lang im Verborgen gelegen? Wer steckte dahinter, und was waren seine Motive gewesen?

Er warf einen Blick auf die Uhr. Es war nicht weit nach Bern, etwa hundertfünfzig Kilometer. Wenn er die Autobahn nahm, konnte er auch bei dichtem Verkehr in zwei Stunden dort sein und mit dem Sachverständigen sprechen, mit Jannik Angelani, der festgestellt hatte, dass die Bremsen des Wagens manipuliert worden waren. Vielleicht wusste Angelani auch, warum die Polizei trotz seines Berichts von einem Unglück ausgegangen war.

Und Vincent Moreau … Warum hatte er im Café ›Minerva‹ nicht offen darüber gesprochen? Warum die SD-Karte mit den versteckten Dateien?

Bei der Abzweigung zur Autobahn rang Martin zwei oder drei Sekunden lang mit sich. Nein, zuerst musste er einen klaren Kopf bekommen, alles an den richtigen Platz rücken und mit Jasmin reden. Anschließend konnten sie sich beide auf den Weg nach Bern machen.

Als das Stadtzentrum hinter ihm zurückblieb, wurde er ruhiger.

Ein Schritt nach dem anderen, darauf kam es an. Das Vorgehen planen, sich die Mosaiksteine genau ansehen, bevor man daran ging, sie zu einem Bild zusammenzusetzen. Jasmin musste zuerst alles erfahren, dann konnten sie nach Bern fahren, um mit dem Sachverständigen zu reden, während Dakota mit den Daten der SD-Karte arbeitete und versuchte, noch mehr herauszufinden.

Die Straße wurde schmaler und führte einen Hang hinauf. Martin lenkte den Wagen durch enge Kurven, erreichte die Zufahrt der Villa, deren elektronisches Tor er mit einem Funksignal vom Wagen aus öffnete, und sah dann eine Limousine vor dem Hauptgebäude, ein dunkler Mercedes. Er hielt dahinter und stieg aus.

Henriette stand in der offenen Tür und sah aus, als hätte sie ihm etwas Wichtiges mitzuteilen. Doch bevor sie Gelegenheit dazu bekam, trat ihm ein Mann entgegen, mit dunklem Haar, grauen Augen und einer Nase, die zu lang wirkte in einem Gesicht voller Kanten.

»Monsieur Lefèvre«, sagte Martin überrascht und sah sich um.

»Ich bin allein gekommen.« Lefèvre deutete auf den Mercedes. »Steigen Sie ein.«

»Warum sollte ich das?«

»Weil ich Sie darum bitte. Weil ich mit Ihnen reden möchte.«

Henriette stand noch immer in der Tür, ernst und voller Sorge.

»Wir haben bereits miteinander gesprochen.« Martin wollte an dem Mann vorbei, doch der vertrat ihm den Weg.

»Sie haben mit Kommissar Dubois gesprochen, nicht mit mir.« Lefèvre zeigte erneut auf die Limousine. »Steigen Sie ein.«

»Wer sind Sie?«

Lefèvre richtete einen durchdringenden Blick auf ihn. »Ich bin jemand, der Sie zu einem Gespräch zwingen könnte, wenn Sie mir keine Wahl lassen. Zum dritten Mal: Steigen Sie ein.«

Für einen Moment spielte Martin mit dem Gedanken, den Mann einfach beiseitezustoßen –, dies hier war sein Grund und

Boden, hier erteilte ihm niemand Befehle. Doch etwas in den grauen Augen riet ihm zu Vorsicht.

Im Hauseingang hob Henriette die Hand, eine Geste, die so viel bedeutete wie: Komm her, Martin, ich muss dir etwas sagen!

Doch stattdessen ging er um die Limousine herum und öffnete die Beifahrertür. »Ich habe nicht viel Zeit.«

»Es dauert nicht lange.« Lefèvre setzte sich ans Steuer und ließ den Motor an.

»Wohin fahren wir?« Martin blickte in den Außenspiegel und sah Henriette wie verloren vor dem Haus.

Lefèvre antwortete nicht, doch auf der schmalen Straße vor dem Anwesen fragte er: »Wo sind Sie gewesen?«

»Was wollen Sie von mir?« Martin bereute plötzlich, der Aufforderung des Mannes nachgekommen zu sein. »Wer sind Sie? Und noch einmal, wohin fahren wir?«

Sie fuhren nicht sehr weit. Schon nach wenigen Minuten hielt Lefèvre in einem Waldstück. Er steuerte den dunklen Mercedes auf einen unbefestigten Weg und stellte den Motor ab.

Einige Sekunden lang war es still.

»Ich denke, hier sind wir ungestört.« Lefèvre wandte sich ihm zu. »Was hat Ihnen Vincent Moreau gegeben, Monsieur Freeman?«

»Was er mir gegeben hat? Nichts!« Martin fühlte sich von Lefèvres Blick durchbohrt.

»Ich glaube, Sie lügen.«

»Wer sind Sie?«, fragte Martin erneut und wich ein wenig zurück. »Ich möchte Ihren Polizeiausweis sehen!«

»Ich bin nicht von der Polizei«, erklärte Lefèvre. »Aber ich bin sehr wohl ein Diener des Staates und befugt, Sie festzuhalten, wenn Sie meine Fragen nicht beantworten.«

Martin wollte die Beifahrertür öffnen, doch es klickte plötzlich – Lefèvre hatte die Zentralverriegelung betätigt.

Martin holte sein Smartphone hervor.

»Stecken Sie das Handy wieder ein!«, sagte Lefèvre scharf.

Das Gesicht des Mannes am Steuer verriet, dass Lefèvre durchaus bereit war, Gewalt anzuwenden, wenn man sich ihm widersetzte. Nach kurzem Zögern ließ Martin das Smartphone in der Jacke verschwinden.

»Also noch einmal«, begann Lefèvre. »Als Sie Vincent Moreau im Café ›Minerva‹ getroffen haben, worüber haben Sie gesprochen? Bitte schildern Sie mir das Gespräch in allen Einzelheiten.«

Lefèvre sagte »bitte«, aber das Wort schien bei ihm nicht viel zu bedeuten.

»Wie ich schon sagte, ich habe nicht viel Zeit.«

»Sie werden sich die Zeit nehmen, die nötig ist, Monsieur Freeman. Also?«

Martin fügte sich und schilderte noch einmal sein Gespräch mit Vincent Moreau.

»Es ging also um Recherchen für Ihr Buch«, konstatierte Lefèvre. »Um mehr nicht?«

»Nein.«

»Moreau war ein Freund Ihres Vaters. Hat er auch darüber gesprochen, über Ihren Vater?«

Martin spürte, wie seine Anspannung wuchs.

»Nein. Er sprach mir nur sein Beileid aus.«

Gott sei seiner Seele gnädig, hatte Moreau gesagt, erinnerte er sich.

Lefèvres Blick blieb die ganze Zeit über auf ihn gerichtet. »Hat er Ihnen geholfen bei Ihren Recherchen? Hat sich die Begegnung mit ihm gelohnt?«

Martin zögerte und ärgerte sich darüber. »Nein, nicht sehr.«

»Haben Sie herausgefunden, wer Satoshi Nakamoto ist und wo er sich befindet?«

Das war neu. Martin starrte Lefèvre überrascht an und versuchte sich daran zu erinnern, ob Nakamoto während des Gesprächs mit dem Kommissar erwähnt worden war.

»Nein, leider nicht«, antwortete er schließlich. »Ich bin schon seit einer ganzen Weile auf der Suche nach ihm. Ihn zu finden … Es wäre eine Garantie für den Erfolg meines Buches.«

»Hat Moreau einen gewissen Gregor erwähnt?«

»Gregor? Nein, diesen Namen höre ich zum ersten Mal.«

»Warum haben Sie die Villa sofort nach unserem Besuch verlassen? Wohin sind Sie gefahren?«

Martin zögerte und begriff, dass es Lefèvre gelang, ihn zu verunsichern. Dass er Dakota verriet, kam natürlich nicht in Frage.

»Wenn Sie mir irgendetwas zur Last legen wollen«, stieß er hervor, »dann heraus damit! Was habe ich Ihrer Meinung nach ausgefressen? Was wollen Sie von mir?«

»Was hat Ihnen Vincent Moreau gegeben?«, wiederholte Lefèvre seine erste Frage.

»Nichts!«, rief Martin. »Er hat mir verdammt nochmal nichts gegeben!«

Lefèvre sah ihn noch immer an und reagierte nicht. Martin fühlte, dass die Dinge auf der Kippe standen. Entweder würde es gleich sehr, *sehr* unangenehm für ihn werden, oder er hatte das Schlimmste überstanden.

Der Mann am Steuer legte beide Hände aufs Lenkrad, drehte langsam den Kopf und blickte in den regennassen Wald. Schließlich ließ er die rechte Hand sinken und drückte den Startknopf. Der Motor brummte wieder.

Ohne ein Wort wendete Lefèvre, fuhr zurück zur Villa am Hang und hielt vor der Zufahrt.

»Ich bin nicht Ihr Feind, Monsieur Freeman.« Er sprach etwas sanfter. »Ich bin Ihr Freund. Wer auch immer Vincent Moreau getötet hat, könnte es auch auf Sie abgesehen haben, weil er glaubt, dass Sie im Besitz von etwas Wichtigem sind.«

Ein weiterer Tastendruck deaktivierte die Zentralverriegelung. Martin öffnete sofort die Beifahrertür.

»Vielleicht sind Sie in großer Gefahr, Monsieur Freeman«, schickte ihm Lefèvre hinterher.

Martin ging mit langen Schritten über die Zufahrt, vorbei an den ersten beiden der drei Nebengebäude. Als er das Haupthaus erreichte, schwang die Eingangstür auf – offenbar hatte ihn Henriette durchs Küchenfenster gesehen.

»Wo ist sie?«, fragte die Haushälterin.

»Was?« Martin sah zurück und stellte fest, dass der dunkle Mercedes nicht mehr vor der Zufahrt stand. »Wo ist wer?«

»Jasmin. Sie ist einfach mit ihm gegangen.«

Martin erstarrte.

»Ich habe den Mann nie zuvor gesehen, und sie kannte ihn ebenfalls nicht, doch sie ging einfach mit ihm. Ich wollte sie zurückhalten, aber …« Henriette gestikulierte hilflos. »Du weißt ja, wie dickköpfig sie sein kann.«

»Lieber Himmel!«, entfuhr es Martin. »Der Mann … wie sah er aus?«

Die Haushälterin versuchte, ihn so genau wie möglich zu beschreiben. »In deinem Alter, vielleicht etwas älter, mit Schnauzbart und einem vollen Gesicht.« Sie blähte ein wenig die Wangen auf. »Lächelte freundlich und wirkte sympathisch. Isaac, so stellte er sich vor. ›Ich bin Isaac, Martin schickt mich.‹ Das hat er gesagt.«

Martin öffnete den Mund, aber Henriette legte nur eine kurze Pause ein, gerade lange genug, um Luft zu holen. Sie redete und redete, als sei ein Damm gebrochen, hinter dem sich die Worte angestaut hatten. »Eine dunkelbraune Cordjacke trug er, über einem hellblauen Hemd und einer braunen Hose. Ordentlich und gepflegt, so sah er aus. ›Ich bin Isaac und soll Jasmin abholen‹, hat er gesagt. Ich hab ihr abgeraten, ich kannte ihn nicht, hab ihn nie zuvor gesehen, und sie kannte ihn ebenfalls nicht. Aber sie ging trotzdem mit ihm. Wo ist sie? Hast du sie gesehen?«

Jasmin konnte nicht nur dickköpfig sein, sondern war mitunter auch naiv, und das hatte jemand ausgenutzt.

Henriette sprach noch immer, doch Martin hörte nur mit halbem Ohr hin, hielt sein Smartphone in der Hand und gab Jasmins

Nummer ein. Ihr Handy war eingeschaltet, denn es gab einen Signalton, doch dabei blieb es. Niemand nahm den Anruf an. Der zweite Versuch schlug ebenfalls fehl. Martin schrieb eine kurze Textnachricht: *Melde dich!*

Dann wurde er plötzlich hellhörig. »Roxy? Hast du eben Roxy gesagt?«

»Ja, dorthin wollte er sie bringen, der Mann namens Isaac. Er meinte, du wärst im ›Roxy‹ und würdest dort auf Jasmin warten, und da ging sie mit ihm und ...«

Martin lief bereits zu seinem Wagen.

19

DAS »ROXY« war eine Mischung aus Klubhaus, Internetcafé, Spielhölle, Galerie und Diskothek, ein Treffpunkt für Nerds, Freaks, Avantgardisten und manchmal auch normale Leute, die einen Blick »in die Szene« werfen wollten. Es befand sich im Norden der Stadt, bei Genthod, direkt am See gelegen. Turbulent ging es im »Roxy« nie zu, aber ständig herrschte eine Art Aufbruchsstimmung, als genügten wenige Schritte, um völlig andere Welten zu erreichen, von denen man nicht wusste, ob sie besser oder schlechter waren.

Gelegentlich konnte man dort auch Mitglieder von Tron antreffen, und einmal hatte Jasmin einige ihrer Bilder in der Galerie ausgestellt. Martin erinnerte sich daran, dass sie voller Enthusiasmus gewesen war –, sie hatte gehofft, mehr Aufmerksamkeit zu erlangen und das »Roxy« als Sprungbrett nutzen zu können. Sie hatte davon geträumt, dass sich die Türen offizieller Galerien für sie öffneten, in Genf und vielleicht sogar in Zürich, doch das war nicht geschehen.

Auf dem Parkplatz standen mehr Fahrräder als Autos. Martin hielt direkt vor dem Eingang, eilte ins Gebäude und sah Jemlow am

Empfangstresen, gekleidet in eine seiner Phantasieuniformen. Er war Pförtner, Portier, Hauswart und freundlicher Rausschmeißer, wenn es sein musste. Bezahlt wurde er von der Kooperative, die Gebäude und Gelände von einem Yachtklub übernommen hatte.

»Ist sie hier?«, fragte Martin.

»Was?« Der dürre Jemlow sah von einem Tablet auf. Hinter ihm hingen Schlüssel an der holzvertäfelten Wand. »Wer?«

»Meine Schwester«, sagte Martin schnell. »Jasmin. Ist sie hier?«

Jemlow schüttelte den Kopf. »Hab sie nicht gesehen.«

Martin winkte kurz und eilte im Laufschritt durch die mal hellen und mal dunklen Räume. Nur wenige Besucher saßen an den PCs und Spielkonsolen, doch das würde sich am späten Nachmittag und am Abend ändern.

In der Lounge hatten sich mehrere junge Pärchen eingefunden, Teens, die bei leiser Musik im Halbdunkel knutschten. In der Disco war die Musik lauter, Spotlampen warfen Muster aus buntem Licht und Schatten an die Wände. Auf der Tanzfläche drehte sich eine einzelne Person, ein junger Mann in einem knielangen bunten Patchworkmantel. Das schulterlange Haar hatte rote und grüne Strähnen, seine Augen waren geschlossen, er wirkte wie in Trance.

Martin blieb kurz stehen.

»Jasmin?«, rief er laut genug, um die Musik zu übertönen. »Jasmin?«

Der junge Tänzer öffnete die Augen und sah ihn an wie ein lästiges Insekt.

Im Café waren einige Tische besetzt, und für einen Moment wilder Freude glaubte er, Jasmin unter den Gästen auszumachen. Am Fenster, allein an einem kleinen Tisch, saß eine junge Frau mit struppigem blonden Haar, aber als er sich ihr näherte und sie den Kopf wandte, zeigte sie ihm ein fremdes Gesicht.

In der Galerie stellte jemand Skulpturen auf, ein Mann Ende vierzig, der nicht ganz zum jungen Publikum des »Roxy« passte.

»Sie sind früh dran«, sagte der Bildhauer hoffnungsvoll. »In einer halben Stunde bin ich so weit.«

»Haben Sie meine Schwester gesehen?«

»Ihre Schwester?«, erwiderte der Mann verwundert.

Martin hastete durch die letzten Räume des »Roxy«, ohne einen Hinweis auf Jasmin zu entdecken.

Wieder draußen blieb er neben seinem Wagen stehen, blickte über den See und fragte sich, woher Isaac – wer auch immer er war – vom »Roxy« wusste. Weitere Fragen stiegen in ihm auf, aber er schob sie alle beiseite, bis auf eine: Wo befand sich seine Schwester?

Er holte sein Smartphone hervor und stellte fest, dass er zwei Anrufe verpasst hatte, beide von Dakota. Mit dem Finger über dem Rückrufbutton zögerte er – worüber auch immer Dakota mit ihm reden wollte, es konnte nicht so wichtig sein wie die Suche nach Jasmin.

Er wählte Jasmins Nummer, hörte den Signalton und wartete ungeduldig, bis ihn die Voicemail zum Hinterlassen einer Nachricht aufforderte.

Im Wagen saß er einige Momente still und stumm, bevor er den Motor startete und losfuhr, am Ufer des Sees entlang. Er fuhr nicht schnell, sondern langsam genug, um die Gesichter der Passanten betrachten zu können, in der stillen Hoffnung, Jasmin durch Zufall unter ihnen zu entdecken. Aber der Zufall war ein schlechter, unzuverlässiger Verbündeter, wie Martin sehr wohl wusste, und schließlich entschied er, nacheinander die Orte aufzusuchen, wo sich seine Schwester gelegentlich aufhielt.

Er suchte beim Sissi-Denkmal unter den Touristen und erinnerte sich, wie er mit einer zehn Jahre jüngeren Jasmin hier gewesen war. »Ich will nicht unbedingt Kaiserin sein«, hatte sie damals gesagt und gelacht. »Prinzessin, das würde mir genügen.«

Er eilte durch die Altstadt, wo Jasmin gern bummelte, und warf einen Blick in die Boutiquen und Cafés. Im Jardin Anglais, dem Englischen Garten, sah er sich bei der Blumenuhr um, die selbst im Herbst kaum etwas von ihrer Pracht einbüßte, doch auf keiner Sitzbank entdeckte er eine junge Frau mit struppigem blonden Haar. Er nahm sich auch die anderen Parks vor, ohne Erfolg.

Nach drei Stunden begriff Martin, dass es keinen Sinn hatte, auf diese Weise nach Jasmin zu suchen. Als er wieder in seinem Wagen saß und überlegte, wie es weitergehen sollte, meldete sich plötzlich das Smartphone.

Er blickte aufs Display, das einen Namen anzeigte, und hob das Handy sofort zum Ohr. »Jasmin?«

»Ich bin zu Hause«, teilte ihm seine Schwester mit. »Wir müssen reden.«

»In zehn Minuten bin ich da, spätestens in einer Viertelstunde. Bleib daheim, Jasmin. Verlass das Haus nicht, hast du verstanden?«

»Wir müssen reden«, wiederholte sie. »Komm schnell.«

Martin trat aufs Gas.

20

KLEINE ROTE Flecken zeigten sich auf Jasmins Wangen. Ihr Blick ging immer wieder ins Leere, als sie erzählte, wie sie die vergangenen Stunden verbracht hatte. Sie saßen sich am Küchentisch gegenüber, und die ernste, besorgte Henriette leistete ihnen Gesellschaft. Sie hatte Kaffee gekocht, und Jasmin trank ihn gierig, obwohl er heiß war.

Isaac hatte sie nicht zum »Roxy« gefahren, sondern quer durch die Stadt, nach Nordwesten, am Flughafen vorbei in ein Waldstück und zu einer Hütte.

»Welches Waldstück meinst du?«, warf Martin ein. »Das bei Peney? Oder seid ihr bis nach Fenières und noch ein Stück weitergefahren, bis zum Nationalen Schutzgebiet der Haute Chaîne du Jura?«

»Was?« Jasmin wirkte geistesabwesend.

»Könntest du den Ort wiederfinden? Hast du auf den Weg geachtet?«

»Auf den Weg?« Jasmin trank noch mehr von dem heißen Kaffee. Henriette schenkte ihr nach. »Ich hatte Angst. Ich dachte, er will mich vergewaltigen. Und dann dachte ich, dass es vielleicht eine Entführung ist, dass es um Lösegeld geht.«

Martin versuchte es erneut. »Hast du dir gemerkt, wohin ihr gefahren seid?«

»Lass sie reden, Martin«, warf Henriette sanft ein. »Bring sie nicht noch mehr durcheinander.«

»Aber sie sagten, sie wollten mir nur ein paar Fragen stellen, mehr nicht.«

»Wer *sie?*«

»Die Frau in der Hütte«, antwortete Jasmin. »Und der Mann namens Isaac. Sie haben mich eine Stunde lang befragt, immer wieder die gleichen Fragen gestellt, aber ich konnte sie nicht beantworten. Sie wollten wissen, worüber du mit Vincent Moreau gesprochen hast und was er dir gegeben hat. Worüber hast du mit ihm gesprochen, Martin, und was hat er dir gegeben?«

Die Entscheidung war bereits getroffen. »Nichts«, log er. »Er hat mir nichts gegeben. Was ist dann geschehen?«

»Sie haben mich gewarnt«, antwortete Jasmin nach einem weiteren Schluck Kaffee. Nach und nach verschwanden die kleinen roten Flecken aus ihrem Gesicht. »Sie haben gesagt, du seist in dunkle Geschäfte verwickelt, die böse enden könnten. Für uns beide. Schließlich fuhr mich Isaac nach Genf zurück und hat mich unten in der Stadt abgesetzt. Ich bin dann mit dem Taxi hergekommen.«

»Das Kennzeichen. Hast du es gesehen?«

Jasmin schüttelte hilflos den Kopf. »Ich war viel zu verwirrt. Isaac … Er hat mir das hier gegeben.« Sie holte eine graue Karte hervor, etwas kleiner als eine Visitenkarte, und darauf stand eine Zahlenfolge.

Martin betrachtete sie. »Das scheint eine Handynummer zu sein.«

»Ich soll ihn anrufen, wenn mir doch noch Antworten einfallen. Andernfalls würde ich bald noch einmal Besuch erhalten.« Jasmin sah ihn an. »In welche dunklen Geschäfte bist du verwickelt, Martin?«

»In keine. Ich kaufe und verkaufe Bitcoins, das weißt du, und das ist vollkommen legal. Damit verdiene ich genug Geld für uns. Und ich versuche, ein Buch zu schreiben.«

Martin starrte auf die Karte und fragte sich, ob es möglich war, Isaac mittels der Handynummer zu identifizieren. Dakota konnte vielleicht etwas damit anfangen.

»Ich will weg von hier«, sagte Jasmin plötzlich. »Hier ist die Vergangenheit tonnenschwer und die Zukunft so leicht, dass man sie nicht greifen kann … sie schwebt einfach davon.«

Martin griff nach ihrer Hand. »Es wird alles gut, du wirst sehen. Ich gehe dieser Sache auf den Grund und sorge dafür, dass sich so etwas nicht wiederholt.«

Er nahm die Karte, stand auf und wollte die Küche verlassen.

»Martin …« Henriettes Stimme holte ihn in der Tür ein. »Stell nichts Dummes an.«

Im Arbeitszimmer nahm er sein Smartphone und rief Dakota an. Sie meldete sich sofort.

»Ich hab etwas entdeckt«, teilte sie ihm mit, bevor er ein Wort sagen konnte. »Eine weitere versteckte Datei. Sie … Martin?« Sie schien sich vergewissern zu wollen, dass er tatsächlich der Anrufer war.

»Jasmin wurde entführt.«

»*Was?*«

»Ich meine, nicht richtig entführt, nicht in dem Sinne.« Martin schilderte den jüngsten Zwischenfall und seine Begegnung mit Lefèvre.

»Da scheinen sich ziemlich viele Leute für Moreaus SD-Karte zu interessieren.« Dakota klang aufgeregt. »Und wer weiß, vielleicht bezieht sich das Interesse auf meine kleine Entdeckung.«

Martin sah aus dem Fenster zum See. Der lag wieder ruhig und friedlich da, jedoch in einer Welt, die plötzlich aus den Fugen geraten war.

»Was hast du gefunden?«, fragte er, in Gedanken noch immer bei Jasmin.

»Wusstest du, dass dein Vater ein Schließfach bei Safes Fidelity hier in Genf hatte?« Dakota wartete seine Antwort nicht ab. »Nein, das wusstest du nicht, denn sonst hätte er wohl kaum ein so großes Geheimnis daraus gemacht. Die versteckte Datei enthält einen Scan des Vertrags und die Nummer des Schließfachs. Lefèvre und dieser Bursche namens Isaac … Vielleicht haben sie es auf den Inhalt des Schließfachs abgesehen. Wenn du dich bei Safes Fidelity ausweist und deinen Erbschein vorlegst, wird dir niemand den Zugang verweigern. Wir könnten uns sofort auf den Weg machen und herausfinden, was dieses ominöse Schließfach enthält.«

Martin zögerte und stellte sich vor, wie Jasmin reagieren würde, wenn er sie ausgerechnet jetzt allein ließ.

»Ich muss mich um meine Schwester kümmern«, sagte er. »Sie ist ziemlich fertig. Morgen früh. Bist du noch bei Myrte auf dem Hausboot?«

»Ja.«

»Morgen um neun«, schlug Martin vor. »Ich hole dich ab, und dann sehen wir uns das Schließfach an.«

»Einverstanden.«

DIE SIEBEN – JURIJ KOWALKOW

21

DIE WOLKEN hingen tief und dunkel über dem See, der die Farbe von Silber annahm. Noch war seine Oberfläche glatt wie Glas, aber das würde sich bald ändern. Ein Unwetter zog auf.

Jurij Kowalkow saß am Ende des Stegs, der fast hundert Meter weit in den See reichte. Hinter ihm knarrten die Holzplanken, aber er drehte sich nicht um. Den Mann, der sich ihm näherte, hatte er schon vor zehn Minuten gehört: zuerst den Wagen bei der Fahrt durch den Wald, dann die Schritte vor der Datscha, anschließend auch die Stimme. Der kleine Melder, den Kowalkow im rechten Ohr trug, verband ihn mit Dutzenden von Sensoren bei und in der Datscha – er verabscheute es, von etwas überrascht zu werden.

Plötzlich bewegte sich der Schwimmer. Ein kurzes Zucken, dann noch einer. Kowalkow nahm die Angel in beide Hände und begann, die Schnur einzuholen.

»Scheint ein ziemlich dicker Brocken zu sein«, sagte der Mann hinter ihm. Er war stehen geblieben, die Planken knarrten nicht mehr.

»So sieht's immer aus, Michail.« Kowalkow gab Schnur und spannte sie wieder. Die Angelrute bog sich. »Weil selbst die Kleinen mit aller Macht zappeln. Man kann hier Hechte oder sogar Störe fangen, wenn man Glück hat, aber meistens erwischt man nur Omule.«

»Omule?«, fragte Michail Petrowitsch Tarassow, Direktor der GRU, der Hauptabteilung für Aufklärung. »Ich dachte, die gibt es nur im Baikal.«

»Vor ein paar Jahren hat hier jemand welche ausgesetzt«, erklärte Kowalkow. »Dieser See scheint ihnen zu gefallen. Sie haben sich rasant vermehrt.«

Erneut gab er Schnur, zog dann, zog noch etwas mehr …

Ein lachsartiger silbriger Fisch kam zum Vorschein.

»Was habe ich gesagt?« Kowalkow löste eine Hand von der Angel, ergriff den bereitliegenden Kescher und fing den Fisch damit. »Ein Omul.«

»Ein guter Speisefisch«, bemerkte Tarassow. »Am Baikal leben viele Menschen davon.«

Kowalkow legte die Angel auf den Steg und löste vorsichtig den Haken aus dem Maul des etwa dreißig Zentimeter langen Fisches. Für einige wenige Sekunden hielt er ihn in den Händen.

»Ist er nicht schön?«, fragte er. Dann beugte er sich vor, öffnete die Hände und ließ den Omul ins Wasser fallen.

»Warum lassen Sie ihn frei?«

»Um ihn erneut zu fangen.« Kowalkow sah dem Fisch nach. »Morgen oder vielleicht in zehn Jahren. Außerdem bin ich Vegetarier.«

Er stand auf. »Ich gebe Ihnen nicht die Hand, Michail, denn sie riecht nach Fisch. Ist dies ein offizieller Besuch? Oder kommen Sie als Freund?«

Michail Petrowitsch Tarassow – mit fünfzig Jahren zehn Jahre jünger als Kowalkow und ein ganzes Stück größer – gestikulierte vage. »Sowohl als auch.«

Kowalkow bückte sich, nahm Angel und Kescher und deutete zur Datscha am Ufer des Sees. »Kommen Sie, Michail. Bleiben Sie zum Essen oder auch über Nacht, wenn Sie mögen. Es wird ein Unwetter geben, und wir können es uns am Kamin gemütlich machen, bis es vorbei ist.«

22

FLAMMEN ZISCHTEN und züngelten im großen Kamin, das Holz knisterte und knackte. Manchmal wurden die dunklen Fenster plötzlich hell, wenn Blitze flackerten.

»Ein Gewitter um diese Jahreszeit ist sehr ungewöhnlich«, meinte Tarassow. Er saß in einem großen Polstersessel, die Beine übereinandergeschlagen und die wässrigen Augen halb geschlossen. Er wirkte müde, doch so sah er fast immer aus: erschöpft und schläfrig. Es war eine Maske, und dahinter verbarg sich wache Aufmerksamkeit.

»Der Klimawandel, Michail. Er kennt keine Grenzen. So lang wir die Zäune auch ziehen, so hoch wir unsere Mauern auch bauen, der Klimawandel erreicht jeden Winkel dieses Planeten.«

Tarassow nickte. Das Flackern der Flammen verlieh dem Impfzeichen an seiner Schläfe ein sonderbares Eigenleben.

Kowalkow langte nach der bauchigen Flasche auf dem Tisch. »Darf's noch etwas sein, Michail?«

»Ein kleines bisschen, danke. Ich möchte noch zurück nach Moskau.« Tarassow deutete in die Runde und meinte mit seiner Geste nicht nur die Datscha, sondern das ganze mehrere Hektar große Anwesen. »Es sind nur vierzig Kilometer, aber man könnte dies hier für eine völlig andere Welt halten.«

Kowalkow hob sein Glas. »Auf Ihre Gesundheit.«

»Auf die Ihre, Jurij.«

Sie tranken.

»Ich habe nie verstanden, warum so viele unserer Landsleute Wodka bevorzugen«, gestand Kowalkow. »Ein guter Kognak hat weitaus mehr Klasse, finden Sie nicht? Das hier ist ein sehr guter: Le Voyage de Delamain.«

Tarassow nickte anerkennend. »Gut und teuer. Ungefähr neuntausend Dollar die Flasche, nicht wahr?«

»Ungefähr.«

»Das wären wie viele Rubel?«

»Etwa achthunderttausend«, sagte Kowalkow. »Morgen könnten es bereits achthundertfünfzigtausend sein. Unsere Währung ist leider schwach geworden. Deshalb habe ich empfohlen, die russischen Goldreserven zu veräußern. Ich nehme an, dass der Verkauf morgen beginnt. Falls Sie Gold besitzen, sollten Sie sich von diesem Teil Ihrer Investitionen trennen, am besten noch heute Abend.«

»Der Goldpreis wird sinken?«

»Um mindestens zehn Prozent. Vielleicht kommt es zu einem größeren Ausverkauf, was bedeuten könnte, dass der Preis um weitere zehn Prozent nachgibt.«

Tarassow seufzte, das Kognakglas in der Hand. »Leider ist es um den russischen Staatshaushalt ebenso schlecht bestellt wie um den Rubel. Es gibt Stimmen, die behaupten, das sei kein Zufall.«

»Natürlich ist es kein Zufall«, bekräftigte Kowalkow. »Es ist das Ergebnis jahrelanger Misswirtschaft.«

»Es könnten Spekulationen dahinterstecken«, meinte Tarassow, »mit dem Ziel, den russischen Staat zu schwächen und ihn gar kollabieren zu lassen wie einst die Sowjetunion.« Er wandte den Kopf. »Ich nehme an, Sie haben Ihr Gold bereits verkauft.«

»Ich habe nie in Gold investiert.«

Tarassow nickte. »Was würden Sie als sichere Investition empfehlen?«

»Bitcoin.«

»Halten Sie nichts vom neuen digitalen Rubel?«

»Er wird scheitern, Michail. Er hat nicht die geringste Chance, weil er von der Notenbank kontrolliert wird und damit von Putin.«

Tarassow sah ihn noch immer an. »Sind Sie gegen Putin, Jurij? Wetten Sie auf den Zusammenbruch des russischen Staates?«

Kowalkow drehte sein Glas und beobachtete, wie sich der Schein des Kaminfeuers in der bernsteinfarbenen Flüssigkeit widerspiegelte. »Der gute Mann ist sechsundsiebzig und hat Parkinson, Michail. Wenn er weiterhin alle wichtigen Entscheidungen trifft, ist der Zusammenbruch so gut wie sicher.«

Tarassow lächelte hintergründig. »Möchten *Sie* die wichtigen Entscheidungen treffen?«

»Es wäre vielleicht besser für unser Land, wer weiß.« Kowalkow lachte leise. »Aber nein, ich bin bescheiden. Ich beschränke mich darauf, Empfehlungen zu geben. Und natürlich freue ich mich, wenn man ihnen nachkommt.«

Das Licht eines Blitzes gleißte durch die Fenster, und wenige Sekunden später donnerte es. Die Flammen im Kamin schienen sich für einen Moment zu ducken.

»Ein offizieller Besuch und einer aus Freundschaft«, brummte Kowalkow. »Sowohl als auch, haben Sie gesagt, Michail. Darf ich fragen, was Sie zu mir gebracht hat?«

Tarassow blickte in den Kamin. »Ihr jüngster Bericht ist der Grund für meinen Besuch«, antwortete er. »Er ist zu vage, enthält zu wenige Details. Wir möchten gern mehr über die Pläne von Francis Forsythe und der anderen erfahren.«

»Mehr ließ sich leider nicht herausfinden«, erwiderte Kowalkow. »Vielleicht erfahre ich in einigen Wochen weitere Einzelheiten. Dann informiere ich Sie natürlich sofort.«

»Jurij …« Tarassow schien nach den richtigen Worten zu suchen. »Es geht Russland schlecht. Der ganzen Welt geht es schlecht. Eine große Rezession hat begonnen, und sie könnte bald noch viel schlimmer werden, darauf haben auch Sie in Ihrem Bericht hingewiesen. Die Preise für Öl und Gas sind im Keller, Gazprom brechen die Einnahmen weg. Und wenn Gazprom schwach wird, liegt ganz Russland auf dem Krankenbett.«

»Tut mir sehr leid.« Kowalkow trank einen Schluck und behielt den Kognak lang genug im Mund, um dem Gaumen Gelegenheit zu geben, das volle Aroma aufzunehmen.

»Offen gestanden fällt es mir schwer, das zu glauben«, sagte Tarassow. »Wir haben den Eindruck, dass Sie eigene Pläne verfolgen,

Jurij, dass Sie Ihren Geschäften Vorrang geben. Ich rate Ihnen dringend, Ihre Prioritäten zu überdenken.«

»Meine Prioritäten sind ziemlich klar.«

»Wir möchten sicher sein, dass Sie noch immer auf der richtigen Seite stehen«, sagte Tarassow in ruhigem, aber ernstem Tonfall.

»Lassen Sie uns ein wenig spekulieren«, schlug Kowalkow vor. »Was würde passieren, wenn Sie zu dem Schluss gelangen, dass ich nicht mehr auf der richtigen Seite stehe?«

Der jüngere, größere Mann im anderen Sessel blickte nachdenklich in sein Glas, bevor er es auf den Tisch stellte. »Ich würde gern über angenehmere Dinge reden, Jurij.«

»Unter alten Freunden sollte kein Thema tabu sein, oder? Heraus damit!«

»Denken Sie daran, was mit Leuten wie Michail Chodorkowski, Alexej Nawalny und Alexander Litwinenko geschehen ist.« Tarassow sah erneut ins Kaminfeuer, als läge dort der Quell aller Weisheit. »Es wäre tragisch, wenn es Ihnen ebenso erginge. Je höher man steht, desto tiefer kann man fallen, Jurij, bitte vergessen Sie das nicht.«

»Drohen Sie mir, Michail?«

Tarassow schüttelte den Kopf. »Nein, natürlich nicht. So etwas käme mir nie in den Sinn. Aber wir leben in einer Welt voller böser Überraschungen, das wissen Sie ebenso gut wie ich. Ich meine, Sie sind hier allein, mit nur drei Leibwächtern. Oder sind es vier?«

»Drei genügen mir«, sagte Kowalkow.

»Jemand könnte herkommen und Sie für ein leichtes Ziel halten. Fühlen Sie sich nicht zu sicher. Ich würde es sehr bedauern, wenn Ihnen etwas zustieße.«

»Es gibt noch einige andere Leute, die das bedauern würden«, sagte Kowalkow überzeugt.

»Ach?«

»Ich habe einen Totmannschalter.«

Tarassow hob die Brauen.

»Während der letzten Jahre habe ich Informationen gesammelt«, fuhr Kowalkow fort. »Über Sie, über mich, über meine Geschäftspartner. Über Dinge und Leute. Um auf alles vorbereitet zu sein. Sie wissen ja, dass ich keine Überraschungen mag.« Er hob die Stimme. »Sergei?«

Ein junger Mann kam, ebenso groß wie Tarassow und mit breiten Schultern, ein athletischer Typ, dem man ansah, dass er viel Zeit im Fitnessstudio verbrachte. Er trug Jeans und Hemd, nickte dem Gast freundlich zu und reichte ihm einen Umschlag.

»Was ist da drin?«, fragte Tarassow mit plötzlichem Argwohn.

»Sehen Sie nach.« Kowalkow entließ Sergei mit einem kurzen Blick, und der junge Mann verschwand im Flur, der zu den anderen Zimmern der Datscha führte.

Tarassow öffnete das nicht zugeklebte Kuvert. Es enthielt nur ein gefaltetes Blatt Papier mit einer Liste.

Das Feuer im Kamin knisterte. Regen prasselte gegen die dunklen Fenster. Ein weiterer Blitz flackerte, aber der Donner kam spät, das Unwetter zog ab.

Tarassow starrte wortlos auf die Liste, sein Gesicht wie versteinert.

»Das sind die neuesten Auszüge Ihrer Konten in der Schweiz und auf den Seychellen«, sagte Kowalkow. »Sie laufen nicht auf Ihren Namen, so dumm sind Sie natürlich nicht, aber sie gehören zweifellos Ihnen. Ich frage mich, wie es Putin gefallen würde, dass sein Vertrauter bei der GRU Regierungsgelder veruntreut. Er wäre sicher nicht sehr erfreut.«

Einige Sekunden lang sprach niemand. Es knackte im Gebälk der Datscha, fast klang es wie ein Pistolenschuss.

»Natürlich ist das keine große Sache im Vergleich mit der anderen, die namens Alessia Di Mauro aus Palermo«, fuhr Jurij Kowalkow fort. »Sie hatten immer eine Schwäche für südländische Schönheiten, aber wer könnte Ihnen das verdenken.« Er lachte grollend. »Doch Alessia hat eine besondere Rolle für Sie gespielt, nicht wahr? Könnte man von Liebe sprechen?«

Tarassow schwieg, faltete die Liste zusammen und steckte sie wieder in den Umschlag, den er neben das Glas auf den Tisch legte.

»Vielleicht war es Liebe, vielleicht nicht«, sagte Kowalkow. »Auf jeden Fall war jede Menge Leidenschaft im Spiel. Ach, ich beneide Sie, Michail. Wäre ich doch nur zehn Jahre jünger! Wenn Sie in mein Alter kommen, lässt das mit der Leidenschaft nach.«

Tarassow gab noch immer keinen Ton von sich.

»Aber dann geschah etwas, das auch bei Ihnen die Leidenschaft erkalten ließ.« Kowalkow hob kurz die Hand und ließ sie wieder sinken. »Die schöne, temperamentvolle Alessia begann, Sie unter Druck zu setzen. Sie ›fiel aus der Rolle‹, wie Sie es einem Vertrauten gegenüber nannten.«

Tarassow drehte langsam den Kopf. »Mit wem haben Sie gesprochen?«

Kowalkow ging nicht darauf ein. »Ihre Alessia wollte mehr als nur ein paar Krümel vom Kuchen. Sogar mehr als nur ein Stück. Sie wollte, dass Sie sich von Ihrer Tatjana scheiden lassen. Sie wurde sogar schwanger und drohte damit, alles an die Öffentlichkeit zu bringen. Geld lehnte sie ab. Stattdessen forderte sie einen Ehering. Den Sie ihr verweigert haben.«

Kowalkow legte eine kurze Pause ein und spürte, wie die Stille, die seinen Worten folgte, Gewicht bekam.

»Die arme Alessia starb bei Cala Rossa im Nordwesten von Sizilien«, sprach er dann weiter. »Ein Badeunfall, hieß es. Sie stolperte oder rutschte aus, stürzte von einem Felsen. Eine Tragödie. Zwei Jahre ist das jetzt her. Sie überweisen noch immer regelmäßig Geld auf ein Konto in Palermo, das sich der Familie Carelli zuordnen lässt, einst ein wichtiger Clan der Cosa Nostra.«

Kowalkow leerte sein Glas und stellte es ebenfalls auf den Tisch, direkt neben die Flasche.

»Konten im Ausland sind eine Sache, Mord eine ganze andere.

Da wir Freunde sind, haben Sie natürlich nichts zu befürchten.« Er deutete auf den Umschlag. »Davon gibt es noch viel mehr. Ich meine, keine Umschläge, sondern Informationen, Daten, gespeichert in der Cloud. Sie betreffen zahlreiche Personen, etwa dreihundert, und natürlich nicht nur in Russland.«

Er sah Tarassow an. »Und hier kommen wir wieder zu dem Totmannschalter, den ich eben erwähnt habe. Sie kennen das sicher: eine Notvorrichtung, die allerdings nicht aktiviert wird, solange man den Knopf gedrückt hält. Geschieht das aber nicht mehr, etwa weil die betreffende Person stirbt, tritt diese Vorrichtung in Aktion. Daher der Name.«

Tarassow räusperte sich. »Von welcher Notfallvorrichtung sprechen Sie?«

»Das Internet ist eine großartige Sache.« Kowalkow lächelte. »Daten strömen hin und her, ohne sich um Landesgrenzen zu scheren. Man kann sie nicht aufhalten, das Internet lässt sich nicht ausschalten. Bei meinem Totmannschalter muss alle sechs Stunden der Knopf gedrückt werden, was kein Problem für mich ist, da ich nicht länger als höchstens fünf Stunden am Stück schlafe. Mit anderen Worten: Wenn ich nicht alle sechs Stunden ein bestimmtes Codewort in die Cloud schicke, gehen ein paar Dutzend über die ganze Welt verteilte Server davon aus, dass ich nicht mehr am Leben bin. Dann werden bestimmte verschlüsselte Dateien geöffnet, die gut dreihundert Dossiers enthalten, und per E-Mail an alle Nachrichtenagenturen dieser Welt verschickt.«

»Gilt das auch dafür?« Tarassow zeigte auf das Kuvert.

»Aber nein, mein Freund«, log Kowalkow. »Das bleibt natürlich unter uns.«

Tarassow glaubte ihm nicht, das war ihm anzusehen. »Was wollen Sie, Jurij?«, knurrte er. »Was versprechen Sie sich davon?«

»Oh, ich verspreche mir davon, am Leben zu bleiben in diesen unsicheren Zeiten. Und was ich will? Von gewissen Leuten in Ruhe gelassen werden. Es geht mir nicht um einen Sitz in der Duma oder einen Ministerposten. Ich begnüge mich damit, Empfehlungen auszusprechen. Die Entscheidungen überlasse ich anderen.«

»Tatsächlich?«, brummte Tarassow.

»Übrigens«, sagte Kowalkow, »falls Sie Gelegenheit haben, mit Putin zu reden, und falls er auf die Idee kommen sollte, es mit Plutonium oder bestimmten Nervengiften zu versuchen, was ja nicht zum ersten Mal geschähe … Der Totmannschalter betrifft auch ihn, und ich versichere, dass ich über Informationen verfüge, deren Veröffentlichung selbst für einen Mann wie Wladimir Putin sehr, sehr unangenehm wären.«

Er lächelte erneut. »Aber genug davon, Michail. Weg mit den Sorgen und düsteren Gedanken.« Er streckte die Hand nach der Flasche aus. »Möchten Sie noch einen Schluck Kognak, alter Freund?«

»Nein.« Tarassow stand auf. »Nein, danke. Es ist spät geworden, und das Unwetter scheint vorbei zu sein. Zeit für mich, nach Moskau zurückzukehren.«

Kowalkow begleitete ihn zur Tür. Draußen, im kalten Wind auf der Veranda, zögerte Tarassow noch einen Moment. Sein Gesicht blieb im Dunkeln.

»Wenn ich Ihnen einen guten Rat geben darf, Jurij …«

»Ja?«

»Treiben Sie es nicht zu weit.« Tarassow drehte sich um und stapfte zu seinem Wagen.

Als Kowalkow ins große Kaminzimmer der Datscha zurückkehrte, kam jemand aus dem Flur, nicht einer seiner drei Leibwächter, sondern eine Frau kaum größer als er, gehüllt in einen türkisfarbenen Sari.

Er streckte ihr die Arme entgegen. »Meine Liebe …«

Sie ließ sich von ihm umarmen und sank dann in den Sessel, in dem zuvor Tarassow gesessen hatte.

»Du hast alles gehört, nehme ich an?« Kowalkow setzte sich ebenfalls.

»Ja. Und die Geheimdienste regen sich nicht nur in Russland. Auf dem Weg hierher habe ich mit Francis telefoniert. Er meint, damit sei zu rechnen gewesen. Die alte Welt übergibt die Zügel nicht freiwillig.«

Kowalkow griff nach der Flasche. »Möchtest du?«

Die Frau schüttelte wie erwartet den Kopf. Kowalkow hatte sie noch nie Alkohol trinken sehen.

»Würde es dir gefallen, die Königin von Russland zu sein?«, fragte er und füllte sein Glas zur Hälfte.

Desna Laghari von den Sieben schmunzelte. »Ich bin bereits die Königin von Indien.«

MARTIN FREEMAN

23

IN DER einen Ecke des Zimmers, hinter dem Stuhl mit der abgelegten Kleidung, brannte ein kleines Nachtlicht. Als Martin erwachte und die Augen öffnete, sah er sofort, dass er nicht mehr allein war.

Eine Silhouette zeigte sich neben der halb geöffneten Tür. Sie bewegte sich und kam näher.

Martin starrte und wagte kaum zu atmen.

»Psst«, flüsterte die Silhouette, und dann noch einmal, mit etwas mehr Nachdruck: »Psst!«

»Jasmin?«, brachte er hervor.

»Nicht so laut«, flüsterte sie und erreichte sein Bett. »Jemand ist im Haus.«

»Was?«

»Jemand ist im Haus«, wiederholte Jasmin. »Ein Einbrecher.«

Sie trug nicht mehr als T-Shirt und Slip. Barfuß hatte sie sich zu ihm ins Zimmer geschlichen, und das Nachtlicht zeigte Martin ein Gesicht voller Furcht.

»Henriette …«, begann er, doch dann fiel ihm ein, dass die Haushälterin schon seit einer ganzen Weile nicht mehr bei ihnen wohnte. Sie kam morgens um acht und ging abends gegen sieben. »Wo ist er?«

»Unten«, hauchte Jasmin. »Im Wohnzimmer, glaube ich.«

Etwas knarrte.

»War das die Treppe?« Jasmin begann zu zittern.

Martin schlug die Decke beiseite und stand lautlos auf. Die Benommenheit wich von ihm, er war plötzlich hellwach. Wenn wirklich Einbrecher im Haus waren, warum hatte die Alarmanlage nicht reagiert?

Wie von ganz allein trugen ihn seine Beine zum Bücherregal.

»Was machst du?«, raunte Jasmin und folgte ihm.

Martin ergriff mehrere Bücher – eins wäre ihm fast aus der Hand gerutscht und zu Boden gefallen – und legte sie auf den nahen Tisch. Im schwachen Licht tastete er über die Wand und merkte, dass er in seiner Hast nicht die richtige Stelle gewählt hatte. Er nahm einige weitere Bücher und fügte sie den anderen auf dem Tisch hinzu.

»Was machst du?«, wiederholte Jasmin. »Wenn der Einbrecher die Treppe hochkommt, ist er gleich hier.«

Martin fand die Stelle und drückte. Eine Klappe öffnete sich.

Das Fach dahinter enthielt einen Gegenstand. Martin nahm ihn.

»Davon wusste ich gar nichts«, flüsterte Jasmin. »Ein Geheimfach? Du hast mir nie davon erzählt.«

Es gab noch zwei weitere solche Fächer in der Villa und eins im Gästehaus. Ihr beider Vater war ein sehr vorsichtiger Mann gewesen.

Was ihn nicht davor bewahrt hatte, einem Mord zum Opfer zu fallen.

Ein Klappern ließ Martin erstarren. Es kam nicht von unten, sondern von der Treppe.

Er sah den Schrecken in Jasmins Gesicht, als sie sich die gleiche Frage stellte wie er. Gab es nur einen Einbrecher, oder waren es zwei, einer im Erdgeschoss und der andere auf der Treppe?

Der Gegenstand aus dem Fach lag schwer in Martins Hand.

»Ist das eine *Pistole?*«, fragte Jasmin entgeistert.

Es war eine P220, eine SIG-Selbstladepistole, wie sie von der Schweizer Armee verwendet wurde. David Dean Freeman aus Illinois hatte natürlich nie in den Streitkräften der Schweiz gedient, aber er war Besitzer eines Waffenerwerbsscheins gewesen. Jeder unbescholtene Bürger der Schweiz durfte Waffen besitzen.

»Willst du damit *schießen?*«, hauchte Jasmin.

»Wenn's nötig ist«, erwiderte Martin unsicher. Zu wissen, wie man mit der Pistole umging, war eine Sache. Aber sie tatsächlich auf einen Menschen abzufeuern, eine ganz andere.

Er schlich zur Tür, die Waffe in der rechten Hand. Jasmin blieb dicht hinter ihm, die Hand an seinem Rücken.

»Siehst du was?«, zischte sie leise, als er in den Flur spähte. »Hörst du was?«

Er sah nur Dunkelheit, und plötzlich wurde ihm klar, dass er sich deutlich vor dem matten Schein des Nachtlichts abzeichnete. Langsam und lautlos ging er in die Hocke.

Finsternis lag über der Treppe. Nichts regte sich. Das Klappern wiederholte sich, und es kam tatsächlich aus dem Erdgeschoss, aus dem Arbeitszimmer.

»He!«, rief Martin in die Finsternis. »Ich habe eine Pistole!«

»Wie blöd ist das denn?«, fauchte Jasmin hinter ihm.

Martin horchte. Für einen Moment herrschte völlige Stille.

»Und? Schon mal damit geschossen?«, tönte es plötzlich aus der Finsternis.

Die Stimme kam nicht von unten, sondern schien viel näher zu sein. Also befanden sich tatsächlich mindestens zwei Fremde im Haus, und der Mann, der ihm geantwortet hatte, stand offenbar auf dem Treppenabsatz.

Martin begriff, dass ihm keine Wahl blieb. Wenn er nicht reagierte, wenn er tatenlos blieb und einfach abwartete, würden die Einbrecher glauben, dass er bluffte.

Martin duckte sich noch etwas mehr.

»Nicht erschrecken«, flüsterte er seiner Schwester zu – und schoss.

Er zielte nicht auf die Treppe, hielt die Waffe auch nicht nach unten – er wollte niemanden verletzen, wenn es sich vermeiden ließ. Die Pistole war zur Seite gerichtet, in den Flur, als er den Abzug betätigte.

Der Knall schien das lauteste Geräusch zu sein, das er jemals gehört hatte, und für einen Sekundenbruchteil glaubte er, im Licht des Mündungsblitzes eine Gestalt auf dem Treppenabsatz zu sehen.

Hinter Martin richtete sich Jasmin auf, langte um die Ecke und schaltete das Licht im Flur ein.

Der Mann auf der Treppe wandte sich zur Flucht. Er sprang die Stufen hinunter und sprintete in Richtung Hinterausgang.

Im Arbeitszimmer klapperte es, ein zweiter Mann erschien, dunkel gekleidet und mit einer Sturmhaube vermummt wie der andere. Martin sah ihn vom Geländer der Treppe aus, doch der Eindringling warf nicht einmal einen Blick nach oben, floh ebenfalls und folgte dem ersten Mann.

Wenige Sekunden später heulte draußen ein Motor auf, Räder drehten im Kies durch.

Martin eilte zum nächsten Fenster und sah einen Wagen, der über die Zufahrt zum Tor jagte.

Es stand offen, stellte Martin überrascht fest. Das elektrische Tor war geöffnet, ohne dass die Sensoren einen Alarm ausgelöst hatten.

In ihm stieg der Verdacht auf, dass dies keine gewöhnlichen Einbrecher gewesen waren.

»Sie sind weg«, sagte er.

»Bist du sicher?«

»Ich denke schon.« Aber er behielt die Pistole schussbereit in der Hand, als er langsam die Treppe hinunterging, gefolgt von Jasmin.

Die Hintertür stand offen. Martin zog sie zu und schloss ab. Eine kurze Suche ergab, dass alle Räume unversehrt waren, bis auf das Arbeitszimmer. Dort hatten die Einbrecher alle Schubladen herausgezogen und Bücher, Ordner und Schnellhefter auf dem Boden verteilt. PC und Laptop waren eingeschaltet und verlangten mit ihren Anmeldebildschirmen nach dem Passwort.

»Bei den Computern sind sie nicht weit gekommen«, stellte Martin zufrieden fest.

Jasmin sah sich um, zitterte noch immer. »Was haben sie gesucht?«

Eine kleine SD-Karte, die Vincent Moreau mir gegeben hat, dachte Martin und sagte: »Keine Ahnung. Irgendwelche Unterlagen, scheint mir.«

»Du lügst!«, entfuhr es Jasmin. Ihr Gesicht wirkte seltsam leer, als sie ihn ansah. »Du weiß genau, was sie gesucht haben. Dies ist kein Zufall, es waren keine gewöhnlichen Einbrecher. Es hat mit dem Mord zu tun. Und mit meiner Entführung, mit Isaac und der Frau in der Hütte.«

Martin antwortete nicht. Er schaltete PC und Laptop aus, verließ das Arbeitszimmer und sah sich die Eingangstür an; sie war abgeschlossen. Bei einer Überprüfung der Fenster im Erdgeschoss stellte er fest, dass alle Jalousien heruntergelassen waren.

»Was machst du?«, fragte Jasmin.

»Ich versuche herauszufinden, wie sie reingekommen sind«, sagte Martin. »Vermutlich durch die Hintertür. Sie ist nicht aufgebrochen worden, und das bedeutet …« Er zögerte.

»Dass sie einen Schlüssel hatten?« Jasmin rieb sich die Arme, als würde sie frieren.

Oder dass sie wissen, wie man ein Schloss knackt, dachte Martin. Und wie man eine Alarmanlage ausschaltet. Echte Profis, keine Gelegenheitsdiebe.

Aber er behielt diesen Gedanken für sich und sah auf die Uhr. Es war kurz vor drei, mitten in der Nacht.

»Was jetzt?«, fragte Jasmin. »Was machen wir? Rufen wir die Polizei? Der Kommissar hat seine Visitenkarte hinterlassen. Sie muss hier irgendwo rumliegen.«

Martin stand zwischen Eingangstür und Treppe und lauschte einige Sekunden lang der Stille im Haus.

»Sie könnten zurückkehren«, sagte er, noch immer die Pistole in der Hand.

»Sehr beruhigend. Und dann? Willst du sie erschießen?«

»Es könnte sogar sein, dass sie mit Verstärkung kommen.«

»Na, wundervoll!« Jasmin zeigte auf die Pistole. »Selbst wenn es hier noch mehr von den Dingern gibt … Ich kann damit nicht umgehen und wäre dir keine große Hilfe. Eins steht fest: Ich krieche nicht wieder ins Bett. Zumindest nicht in das Bett in meinem Zimmer oder in irgendein anderes Bett in diesem großen Haus.« Sie rieb sich erneut die Arme. »Mir ist kalt, ich zieh mich an.«

Sie huschte die Treppe hoch.

Martin drehte sich langsam um die eigene Achse, wie auf der Suche nach Geistern. Dann ging er ebenfalls nach oben in sein Zimmer, streifte Jeans und Hemd über und griff nach der Jacke.

Jasmin erschien in der Tür, in Jeans und einem dicken Rollkragenpullover. »Was machen wir jetzt? Rufen wir den Kommissar an?«

»Mitten in der Nacht?«

»Sollen wir darauf Rücksicht nehmen?«

»Es wurde niemand ermordet«, sagte Martin und nahm sein Smartphone. Beim Laptop zögerte er kurz, ließ es dann aber auf dem Schreibtisch liegen. Das Handy genügte selbst fürs Trading; es enthielt wie die beiden Computer eine verschlüsselte Kopie seiner Bitcoin-Wallet.

»Hallo, hallo? Willst du warten, bis jemand von uns erschossen wird, bevor du den Herrn Kommissar störst?«

Martin überlegte, ob er die Pistole ins Geheimfach zurücklegen sollte, entschied sich aber dagegen. Sie versprach einen gewissen Schutz. »Hast du Lust, die nächsten ein, zwei oder drei Stunden damit zu verbringen, Fragen zu beantworten?«, wandte er sich wieder an seine Schwester. »Oder zuzusehen, wie Polizisten hier alles auf den Kopf stellen?«

»Das ist mir immer noch lieber, als erschossen zu werden!«

»Myrte«, sagte Martin. »Das Hausboot. Dort sind wir sicher. Wir lassen uns erst einmal alles gründlich durch den Kopf gehen. Außerdem …«

»Ja?«

»Es gibt da noch eine Sache, über die wir sprechen müssen.«

»Das klingt nach weiteren schlechten Nachrichten. Worum geht's?«

»Wenn wir auf dem Hausboot sind. Komm, wir machen die Villa für ein paar Stunden dicht.«

24

ZWEI LAMPEN baumelten im Wind, eine am Bug, die andere am Heck. Der Steg des Hausboots lag im Dunkeln, und Martin zog ihn aufs Deck, als sie an Bord waren.

»Das hindert niemanden daran, an Bord zu kommen«, sagte Jasmin. »Ein bisschen Anlauf, ein guter Sprung, und schon ist es geschafft.«

Martin überlegte kurz. »Wir lösen die Leinen und fahren los.«

»Ach, bist du plötzlich Kapitän geworden?«, fragte Jasmin skeptisch.

Martin machte sich bereits am vorderen Tau zu schaffen, merkte aber schnell, dass er es am Ufer lösen musste. Rasch brachte er den Landungssteg wieder aus. »Wir kommen schon klar, wenn wir den Motor in Gang kriegen. Nur bis zur anderen Uferseite, das genügt. Oder meinetwegen ein Stück flussabwärts. Gib Myrte Bescheid. Sag ihr, es geht um Leben und Tod.«

»Was vielleicht nicht einmal übertrieben ist«, sagte Jasmin und verschwand unter Deck.

Wie Martin feststellte, war es gar nicht so einfach, die Leinen aus den Ringen am Ufer zu lösen. Als er es schließlich geschafft hatte, setzte sich die »Eldorado« in der Strömung langsam und träge in Bewegung. Er kehrte an Bord zurück, zog den Steg erneut aufs Deck und eilte dann die Kajütentreppe hinab.

Im Gang wankte ihm Myrte im Nachthemd entgegen, das Haar wirr, die Augen trüb.

»Was'n los?«, lallte sie.

»Wir haben abgelegt, Oma.«

»Oh.« Myrte blieb stehen und schwankte. »Und wohin geht die Reise?«

»Wer weiß, vielleicht bis nach Amerika.« Martin nahm ihren Arm und führte sie behutsam zu ihrer Kabine zurück.

»Tatsächlich? Wurde auch Zeit.«

In einem kleinen Zimmer voller Fotos und Andenken aus einer anderen Zeit sank Myrte auf ihr schmales Bett und griff nach der Decke. »Du bist … Martin, nicht wahr?«

Er nickte. »Der bin ich, ja.«

»Und das ist …« Myrte deutete auf Jasmin.

»Meine Schwester.«

»Wenn wir nach Amerika fahren …« Myrte gähnte und legte sich hin. Martin deckte sie zu. »Wer steht am Ruder?«

»Niemand. Wir kümmern uns gleich darum.«

»Oh, gut. Das ist gut.« Sie schloss die Augen und drehte sich auf die Seite.

Wieder im Korridor sagte Jasmin: »Es ist schlimmer geworden mit ihr. Ihre Fahne riecht man meilenweit. Sie braucht Hilfe.«

»Soviel sie auch trinkt«, sagte Martin, »Oma Myrte ist noch immer stark genug, anderen zu helfen.«

Das Hausboot schlingerte. Martin blickte durch ein Fenster und stellte fest, dass sie sich bereits ein ganzes Stück von der Anlegestelle entfernt hatten. Inzwischen trieb die »Eldorado« fast in der Flussmitte.

Dakota erschien, schlang kurz die Arme um Martin und gab ihm einen Kuss auf die Wange. Sie trug eine grüne Jeans und einen gelben Pulli und wirkte hellwach.

»Bist früh dran«, sagte sie. »Hab dich erst am Morgen erwartet. Hallo, Jasmin.«

»Hallo«, erwiderte Jasmin und gab sich nicht besonders viel Mühe, freundlich zu sein.

»Es ist was passiert«, erklärte Martin. »Wir haben bei uns zu Hause nächtlichen Besuch erhalten.«

»Davon kannst du mir gleich erzählen. Wichtiger ist im Augenblick: Wer steuert das Schiff?«

»Niemand«, sagte Martin. »Ich hab die Leinen gelöst. Kannst du den Motor starten?«

»Myrte glaubt, dass wir nach Amerika fahren«, fügte Jasmin hinzu.

Dakota drehte sich um und lief zur Treppe. Martin und Jasmin folgten ihr.

Auf dem Weg zum Führerhaus verschwand sie kurz, um den Schlüssel zu holen, und als sie zurückkehrte, hatte sich das Hausboot in der Strömung gedreht. Die Bewegungen hatten auch andere Mitglieder der »Mannschaft« geweckt, die an Deck kamen. Einige staunten, andere waren besorgt. Zwei junge Männer, die Martin nicht kannte, standen an der Bugreling, lachten und teilten sich eine Flasche Wein.

»Da hat sich eure Myrte die richtige Crew zusammengesucht«, kommentierte Jasmin.

Beim dritten Versuch gelang es Dakota, den alten Motor zu starten. Eine Qualmwolke stieg auf und verlor sich in der Dunkelheit. Lautes Tuckern zog durch die Nacht.

»Zur anderen Seite der Rhône«, sagte Martin. »Es genügt, wenn wir den Fluss zwischen uns und der Stadt haben.«

Dakota drehte das Steuerrad. »*Wofür* genügt das?«

»Um vor Verfolgern sicher zu sein«, erklärte Jasmin.

»He!«, rief Dakota nach vorn. »Ich brauche jemanden, der mir mit einer Lampe leuchtet! Man sieht ja kaum die Hand vor Augen.«

Die beiden jungen Männer stellten ihre Flasche Wein beiseite. »Geht klar, Käpt'n!«

Martin begann sich zu entspannen. »Du hast nicht geschlafen«, sagte er zu Dakota.

»Wer schläft, versäumt das Leben.« Sie lächelte kurz. »Ich hab am Computer gesessen und versucht, mehr herauszufinden. Könnte wichtig sein für unseren Termin morgen früh.«

»Du bist also nicht im neuseeländischen Konsulat gewesen? Mit Stephan?«

Im Licht der beiden Taschenlampen, mit denen die Weintrinker im Bug leuchteten, entdeckte Dakota eine geeignete Stelle am Ufer. Erneut drehte sie das Steuerrad und rief: »Bereit zum Anlegen!« Dann sah sie Martin an und schmunzelte: »Höre ich da ein klitzekleines bisschen Eifersucht?«

»Darf ich die beiden Turteltauben stören?« Jasmin stand da, die Hände in die Hüften gestemmt. »Dies ist keine Party, sondern eine sehr ernste Sache. Ich bin entführt worden, und dann hatten wir Einbrecher im Haus!« Sie wandte sich an ihren Bruder. »Du hast gesagt, es gäbe da etwas, über das wir sprechen müssten. Also los!«

Dakota steuerte die »Eldorado« zu einer alten, halb von Unkraut überwucherten Anlegestelle, die sich im Licht der Taschenlampen zeigte. Mehrere fröhlich lachende Crewmitglieder ergriffen die Leinen, sprangen an Land und begannen damit, die »Eldorado« zu vertäuen.

Ein Ruck ging durch das Hausboot, dann lag es still.

»Heraus damit!«, bekräftigte Jasmin. »Ich will Bescheid wissen!«

»Sie weiß es noch gar nicht?« Dakota schaltete den Motor aus. Es wurde seltsam still.

»Ich wollte nicht, dass sie es mit der Angst zu tun bekommt«, gab Martin zurück.

»Mit der Angst?« Jasmin schauderte. »Wovon weiß ich nichts?«

Dakota zog den Schlüssel ab. »Gehen wir nach unten. Hier oben ist es mir zu kalt.«

25

IM KAJÜTENGANG kam ihnen eine sommersprossige junge Frau entgegen, gehüllt in ein beigefarbenes Nachthemd, das einer Mönchskutte ähnelte.

»Eine Party?«, fragte Lindsey hoffnungsvoll. »Mitten in der Nacht?«

»Nein, definitiv nicht.« Jasmin schob sich an ihr vorbei.

»Schade.« Lindsey hob den Zeigefinger. »Wusstet ihr, dass fast achtundvierzig Prozent der Einwohner von Genf nicht über das Schweizer Bürgerrecht verfügen? Fast die Hälfte der Menschen hier sind Ausländer.«

»Du bist einer von ihnen.« Dakota sah Martin an und rollte mit den Augen.

»Du ebenfalls«, fuhr Lindsey fort. »Immerhin kommst du aus den Niederlanden. Aber ob Ausländer oder nicht … Wenn ihr mich fragt, sind wir alle Bürger dieser Welt, oder? Es sollte nur einen Pass geben, in dem steht: Weltbürger. Das ist meine Meinung.«

Eine Minute später saßen sie in Dakotas Kajüte am Ecktisch.

»Was ist bei euch passiert?«, fragte Dakota. Sie saß vor ihrem Notebook.

Martin erzählte von den beiden Eindringlingen in der Villa und wie er sie mit einem Pistolenschuss in die Flucht geschlagen hatte.

»Sie hatten es vor allem auf mein Arbeitszimmer abgesehen«, schloss er seine Schilderungen. »Ich kann mir denken, wonach sie gesucht haben.«

Dakota nickte. »Ich auch. Dein nettes Gespräch mit Lefèvre, die Entführung deiner Schwester und dann die Einbrecher … Offenbar wird's langsam brenzlig.«

Martin fühlte das Gewicht der Pistole in seiner Jackentasche. »Das ist es längst geworden. Vincent Moreau wurde erschossen, und er ist nicht das erste Opfer. Das hängt alles zusammen.«

»Würde mir bitte jemand erklären, worum es hier geht?«, verlangte Jasmin. »Mir reicht's allmählich.«

»Na schön, alles der Reihe nach.« Martin ordnete seine Gedanken. »Es begann *nicht* damit, dass ich Vincent Moreau getroffen habe, der wenig später erschossen aufgefunden wurde. Es begann vor vier Jahren ...«

»Wahrscheinlich noch früher«, warf Dakota ein. Sie holte Fruchtsaft und drei Gläser, saß dann zurückgelehnt und hörte zu, während Martin seiner Schwester alles erklärte.

»Unsere Eltern sind nicht bei einem Unfall ums Leben gekommen«, sagte er. »Sie wurden ermordet. Jemand hat die Bremsen ihres Wagens manipuliert.«

»Was?«, stieß Jasmin hervor. »Woher weißt du das?«

»Vincent Moreau hat mir tatsächlich etwas gegeben, eine SD-Karte mit versteckten Dateien, von denen eine den Untersuchungsbericht eines Sachverständigen enthält.«

»Bei dem Bankenskandal, in den euer Vater, Moreau und andere verwickelt waren, scheint es um sehr viel Geld gegangen zu sein.« Dakota drehte das Notebook so, dass Martin und Jasmin auf den Bildschirm sehen konnten. Sie scrollte durch Scans von Zeitungsausschnitten und Kopien von Online-Meldungen. »In einigen kleinen Textdateien ist von zehntausend Bitcoin die Rede. Das wären wie viele Euro, Martin?«

»Vor gut vier Jahren? Etwa ... eins Komma sechs Milliarden. Heute sind es etwa eine Milliarde.«

»Ein nettes Sümmchen«, meinte Dakota. »Wie viele Bitcoins hast du?«

»Nicht annähernd so viele. Es genügt, um die Villa zu erhalten und über die Runden zu kommen.«

»Viel hat dir dein Vater nicht hinterlassen. Nur eine kleine Wallet.«

Martin überlegte. »Glaubst du, sie war Teil einer größeren?«

»Vielleicht.«

»Das Schließfach«, sagte er plötzlich. »Hältst du es für möglich …?«

»Euer Vater hat euch nichts davon gesagt«, stellte Dakota fest, »darum nehme ich an, er hat dort etwas Wichtiges aufbewahrt. Warum hätte er sonst ein Geheimnis daraus machen sollen?«

»Habe ich das richtig verstanden?«, fragte Jasmin. »Es geht hier um eine *Milliarde* Euro?«

»So viel wären zehntausend Bitcoin nach dem aktuellen Kurs von etwa hunderttausend US-Dollar wert«, sagte Martin. »Vor viereinhalb Jahren hätte man für zehntausend Bitcoin noch viel mehr Euro oder Dollar bekommen, aber dann brach der Kurs ein.«

»Vielleicht hatte euer Vater etwas damit zu tun«, spekulierte Dakota.

»Zehntausend Bitcoin sind eine ganze Menge. Wenn man sie auf einen Schlag verkauft, kommt es zu einem Flashcrash, der automatische Verkaufsorder auslöst, wodurch der Kurs weiter sinkt. Meistens erholt er sich dann schnell wieder. Aber dem Crash vor viereinhalb Jahren folgte ein längerer Bärenmarkt, d. h., der Kurs stieg nicht mehr oder sank sogar. Seit zwei Jahren erholt er sich wieder.«

Dakotas Finger flogen über die Tasten und riefen ein weiteres Dokument auf den Schirm. »Hier ist die Rede von über einer Million Bitcoin. Hundertmal so viel. Hundertmal eine Milliarde … Vielleicht reden wir hier von *hundert Milliarden* Euro.« Sie seufzte. »Halleluja.«

»Unser Vater hatte *Milliarden* von Euro?«, fragte Jasmin verblüfft.

Das hielt Martin für absurd. »Nein, unmöglich. Das kann nicht stimmen.« Plötzlich fiel ihm etwas ein. »Es sei denn …«

Sie sahen ihn beide neugierig an.

»Nakamotos Bitcoin-Wallet«, sagte Martin langsam. »Sie ist ebenso legendär wie er selbst.« Auf einmal rasten seine Gedanken. »Sie enthält über eine Million Bitcoin, die er damals selbst geschürft hat. Eine Million einhundertfünfundzwanzigtausend, um ganz genau zu sein. Wenn noch alle da sind. Vor acht Jahren wurden mehrmals Bitcoins bewegt, die sich auf Nakamotos Bitcoin-Adressen zurückführen ließen, und vor viereinhalb Jahren noch einmal.«

Martin zögerte.

»Es könnte damit zusammenhängen«, sagte Dakota. »Vielleicht sind Vincent Moreau, dein Vater und die anderen damals irgendwie in den Besitz von Satoshi Nakamotos Wallet gelangt. Ich meine … Milliarden und *Milliarden*. Das ist ziemlich viel Geld. Sogar noch mehr als ziemlich viel. So eine Menge Geld könnte einige Leute veranlassen, grob zu werden.«

»Wer sind sie?«, fragte Martin.

»Keine Ahnung.« Dakota scrollte durch weitere Dokumente. »Vielleicht jene Leute, die hinter Moreaus Tod, Jasmins Entführung und dem Einbruch bei euch stecken.«

»Weißt du noch, der Hinweis auf Nakamoto, den wir in der großen, unverschlüsselten Textdatei gefunden haben?«

Dakotas Finger flogen erneut über die Tasten und riefen die Datei auf.

»Hier«, sagte sie. »›Wir sind SN begegnet. Unsere lange Suche hatte endlich Erfolg!‹«

»Wenn tatsächlich Satoshi Nakamoto damit gemeint ist, wenn sie ihn damals gefunden haben …« Für einen Moment stellte sich Martin vor, dass Moreau, sein Vater und »die anderen«, wer auch immer sie sein mochten, Satoshi Nakamoto identifiziert und gezwungen hatten, ihm seine Wallet zu übergeben.

»Wenn sie irgendwie seine Bitcoins erbeutet haben …«, sagte Dakota. »Rate mal, was sich im Schließfach befinden könnte.«

»Von welchem Schließfach redet ihr da die ganze Zeit?«, fragte Jasmin.

»Glaubst du, es enthält Nakamotos Wallet?«, wandte sich Martin an Dakota.

»Was auch immer sich darin befindet«, sagte sie langsam, »gewisse Leute sind offenbar bereit, über Leichen zu gehen, um an den Inhalt zu gelangen.«

»He, ich bin auch noch da!«, rief Jasmin. »Wer ist dieser Nakamoto? Warum ist er so wichtig? Und was bedeutet der ganze andere Kram?«

Sie trug noch immer ihre dicke Jacke, stellte Martin fest, trotzdem zitterte sie.

»Satoshi Nakamoto hat den Bitcoin erfunden«, sagte Martin und fügte einige knappe Erläuterungen hinzu.

»Du hast mir nie etwas davon gesagt, mir nie etwas erklärt«, klagte Jasmin.

»Ich wollte, dass du dich ganz deiner Malerei widmen kannst«, erwiderte Martin behutsam.

Dakota seufzte leise.

»Hast du was anzumerken?«, fauchte Jasmin sie an. »Das betrifft dich nicht, das ist eine Sache zwischen Bruder und Schwester.«

Dakota breitete die Arme aus und stand auf. »Kein Problem, Teuerste. Möchtest du, dass ich gehe und alles euch überlasse?«

»Immer mit der Ruhe, ihr beiden«, brummte Martin. »Setz dich wieder, Dakota. Bitte«, fügte er ausdrücklich hinzu.

Sie sank wieder auf ihren Stuhl und trank einen Schluck Fruchtsaft. Von oben, vom Deck, kamen gedämpfte Musik und Stimmen. Offenbar hatte eine neue Party begonnen, während Myrte schlief und vielleicht von Amerika träumte.

»Sie hilft uns, Jasmin«, betonte Martin. »Ohne sie wüssten wir überhaupt nichts von dem Schließfach.«

»Wenn die Einbrecher nicht gewesen wären, hättest du mir nichts davon gesagt!«

»Ich hätte es dir später erzählt«, behauptete Martin, ohne davon überzeugt zu sein, dass es der Wahrheit entsprach. »Nachdem wir herausgefunden haben, was das Schließfach enthält.«

Er trank ebenfalls von dem Fruchtsaft. Er hatte plötzlich einen rauen Hals.

Ein Gedanke, der ihn schon seit einer ganzen Weile beschäftigte, drängte in den Vordergrund. »Es gibt da noch etwas …«

»Und das wäre?«, fragte Dakota, als er nicht weitersprach.

»Warum hat mir Vincent Moreau die SD-Karte gegeben? Ich meine, ich habe ihn angerufen, weil ich mir ein paar zusätzliche Informationen über Satoshi Nakamoto erhofft habe. Darum sollte es bei unserem Treffen im Café ›Minerva‹ gehen, um Recherchen für mein Buch. Er gab mir die Speicherkarte mit der großen Textdatei und den versteckten Daten …«

Martin zögerte erneut.

»Nach deinem Anruf hat er sich vorbereitet«, sagte Dakota.

»Aber warum die versteckten Sektoren auf der Speicherkarte?«

»Dafür gibt es nur eine Erklärung«, meinte Dakota. »Er hat mit der Möglichkeit gerechnet, dass die SD-Karte in falsche Hände geraten könnte.«

»Er wusste bereits, dass es jemand auf ihn abgesehen hatte?«

»Wäre möglich.«

Martin nickte langsam. »Also … Er gab mir die Informationen über den Unfall und das Schließfach und vertraute darauf, dass ich beides finde.«

»Ja«, bestätigte Dakota.

»Und dann? Was wollte er damit erreichen? Ich meine, wenn er von dem Schließfach und seinem vielleicht sehr wertvollen Inhalt wusste, warum hat er nicht selbst versucht …« Martin unterbrach sich. »Oh, natürlich.«

»Safes Fidelity hätte ihm ohne Vollmacht oder Erbschein keinen Zugang zu dem Schließfach gestattet.«

»Der Erbschein.« Martin hob die Hand zur Stirn. »Er liegt zu Hause. Ich muss zurück!«

»Aber nicht jetzt«, sagte Dakota. »Morgen früh. Bei Tageslicht.«

»Wenn die Einbrecher ihn mitgenommen haben …«

»Warum sollten sie? Was könnten sie damit anfangen? Sie sind nicht du. Oder Jasmin. Der Erbschein allein genügt nicht.« Dakota lehnte sich wieder zurück. »Wollt ihr wissen, was ich glaube?«

»Was?«, fragte Martin.

»Vielleicht wusste Vincent Moreau, dass ihm Gefahr drohte. Vielleicht hat er dir die SD-Karte gegeben, damit du die Kastanien für ihn aus dem Feuer holst und ihm Zugang zu dem Schließfach ermöglichst. Ich denke, er wollte zwei Fliegen mit einer Klappe schlagen.«

»Und dann starb er.«

»Jemand war ihm zu dicht auf den Fersen.«

»War das jetzt genug Detektivspielerei?«, fragte Jasmin laut. »Wie dicht ist man *uns* auf den Fersen?«

»Ich schätze, hier bei Oma Myrte sind wir vorerst sicher«, meinte Dakota.

»Wir?«, fragte Jasmin sie herausfordernd.

Dakota lächelte. »Ich bin mit von der Partie, Teuerste. Das hatten wir doch schon geklärt, oder?«

Martin sah auf die Uhr. »Es ist kurz nach vier. Safes Fidelity öffnet wann?«

»Um neun«, antwortete Dakota.

»Dann bleiben uns noch ein paar Stunden Schlaf. Ich fahre um acht nach Hause und hol den Erbschein. Können wir hier übernachten?«

»Na klar.« Dakota lächelte erneut, diesmal allein für Martin.

Jasmin stand auf und ging zur Tür. »Kommst du?«, fragte sie ihren Bruder.

Etwas muss sich ändern, dachte Martin. Gleich jetzt.

»Wir sind erwachsene Menschen«, sagte Martin. »Ich bleibe hier.«

Dakota erhob sich ebenfalls, trat an Jasmin vorbei und öffnete die Tür. »Ich zeige dir eine freie Kabine.«

DIE SIEBEN – JIANG TAIJI

26

IN DER Mitte des drei mal drei Meter großen weißen Zimmers saß Jiang Taiji auf dem Boden, mit gekreuzten Beinen und den Händen auf den Oberschenkeln. Er hielt die Augen geschlossen, atmete ruhig und gleichmäßig und nahm die Stille des schallisolierten weißen Raums in sich auf. Eine Zeitlang suchte er nach dem Zentrum tief in seinem Innern, wo alle Eigenschaften, die ihn als Person bestimmten, zusammenströmten und eine Einheit bildeten.

Die meisten Menschen litten an Unvollständigkeit, sinnierte er. Auf der Suche nach Glück und einem Sinn in ihrem Leben entfernten sie sich immer mehr vom eigenen Selbst. Ihr Yin und Yang brachen auseinander und verloren den Kontakt zueinander. Krankheiten waren die Folge und ein Verlust des geistigen Gleichgewichts. Sie litten, ohne den Grund dafür zu erkennen, und versuchten zu kompensieren, mit Konsum und Gewalt.

Jiang Taiji kannte nur einen einzigen Menschen, der sein persönliches Yin und Yang weitgehend bewahrt hatte: Francis Forsythe. Dafür verdiente er besonderen Respekt.

Als Taiji glaubte, seinen inneren Kern gefunden zu haben, hob er die Lider und gab sich einem Weiß hin, das den Augen keine Referenzen bot, nichts, auf das sie sich fokussieren konnten. Es dauerte nur wenige Sekunden, bis es zu einem Whiteout kam, der die Sinne befreite. Einigen Momenten der Orientierungslosigkeit folgten die Entfaltung des Bewusstseins und freies Fliegen der Gedanken.

Ein oder zwei Minuten lang ließ er sie gewähren, schlüpfte in die Rolle eines Beobachters und sah, wie sie sich mit Erinnerungen beschäftigten: der Geschmack des Essens am vergangenen Abend, am Morgen das kalte Wasser im Gesicht, der Traum von einem aufgewühlten Meer, vielleicht eine Metapher, der scharfe Geruch in Pekings Luft, der kurze Flug zum Turm, zum höchsten Gebäude in Peking, dem fünfhundertachtundzwanzig Meter hohen Zhongguo Zun.

Die Erinnerungen wichen, als sich das reine, unbefleckte Weiß des stillen Zimmers auch in Taiji ausbreitete. Yin und Yang waren fest miteinander verbunden, intakt und geeint.

Zeig mir den Weg, flüsterte Taiji, ohne dass sich seine Lippen bewegten.

Etwas durchströmte das Weiß, dünne Linien bildeten sich darin, wie Haarrisse in altem Porzellan. Es zeigte ihm die Richtung, die es einzuschlagen galt, und bestätigte die Entscheidungen, die er bereits getroffen hatte. Vermögenswerte mussten verteilt und neu strukturiert werden, was sich innerhalb der nächsten Tage mittels zahlreicher von Mittelsmännern gegründeter Firmen bewerkstelligen ließ, die nicht zum Konsortium Shuguang gehörten. Die Übernahme der Bitcoin-Miner, wichtiger Bestandteil von Forsythes Plan, war bereits eingeleitet, und er beabsichtigte, noch an diesem Tag eine der Mining-Farmen zu besichtigen.

Eigentlich war Xanadu damit beauftragt, doch China konnte für Ausländer ein sehr schwieriges Terrain sein, und deshalb hatten sie vereinbart, dass er sich darum kümmerte –, China blieb sein Revier.

Das Weiß zeigte ihm alles mit einer Deutlichkeit, wie sie Francis Forsythe vielleicht in seinen Zahlen sah: der Hauptweg, die Abzweigungen, die Hindernisse, mit denen er rechnen musste. Natürlich würde es Probleme geben, manche von ihnen mit dem Potenzial, groß und gefährlich zu werden. Aber sie ließen sich lösen, wenn …

Ein akustisches Signal störte die Stille und unterbrach seine Überlegungen. Die Linien im Weiß verschwanden.

Taiji schloss und öffnete die Augen zweimal schnell hintereinander. Die Sensoren des weißen Zimmers reagierten darauf und öffneten die Tür, was den Whiteout für die Augen beendete.

»Ja?«, fragte er.

»Parteisekretär Yiu möchte Sie sprechen«, teilte ihm eine Stimme mit.

Taiji stand mit einer geschmeidigen Bewegung auf und fühlte neue Kraft in Körper und Geist. »Bitte führen Sie ihn auf die Terrasse. Ich bin gleich da.«

Wenn der Parteisekretär um ein Gespräch bat, musste er nicht darauf hinweisen, dass es um eine wichtige Sache ging. Er vertrat Angelegenheiten der Regierung, und die waren immer wichtig.

Jiang Taiji verließ das weiße Zimmer und schritt durch ein Apartment, das aus insgesamt zwölf Räumen bestand und ihm nicht nur als Wohnung diente, sondern auch als Büro. Mehrere Bedienstete und Angestellte verneigten sich, als er an ihnen vorbeiging. Er nickte jedem von ihnen zu und grüßte die Männer und Frauen mit Namen. Durch eine breite Schiebetür aus Glas trat er auf die große Dachterrasse, in einen grünen Garten fünfhundert Meter über der Stadt.

Der Parteisekretär saß an einem einfachen Tisch, umgeben von Büschen, Sträuchern und Blumen. Nach vorn war die Sicht frei, und der Blick ging weit über die riesige dunstverhüllte Stadt, bis zum Kaiserpalast und zu dem unmittelbar westlich davon gelegenen Zhongnanhai, einem um zwei Seen gruppierten Park- und Gebäudekomplex, dem Sitz der Kommunistischen Partei und Chinas Regierung.

»Ich grüße Sie, Sekretär Yiu«, sagte Jiang Taiji auf Mandarin.

Der kleine, zart gebaute würdevolle Mann, der seinen sechzigsten Geburtstag seit einer ganzen Weile hinter sich hatte, blieb sitzen, erwiderte jedoch mit steifer Freundlichkeit: »Wie ich sehe, sind Sie bei guter Gesundheit, das freut mich sehr.«

Er trank einen Schluck von dem Tee, den ihm eine Bedienstete gebracht hatte.

Jiang Taiji nahm Platz. Im Garten der Dachterrasse hörte man nur den Wind und gelegentlich einen Hubschrauber in der Ferne. Die Bedienstete, eine junge Frau, brachte ein Tablett mit einer weiteren Tasse. Taiji bedankte sich bei ihr.

»Die Luft riecht anders hier oben«, sagte Yiu. Von der Statur her ähnelte er Kowalkow, aber er sprach mit heller, fast mädchenhafter Stimme.

»Sie ist sauberer«, bestätigte Taiji. »Peking hat noch immer ein Problem mit der Luftverschmutzung, trotz der Fortschritte der letzten Jahre.«

Yiu sah über die Stadt. »Es sind Wachstumsschmerzen, mein lieber Taiji. Wir wachsen und wachsen. Ach, ich beneide Sie. Von hier oben hat man einen wundervollen Ausblick.«

»Leider bin ich viel zu selten hier.« Taiji nippte an seinem Tee.

Yiu nickte. »Sie sind auf Reisen gewesen, wie ich hörte. In Europa.«

»Ja.«

»In London.«

»Ja«, sagte Taiji und glaubte, den Grund für Yius Besuch zu verstehen.

Der kleine Mann auf der anderen Seite des Tisches drehte den Kopf und sah ihn an. »Dort haben Sie Francis Forsythe getroffen, den Geschäftsführer von Amethyst Prognosis.«

»Auch diesmal lautet die Antwort Ja.«

»Darf ich fragen, worum es bei den Gesprächen mit Mister Forsythe ging?«

Bei jedem anderen hätte sich Taiji geweigert, Auskunft zu geben. Aber dies war Yiu, ein Mann von Partei und Regierung.

»Es ging um die nächste große Krise, die der westlichen Welt unmittelbar bevorsteht«, sagte Taiji. »Sie wird wie ein Tsunami sein, der über alles hinwegrollt. Er könnte selbst uns erreichen und unsere Gesellschaft destabilisieren.«

»Das darf nicht passieren«, erwiderte Yiu, ohne irgendeine Emotion wie Beunruhigung erkennen zu lassen.

»Es wird nicht passieren, wenn wir Vorsorge treffen.« Das war eine glatte Lüge, wusste Taiji. Der Tsunami war groß genug, um über die ganze Welt zu schwappen, bis nach China.

»Sie gebieten über das größte Firmenimperium, das dieses Land je gesehen hat, mein lieber Taiji«, sagte Yiu. »Die Krise würde auch Sie schwer treffen. Vor allem Sie.«

In den letzten Worten lag vielleicht eine Drohung. Oder vielleicht auch nicht. Bei Yiu konnte man nie sicher sein.

Der Parteisekretär faltete die Hände auf dem Tisch. »Wo beginnt die Krise? Wer und was wird zuerst betroffen sein? Wie beurteilt Amethyst Prognosis die Situation?«

Taiji erklärte so viel, wie er für angemessen und notwendig hielt. Er erwähnte einige der Dominosteine, die er hatte fallen sehen. Einen besonderen Leckerbissen bewahrte er sich bis zum Schluss auf: »Der Dollar wird seine Vormachtstellung als globale Leitwährung endgültig verlieren, und zwar innerhalb der nächsten Wochen. Die Westmächte werden geschwächt sein.«

»Ich verstehe.« Yiu nickte nachdenklich. »Meinen Sie, wir könnten die Situation nutzen, um die Taiwan-Frage endgültig zu klären?«

»Ich bin Unternehmer und Geschäftsmann, kein Politiker oder Militärstratege«, wich Taiji aus. »Derartige Entscheidungen übersteigen meine Kompetenz.« In Wirklichkeit würde ihm ein kurzer, schneller Krieg, der Taiwan wieder zu einem Teil von China machte, sehr gelegen kommen. Das würde Partei und Regierung von ihm ablenken.

»Sie als Unternehmer und Geschäftsmann«, fragte Yiu, »haben Sie Empfehlungen für uns?«

»Ja.« Taiji erinnerte sich an ein Detail des Plans, das ihn betraf. »Ich empfehle einen baldigen Verkauf der amerikanischen Staatsanleihen, solange sie noch einen gewissen Wert haben.«

Yiu holte sein Smartphone hervor und tippte auf dem Display. »Es sind derzeit eins Komma eins Billionen Dollar. Das ist viel Geld.«

»Bald wird es viel weniger Geld sein, Sekretär Yiu.«

»Früher bezeichnete man den Verkauf amerikanischer Anleihen als mögliche ›nukleare Option‹ im Handelskrieg, den die Trump-Administration mit uns begann. Es käme zweifellos zu Turbulenzen auf den globalen Finanzmärkten.«

»Dazu wird es ohnehin kommen. Ein baldiger Verkauf würde uns erhebliche Verluste ersparen.«

»Ein sehr nützlicher und im wahrsten Sinne des Wortes wertvoller Hinweis.« Yiu lächelte zum ersten Mal. »Ich danke Ihnen dafür im Namen der Regierung. Da fällt mir ein …«

»Ja?«

»Ich nehme an, die ungewöhnlichen finanziellen Aktivitäten, die wir bei Shuguang während der letzten Tage beobachtet haben, stehen in Zusammenhang mit der bevorstehenden Krise.«

»In der Tat«, bestätigte Taiji ruhig und fragte sich für einen Moment, ob er nicht vorsichtig genug gewesen war. »Ich versuche, die Vermögen unserer Unternehmen zu schützen.«

»Sehr lobenswert.« Yiu stand auf. »Leider muss ich schon wieder gehen, es warten noch einige wichtige Termine auf mich. Aber bevor ich Sie verlasse, mein lieber Taiji …« Er trat halb am Tisch vorbei. »Wer sind ›die Sieben‹?«

»Tut mir leid«, erwiderte Jiang Taiji, ohne sich etwas anmerken zu lassen. Yin und Yang in ihm blieben intakt. »Davon höre ich zum ersten Mal.«

Yiu nickte erneut. »Nun gut. Der Staatspräsident lässt Sie grüßen und Ihnen ausrichten, dass wir alle für ein größeres Wohl arbeiten.«

Damit ging er und verließ die Dachterrasse durch die große Glastür.

Jiang Taiji blieb noch eine Minute sitzen und dachte über die letzten Worte des Parteisekretärs nach. Dann stand er auf und ging zu dem Minicopter, der auf der Landefläche der Terrasse für ihn bereitstand. Auch er hatte noch einen Termin, wichtig gleich in zweifacher Hinsicht.

27

TAIJI GAB dem Autopiloten des Copters das Ziel an, und wenige Sekunden später stieg der Luftwagen mit einem etwas lauter werdenden Summen auf. Taiji saß entspannt im Passagiersitz, sah aus dem Fenster und besah sich die unter einer Dunstglocke liegende Stadt. Die Elektromotoren des Copters waren voll aufgeladen und hatten eine Reichweite von tausend Kilometern, mehr als ausreichend für den Flug, der nur etwas mehr als eine halbe Stunde dauern würde.

Es ging nach Nordwesten, in Richtung Changping, wo am Fuß der Berge ein neues Solarkraftwerk entstand, eins der größten in China, für die Versorgung der energiehungrigen Hauptstadt bestimmt.

Der fliegende Wagen stieg höher, bis auf tausend Meter, und wurde schneller.

»Wünschen Sie Unterhaltung?«, fragte der Autopilot. »Möchten Sie Musik hören, oder soll ich die neuesten Nachrichten für Sie zusammenfassen?«

»Nein«, antwortete Taiji und dachte an die Begegnung mit dem Parteisekretär. Yiu hatte von Wachstum gesprochen, wobei er offenbar davon ausging, dass es so weiterlief wie bisher, dass Chinas Wirtschaft wuchs und damit auch die Städte. Partei und Regierung träumten davon, bald die Nummer eins auf der Welt zu sein, wirtschaftlich und militärisch. Es war ein Traum, der unter anderen Umständen in wenigen Jahren Wirklichkeit geworden wäre.

Während der Minicopter hoch über der Stadt flog, stellte sich Taiji ein anderes Peking vor, in einer anderen, nicht vom großen Crash heimgesuchten Welt. Darin gäbe es nicht einige Hundert Passagiercopter über der Stadt, sondern Tausende, vielleicht sogar Millionen, ein Verkehr so dicht wie derzeit noch auf den Straßen der Metropole, aber geordnet, sicher, ohne Staus und Unfälle, alles überwacht und gesteuert von smarten Verkehrsleitsystemen und Künstlicher Intelligenz.

China hatte schon vor Jahren damit begonnen, nach Lösungen für die großen Umweltprobleme zu suchen. Eine grüne Revolution fand statt, und die neue Solaranlage bei Changping war ein Teil davon. China schickte sich an, vom größten Umweltverschmutzer der Welt zum größten Umweltschützer und einem Vorbild für alle anderen Staaten zu werden.

Die nächsten Tage und Wochen würden den Traum zerstören, nicht nur hier, sondern überall auf der Welt. Eine neue Welt würde entstehen.

Taiji sah das große Solarkraftwerk schon aus der Ferne: eine riesige im Sonnenschein glitzernde Fläche, die das Auge eines unwissenden Beobachters für einen See halten mochte, der sich vor den Bergen von Westen nach Osten erstreckte. Die etwa vierzigtausend Quadratmeter große Anlage, an der das Konsortium Shuguang mit mehr als dreißig Prozent beteiligt war, würde siebzig Megawatt leisten. Das reichte nicht ganz an das weltweit größte Solarkraftwerk von Dunhuang im nordwestlichen China heran, das ganze hundert Megawatt Strom produzierte, aber dafür war es mit moderneren Photovoltaikmodulen ausgestattet, die fast zweitausend Kilowattpeak pro zehn Quadratmeter Fläche erzeugten.

Ein Teil der neuen Solaranlage von Changping war bereits in Betrieb, billige Energie für den Miner, den eine Konsortiumfirma übernommen hatte. Der geringe Strompreis machte das Bitcoin-Mining besonders ertragreich.

Der Copter landete einige Kilometer abseits des Solarkraftwerks bei einigen lang gestreckten Gebäuden, die wie Hangars aussahen. Drei Männer in dunklen Anzügen warteten neben dem Landefeld. Taiji hielt nach einem anderen Minicopter oder Flugzeug Ausschau, sah aber weder das eine noch das andere. Vielleicht dauerte es noch etwas, bis der zweite Besucher eintraf.

»Wir haben das Reiseziel erreicht«, sagte der Autopilot und öffnete die Tür. »Ich hoffe, Sie hatten einen angenehmen Flug.«

Jiang Taiji stieg aus.

Einer der drei Männer, ein Uigure, kam ihm entgegen und hielt ihm die Hand hin. »Herzlich willkommen, Jiang Zhuxi! Ich bin Erkam Qumtur.« Er deutete auf die beiden anderen Männer am Rand des Landefelds. »Meine Assistenten. Es freut uns sehr, dass Sie uns mit Ihrem Besuch beehren!«

Taiji sah sich erneut um. »Bin ich bisher der einzige Besucher?«

»Ja, Jiang Zhuxi«, bestätigte der uigurische Direktor und verwendete erneut die Anrede »Präsident«, *Zhuxi.*

»Bitte geben Sie mir sofort Bescheid, wenn jemand eintrifft, Direktor.«

»Selbstverständlich.« Der Uigure gab seinen beiden Assistenten ein Zeichen. »Sie werden unverzüglich informiert.«

»Und nun …« Jiang Taiji deutete zu den Gebäuden. »Bitte zeigen und erklären Sie mir alles.«

»Zu Diensten, Zhuxi«, antwortete der Direktor bereitwillig und führte ihn durch die klimatisierten Räume der ersten Halle.

Ein Summen lag in der exakt dreiundzwanzig Grad warmen Luft, das Flüstern von digitalem Geld. Mining-Module ruhten in Gestellen – ihre Prozessoren rechneten unablässig, vierundzwanzig Stunden am Tag, sieben Tage die Woche. Sie verbrauchten den Strom, den die bereits funktionierenden Teile des nahen Solarkraftwerks produzierten, und verwandelten ihn in Geld, in Bitcoins.

Taiji dachte an die Blockchain als ein langes und immer länger werdendes Band, aus dem all die Prozessoren ein Netz knüpften, das sie über die ganze Welt legten. Es bestand aus den Ergebnissen komplizierter Berechnungen, die in Hashes pro Sekunde gemessen wurden und der Blockchain, dem digitalen Kassenbuch, mit jedem dieser Hashes mehr und mehr Transaktionsbestätigungen und neue Blöcke hinzufügten.

Dafür wurden die Miner, die Betreiber solcher Anlagen, mit einer bestimmten, genau festgelegten Menge an Bitcoins belohnt, mit 3,125 nach dem letzten Halving, der alle vier Jahre stattfindenden Halbierung der Mining-Belohnung.

Bald würde ein weiteres Halving stattfinden. Taiji wusste, dass man sich in der Bitcoin-Szene darauf vorbereitete und die Hoffnung auf Kurssteigerungen damit verknüpfte. Der Kurs würde tatsächlich steigen, bereits in den nächsten Tagen, und vielleicht würden die Bitcoin-Trader zuerst an einen Zusammenhang mit dem bevorstehenden Halving glauben. Dass ein ausgeklügelter Plan dahintersteckte, konnte niemand ahnen.

Der Direktor erklärte, woher die Geräte für das Bitcoin-Mining stammten, um welche Versionen es sich handelte und wie viel sie leisteten. Er führte aus, dass die Mining-Module ausschließlich von chinesischen Herstellern stammten, hauptsächlich von Bitmain, MicroBT und Canaan.

»Wir setzen vor allem die neuen MicroBT Whatsminer M1000 ein.« Der Uigure deutete auf eins der Geräte, die alle miteinander verbunden waren. Sorgfältig gebündelte und markierte Kabelstränge führten zu den Computerräumen. »Jeder einzelne von ihnen hat eine Leistung von bis zu neunhundert Terahashes bei einem Stromverbrauch von viertausendfünfhundert Watt. Allein in diesem Raum sind einhundertzweiundzwanzig solche Geräte installiert. Ihre Investitionen, Jiang Zhuxi, haben es uns gestattet, unsere Anlagen zu modernisieren. Dadurch erlangen wir Dominanz in dem Mining-Pool, zu dem wir gehören, und das erhöht den Profit.«

Die anderen Miner des Pools, zu dem sie sich zusammengeschlossen hatten, um bei der Berechnung neuer Blöcke konkurrierenden Minern gegenüber im Vorteil zu sein, waren bereits von anderen Firmen des Konsortiums übernommen worden. Aber das wusste Direktor Qumtur natürlich nicht.

Taiji hörte nur mit halbem Ohr hin. Er dachte daran, dass einige der von Mittelsmännern gegründeten Firmen in den nächsten Stunden weitere Miner übernehmen würden. Etwas mehr als sechzig Prozent der Hashrate des Bitcoin stammten aus China. Wer diese gewaltige Rechenleistung unter seine Kontrolle brachte, bekam die Möglichkeit sogenannter Einundfünfzig-Prozent-Angriffe. Was bedeutete: Man konnte die Blockchain manipulieren, zum Beispiel zu dem Zweck, Transaktionen wie Bitcoin-Überweisungen gezielt auszuschließen oder rückgängig zu machen. Noch interessanter war die Möglichkeit, ein Mining-Monopol zu erringen und die Miner in anderen Teilen der Welt vom Wettbewerb auszuschließen.

Als Taiji vom Direktor in den Bürotrakt hinter den Mining-Hallen geführt wurde, kam einer seiner beiden Assistenten mit einer Mitteilung.

»Der andere Besucher, den Sie erwartet haben, ist gerade eingetroffen, Jiang Zhuxi«, verkündete der junge Mann und deutete eine Verbeugung an. »Es ist eine Besucherin.«

»Gibt es hier einen Ort, wo ich ungestört mit ihr sprechen kann?«

»Mein Büro«, bot der Direktor sofort an. »Es steht Ihnen zur Verfügung. Hier entlang«, fügte er hinzu und eilte voraus.

Taiji folgte ihm in einen schmucklosen Raum. Am Fenster stand ein breiter Schreibtisch mit einem Computerbildschirm, und auf der anderen Seite gab es eine Sitzecke mit einer lindgrünen Couch und zwei weinroten Sesseln an einem niedrigen Rauchglastisch.

»Ich lasse die Dame sofort zu Ihnen bringen«, versprach Direktor Qumtur und ging.

Taiji zog die Gardinen zu, holte einen kleinen Störsender hervor und platzierte ihn auf dem Tisch, obwohl er eine solche Vorsichtsmaßnahme eigentlich für unnötig hielt – warum sollte sich Direktor Qumtur selbst bespitzeln?

Zwei Minuten später öffnete sich die Tür, und eine Frau kam herein. Diesmal trug sie keinen Sari, sondern einen honiggelben Hosenanzug.

Jiang Taiji breitete die Arme aus und lächelte. »Endlich sehe ich dich wieder.«

Desna Laghari erwiderte sein Lächeln und küsste ihn.

28

AUCH DIES war Yin und Yang, dachte Taiji mit wohliger Zufriedenheit, als sie am Rauchglastisch saßen und sich einfach nur ansahen: zwei Menschen, die sich gefunden hatten und perfekt zueinander passten.

»Ich bin bei Kowalkow gewesen«, brach Desna Laghari schließlich das Schweigen. »Er wandelt auf schmalem Grat.«

»Wie wir alle.« Taiji blieb ruhig, sein Zentrum im Gleichgewicht, von äußeren Einflüssen unberührt und ungestört. Was auch immer Desna tat, wenn sie nicht zusammen waren, wen auch immer sie traf, ihre Beziehung blieb davon unberührt. Sie war ein freier Mensch und traf all ihre Entscheidungen selbst. Die Stunden, die allein ihnen beiden vorbehalten blieben, kamen einem Geschenk gleich.

»Der Grat, auf dem Kowalkow wandelt, scheint mir noch ein wenig schmaler zu sein. Tarassow war bei ihm in seiner Datscha. Ich hatte Gelegenheit, ihr Gespräch zu belauschen. Tarassow hat ihm gedroht.«

»Wie hat Kowalkow darauf reagiert?«

»Er hat seinerseits gedroht«, sagte Desna, deren Name tatsächlich »Geschenk« bedeutete. »Mit einem Hinweis auf seinen ›Totmannschalter‹. Und mit einem Auszug aus seinem Dossier über Tarassow.«

Taiji nickte. »Das dürfte ihm nicht gefallen haben.«

»Nein, das hat es nicht. Er hat Kowalkow gewarnt.«

»Wie beurteilst du die Situation?«

»Noch ist sie unter Kontrolle«, antwortete Desna Laghari nach kurzem Überlegen. »Russland wird seine Goldreserven verkaufen. Das wird den Markt weiter destabilisieren.«

Taiji zögerte kurz. »Wie lautet deine persönliche Einschätzung von Kowalkow?«

Desna musterte ihr Gegenüber. Vielleicht suchte sie nach Anzeichen von Bedauern oder gar Eifersucht, aber sie fand keine. Yin und Yang blieben intakt.

»Jurij Kowalkow ist ein sehr wacher und intelligenter Mann«, sagte sie. »Er hat großen Einfluss und glaubt sich gut abgesichert. Aber vielleicht unterschätzt er die Macht des Staatsapparats.«

»Du magst ihn«, stellte Taiji fest. Er hörte es in ihrer Stimme.

»Ja«, gestand Desna Laghari, »ich mag ihn. Und er ist wichtig.«

»Den Russen kann man nicht trauen, und erst recht nicht Putin. Diese Erfahrung habe ich mehrmals gemacht.«

»Ihn zu mögen und ihm zu vertrauen sind zwei verschiedene Dinge. Meine Einschätzung lautet: Jurij Kowalkow könnte in Schwierigkeiten geraten, und das würde ich bedauern. Francis hat uns davor gewarnt, dass die alte Welt an ihrer Macht festzuhalten versucht.«

Einige Sekunden lang schwiegen sie.

»Parteisekretär Yiu hat mich nach den ›Sieben‹ gefragt«, eröffnete ihr Taiji. »Vor nicht einmal zwei Stunden.«

Desna nickte langsam. »Offenbar funktionieren die alten Informationskanäle noch immer gut.«

»Wie kann Yiu von uns erfahren haben?«

»Vielleicht durch Korrelationen«, spekulierte Desna. »Wir hinterlassen Spuren, auch wenn wir noch so vorsichtig sind. Brotkrumen. Wer genug von ihnen sammelt, kann herausfinden, von welchem Brot sie stammen und wo es gebacken wurde. Künstliche Intelligenz, Taiji. Gerade hier in China hat man viel Erfahrung damit.«

»Oder wir haben einen Verräter in unseren Reihen.«

Desna hob die Brauen. »Wer käme da in Frage?«

»Kowalkow? Vielleicht gibt er Informationen preis, um auf dem schmalen Grat, von dem du gesprochen hast, nicht das Gleichgewicht zu verlieren und in die Tiefe zu stürzen.«

Sonnenschein fiel durch Fenster und Gardine hinter Desna. Ein goldenes Glühen schien sie zu umgeben.

»Warum lächelst du?«, fragte sie.

Taiji lächelte noch etwas mehr. »Ich freue mich, dass du hier bist. Ich habe etwas vorbereitet, aber dazu später. Was meinst du, könnte es Komplikationen geben?«

»Gibt es die nicht immer? Pläne müssen immer Platz für das Unerwartete lassen. Francis' Plan lässt diesen Platz.«

»Platz genug?«

»Du klingst skeptisch?«

»Sagen wir: Ich bin realistisch. Wir sollten uns nicht zu sicher fühlen, das wäre ein Fehler. Francis Forsythe weiß das. Was ist mit den anderen? Mit Pauline, Samuel und Xanadu?«

»Ich habe mit Pauline gesprochen«, sagte Desna. »Sie wird morgen in Rom sein, beim Vatikan und der italienischen Regierung. Sie hat dort gute Kontakte, wird auf den bevorstehenden Währungsverfall hinweisen und Rom einen vermeintlichen Weg aus der Krise vorschlagen.«

»Mit Bitcoin.«

»Ja. Wenn der Vatikan und die italienische Regierung in Bitcoin investieren, wird der Kurs schnell steigen, und der Verkauf von Anlagevermögen beschleunigt die Destabilisierung des Euro. Außerdem bekommen wir dadurch Gelegenheit, italienische Staatsbetriebe für wenig Geld zu übernehmen.« Desna unterstrich ihre Worte mit einer knappen Geste. »Wer weiß, vielleicht trägt Pauline tatsächlich dazu bei, den Staatsbankrott der italienischen Republik zu verhindern. Italien könnte den Bitcoin sogar zur offiziellen Landeswährung machen. Um deine Frage zu beantworten, Taiji: Nein, ich glaube nicht, dass Pauline Laurent etwas durchsickern lässt. Sie ist ebenso sehr an einem Erfolg von Francis' Plan interessiert wie wir.«

»Und Sammy Winster?«

»Er hat bereits angekündigt, dass Whitestone seine Investmentstrategie ändert und ab sofort auf Bitcoin setzt. Die Meldung ging durch alle Nachrichtenkanäle und hat ein Beben in den Finanzmärkten ausgelöst.«

Taiji stellte eine Frage, die ihn schon seit einer ganzen Weile beschäftigte. »Glaubst du, dass er Salomon Fray ermorden ließ?«

»Ich bin ziemlich sicher, dass er etwas mit Frays Tod zu tun hat«, erwiderte Desna. »Aber spielt das eine Rolle für uns? Er hilft uns. Wir benutzen ihn.«

»Und er benutzt uns.«

»Wir benutzen uns gegenseitig«, stellte Desna klar. »Jeder von uns hat eigene Interessen, aber wir haben ein gemeinsames Ziel.«

»Was ist mit Xanadu?«, fragte Taiji.

»Ich habe Nachforschungen angestellt. Das Ergebnis: nichts.«

»Was für sich genommen schon erstaunlich genug ist, nicht wahr?« Taiji hatte seine eigenen Möglichkeiten genutzt, mehr über die Exotin zu erfahren, und auch seine Bemühungen waren erfolglos geblieben.

Desna nickte. »Ja. Meine Kontakt sind nicht in der Lage gewesen, ihren vollständigen Namen herauszufinden. Ebenso Fehlanzeige bei Geburtsort und Geburtsjahr. Wir wissen nicht, wie alt sie ist und mit welchem Namen sie geboren wurde. Wir wissen auch nicht, wo sie aufwuchs, zur Schule ging und studiert hat. Sie scheint Amerikanerin zu sein, aber selbst da gibt es keine Gewissheit. Vielleicht ist sie nur im Besitz einer GreenCard, einer zeitlich unbeschränkten Arbeits- und Aufenthaltsgenehmigung in den USA. 2013 hat sie im Silicon Valley ein Start-up namens ›Extra‹ gegründet, und wir wissen, was in den letzten fünfzehn Jahren daraus geworden ist.«

»Ein Entwicklungszentrum für KI-Systeme mit einer Marktkapitalisierung von etwa drei Billionen Dollar, womit ›Extra‹ noch vor Apple und Microsoft liegt. Ein beeindruckender Aufstieg. Wie kann jemand einfach so aus dem Nichts erscheinen und derart erfolgreich sein? Warum verschleiert sie ihre Vergangenheit? Was steckt dahinter? Hat Xanadu etwas zu verbergen?«

»Sie hat dabei geholfen, den Hochfrequenzhandel der Börse von Mumbai zu präparieren. In wenigen Tagen wird von dort aus eine Schockwelle durch die Welt gehen. Mich interessiert nicht, wer sie früher war. Viel wichtiger erscheint mir, wer sie heute ist.«

»Wer ist sie heute?«, fragte Taiji.

»Eine von uns. Eine der Sieben, nach denen dich Yiu gefragt hat.« Desnas Tonfall veränderte sich ein wenig, als sie hinzufügte: »Sei vorsichtig, *meree jaan.*«

Taiji wusste, was die letzten beiden Worte auf Hindi bedeuteten: *mein Schatz.*

»Das bin ich«, versprach er.

»Wie kommst du voran?« Desna deutete in die Runde. »Du bist unter die Bitcoin-Miner gegangen.«

»Wir übernehmen den gesamten chinesischen Mining-Pool«, sagte Taiji. »Wir bringen die Blockchain unter unsere Kontrolle, und auch dabei hilft Xanadu. Das ist *eine* Sache. Eine andere betrifft die amerikanischen Staatsanleihen im Besitz des chinesischen Staates.«

»Mehr als eine Billion Dollar, wenn ich mich richtig erinnere.«

»Eintausendeinhundert Milliarden US-Dollar«, sagte Taiji. »China wird sie verkaufen. Ich habe Yiu eine entsprechende Empfehlung mitgegeben.«

»Glaubst du, das genügt?«, fragte Desna. »Ist dein Einfluss beim Staatspräsidenten groß genug?«

»Nein«, gestand Taiji. »Aber Parteiführung, Wirtschaftsministerium und Militär überlegen schon seit einer ganzen Weile, ob sie diesen Schritt gehen sollen, als Teil einer mittelfristigen Strategie. Ich habe die entsprechende Entscheidung nur mit meiner kleinen Empfehlung anstoßen müssen.«

»Aber Yiu hat dich nach den Sieben gefragt«, erinnerte ihn Desna mahnend. »Sei vorsichtig«, riet sie ihm noch einmal.

»Ich werde es nicht an Vorsicht mangeln lassen«, versprach Taiji. »Allerdings wird die Regierung in ein paar Tagen ganz andere Sorgen haben, nämlich wenn das Finanzsystem kollabiert und Tausende von Unternehmen Millionen von Arbeitern nicht mehr bezahlen können.« Er stand auf. »Genug davon. Ich habe etwas vorbereitet, für uns, einen kleinen Ausflug.«

Desna erhob sich ebenfalls und sah ihn erwartungsvoll an.

»Eine kleine Pause.« Taiji ergriff ihre Hände. »Drei Stunden, bevor wir uns erneut unseren Aufgaben widmen. Die Sonne scheint, es ist vielleicht der letzte warme Herbsttag. Nicht weit von hier, in den Bergen, gibt es einen kleinen See mit kristallklarem Wasser. Er ist für uns reserviert, für uns allein, eine Oase des Friedens in einer immer turbulenter werdenden Welt.«

MARTIN FREEMAN

29

UM KURZ vor acht am Morgen fuhr Martin über die kurvenreiche Straße am Hang und näherte sich der Villa. Er öffnete das Tor per Funksignal und fuhr hindurch. Und dann wunderte er sich. Vor dem Hauptgebäude stand ein fremder dunkelgrauer Peugeot.

Martin steuerte seinen Wagen daran vorbei und hielt direkt vor dem Eingang. Die Jalousien der Fenster waren oben.

Er stieg aus, nahm die Pistole zur Hand und näherte sich wachsam der Tür.

Sie schwang auf, als er sie fast erreicht hatte. Die Haushälterin Henriette trat ihm entgegen, sah die Pistole und erschrak.

»Lieber Himmel!«, entfuhr es ihr.

»Das ist nicht dein Wagen.« Martin deutete auf den Peugeot. »Wer ist hier?« Er spähte an ihr vorbei ins Haus.

»Ich … ich …«, stotterte Henriette. Dann fasste sie sich. »Ich bin früher gekommen als sonst, und dann habe ich das Durcheinander in deinem Arbeitszimmer gesehen und dachte mir, hier ist was Schlimmes passiert.« Sie sprach so schnell, dass Martin die Worte kaum auseinanderhalten konnte. »Ich hab versucht, dich auf dem Handy zu erreichen, aber es klappte nicht …«

Mit der freien Hand holte Martin sein Smartphone hervor und warf einen Blick aufs Display, das ihm zwei verpasste Anrufe anzeigte. Er hatte es versäumt, die Bluetooth-Funktion für die Freisprechanlage einzuschalten und deshalb nichts gehört.

»Wer ist das?« Er wies erneut zum Peugeot.

»Ich wusste nicht ein noch aus, ich dachte, ihr seid vielleicht beide verschleppt worden, und da fiel mir die Visitenkarte ein, die der Kommissar hinterlassen hat …«

Martin bemerkte eine Gestalt hinter der Haushälterin, einen Mann um die vierzig mit schmalem Gesicht und aschblondem Haar. Wie bei seinem ersten Besuch trug er eine hüftlange dunkle Lederjacke.

Kommissar Claude Léon Dubois sah die Pistole in Martins rechter Hand und hob die Brauen. »Vorsicht damit. Ich nehme an, Sie sind befugt, eine Waffe zu tragen?« Es klang nach einer Frage.

»Ich bin ein unbescholtener Bürger, und dies ist ein freies Land«, erwiderte Martin und steckte die Pistole ein.

»Aber wieso sind Sie mit einer Schusswaffe unterwegs, Monsieur Freeman?«

»Um mich verteidigen zu können, falls es notwendig wird«, antwortete Martin ehrlich. »Wir hatten heute Nacht Einbrecher im Haus.«

Henriette hob die Hand zum Mund.

»Und es ist geschossen worden«, sagte Dubois. »Oben im Flur gibt es ein Einschussloch in der Wand.«

»Sie haben sich umgesehen?« Martin fragte sich, ob der Kommissar dabei etwas entdeckt haben konnte, das ihn nichts anging.

»Das habe ich, ja. Haben Sie geschossen?«

»Ja, das war ich.«

»Und auf wen haben Sie geschossen, Monsieur Freeman?«

»Auf die Flurwand. Es ging mir nur darum, die Einbrecher zu vertreiben.«

Dubois vollführte eine einladende Geste. »Darf ich Sie zu einem Gespräch in Ihr eigenes Haus bitten?«

Martin trat durch die Tür. »Ich habe nicht viel Zeit.«

»Wo ist Ihre Schwester?«, fragte Dubois.

Martin zögerte. »In Sicherheit.«

Der Kommissar schwieg und schien auf etwas zu warten.

»Gehen wir in den Salon«, schlug Martin vor.

Die Haushälterin folgte ihnen und blieb, als die beiden Platz nahmen, einige Schritte entfernt stehen. Martin sah sie an.

»Ich räume auf«, sagte Henriette und ging widerstrebend.

»Ihre Schwester wurde gestern entführt, wie ich hörte«, sagte Dubois nach einigen Sekunden.

»Der Mann brachte sie später in die Stadt zurück.« Martin warf einen Blick auf die Uhr. Noch blieb ihm Zeit genug. Dakota und Jasmin erwarteten ihn kurz vor neun bei Safes Fidelity, Place de Chevelu Nummer sechs, kaum mehr als einen Steinwurf von der Rhône entfernt. »Ich weiß nicht, ob man da tatsächlich von einer Entführung sprechen kann. Jasmin hat den Mann freiwillig begleitet.«

»Blieb sie auch freiwillig bei ihm?«

»Vielleicht«, entgegnete Martin ausweichend. Er wollte den Kommissar möglichst schnell loswerden, den Erbschein holen und sich wieder auf den Weg machen.

»Klingt nicht sehr präzise«, fand Dubois. »Ich würde gern mit Ihrer Schwester sprechen und ihr ein paar Fragen stellen.«

»Wie gesagt, sie ist nicht hier.«

Dubois seufzte leise. »Monsieur Freeman, Sie besitzen ein Handy, wie ich eben gesehen habe. Sie könnten Ihre Schwester bitten herzukommen.«

»Es geht ihr derzeit nicht besonders gut. Der Einbruch in der vergangenen Nacht war ziemlich traumatisch für sie. Glauben Sie mir, sie könnte Ihnen nicht weiterhelfen.«

»Da bin ich mir nicht so sicher. Ihre Schwester wird entführt, und in der darauffolgenden Nacht bricht man in Ihr Haus ein. Vielleicht gibt es da einen Zusammenhang.«

»Ist das ein Fall für die Mordkommission?«

»Ihre Haushälterin hat mich angerufen«, gab Dubois zur Antwort.

»Aber Sie sind allein gekommen. Sie haben keine Kollegen oder jemanden von der Spurensicherung mitgebracht. Obwohl Sie nach dem, was Ihnen meine Haushälterin Henriette erzählt hat, mit einer Entführung gerechnet haben.«

»Oh, es war eine Frage der Zeit«, behauptete Dubois. »Ich wollte auf niemanden warten und so schnell wie möglich hierher.«

Das war gelogen, erkannte Martin.

»Mir scheint, die Einbrecher hatten es vor allem auf Ihr Arbeitszimmer abgesehen«, fügte der Kommissar hinzu. »Offenbar haben sie dort etwas gesucht.«

»Vielleicht einen Ledger oder Trezor.« Als Dubois nicht darauf reagierte, erklärte Martin: »Das sind Hardware-Wallets für Kryptowährungen. Ich nehme an, darauf hatten es die Einbrecher abgesehen – auf meine Bitcoins.«

»Was hat Ihre Schwester mit Bitcoins zu tun? Sie malt, wenn ich richtig informiert bin. Jedenfalls tradet sie nicht, oder irre ich mich da?«

»Leider sind die Einbrecher nicht hier«, erwiderte Martin etwas schärfer, als er eigentlich beabsichtigte. »Sonst könnten wir sie fragen, warum sie uns diesen nächtlichen Besuch abgestattet haben.« Er stand auf. »Ich bin Ihnen sehr dankbar, dass Sie so früh am Morgen zu uns gekommen sind, aber wie gesagt, meine Zeit ist knapp.«

Dubois sah zu ihm hoch. »Wissen Sie, was ich glaube, Monsieur Freeman?«

Martin erwiderte den Blick, ohne zu antworten.

»Ich glaube, es hängt alles zusammen«, sagte der Kommissar. »Vincent Moreaus Ermordung, gestern die Entführung Ihrer Schwester und in der vergangenen Nacht der Einbruch. Ich glaube, die Einbrecher hatten es nicht auf Ihre Bitcoins abgesehen, sondern auf etwas, von dem sie denken, dass Vincent Moreau es Ihnen kurz vor seinem Tod gegeben hat.«

Martin schwieg noch immer und spürte, wie die Zeit verstrich, eine schnelle Sekunde nach der anderen.

Dubois stand ebenfalls auf. »Was war das, was Ihnen Vincent

Moreau gegeben hat, als Sie ihn im Café ›Minerva‹ getroffen haben, Monsieur Freeman?«

»Nichts«, entgegnete Martin ungeduldig, »das habe ich Ihnen bereits gesagt.«

»Vielleicht fällt Ihnen noch etwas ein, wenn Sie ein bisschen in Ihrem Gedächtnis forschen.«

Martin schüttelte den Kopf. »Nein. Ich kann Ihnen nicht mehr sagen, als ich weiß.«

»Na schön.« Dubois ging in den Flur und zur Haustür. »Falls Sie Ihre Meinung ändern … Sie wissen ja, wie Sie mich erreichen können.«

Er öffnete die Tür, trat nach draußen – und zögerte.

»Monsieur Freeman«, sagte er, »offenbar gibt es Leute, die fest davon überzeugt sind, dass Sie etwas von dem ermordeten Vincent Moreau erhalten haben. Ich fürchte, diese Leute werden weitaus schwerer vom Gegenteil zu überzeugen sein als ich. Und sie haben bereits gezeigt, dass sie bereit sind, Gewalt anzuwenden. Solange sie nicht bekommen haben, was sie wollen, droht Ihnen Gefahr, Monsieur Freeman. Ihnen und Ihrer Schwester. Was mit Vincent Moreau geschehen ist, sollte Ihnen eine Warnung sein. Also, falls Sie mir noch etwas zu sagen haben …«

Er wartete.

»Nein«, erwiderte Martin. »Es ist bereits alles gesagt.«

Dubois nickte ihm zum Abschied zu und schritt zu seinem Peugeot.

Martin schloss die Eingangstür und eilte ins Arbeitszimmer, wo Henriette bereits Ordnung ins Durcheinander gebracht hatte.

»Einbrecher!«, klagte sie. »In diesem Haus! Und du bist mit einer Pistole unterwegs!«

»Jasmin geht es gut«, sagte Martin, bevor sie danach fragen konnte. Er zog die unterste Schublade des Schreibtischs auf, die jedoch nichts mehr enthielt – die nächtlichen Besucher hatten sie geleert. Nach einer kurzen Suche bei den Dokumenten, die Henriette vom Boden aufgesammelt und beiseitegelegt hatte, fand er den Erbschein und steckte ihn ein.

»Wo ist sie?«

»Wir haben uns gut um sie gekümmert«, sagte Martin, ohne Einzelheiten zu nennen. Und ohne darauf hinzuweisen, wo sie sich befand; Henriette konnte manchmal recht redselig sein. »Ihr passiert nichts. Ich bringe diese Sache so schnell wie möglich in Ordnung.«

Er eilte zur Tür.

»Mit der Pistole?«, rief ihm Henriette nach.

30

ES KOSTETE mehr Zeit als erwartet, die Stadt Richtung Süden zu durchqueren. Der dichte Verkehr hielt ihn immer wieder auf, und auch auf den Bürgersteigen schienen mehr Menschen unterwegs zu sein als sonst. Er bemerkte, dass sich an Geldautomaten Schlangen gebildet hatten.

Während er an einer Ampel wartete, dachte er an Lefèvre. War der »Kollege aus Paris«, wie Dubois ihn vorgestellt hatte, an diesem Morgen nicht verständigt worden? Was hatte es mit ihm auf sich? Wie passte er ins Bild? Ein »Diener des Staates«, wie er sich selbst nannte, dazu befugt, ihn festzuhalten, wenn er das für angemessen hielt.

Das roch nach Geheimdienst.

Die Ampel sprang auf Grün, und Martin fuhr über eine Kreuzung in Richtung Fluss. Wohin er auch blickte, überall herrschte Unruhe in der Stadt. Er spürte es deutlich, als wäre etwas aus dem Takt geraten.

Schließlich erreichte er die Quai des Bergues, die Uferstraße an der Rhône, und hatte das Gefühl, im dichten Verkehr nur mit

Schritttempo voranzukommen. Bei der Brücke Pont de la Machine bog er nach rechts in die Rue Rousseau und sah ein paar Dutzend Meter voraus, dem Hotel Ambassador gegenüber, sein Ziel: ein mehrstöckiges grauweißes Gebäude, das vor einigen Jahren renoviert worden war. Er glaubte sich zu erinnern, dass im Erdgeschoss eine andere Firma untergebracht gewesen war, aber seit der Renovierung standen alle Stockwerke Safes Fidelity zur Verfügung.

Zwei ungeduldig wirkende junge Frauen warteten auf dem Bürgersteig. Martin winkte ihnen zu und rief durchs offene Seitenfenster: »Ich suche nur schnell einen Parkplatz!«

Er brauchte eine Viertelstunde, um eine Parklücke zu finden, in einer Seitenstraße einige Hundert Meter entfernt. Mit langen, eiligen Schritten kehrte er zur Place de Chevelu zurück. Dakota begrüßte ihn mit einem Kuss auf die Wange.

Jasmin sah auf die Uhr. »Es ist nach halb zehn!«

»Tut mir leid. Keine Ahnung, was heute Morgen in der Stadt los ist. Es sind viel mehr Leute unterwegs als sonst. Und zu Hause hat die Polizei auf mich gewartet.« Er erklärte, dass Henriette den Kommissar angerufen hatte. »Sie war sehr besorgt.«

»Was hat er gewollt, der Kommissar?«

»Seine Ansicht nach hängt alles zusammen.« Martin fröstelte plötzlich, obwohl die Sonne schien und ein wenig Wärme spendete. »Vincent Moreaus Ermordung, deine Entführung, der Einbruch.«

»Damit hat er wahrscheinlich recht«, kommentierte Dakota.

»Und er wollte wissen, was mir Vincent Moreau kurz vor seinem Tod gegeben hat.«

»Hast du es ihm verraten?«, fragte Jasmin sofort. Die Aussicht auf Millionen oder gar *Milliarden* Euro schien ihre Perspektive verändert zu haben.

»Nein, natürlich nicht.« Martin musterte seine Schwester einige Sekunden lang, bevor er sich an Dakota wandte. »Irgendwelche Zwischenfälle? Auf dem Hausboot alles in Ordnung?«

»Oma schläft noch. Sie wird überrascht sein, wenn sie an Deck kommt und feststellt, dass ihre ›Eldorado‹ nicht an ihrem alten Platz liegt.«

Jasmin trat ungeduldig von einem Fuß auf den anderen. »Wollen wir noch mehr Zeit vertrödeln, oder sehen wir endlich nach, was sich in dem Schließfach befindet?«

Sie betraten das Gebäude.

Safes Fidelity war keine Bank, sondern ein privates Unternehmen, das seinen Kunden jedoch einen Service anbot, wie man ihn auch von Banken kannte: sichere Schließfächer, die für einen bestimmten Zeitraum gemietet werden konnten.

Als sie sich dem Empfangstresen näherten, überlegte Martin, für welchen Mietvertrag sich sein Vater entschieden hatte. Was geschah mit in den Schließfächern deponierten Gegenständen, wenn die vereinbarte Mietzeit um Monate oder gar Jahre überschritten wurde?

Ein Mann um die fünfzig, gekleidet in einen dunkelblauen Anzug, empfing sie mit einem freundlichen Lächeln. »Wie kann ich Ihnen helfen?«

»Mein Vater hat vor Jahren ein Schließfach bei Ihnen gemietet.« Martin holte seinen Ausweis und den Erbschein hervor, legte beides auf den Tresen. »Er starb zusammen mit meiner Mutter bei einem Autounfall vor vier Jahren.«

»Mein Beileid«, entgegnete der Mann.

»Ich bin Erbe, zusammen mit meiner Schwester.« Er deutete auf Jasmin. »Wir würden uns gern den Inhalt des Schließfachs ansehen.«

»Natürlich.« Der Mann nahm Ausweis und Erbschein. »Sie gestatten, dass ich Fotokopien hiervon anfertige?«

Martin nickte. »Selbstverständlich.«

Der Mann ging zu einem Scanner, kehrte wenig später zurück und reichte Martin die Dokumente.

»Gibt es das Schließfach noch?«, fragte Martin. »Ich meine, ist es nach wie vor auf den Namen meines Vaters registriert?«

Der Mann hinter dem Tresen nickte. »David Dean Freeman hat das Schließfach Nummer 722 vor viereinhalb Jahren gemietet und für zehn Jahre im Voraus bezahlt. Wenn Sie sich bitte einen Augenblick gedulden würden ...« Er deutete auf eine Sitzecke, die ins Foyer eines Luxushotels gepasst hätte.

Martin, Dakota und Jasmin sanken in große weinrote Polstersessel, umgeben von üppig wachsenden Topfpflanzen. Außer ihnen befand sich niemand im Wartebereich. Martin sah, wie der Mann hinter dem Tresen an einem Computerterminal arbeitete.

Rechts hing ein großer, ohne Ton eingeschalteter Flachbildfernseher an der Wand. Er zeigte Bilder von Verkehrsstaus und Schlangen vor Banken, Geldautomaten, Geschäften und Tankstellen. Eingeblendeten Textzeilen ließ sich entnehmen, dass es beim elektronischen Zahlungsverkehr in ganz Europa zu erheblichen Störungen kam. Man konnte nicht mehr mit Bank- und Kreditkarten bezahlen, Millionen von nationalen und internationalen Überweisungen steckten fest. Bei den europäischen Finanzinstituten summierten sich Fehlbeträge – gewaltige Summen waren im digitalen Nirwana verschwunden, und die Suche nach ihnen erwies sich als schwierig.

Martin sah die Bilder und las den Text, aber seine Gedanken weilten anderswo.

»Wir könnten Pech haben«, sagte Dakota leise und sprach damit den Gedanken aus, der Martin beschäftigte. »Vielleicht ist das Schließfach leer.«

Jasmin starrte sie mit großen Augen an. »Willst du sagen, jemand anders könnte sich all das Geld unter den Nagel gerissen haben?«

»Nicht so laut«, mahnte Martin. »Wir wissen überhaupt nicht, ob das Schließfach Geld enthält oder enthalten hat.«

»Ihr habt von Millionen oder sogar Milliarden Euro gesprochen.«

Mit einem schiefen Lächeln fügte Jasmin hinzu: »Oder Dollar, ist mir gleich.«

Ein jüngerer Mann näherte sich, etwa in Martins Alter. Er hatte sehr kurzes dunkles Haar und trug einen grauen Anzug mit türkisfarbener Krawatte

»Darf ich bitten.« Er vollführte eine einladende Geste, die dem nahen Flur galt.

Zwei Minuten später hatten sie eine Sicherheitsschleuse passiert und betraten einen von mehreren Tresorräumen. An den Wänden entlang zogen sich rechteckige Schließfächer, jedes von ihnen in der linken oberen Ecke mit einer Nummer versehen. Der junge Mann führte sie zum Fach Nummer 722.

»Haben Sie einen Schlüssel?«, fragte er.

»Nein, leider nicht.«

Der Angestellte nickte. »Das ist in diesem Fall kein Problem. Ihr Vater hat einen Zweitschlüssel hinterlegt, mit der ausdrücklichen Anweisung, ihn eventuellen Erben auszuhändigen. Andernfalls wären wir gezwungen, Nummer 722 aufzubrechen.« Er griff in die Seitentasche seines Sakkos, holte den Schlüssel hervor, den er wohlweislich mitgebracht hatte, und reichte ihn Martin. »Bitte geben Sie uns Bescheid, falls Sie Hilfe benötigen.« Er zeigte auf ein Tastenfeld neben der Tür, nickte ihnen höflich zu und verließ den Raum.

Martin hielt den Schlüssel nachdenklich in der Hand.

»Na los, worauf wartest du?«, drängte Jasmin.

Dakota sah Martin an. »Dein Vater scheint es gewusst zu haben, nicht wahr?«

»Er hat zumindest was geahnt«, meinte Martin. »Warum sonst die Vorsorge mit dem Schlüssel? Warum einen Zweitschlüssel für einen *Erben* hinterlegen?«

»Zu Hause hast du nichts gefunden, oder?«, fragte Dakota. »Und auch nicht im Büro?«

»Die Hinterlassenschaften meines Vaters enthielten weder

einen geheimnisvollen Schlüssel noch irgendwelche Hinweise auf ein Schließfach. Ohne die – ihr wisst schon – hätten wir nichts davon erfahren.«

Martin sah sich um. Eine kleine runde Sicherheitskamera befand sich an der Decke des Zimmers. Vielleicht gab es auch ein Mikrophon im Raum.

»Darf ich höflich fragen, wann du das Schließfach zu öffnen gedenkst?« Jasmin klang bissig.

Martin schob den Schlüssel ins Schloss von Fach 722, drehte ihn und hörte ein Klicken. Die Schließfachtür klappte einen halben Zentimeter weit auf. Er öffnete sie ganz.

Jasmin drängte sich an Dakota vorbei. »Was ist das?«

Das Fach enthielt nur einen einzigen Gegenstand. Er war flach und rechteckig.

»Ein Handy?«, stieß Jasmin überrascht hervor.

Martin nahm es. »Kein gewöhnliches Handy, ein Smartphone.« Es war schwarz und hatte ein gut sechs Zoll großes Display. Es steckte nicht in einer Schutzhülle, das Glas und die Rückseite wiesen Kratzer auf.

»Kein neues Modell«, stellte Dakota fest. »Scheint ein altes Huawei zu sein, aus der Zeit vor dem US-Boykott, vielleicht ein Mate 20 Pro.«

Martin fand den Schalter an der rechten Seite und hielt ihn gedrückt. Nichts geschah.

»Es hat mindestens vier Jahre im Schließfach gelegen«, sagte Dakota. »Der Akku ist längst leer.«

Jasmin spähte ins leere Fach. »Wo ist das Geld?«

»Vielleicht hier drin.« Martin hob das Smartphone seines Vaters. »Der Speicher könnte eine Bitcoin-Wallet enthalten.«

»Und noch viel mehr, wer weiß«, fügte Dakota hinzu.

»Mindestens vier Jahre …«, murmelte er. »Wer weiß, was mit Akku und Daten passieren könnte, wenn wir versuchen, das Handy einfach so aufzuladen. Wir sollten mit großer Vorsicht zu

Werke gehen, damit die gespeicherten Daten nicht beschädigt werden.«

»Tron«, sagte Dakota sofort. »Dort gibt es alle notwendigen Werkzeuge.«

Martin nickte und steckte das alte Smartphone seines Vaters ein. »Machen wir uns auf den Weg.«

Ein Mann mit grau meliertem Haar, hoher Stirn und schmalen Wangen schritt über den Bürgersteig, vorbei an einer Gruppe von Wartenden, die hofften, sich an einem der wenigen noch funktionierenden Geldautomaten in Genf mit Bargeld versorgen zu können. Er trug eine dunkelbraune Stoffhose, ein cremefarbenes Hemd und eine hellbraune Lederjacke. An der rechten Schläfe zeigte sich ein daumennagelgroßes karmesinrotes Impfzeichen.

Er hatte es recht eilig, und dafür gab es einen guten Grund. Er folgte drei jungen Leuten, die es ihrerseits eilig hatten. Drei Häuserecken weiter blieb er unter einer Markise stehen und gab sich den Anschein, die Auslagen eines Schaufensters zu betrachten, während seine Aufmerksamkeit in Wirklichkeit dem Spiegelbild galt –, auf der anderen Straßenseite stiegen Martin Freeman und seine beiden Begleiterinnen in einen Wagen.

Der Mann hob ein kleines Handy ans Ohr. »Sie sind bei Safes Fidelity gewesen, bei den Schließfächern«, berichtete er. »Vielleicht haben sie etwas gefunden. Freemans Wagen ist mit einem GPS-Tracker ausgestattet. Wir können ihnen folgen und etwas vorbereiten, wenn Sie das wünschen.«

Einige Sekunden lang hörte er stumm zu, während sich der Wagen in seinem Rücken in Bewegung setzte und in den Verkehr einreihte.

»In Ordnung«, sagte er schließlich. »Wir folgen ihnen und finden heraus, was sie bei Safes Fidelity entdeckt haben.«

DIE SIEBEN – PAULINE LAURENT

31

»DU BIST jung«, sagte Damiano Battista Di Sabatino, seines Zeichens Kardinal der römisch-katholischen Kirche. Dass er ein hoher Würdenträger des Vatikans war, sah man ihm derzeit nicht an – er lag nackt auf dem breiten Bett. »Du bist siebenundfünfzig Jahre alt und doch eine junge Frau.«

»In meinem Innern bin ich dreißig, höchstens«, erwiderte Pauline und lachte leise, während sie sich anzog. »Ich muss gehen, es wartet noch ein wichtiger Termin auf mich.«

Kardinal Di Sabatino seufzte. »Bin ich das für dich gewesen, ein Termin?«

Sie trat zu ihm und berührte ihn liebevoll an der Stirn, dann strich ihr Zeigefinger über Wange und Kinn, über Hals und Brust und bis zum Schritt, wo sich wieder etwas zu regen begann.

»Oh«, murmelte der Kardinal. »Oh.«

»Du bist ebenfalls jung«, sagte Pauline. »Und natürlich bist du mehr für mich als nur ein Termin. Ich bin mit Riccardi verabredet. Nicht privat«, betonte sie, um falschen Vorstellungen vorzubeugen. »Im Palazzo Montecitorio.«

»Finanzminister Riccardi ist ein kompetenter Mann«, sagte Di Sabatino vorsichtig. »Leider hat er bei seinem Amtsantritt den italienischen Staatshaushalt in einem erbärmlichen Zustand vorgefunden. Er kann kein Geld herbeizaubern.«

Vielleicht doch, dachte Pauline. Sie ging zum Fenster, von wo aus man einen guten Blick auf die Vatikanischen Gärten hatte. Der Muschelbrunnen war nicht weit entfernt.

»Wie schön«, sagte sie. »Es wirkt alles so friedlich.«

»Der Eindruck täuscht.« Der Kardinal setzte sich auf. »Hinter den erhabenen Kulissen des Vatikans liegt ein Haifischbecken.«

»Steht schon fest, wer der nächste Papst wird?«, fragte Pauline, immer empfänglich für Informationen, die nützlich sein könnten. »Gibt es einen aussichtsreichen Kandidaten?«

Der Kardinal lächelte. »Wie wäre es mit mir?«

Pauline blickte zu ihm zurück. »Du wärst ein guter Papst.«

»Trotz meiner Sünden?«, fragte Di Sabatino.

»Gerade deshalb.« Sie ging zum kleinen Marmortisch neben dem breiten, üppig verzierten Kleiderschrank. Auf dem Tisch stand ihre Handtasche. Pauline öffnete sie und entnahm ihr einen Umschlag. »Ich habe dir etwas mitgebracht. Ein kleines Geschenk.«

»Womit habe ich das verdient?«

»Kleine Geschenke erhalten die Freundschaft, heißt es.« Etwas weniger scherzhaft fügte Pauline hinzu: »Du hast viel für meinen Sohn getan, als er noch gelebt hat, Damiano, das werde ich dir nie vergessen.«

Der Kardinal stand auf, streifte einen Morgenmantel über und kam zum Tisch. Durchs nahe Fenster fiel das Licht der römischen Sonne.

Er deutete auf den Umschlag. »Was ist da drin?«

»Eine Empfehlung«, sagte Pauline.

Damiano Battista Di Sabatino war nicht nur ein Kardinal, der tatsächlich gewisse Aussichten hatte, der nächste Papst zu werden. Er gehörte auch zum sechsköpfigen Aufsichtsrat des IOR, des Istituto per le Opere di Religione, besser bekannt als Vatikanbank. Sein guter Rat war gefragt, wenn es um Entscheidungen ging, die die Vermögenswerte der katholischen Kirche betrafen.

Er öffnete den Umschlag, zog ein gefaltetes Blatt Papier heraus und las.

Pauline wartete. Ihr blieb noch Zeit genug.

»Eine große Krise …«, murmelte er.

»Sie hat bereits begonnen«, sagte Pauline und griff auf das Bild zurück, das Francis Forsythe benutzt hatte: »Sie ist wie eine gewaltige Lawine, die sich in Bewegung gesetzt hat. Sie lässt sich nicht aufhalten, was auch immer die Regierungen dieser Welt beschließen.«

»Das Geld wird seinen Wert verlieren …«

»Schon sehr bald«, bekräftigte Pauline. »In wenigen Tagen, spätestens in einigen Wochen. Der Vatikan täte gut daran, seine Investitionspläne zu überdenken. Sachwerte verlieren ihren Wert nicht so schnell. Kauft Land und Gebäude.«

»Oder Uran und Diamanten …« Der Kardinal sah von dem Blatt auf.

Pauline nickte. »Beides wäre eine gute Geldanlage. Wenn die Vatikanbank ihre liquiden Mittel für den Erwerb von Gütern nutzt, die knapp und nicht beliebig vermehrbar sind, kann er sicher durch die schweren Zeiten navigieren, die vor uns liegen. Und das wäre dein Verdienst.«

Di Sabatino atmete tief durch. »Ich verstehe. Es würde meine Chancen bei der Wahl des nächsten Papstes erheblich verbessern. Es käme fast einer Garantie gleich.« Er sah Pauline an. »Wie kann ich dir dafür danken?«

»Es gibt immer Möglichkeiten. Warten wir ab, was die Zukunft bringt.« Sie griff nach ihrer Handtasche und hauchte dem Kardinal einen Kuss auf die Wange. »Ich muss jetzt gehen.«

»Hast du auch eine Empfehlung für Riccardi?«, fragte Di Sabatino, als sie die Tür erreichte.

»Ja.«

»Wie lautet sie?«

»Bitcoin.«

32

PAULINE HATTE nicht ganz die Wahrheit gesagt. Der dringende Termin im Palazzo Montecitorio, Sitz der Abgeordnetenkammer des italienischen Parlaments, war nicht ganz so dringend. Zuerst gab es einen anderen Termin, ohne politische Bedeutung.

Sie kehrte in ihre Suite im »Hassler Roma« an der Spanischen Treppe zurück und trank im Sonnenschein auf der Terrasse einen Espresso. Fünf Minuten später traf die Frau ein, mit der sie verabredet war: Maria Chiara Castellani. Die Juwelierin, um die vierzig und sehr elegant, kam mit einem kleinen schwarzen Koffer und in Begleitung von zwei Sicherheitsbeauftragten, die im Hotelflur blieben.

»Ich habe etwas ganz Besonderes für Sie«, versprach die Besucherin. Sie öffnete den Koffer und drehte ihn so, dass Pauline den Inhalt sehen konnte.

Mehrere Halsketten, Broschen und Ringe lagen auf schwarzem Samt.

Eine Kette fesselte sofort Paulines Aufmerksamkeit. Sie war schlichter als die anderen, in einem hellen Grau, heller als Silber und mit einem leichten Gelbstich – Platin.

Der daumennagelgroße Anhänger, ebenfalls aus Platin, bildete eine winzige Hand, deren filigrane Finger einen blauweißen Diamanten umschlossen.

»Darf ich?« Pauline streckte die Hand danach aus.

»Natürlich.«

Sie nahm die Kette und betrachtete den halb von Platinfingern umschlossenen Diamanten. Er wirkte ebenso schlicht wie die Kette, offenbarte seine Pracht nur dem wissenden Auge des Kenners.

»Ein erlesenes Exemplar«, sagte Pauline leise.

»Sie finden weit und breit nichts Besseres.«

Die Halskette schien sich in ihrer Hand in ein lebendes Geschöpf zu verwandeln, in ein Wesen, das eine neue Heimat gesucht und gefunden hatte. Die Entscheidung war bereits getroffen.

»Soll ich sie Ihnen anlegen?«, fragte die Juwelierin.

»Nein, danke, das ist nicht nötig. Und der Preis?«

Maria Chiara Castellani von »Gioielleria Castellani« an der Spanischen Treppe schrieb etwas auf die Rückseite einer Visitenkarte und legte die Karte auf den Tisch. Pauline nahm sie und las den Betrag. Fast zweieinhalb Millionen Euro.

Sie holte eine ihrer Kreditkarten hervor, eine schwarze Centurion Card von American Express. »Ich zahle sofort.«

Wenn die Juwelierin überrascht war, so verbarg sie es gut. »Wie Sie wünschen.«

Sie entnahm ihrem Koffer ein kleines Lesegerät, schob die Centurion so behutsam hinein, als könnte sie zerbrechen, und tippte den Preis. Pauline bestätigte die Transaktion, und ein leises Piepen bestätigte die erfolgreiche Überweisung.

»Jetzt dürfen Sie mir die Kette anlegen.«

»Gern.«

Zehn Minuten später, als die Juwelierin Castellani gegangen war, stand Pauline im Bad vor dem Spiegel und betrachtete sich mit einem Diamanten viel schöner, als sie selbst es jemals gewesen war.

Als sie nach einer Weile auf die Uhr sah, wurde es Zeit für den Termin mit Finanzminister Riccardi. Mit der neuen Halskette verließ sie das Hotel und machte sich auf den Weg zum Palazzo Montecitorio.

33

SALVATORE RICCARDI war ein Mann, der es tatsächlich ernst meinte mit der Absicht, den Staatshaushalt zu sanieren. Mit seinem Hang zu Ehrlichkeit und Aufrichtigkeit stellte er eine Rarität in der italienischen Politik dar, die über viele Jahre hinweg von der »Kaste« dominiert worden war, einem Klub korrupter Politiker, die nur ihre eigenen Interessen verfolgten.

Er empfing Pauline in seinem Büro, an einem Schreibtisch, der aus dem neunzehnten Jahrhundert stammte und dessen dünne, geschwungene Beine zerbrechlich wirkten. Das Gewicht eines Computers mussten sie nicht tragen, nur ein Telefon, eine Gegensprechanlage und einige Akten, zudem eine Schreibunterlage aus altem Leder und einen silbernen Füllfederhalter. An den Wänden hingen Ölgemälde sowie Fotografien des aktuellen Staatspräsidenten und seiner Vorgänger. Von Stuck gerahmte Malereien schmückten die hohe Decke. Das Zimmer, etwa dreißig Quadratmeter groß, wirkte wie aus der Zeit gefallen, wie ein Fenster in eine andere, längst vergangene Epoche.

Der Mann hinter dem Schreibtisch, seit einem halben Jahr Finanzminister der Republik Italien, war zehn Jahre älter als Pauline, ein würdevoller Endsechziger mit einem kleinen orangefarbenen Impfzeichen an der rechten Schläfe. Auf Fotos und in den Videointerviews wirkte er kraftvoll und entschlossen, jemand, der frischen Wind in die verstaubten Zimmer der italienischen Politik bringen wollte. Doch als er an diesem späten Morgen Pauline empfing, erschien er ihr blass und traurig. Vielleicht hatte ihn in den letzten Monaten Roms Wirklichkeit eingeholt.

Er stand auf, kam um den Schreibtisch herum und streckte die Hand aus. »Es freut mich, dass Sie uns mit Ihrem Besuch beehren, Signora Laurent.«

Sie ergriff die dargebotene Hand. »Ich bin Ihnen dankbar, dass Sie Zeit für mich erübrigen können, Dottore Riccardi.«

»Bitte setzen Sie sich.« Riccardi deutete auf den bequemen Sessel vor dem Schreibtisch und kehrte zu seinem Platz zurück. »Darf ich Ihnen etwas anbieten? Eine Erfrischung?«

»Nein, danke.« Pauline wusste, dass Riccardi gern schnell zur Sache kam. Sie öffnete ihre Handtasche, holte einen Umschlag hervor und schob ihn über den Schreibtisch. »Unser offizielles Angebot«, erklärte sie.

Der Finanzminister musterte sie einige Sekunden lang, bevor er den Umschlag nahm und ihn öffnete. Pauline wartete, während er las, und fühlte den neuen Diamanten warm auf ihrer Haut.

»Wir sind bereit, einige der Staatsbetriebe zu übernehmen, die Sie im Rahmen der Haushaltssanierung privatisieren wollen«, erläuterte sie, als der Finanzminister weiterhin schwieg. »Wir bieten Ihnen eine sofortige Übernahme an.«

Riccardi nickte langsam. »Ein interessantes Angebot. Allerdings sind die aufgeführten Unternehmen nach unseren Schätzungen erheblich mehr wert.«

»Mit den letzten Bilanzen sah es nicht besonders gut aus«, erwiderte Pauline freundlich. »Nehmen Sie nur das Stahlwerk Ilva in Tarent …«

»Das größte in Europa«, warf Riccardi ein. »Auf dem fünfzehntausend Quadratmeter großen Gelände gibt es ein zweihundert Kilometer langes Bahnnetz, fünfzig Kilometer Straßen, hundertneunzig Kilometer Förderbänder und fünf Hochöfen.«

»Das klingt zweifellos sehr eindrucksvoll, aber Ilva sinkt jedes Jahr tiefer in die roten Zahlen. Die Produktion ist unrentabel, was an der Struktur des Unternehmens liegt. Das Stahlwerk entstand als Staatsbetrieb, wurde 1995 privatisiert und gut zwanzig Jahre später an den internationalen Konzern ArcelorMittal verkauft. Es sollte geschlossen werden, wegen der Umweltverschmutzung unter anderem durch Dioxin, wodurch in der Region zehnmal mehr Menschen an Krebs sterben als im Rest des Landes. Aber Ilva ist weit und breit der größte Arbeitgeber, und deshalb hat Ihre Vorgängerregierung vor zwei Jahren entschieden, das Stahlwerk wieder zu verstaatlichen. Ein drastischer regionaler Anstieg der Arbeitslosigkeit sollte vermieden, die Gefahr von sozialen Unruhen abgewendet werden. Seitdem kostete Sie Ilva Hunderte von Millionen Euro an Subventionen. CanCore würde für ein Ende der Umweltverschmutzung sorgen, dafür garantiere ich. Und wir würden sofort zahlen.«

Riccardi wölbte die Brauen. »Sofort?«

»Die Anzahlung könnte noch heute erfolgen.« Als kleinen Leckerbissen fügte Pauline hinzu: »Sie könnten es im Kabinett als persönlichen Erfolg präsentieren.«

Der Finanzminister ließ die Liste sinken. »Noch heute?«

»Der Rest in der kommenden Woche«, fügte Pauline hinzu und dachte: Wenn das Geld weniger wert ist.

»Das ist schnell.« Riccardi zögerte. »Sie haben eben von einem ›offiziellen‹ Angebot gesprochen. Wie lautet das inoffizielle?«

»Mein inoffizielles Angebot ist eine Empfehlung«, sagte Pauline. »Der italienische Staat ist mit dreieinhalb Billionen Euro verschuldet, was mehr als hundertfünfzig Prozent der jährlichen Wirtschaftsleistung entspricht. Der Spread steigt jeden Tag, so dass Italien immer mehr Zinsen für seine Schulden zahlen muss.«

Bei diesen Worten verzog Riccardi schmerzhaft das Gesicht.

»Es wird sehr schwer für Sie sein, die Schulden auf normalem Weg abzubauen«, betonte Pauline. »Sie bräuchten dafür ein jährliches Wirtschaftswachstum von mindestens sieben oder acht Prozent, über viele Jahre hinweg. Wahrscheinlich wären auch drastische Sparmaßnahmen nötig, was zu Streiks und Aufruhr im ganzen Land führen würde.«

»Ich habe die Misswirtschaft von vierzig und mehr Jahren geerbt«, klagte Riccardi. »Leider gibt es keine schnelle Lösung.«

»Vielleicht doch.«

»Liebe Signora Laurent, wenn Sie Wunder wirken können, wenn Sie einen Zauberstab haben …«

»Wunder und Zauberstäbe sind nicht nötig. Meine Empfehlung lautet: Investieren Sie den größten Teil Ihrer liquiden Mittel in Bitcoin. So viel wie möglich. Verkaufen Sie Anleihen, Anlagevermögen und Immobilien, alles, was sich innerhalb kurzer Zeit zu Geld machen lässt, und erwerben Sie Bitcoins.«

Riccardi lehnte sich zurück. »Ich nehme an, Sie wissen mehr als ich.«

»Der Kurs des Bitcoin wird in den nächsten Tagen rapide steigen«, erklärte Pauline. »Je mehr Sie kaufen, desto besser. Sie können Ihren Einsatz verhundert- oder sogar vertausendfachen.«

Im Gesicht des Finanzministers kam es zu einer subtilen Veränderung, die Pauline nicht zu deuten wusste. »Sie wissen tatsächlich mehr als ich, nicht wahr?«

»Wenn Sie meinem Rat folgen, werden Sie es nicht bereuen.« Pauline stand auf. »Ich bin noch bis heute Abend in Rom und würde mich freuen, wenn ich bis dahin von Ihnen hören würde, soweit es unser Übernahmeangebot betrifft.«

Salvatore Riccardi erhob sich ebenfalls. »Bevor Sie Montecitorio verlassen, möchte ich Ihnen noch etwas zeigen, Signora Laurent.«

Auf dem Weg durch lange Flure, in denen sie Abgeordneten, Staatssekretären und den Assistenten von Ministern begegneten, schilderte Riccardi die Geschichte des fast vierhundert Jahre alten Palazzo, aber er klang abgelenkt, nicht ganz bei der Sache. Er schien sogar ein bisschen nervös.

»Was wollen Sie mir zeigen?«, fragte Pauline schließlich, als sie eine Kellertreppe hinabstiegen.

»Warten Sie's ab«, erwiderte Riccardi. »Warten Sie's ab.«

Ein stiller Flur nahm sie auf. Der Finanzminister blieb vor einer grauen Metalltür stehen. »Wir sind da.«

Er öffnete die Tür und geleitete Pauline in einen Raum mit leeren Regalen. In der Mitte stand ein Stuhl, genau unter der Lampe. Auf der rechten Seite gab es eine zweite Tür, lehmbraun und ebenfalls aus Metall.

Plötzlich sagte Riccardi: »Es tut mir leid.« Er kehrte mit einigen schnellen Schritten in den Flur zurück und schloss die Tür. »Es tut mir sehr leid«, erklang seine Stimme auf der anderen Seite.

Pauline, völlig perplex und auch erschreckt, versuchte, die Tür zu öffnen, aber er hatte sie offenbar verriegelt.

»Riccardi!«, rief sie. »Was soll der Unsinn?«

Sie erhielt keine Antwort. Einige Sekunden verstrichen. Pauline begann zu ahnen, was geschehen war und geschehen würde, zog das Smartphone aus der Handtasche und blickte aufs Display – kein Netz.

Eine kurze Überprüfung der anderen Tür ergab, dass diese ebenfalls verschlossen war.

Sie blieb neben dem Stuhl stehen und wartete.

Zwei Minuten später klickte es im Schloss der lehmbraunen Tür zwischen den leeren Regalen. Sie schwang auf, und ein Mann und eine Frau kamen herein, beide in mittleren Jahren, beide ernst. Er trug einen anthrazitfarbenen Anzug, sie ein dunkelblaues Kostüm.

Die Frau deutete auf den Stuhl. »Setzen Sie sich.«

Pauline blieb stehen. »Wissen Sie, wer ich bin?«

Der Mann lächelte kühl. »Wissen Sie, wer wir sind?«

MARTIN FREEMAN

34

ZWEI SCHWERE Gewichte steckten in Martins Jacke, als sie die Stadt verließen und nach Norden fuhren: die Pistole und das alte Handy. Eine sonderbare Wärme schien von beiden Gegenständen auszugehen und in seine Brust zu strahlen.

»Ich habe heute einen Termin«, sagte Jasmin plötzlich. »Um elf.«

Martin blickte kurz zur Seite. Seine Schwester saß auf dem Beifahrersitz, Dakota im Fond.

»Mit Pierre Baudin«, fügte Jasmin hinzu. Sie schien dem Klang der eigenen Stimme zu lauschen. »Wegen der Ausstellung.«

Martin kannte Baudin und hielt nicht viel von ihm. Er war Galerist und versprach jungen Künstlern genau das, was sie sich erhofften. Er liebte es, von ihnen umworben und verehrt zu werden. Vermutlich ging es ihm nur darum, Jasmin in sein Bett zu kriegen.

Das sagte Martin natürlich nicht. »Wenn dir das etwas eher eingefallen wäre, hätte ich dich bei ihm absetzen können«, sagte er stattdessen. »Sollen wir umkehren?«

Im Rückspiegel sah er, wie Dakota die Brauen wölbte.

Jasmin antwortete nicht sofort.

»Nein«, erwiderte sie schließlich. »Ich rede heute Nachmittag mit ihm.«

Eine Zeitlang fuhren sie schweigend. Der Verkehr wurde geringer, als sie die Stadt hinter sich ließen. Wolken glitten vor die Sonne, ein grauer Schleier schien sich über die Landschaft zu legen.

»Wer hat unsere Eltern umgebracht und dich fast mit ihnen?«, fragte Jasmin nach einer Weile.

»Vielleicht die Person oder die Leute, die hinter Vincent Moreaus Tod stecken.« Martin versuchte, die Gedanken seiner Schwester zu erraten, was manchmal sehr schwer sein konnte. Sie dachte und fühlte in verstrickten Bahnen, in Knoten und Schleifen, die nur für sie einen Sinn ergaben.

»Können wir herausfinden, wer es war? Können wir es ihnen heimzahlen?«

Martin zögerte. »Keine Ahnung, und das gilt für beide Fragen. Der Sachverständige, der damals die Manipulation der Bremsen festgestellt hat, wohnt in Bern. Ich wollte mit ihm reden.«

»Heute Nachmittag fahren wir zu ihm«, entschied Jasmin.

»Eben hast du gesagt, dass du heute Nachmittag mit Baudin reden willst«, wandte Martin ein.

»Ich hab's mir anders überlegt. Wir fahren nach Bern und reden mit dem Zeugen.«

»Er ist kein Zeuge, sondern ...«

»Ein Sachverständiger, ich weiß. Aber er kennt die Wahrheit, nicht wahr? Er hat sie niedergeschrieben, wie du gesagt hast, in einem offiziellen Bericht.«

»Genau«, warf Dakota von hinten ein. »Der gute Mann hat einen offiziellen Bericht abgeliefert. Trotzdem ging die Polizei weiterhin von einem Unfall aus. Und so wurde der Fall schließlich zu den Akten gelegt, nicht wahr? Als tragischer Verkehrsunfall, bei dem eure Eltern ums Leben kamen und der fast auch Martin das Leben gekostet hätte.«

Jasmin sah in den Fond. »Was willst du damit sagen?«

Martin steuerte den Wagen durch eine lang gezogene Rechtskurve. Genfs Flughafen lag bereits ein Stück hinter ihnen. Es war nicht mehr weit bis zu dem alten Bauernhof, auf dem sich Tron niedergelassen hatte.

»Jemand hat daran gedreht«, sagte er.

»Daran gedreht?«

»Jemand hat dafür gesorgt, dass die Wahrheit nicht ans Licht kam«, erklärte Dakota. »Die Polizei ist nicht blöd. Spätestens durch den Bericht des Sachverständigen muss ihr klargeworden sein, dass es sich nicht um einen Unfall gehandelt hat, sondern um Mord.«

»Aber …« Jasmin sprach nicht weiter.

»Aber die Ermittlungen wurden eingestellt«, fügte Dakota hinzu. »Es blieb bei dem ›Unfall‹.«

»Warum?«

»Gute Frage, Teuerste. Jemand wollte, dass die Wahrheit verborgen bleibt.«

»Warum?«, wiederholte Jasmin.

»Weil sie gestört hätte«, spekulierte Martin, der in Gedanken bereits ein Stück weiter war. »Hinsichtlich anderer Ermittlungen …«

Jasmin sah ihn erneut an und forschte in seinem Gesicht. »Bei welchen anderen Ermittlungen? Gibt es noch etwas, das du mir nicht gesagt hast?«

Dakota beugte sich zwischen die beiden vorderen Sitze. »Eine andere Frage lautet: Wer könnte die Polizei anweisen, einen Mord als Unfall einzustufen?«

»Jemand, der befugt ist, ihr Anweisungen zu erteilen«, entgegnete Martin. »Zum Beispiel …«

»Die Regierung«, sagte Dakota.

»Geheimdienst«, brummte Martin. »Lefèvre.«

»Geht das schon wieder los?«, klagte Jasmin. »Würdet ihr bitte so reden, dass ich euch verstehe?«

»Der Mann, der mit dem Kommissar zu uns kam …«, erklärte Martin. »Lefèvre. *Monsieur* Lefèvre, wie Kommissar Dubois betonte … Bei einem kleinen persönlichen Gespräch, das er mit mir geführt hat, wies er darauf hin, dass er zwar nicht zur Polizei gehöre, aber sehr wohl ein Diener des Staates sei und befugt, mich festzuhalten. Klingt nach Geheimdienst, wenn ihr mich fragt.«

»James Bond …«, sagte Jasmin spöttisch.

»Ein James Bond ist Monsieur Lefèvre gewiss nicht«, versicherte Martin.

»Mit dem Geheimdienst ist nicht zu spaßen«, warnte Dakota. »Die Polizei muss sich an bestimmte Regeln halten. Bei den Nachrichtendiensten sieht das anders aus.«

»Ach, du kennst dich aus, was?«, giftete Jasmin.

Dakota nickte ernst. »Ich hab die eine oder andere Erfahrung gemacht.«

Martin warf einen neugierigen Blick zur Seite. Er wusste nicht viel über Dakotas Vergangenheit, sie erzählte nur selten davon.

Die Straße führte durch ein Waldstück – und dann geschah es!

Hinter der nächsten Kurve sah Martin voraus einen blauen Kombi, der von der Fahrbahn abgekommen und gegen einen Baum geprallt war. Die Türen standen offen, und am Straßenrand kniete eine Frau neben einer auf dem Boden liegenden Gestalt.

Sie stand auf und winkte, als sie das herankommende Fahrzeug bemerkte.

Martin reagierte instinktiv, nahm den Fuß vom Gas und trat auf die Bremse.

»Ein Unfall!«, entfuhr es Jasmin. »Muss gerade passiert sein.«

Martin hielt am Straßenrand, löste den Gurt und stieg aus. Jasmin und Dakota folgten ihm.

»Was ist passiert?«, rief er.

»Ein Reifen ist geplatzt, und dann der Baum …«, jammerte die Frau. »Mein Mann ist schwer verletzt.«

»Haben Sie schon den Notarzt verständigt?«, fragte Martin.

»Er ist schwer verletzt«, heulte die Frau. »Bitte helfen Sie uns!«

Einige weitere schnelle Schritte brachten Martin zu der Gestalt am Boden. Kein Blut, das bemerkte er sofort. Das Gesicht des Mannes wies nicht einmal eine Schramme auf.

Der angeblich Schwerverletzte öffnete die Augen und sah zu ihm hoch, und die Frau jammerte und heulte nicht mehr. Sie stand ruhig da – mit einer Pistole in der Hand, die sie auf Martin gerichtet hatte …

»Was haben Sie bei Safes Fidelity gefunden?«, fragte die Frau mit der Pistole und warf mit einer ruckartigen Bewegung des Kopfes ihr langes rotbraunes Haar zurück.

Das Brummen eines Motors kündigte ein weiteres Fahrzeug an. Für einige wenige Sekunden glaubte Martin an Rettung in der Not, doch die Frau mit der Pistole in der Hand blieb ruhig und gelassen, als der Wagen anhielt und jemand ausstieg.

»Alles unter Kontrolle«, sagte sie.

»Gut«, erklang eine Stimme. »Wir sollten uns beeilen. Die Straße wird nicht lange leer bleiben.«

»Durchsuchen Sie ihn.«

Martin drehte ein wenig den Kopf und sah Jasmins bleiches Gesicht, die Augen darin groß vor Entsetzen. Dakota stand weiter hinten.

Hände tasteten ihn ab, fanden die Pistole und zwei Handys, sein eigenes und das aus dem Schließfach.

»Na so was«, sagte die Frau. Der Mann war inzwischen aufgestanden und zurückgewichen, wie jemand, der sich in Bereitschaft hielt für den Fall, dass etwas Unerwartetes geschah. »Sie sind bewaffnet unterwegs?«

»Und mit zwei Handys.« Der Neuankömmling trat an Martin vorbei. Er hatte grau meliertes Haar, eine hohe Stirn und schmale Wangen, trug eine dunkelbraune Stoffhose und eine hellbraune Lederjacke.

Die Frau mit dem rotblonden Haar löste den Blick nicht von Martin. »Sie haben bei Safes Fidelity ein Schließfach geöffnet, nicht wahr? Was hat es enthalten?« Sie hob die Pistole und legte den Finger an den Abzug. »Antworten Sie!«

Martin zögerte.

»Sag es ihr, um Himmels willen!«, platzte es aus Jasmin. Und als

Martin noch immer schwieg: »Das alte, zerkratzte Handy lag in dem Schließfach!«

Der Mann mit dem grau melierten Haar nickte ihr zu. »Gut zu wissen. Danke.«

»Wer sind Sie?«, wandte sich Martin an die Frau. »Was wollen Sie?«

»Ich heiße Irene, und was ich will, spielt für Sie keine Rolle mehr.«

Und dann drückte sie ab!

Martin hörte den Schuss nicht, aber er spürte einen heftigen Schlag am Kopf, und von einem Augenblick zum anderen existierte die Welt nicht mehr für ihn.

DIE SIEBEN – PAULINE LAURENT

35

»**WER SIND** Sie?«, fragte Pauline in dem Zimmer mit den leeren Regalen. Sie stand noch immer neben dem Stuhl.

»Setzen Sie sich«, sagte die Frau im dunkelblauen Kostüm.

»Was geschieht, wenn ich mich weigere?«

»Möchten Sie das wirklich wissen?«, fragte der Mann im anthrazitfarbenen Anzug.

Pauline setzte sich.

Nebeneinander standen sie vor ihr, noch mit leeren Händen.

»Wir möchten Ihnen einige Fragen stellen«, sagte der Mann.

»Wenn Sie uns bereitwillig Auskunft geben«, fügte die Frau hinzu, »können wir das hier schnell hinter uns bringen.«

Es zeigte sich nur Ernst in den Gesichtern, keine Arroganz. Sie hatten eine Aufgabe zu erfüllen, um mehr – oder um weniger – ging es ihnen nicht. Persönliche Aspekte fehlten völlig.

»Wir befinden uns im Gebäude des italienischen Parlaments«, stellte Pauline fest. »Sie haben sich nicht ausgewiesen, Sie wollen mir offenbar nicht sagen, wer Sie sind. Und Sie halten mich hier gegen meinen Willen fest.«

»Sie haben die Wahl«, sagte die Frau. »Das hier kann leicht oder schwer für Sie werden.«

»Wer sind die Sieben?«, fragte der Mann.

Damit bestätigte er Paulines Verdacht. Geheimdienst. Sie erinnerte sich an Francis Forsythes Warnungen, die Teil seines Informationspakets gewesen waren. Die alte Welt war dem Untergang geweiht, aber ihre Herren würden Macht und Einfluss nicht einfach so aufgeben, sondern sich mit allen Mitteln daran festklammern.

»Ich weiß nicht, was Sie meinen.« Sie stand auf. »Ich bin Pauline Laurent von Canadian Core. Sie haben kein Recht, mich hier festzuhalten. Ich werde jetzt gehen!«

Sie kam nur zwei Schritte weit. Plötzlich hielt die Frau einen kleinen Gegenstand in der Hand und drückte ihn Pauline an den Hals – eine Injektionspistole.

»Schade«, hörte sie die Stimme der Frau wie aus der Ferne. »Es hätte für uns alle mit weniger Unannehmlichkeiten verbunden sein können.«

Die Beine gaben unter Pauline nach. Sie fühlte sich plötzlich fremd im eigenen Körper und spürte, wie der Mann sie auffing. Das helle Licht der Lampe über dem Stuhl trübte sich.

Ihr schwanden die Sinne.

36

EIN SCHWACHES Glühen bahnte sich wie vorsichtig einen Weg durch Dunkelheit. Das schwarze Nichts wich allmählich zurück, und aus dem Glühen wurde das Schimmern von Sonnenschein auf Schnee.

Sie waren stehen geblieben, nur wenige Meter von der Schneegrenze entfernt, mitten in den kanadischen Rocky Mountains, deren Gipfel um sie herum aufragten. Stille herrschte, man hörte nur das Geräusch des eigenen Atems.

»Wie schön es hier ist.« Ihr Sohn Tyler stand einige Meter entfernt. »Wunderschön.«

»Weiter oben gibt es eine Gletscherhöhle«, erwiderte Pauline. »Ein Juwel aus Eis. Du wirst staunen.«

Er trug eine dicke Jacke, die seiner hageren Gestalt mehr Masse zu geben schien, und Bergsteigerstiefel wie sie selbst. Sein Gesicht im Sonnenschein, von der Seite gesehen, wirkte älter und reifer. Die Unruhe, die monatelang darin gelegen hatte, war verschwunden.

»Man hört die Stille.« Tyler atmete tief ein und schloss für einen Moment die Augen. »Sie hat ein eigenes Geräusch, wusstest du das? Ein leises Rauschen.«

Das Blut in den Ohren, dachte Pauline, aber sie schwieg, um Tylers Stille nicht zu stören. Hier in den Bergen schien er endlich zu sich zu finden.

Sie setzten den Aufstieg fort, nur sie beide allein. Die beiden Sicherheitsbeauftragten, die sie bis zum Basislager begleitet hatten, warteten zweitausend Höhenmeter weiter unten bei den Zelten.

Schnee knirschte unter ihren langsamen Schritten. Nicht eine Wolke zeigte sich am stahlblauen Himmel, und es war fast windstill. Der Sonnenschein wärmte.

»Bald wird das alles verschwunden sein«, sagte Tyler. »Wegen der Klimaerwärmung. Die Gletscher ziehen sich auch hier immer mehr zurück. Eis, das sich im Laufe von Jahrtausenden gebildet hat, schmilzt. Auch deine Gletscherhöhle wird verschwinden. Und schuld daran ist der Mensch. Schuld daran sind wir.«

Da war sie wieder, die Mischung aus Trauer und Verbitterung, die Pauline in den vergangenen Monaten oft gehört hatte.

»Es ist nicht *unsere* Schuld«, betonte Pauline.

Tyler warf ihr einen kurzen Blick zu. »Du bist mitverantwortlich.«

»Wegen Canadian Core, meinst du?«

»Ja.«

Sie wollte nicht darüber reden, nicht an diesem Ort, von dem sie sich erhoffte, dass er Mutter und Sohn einander näherbrachte. Deshalb schwieg sie und nahm den Vorwurf wortlos hin.

Zehn Minuten später erreichten sie die Gletscherhöhle, stiegen durch den schmalen Eingang und gelangten in etwas, das im Licht der Lampe, die Pauline mitgebracht hatte, wie eine Kathedrale aus blauweißem Eis aussah. Sie hob die Lampe, blickte sich um und staunte, obwohl dies bereits ihr dritter Besuch in der Höhle war.

Das blauweiße Glitzern erinnerte sie an etwas, doch es war eine vage Erinnerung, sie ließ sich nicht greifen und festhalten.

»All diese Pracht wird vergehen«, sagte Tyler. »Schon bald.«

»Alles vergeht irgendwann«, entgegnete Pauline sanft und setzte sich auf einen vom Gletschereis glatt geschliffenen Felsen. »Nichts ist ewig.«

»Da irrst du dich.« Tyler nahm ebenfalls Platz. »Gott ist ewig.«

Das hatte in den letzten Jahren immer mehr zugenommen, seine Religiosität. Pauline fragte sich manchmal, ob es besser gewesen wäre, diese Veränderung in ihrem Sohn nicht einfach nur zu beobachten, sondern als überzeugte Atheistin etwas dagegen zu unternehmen. Aber hätte sie damit nicht seine Freiheit eingeschränkt? War es nicht sein Recht, den eigenen Lebensweg selbst zu bestimmen, mit allem, was dazugehörte?

»Ich habe mich entschieden«, sagte er auf einmal.

Pauline befürchtete eine schlechte Nachricht.

»Für Rom und die Jesuiten«, fügte Tyler mit fester Stimme hinzu. »Ich wäre dir sehr dankbar, wenn du mit Damiano Battista Di Sabatino im Vatikan sprechen könntest.«

Pauline zögerte. »Bist du ganz sicher?«

»Ja.«

Es klang seltsam, dieses »Ja«; die eine Silbe schien das Echo anderer Stimmen zu enthalten.

Ein Flüstern wie aus den dunklen Tiefen der Gletschergrotte …

Ihr Puls steigt. Sie hat eine ziemlich hohe Dosis erhalten.

Beginnen Sie, ihr Fragen zu stellen.

»Wenn es deine endgültige Entscheidung ist«, sagte Pauline, »und wenn es dich glücklich macht … verspreche ich dir, mit Damiano zu sprechen. Ich rufe ihn noch heute Abend an.«

Tyler nickte zufrieden. »Wer sind die Sieben, Mutter?«

»Was?«, erwiderte sie überrascht.

»Wie sieht der große Plan aus? Erklär mir die Einzelheiten.«

Pauline blinzelte. »Ich verstehe nicht … Woher weißt du davon?«

Für einen Moment verschwammen die Konturen der Umgebung. Sie saß nicht mehr auf einem Stein, sondern lag auf einer Art Pritsche, in ihrer Armbeuge eine Kanüle mit einem Schlauch, der zu einem Tropf führte. Und da war ein Apparat, der ihren Herzschlag anzeigte; sie sah die Kurven und Zacken auf dem Monitor wie ein schroffes Gebirge mit immer höher aufragenden Gipfeln.

»Wer sind die Sieben?«, fragte die Frau im dunkelblauen Kostüm. »Nennen Sie uns die Namen!«

Der Mann im anthrazitfarbenen Anzug erschien in Paulines Blickfeld. »Was hat es mit dem Plan auf sich? Welche Maßnahmen sieht er vor? Welche Ziele verfolgen Sie damit, was wollen Sie erreichen?«

Pauline öffnete den Mund, obwohl sie ihn geschlossen halten wollte. Worte strömten aus ihr hervor, reihten sich jedoch ohne Sinn aneinander. Es klang nach einer anderen, neuen Sprache, die nicht einmal sie selbst verstand.

Geben Sie ihr noch mehr, flüsterte es aus den dunklen Ecken der Kathedrale aus Jahrtausende altem Eis.

Eine zusätzliche Dosis verkraftet sie vielleicht nicht, raunte es aus einem anderen Winkel.

Wir sind nahe dran, ganz nahe dran …

Pauline verließ den anderen Ort, die Liege, den Mann und die Frau, die sich über sie beugten. Sie kehrte in die Höhle zurück und stellte fest, dass sie allein war. Tyler hatte sich schon vor einer Woche auf den Weg nach Rom gemacht, erinnerte sie sich.

Nach einer Weile nahm sie die Lampe und leuchtete noch einmal über schmelzendes Eis, bevor sie nach draußen zurückkehrte. Die Sonne schien, wie an jenem Tag, als sie mit ihrem Sohn hergekommen war. Pauline fühlte die Wärme im Gesicht, als sie über den Hang kletterte. Einige Dutzend Meter vom schmalen Eingang der Gletscherhöhle entfernt blieb sie stehen, sank in den Schnee und lag dann mit allen vieren von sich gestreckt da.

Wie schön, dachte sie. Ein guter, herrlicher Ort, um zu sterben.

MARTIN FREEMAN

37

EIN RUNDES Gesicht schwebte wie ein freundlicher Vollmond über ihm.

»Wie geht es Ihnen, Martin? Sie können mich hören, nicht wahr? Bitte blinzeln Sie, wenn Sie mich hören können.«

Er blinzelte, weil die Augen brannten. Der lächelnde runde Vollmond, nicht käseweiß, sondern rosarot, hing an einem weißen Himmel. Der gar kein Himmel war, sondern eine Zimmerdecke, wie Martin einige Sekunden später feststellte.

»Na bitte, Ihnen geht es schon viel besser. Bestimmt dauert es nicht mehr lange, bis Sie wieder sprechen und aufstehen können. Und dann – schwupp! – kehren Sie heim und leben Ihr Leben, als wäre überhaupt nichts geschehen.«

Als wäre überhaupt nichts geschehen? Was *war* geschehen?

Was ist passiert?, wollte er fragen, doch Zunge und Mund bewegten sich nicht. Sein Körper fühlte sich taub an, wie nicht richtig vorhanden.

Das runde Gesicht kam noch etwas näher, eine Hand berührte ihn an der Wange.

»Schlafen Sie, Martin«, riet ihm das Gesicht, das so fröhlich wirkte wie bei einem Fest. »Es wird alles gut, Sie werden sehen.«

Martin schlief.

Als er erwachte, war es dunkler. Die weiße Decke lag zur einen Hälfte im Schatten, die andere wurde erhellt vom Licht einer Lampe in der Ecke.

Nacht, dachte Martin.

Er lag in einem Krankenbett, merkte er, mit einem dumpfen Hämmern im Kopf, wirren Gedanken und sonderbaren Gefühlen. Dankbarkeit und Überraschung rangen miteinander um die Vorherrschaft. Die Frau namens Irene, erinnerte er sich, sie hatte auf ihn geschossen. Sie hatte ihn angesehen, ihren Namen genannt und geschossen. Und doch lag er in diesem Bett und lebte.

Etwas bewegte sich im Halbdunkel bei der Tür.

Martin hörte nur das Summen der nahen Geräte, an die er angeschlossen war. Er versuchte zu sprechen, eine Frage in die Dunkelheit zu schicken, doch der Mund gehorchte ihm noch immer nicht.

Jemand näherte sich.

Eine Gestalt ragte vor dem Fußende des Bettes auf, ein Mann, vermutete Martin. Das Gesicht war nicht zu erkennen.

Plötzlich kam mehr Licht ins Krankenzimmer, und eine Frau erschien, die Krankenschwester mit dem runden Gesicht, das er für einen lächelnden Vollmond am weißen Himmel der Zimmerdecke gehalten hatte.

»Was machen Sie hier?«, herrschte sie den Fremden an. »Sehen Sie nur, Sie haben ihn aus dem Schlaf gerissen. Er braucht Ruhe.«

Der Mann sagte etwas, aber leise, Martin verstand die Worte nicht. Der Unbekannte wandte sich ab und ging, die Krankenschwester eilte zum Bett.

»Er ist weg und wird Sie nicht noch einmal stören«, versicherte sie Martin und sprach so fröhlich wie zu einem Kind kurz vor Weihnachten.

Wer war er?, wollte Martin fragen, doch Mund und Zunge versagten ihm auch diesmal den Dienst.

»Es wird alles gut«, versprach ihm die Krankenschwester erneut. Dann ging auch sie und zog die Tür hinter sich zu.

Martins merkte, dass seine Lippen zitterten.

Er machte Fortschritte.

Tage und Nächte vergingen, ein Wechsel von Licht und Dunkelheit. Manchmal wurden die Kopfschmerzen stärker, so intensiv, dass er befürchtete, sie würden ihm den Schädel zerreißen. Martin klagte darüber, als er wieder sprechen konnte, und die freundliche Krankenschwester, auf deren Namensschild am Kittel »Berta S.« stand, gab ihm etwas, das das Pochen im Kopf erträglicher machte.

Wenn er die Augen öffnete und durch den Nebel der Verwirrung zu blicken versuchte, sah er dann und wann eine sportlich wirkende Fünfzigerin neben seinem Bett sitzen. Sie wirkte vertraut, und nach einer Weile fiel ihm ein, um wen es sich handelte. Henriette. Sie sprach und sprach, wenn sie ihn wach glaubte, aber er verstand nicht ein einziges Wort. Ihre Stimme blieb undeutlich, wie durch dicke Watte gedämpft. Was auch immer sie sagte, es ging verloren.

Irgendwann, als der Kopf klarer zu werden begann, besuchte ihn Dakota.

»Endlich«, sagte sie erleichtert und sank auf den Stuhl neben dem Bett.

»Was endlich?«, fragte er.

»Endlich bist du einigermaßen bei dir«, entgegnete sie. »Ich bin schon das sechste Mal hier.«

»Was?«, fragte er verblüfft.

»Du hast geschlafen«, sagte Dakota. »Und wenn du wach warst, hast du gestarrt, ohne mich zu sehen.«

»Was ist passiert?«

»Erinnerst du dich nicht?«

»Das Auto im Waldstück«, krächzte Martin. »Der angebliche Unfall. Die Frau, die mir ihren Namen nannte, Irene … Sie hat auf mich geschossen.«

»Nicht nur auf dich. Ich bin gerannt wie der Teufel. Nicht über die Straße, das wäre dumm gewesen, wegen des freien Schussfelds, sondern durch den Wald. Hab gehört, wie die Kugeln rechts und links von mir in die Baumstämme schlugen.«

»Wieso lebe ich noch?«

Dakota beugte sich vor und sah ihn ernst an. »Weil du verdammt viel Glück gehabt hast. Vielleicht sogar mehr, als man für möglich halten könnte. Offenbar hast du dich im letzten Augenblick bewegt, und deshalb hat dich die Kugel nur gestreift. Mehr oder weniger.«

»Mehr oder weniger?« Martin hob die Hand und tastete nach dem Verband an seinem Kopf.

Dakota verzog das Gesicht. »Ich meine, die Kugel hat die Stirn durchschlagen, aber nicht in der Mitte, sonst wärst du tot, sondern weit genug auf der Seite, um keinen allzu großen Schaden anzurichten.«

»Lieber Himmel.«

»Ja, vielleicht solltest du ihm danken, dem Himmel.«

»Eine Falle«, murmelte Martin. »Sie haben uns eine Falle gestellt. Aber das bedeutet: Sie wussten, welchen Weg wir nehmen. Sie haben uns beobachtet.« Etwas anderes fiel ihm ein. »Was ist mit dem Handy aus dem Schließfach?«

»Weg. Ebenso wie dein Handy und die Knarre. Sie haben dir alles abgenommen.«

Martins Blick strich durchs Krankenzimmer. An den Wänden hingen Bilder von Blumen und Wiesen, in der Ecke neben dem Kleiderschrank stand eine Topfpflanze, die Gardinen am Fenster auf der linken Seite filterten den Sonnenschein. Alles war sauber und aufgeräumt und sollte freundlich wirken. Trotzdem breitete sich Unbehagen in ihm aus.

»Wie lange bin ich schon hier?«

»Zwei Wochen.«

»Zwei *Wochen?*«

»Es war eine recht ernste Sache«, gab Dakota zu bedenken. »Für ein paar Tage haben sie dich in ein künstliches Koma versetzt.«

Zwei Wochen, dachte Martin. Vierzehn Tage und Nächte. Viel Zeit, in der viel geschehen konnte.

»Jemand war hier«, sagte er plötzlich. »Neulich nachts. Gestern oder vor ein paar Tagen, ich weiß es nicht genau. Ich bin wach geworden, und da stand jemand neben der Tür.«

»Vielleicht hast du geträumt«, vermutete Dakota. »Man kann hier nicht so einfach reinspazieren, es passen zu viele Leute auf. Es ist sogar ein Polizist da, Tag und Nacht. Sie wechseln sich ab.«

»Ich stehe unter Polizeischutz?«

»So könnte man es nennen.« Dakota klang skeptisch.

»Ich werde also bewacht?«

»Sowohl als auch. Mich haben Sie schon zweimal vernommen, aber was weiß ich schon, ich bin einfach nur weggerannt.«

»Hast du Schließfach und Handy erwähnt?«

Dakota blickte kurz Tür. »Nein. Es liegt wahrscheinlich am Trauma, das ich erlitten habe. Ich kann mich an kaum was erinnern.«

Etwas nagte an ihm, ein unfertiger Gedanke, der vervollständigt werden wollte.

»Ich habe etwas vergessen, nicht wahr?«, murmelte er. »Etwas Wichtiges.«

Dakota stand auf. »Ich gehe jetzt besser. Du brauchst Ruhe. Morgen komme ich wieder. Erhol dich gut.«

Sie eilte zur Tür.

»Jasmin!«, entfuhr es Martin.

Seine Schwester war bei ihnen gewesen …

Dakota hatte die Tür schon halb geöffnet und schloss sie langsam wieder.

Martin hob den Kopf. »Was ist mit Jasmin? Wie geht es ihr?«

Dakota kehrte langsam zum Bett zurück und blieb am Fußende stehen. »Sie hat es nicht geschafft, Martin.«

»Was?« Er stützte sich auf die Ellenbogen. »Was soll das heißen?«

»Ich glaube, sie ist einfach stehen geblieben. Ich hab's nicht gesehen, weil ich weggelaufen bin, aber … Ich glaube, sie war vor Schreck wie gelähmt. Konnte sich einfach nicht von der Stelle rühren. Die Frau schoss erst auf dich und dann auf deine Schwester. Sie … hatte nicht so viel Glück wie du … Vermutlich war sie sofort tot.«

38

MARTIN TRÄUMTE von einem Autounfall, hinter dem kein unglücklicher Zufall steckte, sondern ein Mordanschlag, und bei dem Jasmin wie durch ein Wunder fast unverletzt geblieben war. Und er träumte von einem anderen Unfall, der kein Unfall gewesen war und seiner Schwester das Leben gekostet hatte. Der Schein trog bei beiden.

Er fragte Schwester Berta danach, und die freundliche Frau mit dem runden Mondgesicht schüttelte traurig den Kopf. »Ach, es tut mir so leid«, sagte sie und half Martin beim Aufstehen. »Das arme Mädchen.«

»Inzwischen sind fast drei Wochen vergangen«, erwiderte Martin.

Schwester Berta wusste, was er meinte.

»Sie konnten mit der Beerdigung nicht warten«, erklärte sie voller Mitgefühl.

»Wo ist Jasmin begraben?«, fragte Martin, obwohl er die Antwort bereits ahnte.

»Auf dem Friedhof Saint-Georges. Wie ich hörte, gab es bei den Eltern drüben auf dem Cimetière des Rois keinen Platz.«

Saint-Georges, dachte Martin. Gleich hinter den Bäumen, vom Fluss aus gesehen, vom Hausboot.

»Wann kann ich zu ihr?«, fragte er und ging mit vorsichtigen Schritten durchs Krankenzimmer. Er trug noch immer einen Verband am Kopf, und manchmal wurden die Kopfschmerzen zu einem schier unerträglichen Hämmern, aber er konnte allein gehen, die Beine gaben nicht unter ihm nach.

»Das wird noch ein paar Tage dauern«, sagte Schwester Berta. »Lassen Sie Körper und Geist noch etwas Zeit, sich zu erholen.«

Martin schlief weniger, wodurch er mehr Zeit zum Nachdenken hatte. Immer wieder zeigte ihm die Erinnerung das Gesicht der Frau, die ihm ihren Namen genannt hatte, Irene. Selbst wenn er aus dem Fenster blickte, über Rasen und Parkplatz der Klinik hinweg zur Stadt, sah er manchmal die kalten Augen der Mörderin. Er sah ihre Augen und versuchte zu verstehen.

»Da gibt es nicht viel zu verstehen«, sagte Dakota, als er ihr davon erzählte, von den Erinnerungen und seinen Überlegungen während der Wanderungen durchs Krankenzimmer und manchmal durch den Flur, vorbei an einem der drei Polizisten, die sich einander abwechselten mit Früh-, Spät- und Nachtschicht. Sie stellten keine Fragen, nickten ihm nur zu und beobachteten ihn. »Die Leute dachten vermutlich, wir wüssten zu viel. Deshalb wollten sie uns für immer zum Schweigen bringen.«

»Wir wüssten zu viel *wovon?*«, fragte Martin.

Sie saßen am kleinen Tisch beim Fenster und tranken Klinikkaffee, der überraschend gut war. Die Sonne schien, auf der Straße herrschte weniger Verkehr als sonst, dafür zeigten sich mehr Fußgänger.

»Gute Frage«, erwiderte Dakota. »Wir stecken in etwas drin, das wir nicht verstehen. Und wegen der Beerdigung … Wir konnten nicht warten. Und wir wussten nicht, was aus dir werden würde. Es gab keine Garantie, dass du überhaupt überleben würdest. Ein paar Tage lang stand es ziemlich schlecht um dich.« Dakota lächelte schief, wie entschuldigend. »Das Boot liegt übrigens immer noch an der anderen Seite des Flusses.«

»Habt ihr Besuch bekommen?«

»Abgesehen von der Polizei? Nein.«

»Warum war die Polizei da?«

»Reine Routine, denke ich. Spurensuche. Natürlich haben sie

nichts gefunden, nicht einmal einen Joint. Stephan hat seinen verschluckt, heißt es. Und Lindsey hat ihnen einen Vortrag über die steigende Kriminalitätsrate in Genf gehalten, gespickt mit statistischen Details.«

Martin sah aus dem Fenster und dachte an Jasmin.

»Vielleicht habt ihr deshalb keinen Besuch erhalten«, spekulierte er und hörte Stimmen im Flur, »weil die Polizei da war. Aber gewisse Leute könnten noch einmal bei Oma Myrte aufkreuzen.«

Dakota nickte ernst. »Ich hab ihr gesagt, dass sie vorsichtig sein soll.«

»War sie nüchtern? Hat sie es verstanden?«

»Unterschätz Oma Myrte nicht. Sie versteht mehr, als man glauben könnte.«

Martin lauschte den Stimmen im Flur. Dakota holte ihr Handy hervor, warf einen Blick aufs Display und steckte es wieder ein.

»Seltsam, ich habe es gar nicht vermisst«, sagte Martin. »Bis eben habe ich nicht einmal daran gedacht. Erstaunlich, aber offenbar kann man auch ohne so ein Ding leben.«

»Was meinst du?«

»Handys. Was sie wohl mit meinem angestellt haben?«

»Es war eingeschaltet, nicht wahr?«

»Ja. Aber blockiert. Man muss die PIN kennen oder die richtige Wischgeste. Ich meine … Du kämst trotzdem an die Handydaten heran, oder?«

»Ich denke schon. Es könnte eine Weile dauern, aber mit ein paar Tricks, die Tron auf Lager hat, könnte man die in der SIM-Karte und im internen Speicher abgelegten Daten auslesen.«

Für Martin waren das allerdings keine guten Nachrichten. »Irene und ihre Komplizen hatten drei Wochen Zeit dafür …«

»Ich hoffe, du hattest nichts allzu Wichtiges darauf gespeichert.«

»Eine Software-Wallet. Electrum.«

»Mit wie vielen Bitcoins?«

»Mit allen«, antwortete Martin, dem heiß zu werden begann, als er sich vorstellte, was passieren konnte. »Es ist eine Kopie der Wallet in meinem PC zu Hause. Natürlich ist sie passwortgeschützt, aber … Mein ganzes Geld!«

Er fragte sich, wieso ihm das erst jetzt einfiel. Drei Wochen lang hatte er nicht ein einziges Mal daran gedacht.

Die Kugel hatte seine Stirn durchschlagen, das Gehirn gestreift und den Kopf dicht über der Schläfe wieder verlassen. War der angerichtete Schaden vielleicht doch größer als angenommen?

Dakota schien seine Gedanken zu erraten. »Du fragst dich, warum du bisher nicht daran gedacht hast. Und du fragst dich, ob mehr von deinem Gehirn beschädigt ist, als man dir gesagt hat.« Sie beugte sich vor und legte ihm die Hand an die Wange. »Mach dir keine Sorgen, es ist alles in Ordnung mit dir. Und da wir gerade beim Bitcoin sind: Die Welt dort draußen hat sich verändert. Du würdest staunen …«

Die Stimmen im Flur wurden noch etwas lauter. Jemand klopfte an der Tür, wartete die Aufforderung einzutreten jedoch nicht ab und kam herein. Es war weder ein Arzt noch ein Pfleger oder eine Krankenschwester. Martin erkannte den Mann: Kommissar Dubois.

»Es freut mich, dass Sie sich erholt haben, Monsieur Freeman«, sagte der Besucher. »Ich nehme an, Sie sind jetzt in der Lage, einige Fragen zu beantworten.«

39

SCHWESTER BERTA stand in der Tür und schien protestieren zu wollen, aber der Kommissar hob wie warnend den Zeigefinger, und daraufhin klappte ihr Mund wieder zu.

Dakota stand auf.

»Ich gehe besser«, sagte sie zu Martin. Auf dem Weg zur Tür

wandte sie sich an Dubois. »Wir hatten ja schon das Vergnügen, auf dem Boot.«

»Sie können gern bleiben«, entgegnete der Kommissar. »Vielleicht ergibt sich noch die eine oder andere Frage an Sie.«

»Oh, ich möchte nicht stören.« Dakota schlüpfte an der Krankenschwester vorbei in den Flur.

Dubois nahm ihren Platz am Tisch ein und wartete, bis Schwester Berta die Tür geschlossen hatte.

»Wie fühlen Sie sich, Monsieur Freeman?«, fragte er und schob Dakotas Tasse beiseite.

»Wie jemand, den man fast erschossen hätte.«

Dubois nickte. »Sie haben großes Glück gehabt.«

»Ja«, sagte Martin. »Meine Schwester hatte leider nicht so viel Glück.«

»Tut mir sehr leid.« Dubois, der wieder seine hüftlange schwarze Lederjacke trug, schwieg zwei, drei Sekunden. »Woran erinnern Sie sich?«

»Dass die Frau auf mich geschossen hat. Vorher nannte sie mir ihren Namen. Irene.«

»Irene und?«

»Nur Irene. Wer weiß, warum sie mir ihren Namen verriet. Was können Tote damit anfangen?«

»Bitte beschreiben Sie mir die Frau.«

»Hat Dakota sie Ihnen nicht schon beschrieben?«

»Ich würde es gern von Ihnen hören.«

»Sie war etwa fünfunddreißig oder vielleicht vierzig. Und sie hatte langes rotbraunes Haar. Ihre Augen waren … kalt.«

»Und weiter?«, fragte Dubois.

»Nichts weiter. Ich hab nicht viel mehr gesehen als das Eis in ihren Augen. Und die Pistole, die sie auf mich gerichtet hat.«

»Was ist mit den beiden Männern? Ihre Freundin sagte aus, dass einer am Boden lag, angeblich schwer verletzt, und dann kam ein zweiter Mann in einem anderen Wagen.«

»Ja.« Martin blickte ins Leere. »Ja, das stimmt. Beim ersten Mann, der auf dem Boden lag, ist alles … verschwommen. Ich weiß nur noch, dass es kein Blut gab und sein Gesicht nicht eine Schramme hatte – das fiel mir sofort auf. Der zweite Mann, der uns offenbar gefolgt ist … Ich erinnere mich an grau meliertes Haar, eine hohe Stirn und schmale Wangen. Und daran, dass er eine hellbraune Lederjacke trug.«

»Wie alt war er?«, fragte Dubois.

»In mittleren Jahren. Um die fünfzig, schätze ich.«

»Und Sie sahen ihn zum ersten Mal?«

»Sowohl ihn als auch die Frau und den Mann auf dem Boden.«

Dubois mustere ihn einige Sekunden lang. »Ihnen ist doch klar, dass das eine extra für Sie vorbereitete Falle gewesen ist, oder?«

»Man muss kein Genie sein, um das zu erkennen«, brummte Martin. Die Kopfschmerzen kehrten zurück, als ein dumpfer Druck, der wie von einem Gewicht auf den Schläfen lastete.

»Vincent Moreaus Tod, die Entführung Ihrer Schwester, der Einbruch in Ihre Villa und dann der Überfall … All das hängt zusammen und weist auf Sie, Monsieur Freeman.« Dubois saß mit gefalteten Händen da und machte sich auch diesmal keine Notizen.

»Ich bin das Opfer, nicht der Täter«, hielt ihm Martin entgegen.

»Aber *warum* sind Sie das Opfer, Monsieur Freeman?«

»Wenn ich das wüsste …«

»Warum haben die Frau namens Irene und ihr Begleiter einen Unfall inszeniert, um Sie dazu zu bewegen, am Straßenrand anzuhalten? Es ging ihnen bestimmt nicht darum, Sie nach dem Weg zu fragen.«

Martin fand keine passende Antwort.

»Sie hatten es auf etwas abgesehen«, fuhr Dubois fort. »Sehr wahrscheinlich auf das, was Vincent Moreau Ihnen gegeben hat.«

»Ich habe Ihnen doch schon gesagt, dass ich mit Moreau nur gesprochen habe, mehr nicht.«

»Dann vielleicht etwas anderes. Wo waren Sie vor dem Zwischenfall an jenem Morgen? Was haben Sie gemacht?«

Martin zögerte. »Ich weiß nicht mehr genau«, behauptete er und hob die Hand zum Kopf. »Vielleicht hat mein Gedächtnis was abbekommen.«

Dubois lächelte unverbindlich. »Dann lassen Sie mich Ihrem Gedächtnis ein wenig auf die Sprünge helfen, Monsieur Freeman. Wir haben Ihren Weg an jenem Morgen rekonstruiert. Fleur van Leeuwen beziehungsweise ›Dakota‹ war dabei keine große Hilfe. Sie kann sich ebenso wenig erinnern wie Sie, beruft sich dabei auf Schock und Trauma und dergleichen. Und darauf, dass sie weggerannt ist und deshalb kaum etwas von der ganzen Sache mitbekommen hat.«

Er legte eine kurze Pause ein und sah Martin in die Augen.

»Ich weiß, dass Sie an jenem Morgen – nachdem Sie den Rest der Einbruchsnacht auf einem Hausboot am Ufer der Rhône verbracht haben – gegen acht zur Villa zurückgekehrt sind. Ich habe Sie dort erwartet. Vielleicht erinnern Sie sich an unser kleines Gespräch.«

»Ja.«

»Sie kamen, um etwas zu holen, ein Dokument. Ihre Haushälterin hat beobachtet, wie Sie in der untersten Schublade des Schreibtischs danach gesucht haben und es schließlich unter den Dokumenten fanden, die von den Einbrechern auf dem Boden verstreut worden waren. Es muss ziemlich wichtig für Sie gewesen sein.«

Martin schwieg.

»Anschließend haben Sie sich auf den Weg in die Stadt gemacht, wo sie Fleur van Leeuwen und Ihre Schwester getroffen haben. Wir haben die Aufnahmen der Überwachungskameras ausgewertet und konnten feststellen, wo Sie sich trafen; an der Place de Chevelu Nummer sechs. Sie sind bei Safes Fidelity gewesen. Warum?«

»Das ist eine persönliche Angelegenheit.«

»Ich verstehe Sie nicht ganz, Monsieur Freeman«, sagte Kommissar Dubois. »Sie versuchen, sich hinter einer ›persönlichen Angelegenheit‹ zu verstecken, obwohl Ihre Schwester umgebracht wurde? Sollte Ihnen nicht daran gelegen sein, dass die Täter gefunden und zur Rechenschaft gezogen werden? Ist Ihnen klar, dass Sie mit Ihrer Weigerung, mir die Wahrheit zu sagen, die Mörder von Vincent Moreau und Jasmin Freeman schützen?«

Die vielleicht auch unsere Eltern auf dem Gewissen haben, dachte Martin. Für einen Moment fühlte er sich versucht, ganz offen zu sein und alles zu berichten, auch von den Vermutungen und Spekulationen, die Satoshi Nakamoto und eine *Milliarden* Euro schwere Bitcoin-Wallet betrafen. Doch der Moment verstrich, ohne dass er ein einziges Wort dazu äußerte. Die Polizei hatte schon einmal etwas vertuscht, vor vier Jahren. Wer so mit der Wahrheit umging, durfte kein Vertrauen erwarten.

»Ich kann Ihnen nicht mehr sagen, als ich weiß«, wich er aus.

»Ich bin seit vielen Jahren im Polizeidienst«, sagte Dubois. »Ich habe genug Erfahrung, um zu erkennen, wann jemand lügt. Sie, Monsieur Freeman, sind kein besonders guter Lügner.«

Er stand auf.

»Der inszenierte Unfall diente Irene und ihren Komplizen dazu, Ihnen etwas abzunehmen. Vielleicht ging es um das, was Sie von Vincent Moreau erhielten. Oder um den Inhalt des Schließfachs, das Ihr Vater vor Jahren bei Safes Fidelity gemietet hat. Ich habe mit dem Geschäftsführer gesprochen, auf laufende Mordermittlungen hingewiesen und die Auskünfte bekommen, die er mir geben konnte. Das Dokument, das Sie an jenem Morgen aus der Villa geholt haben, war der Erbschein, nicht wahr? Was befand sich in dem Schließfach? Was haben die Mörder Ihrer Schwester erbeutet?«

Als Martin nicht antwortete, erhob sich Dubois und ging zur Tür. »Beim nächsten Mal haben Sie vielleicht nicht so viel Glück«, sagte er, bevor er das Krankenzimmer verließ.

Eine Minute später kam Dakota wieder herein.

»Na, wie ist es gelaufen?« Sie sah Martins Gesicht. »Nicht besonders gut, scheint mir.«

»Er weiß von dem Schließfach.«

»Weiß er auch vom Inhalt?« Dakota setzte sich an den Tisch. Sie trug einen gestreiften Rollkragenpullover, in dem sie ein bisschen wie ein Matrose aussah.

»Nein.«

Martin merkte plötzlich, dass er eine Entscheidung getroffen hatte.

»Du musst mir helfen«, sagte er.

Dakota fragte nicht »Wobei?«, sondern antwortete sofort: »Klar.«

»Vor vier Jahren, als meine Eltern starben, der Unfall, der keiner war … Die Polizei muss damals von den manipulierten Bremsen gewusst haben. Aber aus irgendeinem Grund hat sie keine Ermittlungen eingeleitet und es bei dem ›Unfall‹ belassen. So was könnte wieder passieren.«

Dakota hörte aufmerksam zu. »Verstehe.«

»Jasmins Mörder dürfen nicht ungestraft davonkommen.«

»Du meinst, wir sollten …«

»Nachforschungen anstellen«, sagte Martin. »Mehr herausfinden. Dafür sorgen, dass nichts unter den Teppich gekehrt wird.«

»Und es geht um eine Menge Geld«, erinnerte ihn Dakota.

»Um verdammt viel Geld.« Martin senkte unwillkürlich die Stimme. »Um mehr als nur verdammt viel Geld. Also …« Martin holte tief Luft. »Eine Spur haben wir, sie führt nach Bern, zu dem Sachverständigen von damals. Und vielleicht entdecken wir noch den einen oder anderen Hinweis, wenn wir genau Ausschau halten. Aber um mit der Suche nach den Mördern …«

»… und dem Geld …«

»… ja, und dem Geld zu beginnen, muss ich raus aus der Klinik.«

»Verstehe. Ich soll den Polizisten draußen ablenken.«
»Glaubst du, du kriegst das hin?«
»Wann soll's losgehen?«
»Nach dem Schichtwechsel heute Abend.«

DIE SECHS – XANADU

40

»**VIELLEICHT HABE** ich herausgefunden, wer hinter dem Pseudonym Satoshi Nakamoto steckt«, sagte Xanadu und betrachtete das Gesicht des Mannes auf dem Tablet vor ihr.

»Kannst du mir einen Namen nennen?«, fragte Francis Forsythe.

»Dazu ist es noch zu früh. Aber ich glaube, ich folge der richtigen Spur.«

»Ihm darf nichts geschehen. Wir brauchen sein Wissen.«

»Und wenn es dadurch in die falschen Hände geriete?«

Die Verbindung war verschlüsselt, aber Francis blieb vorsichtig. »Das darf nicht passieren. Es würde den Plan gefährden.« Nach kurzem Zögern fügte er hinzu: »Wo bist du?«

Xanadu sah aus dem Fenster. Die Tragfläche ihres Privatjets glänzte im Sonnenschein, darunter erstreckte sich eine Landschaft wie aus weißer Watte.

»Über den Wolken.« Sie saß ganz vorn in der Gulfstream G600, auf der rechten Seite. Der cremefarbene Sessel links neben ihr war leer – ihre beiden Leibwächter und die Hostess saßen weiter hinten.

»Es gibt neue Entwicklungen«, sagte Francis. Er wirkte ungewöhnlich ernst, fand Xanadu. »Die EZB ist am Limit und wird die Kreditvergabe ab morgen stark einschränken. Das macht die Refinanzierung für die europäischen Banken weitaus schwerer und teurer.«

»Ein letzter Stoß für die wankenden Riesen.«

»Ja«, bestätigte Francis. »Weitere Dominosteine werden fallen.

In wenigen Tagen wird es weltweit zu einem Schaltersturm kommen.«

Das war abzusehen gewesen. »Von Samuel Winster habe ich gehört, dass es morgen bei der CME in Chicago kritisch wird, gegen Abend europäischer Zeit.« Sie hielt die Verbindung für sicher genug, um Einzelheiten hinzuzufügen. »Beim Hochfrequenzhandel an der Chicagoer Börse wird es zu Störungen kommen, die einen Ausverkauf auslösen werden. Ein bedauerlicher Übertragungsfehler, der zu einer Kettenreaktion führt. Wir erwarten einen Kursverlust von bis zu zwanzig Prozent. Die Welle wird um die ganze Welt schwappen, wie bei früheren Ereignissen dieser Art.«

Francis blieb ernst. »Ich werde einige unserer Vermögenswerte auf einen sicheren Parkplatz verschieben.«

Einige Sekunden lang sahen sie sich nur an.

»Was ist?«, fragte Xanadu schließlich.

»Es gibt da eine Sache, über die wir persönlich reden müssen«, sagte der Mann auf dem Tablet-Display.

Xanadu lächelte. »Ich fliege zu dir, im wahrsten Sinne des Wortes. Du bist noch in London, nicht wahr?«

»Ja.«

»In zwei Stunden treffe ich dort ein.«

»Ich warte auf dich.« Francis' Stimme klang sanfter, als er hinzufügte: »Ich habe dich vermisst.«

»Ich dich auch.« Sie hauchte ihm einen Kuss zu. »Bis bald, Francis.«

Das Gesicht verschwand vom Bildschirm.

Xanadu blickte erneut aus dem Fenster und betrachtete nachdenklich die weiße Wolkenlandschaft.

Die Hostess erschien neben ihrem Sessel. »Wünschen Sie etwas, Madam?«

»Nein, danke.«

Die junge Frau nickte ihr freundlich zu und ging weiter nach vorn, zum Cockpit.

Xanadu tippte auf ihr Tablet und stellte eine neue Verbindung her, zum Silicon Valley in Kalifornien. Nachdem sie einen persönlichen Code eingegeben hatte, erschien das Gesicht einer Frau auf dem Display: Mitte dreißig, das schwarze Haar glatt und schulterlang, die großen Augen grün wie Smaragd, Wangen und Stirn glatt, ohne eine Falte.

»Hallo, Xanadu«, sagte Alice. »Freut mich, dich wiederzusehen. Wie kann ich dir behilflich sein?«

Das Haar lag nicht ganz perfekt, das Gesicht war nicht völlig makellos, am etwas zu runden Kinn zeigten sich die Reste eines Pickels. Aber gerade deshalb wirkte Alice völlig natürlich und authentisch, obwohl sie gar nicht existierte, zumindest nicht in Fleisch und Blut.

Sie war eine Persönliche Assistentin, eine individualisierbare KI, deren Sprachsystem auf einer Weiterentwicklung von GPT-3 basierte – das neueste Produkt von Extra.

Vor vielen Jahren hatte der PC, der Personal Computer, seinen Siegeszug angetreten und die Welt grundlegend verändert. Von Assistenten wie Alice erwartete Xanadu einen ähnlichen Erfolg bei der individuellen Anwendung von KI-Programmen. Mit Vorgängern wie Alexa, Siri und ähnlichen Systemen, die hauptsächlich aus lauschenden Lautsprechern bestanden, hatten die neuen Assistentinnen nichts mehr gemein. Hier fand eine echte Interaktion statt, mit einem Gesprächspartner, der wie ein Mensch agierte.

Xanadus Finger glitten über die am unteren Displayrand eingeblendeten Tasten. Sie gab einige Daten ein und fragte dann: »Mache ich alles richtig, Alice?«

Die Frau auf dem kleinen Bildschirm lächelte sanft und freundlich. »Bisher kann ich keinen Fehler entdecken, Xanadu.«

»Ich bin also auf dem richtigen Weg.«

»Wie immer«, sagte Alice. »Wenn du einen Rat brauchst, ich stehe jederzeit zur Verfügung.«

Xanadu beendete die Verbindung, legte das Tablet ausgeschaltet auf den Tisch vor ihr, sah wieder nach draußen und beobachtete die trügerisch langsam dahingleitenden Wolken. In zwei Stunden würde sie erfahren, was Francis Sorgen bereitete.

41

XANADU TRAT ans Fenster von Francis' Büro in der Londoner City. »Das Gebäude dort drüben ...« Sie deutete hinaus. »Es sieht aus wie ein riesiger Zapfen.«

»The Gherkin«, erwiderte Francis. Er stand neben ihr und wahrte einen gewissen Abstand. »Die Gewürzgurke. Errichtet von Norman Foster. In jüngeren Jahren habe ich den Wolkenkratzer mit einer futuristischen Rakete verglichen und davon geträumt, mit ihr zu den Sternen zu fliegen.«

Xanadu wandte sich ihm zu. »Wenn es wirklich eine Rakete wäre, ein Raumschiff, mit dem du zu den Sternen fliegen könntest ... Würdest du einsteigen?«

Francis antwortete nicht sofort. »Ich denke schon.«

»Aber ganz sicher bist du nicht.«

»Würdest du mitkommen?«

»Ich?«, fragte Xanadu überrascht. »O nein, ich glaube nicht. Es gibt zu viel zu tun hier auf der Erde.«

»Bist du nicht neugierig darauf, was es dort draußen im Universum alles gibt?«

»Ich bin neugierig darauf, was auf der Erde alles möglich ist.«

»Viele Dinge sind möglich. Man muss auf alles gefasst sein.«

Xanadu hob die Hand zu seiner Wange. »Was hast du, Francis? Was ist passiert?«

»Wir sind nur noch sechs.«

Xanadu sah ihn an und wartete.

»Ich hatte noch keine Zeit, einen Bericht für die anderen zu verfassen.« Francis vollführte eine vage Geste. »Außerdem würde ich gern deine Meinung hören, bevor ich eine Empfehlung ausspreche. Die Mächte der alten, sterbenden Welt dort draußen … Sie merken, dass ihr Einfluss schwindet. Und natürlich wollen sie an ihren Privilegien festhalten. Sie sind nicht dumm, die Leute in den Regierungen und Geheimdiensten. Sie erkennen Zusammenhänge und Strategien. Wer weiß, vielleicht waren es sogar Extras KI-Programme, die es ihnen ermöglicht haben, Muster zu erkennen.«

Xanadu schwieg noch immer.

»Es gibt eine ›Konzertierte Aktion‹«, fuhr Francis fort. »So nennt sie sich. Einige Regierungen haben Sonderkommissionen gebildet, mit der Aufgabe, die Drahtzieher und Nutznießer der gegenwärtigen Krise ausfindig zu machen. Die Geheimdienste zahlreicher Staaten arbeiten zusammen. Sie haben von uns erfahren.«

Xanadu ging langsam zur Sitzecke neben dem großen Schreibtisch mit den drei Bildschirmen und sank in einen weichen Sessel. Francis folgte ihr und setzte sich ebenfalls.

»Kennt die Konzertierte Aktion unsere Namen?«

»Sie haben Pauline«, sagte Francis. »Sie befand sich in Rom, zu Gesprächen mit der Vatikanbank und dem italienischen Finanzministerium. Offenbar traf sie sich auch mit Finanzminister Riccardi, aber anschließend wurde sie von der Digos verhaftet.«

Die *Divisione Investigazioni Generali e Operazioni Speciali* war eine Sonderabteilung der italienischen Staatspolizei, zuständig für die Bekämpfung von staatsbedrohenden Aktivitäten. Von den Digos-Beamten hieß es, dass sie nicht gerade zimperlich vorgingen.

»Wie ich erfahren habe, wurde sie von einer mit besonderen Vollmachten versehenen Gruppe innerhalb der Digos verhaftet«, fügte Francis hinzu.

»Das klingt nicht gut.« Xanadu überlegte. »Pauline ist vermutlich das schwächste Glied in unserer Kette.«

»Sie ist stark«, widersprach Francis, »sonst wäre sie nicht eine von uns. Sie weiß sich zu behaupten. Aber den Geheimdiensten stehen besondere Mittel zur Verfügung.«

»Meinst du … Folter?«

»Kommt darauf an. Drogen, die den freien Willen ausschalten, sind weitaus wirkungsvoller.«

»Pauline könnte uns also verraten.«

»Samuel Winster hat Besuch von zwei angeblichen Journalisten erhalten, die im Computerraum von Whitestone einen Mikrospion hinterlassen haben. Und Jurij Kowalkow wurde vom Direktor der GRU gewarnt, der russischen Hauptverwaltung für Aufklärung, die an der Konzertierten Aktion teilnimmt. Er glaubt sich in Sicherheit, wegen seiner Dossiers, die er ›Totmannschalter‹ nennt, aber ich habe ihm trotzdem geraten, sehr vorsichtig zu sein.«

»Was ist mit den anderen?«

»Was ist mit *dir?*«, fragte Francis.

Xanadu schüttelte den Kopf. »Nichts. Niemand hat mich gewarnt oder mir gedroht. Niemand hat versucht, mich unter Drogen zu setzen.«

»Ist dir etwas aufgefallen? Hat es in letzter Zeit besondere Ereignisse gegeben?«

»Keine, die mich persönlich betreffen.«

»Jiang Taiji hat Besuch von Parteisekretär Yiu erhalten«, fuhr Francis fort. »Parteiführung und Regierung scheinen Verdacht geschöpft zu haben – Yiu fragte ihn nach den ›Sieben‹.« Er ließ einige Sekunden verstrichen. »Übrigens befindet sich Desna Laghari ebenfalls in Peking.«

»Indien und China?« Xanadu glaubte ihre Vermutungen bestätigt. Gewisse Blicke und kleine Gesten bei ihren Treffen – einem aufmerksamen Beobachter entging so etwas nicht.

»Und vielleicht auch Russland.«

»Desna und der kleine Kowalkow mit der Stimme eines Riesen?«

»Desna Laghari ist eine sehr, sehr kluge Frau«, sagte Francis.

»Ich bin froh, dass sie zu uns gehört. Ohne ihre Unterstützung wäre dies alles sehr viel schwieriger.«

»Aber sie verfolgt auch persönliche Interessen. Sie spielt ihr eigenes Spiel.«

»Nein, Xanadu«, widersprach Francis. »Dies ist kein Spiel, für niemanden von uns.«

Bist du sicher?, dachte Xanadu. Gehört das nicht dazu, zum großen Spiel des Lebens?

»Was ist mit dir?«, fragte sie stattdessen. »Irgendwelche Kontakte mit dem Secret Service?«

»Bisher nicht. Jedenfalls weiß ich von nichts, was aber keine Gewissheit bedeutet. Ich nehme an, dass ich morgen etwas hören werde. Um vierzehn Uhr erhalte ich hohen Besuch, und ich wäre dir dankbar, wenn du mir dabei Gesellschaft leisten könntest.«

»Der deutsche Bundeskanzler und die französische Staatspräsidentin.«

»Du weißt natürlich davon.« Über Francis' Gesicht huschte ein anerkennendes Lächeln.

»Natürlich. Es geht um die Beziehungen zwischen Großbritannien und der Europäischen Union. Ein neues Handelsabkommen ist geplant, und es soll ein Rettungsschirm für die Banken gespannt werden. Ein zum Scheitern verurteilter Versuch. Dafür ist es längst zu spät.«

»Der Bundeskanzler und die Staatspräsidentin nehmen die politischen Gespräche zum Anlass, auf meine Einladung beim G20-Gipfeltreffen in Paris zurückzukommen«, erklärte Francis. »Angeblich geht es um unser Computersystem, um Andromedas Prognosen. Aber ich bin ziemlich sicher, dass noch mehr dahintersteckt. Vielleicht entdecken deine Augen und Ohren den einen oder anderen Hinweis.«

Ein Köder?, dachte Xanadu für einen Moment. Aber wofür?

Sie mochte Francis Forsythe, auf eine Art und Weise, die ihre besondere Beziehung widerspiegelte. Manchmal war er wie ein Ruhepol, an dem sie für einige Stunden Halt finden konnte in einer chaotischen Welt. Und es faszinierte sie, wie er die Sprache der Zahlen verstand. Aber trotz ihrer Nähe hütete sie sich davor, ihm vorbehaltlos zu vertrauen. Auch er trug eine Maske, wie sie alle, und was sich dahinter befand, blieb größtenteils verborgen.

»Ich werde da sein«, versprach sie ihm.

Er seufzte dankbar und stand auf. »Lass uns gehen. Beziehungsweise fahren.«

Xanadu erhob sich ebenfalls. »Wohin?«

»Zu meinem kleinen Landhaus in Hampstead Heath, im Nordwesten von London.« Er nahm Mantel und Regenschirm und sah damit ganz wie der englische Gentleman aus, der er war. »Dort sind wir ungestört und können über alles reden.«

Und dort haben wir Zeit und Gelegenheit für unser Ritual, dachte Xanadu.

42

DAS »KLEINE« Landhaus, wie Francis es genannt hatte, war so groß, dass man es für ein kleines Schloss halten konnte. Es lag eingebettet in einen mehrere Hektar großen Park, umgeben von einem perfekten englischen Rasen, der einem Erste-Klasse-Golfplatz zu Ehren gereicht hätte. Ahnenbilder an den Wänden von Flur und Salon verstärkten den Eindruck von einem Schloss: ernste Männer mit weißen Perücken, Frauen in prachtvollen Gewändern.

Francis und Xanadu speisten im Salon im Licht eines Kronleuchters, mit Besteck aus echtem Silber und Tellern aus chinesischem Porzellan, bedient von zwei Männern in weinroten Livrees, die von Francis' Butler Anthony beaufsichtigt wurden, der selbst im Hintergrund blieb, wie ein lebendes Stück Inventar.

Nach dem Essen, das aus sechs kleinen, erlesenen Gängen bestand, saßen sie am Kamin, in dem jedoch kein Feuer brannte.

Eine Stehlampe in der Ecke spendete ein wenig Licht, nicht genug für den großen Salon, der dunkel blieb. Bald wurde es Mitternacht. Draußen klarte der Himmel auf, Mondschein fiel durchs Fenster.

Francis wirkte nicht mehr ganz so ernst. Er hatte sich entspannt und streckte die Beine dem leeren Kamin entgegen.

»Wer ist er?«, fragte er. »Wer steckt hinter dem Pseudonym Satoshi Nakamoto? Du hast von einer ›richtigen Spur‹ gesprochen.«

»Ich bin mir noch nicht ganz sicher«, sagte Xanadu. »Er könnte sich in London aufhalten. Die Stadt spielt offenbar eine wichtige Rolle für ihn.«

Francis lächelte sanft. »Erklär es mir.«

»Um der Identität von Satoshi Nakamoto auf die Spur zu kommen, hat man unter anderem seine E-Mails, die Beiträge im Bitcoin-Forum und die Postings auf der Entwicklerplattform SourceForge untersucht«, begann Xanadu. »Man hat die Sprache analysiert, seine Ausdrucksweise und auch die Zeitstempel unter die Lupe genommen. Nach den Uhrzeiten ist zu vermuten, dass sich Satoshi Nakamoto zwischen 2008 und 2010 in Großbritannien oder an einer der beiden Küsten der USA aufgehalten haben muss. Während dieser Zeit hat er am Bitcoin-Protokoll gearbeitet. Japan oder Australien kommen als Aufenthaltsorte in diesem Zeitraum nicht in Frage. Bitcoins Genesis-Block, der erste Block der Blockchain, bietet einen wichtigen Hinweis. Er enthält folgende Botschaft: ›The Times 03 / Jan / 2009 Chancellor on brink of second bailout for banks.‹ Beziehungsweise: ›The Times 03 / Jan / 2009 Kanzler kurz vor zweiter Rettungsaktion für Banken.‹ Diese Nachricht stammt von Nakamoto und zitiert eine Schlagzeile der Times vom selben Tag. Interessanterweise gab es die Zeitung in den USA nicht in dieser Form, und in der Online-Ausgabe war die Überschrift leicht abgewandelt. Hinzu kommt, dass die *Times* vor allem in London gelesen wird; die Hälfte der Leser war und ist aus der Londoner Metropolregion.«

Francis dachte darüber nach. »Es sind Indizien, keine Beweise«, stellte er schließlich fest. »Selbst wenn du recht hast … Seitdem sind fast zwanzig Jahre vergangen. Wer sagt dir, dass Nakamoto noch immer in London ist?«

»Vielleicht hat er seine Wurzeln in dieser Stadt«, meinte Xanadu. »Er könnte uns näher sein, als wir ahnen.«

Francis seufzte. »Du weißt mehr, als du zugibst.«

Xanadu lächelte. »Es ist noch zu früh, darüber zu sprechen. Meine Vermutungen könnten falsch sein.«

»Jiang Taiji übernimmt die chinesischen Miner, und du bist auf dem besten Weg, die Bitcoin-Nodes unter unsere Kontrolle zu bringen, die Computer mit Kopien der dezentralen Blockchain. Wie viele hast du übernommen?«

»An die zehntausend.«

»Von sechzehntausend weltweit«, sagte Francis. »Mehr als die Hälfte. Das ist sehr gut, besser als erwartet. Wir kommen gut voran. Aber ich fürchte, Satoshi Nakamoto könnte uns mit seiner Hintertür einen Strich durch die Rechnung machen.«

»Wenn es eine Hintertür gibt.«

»Davon gehen meine Quellen aus.«

»Du weißt ebenfalls mehr, als du zugibst«, war Xanadu überzeugt.

Francis schmunzelte. »So bleiben wir füreinander geheimnisvoll.« Er sah sie an und streckte die Hand aus. »Gehen wir nach oben?«

Xanadu stand auf und ergriff die Hand. »Ja, gehen wir.«

43

XANADU STAND nackt vor dem Himmelbett, so nahe, dass der sitzende Francis sie berührten konnte, wenn er wollte. Doch seine Hände blieben unten, nur der Blick glitt wie sehnsüchtig über ihren Körper.

»Wie schön du bist«, sagte er bewundernd.

Sie trat noch etwas näher. Nach dem Bad fühlte sie sich warm und weich. »Du kannst mich haben, wenn du möchtest.«

Er antwortete nicht. Xanadu hielt das für ein ermutigendes Zeichen, beugte sich vor und legte ihm die Hände auf die Wangen. Vielleicht war es jetzt so weit.

»Nein«, sagte er leise, und Xanadu glaubte, dass es ein wenig traurig klang. »Nicht hier, nicht heute. Irgendwann vielleicht.« Und wie es das Ritual verlangte, fügte er hinzu: »Ich bin noch jung, erst fünfundfünfzig.«

Xanadu blieb stehen, mit den Händen auf seinen Schultern, und sah, dass er keine Erektion hatte. Sie fragte nicht: »Bist du sicher, dass dich Frauen interessieren?« Es hätte vorwurfsvoll geklungen, für so etwas gab es in ihrer besonderen Beziehung keinen Platz. War Francis impotent? Sie hätte ihm helfen können, an Geduld mangelte es ihr nicht. Oder lag es an einer latenten Homosexualität, gegen die er sich mit ihrer kleinen Zeremonie zur Wehr setzte?

Francis Forsythe war ein hochintelligenter, tiefsinniger Mann mit zahlreichen Nuancen, von denen Xanadu in den vergangenen Jahren einige kennengelernt hatte. Sie respektierte und mochte ihn, vielleicht liebte sie ihn sogar, auf ihre eigene Art und Weise. Gleichzeitig wusste sie: Was auch immer sie beide verband, es basierte vor allem auf wechselseitigem Nutzen. Das durfte sie nicht vergessen, durfte nicht in die Rolle einer Therapeutin schlüpfen. Das erwartete Francis auch nicht von ihr, und vielleicht hätte es nicht mehr Nähe, sondern mehr Distanz geschaffen. Was schädlich für ihre eigenen Pläne gewesen wäre.

Xanadu zog die Hände zurück, ging zur anderen Seite des Himmelbetts und kroch dort unter die Decke. Sie rückte näher an Francis heran, drehte sich auf die Seite und legte ihm die Hand auf die Brust.

»Können wir Pauline irgendwie helfen?«, fragte sie.

»Das dürfte sehr, sehr schwer werden«, lautete die Antwort. »Ich habe versucht, das eine oder andere in die Wege zu leiten, aber ich befürchte, dass es nichts nützt.«

»Wenn sie spricht, wenn sie unsere Namen und Einzelheiten des Plans preisgibt ...«

»Unsere Namen sind vielleicht schon bekannt.« Francis schaltete die kleine Nachttischlampe aus, und plötzlich lag das Schlafzimmer im Dunkeln.

Von draußen war das gedämpfte Raunen des Winds zu vernehmen, und ein wenig Mondschein fiel durch eine Lücke zwischen den Vorhängen, gerade genug für Xanadu, um das Profil des Mannes neben ihr zu erkennen.

»Die Frage lautet: Wie reagieren wir darauf?« Francis sprach leise, seine Stimme war nur wenig mehr als ein Flüstern. »Jeder von uns hat zwei sichere Orte, so sieht es der Plan vor. Noch sind wir verwundbar, noch sind die alten Mächte einflussreich genug. Es kann drei, vier weitere Wochen dauern, bis sich die Kräfteverhältnisse endgültig verschieben.«

Xanadu hörte zu und begriff, dass er zu sich selbst sprach, dem Echo der eigenen Gedanken lauschte.

»Was meinst du?«, fragte er schließlich und drehte den Kopf. Sein Gesicht blieb im Dunkeln, sie konnte seine Augen nicht sehen. »Sollen wir uns an unsere sicheren Orten zurückziehen? Soll ich den anderen eine entsprechende Empfehlung schicken?«

»Es würde unseren Handlungsspielraum eingrenzen«, gab Xanadu zu bedenken. »Gewisse Dinge könnten außer Kontrolle geraten.« Ein Rückzug zum gegenwärtigen Zeitpunkt hätte auch ihre persönlichen Pläne bedroht.

»Also nur eine Warnung?«, fragte Francis.

»Warte bis morgen«, riet ihm Xanadu. »Bis nach dem Treffen mit dem Bundeskanzler und der Staatspräsidentin. Warte ab, was sie dir zu sagen haben, und entscheide dann.«

Francis schwieg, und Xanadu blieb ebenfalls still. Sie hörte, wie sich sein Atmen veränderte, und nach einer Weile nahm sie die Hand von seiner Brust.

Eine Zeitlang lauschte sie dem Flüstern des Winds draußen in der Nacht. Schließlich schlief auch sie ein.

Vier Stunden später, um kurz vor fünf, erwachte sie. Es war noch immer dunkel, der Tag war noch nicht angebrochen, doch durch die Lücke zwischen den Vorhängen fiel kein Mondschein mehr. Eine ganze Minute lang blieb sie ruhig liegen und lauschte Francis' regelmäßigen Atemzügen. Dann zog sie die Decke beiseite und stand auf, leise wie ein Schatten.

Sie nahm ihre Sachen und verließ das Schlafzimmer, ohne ein Geräusch zu verursachen. Er würde kaum überrascht sein, sie nicht vorzufinden –, sie hatte ihn oft am frühen Morgen verlassen, bevor er erwachte.

Im Flur drückte sie eine Taste ihres Handys und sendete eine vorbereitete Nachricht. Sie brauchte nicht lange im Bad, doch als sie die Treppe zum Erdgeschoss hinunterging, kam Butler Anthony mit einem Tablett aus der Küche.

»Tee für Sie, Madam«, sagte er höflich.

Sie schenkte ihm ein erstauntes Lächeln und nahm die dampfende Tasse entgegen. »Schlafen Sie nie, Anthony?«

Er deutete eine Verbeugung an. »Nicht wenn ich mich nützlich machen kann.«

Xanadu trank einen Schluck und hörte, wie draußen ein Wagen vorfuhr. Scheinwerferlicht strich kurz über die Fenster.

Sie stellte die Tasse aufs Tablett zurück. »Danke, Anthony. Bitte richten Sie Francis einen lieben Gruß aus, wir sehen uns heute Nachmittag.«

Der Butler deutete eine Verbeugung an. »Wie Sie wünschen, Madam.«

Xanadu streifte ihre Jacke über, verließ das schlossartige Haus und stieg in den Fond der wartenden Limousine. Einer der beiden

Leibwächter, die sie mit der Gulfstream nach Europa begleitet hatten, saß am Steuer. Er hatte sie erwartet, hatte am Tag zuvor entsprechende Anweisungen von ihr erhalten.

»Zurück nach London, Eric«, sagte sie und sah auf die Uhr. »Lassen Sie es ruhig angehen, uns bleibt noch Zeit genug.«

Der Mann am Steuer nickte. »Sehr wohl.«

In der Stadt wartete ein wichtiger Termin auf Xanadu. Es ging dabei um einen gewissen Martin Freeman.

Im ersten Stock des Landhauses stand Francis Forsythe am Fenster und beobachtete, wie die Limousine über die Zufahrt rollte und hinter den Bäumen verschwand. Erneut hatte ihn Xanadu noch vor Morgengrauen verlassen, wie schon einige Male zuvor.

Sie war ein schönes Rätsel, ein Geheimnis voller Eleganz, aber ihr Inneres blieb ihm verborgen. Es gelang ihm nicht, ihre Gedanken zu erraten, und das beunruhigte ihn manchmal. Sie war wie eine Variable in einer komplexen Gleichung, die zu einem völlig unerwarteten Ergebnis führen konnte, und das missfiel ihm.

MARTIN FREEMAN

44

AM NACHMITTAG kam der Chefarzt, der ihn operiert hatte, nahm den Verband ab und nickte zufrieden.

»Die Wunde ist gut verheilt«, stellte er fest. »In ein paar Monaten wird man kaum mehr etwas sehen. Nur noch eine kleine Delle in der Stirn, wenn man genau hinschaut. Ich denke, noch ein paar Tage, und wir können Sie nach Hause schicken.«

Nein, dachte Martin, ich werde schon in einigen Stunden gehen. Heute Abend.

»Wird es bleibende Schäden geben?«, fragte er, als der Arzt, ein dicklicher Mann mit weißem Haar und weißen Brauen, einen neuen Verband anlegte. »Ich meine …«

»Oh, ich weiß, was Sie meinen.« Der Arzt wich einen Schritt zurück und lächelte zuversichtlich. »Sie brauchen sich keine Sorgen zu machen. Sie haben ein bisschen Hirnmasse verloren, einige Gramm, aber wissen Sie, das Gehirn ist ein erstaunliches Organ. Es kompensiert. Mit Ihren motorischen und kognitiven Fähigkeiten ist alles in Ordnung, das haben wir getestet. Ich denke, Sie müssen nicht mit irgendwelchen Einbußen rechnen. Sie haben großes Glück gehabt, junger Mann.«

»Das höre ich nicht zum ersten Mal«, entgegnete Martin.

Der Rest des Nachmittags verging quälend langsam. Er wanderte durchs Zimmer, blickte aus dem Fenster, setzte die unruhigen Wanderungen fort und wagte sich einmal in den Flur, wo ein uniformierter Polizist saß, der grüßend nickte, aber ihn auch misstrauisch beäugte. Martin wusste noch immer nicht, ob ihn die Polizei bewachte oder schützte. Wie würde der Beamte reagieren, wenn er versuchte, die Klinik zu verlassen? Es sollte gleich beim ersten Versuch klappen, und deshalb hielt er es für besser, beim Plan mit der Ablenkung zu bleiben, anstatt einfach zu versuchen hinauszuspazieren.

Während er wartete und der Uhr dabei zusah, wie sie die Sekunden langsamer zählte als sonst, vermisste er auf einmal Handy und Computer. Drei Wochen lang war er dem Trading ferngeblieben. Er dachte an seine Kauf- und Verkaufsorder, die an mehreren Bitcoin-Börsen automatisch abliefen, wenn er sich nicht darum kümmerte. Wie hatte sich der Kurs entwickelt? Er hatte womöglich viel Geld verloren, ohne es zu wissen.

Um sechs brachte ihm eine ältere Krankenschwester mit dem Namensschild »Gisela M.« das Essen. Er fragte sie nach Schwester Berta, die er den ganzen Tag nicht gesehen hatte, und erfuhr, dass sie in der Sars-Abteilung bei den Untersuchungen und Impfungen aushalf.

Gisela M. nutzte die Gelegenheit, um über die »Unverbesserlichen« zu schimpfen, wie sie sie nannte, über die Leugner und Spinner, die die Pandemie noch immer für eine Verschwörung hielten, Impfungen ablehnten und die Krankheit trotz eigener Erkrankung nicht wahrhaben wollten. Außerdem ließ sich Schwester Gisela über die »nächste Unvernunft« aus, die sich auf der Welt ausbreitete. Genf, so führte sie aus, während sie das Bett herrichtete, sei bisher noch glimpflich davongekommen, der Rest des Planeten hingegen verwandle sich immer mehr in ein Tollhaus.

Martin hörte die Worte nur mit halbem Ohr. Er dachte an die bevorstehende Flucht aus der Klinik – und auf eine Flucht lief es tatsächlich hinaus. Wenn ihn die Polizei für einen Zeugen hielt, der über wichtige Informationen verfügte, die bei Mordermittlungen helfen konnten … Martin fragte sich, ob es in der Schweiz Beugehaft gab. Selbst wenn das Gesetz so etwas nicht vorsah: Es ließ sich immer etwas konstruieren, um eine Untersuchungshaft zu rechtfertigen. Wie weit würde Kommissar Dubois gehen, um Antworten zu bekommen? Wie weit *konnte* er gehen?

Als das Tageslicht schwand, klopfte es an der Tür, und Martin dachte schon, dass Dakota etwas früher kam. Aber es war Henriette.

Sie trug ein dunkles Kostüm, passend für eine Beerdigung. Ihr Gesicht erhellte sich, als sie Martin sah.

»Oh, es geht dir besser, wie sehr mich das freut!« Sie umarmte ihn.

Er warf einen unauffälligen Blick auf die Uhr und hoffte, dass sich Henriette nicht zu viel Zeit nahm. Ihre Anwesenheit konnte zu Komplikationen führen.

»Du hast abgenommen«, stellte sie kritisch fest. »Wenn du wieder zu Hause bist, müssen wir dich ein wenig aufpäppeln.« Etwas von der Dunkelheit kehrte in ihr Gesicht zurück. »Wenn ich ›wir‹ sage, meine ich …«

»Ich weiß, was du meinst«, sagte Martin und hoffte, dass es nicht zu ungeduldig klang. »Jasmin ist tot.«

»Ach, es tut mir ja so leid.« Henriette schien den Tränen nahe und sank auf den Stuhl am Fenster. »Wie konnte das nur geschehen?«

»Ich habe Glück gehabt«, sagte Martin ein wenig hilflos und sah erneut zur Uhr.

»O ja, das hast du, und ob! Und deine Freundin ebenfalls! Andererseits, wenn sie nicht weggelaufen wäre … Vielleicht hätte sie etwas tun können.«

Das war neu, dachte Martin. Gab Henriette Dakota die Schuld an Jasmins Tod?

»Nein, hätte sie nicht«, sagte er entschieden. »Es war richtig, dass sie weggelaufen ist.«

»Ja, ja, natürlich.« Henriette schniefte ein wenig und rang sich dann ein Lächeln ab. »Bald kommst du wieder nach Hause, ich bin ja so froh.«

Sie erzählte davon, dass sie sich während der vergangenen drei Wochen um die Villa gekümmert und dort mehrmals die Polizei empfangen hatte. Die Beamten seien überall gewesen, auch in den Nebengebäuden, und hätten nach Hinweisen gesucht.

»Haben sie etwas gefunden?«, fragte Martin, als sich eine Lücke im Wortschwall der Haushälterin öffnete.

»Was? Nein, nichts.« Henriette putzte sich die Nase und berichtete ebenso ausschweifend von ihrer neuen Routine im Haus. Sie habe sogar einige Male dort übernachtet, betonte sie, dabei allerdings kaum ein Auge zugetan, weil sie sich vor einem erneuten Einbruch gefürchtet habe.

»Ist abgesehen von der Polizei jemand gekommen?«, fragte Martin.

»Nein, niemand.« Henriettes Augen wurden groß. »Glaubst du, sie könnten zurückkehren, die Einbrecher und Mörder?«

»Ich weiß nicht, was ich glauben soll. Ich habe noch immer keinen klaren Kopf.« Martin hob die Hand zum Verband und schnitt eine Grimasse.

Inzwischen war es draußen völlig dunkel. Es konnte nicht mehr lange dauern, bis Dakota eintraf.

»Oh, du bist noch immer nicht ganz gesund, und ich sitze hier und rede und rede.« Henriette stand auf. »Ich freue mich, dass du bald heimkehrst, aber Jasmin … Ach, das arme Kind.«

Sie verließ das Krankenzimmer mit einem weiteren Schniefen.

Einige Minuten später kam Dakota.

»Ich hab deine Haushälterin gesehen und sie mich auch«, sagte sie. »Ich glaube, sie mag mich nicht besonders.«

»Sie kennt dich überhaupt nicht.« Martin öffnete den Kleiderschrank, griff nach Jeans und Jacke und zog sich um. Den Rest seiner Sachen packte er in den Rucksack, den Dakota mitgebracht hatte. »Wie willst du vorgehen?«

Sie setzte sich aufs Bett. »Der Wachwechsel erfolgt in einer Viertelstunde. Ich sage dem Polizisten, ich hätte unten im Eingangsbereich einen Mann entdeckt, der wie der angebliche Schwerverletzte beim inszenierten Unfall aussähe. Darum wird er sich bestimmt kümmern wollen, da bin ich sicher.«

»Und wenn nicht?«, fragte Martin. »Vielleicht bleibt er im Flur und fordert Verstärkung an.«

»Bist du verhaftet? Stehst du unter Arrest? Nein.« Sie trug noch immer den gestreiften Rollkragenpullover und darüber eine dicke Jacke. »Du hast dir nichts zuschulden kommen lassen und bist ein freier Bürger der freien Schweiz. Du kannst gehen, wenn du gehen willst.«

»Oder auch nicht. Lassen wir es besser nicht darauf ankommen.«

»Willst du nach Hause? Das ist der erste Ort, wo man nach dir suchen wird.«

»Ich hole nur Ersatzhandy und Notebook. Und wir brauchen den Wagen.« Martin zögerte. »Was ist damit? Er steht doch nicht noch in dem Waldstück, oder?«

»Die Polizei war so freundlich, ihn zu dir nach Hause bringen zu lassen. Und dann?«

»Wir machen uns auf den Weg, bevor Kommissar Dubois bei mir aufkreuzt.« Martin schloss den Rucksack und stellte ihn griffbereit neben die Tür. »Nach Bern.«

Dakota sah ihn an. »Du solltest besser den Verband abnehmen, wenn's eben geht. Damit fällst du sofort auf.«

Da hatte sie recht. Martin ging ins kleine Bad und löste dort vorsichtig den Verband. Die darunter zum Vorschein kommende Haut wirkte farblos und ein wenig verschrumpelt. Die Delle in der Stirn war ziemlich tief, und an der Schläfe zeigte sich eine immer noch wunde Stelle, die schmerzte, als er sie berührte.

Er kehrte ins Krankenzimmer zurück.

Dakota musterte ihn. »Schöner bist du nicht geworden.«

»Herzlichen Dank.«

»Ehrlich gesagt, es sieht besser aus, als ich dachte.« Sie stand auf und kam näher. »Den Rest kriegen wir schon hin.« Sie umarmte ihn vorsichtig und hauchte ihm einen Kuss auf die Lippen.

Dann huschte sie zur Tür.

»Du hast ja kein Handy, und eine Brieftaube kann ich dir nicht schicken«, sagte sie. »Warte zwanzig Minuten, bevor du das Zimmer verlässt. Ich brauche nicht lange, um meine Schau abzuziehen, aber ich muss den richtigen Zeitpunkt abpassen. Bis gleich.«

Sie schlüpfte hinaus.

45

MARTIN WARTETE zwanzig lange Minuten, nahm dann den Rucksack, öffnete die Tür und trat in den Flur. Der Beamte, der davor Posten bezogen hatte, war tatsächlich weg, sein Stuhl verwaist.

Der über achtzig Jahre alte Oskar, der auf seine Prostataoperation wartete, schob seinen Rollator langsam und vorsichtig zum Fenster am Flurende. Als er Martin bemerkte, blieb er stehen, hob wie in Zeitlupe die Hand und winkte.

Martin erwiderte den Gruß und lächelte freundlich, bevor er durch den Flur ging, den Rucksack auf dem Rücken.

Im Büro an der Ecke hielten sich zwei Krankenschwestern auf, aber beide kehrten ihm den Rücken zu und bemerkten nichts, als er am Fenster vorbeihuschte. Er entschied sich gegen den Lift, nahm die Treppe und begegnete niemandem.

Eine Etage tiefer hörte er Stimmen aus der Sars-Station, und für einen Moment befürchtete er, dass plötzlich Schwester Berta vor ihm erschien.

Aber niemand hielt ihn auf, niemand versperrte ihm den Weg. Unbehelligt erreichte er das Erdgeschoss, ging wie ein später Besucher am Empfangstresen vorbei und hatte das Gebäude einige Sekunden später durch die große Glastür verlassen.

Kalter Wind empfing ihn.

Wo befand sich der von Dakota von seinem Wachtposten im dritten Stock fortgelockte Polizist?

Nach kurzem Zögern setzte sich Martin wieder in Bewegung, ging an den Rasenflächen entlang zum Parkplatz und mied dabei den Schein der Lampen. Nach kurzer Suche entdeckte er abseits der anderen Fahrzeuge Dakotas kleinen Elektro-Fiat.

Dort wartete er, den Kragen der Jacke hochgeschlagen, ein Schemen in der Dunkelheit.

Nach wenigen Minuten fuhr ein Streifenwagen am Parkplatz vorbei und hielt direkt vor dem Eingang der Klinik. Mehrere Beamte stiegen aus und hatten es offenbar sehr eilig. Martin ging hinter dem Fiat in die Hocke, spähte durch die Fenster und beobachtete, wie die Beamten im Gebäude verschwanden. So weit schien Dakotas Plan aufzugehen.

»Du bist kein guter Indianer«, erklang plötzlich eine Stimme hinter ihm. »Hast mich nicht gehört.«

Martin drehte den Kopf und sah eine zufrieden lächelnde Dakota.

Sie ging zur Fahrerseite des kleinen Wagens, öffnete die Tür und setzte sich ans Steuer. Martin stieg auf den Beifahrersitz.

Mit einem leisen Surren setzte sich der Wagen in Bewegung und erreichte kurz darauf die Straße. Martin warf einen Blick zurück. Der Streifenwagen stand noch immer vor dem Haupteingang der Klinik.

»Irgendwelche Probleme?«, fragte Dakota.

»Niemand hat versucht, mich aufzuhalten. Es ist tatsächlich Verstärkung gekommen.«

»Sie werden das ganze Gebäude nach einem Phantom durchsuchen. Das sollte uns Zeit genug geben, bei dir zu Hause vorbeizuschauen, ohne dass wir dort sofort Besuch bekommen.«

»Kommt darauf an, wann sie bemerken, dass ich nicht mehr da bin«, erwiderte Martin.

Dakota fuhr schneller als sonst, aber der kleine Fiat war kein Rennwagen und sie keine Rennfahrerin. Es dauerte eine Viertelstunde, bis sie im Norden der Stadt die kurvenreiche Hangstraße erreichten. Der See lag dunkel, ein Spiegel für Genfs Lichter.

Vor dem geschlossenen Tor stieg Martin aus und gab seinen Zugangscode ins Tastenfeld an der Mauer, denn Dakotas Fiat verfügte nicht über die entsprechende Vorrichtung, um das Tor per Funksignal zu öffnen.

Die beiden Torflügel schwangen nach innen, die Lampen im Park gingen an, und Martin schritt am Rand der Zufahrt zur Villa. Die Jalousien waren unten, Henriette schien nicht da zu sein.

Dakota fuhr direkt bis zum Haupthaus und wartete dort auf ihn.

»Alles ruhig und friedlich«, sagte sie und deutete zur Tür. »Hast du den Schlüssel?«

»Ich weiß, wo einer für den Notfall liegt. Bin gleich wieder da.«

Hinter der breiten Garage, beim Geräteschuppen, tastete er in der Dunkelheit nach dem richtigen Stein, fand den darunter deponierten Schlüssel, kehrte damit zum Haupteingang zurück und schloss auf.

Stille erwartete sie im Haus. Martin schaltete das Licht ein und sah sich um.

Alles lag und stand an seinem Platz, und doch wirkte die vertraute Umgebung plötzlich fremd, und er kam sich wie ein Eindringling vor.

Das Ersatzhandy lag noch immer am richtigen Platz, in der obersten Schublade des Schreibtischs. Als er es für ein schnelles Aufladen mit dem Kabel verband, klingelte plötzlich das Festnetztelefon.

»Geh bloß nicht ran«, warnte Dakota.

Martin sah aufs Display des Cordless. Es zeigte eine Nummer an, die er nicht kannte.

Die Neugier war stärker als Vorsicht und Vernunft. Er drückte die grüne Taste.

»Hallo?«

Niemand antwortete. Es blieb still.

Martin unterbrach die Verbindung mit der roten Taste und legte das Cordless auf den Schreibtisch.

»Das war nicht besonders klug«, sagte Dakota. »Wer auch immer angerufen hat, er weiß jetzt, dass du hier bist.«

Martin schaltete das Handy ein und prüfte die Ladeanzeige: zehn Prozent. Nicht viel, aber genug. Er wartete, bis das Betriebssystem hochgefahren war, rief die Software-Wallet auf und gab das Passwort ein.

Eine Fehlermeldung erschien.

»Was machst du da?« Dakota sah sich um, als hielte sie es für möglich, dass der anonyme Anrufer aus dem Nichts erschien.

Martin starrte erschrocken aufs Display und tippte das Passwort noch einmal, vorsichtig, Zeichen für Zeichen.

Diesmal öffnete sich die Wallet und zeigte seine Bitcoins an. Er atmete erleichtert auf.

»Sie sind noch da.«

»Wer?«

»Die Bitcoins.« Martin steckte das Handy ein.

»Ach, da fällt mir ein … Hab ich dir schon gesagt, dass du in den vergangenen drei Wochen reich geworden bist? Auf jeden Fall hast du mehr Geld als vorher, ziemlich genau doppelt so viel. Der Bitcoin-Kurs ist um fast hundert Prozent gestiegen.«

Martin trat an ihr vorbei und ging in die Küche.

»Was hast du vor?« Dakota folgte ihm. »Ich hoffe, du willst jetzt nicht Kaffee kochen oder dir was zu essen machen oder so. Die Polizei könnte praktisch jederzeit hier aufkreuzen, von dem Anrufer eben ganz zu schweigen.«

Martin öffnete einen Küchenschrank, nahm die Teller heraus und drückte auf die Wand dahinter. Er fand die richtige Stelle nicht sofort, aber schließlich öffnete sich eine Klappe. In dem Fach dahinter lag eine Pistole mit zwei Magazinen.

»Das zweite Geheimfach in diesem Haus«, sagte er schnell. »Es gibt noch ein drittes, im Gästehaus. Willst du ebenfalls eine Waffe?«

Dakota hob abwehrend die Hände. »Nein, besten Dank. Damit würde ich mich nur selbst erschießen.«

Martin schloss das Fach und stellte die Teller wieder in den Schrank. Im Flur nahm er den Autoschlüssel, den Henriette wie erwartet in die mittlere Schublade der Kommode gelegt hatte.

Dakota stand bereits bei der Tür. »Können wir jetzt endlich los?«, drängte sie.

Nach einem weiteren Abstecher ins Büro, um Notebook und Ladekabel zu holen, verließ Martin die Villa, schloss ab und steckte den Schlüssel ein. Sein Wagen stand in der Garage, unbeschädigt und fahrbereit, der Tank halb voll. Er fuhr ihn nach draußen, stieg aus und schloss das Garagentor.

Als er sich umdrehte, sah er, wie Dakota langsam um den Wagen herumging, in der rechten Hand ein kleines Gerät, das über ein Display verfügte und wie ein Mini-Handy aussah.

»Was machst du?«

»Ich möchte keine weiteren Überraschungen wie die in dem Waldstück erleben«, erklärte sie. »Wie du selbst gesagt hast: Die Leute wussten, welchen Weg wir nahmen. Dafür gibt es bestimmt einen guten Grund.«

Sie erreichte die Frontpartie des Wagens, und das kleine Gerät in ihrer Hand, ein Signalscanner, piepte.

»Oh, sieh mal einer an.« Dakota hielt den Scanner dicht vor den Kühler, rückte langsam nach rechts und verharrte, als sich das Piepen wiederholte.

Sie streckte die freie Hand unter den Kotflügel, tastete umher und wurde fündig.

»Na bitte.« Sie richtete sich auf und zeigte Martin ein nur wenige Zentimeter großes Objekt, das mit einem Magneten ausgestattet war.

Er betrachtete es. »Was ist das?«

»Ein GPS-Tracker, nehme ich an. Keine Ahnung, wie alt oder neu er ist, ob er von Irene und ihren Komplizen oder der Polizei stammt.« Dakota legte den Tracker in die Garage. »Soll er hübsch weitersenden, dann glaubt wer auch immer, dass dein Wagen noch hier steht. Apropos, was soll mit meinem kleinen Fiat geschehen? Direkt vor dem Haupteingang macht er sich nicht besonders gut, oder?«

»Fahr ihn in die Garage.«

Wenig später waren sie mit Martins Wagen unterwegs. Als sie nach Süden durch die Stadt fuhren, sagte Dakota: »Wenn wir nach Bern wollen … Hier geht's nicht zur Autobahn.«

»Vorher machen wir einen Abstecher nach Saint-Georges.«

Dakota verstand. »Zum Grab deiner Schwester.«

»Ja.«

46

»DU WILLST Abschied von ihr nehmen, nicht wahr?«, flüsterte Dakota, während sie über den dunklen Friedhof Saint-Georges schlichen. Gelegentlich leuchtete sie mit ihrem Handy im Taschenlampenmodus. »Dort vorn nach rechts, über den schmalen Weg.«

Rechts und links ragten Grabsteine auf, manche wuchtig und weiß wie Schnee, mit goldener Schrift, andere kleiner und schmaler, dunkel wie die Nacht. Kalter Wind wehte über die Gräber.

»Das bin ich ihr schuldig«, erwiderte Martin mit rauer Stimme. Er fühlte sich nicht besonders gut. Das Klettern über die Mauer hatte ihn mehr Kraft gekostet, als ihm lieb war, und hinzu kamen stärker werdende Kopfschmerzen.

»Die Toten sind tot«, sagte Dakota leise. »Die kümmert nichts mehr. Was geschieht, was wir tun, ist für die Lebenden.« Sie deutete nach vorn. »Wir sind da.«

Es war ein kleines, schlichtes Grab: eine rosarote Platte, nicht länger als einen Meter, darin Jasmins Name mit Geburts- und Todesdatum.

Martin stand stumm und reglos. Er starrte auf die Grabplatte und dachte: Darunter liegt sie.

»Henriette kommt jeden Tag hierher und bringt frische Blumen«, sagte Dakota. Sie stand neben ihm und leuchtete wieder mit dem Handy. »Meine Blumen hat sie beiseitegelegt, ebenso die einiger Leute vom Roxy und den Galerien.«

»Jasmin war wie eine Tochter für sie«, murmelte Martin.

»Das macht dich zu einer Art Sohn, nehme ich an.« Dakota deutete auf die Blumen. »Vielleicht will sie die Trauer ganz für sich allein.«

Für einen Moment glaubte Martin, Stimmen in der Ferne zu hören. Er lauschte.

Offenbar war es nur der Wind gewesen, mehr nicht.

Martin ging in die Hocke, wie um seiner Schwester etwas näher zu sein. Mit der rechten Hand berührte er den Grabstein. »Sie wäre gern eine große Malerin gewesen«, sagte er. »Der Tod unserer Eltern war ein schweres Trauma für sie. Davon hat sie sich nie erholt.«

»Damit fing es an«, entgegnete Dakota. »Mit dem Unfall, der in Wirklichkeit ein Mordanschlag war. Und jetzt, vier Jahre später, ist auch Jasmin tot. Viel hat nicht gefehlt, und uns hätte es ebenfalls erwischt.« Sie trat vom einen Bein aufs andere. »Es ist kalt, Martin. Lass uns gehen. Wir finden die Mörder nicht, indem wir hier herumstehen. He, was ist das denn?«

Sie schaltete ihr Handy aus, doch es wurde nicht völlig dunkel. Hinter den Bäumen flackerte Licht.

Martin richtete sich auf. Diesmal irrte er sich nicht. Der Wind trug Stimmen zu ihnen.

Sie traten am Grab vorbei, näher zu den Bäumen. Das Licht wurde heller und strahlte zum Himmel.

»Feuer«, sagte Dakota. »Das sind Flammen.«

Martin begriff plötzlich. »Hinter den Bäumen liegt der Fluss, nicht wahr?«

»Oma Myrtes Hausboot!«, stieß Dakota hervor. »Die ›Eldorado‹ brennt!«

DIE SECHS – FRANCIS FORSYTHE

47

»DAS IST der erste von drei Serverräumen«, sagte Francis Forsythe und führte die Besucher zum Fenster, hinter dem die Serverblöcke wie zwei Meter große grauschwarze Monolithen aufragten. Statuslichter blinkten und leuchteten an den Racks.

»Hier berechnen Sie also die Zukunft«, sagte der deutsche Bundeskanzler. »Ich habe es mir irgendwie … spektakulärer vorgestellt.«

»Das Spektakuläre – wenn man es so nennen will – spielt sich im Innern dieser Blöcke ab«, erwiderte Forsythe. »Dort werden die Daten, die zuvor von kleineren Computersystemen eine Etage unter uns vorbereitet wurden, von Andromeda verarbeitet.«

Sieben Personen standen vor dem Serverraum im dritten Stock von Amethyst Prognosis in London: Francis Forsythe, Xanadu, die bereits vor einer Stunde eingetroffen war, der junge Analyst Simon, der Bundeskanzler, die Sarah Palin ähnelnde französische Staatspräsidentin und zwei Assistenten mit kleinen Kommunikationsgeräten in den Ohren.

Ganze zwei Stunden war für dieses Treffen eingeplant, deutlicher Hinweis darauf, für wie wichtig die Besucher den Termin hielten, und bestimmt ging es ihnen nicht nur um eine Besichtigung der Serverräume. Das Gebäude war abgeriegelt, Sicherheitsbeauftragte befanden sich in allen Stockwerken.

»Wie leistungsfähig ist Ihr System?«, fragte die Staatspräsidentin.

Forsythe wandte sich an den Analysten. »Simon?«

»Unser System erreicht etwa achtzehntausend Teraflops«, erwiderte Simon voller Enthusiasmus, »beziehungsweise achtzehn Billiarden Gleitkommaoperationen – Berechnungen – pro Sekunde.« Er deutete auf die Serverblöcke. »Damit hätte es Andromeda noch vor wenigen Jahren auf die Liste der fünfhundert leistungsfähigsten Supercomputer geschafft. Wir planen eine Erweiterung, die Andromedas Leistung verdoppeln wird.« Voller Enthusiasmus fügte Simon hinzu: »Die nächsten Jahre werden einen gewaltigen Entwicklungsschub bringen. In zehn Jahren arbeiten wir vielleicht schon mit einem Quantencomputer, dann werden unsere Berechnungen noch schneller und genauer.«

»So schnell und genau, dass Sie die Zukunft *sehen* können?«, fragte der Bundeskanzler.

»Es ist schwer, etwas zu sehen, das es noch nicht gibt«, sagte Forsythe behutsam. »Aber wir werden die Muster, die wir bereits heute erkennen, noch detaillierter abbilden können. In gewisser Weise kommt das tatsächlich einem Blick in die Zukunft gleich.«

»Es sei denn, es geschieht etwas Unvorhergesehenes«, gab die französische Staatspräsidentin zu bedenken. »Wie Covid vor einigen Jahren.«

»Andromeda erkennt auch Entwicklungstendenzen und Möglichkeiten, die wir menschlichen Analysten in der ungeheuren Datenflut übersehen«, entgegnete Simon. Er wirkte sehr souverän, fand Forsythe, wenn auch ein wenig überambitioniert, was vermutlich seiner Jugend zuzuschreiben war. »Unser System ist auch imstande, ein Ereignis mit globalen Folgen wie die Covid-Pandemie durch statistische Auswertungen rechtzeitig ausfindig zu machen. Zum Beispiel wenn die Auslastung medizinischer Strukturen wie etwa von Krankenhäusern zunimmt und die Verkaufszahlen bestimmter Medikamente steigen. Es gibt immer Anzeichen und Indizien.«

»Statistische Auswertungen«, bemerkte der Bundeskanzler. Er stand direkt neben der Staatspräsidentin, und Forsythe fragte sich, ob die deutsch-französische Freundschaft vielleicht auch zu einer persönlichen Beziehung geführt hatte. »Die Statistik ist ein sehr, sehr mächtiges Werkzeug.«

»Andromeda verarbeitet die Rohdaten in fünf Durchgängen«, fuhr Simon fort. »Wir sprechen in diesem Zusammenhang von den ›fünf Ebenen der Erkenntnis‹. Andromedas Algorithmen trennen das Wichtige vom Unwichtigen wie die Spreu vom Weizen und konstruieren Modelle, die mittels weiterer Daten auf ihre Plausibilität überprüft werden. Maschinelles Lernen ist die Grundlage für diese Arbeitsschritte vom Groben zum Feinen. Das Ergebnis nach dem fünften Durchgang ist eine Prognose mit hoher Wahrscheinlichkeit.«

»Andromeda ist ein KI-System, nicht wahr?«, fragte der Bundeskanzler mit den Händen in den Hosentaschen. Er wirkte ruhig und entspannt. Die beiden Assistenten hielten sich im Hintergrund.

»Fast alle komplexen Computersysteme verwenden heute KI-Algorithmen«, erklärte Simon.

»Eine Künstliche Intelligenz erkennt, was wir Menschen nicht sehen?«

»Wir benutzen Instrumente, um zu sehen und zu hören, was unsere Augen und Ohren nicht wahrnehmen können«, antwortete Simon. »Wenn man es aus diesem Blickwinkel betrachtet, ist Künstliche Intelligenz eine Erweiterung unseres Gehirns und unseres Bewusstseins.«

»Haben Andromedas KI-Algorithmen etwas mit Extra zu tun?«, fragte die Staatspräsidentin.

»Das haben sie tatsächlich«, bestätigte Xanadu. »Ein Teil von Andromeda basiert auf unserem Know-how.« Sie nickte Forsythe zu. »Wir verhandeln gerade über eine engere Zusammenarbeit und die Weiterentwicklung der Analyse- und Auswertungsalgorithmen.« Sie lächelte. »Vielleicht werden die Vorhersagen von Amethyst Prognosis dann noch genauer.«

»Auch Whitestone erstellt Prognosen«, erinnerte die Staatspräsidentin. »Mit einem Computersystem namens Magix Zwei. Ist es ebenso leistungsfähig wie Andromeda?«

Die Frage erstaunte Forsythe und beunruhigte ihn ein wenig. Stellte die französische Staatspräsidentin bewusst eine Verbindung zwischen Amethyst Prognosis und Whitestone her, zwischen ihm und Samuel Winster? Und vielleicht auch zwischen ihnen und Xanadu? Handelte es sich um ein erstes Warnzeichen?

»Magix Zwei und Andromeda dürften von der reinen Leistung her, gemessen in Teraflops, etwa gleichauf liegen«, erwiderte er. »Aber die Einsatzzwecke lassen sich kaum miteinander vergleichen.«

»Es handelt sich in beiden Fällen um Prognosen«, stellte die Staatspräsidentin fest. »Oder irre ich mich da?«

»Nein, Sie irren sich nicht, Madame«, sagte Forsythe. »Whitestones Magix Zwei bewertet Unternehmen und auch Staaten in Bezug darauf, ob sich Investitionen lohnen oder nicht. Man könnte die betreffenden Analysen subjektiv nennen, denn sie dienen einem bestimmten Zweck: Sie erleichtern es Investoren, Geld zu verdienen.«

»Damit lassen sich Geldströme steuern, nicht wahr?«, hakte die Staatspräsidentin nach.

Eine weitere kleine Alarmglocke läutete in Forsythe. »Das Geld fließt dorthin, wo die größten Renditen zu erwarten sind, und Magix Zwei errechnet die betreffenden Orte. Andromeda hingegen geht es nicht um Rendite oder Profit, sondern um Entwicklungstendenzen in Wirtschaft und Gesellschaft.«

»Aber Sie sind durchaus imstande, Aussagen über Geschäftszweige sowie über einzelne Unternehmen und Banken zu treffen«, warf der Bundeskanzler ein.

Es klang nicht nach einer beiläufigen Bemerkung, fand Forsythe. Hatten sich Staatspräsidentin und Bundeskanzler abgesprochen? Warfen sie sich gegenseitig den Ball zu?

»O ja«, sagte er, »wir können sagen, welche Unternehmen zu scheitern drohen, wenn der gegenwärtige Kurs beibehalten wird. Aber unsere Prognosen betreffen hauptsächlich makroökonomische Erwägungen. Uns geht es vor allem darum herauszufinden, wohin Gesellschaft und Wirtschaft steuern. Bei unserem Treffen in Paris habe ich Ihnen ein Beispiel dafür gegeben. Wir sind keine Vermögensverwalter, sondern eher ein Thinktank, der Geschäftsleuten und Politikern bei ihren Entscheidungen hilft.«

Die Staatspräsidentin wandte sich vom Fenster ab und sah Forsythe an. »Wissen ist Macht. Und wer sein Wissen gezielt einsetzt, kann noch mehr Macht ausüben.« Sie wechselte einen kurzen Blick mit dem Bundeskanzler. »Es gibt da einige Dinge, über die wir reden sollten.«

48

ZWEI GROSSE Vasen mit Blumen schmückten das Konferenzzimmer. An der einen Wand war ein kaltes Buffet aufgebaut, und jeder von ihnen nahm sich einige Happen. Die Tür auf der anderen Seite des Tisches führte in den Showroom, in dem vor einem knappen Monat ein großer Tisch mit zahlreichen Dominosteinen gestanden hatte.

»Wir haben eben über Macht gesprochen«, sagte der Bundeskanzler nach zehn Minuten Smalltalk und nickte der Staatspräsidentin zu. »Wir hätten eine gemeinsame Bitte.«

Sie saßen am Tisch, bei Kaffee und Tee. Wieder sieben Personen, dachte Forsythe, wie vor einem Monat.

»Wenn wir irgendwie helfen können …«, erwiderte er.

»Die Situation ist ernst und wird mit jedem verstreichenden Moment ernster«, fuhr der Bundeskanzler fort. »Wir haben einige der Maßnahmen ergriffen, die Sie uns in Paris empfohlen haben, und für kurze Zeit führten sie tatsächlich zu einer Beruhigung der Märkte. Jetzt spitzt sich die Lage erneut zu. Es gibt keine offiziellen Verlautbarungen, aber Sie wissen vermutlich, dass die EZB ab morgen die Kreditvergabe stark einschränkt. Das wird die Refinanzierung der Banken erheblich erschweren, was eine weitere Verringerung der Kreditvergabe an geschäftliche und private Kunden zur Folge hat.«

»Wir haben viel Geld bereitgestellt«, sagte die Staatspräsidentin, die direkt neben dem Bundeskanzler saß. »Weitaus mehr Geld, als unseren Finanz- und Wirtschaftsministern lieb ist, und das, obwohl sich unsere Staatshaushalte noch nicht von der letzten großen Krise, ausgelöst durch die Corona-Pandemie, erholt haben. Wir stoßen an unsere Grenzen.«

»Wir werden es mit einer massiven Inflation zu tun bekommen«, fügte der Bundeskanzler hinzu. »Schulden können nicht mehr bedient werden, es droht ein allgemeiner Finanzkollaps.«

Forsythe nickte. »Man kann einen Luftballon nicht beliebig weit aufblasen«, sagte er verstehend. »Irgendwann gibt es einen lauten Knall, dann platzt er. Je mehr Geld die Staaten drucken, um Banken und Großunternehmen zu stützen, desto geringer ist der reale Wert pro Geldeinheit, sei es Dollar, Euro oder Neues Britisches Pfund. Die Warenmenge steigt nicht annähernd in dem Maße wie die Geldmenge.«

»Der Ballon platzt in diesem Moment«, verkündete die Staatspräsidentin. »Wir brauchen Ihre Hilfe, um Schlimmeres zu verhüten.«

Forsythe nickte Xanadu zu. »Extra und Amethyst Prognosis sind gern bereit, Ihnen zu helfen. Aber … wie?«

»Ein Schaltersturm würde unseren Banken den Todesstoß versetzen«, sagte der Bundeskanzler. »Nur ein Teil der Kontoeinlagen kann ausgezahlt werden, und sobald das bekannt wird, ist das Vertrauen in unser Bankensystem dahin.«

»Wir brauchen eine optimistische Stimme, die laut genug ist, um das Getöse des Chaos zu übertönen«, erklärte die Staatspräsidentin. »Wir brauchen eine Stimme der Zuversicht und Hoffnung, und diese Stimme muss glaubhaft sein.«

Xanadu hob die Brauen. »Sie meinen, es darf nicht die Stimme eines Politikers sein.«

»Oh, das klingt schrecklich.« Der Bundeskanzler verzog das Gesicht. »Aber leider, leider hat die Politik unglücklicherweise gerade in der gegenwärtigen Krise an Glaubwürdigkeit verloren. Man hält die Politik für verantwortlich, um nicht zu sagen: für schuldig.«

»Ist sie das nicht?«, hielt ihm Xanadu entgegen.

»Nein«, antwortete ihr die französische Staatspräsidentin entschieden und ohne Zögern. »Und das bringt uns zum zweiten Punkt. Wir würden gern von Ihnen wissen: Wer steckt hinter allem? Wer lässt den Luftballon platzen?«

Damit lagen die Karten auf dem Tisch, dachte Forsythe. Zumindest einige.

Er trank einen Schluck Tee und setzte die Tasse ab. »Zum ersten Punkt. Ich nehme an, mit der ›Stimme der Zuversicht‹ meinen Sie Amethyst Prognosis. Sie erwarten eine … optimistische Prognose von uns.«

»Um die Öffentlichkeit zu beruhigen«, sagte die Staatspräsidentin. »Um Unruhen möglichst zu verhindern. Ein Mob, der durch die Straßen zieht, könnte noch größeren Schaden anrichten.«

»Es wäre eine Falschmeldung«, wandte Forsythe ein. »Der Bankencrash ist unabwendbar. Das System wird kollabieren.«

»Vielleicht nicht, wenn die Menschen das Geld auf ihren Konten lassen«, hoffte der Bundeskanzler. »Nachrichten können viel bewirken, Mister Forsythe, gute wie schlechte. Wenn Amethyst Prognosis eine neue Prognose herausgibt, in der es heißt, dass die gegenwärtige Krise mit gemeinsamen Anstrengungen überwunden werden kann, mit Reformen des Finanzsystems … Wenn Sie darauf hinweisen, dass der Anstieg von Arbeitslosigkeit und Inflation auf wenige Prozent beschränkt bleiben wird … Damit wäre uns sehr geholfen. Uns allen.«

»Es wäre gelogen«, stellte Forsythe klar. »Nach unseren letzten Berechnungen wird sich die Lage in den kommenden Tagen erheblich verschärfen. Die Arbeitslosigkeit wird weiter steigen, weil Entlassungen zu den ersten Maßnahmen zählen, die Unternehmen ergreifen, um die laufenden Kosten zu senken. Und diese vermehrten Ausgaben für Arbeitslosengeld und Sozialhilfe bedeuten zusätzliche Belastungen für den Staatshaushalt.«

Während er sprach, behielt er die Staatspräsidentin und den Bundeskanzler aufmerksam im Blick und versuchte, ihre Gedanken zu erraten. »Ganze Geschäftszweige werden durch kaskadenartige Insolvenzen lahmgelegt«, fuhr er fort. »Es besteht eine hohe Wahrscheinlichkeit für die Unterbrechung von Lieferketten, und das wird die Inflation enorm anheizen, denn die Menschen werden immer mehr Geld für immer weniger Waren bezahlen müssen.«

Forsythe lauschte den eigenen Worten und vernahm hinter ihnen die Stimmen der Zahlen. Sie logen nicht, die Zahlen. Wenn man ihnen zuhörte, wenn man ihr Flüstern und Raunen verstand, das manchmal zu einem leisen Gesang wurde, erkannte man die Wahrheit. In diesem Fall lautete sie: Wenn niemand auf das, was kam, vorbereitet war, um mit Weisheit und Übersicht zu steuern und zu lenken, würde es für viele Menschen bald ums nackte Überleben gehen.

Der Bundeskanzler räusperte sich. »Wir werden morgen zusammen mit dem britischen Premierminister verkünden, dass wir alles tun werden, um ein derartiges Szenario abzuwenden. *Whatever it takes* – was auch immer nötig ist. Die Bürger sollen wissen, dass wir niemanden im Stich lassen.«

»Wenn Sie glauben, all die Zombie-Unternehmen dort draußen, die kurz vor dem Kollaps stehen, mit noch mehr Geld in Form von Notfallkrediten, Zuschüssen und Überbrückungsdarlehen vor dem Ende bewahren zu können …« Forsythe schüttelte wie traurig den Kopf. »Damit gewinnen Sie vielleicht einige Tage, gießen letztendlich aber Öl ins Feuer. Es ist die Riesenlast aus Schulden, unter der das System zerbricht. Glauben Sie wirklich, etwas retten zu können, indem Sie noch mehr Schulden machen?«

Der Bundeskanzler ging nicht darauf ein. »Unsere gemeinsame Erklärung wird morgen Nachmittag um fünfzehn Uhr während einer Pressekonferenz erfolgen. Ein oder zwei Stunden später könnten Sie eine neue Prognose veröffentlichen, aus der hervorgeht, dass die Finanzkrise mit den neuen Maßnahmen der Regierungen in wenigen Wochen überwunden werden kann.« Er wandte sich an Xanadu. »Es wäre zweifellos hilfreich, wenn Ihre KI-Systeme ebenfalls eine schnelle Erholung der internationalen Ökonomie prognostizieren würden.«

»Wir würden unsere Glaubwürdigkeit verlieren«, entgegnete Forsythe offen. »Man hört auf uns, weil wir unabhängig sind. Wenn wir uns in den Dienst einer Sache stellen, wenn unsere Prognosen auf einmal Mittel zum Zweck würden ... dann wären sie nichts mehr wert. Sie verlangen, dass wir uns opfern!«

»Oh, wir *verlangen* nichts«, erwiderte die Staatspräsidentin. »Wir richten nur eine Bitte an Sie.«

»In Ihrer Prognose sollten Sie auch darauf hinweisen, dass Sie Investitionen in Kryptowährungen, insbesondere in Bitcoin, nicht nur für nutzlos, sondern sogar für gefährlich halten«, fügte der Bundeskanzler hinzu. »Weil der Bitcoin eine Blase ist, die bald platzen wird. Wie der von Ihnen erwähnte Luftballon.«

»Der Bitcoin ist zu einer Gefahr für unsere Währungssysteme geworden«, stellte die Staatspräsidentin klar. »Wir könnten ihn verbieten!«

49

»NEIN.« FORSYTHE schüttelte erneut den Kopf. »Nein, Sie können den Bitcoin nicht verbieten. Das ist ebenso unmöglich wie eine Deaktivierung des Internets. Wo auch immer Computer vernetzt sind – und das ist praktisch überall der Fall, in jedem noch so abgelegenen Winkel der Erde –, kann man Bitcoins kaufen und verkaufen. Wollen Sie in Europa das Internet lahmlegen, damit niemand mehr Zugriff auf Bitcoins hat? Ja, Sie können Server ausschalten und per Gesetz Providerfilter anordnen, wie in manchen Ländern geschehen, aber …« Er deutete mit dem Zeigefinger nach oben. »Wir haben Starlink am Himmel. Dutzende von Satelliten, die Internetverbindungen zur Verfügung stellen, rund um die Uhr. Das Netz ist vom Menschen nicht mehr trennbar.«

»Sie haben den Bitcoin als Wertspeicher empfohlen«, warf ihm die Staatspräsidentin vor und gab den beiden Assistenten ein Zeichen; einer von ihnen öffnete seine Aktentasche, nahm einen Hefter heraus und reichte ihn über den Tisch. »Damit haben Sie direkt zur Destabilisierung unseres Währungssystems beigetragen.«

»Lassen Sie mich noch einmal die Unabhängigkeit von Amethyst Prognosis betonen«, sagte Forsythe höflich, sich bewusst darüber, dass sie an einem kritischen Punkt angelangt waren. »Wir analysieren eine bestehende Situation, und das Ergebnis der Analyse ist kein Werkzeug, mit dem wir etwas erreichen wollten, sondern ein ehrliches, objektives Abbild der Wirklichkeit. Auf der Grundlage unserer Analysen sprechen wir Empfehlungen aus, die ebenso ehrlich und objektiv sind. Um eine Verarmung breiter Bevölkerungsschichten durch eine galoppierende Inflation bei traditionellen Währungen zu verhindern, bieten sich Investitionen in Sachwerte und noch besser in Bitcoin an, eine dezentrale digitale Währung mit Knappheitsgarantie. Das ist das Ergebnis von Andromedas Berechnungen.«

Die Staatspräsidentin öffnete den Hefter und las einige Zeilen. »Wir haben Grund zu der Annahme, dass die gegenwärtige Krise lanciert wurde. Jemand hat in den vergangenen Wochen mehrmals die Börsen mit falschen Flash-Verkäufen manipuliert und bewusst Kursabstürze verursacht. Vor etwa drei Wochen nahmen sich unbekannte Hacker das Target-Zwei-System vor, das die europäischen Banken und Zentralbanken verbindet.« Die Staatspräsidentin hob den Hefter und drehte ihn. Forsythe sah eine lange Liste. »Dadurch wurden in ganz Europa zahlreiche Konten blockiert, was einen ersten, noch vergleichsweise harmlosen Schaltersturm auslöste.« Sie blätterte im Hefter. »Insgesamt umfasst die Liste einhundertdreizehn destabilisierende Eingriffe in das globale Finanzsystem. Und natürlich sind es nur die bekannten Vorfälle. Wir vermuten, dass es sich dabei nur um die sprichwörtliche Spitze des Eisbergs handelt.«

»Spekulanten«, bemerkte Xanadu. »Leute, die die Zeichen der Zeit erkannt haben und versuchen, ihr Schäfchen ins Trockene zu bringen.«

Die Staatspräsidentin blätterte noch etwas mehr. »Es sieht nicht nach individuellen Börsenspekulationen und dergleichen aus, sondern nach zielgerichteten Aktionen.« Sie legte den Hefter auf den Tisch. Forsythe hätte gern einen weiteren, genaueren Blick hineingeworfen.

»Glauben Sie, es steckt eine weltweite Verschwörung dahinter?«, fragte Xanadu. »Eine Art«, sie lächelte, »Bitcoin-Komplott?«

Übertreib es nicht, dachte Forsythe.

»Kennen Sie eine gewisse Pauline Laurent?«, fragte der Bundeskanzler.

»Pauline Laurent …«, murmelte Forsythe. »Meinen Sie vielleicht den großen Rohstoffkonzern Canadian Core?«

»Pauline Laurent wurde in Rom verhaftet«, erklärte der Bundeskanzler. »Nach einem Treffen mit dem italienischen Finanzminister, den sie davon zu überzeugen versuchte, so viel wie möglich in den Bitcoin zu investieren, um auf diese Weise die desolaten italienischen Finanzen zu sanieren.«

»Das ist kein Verbrechen«, sagte Forsythe vorsichtig. »Ich nehme an, sie wollte nur helfen. Warum genau wurde sie verhaftet?«

Der Bundeskanzler ging nicht auf die Frage ein. »Bei der Vernehmung erwähnte Pauline Laurent einen internationalen Plan für eine neue Weltordnung.«

»Oh«, warf Xanadu ein, »das klingt tatsächlich nach einer dieser Verschwörungstheorien.«

»Der Bitcoin spielt bei dem Plan eine wichtige, wenn nicht die zentrale Rolle«, fuhr der Regierungschef aus Deutschland ungerührt fort.

Die französische Staatspräsidentin hatte wieder den Hefter genommen und schien eine bestimmte Stelle in den darin enthaltenen Dokumenten zu suchen. »Die neue Leitwährung einer neuen Welt. Und wer diese Währung kontrolliert, hat die neue Welt unter seiner Kontrolle.«

»Der Bitcoin kann nicht kontrolliert werden«, behauptete Forsythe. »Wegen seiner dezentralen Struktur und der Blockchain ist jeder Kontrollversuch zum Scheitern verurteilt.«

»Es sei denn, jemand kennt eine Hintertür zur Blockchain«, widersprach der Bundeskanzler. »Eine Möglichkeit, das digitale Kassenbuch neu zu schreiben.«

»Das ist unmöglich, nach allem, was ich weiß.«

»Und doch suchen Sie Satoshi Nakamoto, den Erfinder der Blockchain und des Bitcoins«, hielt ihm die Staatspräsidentin vor. »Seit einigen Wochen. Seit Beginn der Krise.«

»Bedaure, Madame«, erwiderte Forsythe. »Ich fürchte, da wissen Sie mehr als ich.«

»Ich nehme an, Sie haben die Suche nach Satoshi Nakamoto delegiert«, führte die Staatspräsidentin aus. »An Miss Xanadu. Die ihrerseits auf die Hilfe von anderen Firmen und Mittelsmännern zurückgreift, um Satoshi Nakamoto ausfindig zu machen. Haben Sie ihn inzwischen gefunden?«

Xanadu hob die Brauen und schwieg.

»Einige der Firmen und Einzelpersonen, auf deren Hilfe Sie bei der Suche zurückgreifen, sind in den Listen dieses Hefters aufgeführt. Außerdem zahlreiche neue Bitcoin-Adressen, keine von ihnen älter als vier Wochen. Sie lassen sich Firmen und Personen zuordnen, die mit Extra oder direkt mit Ihnen in Verbindung stehen, Miss Xanadu. Die Blockchain ist ein offenes Kassenbuch, jeder kann einen Blick hineinwerfen, an dafür geeigneten Programmen mangelt es nicht. Die neuen Bitcoin-Adressen, die Ihnen direkt oder indirekt zugeordnet werden können – und auch Ihnen und Amethyst Prognosis, Mister Forsythe –, zeigen eine bemerkenswerte Akkumulation während der letzten Wochen. Mit anderen Worten: Sie werden reicher und reicher und profitieren vom derzeitigen Bitcoin-Boom. Ist das ein Zufall? Wie steht es tatsächlich um die Unabhängigkeit Ihrer Prognosen, Mister Forsythe? Können Sie ›ehrlich und objektiv‹ sein, wenn Sie den Kauf von Bitcoins empfehlen und selbst von steigenden Kursen profitieren?«

»Ich wäre Ihnen sehr dankbar, wenn Sie sich etwas klarer ausdrücken würden«, sagte Forsythe steif. »Werfen Sie mir – uns – vor, Teil einer … globalen Verschwörung gegen was auch immer zu sein?«

»Wer sind ›die Sieben‹?«, fragte der Bundeskanzler.

Für einige Sekunden herrschte Stille im Konferenzzimmer.

»Die sieben *was?*«, fragte Xanadu unschuldig. Sie spielte ihre Rolle gut, fand Forsythe.

»Hinter dem Plan für den Zusammenbruch der alten Welt und dem Aufbau der neuen stecken angeblich sieben Personen«, sagte die Staatspräsidentin.

»Kennen Sie ihre Namen?«, fragte Forsythe.

»Bei unseren Nachforschungen haben wir festgestellt, dass Amethyst Prognosis und auch Extra mit einer großen Einkaufstour begonnen haben«, sagte der Kanzler. »Vor etwa vier Wochen, wie es der Zufall will. Oder eben auch nicht. Sie haben bereits Hunderte von großen und kleinen Unternehmen erworben, für wenig Geld.«

»Sie kaufen billige Konkursmasse auf, und zwar im großen Stil«, fügte die französische Präsidentin hinzu.

»Legen Sie uns zur Last, günstige geschäftliche Gelegenheiten zu nutzen?« Forsythe gab sich erstaunt. »Ich verstehe Ihren Argwohn nicht. Sie sollten uns dankbar sein. Wir retten, was zu retten ist.«

Simon hatte die ganze Zeit geschwiegen, ebenso wie die beiden Assistenten.

»Wenn Sie gestatten …«, wandte er sich nun an Forsythe und Xanadu. Als sie nickten, sah er die Repräsentanten von Deutschland und Frankreich auf der anderen Seite des Tisches an. »Da Amethyst Prognosis und Extra zweifellos nichts mit irgendeiner globalen Verschwörung zu tun haben, sollten Sie vielleicht etwas konkreter werden, damit wir Ihnen helfen können. Immerhin wäre ein solches Komplott eine Bedrohung für uns alle. Wenn wir Andromeda und Extras KI-Systeme mit allen zur Verfügung stehenden Informationen programmieren, sind wir vielleicht imstande, den Verschwörern auf die Spur zu kommen.«

»Eine gute Idee, Simon«, lobte Forsythe. »Beginnen wir mit den Namen der Verschwörer, nach denen ich eben gefragt habe. Wie lauten sie?«

»Wir werden sie zu gegebener Zeit nennen«, sagte die Staatspräsidentin. »Unterdessen können Sie Solidarität zeigen und beweisen, dass Sie nichts mit dieser Sache zu tun haben, indem Sie morgen nach unserer Pressekonferenz eine neue, optimistische Prognose herausgeben.«

Sie stand auf, und der Bundeskanzler folgte ihrem Beispiel. Forsythe, Xanadu, Simon und die beiden Assistenten mit den Aktentaschen erhoben sich ebenfalls.

»Wir danken Ihnen, dass Sie sich Zeit für uns genommen haben«, verabschiedete sich die Staatspräsidentin. »Wir sind sicher, dass Sie bereit sind, Ihrer Verantwortung in dieser schweren Zeit gerecht zu werden.«

50

»**SIE SPRECHEN** von Verantwortung und meinen doch nur ihr eigenes Überleben«, sagte Forsythe, als er mit Xanadu allein war. Sie saßen in seinem Büro, mit Blick auf »The Gherkin«. Sonnenschein glitzerte und funkelte auf dem Glas des Wolkenkratzers, der dadurch wirkte, als würde er in Flammen stehen.

»Sie haben keine Namen genannt.« Xanadu wirkte noch immer ruhig und gelassen, selbstsicher und souverän. Wenn sie sich Sorgen machte, sah man es ihr nicht an. »Sie wissen *etwas*, sie haben hier und dort etwas aufgeschnappt, aber der Rest war vielleicht nicht mehr als ein großer Bluff.«

Forsythe schüttelte langsam den Kopf. »Nein, ich glaube, das eben war ein Testlauf. Um uns auf die Probe zu stellen und zu sehen, wie wir reagieren. Sie wissen Bescheid. Pauline hat unsere Namen genannt.«

»Wenn das stimmt … Warum sitzen wir dann hier? Warum hat man uns nicht verhaftet?«

»Weil sie noch nicht ganz sicher sind«, sagte Forsythe. »Und weil sie hoffen, uns für ihre Zwecke einsetzen zu können.«

»Die neue Prognose, morgen.«

»Ja.« Forsythe seufzte leise. »Ich habe Simon beauftragt, die veränderte Situation zu analysieren. Vielleicht müssen wir den Plan anpassen. Er ist nicht ehern, nicht in Stein gemeißelt. Die Möglichkeit und eventuelle Notwendigkeit von Improvisation sind ausdrücklich vorgesehen.«

»Was hast du vor?«

»Wir werden tatsächlich eine neue Prognose herausgeben«, sagte Forsythe, »in der wird es heißen, dass die neuen Maßnahmen der Regierungen völlig nutzlos sind. Außerdem weisen wir darauf hin, dass man versucht hat, uns unter Druck zu setzen.«

»Das dürfte in Berlin, Paris und auch hier in London nicht gut ankommen«, prophezeite Xanadu.

»Nein, wohl kaum. Doch durch die neue Prognose gewinnt unsere Stimme an Gewicht. Wir zeigen, dass wir politischem Druck standhalten, dass wir uns nicht beugen. Die Medien werden uns loben, und das wiederum können wir für eine Online-Kampagne nutzen. Damit aber wären die Fronten geklärt. Deutschland, Frankreich und die anderen Staaten werden gegen uns vorgehen.«

»Du hast deine Entscheidung getroffen«, stellte Xanadu fest. »Wir tauchen unter, während um uns herum die Welt zusammenstürzt.«

»Ich werde den anderen eine Warnung schicken«, kündigte Forsythe an. »Spätestens morgen Nachmittag um siebzehn Uhr Londoner Zeit müssen wir uns an sicheren Orten befinden, die ausreichend Schutz bieten. Aber vorher …« Er beugte sich zu Xanadu und ergriff ihre Hand. »Wir haben noch einen Abend für uns und eine Nacht.«

MARTIN FREEMAN

51

AM NÖRDLICHEN Rand des Friedhofs Saint-Georges kletterten sie erneut über eine Mauer, bahnten sich einen Weg durchs Gestrüpp und erreichten die Rhône.

Oma Myrtes Hausboot brannte lichterloh.

Das Schiff trieb nahe beim gegenüberliegenden Ufer und drehte sich langsam. Ein Brausen und Zischen strichen über den Fluss, als sich die Flammen durch altes Holz fraßen. Am Bug, noch halbwegs vom Feuer verschont, zeigten sich mehrere Gestalten. Die erste von ihnen kletterte über die Reling und sprang ins Wasser, gefolgt von den anderen.

Sirenen heulten in der Ferne.

Martin trat noch näher zum Ufer.

Dakota hielt ihn am Arm fest. »Was hast du vor?«

»Wir müssen etwas *tun!*«, rief Martin. »Wir müssen *helfen!*«

»Wie denn? Über den Friedhof zurück zum Wagen, dann über die Brücke und dorthin?« Dakota zeigte zur anderen Seite des Flusses. »Das dauert … wie lange? Mindestens zwanzig Minuten. Bis dahin ist von der ›Eldorado‹ nichts mehr übrig. Oder willst du vielleicht hinüber*schwimmen?*«

Das wäre nicht nur sinnlos gewesen, sondern auch gefährlich. Das Wasser war kalt und die Strömung in der Flussmitte recht stark. Ein guter Schwimmer hätte selbst unter besseren Bedingungen mindestens zehn Minuten gebraucht, um das nördliche Ufer der Rhône zu erreichen.

Die Sirenen wurden lauter. Die Signallichter von Einsatzwagen der Feuerwehr und der Polizei flackerten durch die Nacht.

Heftiger Schmerz pochte hinter Martins Stirn. Er schwankte. »Kann sie schwimmen?«

»Oma Myrte? Bestimmt. Nur hoffe ich, dass sie rechtzeitig aufgewacht ist und nüchtern genug war.«

Feuerwehrleute und Polizisten erschienen am Ufer auf der anderen Seite des Flusses. Das Licht von Scheinwerfern tastete umher, obwohl der Feuerschein die Nacht zum Tag machte. Löschschläuche wurden ausgerollt, doch sie nützten nichts, denn die »Eldorado« trieb weiter flussabwärts, fünfzehn oder zwanzig Meter vom Ufer entfernt. Martin beobachtete, wie sie sich immer mehr zur Seite neigte.

Einer der Scheinwerfer leuchtete über den Fluss, und Dakota zog Martin zwischen die Büsche und Sträucher.

»Wie ist es passiert, was meinst du?«

Das Hausboot begann zu sinken. Die Flammen zischten und fauchten zornig.

»Vielleicht hat jemand nicht aufgepasst.« Die Kopfschmerzen hinderten ihn daran, einen klaren Gedanken zu fassen. »Eine Kerze oder ein Kurzschluss.«

»Ich weiß von mindestens fünf Feuerlöschern an Bord, auf dem Deck und darunter.«

Martin dachte noch immer an Oma Myrte. Man erwachte von Lärm, nicht aber von Rauch, und die alte Myrte schlief tief und fest, wenn sie getrunken hatte.

»Jemand könnte das Feuer gelegt haben«, fügte Dakota hinzu.

»Wer?«

»Na, wer wohl, du Genie?«

Die Feuerwehrleute, die nichts gegen den Brand des Hausboots ausrichten konnten, halfen Menschen ans Ufer, die sich ins Wasser gerettet hatten. Martin versuchte auszumachen, ob sich Oma Myrte unter ihnen befand. »Du meinst …?«

»Ich hoffe, das geht vorbei«, sagte Dakota. »Dass du so schwer von Begriff bist, meine ich, und dass das kein bleibender Schaden ist.«

Irgendwo im nahen Gebüsch knackte es. Es klang fast wie ein Schuss, und Martin zuckte zusammen.

»Lass uns von hier verschwinden«, flüsterte Dakota. Sie hielt ihn noch immer am Arm und zog ihn mit sich.

Sie schlichen an der Friedhofsmauer entlang, doch diesmal leuchtete Dakota nicht mit ihrem Handy. Hinter ihnen verblasste der Flammenschein, die Nacht wurde wieder finster.

»Brandstiftung?«, raunte Martin nach einer Weile. »Du glaubst also, jemand hat Feuer auf der ›Eldorado‹ gelegt?«

»Ich glaub jedenfalls nicht an solche Zufälle«, gab Dakota ebenso leise zurück, während sie durch die Dunkelheit einen Weg zum Parkplatz suchte. »Vielleicht hat jemand auf dem Hausboot nach uns gesucht.«

Martin wollte darüber nachdenken, aber die Kopfschmerzen schienen seine Gedanken in kleine Stücke zu schneiden.

»Hast du eben das Knacken gehört?«, flüsterte Dakota. »War ganz in der Nähe. Es könnte von einem Ast stammen, auf den jemand getreten ist.«

Irgendwann wich die Mauer zurück, und vor ihnen lag der Parkplatz. Sie erreichten Martins Wagen.

»Kannst du fahren?«, fragte Dakota und gab sich selbst die Antwort. »Nein, kannst du nicht. Her mit dem Schlüssel, schnell! Ich glaube, jemand folgt uns.«

Martin fand sich plötzlich auf dem Beifahrersitz wieder. Dakota half ihm, den Gurt anzulegen –, seine Finger waren taub und bewegten sich nicht so, wie er es wollte. Dann startete sie den Motor und fuhr über den Parkplatz.

Für einen Moment glaubte Martin, im Scheinwerferlicht eine Gestalt zwischen den Büschen und Bäumen zu sehen.

Auf der Straße fragte Dakota: »Wohin jetzt? Nach Bern?«

»Ja, nach Bern.«

Eine gute Stunde später, auf halbem Weg nach Bern, sagte Dakota: »Dieser Sachverständige ... wie hieß er noch?«

»Was?«, erwiderte Martin benommen. » Angelani. Jannik Angelani.«

»Hast du geschlafen?«

»Ein bisschen, glaub ich.«

Dakota blickte kurz zur Seite. »Vielleicht sollten wir mit dieser Sache noch etwas warten. Du bist alles andere als topfit.«

»Es geht schon.« Martin dachte an den nächtlichen Besucher in seinem Krankenzimmer, der vielleicht keine Halluzination gewesen war. Schwester Berta hatte ihn verscheucht, wenn er sich richtig erinnerte, aber vielleicht wäre er zurückgekehrt. Es gab eine Verbindung, einen großen Zusammenhang der Ereignisse, zu dem auch das Feuer auf Oma Myrtes Hausboot gehörte. Den Fehler, die Dinge isoliert zu betrachten, durfte er nicht wiederholen. »Was ist mit Angelani?«

Dakota blickte wieder nach vorn auf die Straße. »Nun ja, es gibt nur wenige Menschen, die nächtliche Besuche zu schätzen wissen. Wenn wir in Bern eintreffen, schläft er sicher längst.«

»Dann holen wir ihn eben aus dem Bett«, brummte Martin. »Ich will Antworten, je eher, desto besser.«

»Bist du sicher, dass du die Antworten, falls du welche bekommst, in deinem gegenwärtigen Zustand begreifen kannst? Wir sind beide müde, du mehr als ich. Ich schlage vor, wir quartieren uns irgendwo ein und warten bis morgen früh.«

Martin hörte sie kaum, das Brummen in seinem Kopf war zu laut. »Was?«

»Genau das meine ich. Du brauchst Ruhe.« Dakota nahm eine Hand vom Lenkrad und hob den Zeigefinger. »Wenn du Antworten willst, solltest du dir vorher die richtigen Fragen überlegen, und dafür brauchst du einen klaren Kopf.«

Bei der nächsten Ausfahrt verließ sie die Autobahn, fuhr über die Landstraße und hielt beim erstbesten Hotel.

Der greisenhafte Mann an der Rezeption musterte Martin skeptisch. »Alles in Ordnung mit Ihnen? Das am Kopf sieht nicht gut aus.«

»Bin gefallen«, murmelte Martin, der sich kaum noch auf den Beinen halten konnte.

Der alte Portier zögerte mit dem Schlüssel in der Hand. »Vielleicht sollten Sie ihn besser in ein Krankenhaus bringen«, wandte er sich an Dakota.

Sie ergriff den Schlüssel. »Danke für Ihr Mitgefühl. Unser Gepäck tragen wir selbst.«

Das Zimmer im zweiten Stock enthielt ein knarrendes Bett, einen Schrank mit klemmender Tür und in der Ecke beim Fenster einen kleinen, wackligen Tisch mit einem Stuhl.

Dakota legte ihren Rucksack neben den Schrank und breitete die Arme aus. »Herrlich. Luxus pur.«

Martin nahm den eigenen Rucksack ab und sank aufs Bett.

»Willst du so schlafen?«, hörte er Dakota fragen.

»Nein.« Ihm fielen die Augen zu. »Ich ruhe mich nur einen Moment aus. Geh duschen.«

Sie trat zum Bett. »Ich dachte, wir könnten vielleicht zusammen …«

Martin schlief bereits.

52

SIE STANDEN früh auf und fuhren früh los. Abseits der Autobahn bemerkte Martin Schlangen vor Geschäften, die noch gar nicht geöffnet hatten. Die Parkplätze der Supermärkte waren voll, und vor den geschlossenen Eingängen drängten sich die Kunden mit leeren Einkaufswagen.

»Was ist los?«, fragte er verwundert. »Findet irgendeine Sonderaktion statt? Gibt es heute spezielle Rabatte?«

Dakota hatte wieder das Steuer übernommen. »In den Wochen, die du im Krankenhaus verbracht hast, hat sich die Welt verändert. Es hat einen Bankencrash gegeben, die Kurse an den Börsen fallen, Unternehmen gehen pleite, immer mehr Menschen werden arbeitslos. Die Preise steigen und steigen, alles wird jeden Tag teurer. Und knapper. Vermutlich stehen all die Leute Schlange, weil sie zu den Ersten gehören wollen, die die Läden und Supermärkte betreten können, um etwas von dem zu ergattern, was es noch zu kaufen gibt.«

»Hamsterkäufe?«

Dakota nickte. »Ja, die hat es in den vergangenen drei, vier Wochen immer wieder gegeben. Doch inzwischen gibt es kaum noch etwas, das man hamstern kann. Es heißt, bald soll das Benzin rationiert werden. Dann bin ich mit meinem Stromer besser dran als du.«

»Aber warum das alles?«, fragte Martin verwundert. »Ich meine, was ist geschehen?«

»Ich habe darüber nachgedacht«, sagte Dakota, als sie an einem weiteren Supermarkt vorbeifuhren. Auf dem Parkplatz gab es keine freien Plätze mehr; die Autos stauten sich über die Zufahrt bis zur Straße. »Die Dokumente auf Vincent Moreaus SD-Karte … Es ging unter anderem um die Deutsche Bank und ihre Derivate, erinnerst du dich? Du hast von Insider-Informationen gesprochen. Es gab weitere Dateien, die andere Banken und große Unternehmen betrafen, ihre Schulden. Eine Pleitewelle zieht um den ganzen Planeten. Die Nachrichten sind voll davon. Es heißt, eine neue Große Depression steht bevor.«

Martin beobachtete die Menschen vor den Geschäften. Er wusste, wie schnell die normale Welt auf den Kopf gestellt werden konnte. Die Pandemie vor einigen Jahren hatte es ihnen allen gezeigt.

»Das erklärt, warum der Bitcoin-Kurs so stark gestiegen ist«, murmelte er. »Die Anleger investieren in Bitcoin, um sich vor Wertverlust zu schützen.«

»Wer es kann«, sagte Dakota. »Wer genug Geld hat, um es zu investieren.« Sie sah zur Seite. »Wie reich bis du jetzt? Reich genug, um eine gute Partie zu sein?«

Martin antwortete nicht. Er sah nach draußen und dachte: Jasmin ist tot, und die Welt zerbricht.

53

DAS MEHRFAMILIENHAUS am Stadtrand von Bern stand ein wenig abseits der Straße, mit einem Vorgarten, in dem zahlreiche kleine Erdhaufen darauf hinwiesen, dass sich eine Maulwurffamilie darin niedergelassen hatte. Zwei große alte Kirschbäume, die Äste und Zweige kahl, erhoben sich rechts und links des mit Steinplatten ausgelegten Wegs, der zum Eingang führte. Auf dem Messingschild neben der Tür stand:

GRIBACH GMBH
SACHVERSTÄNDIGE GUTACHTER INGENIEURE
OLDTIMER-FORENSIK

»Bist du sicher, dass dies die richtige Adresse ist?«, fragte Dakota. »Hier steht nichts von Angelani.«

»Es ist die Adresse, an die ich mich erinnere.« Martin drückte den Klingelknopf unter dem Messingschild.

Es war neun Uhr morgens. Ein dünner grauweißer Nebelschleier lag über Bern.

Es klickte, und die Tür öffnete sich einen Spaltbreit. Martin drückte sie weiter auf und trat in den Flur. Rechts führte ein offener Zugang in ein leeres Wartezimmer. Auf der linken Seite gab es mehrere Büros mit Glastüren.

Eine Frau um die fünfzig kam ihnen entgegen, ihre Kleidung grau wie draußen der Tag.

»Guten Morgen«, grüßte sie freundlich. »Haben Sie einen Termin?«

»Nein«, sagte Martin. »Wir möchten Jannik Angelani sprechen.«

»Angelani?«, wiederholte die Frau verwundert. »Hier gibt es niemanden, der so heißt.«

»Vor vier Jahren hat Jannik Angelani als Sachverständiger das Gutachten für einen Unfall erstellt, bei dem meine Eltern ums Leben gekommen sind«, erklärte Martin. »Ich muss unbedingt mit ihm sprechen. Es ist sehr wichtig.«

Die Frau schüttelte den Kopf. »Tut mir leid, Sie sind hier bei der Firma Gribach. Ich fürchte, Sie haben sich in der Adresse geirrt.«

Ein Mann kam aus einem der Büros auf der linken Seite. Er war einige Jahre älter als die Frau im grauen Kostüm und trug Jeans und Jackett.

»Sie suchen den alten Jannik, habe ich gehört?«

»Jannik Angelani«, sagte Martin. »Vor vier Jahren erstellte er das Gutachten für einen Verkehrsunfall, dem meine Eltern zum Opfer fielen.«

»Das habe ich ebenfalls gehört.«

Dakota konnte sich eine Bemerkung nicht verkneifen. »Sie haben gute Ohren.«

Der Mann schenkte ihr ein Lächeln. »In der Tat, junge Dame. Nun, was ich sagen wollte ...« Er wandte sich wieder an Martin. »Sie sind hier tatsächlich falsch. Bis vor vier Jahren hatte Herr Angelani sein Büro in diesem Gebäude, aber dann wurde er krank. Heute befindet er sich in einem Pflegeheim in Schliern. Das ist nicht weit von hier, ein kleiner Ort im Südwesten von Bern.«

»Was hat er?«, fragte Dakota.

»Demenz«, lautete die Antwort. »Es ging ziemlich schnell bergab mit ihm. Wir haben damals seine Firma übernommen. Gestatten, Paul Gribach.« Der Mann streckte die Hand aus.

Martin ergriff sie kurz, und Dakota folgte seinem Beispiel.

»Das mit dem Unfall, bei dem Sie Ihre Eltern verloren haben, tut mir leid«, sagte Gribach.

»Es ist vier Jahre her«, erwiderte Martin und fragte sich, was ihn an dem Mann störte.

»Und vor vier Jahren wurde Jannik Angelani, Sachverständiger bei ebenjenem Unfall, dement«, überlegte Dakota laut. »So ein Zufall. Einem Dementen dürfte es schwerfallen, Fragen zu beantworten, nicht wahr?«

Paul Gribach runzelte die Stirn. Dakotas Ton schien ihm nicht zu gefallen. »Das Leben kann sehr herzlos sein und einem die übelsten Streiche spielen.«

»Haben Sie die Adresse des Pflegeheims?«, fragte Martin.

»Ich denke schon. Bin gleich wieder da.« Paul Gribach verschwand in dem Büro, aus dem er gekommen war.

»Möchten Sie vielleicht einen Kaffee?«, bot die Frau in Grau an. Martin merkte, wie ihr Blick kurz zu seiner Stirn und Schläfe glitt.

»Nein, danke«, entgegnete Dakota. »Sobald wir die Adresse haben, sind wir wieder weg.«

»Sie können gern dort Platz nehmen.« Die Frau deutete ins nahe Wartezimmer und verabschiedete sich mit einem Lächeln.

Eine Minute später kehrte Paul Gribach mit einem Zettel aus seinem Büro zurück. »Hier sind Adresse und Telefonnummer«, verkündete er aufgeräumt. »Mit meinen besten Empfehlungen.«

Martin nahm den Zettel entgegen. Dakota öffnete bereits die Haustür. Draußen herrschte eine Mischung aus Nebel und erstem zaghaften Sonnenschein.

»Ich danke Ihnen sehr«, sagte Martin und schickte sich an, Dakota zu folgen. Doch dann blieb er in der Tür stehen, zögerte. »Haben Sie meinen Vater gekannt?«

»Ihren Vater?«, fragte Gribach. »Nein.«

Als sie im Wagen saßen, sagte Dakota: »Er war mir zu freundlich. Einer von diesen aalglatten Typen, die ich nicht ausstehen kann.«

»Es stimmt was nicht mit ihm«, meinte auch Martin, der wieder auf dem Beifahrersitz saß. Er besah sich das abseits der Straße stehende Mehrfamilienhaus und hatte das Gefühl, seinerseits beobachtet zu werden. Vielleicht stand Paul Gribach am Fenster.

Ein Jogger kam vorbei und zog im Laufen die Handschuhe aus. Die Sonne setzte sich immer mehr gegen den Nebel durch.

»Und was stimmt nicht mit ihm?«, fragte Dakota, als Martin schwieg.

»Ich habe ihn gefragt, ob er meinen Vater kennt. Er hat verneint, obwohl er gar nicht wissen konnte, wer ich bin. Wir haben unsere Namen nicht genannt.«

Paul Gribach stand am Fenster seines Privatbüros im zweiten Stock und beobachtete, wie die beiden jungen Leute in ihren Wagen stiegen. Er wartete, bis sie losgefahren waren, ging dann zum Schreibtisch, nahm das Cordless und wählte eine bestimmte Nummer.

»Ja?«, meldete sich eine Frau.

»Sie waren hier«, sagte Gribach. »Freeman und seine Freundin.«

»Ich nehme an, es ging um Angelani.«

»Ja«, bestätigte Gribach. »Ich habe ihnen die Adresse des Pflegeheims gegeben.«

»Sind sie jetzt dorthin unterwegs?«

»Davon gehe ich aus.«

»Danke für die Information«, sagte Irene und unterbrach die Verbindung.

54

DAS PFLEGEHEIM befand sich am nördlichen Rand von Schliern, in unmittelbarer Nähe eines kleinen Waldstücks. Der Empfangsraum ähnelte einer etwas zu klein geratenen Hotellobby, und Martin fielen sofort die vielen Bilder an den Wänden auf, die ihm übertrieben fröhlich erschienen: lachende Kinder in Begleitung von jungen, glücklichen Eltern, Wiesen voller Blumen, Seen im Sonnenschein, ein älteres Paar, das Hand in Hand an einem Meeresstrand spazieren ging.

Der Mann hinter dem Empfangstresen passte nicht ganz in diese Szenerie. Er lächelte nur halbherzig, als Martin und Dakota hereinkamen.

»Sie wünschen?«, fragte er, und es klang ein bisschen wie: Warum stören Sie mich?

»Bitte entschuldigen Sie.« Dakota trat zum Tresen und sprach mit amerikanischem Akzent. »Wir möchten zu meinem Onkel.« Sie lächelte zuversichtlich.

Der Mann hinter dem Tresen musterte sie über seine Brillengläser hinweg. »Und der wäre?«

»Er heißt Angelani«, sagte Martin, »Jannik Angelani.«

»Ich wusste gar nicht, dass der alte Jannik einen Bruder hat«, brummte der Mann. »Er war nie hier, soweit ich mich erinnern kann.«

»Meine Eltern sind vor vielen Jahren in die USA ausgewandert«, log Dakota und lächelte erneut. »Es gab damals Unstimmigkeiten zwischen den Brüdern, sehr bedauerlich, aber so was kommt vor, selbst in den besten Familien, oder? Ich bin vor wenigen Tagen aus den Staaten hergekommen, um mir das Land meiner Geburt anzusehen, die schöne Schweiz, von der man überall in der Welt schwärmt …«

Trag nicht zu dick auf, dachte Martin.

»… und bei dieser Gelegenheit möchte ich auch meine noch lebenden Verwandten kennenlernen. Leider sind es nicht mehr viele, ach, die Jahre vergehen viel zu schnell, ich wünschte, mein Vater hätte mich hierherbegleiten können, aber er starb vor sieben Jahren an einem Krebsleiden …«

»Verstehe, verstehe«, unterbrach sie der Mann, überrascht von dem Wortschwall. »Um diese Zeit, nach dem Frühstück, sitzt der alte Jannik im Aufenthaltsraum am Fenster.« Er deutete auf eine halb offene Tür links neben dem Tresen.

»Oh, bitte, wenn Sie uns begleiten könnten, das wäre sehr nett von Ihnen. Ich fürchte, ich würde meinen Onkel gar nicht erkennen. Wissen Sie, die einzigen Bilder, die ich in den Staaten von ihm habe, sind … wie alt, Martin?«

»Oh, mindestens zwanzig Jahre«, warf Martin ein.

»… ja, und in zwanzig Jahren verändern sich die Menschen. Wenn man jemandem begegnet, den man zwei Jahrzehnte nicht gesehen hat, erkennt man ihn nicht wieder, und ich habe meinen Onkel zum letzten Mal gesehen, als ich … wie alt war, Martin?«

»Drei oder vier?«, vermutete er. »Oder vielleicht fünf oder sechs?«

»… genau, es sind längst verblasste Kindheitserinnerungen, ich würde an meinem Onkel vorbeigehen, ohne ihn zu erkennen. Wenn Sie uns zeigen, wo er sitzt …«

Der Mann trat hinter dem Tresen hervor. Zum Glück kam er nicht auf die Idee zu fragen, wer denn Martin war, der in perfektem Hochdeutsch geantwortet hatte, weder mit amerikanischem noch schweizerischem Akzent oder gar auf Schwizerdütsch. Hätte ihn das stutzig gemacht, wäre Martin auf die Schnelle keine Ausrede eingefallen.

Der Mann führte die beiden Besucher in den Aufenthaltsraum, dessen pastellfarbene Wände ebenfalls mit fröhlichen bunten Bildern geschmückt waren. Pflanzen wuchsen in großen Töpfen.

An einem großen runden Tisch auf der einen Seite hatte sich eine Bastelgruppe zusammengefunden. Die Seniorinnen und Senioren an zwei anderen Tischen malten Bilder und spielten Karten. Es sah nach einem Kindergarten aus, in dem die Kinder plötzlich alt geworden waren, fand Martin.

Ganz hinten saß allein ein Greis am Fenster und blickte auf die Hügellandschaft, wo anders als in Bern noch immer Nebel wallte.

»Er mag es nicht, um diese Zeit am Morgen bei den anderen zu sitzen«, erklärte der Mann vom Empfangstresen. »Er verbringt immer ein oder zwei Stunden damit, nach draußen zu sehen. Anschließend gesellt er sich den anderen hinzu.«

»Wie steht es um ihn?«, fragte Martin, als sie durch den großen Aufenthaltsraum gingen und sich dem Alten in der Ecke näherten.

»Er hat klare Momente«, lautete die Antwort. »Aber oft sieht es in seinem Kopf aus wie draußen.«

»Voller Nebel.«

»Ja. Und sein Nebel kann ziemlich undurchdringlich sein.« Der Mann vom Empfang wandte sich an den sitzenden Greis. »Hallo, Jannik. Sie haben Besuch. Ihre Nichte ist extra für Sie aus den Vereinigten Staaten gekommen.«

Jannik Angelani sah weiter aus dem Fenster. Sein Gesicht war blass und voller Falten, und der Blick seiner trüben Augen verlor sich irgendwo in der Ferne.

»Hallo, Onkel Jannik«, sagte Dakota munter. Sie nahm einen Stuhl vom Nebentisch, stellte ihn neben Jannik Angelani und setzte sich. »Ich bin's, Theresa, die Tochter deines Bruders. Erinnerst du dich an mich?«

»Sie haben sicher persönliche Dinge zu bereden«, sagte der Mann vom Tresen. »Wenn Sie Hilfe brauchen … Sie wissen, wo Sie mich finden.« Er nickte ihnen zu und ging.

Martin wartete, bis er den Aufenthaltsraum verlassen hatte, und nahm sich dann ebenfalls einen Stuhl.

»Jetzt bist du dran«, sagte Dakota.

Er hatte sich Angelani nicht so alt vorgestellt. Der demente Greis, der stumm aus dem Fenster sah, schien um die neunzig zu sein. Das bleiche Gesicht wirkte eingefallen und hohlwangig, und die Kleidung, ein dickes Flanellhemd und eine beigefarbene Stoffhose, war ihm zu groß.

Martin rückte seinen Stuhl etwas näher und sprach mit gedämpfter Stimme dicht am Ohr des Alten. »Ich bin Martin Freeman. Vor vier Jahren haben Sie ein Gutachten erstellt, bei dem es um einen vermeintlichen Verkehrsunfall ging. Zwei Menschen kamen ums Leben, mein Vater David Dean Freeman und meine Mutter Katharina Deininger. Ich wurde schwer verletzt. Meine Schwester Jasmin hingegen kam mit ein paar Kratzern davon.«

Jannik Angelani reagierte nicht. Sein Blick galt noch immer den grauweißen Tiefen der letzten Nebelschwaden.

»In Ihrem Gutachten haben Sie festgestellt, dass es sich gar nicht um einen Unfall handelte«, fuhr Martin fort. »Die Bremsen des Wagens waren manipuliert. Doch trotz Ihres Gutachtens ging die Polizei weiterhin von einem Unfall aus.«

Angelani blinzelte. Martin schöpfte Hoffnung.

»Können Sie uns erklären, warum Ihr Gutachten damals ignoriert wurde? Kennen Sie die Hintergründe? Wissen Sie, was vor vier Jahren geschehen ist?«

Die Lippen des Alten zitterten.

»Hören Sie mich?« Martin sprach etwas lauter. »Verstehen Sie mich?«

Jannik Angelani drehte langsam den Kopf. »Ich habe keinen Bruder«, krächzte er. »Ich habe keine Nichte. Wer sind Sie?«

»Das mit der Nichte haben wir erfunden, um Sie besuchen zu können«, erklärte Dakota schnell. »Wir hatten Angst, abgewiesen zu werden. Eine kleine Notlüge, um die Wahrheit herauszufinden.«

»Die Wahrheit?« Angelani blinzelte erneut.

»Ja, die Wahrheit«, bekräftigte Martin. »Ich möchte wissen, wer vor vier Jahren meine Eltern umgebracht hat. Und warum. Es war kein Unfall, sondern Mord. Sie haben das in Ihrem Gutachten geschrieben. Warum hat die Polizei die Sache dennoch als Unfall zu den Akten gelegt? Und warum haben Sie als Sachverständiger nichts dagegen unternommen?«

»Eine Frau.« Angelani sprach mühsam. Jede einzelne Silbe schien ihn viel Kraft zu kosten. »Ich erinnere mich … an eine Frau.«

Sein Blick kehrte nach draußen zurück. Für zwei oder drei Sekunden lächelte er. »Vielleicht gibt es bald Schnee«, sagte er im leichter klingenden Tonfall. »Es ist schon kalt geworden. Wenn es schneit, wird die Welt sauber.«

»Die Frau, an die Sie sich erinnern … Hat sie etwas mit dem Unfall zu tun?«

»Mit welchem Unfall?«

»Freeman und Deininger, vor vier Jahren«, wiederholte Martin. »Hatte die Frau etwas damit zu tun? Wie sah sie aus?« Er ahnte plötzlich etwas. »Hatte sie langes rotbraunes Haar? Und ihr Lächeln … Wirkte es kalt und humorlos?«

»Nannte sie ihren Namen?«, fügte Dakota hinzu. »Hieß sie vielleicht Irene?«

»Irene …« Die Lippen des Alten zitterten erneut, stärker als vorher. »Sie kam zu mir und gab mir etwas.« Mit der knochigen rechten Hand tastete Angelani erst nach seinem Hals und dann nach dem linken Oberarm. »Sie hat mir etwas gegeben.«

»Was hat sie Ihnen gegeben?«, wollte Martin wissen. »Eine Injektion?«

»Sie wollte mir helfen, hat sie gesagt«, murmelte Jannik Angelani. »Aber es ging mir nicht besser, sondern schlechter.«

Martin bemerkte etwas aus dem Augenwinkel und sah zur Tür. Zwei Personen standen dort: der Mann vom Empfangstresen, der sie zu Jannik Angelani gebracht hatte, und ein weiterer Besucher, Ende vierzig, mit dunklem Haar, kantigem Gesicht und einer zu groß wirkenden Nase.

Lefèvre.

55

SIE STANDEN draußen neben der Hecke, die den Garten des Pflegeheims begrenzte. Leichter Wind war aufgekommen, die letzten Nebelschwaden verzogen sich. Auf dem nahen Parkplatz stand der dunkle Mercedes, den Martin vor seiner Villa gesehen hatte.

»Sie agieren auf eigene Faust«, sagte Lefèvre. »Haben Sie noch immer nicht begriffen, wie dumm das ist? Genügt Ihnen der Tod Ihrer Schwester nicht?«

»Woher wussten Sie, dass wir hier sind?«, fragte Martin.

»Mir stehen gewisse Möglichkeiten zur Verfügung«, erwiderte Lefèvre steif.

»Vielleicht ein weiterer Tracker an oder in deinem Wagen«, spekulierte Dakota, an Martin gewandt.

Der erinnerte sich plötzlich an etwas. »Sie sind im Krankenhaus bei mir gewesen, nicht wahr? Ich habe Sie gesehen, eines Nachts. Sie standen am Fußende des Bettes. Schwester Berta hat Sie rausgeworfen.«

»Ich wollte wissen, wie es Ihnen geht«, sagte Lefèvre. »Ich wollte mir einen direkten Eindruck verschaffen.«

»Sie sind nicht von der Polizei, oder?« Dakota sah sich um und hielt offenbar nach Streifenwagen Ausschau.

»Nein.«

»Wer sind Sie?«

»Geheimdienst«, zischte Martin.

»Ich bin kein Feind«, sagte Lefèvre.

»Wollen Sie behaupten, ein Freund zu sein?«

»Sagen wir, ich bin ein Verbündeter. Ich bin jemand, der Ihnen helfen kann. Und Sie brauchen Hilfe. Der Tod Ihrer Schwester beweist es.« Lefèvre sah auf seine Armbanduhr. »Ich rechne damit, dass bald alte Bekannte von Ihnen eintreffen. Nicht nur ich habe von Ihrem Besuch bei Jannik Angelani erfahren.«

Martin sah sich ebenfalls um. »Irene?«

»Ja.«

»Sie war damals bei Angelani und hat ihm etwas gegeben, vielleicht eine Injektion. Hat ihn das hierhergebracht?«

»Er erlitt einen Kollaps«, sagte Lefèvre. »Wir vermuten, dass er sterben sollte. Aber er hat überlebt, wenn auch nicht als der Mensch, der er vorher gewesen ist, und konnte uns keine Hinweise mehr geben. Vier Jahre lange haben wir gehofft, dass ihm die Behandlung hilft, die er hier bekommt, dass seine Erinnerungen zurückkehren. Und jetzt sind Sie hier. Wenn wir uns gegenseitig helfen, könnten wir vielleicht etwas erreichen. Das biete ich Ihnen an: Zusammenarbeit.«

»Und wenn ich mich weigere?«, fragte Martin trotzig. Lefèvre gefiel ihm noch immer nicht.

Der Mann mit dem Gesicht voller Kanten seufzte. »Wollen Sie, dass die Mörder Ihrer Schwester zur Rechenschaft gezogen werden?«

»Verdammt, ja!«

»Sie werden bald hier sein«, sagte Lefèvre noch einmal. »Wie wollen Sie mit Irene und ihren Komplizen fertigwerden?«

Martin dachte an die Pistole, die er mitgenommen hatte. Er konnte damit umgeben, wusste aber, dass er allein gegen mehrere skrupellose Bewaffnete kaum eine Chance hatte.

»Was soll ich tun?«, fragte er.

»Seien Sie der Köder!«

DIE SECHS: SAMUEL WINSTER

56

»**HEUTE DARF** ich einen besonderen Gast begrüßen«, verkündete die Rektorin am Pult. »Mister Samuel Winster von Whitestone Asset Management.« Sie wich beiseite und klatschte.

Verhaltener Applaus empfing ihn im großen Auditorium der Columbia University, es ertönten sogar vereinzelte Pfiffe. Doch es dauerte nicht lange, bis wieder Ruhe einkehrte. Draußen auf den Straßen der Stadt ging es lauter und wilder zu. Auf dem College Walk stimmten Studenten, die im Auditorium keinen Platz gefunden hatten, immer wieder neue Sprechchöre an. Sie solidarisierten sich mit den Zehntausenden von Demonstranten, die über den nahen Broadway zogen.

Whitestone trat ans Pult und räusperte sich.

»Nieder mit dem Kapitalismus!«, ertönte eine Stimme aus den hinteren Rängen.

Winster zeigte sein bestes Lächeln. »Ich gebe Ihnen recht, der Kapitalismus hat ausgedient.«

»Nachdem Sie sich die Taschen vollgestopft haben?«, rief eine junge Frau.

Winster trat neben das Pult und stülpte, noch immer lächelnd, seine leeren Hosentaschen um. Hier und dort erklang Gelächter. Hinten bei der Wir-protestieren-auf-jeden-Fall-Fraktion wurden einzelne Buhrufe laut.

Er kehrte ans Pult zurück und sprach wieder ins Mikrophon. »Ich bin kein Krösus, sondern Vermögensverwalter. Ich nehme das Geld anderer Menschen und lege es so an, dass es sich möglichst gut vermehrt, damit diese Menschen anschließend mehr Geld haben.« Er hob die Hand. »Und ja, dadurch verdiene ich ebenfalls Geld und zugegebenermaßen nicht wenig, weil ich in meinem Beruf sehr erfolgreich bin.«

»Spekulant!«, rief jemand. »Sie haben den Karren an die Wand gefahren, mit voller Geschwindigkeit! Und jetzt bricht alles zusammen!«

Du bringst die Metaphern durcheinander, mein Junge, dachte Winster, ohne dass das Lächeln aus seinem Gesicht wich.

»Sie könnten Whitestone einen wichtigen Stützpfeiler des sehr wackligen Sozialsystems in unseren Vereinigten Staaten nennen«, fuhr er fort. »Wie wichtig dieser Stützpfeiler ist, zeigt sich gerade jetzt. Millionen von Amerikanern haben uns ihre Ersparnisse anvertraut. Unsere Pflicht besteht darin, dieses Geld so zu verwalten, dass es zumindest seinen Wert behält. Zahlreiche Menschen in diesem Land verlassen sich darauf, dass sie durch uns eine ausreichende Rente und Pension erhalten. Wir sichern nicht nur ihren Ruhestand, wir haben auch mit der Auszahlung von Notfallkrediten begonnen. Meine Damen und Herren, Whitestone tut alles, um den Bürgern dieses Landes zu helfen.«

»Sie tun alles, um noch mehr zu verdienen!«

»Sie übersehen dabei etwas«, sagte Winster. »Je mehr wir ›verdienen‹, wie Sie es nennen, je mehr Geld wir einnehmen, desto mehr können wir helfen.«

Dutzende von Stimmen ertönten. Einige Studenten standen auf, gestikulierten und riefen Worte wie: »Die Reichen werden immer reicher, während sich im ganzen Land das Elend ausbreitet!«

Winster beschloss, auf seine vorbereitete Rede zu verzichten und zu improvisieren. Er bekam hier Gelegenheit, einige Dinge klarzustellen, nicht nur für die Studenten im Auditorium, sondern auch für die Zuschauer der Streaming- und TV-Nachrichten, denn die Journalisten ganz hinten im Saal zeichneten alles auf.

Er hob die Hand und streckte Zeige- und Mittelfinger nach oben. »Nein, dies ist nicht das Zeichen für Victory, denn es geht hier nicht darum, einen Sieg zu erringen. Eins und zwei.« Winster bewegte die Finger. »Ich möchte Ihnen zwei Dinge erklären. Nummer eins: Whitestone und die nationale und internationale Verantwortung unserer Fondsgesellschaft. Nummer zwei: das Ende des Kapitalismus.«

Winster ließ die Hand sinken.

Es wurde still im Saal.

»Leider hat sich unser Land nie sehr um die sozialen Absicherungen seiner Bürger gekümmert«, begann er. »Grundlage der staatlichen Gleichgültigkeit ist eine falsche Vorstellung von Freiheit und ein ebenso falsches Konzept des ›Staates‹ an sich. Man glaubte, es wäre eine Form von Freiheit, wenn sich die Bürger ganz allein um Krankenversicherung und Altersvorsorge kümmern. Angeblich bedeutet diese ›Freiheit‹, dass sie die jeweils günstigsten Angebote für sich auswählen können. Man verschloss die Augen davor, dass viele Bürger gar nicht in der Lage waren und sind, eine solche Auswahl zu treffen, weil sie schlicht und einfach kein Geld haben, um Kranken- und Rentenversicherungen zu bezahlen. Was den Staat betrifft, waren wir bei uns immer der Meinung: je weniger davon, desto besser. In Europa sieht man die Sache anders. Wenn dort etwas nicht funktioniert, wird nach mehr Staat gerufen. Die europäischen Staatssysteme durchdringen die Gesellschaft, und das geht mit wesentlich besseren Sozialsystemen einher.«

Es gab keine Zwischenrufe mehr. Die Studenten hörten erstaunt und interessiert zu.

»Lassen Sie es mich ganz deutlich sagen.« Winsters Blick strich über das Publikum im Auditorium. »Mit dem in unserem Land verbreiteten Begriff von Freiheit war immer vor allem die Freiheit der Reichen und Mächtigen gemeint. Die Armen, Bedürftigen und Mittellosen hatten hingegen die Freiheit, arm, bedürftig und mittellos zu sein.«

Applaus erklang, ohne einen einzigen Pfiff.

»Whitestone ist sich seiner sozialen Verantwortung immer bewusst gewesen«, erklärte Winster. »Schon unter meinem Vorgänger Salomon Fray hat unsere Gesellschaft Millionen von Amerikanern eine sichere Rente und einen sorgenfreien Lebensabend garantiert. Wir setzen uns bereits seit vielen Jahren für den Klimaschutz ein, denn uns ist klar: Die globale Erwärmung stellt eine noch viel größere Gefahr für die Menschheit dar als Pandemien oder Wirtschaftskrisen. Wenn wir dieses Problem nicht lösen, werden weite Teile unseres Planeten in sechzig oder siebzig Jahren unbewohnbar sein. Ich werde das nicht mehr erleben, aber Sie und Ihre Kinder müssten in einer solchen Welt zurechtkommen, wenn es uns nicht gelingt, *heute* einen Ausweg zu finden. Whitestone leistet dazu einen wichtigen Beitrag.«

Samuel Winster legte eine kurze Pause ein. Er lächelte nicht mehr und gab seinen Worten den Klang von aufrichtigem Ernst.

»Whitestone besitzt Anteile an zahlreichen Konzernen. Jedes Jahr sehen wir uns die wichtigsten Unternehmen an und prüfen, was sie für den Klimaschutz tun. Allein in diesem Jahr haben wir über dreihundert Konzerne angemahnt, die unserer Meinung nach keine ausreichenden Fortschritte bei der Bewältigung der Klimakrise zeigen. Wir weisen auf Hauptversammlungen und bei Aufsichtsratssitzungen ausdrücklich darauf hin. Und wenn man nicht auf uns hört, lassen wir den Worten Taten folgen, indem wir unsere Beteiligungen an den entsprechenden Unternehmen auflösen. Wir legen das Geld unserer Investoren nicht nur dort an, wo es sicher ist, sondern wo es dazu beiträgt, eine bessere Welt für uns alle zu schaffen. Das sage ich hier nicht, um Werbung für uns zu machen, sondern um klarzustellen, dass wir nicht blind sind hinsichtlich unserer Verantwortung als größte Fondsgesellschaft der Welt.«

Ein Student in der dritten Reihe hob die Hand.

Winster zeigte auf ihn. »Ja?«

»Was ist mit Bitcoin?«, fragte der junge Mann. »Warum haben

Sie begonnen, mit dem Geld Ihrer Investoren in Bitcoin zu spekulieren?«

Winster nickte ihm zu. »Danke für die Frage. Das bringt uns zu Punkt zwei. ›Nieder mit dem Kapitalismus!‹, hat jemand gerufen, als ich an dieses Rednerpult getreten bin. Meine Damen und Herren, er liegt bereits am Boden, der Kapitalismus. Wir hören sein Todesröcheln draußen auf den Straßen, nicht nur hier in New York, sondern überall auf der Welt. Seit fast sechzig Jahren liegt er im Sterben, und wissen Sie, wann sein Todeskampf begann? Es gibt ein Datum. Kennt es jemand von Ihnen?«

Die Stille kehrte in den Saal zurück. Niemand antwortete.

»Das Datum ist der 15. August 1971«, fuhr Samuel Winster fort. »Ich meine den sogenannten Nixon-Schock. Der damalige Präsident wandte sich mit einer Rede an die Nation und die ganze Welt und verkündete völlig überraschend, dass die Dollar-Konvertierbarkeit in Gold nicht mehr gegeben ist. Der Gold-Standard, bis dahin Basis und Fundament des US-Dollars, fand ein Ende und damit das Weltwährungssystem von Bretton Woods mit seinen festen Wechselkursen. Seit damals, seit dem 15. August 1971, entwickeln sich Realwirtschaft und Finanzmärkte immer weiter auseinander, weil ihnen die Goldbindung fehlt. Geld konnte und kann beliebig gedruckt werden, um die Staatsausgaben zu finanzieren. Die Schulden stiegen, und sie sind es, an denen der Kapitalismus zerbricht. Die Banken und Staaten haben einen gewaltigen Schuldenberg angehäuft, und jetzt stürzt dieser Berg über ihnen zusammen. Wir erleben die letzte Phase des Kapitalismus – es braucht keine Revolution, um ihn auf den ›Müllhaufen der Geschichte‹ zu werfen, wie es einmal hieß. Er schafft sich selbst ab.«

Wieder herrschte Stille. Wahrscheinlich konnten die Studenten kaum glauben, was Sie da hörten.

»Die Staaten dieser Welt versuchen, den Patienten zu retten, mit Infusionen aus immer mehr Geld. Die Druckmaschinen der Notenbanken laufen rund um die Uhr, Tausende von Milliarden werden in die Märkte gepumpt, um sie zu stabilisieren. Das, was den Sterbenden vergiftete, soll ihn retten, was natürlich nicht funktionieren kann. Und hier kommen wir zu Bitcoin und noch einmal zu Whitestones Verantwortung.«

Wieder wanderte sein Blick über die Zuhörer. Inzwischen hingen sie an seinen Lippen und warteten gespannt auf die nächsten Worte.

»Jedes Wirtschaftssystem ist nur so gut wie seine Währung.« Winster sprach langsam und ruhig. »Ich habe gerade von ›vergiften‹ gesprochen; bleiben wir bei diesem Bild. Stellen Sie sich die Währung wie das Blut eines lebenden Organismus vor: Wenn das Blut schlecht ist, wird der Organismus krank und stirbt schließlich. Versucht man ihn mit noch mehr schlechtem Blut zu heilen, beschleunigt man den Prozess. Nur eine andere, neue Behandlungsmethode kann ihm helfen.«

»Sozialismus!«, ertönte es in den hinteren Rängen.

Winster lächelte wieder. »Den haben wir bereits ausprobiert, wenn ich mich recht entsinne. Nicht hier in Amerika, so experimentierfreudig waren wir nie, aber in Europa, Asien und Afrika. Er hat nirgends richtig funktioniert.« Er hob wie abwehrend die Hände. »Und nein, bitte nennen Sie jetzt nicht China als Beispiel. China ist längst kein sozialistischer oder kommunistischer Staat mehr, falls er das überhaupt jemals war. Was wir dort sehen, ist eine besonders extreme Variante von Staatskapitalismus.«

»Währung«, betonte er noch einmal. »Und Inflation. Das sind zwei Schlüsselbegriffe für das Überleben einer Gesellschaft und ihres Finanzsystems. Wenn die Geldmenge steigt und sich die Menge an Waren nicht im gleichen Maße erhöht, verliert das Geld an Wert – man kann mit einer Währungseinheit immer weniger kaufen. Genau das erleben wir jetzt. Die Inflation steigt und steigt, inzwischen hat sie bei uns etwa fünfzig Prozent erreicht. Das sind die Zahlen von heute Morgen. Heute Abend könnten sie noch höher liegen. Ja, so schnell geht das. Sehen Sie sich die Bilder von der

Großen Depression an, die am 24. Oktober 1929 mit dem ›Schwarzen Donnerstag‹ begann und die 1930er Jahre dominierte. Die Wirtschaftsstudenten unter Ihnen wissen, was sich damals abgespielt hat, wie schnell sich Arbeitslosigkeit und Elend ausgebreitet haben, nicht nur hier in den USA, sondern auf der ganzen Welt, insbesondere in Europa. Dort wurde die Krise zum Nährboden des Faschismus, der schließlich zur größten Katastrophe in der Menschheitsgeschichte führte, dem Zweiten Weltkrieg.«

Selbst die Rektorin staunte und hörte fasziniert zu, wie Winster registrierte.

»In den vergangenen Jahrhunderten hat es nicht eine Fiatwährung gegeben, die ihren Wert bewahrt hat«, sagte er. »Nicht eine einzige. Der Grund: Früher oder später – meistens früher – erlagen die Könige, Präsidenten und Regierungschefs der Versuchung, ihre Staatsschulden mit fleißig gedrucktem Geld zu bezahlen. Das heizt natürlich die Inflation an, wie eben bereits erklärt, und für den Staat ist Inflation eine wunderbare Sache, denn sie läuft auf eine schleichende oder galoppierende Enteignung der Bürger hinaus. Die Schulden bezahlen sich gewissermaßen von selbst.«

Die Sprechchöre draußen waren so laut, dass sie die Universitätsmauern durchdrangen. Samuel Winster hörte ein dumpfes Grollen – eine Explosion?

»Und dann, vor etwa zwanzig Jahren, wurde der Bitcoin geboren. Es gibt verschiedene Bezeichnungen dafür: digitales Gold, Kryptowährung, elektronisches Geld, wie auch immer. Ich sehe in Bitcoin vor allem einen Wertspeicher. Und, meine Damen und Herren, wenn sich jemand unter Ihnen eine Revolution wünscht, so geht sein oder ihr Wunsch nun in Erfüllung, denn nichts anderes ist der Bitcoin: eine Revolution. Gegenüber dem bisherigen Fiatgeld hat der Bitcoin drei wichtige Vorteile. Erstens: Er ist fälschungssicher. Niemand kann falsche Bitcoins auf den Markt bringen und verkaufen, denn alles läuft über die Blockchain, das globale digitale Kassenbuch, in dem jede einzelne Transaktion verzeichnet wird und jederzeit von jedem beliebigen Ort aus einsehbar ist. Zweitens: Der Bitcoin ist ein begrenztes Gut mit einer gegen null tendierenden Inflation. Es wird nie mehr als einundzwanzig Millionen von ihm geben, so will es der komplexe Algorithmus, der seine Grundlage bildet. Wenn die Nachfrage steigt, erhöht sich der Preis, was bedeutet, dass der Bitcoin im Lauf der Zeit nicht an Wert verliert, sondern im Gegenteil immer wertvoller wird. Deshalb der Vergleich mit Gold. Aber so tief man auch gräbt, man wird nicht mehr als jene einundzwanzig Millionen von ihm finden. Er ist nicht beliebig vermehrbar.«

Winster wartete einen Moment, um den nächsten Worten noch etwas mehr Gewicht zu geben.

»Und drittens, der wichtigste Punkt: Bitcoin ist das erste ganz und gar demokratische Geld der Menschheit. Aufgrund seiner dezentralen Struktur kann ihn niemand unter Kontrolle bringen oder manipulieren.«

Das war eine Lüge, wenn Francis Forsythe recht hatte. Der Erfolg des Plans hing zu einem nicht geringen Teil davon ab.

»Der Bitcoin ist nicht der Politik von Staaten und Notenbanken unterworfen«, fuhr Winster fort. »Wer Bitcoins besitzt, verwaltet sein Geld selbst und braucht keine Bank mehr, um Freunden, Verwandten oder Geschäftspartnern etwas zu überweisen. Demokratisches Geld, das keinen äußeren Einflüssen unterliegt, das seinen Wert nicht nur behält, sondern sogar steigert, und das die Menschen selbst verwalten. Was kann man sich mehr wünschen, gerade in so unsicheren Zeiten wie diesen? Und deshalb, meine Damen und Herren, hat Whitestone damit begonnen, in Bitcoin zu investieren. Wir wissen, dass das Schiff sinkt, und wollen es verlassen, solange es noch möglich ist. Und wir planen, so viele Menschen, wie es geht, mitzunehmen und vor dem Ruin zu bewahren. Das ist unsere Verantwortung. Wir sind keine Spekulanten. Wir wollen retten, wofür Millionen von Menschen ein Leben lang gearbeitet haben. Wir wollen verhindern, dass sie unter den Trümmern des Kapitalismus begraben werden, dessen Zusammenbruch wir erleben. Und wir wollen dabei helfen, eine neue Welt aufzubauen, mit einem demokratischen Wirtschafts- und Finanzsystem, ohne das Monopol von Notenbanken.«

Samuel Winster verbeugte sich und wich vom Rednerpult zurück.

Zwei oder drei Sekunden lang blieb es still. Dann standen erste Studenten auf und klatschten. Andere folgten ihrem Beispiel, und schließlich standen alle, und donnernder Applaus füllte den Saal.

57

»**DAS WAR** ein bemerkenswerter Vortrag«, sagte die Rektorin beeindruckt. »Ich danke Ihnen. Die Studenten waren begeistert.«

»Ich hoffe, ich habe ihnen ein wenig Gesprächsstoff gegeben.«

Zwei Sicherheitsbeauftragte von Whitestone begleiteten Winster, als er das Auditorium der Columbia University verließ. Ein dritter kam ihnen im Flur entgegen.

»Wir können nicht mit dem Wagen zurück«, sagte der schlanke, hochgewachsene Mann, der einen dunklen Anzug trug und einen Transponder im rechten Ohr hatte. »Nach der Explosion einer Autobombe auf dem Broadway sind die Straßen gesperrt. Direkt vor dem Eingang steht ein bemannter Minicopter bereit, der Sie zur Park Avenue bringt. Wir haben alles überprüft, Sir, der Luftraum ist sicher.«

»Eine Autobombe?«, stieß die Rektorin entsetzt hervor. »Hier bei uns?«

Der Copter vor dem Auditorium sah aus wie ein großes spinnenartiges Geschöpf, silbern und weiß, mit acht Beinen und einem ganzen Dutzend Rotoren. In der Mitte hing eine ovale Kabine, die außer dem Piloten noch Platz für vier Passagiere bot.

Hinter den von Polizisten bewachten Absperrungen stimmten Hunderte Studenten neue Sprechchöre an, so laut, dass Winster kaum sein eigenes Wort verstand, als er sich von der Rektorin verabschiedete. Der Wind wehte Rauch vom Broadway über den Campus.

Der Pilot trug einen dunkelblauen Overall mit dem Logo von Whitestone. Sein perlweißer Helm ging vorn in ein Augmented-Reality-Visier über, hinter dem das Gesicht verborgen blieb.

Winster winkte der Rektorin noch einmal zu, stieg ein und legte den Sicherheitsgurt an. Der Pilot drehte sich halb zu ihm um. »Bereit, Sir?«

Samuel Winster nickte.

Mit einem elektrischen Summen, das sich in den Sprechchören verlor, stieg der Minicopter auf und glitt über die Gebäude der Universität hinweg nach Süden. Winster sah unter sich die Masse der Demonstranten, die vom Broadway bis weit in die Nebenstraßen reichte. Dann drehte sich der Copter ein wenig, und der Central Park geriet in Sicht. Sonnenschein spiegelte sich auf dem See namens Jacqueline Kennedy Onassis Reservoir. Winster besah sich die Spaziergänger auf den Wegen – der Park wirkte wie eine Oase des Friedens in einer von Aufruhr heimgesuchten Stadt.

Über dem südlichen Teil des Parks änderte der Pilot plötzlich den Kurs und flog nach Westen. Winster merkte es nicht sofort, er war tief in Gedanken versunken.

»Ist das der Hudson unter uns?«

»Ja, Sir.«

»Erstaunlich«, sagte Winster. »Hat man die Park Avenue verlegt?«

»Nein, Sir.« Der Pilot wandte den Kopf und klappte sein AR-Visier hoch. Zum Vorschein kam das Gesicht eines Mannes, der sich vor einigen Wochen als Jayden Elroy von Associated Press vorgestellt hatte.

»Oh«, sagte Winster. »Wo haben Sie Ihre nette Kollegin gelassen? Wie hieß sie noch?«

»Sie erwartet uns am Ziel unserer kleinen Reise«, erwiderte der Pilot. »Sie und einige andere Personen.«

Er klappte das Visier wieder nach unten und steuerte den Copter Richtung Westen.

MARTIN FREEMAN

58

AM MITTAG begann es tatsächlich zu schneien, wie von Jannik Angelani vorhergesagt.

»Wo bleibt sie?«, fragte Martin in sein Handy. Dakota und er saßen in einem kleinen Restaurant in Schliern.

»Vielleicht sind Irene und Co längst da«, drang Lefèvres Stimme aus dem Handy. »Vielleicht sondieren sie die Lage.«

Martin sah sich um. Nur wenige der anderen Tische waren besetzt, und unter den Gästen befand sich keine Frau, die Irene auch nur entfernt ähnelte.

»Sie meinen, sie könnte uns gerade beobachten?« Martin spähte nach draußen auf die Straße, die gerade eine dünne weiße Decke bekam. Die Autos fuhren langsamer, auf dem Bürgersteig freuten sich einige Kinder über den Schnee.

»Das halte ich für sehr wahrscheinlich«, entgegnete Lefèvre.

»Was sollen wir tun?«, fragte Martin. »Wie sollen wir uns verhalten?«

»Wie abgesprochen«, lautete die Antwort. »Normal und ganz unauffällig.«

Martin drückte die rote Taste, steckte das Handy ein und sah sich noch einmal um. Niemand schenkte ihnen Beachtung.

»Was hat er gesagt?«, fragte Dakota. Sie aß Spaghetti, aber ohne großen Appetit.

Martin sprach leise. »Er glaubt, dass sie schon hier sind und uns beobachten.«

»Himmel.« Sie verdrehte kurz die Augen. »Wenn das stimmt, kommen sie vielleicht auf die Idee, uns einfach abzuknallen. Das

Fenster hier hält keine Kugeln ab.« Sie verzog das Gesicht. »Es gefällt mir nicht besonders, den Köder zu spielen.«

Martin stocherte in seinem Gemüse. Sie hatten mit Lefèvre über Irene und ihre Komplizen gesprochen. »Er glaubt, dass sie etwas von uns wollen«, fasste er es zusammen. »Warum sollten sie uns einfach umbringen? Ich meine, was könnten wir über sie verraten?«

»Und wenn es ihnen nur darum geht, zu Ende zu bringen, was sie in dem kleinen Waldstück vor einem Monat nicht geschafft haben?«

Der Schnee fiel dichter, mit kleinen weiße Flocken. Die Kinder auf dem Bürgersteig liefen und rutschten. Auf der anderen Straßenseite machte sich ein Übereifriger mit einem Schneeschieber an die Arbeit.

»Das ist gut«, sagte Martin.

»Was ist gut?« Dakota sah ihn groß an. »Gibt es bei dieser ganzen Sache tatsächlich etwas, das man ›gut‹ nennen könnte?«

»Das Schneetreiben. Niemand kann von einem Fenster der Gebäude dort drüben auf uns zielen.«

»Oh, danke, da fühle ich mich gleich viel besser.«

Die Tür öffnete sich, und sofort drehte Martin den Kopf.

Zwei Personen betraten das Restaurant, ein Mann und eine Frau, beide in den Sechzigern. Sie blickten sich um, gingen zu einem freien Tisch in einer Ecke und nahmen Platz. Martin hatte sie nie zuvor gesehen.

Dakota beugte sich zu ihm vor. »Ich mag ihn nicht.«

»Lefèvre?« Er zuckte mit den Schultern. »Offenbar legt er keinen Wert darauf, auf irgendwen sympathisch zu wirken. Er benutzt uns, und wir benutzen ihn.«

Sie hatten sich mit Lefèvre beraten und ihm alles anvertraut. Inzwischen wusste er Bescheid, über die SD-Karte von Vincent Moreau und den Inhalt des Schließfachs. Nur eine Sache hatte ihm Martin verschwiegen: dass das alte Handy vielleicht Satoshi

Nakamotos Bitcoins enthielt, nach dem letzten enormen Kursanstieg im Wert von *tausend Milliarden* Dollar. Die einzige Information, die sie gewissermaßen als Gegenleistung erhalten hatten, betraf den Brand des Hausboots: Die »Eldorado« war vollkommen zerstört, und Oma Myrte lag mit schweren Verbrennungen im Krankenhaus.

Lefèvre, den Martin mehr denn je für einen Mann vom Geheimdienst hielt, wollte mit ihrer Hilfe Irene und ihre Komplizen fassen. Es ging ihm nicht in erster Linie darum, die Mörder von Vincent Moreau und Jasmin zur Strecke zu bringen. Er war einer anderen, offenbar sehr großen Sache auf der Spur. So jedenfalls hatte Martin seine Andeutungen verstanden.

Martin wäre allein nicht in der Lage gewesen, mit Irene und ihren Leuten fertigzuwerden. Er brauchte Lefèvre, um sie für Jasmins Tod zur Rechenschaft zu ziehen – und um wieder in den Besitz des alten Handys zu gelangen, das ihm vielleicht den Weg zu Satoshi Nakamoto wies, abgesehen davon, dass es sehr wahrscheinlich enorm viel Geld enthielt.

»Wir brauchen uns gegenseitig«, brachte es Martin auf den Punkt.

Dakota schob ihren Teller von sich, dabei hatte sie gerade mal die Hälfte gegessen. »Ich möchte auf etwas hinweisen, nur der Vollständigkeit halber.«

»Ja?« Martin blickte nach draußen und hielt nach Beobachtern Ausschau.

»Wir könnten uns in den Wagen setzen und einfach losfahren. Deine Bitcoins sind noch da, hast du gesagt, in der Handy-Wallet. Du kannst sie überallhin mitnehmen. Wie gesagt, wir könnten losfahren und uns irgendwo niederlassen, wo es ruhig und hübsch ist. Das Geld sollte reichen, um zu warten, bis Irene und wer weiß wer sonst noch das Interesse an uns verloren haben. Und bis auf der Welt wieder Frieden eingekehrt ist.«

Martin sah sie an. »Ist das dein Ernst?«

»Dieser Punkt steht zumindest auf der Liste unserer Möglichkeiten«, gab sie zurück.

»Sollen die Mörder meiner Eltern und von Jasmin ungestraft davonkommen?«

»Wenn's nach mir ginge, würde man sie ins Gefängnis stecken und den Schlüssel wegwerfen«, sagte Dakota. »Aber mir liegt auch etwas an meinem Leben. Und an deinem. Eine Pistolenkugel kann es schnell beenden. Das wissen wir beide, du noch besser als ich. Film zu Ende, für immer, für die nächsten Jahrmillionen und Jahrmilliarden. Aus und vorbei, bis zum Ende von Raum und Zeit.«

Martin dachte darüber nach, während draußen der Schnee fiel und die Welt »sauber« machte, wie es der alte Jannik Angelani genannt hatte.

»Ich käme nie zur Ruhe«, antwortete er schließlich. »*Nie.* Selbst wenn ich viel mehr Bitcoins hätte. Sie spielen hierbei keine Rolle. Diese Mörder müssen bestraft werden, das bin ich mir selbst schuldig. Und ich will wissen, warum sie das getan haben.«

Dakota richtete einen forschenden Blick auf ihn. »Ich glaube, da ist noch mehr.«

»Genügt das nicht?«

»Satoshi Nakamoto«, sagte sie. »Du willst wissen, wer er ist und wo er sich befindet.«

»Es wäre eine willkommene Zugabe«, gestand Martin.

»Wer die Hand ins Feuer hält, verbrennt sich die Finger.«

»Ich hab nicht gesagt, dass es ungefährlich ist.« Neue Kopfschmerzen plagten ihn. »Ich will Antworten auf meine Fragen, und Irene kann sie mir geben. Aber du ... Wenn du möchtest, kannst du den Wagen nehmen und nach Genf zurückfahren. Dich betrifft das hier nicht.«

»Hast du vergessen, dass Irene auch auf mich geschossen hat? Ich glaube, ich hab es schon einmal gesagt: Wir stehen das zusammen durch, was auch immer geschieht.« In einem etwas leichteren Ton fügte sie hinzu: »Außerdem bist du mit all deinen Bitcoins tatsächlich eine gute Partie. Ich muss darauf achten, dass dir nichts zustößt.«

Martin ergriff ihre Hand, drückte sie kurz und sah dann auf die Uhr.

»Es wird bald Zeit.« Sie hatten mit Lefèvre vereinbart, dass sie um halb zwei ins Pflegeheim zurückkehren und noch einmal versuchen würden, mit Jannik Angelani zu sprechen. Es gab lichte Momente bei ihm, vielleicht gelang es ihnen, die eine oder andere Information zu bekommen. Und natürlich war das Pflegeheim der Ort, den Irene und ihre Komplizen beobachten würden, wenn sie sich inzwischen in Schliern befanden.

»Na schön.« Dakota lächelte schief. »Halten wir beide die Hände ins Feuer.«

59

AM NACHMITTAG saß der alte Jannik vor dem Fernseher, sah sich Zeichentrickfilme an und lachte manchmal wie ein Kind. Auf lichte Momente warteten Martin und Dakota vergeblich – Angelani war wie ein Sechsjähriger, der das Kostüm eines Achtzigjährigen trug. Mehr als zwei Stunden verbrachten sie bei ihm. Einmal rollten ihm Tränen über die Wangen, doch es ließ sich nicht feststellen, ob es Tränen der Freude oder des Kummers waren.

Lefèvre ließ sich nicht blicken. Martin wusste, dass er in der Nähe war, aber er blieb unsichtbar, ebenso wie Irene und ihre Komplizen, wenn sie tatsächlich irgendwo lauerten.

Als sie das Pflegeheim gegen vier verließen, ging der Schnee in Regen über. Der kleine Ort verlor seine weiße Decke, die Welt wurde wieder schmutzig.

Sie fuhren zum nahen Köniz und checkten dort in einem gemütlichen Hotel ein, dem »Waldhaus«, direkt am Rand des Könizbergwalds gelegen. Auch das war mit Lefèvre abgesprochen: mindestens eine Übernachtung, falls der Nachmittag ereignislos verstreichen sollte.

»Wir wissen nicht, wann Irene und Co aktiv werden«, hatte Lefèvre gesagt. »Vielleicht erst nach einer längeren Beobachtungsphase. Wir müssen Geduld haben. Keine Sorge, ich bin immer in Ihrer Nähe, auch wenn Sie mich nicht sehen.«

Sie versuchten, ein wenig zu schlafen, aber Kopfschmerzen und bohrende Gedanken ließen Martin keine Ruhe. Immer wieder wälzte er sich von einer Seite auf die andere, und dadurch fand auch Dakota keinen Schlaf. Nach einer Weile schlang sie die Arme um ihn und hielt ihn fest, und so lagen sie eine ganze Stunde lang, in wohliger Stille.

Um sechs machten sie sich wieder auf den Weg nach Schliern. Es hatte aufgehört zu regnen, die Luft war klar und kalt. In dem Restaurant, das sie bereits am Mittag besucht hatten, saßen sie erneut am Fenster, tranken Kaffee und dachten beide daran, dass sie von draußen deutlich zu sehen waren. Sie beobachteten, wie Gäste kamen und gingen. Niemand verhielt sich verdächtig, niemand schenkte ihnen besondere Beachtung.

Um acht Uhr verließen sie das Restaurant, gingen durch die Straßen des kleinen Ortes, wanderten am Pflegeheim vorbei und versuchten, die Gesichter der wenigen Autofahrer und Passanten zu erkennen.

»Wir sind wie auf dem Präsentierteller«, sagte Dakota einmal. »Genauso gut könnten wir ein Schild tragen, auf dem geschrieben steht: Hallo, hier sind wir!«

Um halb zehn lagen Straßen und Bürgersteige leer in der Nacht. Sie gingen zum Parkplatz, weit und breit die einzigen Menschen, und stiegen in den Wagen.

»Was jetzt?«, fragte Dakota, die auch diesmal am Steuer saß.

Martin hatte die Hand in der Jackentasche, dicht bei der Pistole, und spähte in die Dunkelheit.

»Wir waren und sind allein«, sagte er nachdenklich. »Worauf warten Irene und ihre Helfer? Auf eine gute Gelegenheit? Daran hat es in den letzten Stunden nicht gemangelt.«

Dakota ließ den Motor an. »Vielleicht irrt sich Lefèvre, und sie sind gar nicht hier.«

Martin holte sein Handy hervor und sah aufs Display. Nichts, keine Nachricht, kein Anruf. Henriette kannte die Nummer des Ersatzhandys nicht, andernfalls hätte sie bestimmt angerufen. Aber Lefèvre war sie sehr wohl bekannt.

»Nichts. Keine Mitteilung.«

Dakota fuhr los. »Also bleibt es beim Plan. Eine Nacht im Hotel, morgen früh noch ein Besuch im Pflegeheim. Dann sehen wir weiter.«

Eine Viertelstunde später schritten sie im »Waldhaus« durch den Flur im ersten Stock und blieben vor der Tür Nummer 116 stehen. Martin wollte sie mit der Schlüsselkarte öffnen, aber Dakota sagte: »Warte.«

Sie schaltete ihr Handy in den Taschenlampenmodus, leuchtete nach oben und lächelte zufrieden. »Es ist noch da.«

»Was ist noch da?«

»Hast du's vergessen? Unser kleiner Helfer, der darauf hinweisen soll, ob jemand unser Zimmer betreten hat.«

Dakota hatte beim Verlassen des Zimmers ein Haar zwischen Tür und Rahmen gesteckt, so weit oben, wie ihre Hand reichte, wenn sie auf Zehenspitzen stand. Es befand sich noch immer an Ort und Stelle.

Martin öffnete die Tür. Das Licht ging an, als sie ihr Zimmer betraten.

»Ich hab Kopfschmerzen«, sagte er und schnitt eine Grimasse.

Dakota deutete aufs Bett. »Leg dich hin. Ich muss mal kurz ins Bad und hole dir ein Aspirin.«

Martin zog die Schuhe aus, legte sich aufs Bett und schloss die Augen. Ein Messer schien zwischen seinen Schläfen zu stecken, und Licht machte es nicht besser. Er tastete mit der rechten Hand, fand den Schalter und betätigte ihn.

Es wurde dunkel.

Eine Weile lag er still und sah zum Fenster, durch das der schwache Lichtschein einer fernen Straßenlaterne fiel. Langsam ließen die Kopfschmerzen nach.

Ein gurgelndes Geräusch kam aus dem Bad.

Eine weitere Minute verging.

»Dakota?«

Die Tür des Badezimmers öffnete sich. Es wurde wieder hell.

Martin kniff die Augen zusammen, das Messer in seinem Kopf stach erneut.

»Bitte mach das Licht aus«, ächzte er.

Schritte näherten sich.

Martin blinzelte im Licht und sah die Silhouette. Etwas stimmte nicht.

»Das mit dem Haar war lächerlich. Wie aus einem schlechten Film. Ein bisschen Kleber genügt, und es bleibt an seinem Platz. Hallo, Martin.«

Irene stand vor ihm, eine Pistole in der Hand.

60

MARTIN SAH die Mündung der Pistole, die wie schon einmal auf seinen Kopf gerichtet war, und er sah auch den Finger am Abzug.

Wie in Zeitlupe setzte er sich auf.

»Ja, so ist es richtig«, sagte Irene. »Hübsch langsam, nichts übereilen.«

Im Badezimmer klapperte es.

»Was ist mit Dakota?«

»Sie befindet sich in guten Händen.« Die Frau mit dem langen rotbraunen Haar zog einen Stuhl heran, setzte sich und drehte den Kopf ein wenig zur Seite. »Alles klar hier.«

Die Badezimmertür öffnete sich, und Dakota erschien, mit einem Klebeband auf dem Mund und den Händen auf dem Rücken. Ein Mann mit grau meliertem Haar, hoher Stirn und schmalen Wangen führte sie ins Zimmer und drückte sie auf den zweiten freien Stuhl, über dessen Rückenlehne Martins Jacke hing. Angst leuchtete in ihren weit aufgerissenen Augen.

»Was wollen Sie?«, stieß Martin hervor und krächzte: »Wenn Sie ihr etwas antun …«

Der Mann mit dem grauen Haar – jener Mann, der bei dem angeblichen Unfall im Waldstück vor einem Monat mit dem zweiten Wagen gekommen war – hielt Dakota eine Waffe an den Kopf, eine kleinere Pistole als die in Irenes Hand.

»Es liegt ganz bei Ihnen«, sagte er mit ausdrucksloser Miene. »Sie entscheiden, ob sie am Leben bleibt oder nicht.«

Dakota versuchte zu sprechen, aber es wurde nur ein wortloses Brummen daraus. Sie rutschte auf dem Stuhl hin und her.

»Ganz ruhig«, sagte der Mann im warnenden Ton. »Irene?«

Mit der freien Hand holte die Frau einen Gegenstand hervor und legte ihn auf das Nachtschränkchen. Martin erkannte das alte Handy aus dem Schließfach von Safes Fidelity.

»Nur zu«, sagte sie, die Pistole noch immer erhoben.

»Was?«, fragte Martin benommen, die Kopfschmerzen ein Hämmern zwischen den Schläfen.

Dakota rollte mit den Augen und schien ihm ein Zeichen geben zu wollen.

»Das Handy«, erklärte Irene. »Ich nehme an, es stammt von Ihrem Vater. Wir haben es aufgeladen. Entsperren Sie es.«

»Sie stecken dahinter, nicht wahr?«, platzte es aus Martin hervor. Wo blieb Lefèvre?, lautete einer seiner wirren Gedanken. Es waren so viele, dass sie kaum in seinen Kopf zu passen schienen.

Irene hob die Brauen. Ein Stück weiter hinten bewegte Dakota die offenbar auf den Rücken gefesselten Hände. Der Mann sah es nicht, er blickte nach vorn.

»Der Unfall, der gar kein Unfall war«, zischte Martin. »Vor vier Jahren. Sie haben meine Eltern umgebracht.«

Irene deutete auf das kleine Telefon. »Entsperren Sie es.«

»Und Jannik Angelani«, fuhr Martin fort. Sein Blick blieb auf die Frau mit dem rotbraunen Haar gerichtet, aber er sah auch, wie Dakota erneut mit den Augen rollte. Eine stumme Botschaft, nur für ihn bestimmt. Was wollte sie ihm sagen? »Was haben Sie mit ihm gemacht? Was haben Sie ihm damals verabreicht?«

Ein Gedanke schob sich in den Vordergrund und dominierte den Rest: Diese Frau hatte seine Schwester umgebracht.

Irene bemerkte die Veränderung in seinem Gesicht. »Keine Dummheiten«, warnte sie. »Entsperren Sie das Handy Ihres Vaters, und alles ist gut.«

»Und alles ist *gut?*« Martin begann zu zittern. »Sie haben meine Schwester erschossen!«

»Bei Ihnen hätte ich besser zielen sollen«, erwiderte Irene kühl. »Andererseits … Ich muss zugeben, dass es ein wenig voreilig war. Zum Glück sind Sie noch am Leben. Und wissen Sie was? Ich verspreche Ihnen, Sie am Leben zu lassen, wenn Sie das Handy entsperren. Sie und Ihre Freundin.«

Sie wechselte einen Blick mit dem Mann, der demonstrativ auf die Uhr sah.

Dakotas Augen waren groß, ihre Hände noch immer in Bewegung. Und plötzlich begriff Martin. Sie saß auf dem Stuhl mit seiner Jacke. Und in der Jacke steckte die Pistole.

Sie versuchte, an die Waffe zu gelangen. Konnte sie damit schießen? Selbst wenn das möglich war, wenn sie die Pistole aus der Jackentasche ziehen und in einer der beiden gefesselten Hände halten konnte – Zielen war unmöglich.

Was versuchten ihre Augen ihm mitzuteilen? Vielleicht bedeutete ihr Blick: *Geh in Deckung!*

»Entsperren Sie das Handy«, wiederholte Irene, die Stimme messerscharf. »*Jetzt*«, betonte sie. »*Sofort.*«

Konnte Lefèvre eingreifen? War er dazu noch imstande? Oder hatten Irene und ihr Begleiter ihn außer Gefecht gesetzt?

»Erhoffen Sie sich keine Hilfe«, sagte Irene. »Wir haben für ein kleines Ablenkungsmanöver gesorgt.«

»Eine Minute«, verkündete der Mann. »Wenn Sie das Handy nicht innerhalb der nächsten sechzig Sekunden entsperren, erschieße ich die Frau.« Er hielt die Pistole an Dakotas Schläfe.

Ihre Augen schienen noch etwas größer zu werden. Die Jacke hing schief über der Rückenlehne. Hatten Dakotas Hände die Waffe in der Tasche erreicht?

»Tick, tack«, sagte Irene. »Die Zeit verstreicht.«

Martin beugte sich zur Seite und streckte die Hand nach dem Handy auf dem Nachtschränkchen aus. Plötzlich kippte er, als hätte er das Gleichgewicht verloren, und fiel über den Rand des Bettes zu Boden.

Dakota sprang auf, ihre Hände, deren Gelenke mit Klebeband umwickelt waren, in der Jackentasche, und drehte sich, damit Martins Pistole auf den Mann mit dem grau melierten Haar zeigte.

Ein Schuss krachte, laut wie das Donnern des Weltuntergangs.

Für einen schrecklichen Moment befürchtete Martin, dass der Mann geschossen hatte, dass er schneller gewesen war als Dakota. Doch er schrie auf, fiel und hielt sich das Bein. In seltsamer Deutlichkeit sah Martin Blut, das zwischen den Fingern des Mannes hervorquoll. Zwei oder drei Sekunden verstrichen, während sich der Mann mit schmerzerfülltem Gesicht auf dem Boden wand. Dann erinnerte er sich an die eigene Waffe und richtete sie auf Dakota.

Martin versuchte, so schnell wie möglich auf die Beine zu gelangen. Irene hatte gezögert, zwischen ihm auf der einen Seite und den Geschehnissen hinter ihr auf der anderen.

»Liegen bleiben!«, fauchte sie ihn an und drehte sich nach Dakota um. Auch die Waffe in ihrer Hand schwang herum.

Martin trat nach ihren Beinen.

Im gleichen Augenblick schoss sie.

Ihr Schuss traf nicht Dakota, wie es ihre Absicht gewesen war, sondern den Mann am Boden. Die Kugel zerfetzte ihm den Hals.

Noch mehr Blut spritzte, und wieder hörte Martin gurgelnde Laute. Diesmal stammten sie nicht von Dakota, die ein Klebeband auf den Mund hatte, sondern von einem Sterbenden.

Der Mann mit dem grauen Haar vergaß seine Waffe und fasste mit beiden Händen nach seinem Hals, wie in dem Versuch, das aus ihm herausströmende Leben festzuhalten.

Es krachte erneut.

Irenes zweiter Schuss verfehlte Dakota nur knapp – die Kugel schlug dicht neben ihrem Kopf in die Wand. Sie duckte sich, stolperte über etwas und stürzte. Sofort rollte sie zur Seite, die Hände noch immer auf dem Rücken und in einer von ihnen die Pistole aus Martins Jacke.

Dakota drückte ab, traf aber nicht Irene, sondern die Nachttischlampe hinter Martin. Sie zerplatzte, und Dutzende von Glassplittern landeten auf ihm.

Er achtete nicht darauf und trat erneut nach Irene, diesmal nach ihrem Arm, als sie wieder auf Dakota anlegte.

Auch ihr dritter Schuss ging ins Leere.

Dakota kroch über den Boden und versuchte, das Bad zu erreichen. Nur von dort kam Licht.

Irene wurde eine größer werdende Silhouette, als sie sich aufrichtete. Der Mann bewegte sich kaum noch, stellte Martin fest. Er ächzte nur leise mit einigen letzten Atemzügen zwischen Leben und Tod.

Die Tür flog auf.

Lampenschein vom Flur fiel ins Zimmer, und vor diesem Licht zeichnete sich die Gestalt von Lefèvre ab.

Irene ließ ihm keine Zeit, die Situation mit einigen schnellen Blicken zu erfassen, sie legte sofort auf ihn an.

Wieder knallte es, vielleicht noch lauter als vorher.

Und Irene fiel.

Es polterte, und dann war nur noch leises Stöhnen zu hören.

Lefèvre betrat das Zimmer, die Waffe schussbereit.

»Alles in Ordnung?«, fragte er.

»O ja, alles bestens, wie Sie sehen.« Martin sprang zu Dakota, stellte erleichtert fest, dass sie unverletzt war, und löste das Klebeband von ihren Handgelenken. Sofort zog sie sich auch das Klebeband vom Mund.

»Nimm das Ding!« Sie schnappte nach Luft. »Nimm es!«

Sie meinte die Pistole, die Martins Vater gehört hatte. Er hob sie auf.

Lefèvre stand neben dem Mann mit dem grau melierten Haar, der sich nicht mehr rührte.

»Tot«, stellte Lefèvre fest und sah sich um. »Erstaunlich. Fast hätten Sie mich gar nicht gebraucht.«

»Wo sind Sie gewesen?«, entfuhr es Martin. Er hielt die Pistole seines Vaters in der rechten Hand und richtete sie auf die leise stöhnende Irene.

»Ich muss gestehen, dass ich einer falschen Spur gefolgt bin.« Lefèvre kam einige Schritte näher.

»Das Ablenkungsmanöver«, erinnert sich Martin an Irenes Worte.

»Und Sie sind drauf reingefallen«, hielt Dakota Lefèvre vor und rieb sich die Handgelenke. »Kompliment!«

»Nobody is perfect«, sagte dieser schulterzuckend. »Was ist mit ihr?«

Martin ging neben Irene in die Hocke. Die Pistole, mit der sie fast Dakota erschossen hätte, lag neben dem Schrank.

Jasmins Mörderin, dachte er.

Ihre Augen waren geöffnet, die Brust blutig. Ihre Lippen bebten, sie versuchte zu versprechen.

»Es hat sie schwer erwischt.« Martin rührte sie nicht an, beobachtete sie nur. »Ich glaube, die macht es nicht mehr lange.«

Lefèvre näherte sich, wich dem Blut auf dem Boden aus und ging auf der anderen Seite von Irene in die Hocke.

»Wer hat Sie geschickt?«, fragte er die Sterbende. »In wessen Auftrag sind Sie hier?«

»Ihr Vater …«, brachte Irene mühsam hervor.

»Sie haben auch ihn umgebracht, nicht wahr?«, erwiderte Martin. »Ihn und meine Mutter. Sie und Ihre Leute stecken hinter dem angeblichen Unfall.«

»Ihr Vater …« Irenes Stimme wurde so leise, dass sich Martin zu ihr hinabbeugen musste, um sie zu verstehen. »Wissen Sie, wer er war?«

»Er war mein Vater!«

»Er war …« Irenes Augen veränderten sich. Sie schienen plötzlich etwas zu sehen, das für Martin, Lefèvre und Dakota verborgen blieb. »Er war … Satoshi Nakamoto.«

Ein letzter Atemzug, die Augen schlossen sich, und die Frau lag still.

DIE SECHS: SAMUEL WINSTER

61

GRAUBRAUNE GEBÄUDE ragten am Rand des alten Hafens auf, leere, seit Jahren dem Verfall preisgegebene Lagerhäuser. Die Reste von Kränen erhoben sich wie die Gerippe riesiger Geschöpfe, die hier gestorben und in Vergessenheit geraten waren. Unkraut spross aus Rissen in Beton und Asphalt.

Am Ende des Kais saß jemand auf einer Bank und blickte über die Arthur-Kill-Gezeitenstraße, die New Jersey von New York trennte und die Stadt namens Elizabeth von Staten Island. Möwen kreisten über dem Mann, landeten gelegentlich in der Nähe und schnappten nach den Brotstücken, die er ihnen zuwarf. Er trug einen Hut und hatte den Kragen seines Mantels hochgeschlagen, denn es wehte ein unangenehm kalter Wind.

»Wer ist das?«, fragte Winster den Piloten, der ihn zur Sitzbank geleitete.

»Sie kennen ihn bestimmt«, erwiderte Jayden Elroy.

Winster sah kurz zurück zum Minicopter, der vor einem der leeren Lagerhäuser stand. Weiter hinten parkten drei Limousinen. Mehrere Männer in dunklen Anzügen warteten dort.

Die Möwen schnappten sich einige letzte Brocken Brot, stiegen auf und flogen krächzend davon.

»Setzen Sie sich, Mister Winster«, sagte der Mann auf der Bank.

Samuel Winster trat zur anderen Seite der Sitzbank. Der Mann war klein, stellte er fest, klein und schmächtig, mit schmalem Gesicht, gerader Nase und dünnen Lippen. Er trug eine altmodische Brille mit runden Gläsern, und die Augen dahinter waren grau wie die Gezeitenstraße.

Natürlich kannte er den Mann. Er hieß Jacob Liam Blake und war Direktor der NSA, der National Security Agency.

Winster setzte sich. »Ein ungewöhnlicher Treffpunkt«, meinte er. »Kalt und ungemütlich. Ich hätte Sie in meinem Büro empfangen können, bei einer Tasse Kaffee.«

Blake ließ ein paar Sekunden verstreichen. »Ich bin hier aufgewachsen«, sagte er schließlich. »Vor mehr als fünfzig Jahren habe ich mich im alten Hafen herumgetrieben, mit Freunden, von denen einige später auf die schiefe Bahn gerieten. Nur wenige von ihnen sind heute noch am Leben. Es war eine schwere Zeit damals. Mein Vater schuftete sich als Stauer den Rücken krumm und wurde später arbeitslos, als immer mehr Frachtschiffe auf den Transport von Containern umstellten. Er war zu alt, um eine neue Anstellung zu finden, aber noch nicht alt genug für die Rente. Irgendwie hielt er uns mit kleinen Jobs über Wasser. Er meinte es gut mit uns, mit seiner Familie, aber das Leben meinte es nicht gut mit ihm. Er starb, bevor er seine Rente bekam.« Er deutete zum grauen Wasser. »Dort ertrank er, vor vier Jahrzehnten. Zu viel Alkohol, er stolperte und fiel. Und es war niemand da, um ihm zu helfen.«

Blake seufzte. Er saß mit den Händen in den Manteltaschen und dem Kopf wie eingezogen zwischen den Schultern. »Ich weiß, was es heißt, arm zu sein und jeden Cent zweimal umdrehen zu müssen. Ich weiß, wie schwer das Leben sein kann.«

Blake rührte sich nicht und blickte weiterhin nach Staten Island. Eine Möwe landete auf dem Kai, trippelte vorsichtig näher und erhoffte sich vielleicht mehr Brot.

»Um ganz ehrlich zu sein, Mister Winster: Ich verabscheue Leute wie Sie. Leute, die alles haben, sich alles leisten können und glauben, mit allem durchzukommen.«

»Danke«, erwiderte Winster und lächelte freundlich.

»Sie glauben, an den Hebeln der Macht zu sitzen, weil Sie das Geld haben, weil Sie Milliarden hin und her schieben und während eines Telefonats über das Schicksal von Konzernen befinden, die Hunderttausenden Menschen Arbeit geben. Doch es gibt eine Macht, die größer ist als Ihre, Mister Winster.«

»Sie?«

»Wir«, sagte Blake. »Der Staat, der Gesetze erlässt, an die sich alle halten müssen. Auch Sie.«

»Ich bin gegen meinen Willen hierhergebracht worden«, entgegnete Winster. »Nennt man so etwas nicht Entführung? Und handelt es sich dabei nicht um einen Verstoß gegen das Gesetz?«

»Sie haben Salomon Fray ermordet«, sagte Blake. »Dafür könnten Sie in diesem Land die Todesstrafe bekommen.«

»Ich habe niemanden ermordet«, entgegnete Winster. Er lächelte noch immer.

»Und jetzt sind Sie teil einer Verschwörung mit dem Ziel, die bestehende Weltordnung zu zerstören und durch eine neue zu ersetzen.«

»Mein Güte! Hören Sie, was Sie da sagen? Eine Weltverschwörung! Haben wir nicht schon genug absurde Theorien dieser Art? Ich versichere Ihnen, dass ich nicht zu QAnon oder einer anderen Wirrkopfsekte gehöre.«

»Sie gehören zu einer aus mehreren Personen bestehenden Gruppe, deren finanzielle Manipulationen die derzeitige Krise verschärfen. Mit anderen Worten: Sie sind schuld daran, dass Millionen von Menschen ihre Arbeit verlieren und ins Elend gestürzt werden. Wie viele Kinder sind jetzt gezwungen, so zu leben wie einst ich?«

Endlich drehte Blake den Kopf, und was Winster in den Tiefen seiner grauen Augen sah, gefiel ihm nicht.

»Ich weiß nicht, von wem Ihre Informationen stammen …«

»Meine Informationen sind zuverlässig«, unterbrach der NSA-Direktor. »Einige stammen von Pauline Laurent, die Ihnen keine Unbekannte sein dürfte.«

Das Smartphone in Winsters Brusttasche vibrierte und wies damit auf den Eingang einer wichtigen Nachricht hin. »Whitestone ist an Canadian Core beteiligt, wenn Sie das meinen.«

»Nein, das meine ich nicht, Mister Winster. Ich meine die Sieben, wie Sie sich nennen.«

Winster schüttelte den Kopf. »Nie davon gehört.«

»Es gibt zwei Möglichkeiten für Sie, Mister Winster: Entweder kooperieren Sie mit uns, oder Sie landen im Gefängnis und dort vielleicht in der Todeszelle.«

Winster lächelte erneut. »Was erwarten Sie von mir?«

Jacob Liam Blake blickte wieder übers Wasser. Der Wind war stärker geworden, die Wellen trugen kleine weiße Schaumkronen. »Ich erwarte von Ihnen, dass Sie alle unsere Fragen wahrheitsgemäß beantworten. Beginnen wir gleich mit der ersten: Wer sind die Sieben? Nennen Sie Namen und Aufgaben.«

Winster sah zum Copter und den NSA-Leuten bei den drei Limousinen. »Ich schätze, die Option, ›Er weigert sich, lassen wir ihn gehen, vielleicht überlegt er es sich anders‹, fehlt bei Ihrem Plan, stimmt's?«

»Das Gefängnis ist kein angenehmer Ort, Mister Winster«, entgegnete Blake. »Erst recht nicht für Leute wie Sie. Von der Todeszelle ganz zu schweigen.«

Das Smartphone vibrierte erneut. Winster öffnete die Jacke und zog es aus der Brusttasche. »Darf ich?«

»Wenn Sie glauben, Sie könnten jemanden um Hilfe rufen …«

Eine Nachricht von »FF« war eingetroffen. Sie lautete: *Wir sind kompromittiert. Rückzug.*

Winster steckte das Handy wieder ein. Er machte sich keine Sorgen, dazu gab es noch keinen Grund. Die Welt funktionierte nicht so, wie Blake glaubte. Er steckte zu tief in dem Knäuel aus Vorschriften, Regeln, Gesetzen und vermeintlichen Loyalitäten dem Staat gegenüber. Geld war mächtiger als jedes Gesetz. Geld kaufte Gesetze und änderte sie.

»Mein lieber Mister Blake, auch für Sie gibt es zwei Möglichkeiten«, sagte er ruhig. »Entweder Sie verlassen diesen Ort mit leeren Händen oder als sehr, sehr reicher Mann.«

Der NSA-Direktor schien in der Kälte zu schaudern. »Glauben Sie allen Ernstes, Sie könnten sich auf diese Weise aus der Affäre ziehen?« Winster hörte Verachtung in seiner Stimme.

»Ich spreche nicht von ein paar Hunderttausend Dollar, die bald ohnehin nicht mehr viel wert sein werden«, sagte er. »Ich biete Ihnen tausend Bitcoin für Ihre Kooperation bei dieser kleinen Sache und bei anderen Angelegenheiten. Das sind beim derzeitigen Kurs etwa zweihundert Millionen Dollar. Der Kurs wird weiter steigen, und zwar rapide. In wenigen Stunden oder Tagen könnten die tausend Bitcoin eine *Milliarde* Dollar wert sein. Stellen Sie sich das vor, Mister Blake.« Winster deutete auf die halb verfallenen Lagerhäuser. »Sie sind in einer solchen Welt aufgewachsen und haben es hinausgeschafft. Also haben Sie nicht nur gelernt, wie man überlebt, sondern auch, wie man sich erfolgreich behauptet. Sie haben nicht nur gelernt, Möglichkeiten und Chancen zu erkennen, die sich einem bieten, sondern auch, dass man sie nutzen muss. Dies ist eine gute Möglichkeit und eine gute Chance, Mister Blake. Wenn Sie klug handeln, gehören Sie auch diesmal zu den Gewinnern und nicht zu den Verlierern. Stellen Sie sich vor, was Sie mit einer *Milliarde* Dollar machen könnten. Haben Sie jemals davon geträumt, sich irgendwo eine tropische Insel zu kaufen und sich dort zur Ruhe zu setzen? Kein Problem. Und Sie hätten immer noch Hunderte von Millionen Dollar übrig, um sich alle anderen Wünsche zu erfüllen. Oder um Kindern zu helfen, die in Elend aufwachsen.«

Der NSA-Direktor reagierte nicht, saß einfach nur da.

»Sie haben es in der Hand.« Winster fühlte sich seines Sieges sicher. »Ja oder nein. Ein einzelnes Wort entscheidet über Ihre Zukunft.«

Blake zog die rechte Hand aus der Manteltasche und richtete eine Pistole auf Winster.

»Stellen Sie sich eine Kugel vor, die Ihr Herz durchschlägt. Ich brauche nur abzudrücken, und alles ist vorbei für Sie. Was nützen Ihnen da Bitcoins und all die Dollarmilliarden?«

MARTIN FREEMAN

62

ES WAR fast zwei Uhr nachts, aber in dem kleinen Könizer Hotel namens »Waldhaus« herrschte reger Betrieb. Forensiker untersuchten Zimmer Nummer 116, Polizisten befragten das Personal und die übrigen Hotelgäste. Der vom Nachtportier herbeigerufene Geschäftsführer organisierte eine Putzkolonne mit dem Auftrag, alle Spuren der Auseinandersetzung zu beseitigen, doch die Männer und Frauen mit den Lappen, Besen, Bodenwischern und Eimern würden sich noch eine Weile gedulden müssen.

Zu den mit drei Streifenwagen eingetroffenen Polizeibeamten gehörte auch Kommissar Claude Léon Dubois aus Genf, aber er blieb im Hintergrund und sprach nur mit den Personen, die Irene und den Mann in ihrer Begleitung gesehen hatten. Es konnte kein Zweifel daran bestehen, wer die Ermittlungen führte: Monsieur Lefèvre.

Sie saßen im Zimmer hinter dem Empfangsbereich, einem Aufenthaltsraum für den Portier, ausgestattet mit Fernseher, Sofa, einem Tisch, mehreren Stühlen und zwei halbhohen Topfpflanzen, die das Fenster flankierten.

Dakota hockte auf dem Sofa, die Beine angezogen und die Arme um die Knie geschlungen. Sie starrte auf den Schirm des eingeschalteten Fernsehers.

»Es herrscht Krieg«, sagte sie geistesabwesend und zog die Decke, in die sie sich geschlungen hatte, enger um ihre Schultern. Sie zitterte noch immer.

Martin hob den Blick von seinem Kaffee, der wie ein schwarzer Spiegel war und ihm das Gesicht der sterbenden Irene gezeigt hatte.

»Was?«, fragte er geistesabwesend.

»Als ob es auf der Welt nicht schon genug drunter und drüber ginge«, fügte Dakota hinzu. »China holt Taiwan heim ins Reich.«

Der Fernseher zeigte Kampfflugzeuge, Hubschrauber, Landungsboote und über einen Strand stürmende Soldaten.

»Wie lauteten ihre letzten Worte?«, fragte Lefèvre erneut. Er saß auf der anderen Seite des Tisches, Martin direkt gegenüber, und wirkte hellwach.

»Was?«

»Die Frau namens Irene. Was hat sie Ihnen zugeflüstert, bevor sie starb?«

Martin hob die Tasse und trank einen Schluck. Der Wind warf Regen gegen das Fenster, es prasselte kurz, dann wurde es wieder still. Der Fernseher lief ohne Ton, die Stimmen der Polizisten und Hotelgäste drangen gedämpft ins Zimmer.

»Keine Ahnung«, antwortete Martin. »Ich hab sie nicht richtig verstanden.«

Lefèvre wölbte eine Braue. »Sie waren ihr noch näher als ich. Und sie hat zu Ihnen gesprochen.«

Martin zuckte mit den Schultern. Er hatte Kopfschmerzen und fühlte sich ausgelaugt.

»Ich mag nicht mehr«, verkündete Dakota plötzlich. »Dieser ganze Mist, eine Welt außer Rand und Band … Ich hab genug davon.« Sie stand auf und schaltete den Fernseher aus. Dann setzte sie sich wieder, streckte aber diesmal die Beine aus und verschränkte die Arme.

»Sie haben es ebenfalls gehört, nicht wahr?«, wandte sich Lefèvre an sie.

»Was soll ich gehört haben?«

»Sie wissen, was ich meine.«

Dakota verzog das Gesicht.

Dubois erschien in der Tür. Im Gegensatz zu Lefèvre sah man ihm die späte Stunde an. »Wir sind in einer halben Stunde fertig.«

Lefevre nickte.

»Wie kommen Sie voran?«, fragte der Kommissar. »Hat er alles zugegeben?«

Der Mann vom Geheimdienst hob nur kurz die Hand, und Dubois ging ohne ein weiteres Wort.

»Was soll ich zugeben?«, brummte Martin.

»Dass Sie in mehreren Fällen gelogen haben«, erklärte Lefèvre. »Und dass Sie in einem weiteren Fall nicht die ganze Wahrheit gesagt haben. Noch einmal: Was hat Ihnen Irene zugeflüstert?«

Martin wollte die Worte nicht wiederholen.

»Sie scheint davon überzeugt gewesen zu sein, dass Ihr Vater Satoshi Nakamoto war, der Erfinder von Bitcoin«, sagte Lefèvre.

»Unsinn.«

»Dazu passt, dass das alte Handy aus dem Schließfach von Safes Fidelity womöglich Nakamotos Wallet enthält, mit mehr als einer Million Bitcoin. Nach den letzten gewaltigen Kursanstiegen sind das Hunderte von Milliarden Dollar. Das meinte ich eben damit, dass Sie nicht die ganze Wahrheit gesagt haben. Sie wussten von der Wallet.«

Dakota blieb still, doch Martin bemerkte die Wachsamkeit in ihren Augen.

»Der Skandal vor einigen Jahren bei der Privatbank Bordier & Cie, für die Ihr Vater und auch Vincent Moreau gearbeitet haben«, sagte Lefèvre langsam, »was wissen Sie darüber?«

Martins Kopfschmerzen wurden stärker. Er hob die Hände und rieb sich die Schläfen. »Es ist spät. Und ich bin fix und fertig. Können wir nicht morgen über alles reden?«

»Nein. Das hier ist eine gute Gelegenheit, gewisse Dinge zu klären.« Lefèvre deutete zur offenen Tür. »Außerdem wird Ihnen der Geschäftsführer nicht ohne weiteres ein anderes Zimmer zur Verfügung stellen. Ein gutes Wort von mir könnte das ändern. Also … was wissen Sie über den Bankenskandal?«

»Nicht viel. Mein Vater hat darüber nie mit mir gesprochen.«

»Nie?«

»Nein, nie«, bekräftigte Martin. »Ein- oder zweimal habe ich ihn bei einem Telefonat überrascht und ein paar Brocken aufgeschnappt, mehr nicht. Was ich über die Sache mit Bordier & Cie weiß, stammt aus den Zeitungen und Online-Medien.«

Dakota griff stumm nach der Decke, legte sie sich über die Beine und zog sie bis zu den Achseln hoch. Sie hörte auch weiterhin sehr aufmerksam zu.

»*Was* wissen Sie, Monsieur Freeman?«, fragte Lefèvre erneut.

»Man munkelte von Insiderhandel«, erinnerte sich Martin. »Von halb legalen Geschäften mit Derivaten und eigenmächtigen Spekulationen, die zu erheblichen Verlusten führten. Mein Vater und Vincent Moreau mussten Bordier & Cie verlassen. Ihnen wurde nicht gekündigt, angeblich war es ihre eigene Entscheidung, aber anschließend stießen sie bei anderen Banken auf verschlossene Türen. Sie machten sich selbständig, es kam zu Meinungsverschiedenheiten zwischen ihnen, und sie gingen getrennte Wege. Kurze Zeit später kam es zu einem Autounfall, der gar kein Unfall war und meinen Eltern das Leben kostete. Jannik Angelani stellte als Sachverständiger fest, dass jemand die Bremsen manipuliert hatte, aber sein Gutachten verschwand irgendwie, und er selbst erkrankte an Demenz, wobei Irene offenbar nachgeholfen hat.«

Lefèvre nickte. »Und weiter?«

»Nichts weiter«, sagte Martin. »Das ist alles.«

Der Mann auf der anderen Seite des Tisches musterte ihn erstaunt. »Sind Sie noch nicht dazu gekommen, zwei und zwei zusammenzuzählen? Im Krankenhaus hatten Sie doch einige Wochen Zeit dazu.«

»Wenn Sie ein mathematisches Genie sind und mehr wissen als ich«, knurrte Martin verärgert, »heraus damit! Ich bin ganz Ohr!«

Und Lefèvre begann zu erzählen …

63

»**IN DER** Mitte der 2000er Jahre, als Sie sechs oder sieben waren, verdiente Ihr Vater viel Geld mit sogenanntem Dividendenstripping, was damals noch nicht verboten war«, erzählte Lefèvre. »Die Bank wusste und profitierte davon. Wir nehmen an, dass man ihn nicht nur gewähren ließ, sondern aktiv bei seinen Geschäften unterstützte. Er arbeitete zunächst allein, später mit Vincent Moreau und einigen anderen. Sie nutzten die unterschiedlichen Gesetze in den europäischen Staaten für Cum-Ex- und Cum-Cum-Geschäft bis zum großen Skandal, der etwa zehn Jahre später in Deutschland als größter Steuerraub in die Geschichte einging. Der deutsche Staat wurde um insgesamt fast zweiunddreißig Milliarden Euro betrogen. Ich nehme an, Sie sind mit den finanztechnischen Mechanismen vertraut, Monsieur Freeman.«

»Ich bin's nicht«, warf Dakota ein, bevor Martin antworten konnte. »Eine kurze Erklärung wäre nicht schlecht. Damit ich weiß, worum es geht. Wenn Sie gestatten«, fügte sie spitz hinzu.

»Der Trick besteht darin, sich Steuern erstatten zu lassen, und das gleich mehrfach«, erläuterte Lefèvre. »Dividendenstripping ist eine Kombination aus dem Verkauf von Aktien unmittelbar vor der Dividendenzahlung und dem Rückkauf kurz nach dem Dividendentermin. In Deutschland steht inländischen Unternehmen eine Erstattung der Kapitalertragssteuer zu, ausländischen jedoch nicht. Die unterschiedliche Rechtslage macht die Erlangung von Steuervorteilen möglich. Die Sache ist nicht ganz einfach zu durchschauen, was einer der Gründe dafür sein dürfte, warum ein internationaler Steuerbetrugsklub aus Banken, Unternehmen, Maklern und Aktionären viel, viel Geld damit verdienen konnte. Verschiedene Varianten dieser Geschäfte nennt man ›Cum-Ex‹ oder ›Cum-Cum‹. Beide Begriffe stammen aus dem Lateinischen: ›Cum‹ bedeutet ›mit‹ und ›ex‹ steht für ›ohne‹.«

Lefèvre überlegte kurz und schien nach geeigneten Worten zu suchen.

»Eine zentrale Rolle spielt dabei der Tag, an dem eine Aktiengesellschaft über die zu zahlende Dividende entscheidet«, fuhr er fort. »Meist erfolgt die Auszahlung am Tag nach der Hauptversammlung, dem ›Ex-Tag‹, und die entsprechenden Aktien erhalten auf ihrem Kurszettel zum Beispiel den Vermerk ›xD‹ für Ex-Dividende. Anspruch auf Dividende kann man nur erheben, wenn die betreffenden Aktien bis zum letzten Tag vor dem Ex-Tag, dem ›Cum-Tag‹, im Depotkonto verbucht waren. Manche Aktiengesellschaften sperren ihre Aktien mehrere Tage vor der Hauptversammlung, damit es bei der Buchung nicht zu Problemen kommt, aber, und hier kommt das große Aber …« Lefèvre hob kurz den Zeigefinger. »Bei Namensaktien lässt sich so etwas einfach bewerkstelligen, doch durch den elektronischen Aktienhandel mit namenlosen Aktien ergab sich eine völlig neue Situation, die Verkauf und Kauf von Aktien auch während und nach der Hauptversammlung ermöglicht. Können Sie mir so weit folgen, Mademoiselle van Leeuwen?«

»Ich denke schon«, antwortete Dakota würdevoll, sah Martin an und rollte kurz mit den Augen.

Lefèvre nickte. »Gut. Bei Aktienerwerb am Ex-Tag selbst und auch danach besteht kein Dividendenanspruch mehr. Am Ex-Tag werden die Aktien in den meisten Fällen mit einem Abschlag vom Börsenkurs verkauft, der etwa der Bruttodividende entspricht. Wichtig ist: Dividendenanspruch und Auszahlung der Dividende unterliegen einer Steuerpflicht, die vom jeweiligen nationalen Steuersystem abhängt. Nehmen wir an, ein ausländischer Aktieninhaber verkauft seine inländischen Aktien vor dem Dividendentag an einen Inländer. Der Inländer streicht die Dividende ein, erwirbt gleichzeitig einen Steuergutschriftsanspruch und verkauft die Aktien anschließend wieder dem Ausländer, zu einem niedrigeren Kurs unter Abzug der Dividende. Damit bezahlt der

Inländer den ausländischen Aktieninhabern über den Marktpreis der Aktien den Wert des Anrechnungsanspruchs. Statt einer Dividende verrechnet der Ausländer einen Kursgewinn durch höheren Verkaufspreis abzüglich niedrigerem Rückkaufspreis.«

Martin hörte Lefèvres Worte durch ein Rauschen, das nicht vom Regen stammte, sondern von seinen Kopfschmerzen, die zwar nicht mehr so heftig waren wie vorher, aber bis in den Nacken reichten.

»Kommen wir nun zu den Cum-Ex-Geschäften des Betrugsklubs«, sagte Lefèvre. »Angenommen, der Aktienverkäufer war ein Leerverkäufer, der die Aktien erst nach dem Dividendentermin tatsächlich erwarb. Dann konnte es geschehen, dass zwei Aktionäre, der ursprüngliche Inhaber und der Käufer des Leerverkäufers, eine Bescheinigung und damit einen Anspruch auf Steuergutschrift erhielten. Was dazu führte, dass die Finanzämter mehr Steuern zurückzahlten, als sie tatsächlich eingenommen hatten. Lassen Sie mich, was Cum-Cum-Geschäfte betrifft, erneut das Beispiel Deutschland nennen. Normalerweise müssen ausländische Aktionäre auf die Dividenden deutscher Unternehmen fünfzehn Prozent Kapitalertragssteuer zahlen. Das wurde oft umgangen, indem die Aktien kurz vor dem Dividendenstichtag an einen in Deutschland ansässigen Finanzdienstleister verliehen wurden, der sich die Kapitalertragssteuer vom Staat erstatten lassen konnte. Kurz nach dem Dividendenstichtag wurden die Aktien an den ursprünglichen ausländischen Inhaber zurückgegeben. Für die Kursrisiken während des Zeitraums der Übertragung gab es eine Absicherung, und die Geschäftspartner teilten sich die gesparte Steuer. Der deutsche Fiskus ging leer aus.«

Lefèvre ließ einige Sekunden verstreichen. »Der Klub hat sich aus den Steuerkassen mehrerer europäischer Länder bedient, und Ihr Vater gehörte dazu, Monsieur Freeman. Daher stammte das Geld für die hübsche Villa, die er Ihnen hinterlassen hat.«

»Börsenkram«, kommentierte Dakota abfällig. »Ich hab die Börsen immer für eine einzige große Zockerei gehalten. Und seht nur, wohin es uns geführt hat.«

Ihre knappe Geste galt der Welt außerhalb des Zimmers.

»Damit meine ich *nicht* den Bitcoin«, fügte sie an Martin gerichtet hinzu.

»Die Sache wurde vertuscht.« Lefèvres Worte galten vor allem Martin. »Einflussreiche Leute in Politik und Wirtschaft waren darin verstrickt, auch hier in der Schweiz. Es gab damals einen Whistleblower, der Dokumente zu Cum-Ex-Geschäften an deutsche Ermittler weitergab: Eckart Seith, ein Anwalt. Doch statt ihn als Helden zu feiern, wurde er in Zürich vor Gericht gestellt. Ihr Vater war nur ein kleines Rädchen in einem viel größeren Apparat, der Milliarden produzierte, aber …«

»Deshalb der inszenierte Unfall?«, fragte Martin, als Lefèvre nicht weitersprach. »Sollte mein Vater aus dem Weg geräumt werden, weil er zu viel wusste? Weil er dazu bereit war, wie der Anwalt Unterlagen weiterzugeben?«

»Wir glauben, das mit den Bremsen war als Warnung geplant, als eine Botschaft in der Art von: Wir können dich töten, wenn wir wollen. Und an dieser Stelle«, Lefèvre warf Dakota einen kurzen Blick zu, »kommt der Bitcoin ins Spiel. Noch während seiner Zeit bei Bordier & Cie nutzte David Dean Freeman einen Teil seiner Einnahmen als Mitglied des Betrugsklubs für den Kauf von Bitcoins. Offenbar verdiente er viel damit, vielleicht noch mehr als zuvor mit den Cum-Ex- und Cum-Cum-Geschäften. Doch dann kam es zu einem plötzlich Absturz des Bitcoin-Kurses, zu einem regelrechten Crash. Auslöser war …«

»Der Verkauf von hunderttausend Bitcoin aus dem Fundus von Satoshi Nakamoto«, unterbrach Martin. »Das hat den Kurs weit nach unten gedrückt und löste automatisierte Verkaufsorder aus.«

»Wir glauben, dass Ihr Vater hinter dem Verkauf gesteckt hat«, sagte Lefèvre. »Vielleicht stammten die Bitcoins von seiner eigenen Wallet.«

»Halten Sie es wirklich für möglich, dass er Satoshi Nakamoto war?«, fragte Martin ungläubig. Er hielt die Vorstellung für absurd.

Lefèvre klang nachdenklich. »Die Arbeit für Bordier & Cie könnte eine gute Tarnung für ihn gewesen sein.«

Martin versuchte, nicht den Überblick zu verlieren. Die Kopfschmerzen waren ein dumpfer Druck, wie von einem Schraubstock, in dem sein Schädel steckte. Die Müdigkeit machte jeden einzelnen Gedanken schwer.

»Eben haben Sie gesagt, das mit den Bremsen könnte eine Warnung gewesen sein. Wenn das stimmt … Wer wollte meinen Vater warnen und weshalb?«

»Vielleicht fand jemand seine wahre Identität als Satoshi Nakamoto heraus«, meinte Lefèvre, »und dieser Jemand hatte es womöglich auf seine Bitcoins abgesehen. Möglicherweise sollte er gezwungen werden, sie herauszugeben.«

Dakota hatte ihn genau beobachtet.

»Nein«, sagte sie und lächelte auf eine hintergründige Art und Weise. »Nein, das war nicht der Grund. Sie verraten uns nicht alles. Sie verlangen Offenheit und Aufrichtigkeit von uns, aber Sie selbst halten das Wichtigste zurück.«

Martin wusste, dass Dakota manchmal imstande war, etwas zu erkennen, das anderen verborgen blieb. Sie schien über einen zusätzlichen Sinn zu verfügen, der gelegentlich erwachte und ihr mehr von Menschen und der Welt zeigte, als anderen zugänglich war. Hinzu kam, dass Lefèvre lange gesprochen hatte, jedoch ohne viel zu sagen. Die Hintergründe blieben unklar, das war auch Martin trotz seiner Kopfschmerzen aufgefallen.

»Das ist mir zu viel ›vielleicht‹ und ›womöglich‹«, sagte er. »Und Dakota hat recht. Sie verlangen von uns, dass wir alle Ihre Fragen beantworten, aber selbst geben Sie kaum etwas preis. Unter echter Zusammenarbeit stelle ich mir etwas anderes vor.«

»Ich habe Ihnen erklärt, womit Ihr Vater sein Geld verdient hat«, erinnerte ihn Lefèvre.

»Sie haben uns die Spitze des Eisbergs gezeigt«, hielt ihm Dakota entgegen. »Zeigen Sie uns den Rest.«

»Fangen wir damit an, wer Sie sind«, schlug Martin vor. »Also, wer ist Monsieur Lefèvre, der nicht zur Polizei gehört, ihr aber Anweisungen erteilen kann?«

Lefèvre schwieg einige Sekunden lang und schien einer inneren Stimme zu lauschen …

64

»NA SCHÖN«, sagte Lefèvre schließlich. »Vielleicht ist tatsächlich die Zeit gekommen.« Er sah zur offenen Tür, wie um sich zu vergewissern, dass niemand sonst zuhörte. »Ich bin Mitarbeiter der ›Konzertierten Aktion‹. So nennt sich eine von zahlreichen Staaten unterstützte Initiative mit dem Ziel, die Verursacher der gegenwärtigen Krise zu identifizieren.«

»Die Verursacher der Krise?«, unterbrach ihn Martin verblüfft.

»Wir haben Grund zu der Annahme, dass mehrere sehr einflussreiche Personen den Plan verfolgen, die derzeitige Weltwirtschaftskrise zu verschärfen, um ökonomische und politische Vorteile daraus zu ziehen, und zwar mit dem Ziel, eine neue Weltordnung zu schaffen, mit einem neuen Wirtschaftssystem und Bitcoin als globaler Leitwährung.«

Dakota blickte sich suchend um. »Wo ist mein Aluhut?«

Lefèvre ging nicht darauf ein. »Sie nennen sich ›die Sieben‹, und offenbar handelt es sich um Personen, die in der Lage sind, ganze Konzerngruppen und Bankenkonsortien von heute auf morgen in den Konkurs zu treiben. Sie verschieben Hunderte von Milliarden Dollar, manipulieren den Börsenhandel und die Aktienkurse, und allem Anschein nach haben sie es auf einen Zusammenbruch unseres wirtschaftspolitischen Systems abgesehen. Aus den Trümmern soll eine neue Welt entstehen, unter ihrer Kontrolle.«

»Lieber Himmel, das klingt tatsächlich nach einer dieser absurden Verschwörungstheorien«, kommentierte Martin. »Nur sieben Personen sollen in der Lage sein, die ganze Welt ins Chaos zu stürzen?«

»Wenn sie genug Geld haben«, sagte Lefèvre. »Viel Geld kann viel bewegen. Ihre Eltern sind tot. Vincent Moreau wurde erschossen, ebenso Ihre Schwester. Ist Ihnen das real genug?«

»Wollen Sie behaupten, dass mein Vater nicht nur Satoshi Nakamoto gewesen ist, sondern auch noch einer der ›Sieben‹?«, fragte Martin.

»Nein, zu den Sieben gehörte er nicht. Aber er könnte Teil ihres Netzwerks gewesen sein, vermutlich ohne es zu wissen.«

»Ein Werkzeug? Eine Schachfigur?« Martins Müdigkeit schwand, und seine Gedanken begannen, Verbindungen zu knüpfen.

»Ein Mittel zum Zweck, ja.«

»Ein ›kleines Rädchen in einem viel größeren Apparat‹«, murmelte Martin nachdenklich. »So haben sie ihn genannt. Was zeigt: Sie glauben eigentlich nicht, dass er wirklich Satoshi Nakamoto war.«

Lefèvre zögerte erneut. Hinter ihm warf der Wind wieder Regen gegen das dunkle Fenster, ein kurzes Prasseln. »Nein, ich glaube, er war eine Nebelkerze. Oder besser gesagt: eine Art Magnet, der die Aufmerksamkeit auf sich ziehen und von anderen Leuten, unter ihnen der wahre Nakamoto, ablenken sollte. Auf den haben es die Sieben abgesehen. Sie scheinen zu glauben, dass Satoshi Nakamoto als Erfinder eine Art Hintertür zu Bitcoin und Blockchain kennt. Vielleicht fürchten sie, dass er ihnen die Kontrolle über die Leitwährung der neuen Welt nehmen könnte.«

Lefèvre sprach die ganze Zeit über in einem neutralen Ton. Er gab nicht zu erkennen, wie er die verschiedenen Theorien und Möglichkeiten einschätzte, welche er für plausibler hielt als die anderen.

»Ich habe den Eindruck, dass Sie erneut nicht ganz offen sind,

Mister Konzertierte Aktion«, ließ sich Dakota vom Sofa vernehmen. »Sie haben uns bisher nur eine Version der damaligen Ereignisse geschildert. Ich nehme an, es gibt noch eine andere, nicht wahr?«

»Nun, da haben Sie nicht ganz unrecht«, räumte Lefèvre etwas umständlich ein und wandte sich wieder an Martin. »Nehmen wir an, Ihr Vater fand als Mitglied des Betrugsklubs Gefallen an den Betrügereien und dem vielen Geld, das sie einbrachten. Er könnte, als die Situation brenzlig wurde, Satoshi Nakamoto kennengelernt und eine Chance gewittert haben, noch viel, viel mehr Geld einzustreichen. Vielleicht glaubte er, genug beiseiteschaffen zu können, um für den Rest seines Lebens ausgesorgt zu haben. Er betrog Nakamoto um hunderttausend Bitcoin, oder er stahl sie ihm, verkaufte sie und löste damit einen Crash aus, der es ihm ermöglichte, einige der Bitcoins für viel weniger Geld zurückzukaufen.«

»Und die Sache mit den manipulierten Bremsen?«, fragte Dakota.

»Eine Strafaktion«, spekulierte Lefèvre. »Und tatsächlich auch eine Warnung, an all jene gerichtet, die gemeinsame Sache mit David Dean Freeman gemacht hatten.«

»Hunderttausend Bitcoin«, wiederholte Dakota. Sie saß noch immer mit gestreckten Beinen und verschränkten Armen da. »In den Textdateien der SD-Karte, die Martin von Vincent Moreau erhielt, war von zehntausend Bitcoin die Rede.«

»Moreau wusste nicht alles«, sagte Lefèvre. »Wir nehmen an, dass auch er betrogen wurde.«

»Mein Vater der Superbetrüger?«, fragte Martin bitter. »Jemand, der selbst seine Freunde und Komplizen über den Tisch zog?«

Lefèvre hob und senkte die Schultern. »Eins steht fest: Ihr Vater hat viel gewusst. Wenn er nicht selbst Satoshi Nakamoto war, muss er gewusst haben, wer sich hinter diesem Namen verbarg und noch immer verbirgt –, eine Person, der bei den gegenwärtigen Ereignissen eine Schlüsselrolle zukommt.«

Martin spürte, wie die Müdigkeit zurückkehrte und sich schwer auf ihn legte. Er ließ noch einmal Revue passieren, was er gerade gehört hatte, und versuchte zu entscheiden, ob er Lefèvre glauben konnte oder nicht. Dakota saß still da, sah ihn an und wartete.

»Und jetzt?«, fragte Martin schließlich. »Was erwarten Sie von mir? Dass ich mit dem Finger auf jemanden zeige und sage: ›Das ist er! Das ist Satoshi Nakamoto!‹ Ich suche selbst nach ihm!«

»Weil Sie ein Buch über den Bitcoin schreiben«, sagte Lefèvre ungerührt. »Ich weiß, Sie schreiben es schon seit einer ganzen Weile, ohne recht voranzukommen. Sie träumen davon, ein großer Autor zu werden, so wie Ihre Schwester davon geträumt hat, eine berühmte Malerin zu sein.« Lefèvre lächelte plötzlich. Es sah seltsam aus, das Lächeln in dem kantigen Gesicht. »Lassen Sie uns gemeinsam herausfinden, wer Satoshi Nakamoto ist.«

»Wie denn?«, entfuhr es Martin.

»Das Handy«, sagte Dakota.

»Genau.« Lefèvre nickte ihr zu, griff in die Jackentasche und holte das alte Handy hervor, das aus dem Schließfach Nummer 722 von Safes Fidelity stammte. »So oder so, wie die Wahrheit auch lauten mag, dieses Handy aus dem Schließfach könnte uns Antworten geben.«

Er legte es auf den Tisch. »Entsperren Sie es, Monsieur Freeman.«

DIE FÜNF: FRANCIS FORSYTHE

65

DAS MEER lag grau wie Schiefer. Vom alten Leuchtturm aus beobachtete Forsythe das Heranrücken der Nacht – es dauerte nur wenige Minuten, bis die Dunkelheit die Orkney-Inseln im Norden und Nordosten verschlungen hatte, und nach und nach verschwand auch das Meer in ihr.

Eine Zeitlang lauschte er dem Donnern der Brandung an den Klippen von Dunnet Head, ein wenig gedämpft vom Glas des Fensters, und genoss das Gefühl des Friedens. Darum kam er so gern hierher: weil er für einige Minuten oder vielleicht auch Stunden glauben konnte, der Welt und all ihren Problemen entkommen zu sein. Es war wie eine Rückkehr in einen emotionalen Urzustand, in einen metaphorischen Mutterleib, der Geborgenheit versprach und in dem er Kraft schöpfen konnte.

Die Musik der Wellen, die sich an den Felsen von Dunnet Head brachen, und die wie endlose Weite von Meer und Nacht gaben seinen Gedanken Platz, sich weiterzuentfalten als an anderen Orten. Im alten Leuchtturm, bei der Lampe, die einst Schiffen den Weg durch Sturm und Finsternis gewiesen hatte, glaubte er sich nur einen Fingerbreit von wichtigen Erkenntnissen entfernt.

Langsam ging er an den Spiegeln mit der Lampe vorbei, die zum letzten Mal vor Jahren geleuchtet hatte. Mit Klippen und Meer auf der rechten und dem kargen schottischen Land auf der linken Seite blieb er stehen und blickte in eine Nacht, die ihm dunkler erschien als jemals zuvor. Auf dem Parkplatz vor dem Leuchtturm stand nur die silbergraue Limousine, mit der er gekommen war.

Er sah auf die Uhr. Anthony hätte schon vor zehn Minuten eintreffen sollen, und normalerweise war er die Pünktlichkeit in Person. Sollte Forsythe ihn anrufen?

Er ließ das Handy in der Jackentasche – es hätte die Welt zurückgeholt, vor der er hier Frieden fand.

Forsythe lauschte der Stimme des Meeres, während die Nacht ihren Siegeszug fortsetzte und im Westen die letzten Reste des Tages vertrieb.

Es vergingen weitere zwanzig Minuten. Schließlich erschien Licht in der Finsternis, das von Autoscheinwerfern stammte. Ein Wagen näherte sich über die schmale Straße, erreichte den Parkplatz und hielt neben der silbergrauen Limousine. Nicht nur eine Person stieg aus, sondern zwei. Beide gingen zum Leuchtturm.

Forsythe wartete bei den Spiegeln. Die Welt kehrte zu ihm zurück.

Ein Mann Anfang dreißig mit kurzem blonden Haar kletterte durch die Luke, gefolgt von einem rüstigen, würdevollen Mittsiebziger.

»Simon?«, fragte Forsythe überrascht. Er hatte nur Anthony erwartet.

Der jüngere Mann half dem älteren durch die Luke, und nachdem sich der Butler aufgerichtet hatte, klopfte er sich zunächst Staub von Hose und Jacke.

»Es gibt Neuigkeiten, Sir«, verkündete er sodann.

»Wichtige Neuigkeiten«, betonte Simon. Er hatte keine Aktentasche mitgebracht, keine neuen Zahlen.

»Bitte verzeihen Sie die Verspätung, Sir, aber ich musste erst noch gewisse Dinge überprüfen«, fügte Anthony hinzu.

Simon spähte in die Nacht, wie auf der Suche nach etwas. Dann wandte er sich wieder an Forsythe. »Winster ist tot. Sie haben seine Leiche bei New York aus dem Meer gefischt.«

»Todesursache?«

»Er wurde erschossen, bevor man ihn ins Wasser warf.«

»Wann?«

»Vor sieben oder acht Stunden«, antwortete Simon.

Einige Sekunden lang standen die drei Männer stumm bei den Spiegeln des alten Leuchtturms. Das Donnern der Brandung drang zu ihnen herauf.

»Das war dumm«, kommentierte Forsythe, während seine Gedanken mit den Zahlen jonglierten, die er im Kopf immer mit sich trug. Er brauchte weder Papier noch Displays oder Monitore, um zu rechnen. Die Zahlen veränderten sich, sie gruppierten sich neu. »Sie hätten ihn besser am Leben gelassen. Sein Wissen hätte ihnen nützlich sein können.«

»Vielleicht hat er ihnen vor seinem Tod genug verraten«, wandte Simon besorgt ein.

Forsythe erwiderte nichts darauf, sondern murmelte: »Whitestone hat ihn getötet und damit den Reiter vom galoppierenden Pferd gestoßen. Wer holt es ein? Wer bringt es unter Kontrolle?«

»Außerdem … was Pauline Laurent betrifft …«

»Ja?«

»Wir haben nichts mehr von ihr gehört«, sagte Simon. »Ich habe diskrete Nachforschungen angestellt, doch keine unserer Quellen weiß, was aus ihr geworden ist. Ich fürchte, dass es sich um einen weiteren Verlust handelt.«

Forsythe fiel auf, dass der junge Simon sehr ausdrücklich von »wir« und »uns« sprach. Er schien betonen zu wollen, dass er dazugehörte.

»Nur noch fünf?«

»Ja, Sir«, bestätigte Simon. »Es könnte Folgen für den Plan haben. Vielleicht erfordert die neue Situation strategische Anpassungen.«

»Sind Sie deshalb hergekommen?« Forsythe versuchte, das Gesicht des jungen Mannes zu erkennen. Die Nacht verhüllte es. »Wir hätten im Haus darüber reden können.«

»Bitte entschuldigen Sie, dass wir Sie hier stören. Aber Anthony möchte uns etwas zeigen. Er meinte, es sei sehr wichtig.«

Forsythe wölbte die Brauen und wandte sich an seinen Butler

und Sekretär. Schatten bedeckten auch sein Gesicht. »Was ist so wichtig?«

»Es ist eine kleine Überraschung, Sir.«

»Nur zu, überraschen Sie mich.«

»Nicht hier, Sir. Unten bei den Klippen.«

»Bei den Klippen?«, wiederholte Forsythe erstaunt.

»Ja, Sir.«

Wenn Anthony etwas für wichtig hielt, konnte er davon ausgehen, dass es sich tatsächlich um eine dringende Angelegenheit handelte.

»Na schön«, sagte Forsythe und deutete zur offenen Luke. »Gehen wir nach unten. Zeigen Sie uns, was Sie für so wichtig halten, Anthony.«

Eine kalte, windige Nacht nahm sie in Empfang, als sie den Leuchtturm verließen. Es roch nach Schnee, fand Forsythe. Er folgte Anthony zusammen mit Simon über den Weg, der vom kleinen Parkplatz vor dem Leuchtturm zu den Klippen führte. Es würde nicht mehr lange dauern, bis das karge Land im hohen Norden von Schottland eine weiße Decke bekam.

Das Donnern der Brandung wurde lauter. Es klang nach einer Urgewalt, die alles zerschmettern und zermalmen konnte.

Sie erreichten das Ende des Weges. Der Butler ging noch einige Schritte weiter und blieb zwischen den Felsen am Rand der Klippe stehen.

»Hier ist es.«

»Wo?«, fragte Simon neugierig. »Was meinen Sie?«

»Sehen Sie es sich an.«

Der jüngere Mann stapfte zum älteren. Forsythe verharrte am Ende des Weges und beobachtete, wie Simon neben Anthony trat.

»Wo?«, fragte er erneut. »Was?«

»Dort.« Anthony zeigte nach unten. »Sehen Sie.«

Simon beugte sich noch etwas weiter vor …

… und Anthony gab ihm einen Stoß, so dass er in die Tiefe stürzte!

Wenn Simon sein Leben mit einem Schrei beendete, verlor der sich im Donnern der Brandung.

Der Butler kehrte zum Weg zurück. »Bitte verzeihen Sie das Drama, Sir.«

»Die Überraschung ist Ihnen gelungen.« Forsythe atmete tief durch. »Ich nehme an, Sie hatten einen guten Grund dafür.«

»Ja, Sir. Sie sind kompromittiert. Simon hat Sie verraten.« Anthony deutete zum Parkplatz. »Ich schlage vor, ich fahre Sie nach Hause, Sir. Dort kann ich Ihnen alles in Ruhe erklären.«

66

NACH EINER knappen Stunde in der Küche trug Anthony ein großes Tablett mit Tellern, Besteck und Gläsern zum Tisch. Er hatte eine indische Spezialität zubereitet, Curryreis und verschiedene Sorten Gemüse. Forsythe verließ seinen Platz am Kamin und gesellte sich zu ihm.

»Ich habe auch Tee gekocht.« Der Butler reichte ihm eine Tasse.

Forsythe nahm sie entgegen. »Danke, Anthony.«

»Greifen Sie zu, Sir. Guten Appetit!« Er sah auf die Uhr. »Wir haben Zeit genug, Sir. Bis morgen früh. Gegen sieben sollten wir uns jedoch auf den Weg machen, denn um neun Uhr erwarten Simons Auftraggeber einen Bericht von ihm, und sollte der ausbleiben, werden sie – davon gehen ich aus – unverzüglich Nachforschungen einleiten. Dann sollten wir nicht mehr hier sein.«

Forsythe aß. Der Reis war köstlich, ebenso das Gemüse. Nach einigen Bissen trank er einen Schluck Tee.

»Wer sind diese Auftraggeber?«

»Der Secret Service, Sir«, antwortete Anthony. »Mir sind in den vergangenen Tagen gewisse Unstimmigkeiten bei Simons Terminen aufgefallen, Sir, und daraufhin habe ich ihn genauer im Auge behalten.«

Forsythe aß noch mehr von dem Reis. Sein Appetit, den er während des Wartens im großen Sessel am Kamin verloren geglaubt hatte, kehrte zurück.

»Sind Sie ganz sicher?«, fragte er, obgleich er wusste, dass er Anthony vertrauen konnte.

»Ja, Sir. Es gibt keinen Zweifel. Ich hoffe, es schmeckt Ihnen, Sir?«

»Was? Ja. Ja«, gab Forsythe zurück und fügte hinzu: »Seltsam, mir ist nichts aufgefallen.«

»Sie waren mit anderen Dingen beschäftigt, Sir.«

Forsythe zögerte, die Gabel halb erhoben. »Und uns bleibt tatsächlich Zeit bis morgen früh?«

»Ich habe seine E-Mails und Messages überprüft«, erklärte Anthony. »Besonders vorsichtig ist er nicht gewesen. Er hat einen Bericht für morgen früh um neun angekündigt. Es reicht, wenn wir uns zwei Stunden vorher auf den Weg machen. Möchten Sie noch etwas Tee, Sir?«

»Ja, danke.«

Forsythe beobachtete gedankenverloren, wie Anthony seine Tasse füllte.

»Schade«, sagte er, »ich habe dieses Haus gemocht.«

»Es geht nicht verloren, Sir. Es bleibt stehen und wird Wind und Wetter trotzen. Sie können später zurückkehren, wenn alles vorbei ist.«

Forsythe aß noch etwas Reis und dachte an den zweiten sicheren Ort, an den er sich nun würde zurückziehen müssen. Das Haus bei Dunnet Head mit seinen dicken Mauern und dem fast bis zum Boden reichenden Dach war ein guter Rückzugsort gewesen, nur wenigen Personen bekannt und den Umständen entsprechend sicher, wäre Simons Verrat nicht gewesen. Das nächste Refugium lag noch abgelegener, und nicht einmal Anthony wusste davon.

»Mögen Sie Schnee und Eis, Anthony?«, fragte er.

»Mir ist alles recht, Sir.«

»Gut. Davon werden wir nämlich mehr als genug bekommen. Ziemlich viel Schnee und ziemlich viel Eis, jahrtausendealt.«

Anthony nickte würdevoll.

Später, nachdem der Butler den Abwasch erledigt hatte, saßen sie bei einem Brandy vor dem Kamin. Forsythe hob sein Glas und betrachtete den Schein des Feuers durch die bernsteinfarbene Flüssigkeit.

»Es geht alles viel schneller, als wir dachten«, sagte er nachdenklich.

»Täusche ich mich, oder wird es auch ein wenig gefährlicher als geplant, Sir?«

»Sie täuschen sich nicht, Anthony, nein, Sie täuschen sich nicht. Wir sind nur noch fünf, zwei von uns waren nicht vorsichtig genug. Und wenn Sie nicht gewesen wären, gäbe es morgen vielleicht nur noch vier.«

»Ich bin gern zu Diensten, Sir.«

»Wie kam es dazu?«, fragte Forsythe. »Ich meine, Simon war ein sehr guter Analytiker, er hätte es bei uns weit bringen können. Was hat ihn dazu veranlasst …« Er stockte.

»Verrat zu üben, Sir?«

»Ja.«

»Die Hintergründe sind mir nicht bekannt, Sir.« Anthony blickte ins Kaminfeuer. »Vielleicht gab es politische Gründe. Er könnte zu dem Schluss gelangt sein, dass Ihr Plan nicht richtig ist, dass er die falsche Welt zum Ziel hat.«

Das machte Forsythe neugierig. Er sah seinen Butler an. »Was meinen Sie?«

»Oh, meine Meinung spielt keine Rolle, Sir.«

»Wir haben immer ganz offen über alles gesprochen, und niemand von uns hat dem anderen gegenüber ein Blatt vor den Mund genommen. Heraus damit, Anthony! Was meinen Sie?«

Der Butler wusste viel, wenn auch nicht alles. Auf jeden Fall wusste er genug, um sich eine Meinung zu bilden.

»Nun, Sir …« Anthony zögerte. »Die große Krise treibt zahlreiche Unternehmen in den Konkurs und ruiniert Millionen von Menschen. Auf der ganzen Welt breitet sich Armut aus.«

Forsythe nickte.

»Und weiter?«, fragte er, als Anthony schwieg.

»Was ist mit der Demokratie, Sir?« Der Butler beobachtete noch immer das Spiel der Flammen im Kamin. »Was ist mit dem Recht der Menschen, ihr Leben und ihre Zukunft selbst zu bestimmen?«

»Hat es jemals Demokratie gegeben, Anthony?«

»Sir?«

»Schauen Sie sich die letzten zwei- oder dreihundert Jahre an. Hat es jemals eine echte Demokratie gegeben, eine Gesellschaft, in der tatsächlich freie Bürger freie Entscheidungen getroffen haben? Die Mächtigen waren immer diejenigen mit der Informationshoheit, jene Leute, die bestimmen, welche Nachrichten wie verbreitet werden und wen erreichen. Was nützen ›demokratische‹ Entscheidungen, wenn die Grundlage, auf der solche Entscheidungen getroffen werden, manipuliert ist? Außerdem neigen Demokratien dazu, sich früher oder später in Diktaturen zu verwandeln.«

»Oder umgekehrt, Sir«, sagte Anthony. Er stellte sein immer noch volles Glas auf den Tisch zwischen den beiden Sesseln und faltete die Hände im Schoß. Das Feuer im Kamin knackte und knisterte. »Aus Diktaturen werden Demokratien. Und ist das, was Sie vorhaben, nicht eine Diktatur?«

Forsythe schwenkte den Brandy in seinem Glas und trank einen Schluck. Eine plötzliche Sehnsucht nach Xanadu packte ihn, und für einen Moment sah er sie vor dem Kamin stehen, in ihrer ganzen Pracht, mit dem flackernden Licht des Feuers im Rücken.

»Sir?«

Das Wunschbild verschwand.

»Demokratien und Diktaturen, Aristokratien und Autokratien, Republiken und Monarchien …« Forsythe winkte mit der freien Hand. »Das ist die alte Welt, Anthony, mit Wohlstand auf einem Fundament aus Schulden. Es konnte nicht auf Dauer gutgehen, der Kollaps war abzusehen. Wir sind die Hand, die den Untergang in eine Richtung lenkt, wo wir ihn auffangen können.«

Forsythe suchte nach einem Vergleich. »Stellen Sie sich zwei Häuser am Meer vor, Anthony. Das eine ist auf Felsen errichtet, das andere steht auf Sand. Und jetzt stellen Sie sich eine Flut vor, das Wasser steigt und steigt. Welches der beiden Häuser bleibt stehen?«

»Ein interessantes Gleichnis, Sir«, kommentierte der Butler. »Es stammt von Jesus Christus. Bei Matthäus schließt es die Bergpredigt ab. Jesus erzählte seinen Zuhörern, dass diejenigen, die seine Lehren in Taten umsetzen, einem Mann gleichen, der sein Haus auf soliden Fels baut. Als eine Wasserflut kommt, kann die dem Haus wegen des festen Fundaments nichts anhaben.«

Forsythe griff nach der Flasche, schenkte sich Brandy nach und trank erneut. Sein Kopf war bereits leicht geworden.

»Ein schlauer Mann, dieser Jesus«, meinte er. »Sind Sie gläubig, Anthony?«

»Ich bin es einmal gewesen. Es ist lange her.«

Forsythe sah kurz zur Seite. Über die Vergangenheit von Anthony Wilkinson wusste er kaum etwas. Für einen Moment war er versucht, danach zu fragen, aber damit hätte er dem Gespräch eine zu persönliche Note gegeben.

»Wir retten, was zu retten ist«, sagte er und fühlte wohlige Brandy-Wärme. »Und wir führen die Welt in eine bessere Zukunft.«

»Aber es sind nicht die vielen Menschen dort draußen, die darüber entscheiden, Sir«, wandte der Butler ein. Die Hände blieben im Schoß gefaltet, er rührte sein Glas nicht mehr an.

»Wie würden die Menschen entscheiden, wenn sie die Möglichkeit bekämen, eine Entscheidung zu treffen? Verstehen sie alle die globalen Finanzsysteme und was ein Kollaps ohne lenkende Hand bedeuten würde?«

»Niemand hat es ihnen erklärt, Sir.«

»Eben. Die Menschen dort draußen … Sie haben keine Ahnung.« Ein weiterer Vergleich fiel Forsythe ein. »Wenn ein Bus voller Passagiere auf den Abgrund zurast, wen würden Sie ans Steuer setzen, Anthony?«

»Den Busfahrer?«

Forsythe hörte die freundliche Ironie und lächelte. »Und wenn er einen Herzinfarkt erlitten hat? Sie würden jemanden wählen, der fahren kann! Und es wäre dumm, eine demokratische Entscheidung darüber abzuwarten, denn all die Diskussionen würden wertvolle Zeit vergeuden. Bis sie zu einem Ergebnis kämen, wäre es sicherlich zu spät.«

»Die Sieben sind nur noch fünf«, sagte Anthony nach kurzem Schweigen. »Passen Sie gut auf sich auf, Sir.«

Forsythe leerte sein Glas und stellte es beiseite.

»Ich glaube, es wird Zeit.« Er stand auf. »Gehen wir zu Bett.«

In tiefer Nacht, als nur noch einige Glutreste im Kamin glommen und ein steifer Nordwind gegen die Fenster drückte, stand Anthony auf und zog sich an. Mit einer Wolldecke ging er nach unten, kochte Tee und setzte sich ins Wohnzimmer, wobei er die Decke über seine Beine und den Oberkörper legte und sie bis zum Kinn hochzog. Seine Augen blieben offen, er brauchte nicht viel Schlaf.

Neben ihm unter der Decke lag eine Pistole, geladen und entsichert.

Er hielt Wache. Nichts sollte dem Mann zustoßen, den er liebte.

MARTIN FREEMAN

67

MARTIN BETRACHTETE das alte Handy auf dem Tisch. »Wie soll ich es entsperren, wenn ich den Code nicht kenne?«

Kommissar Dubois erschien in der Tür. »Wir sind so weit durch. Wie steht es hier bei Ihnen?«

»Wir kommen voran«, antwortete Lefèvre. »Bitte weisen Sie den Geschäftsführer an, er möge ein anderes Zimmer für Mademoiselle van Leeuwen und Monsieur Freeman vorbereiten.«

»Darauf hat er mich gerade eben angesprochen«, sagte Dubois. »Es wäre ihm lieber, wenn sie woanders übernachten.«

Lefèvre nickte, als hätte er es nicht anders erwartet. »Richten Sie ihm aus, dies sei eine gute Gelegenheit für ihn, guten Willen zu zeigen. Und betonen Sie unsere Dankbarkeit.«

Bevor Dubois ging, wandte er sich noch einmal an Martin. »Wenn Sie von Anfang an ehrlich gewesen wären, hätten wir uns das alles sparen können.«

Plötzlicher Ärger brandete in Martin hoch.

»Soll das heißen, ich bin an allem schuld?«, schickte er dem Kommissar hinterher, aber Dubois war bereits verschwunden.

»Natürlich sind Sie nicht an allem schuld«, sagte Lefèvre mit kühler Ruhe. »Aber wenn Sie sich früher zur Zusammenarbeit durchgerungen hätten, wären wir vermutlich ein Stück weiter.« Er deutete aufs Handy. »Versuchen Sie es.«

»Das hat keinen Sinn«, erklärte Martin. »Ich weiß nicht, welche PIN oder welchen Code mein Vater damals verwendet hat.«

»Sind Sie sicher?«, fragte Lefèvre. Es klang sachlich, weder skeptisch noch enttäuscht.

»Ganz sicher.«

»Darf ich?« Dakota beugte sich plötzlich vor und griff nach dem alten Handy. Lefèvre versuchte nicht, sie daran zu hindern. Er musterte sie neugierig.

Dakota gab keine PIN ein. Sie begann damit, das Handy auseinanderzunehmen.

»Was machst du?«, fragte Martin.

Sie sah sich das Innenleben des Handys an.

»Kratzer«, stellte sie fest. »Vielleicht haben Irene und Co daran herumgefummelt.«

Dakota hob den Kopf und sah Martin an. Er erwiderte ihren Blick. »Tron?«

Sie zögerte. »Es wäre eine Möglichkeit«, räumte sie ein. »Oder … Haben Sie ein technisches Labor in der Nähe, Mister Konzertierte Aktion?«

»Bedauere. Und ich wäre Ihnen dankbar, wenn Sie das Handy wieder zusammensetzen würden.«

Dakotas flinke Finger kamen der Aufforderung nach. Alle Einzelteile kehrten an ihren Platz zurück, danach steckte sie das Handy ein.

Lefèvre hob beide Brauen.

»Ein Erbstück«, erklärte Dakota forsch. »Es gehört Martin.«

Lefèvre schüttelte den Kopf und streckte die Hand aus.

»Es stammt aus dem Nachlass seines Vaters«, fügte Dakota hinzu.

»Mag sein«, sagte Lefèvre. »Aber es ist auch ein wichtiges Beweisstück, das ich hiermit beschlagnahme.« Er lächelte kurz und völlig humorlos. »Also her damit.«

»Martin?«

»Ich bin sicher, er würde es dir abnehmen lassen, wenn du dich weigerst.«

Dakota seufzte übertrieben, holte das alte Handy wieder hervor und legte es in Lefèvres ausgestreckte Hand.

»Was das Labor betrifft ...«, begann er.

»Tron«, wiederholte Martin. »Wenn das nächste Labor Ihres Geheimdienstes zu weit entfernt ist ... Dakota und ihre Freunde können vielleicht mit ihren Computern helfen.« Er stand auf. »Aber nicht jetzt. Morgen. Ich bin hundemüde. Dakota?«

Sie war sofort bei ihm.

»Schlafen Sie gut, Monsieur Freeman«, hörte er Lefèvre sagen, als sie die Tür erreichten. »Morgen erfahren wir vielleicht, ob Ihr Vater tatsächlich Satoshi Nakamoto war.«

»Wie still es ist«, sagte Dakota. Sie lag dicht neben ihm im warmen Bett, mit einem Arm auf seiner Brust. »Man hört *nichts.*«

»Weil alle wach in ihren Betten liegen und nach Schritten im Flur lauschen«, murmelte Martin. »Es ist die Stille der Furcht.«

Eine Zeitlang lauschten sie ihr beide, der Lautlosigkeit im Hotel »Waldhaus« und der Welt draußen, die den Atem anzuhalten schien. Martin fühlte den Schlaf kommen.

»Glaubst du ihm?«, fragte Dakota.

»Hm?«, brummte Martin im Halbschlaf.

»Lefèvre. Glaubst du, was er gesagt hat?«

»Hm.«

»Klang alles ganz schön abgehoben«, sagte Dakota in dunkler Stille. Sie kam noch etwas näher, er fühlte ihren Atem an Schulter und Hals. »Wir sollten vorsichtig sein. Vielleicht ist es ein Trick, und er hat es vor allem auf das Geld abgesehen. Satoshi Nakamotos Bitcoin-Wallet. Hunderte von Milliarden Dollar.«

Martin schlief ein.

68

AUF DEM Rückweg nach Genf wurde das Benzin knapp. Viele Tankstellen hatten geschlossen, weil ihnen der Kraftstoff ausgegangen war, und vor den wenigen, die noch geöffnet hatten, gab es lange Schlangen von mehr oder weniger geduldig wartenden Autofahrern.

»Wir sind schon auf Reserve«, sagte Martin, der diesmal selbst fuhr. »Aber wenn wir uns hier einreihen, müssen wir mindestens anderthalb Stunden warten. Und wer weiß, vielleicht ist bei der Tankstelle der Sprit alle, wenn wir an die Reihe kommen.«

»Kein Problem«, erwiderte der im Fond sitzende Lefèvre und nannte ihm eine Adresse. »Fahren Sie dorthin.«

Martin programmierte das Navigationsgerät und stellte fest, dass sich das Ziel nur wenige Kilometer entfernt befand. Er fuhr an der Tankstelle mit den vielen wartenden Wagen vorbei und folgte den Anweisungen des Navigationssystems.

»Machen Sie die Sieben auch dafür verantwortlich, Mister Konzertierte Aktion?«, fragte Dakota und deutete nach hinten.

»Die Lieferketten sind unterbrochen«, sagte Lefèvre ernst. »Alles wird knapp, nicht nur Benzin, Gas, Diesel und Heizöl, sondern auch Lebensmittel. Vermutlich dauert es nicht mehr lange, bis wir die ersten Stromausfälle haben. Was ein längerer Ausfall der Versorgung mit elektrischer Energie im kommenden Winter bedeutet, muss ich Ihnen wohl nicht groß erklären. Die Regierungen könnten schon bald gezwungen sein, die Rationierung lebenswichtiger Güter anzuordnen. Umso wichtiger ist es, die Verantwortlichen zu identifizieren und aus dem Verkehr zu ziehen.«

»Monsieur Lefèvre, der Retter der Welt?« Martin warf einen Blick in den Rückspiegel. »Haben Sie sich da nicht ein bisschen viel vorgenommen? Fast hätten Sie es nicht einmal geschafft, uns zu retten.«

Er fühlte sich besser an diesem kalten, dunstigen Morgen, der Kopf war klarer, die Gedanken nicht so träge. Doch Dakota hatte ihn mit ihrem Argwohn angesteckt.

»Wir sind auf ein kleines Ablenkungsmanöver reingefallen«, gestand Lefèvre. »Ein Fehler, den ich bedauere. Aber ich *bin* dennoch rechtzeitig genug eingetroffen, um Irene daran zu hindern, Sie oder Mademoiselle van Leeuwen zu erschießen.«

Für einen Moment fragte sich Martin, ob *alles* ein großes, ausgeklügeltes Manöver war, ein Trick, der ihn dazu bringen sollte, die Wallet seines Vaters preiszugeben. Selbst wenn sie nicht die eine Million Bitcoin enthielt, die Satoshi Nakamoto zugeschrieben wurden, sondern nur einige Tausend – es ging im schlechtesten Fall um *Milliarden* von Dollar und im besten um *eine Billion.* Bei so viel Geld spielte die eine oder andere Leiche für gewisse Leute sicher keine Rolle.

»Übrigens, für welchen Geheimdienst arbeiten Sie?«, wollte Dakota wissen. »Oder für welchen Staat?«

Lefèvre beugte sich ein wenig vor. »Die nächste Straße rechts, Monsieur Freeman.«

Die Navigationsanzeige bestätigte es. Martin bog nach rechts ab und hielt überrascht vor einem Schlagbaum der Schweizer Armee.

»Hier gibt es Benzin. Ich sorge dafür, dass wir tanken können.« Lefèvre stieg aus.

Martin und Dakota beobachteten, wie er mit dem Soldaten im Wachhaus sprach und ihm etwas zeigte, vielleicht einen speziellen Ausweis.

»Es hat wohl wenig Sinn, dir vorzuschlagen, den Rückwärtsgang einzulegen und zu verschwinden, oder?«, fragte Dakota.

»Wir kämen nicht weit«, meinte Martin. »Der Tank ist fast leer. Außerdem hat er das Handy.« Er sah sie an. »Was kannst du bei Tron ausrichten?«

»Eine ganze Menge, glaube ich.« Dakota sprach schnell. »Aber es gefällt mir nicht, dass er mitkommt. Und Pietro, Willow und den anderen wird es ebenfalls nicht gefallen. Er könnte Dinge sehen, die er nicht sehen sollte, und es spielt keine Rolle, ob die Welt gerade aus den Fugen gerät oder nicht – du weißt, was es mit Tron auf sich hat. Bestimmt gibt es immer noch Konzerne und Regierungen, denen wir ein Dorn im Auge sind.« Sie klopfte auf die

Hosentasche mit ihrem Handy. »Ich habe Amilia eine Nachricht geschickt, damit wir nicht einfach so bei wer weiß was ins Haus platzen, aber wohl ist mir bei der Sache nicht. Wenn er etwas sieht oder hört und weitergibt …«

»Wir können ihm wohl kaum die Augen verbinden und die Ohren zustopfen. Und er dürfte sicher nicht bereit sein, draußen im Wagen zu warten oder dabei zu helfen, die Hühner zu füttern. Wenn du dir das Handy vornimmst … Pass auf, gib gut acht.«

»Oh, ich habe keineswegs die Absicht, dem Typen alles auf einem silbernen Tablett zu servieren«, versicherte Dakota und fügte hinzu: »Es geht hier um verdammt viel Geld.«

Der Soldat telefonierte kurz, Lefèvre verließ das Wachhaus, und der Schlagbaum hob sich.

»Wir bekommen Benzin«, sagte Lefèvre, nachdem er wieder eingestiegen war. Er beugte sich zwischen Fahrer- und Beifahrersitz und deutete nach vorn. »Der Schweizer Armee geht nie der Treibstoff aus, was auch immer geschieht.«

Zehn Minuten später verließen sie die Militärbasis mit vollem Tank und setzten die Fahrt nach Genf fort.

Der alte Bauernhof im Norden von Genf, zwischen der Autobahn A1 im Osten und dem Flughafen im Süden, wirkte leer und verlassen. Scheune und Stall waren geschlossen, und es standen keine Fahrzeuge vor dem restaurierten Hauptgebäude. Nur ein Fahrrad lehnte neben dem Dieleneingang an der Wand.

»Bemerkenswert«, kommentierte Lefèvre, als Martin hielt. »Dies ist also das Hauptquartier der berüchtigten Hackergruppe namens Tron.«

Martin stellte den Motor ab. »Es ist ein Bauernhof mit ein paar Computern.«

Sie stiegen aus. Leise Musik kam aus dem Haupthaus, eine traurig klingende Melodie.

»Ich freue mich schon darauf, Pietro, Willow, Amilia, Scarlett und die anderen kennenzulernen«, sagte Lefèvre.

Dakota sah ihn erstaunt von der Seite her an. »Sie wissen also Bescheid?«

»Glauben Sie allen Ernstes, dass Sie hier all die Jahre unbemerkt geblieben sind? Ja, wir wissen Bescheid.«

»Sie haben uns beobachtet? Uns überwacht?«

»Wir hatten Sie im Blick.«

»Und Sie haben uns gewähren lassen.« Martin hörte eine gewisse Bitterkeit in Dakotas Stimme. »Weil Sie Trons Aktionen für unwichtig hielten? Weil Sie keine Gefahr darin sahen?«

»Sie sind jung«, sagte Lefèvre. »Junge Leute glauben oft, die Welt verbessern zu müssen, und vielleicht haben sie sogar recht damit. Aber in der Regel kommt nichts dabei heraus.«

»Wir haben durchaus etwas erreicht«, beharrte Dakota. »Wir *haben* die Welt ein bisschen besser gemacht.«

»Indem Sie die Geheimnisse großer internationaler Unternehmen und von Regierungen an die Öffentlichkeit bringen? Indem Sie in versteckte Datenbanken eindringen und angebliche Skandale aufdecken?«

Lefèvre und Dakota standen noch immer neben dem Wagen. Martin hatte bereits die Tür erreicht. Die traurig klingende Musik wurde etwas lauter.

»Sie und Ihre Hacker-Freunde halten sich für Helden«, fuhr Lefèvre fort. »Ist Ihnen niemals in den Sinn gekommen, dass Sie in Wirklichkeit nur Werkzeuge im schmutzigen Kampf um Macht und Geld sind? Dass Sie in den geheimen Datenbanken entdecken *sollten*, was Sie dort entdeckt haben? Dass die vermeintlichen Skandale vor allem dazu dienten, bestimmte Konzerne und Regierungen zu schwächen, wodurch sich Vorteile für andere ergaben?«

Dakota starrte ihn verblüfft an.

Ein junger Mann, kaum älter als zwanzig, öffnete die Dielentür. Er war so dünn, dass seine Kleidung – Jeans und ein dicker rostbrauner Pullover – zwei Nummern zu groß schien. Ein dünner Stoppelbart bedeckte Kinn und Wangen. Der Kehlkopf schien bestrebt zu sein, den Hals zu verlassen.

»Hallo, Willow«, sagte Martin.

»Sie ist tot.« Willow schniefte. »Die anderen sind sofort zum Krankenhaus gefahren, als vor einer Stunde die Nachricht eintraf. Amilia hat eben angerufen. Sie ist tot.«

»Wer ist tot?«, fragte Dakota.

»Oma Myrte«, antwortete Willow. »Das Feuer hat sie doch noch umgebracht.«

69

DRINNEN WAR es fast unangenehm warm. Willow hatte die Heizung voll aufgedreht. Dakota ging im Wohnzimmer mit den dunklen Balken an der Decke zur alten Stereoanlage und schaltete sie aus.

Plötzlich war es still.

»So«, sagte sie und blieb vor Willow stehen. »Und jetzt noch einmal von vorn. Was ist mit Oma Myrte?«

»Sie starb heute Nacht.« Willows Kehlkopf tanzte auf und ab. »Wir haben es vor zwei Stunden erfahren. Die anderen haben sich sofort auf den Weg gemacht. Ich wäre gern mit ihnen gefahren und bin nur deshalb hier, weil mich Amilia ausdrücklich darum gebeten hat. Ich sollte auf euch warten.«

Es klang fast wie ein Vorwurf.

»Wer ist das?«, fragte er endlich und deutete auf Lefèvre.

»Ein Freund«, kam Martin Dakota zuvor und staunte, wie leicht ihm die Lüge über die Lippen kam.

»Hatte es Oma so schlimm erwischt?«, fragte Dakota betroffen.

»Sie schlief, als das Feuer auf der ›Eldorado‹ ausbrach«, erklärte Willow traurig. »Wenn die anderen sie nicht aus ihrer Kajüte geholt hätten, wäre sie im Schlaf verbrannt.«

»Aus der Traum von der großen, weiten Fahrt«, murmelte Dakota. »Für immer aus.«

Sie sah Lefèvre an, als trüge er für alles die Verantwortung.

»Dakota braucht einen eurer Computer«, sagte Martin rasch. »Ist jemand unten?«

»Nur Emily«, antwortete Willow. »Sie behält unsere Verbindungen im Auge. Was meint ihr, kann ich losfahren?«

»Mit dem Rad, das wir draußen gesehen haben?«, fragte Dakota.

Willow nickte.

»Es ist ein weiter Weg bis nach Genf.«

»Ich könnte euren Wagen nehmen …«

»Nein«, sagte Lefèvre. »Den Wagen brauchen wir noch.«

Willow schniefte. »Also mit dem Rad. Bis später.« Er eilte nach draußen.

Martin und Lefèvre folgten Dakota die Kellertreppe hinunter.

Auf der linken Seite erwartete sie eine Mischung aus Hightechlabor, Rumpelkammer und Partyraum mit Postern an den Wänden und bunten Lampen. Überall standen oder lagen Geräte, alte und neue, in Regalen und Sesseln, in offenen Schubladen und auf dem fleckigen Teppichboden. Kabel führten zu dem Raum, der sowohl die Heizungsanlage als auch die beiden Notstromaggregate enthielt. Die Lüfter von PCs und Workstations summten und surrten leise. Monitore zeigten Datenkolonnen, Landschaften, rotierende Graphiken oder Spielszenen.

Rechts erstreckte sich ein schmaler, dunkler Gang.

»Wohin geht es dort?«, fragte Lefèvre.

»Wir nennen ihn Mäusetunnel«, erklärte Dakota. »Wer ihn angelegt hat, wissen wir nicht. Er scheint über hundert Jahre alt zu sein, vielleicht ist er sogar noch älter. Amilia glaubt, dass der Tunnel aus dem Mittelalter stammt.«

Lefèvre trat einen Schritt weit in den Tunnel und blickte in seine finsteren Tiefen. »Aus dem Mittelalter?«

»Ja. Damals soll hier eine Burg gestanden haben oder eine kleine

Festung … Was in der Art. Ein alter Fluchtweg, wer weiß? Wir nehmen an, dass der Mäusetunnel später auch von der Schweizer Armee genutzt wurde, vielleicht während des Zweiten Weltkriegs. Jedenfalls haben wir ganz hinten halb verrostete Militärhelme und Gürtelschnallen gefunden.« Dakota verzog das Gesicht. »Skelette zum Glück nicht.«

Lefèvre stand noch immer halb in der Dunkelheit. »Wie weit reicht er?«

»Er führt unter Scheune und Stall hinweg bis zum Hügelhang«, antwortete Dakota. »Wer nichts davon weiß, wird den Zugang kaum finden. Wir haben jedenfalls nie Besuch aus dem Tunnel bekommen, bis auf ein paar Mäuse. Daher der Name. Aber Pietro hat auf einer Tür bestanden.« Sie zeigte in den Gang. »Ein paar Meter weiter drinnen, von hier kaum zu sehen.«

Lefèvre spähte noch einmal in die Finsternis, dann kehrte er zur Treppe zurück. »Machen wir uns an die Arbeit.«

In einer von insgesamt sechs Nischen des Hauptraums saß eine kleine junge Frau, nicht älter als Willow, der mit dem Fahrrad nach Genf unterwegs war. Ihr langes und dichtes rotes Haar quoll unter einer schneeweißen Baseballkappe und einem schwarzen Kopfhörer hervor. Die beiden jeweils zweiunddreißig Zoll großen Monitore vor ihr zeigten farbig markierte Programmcodes in einzelnen kleinen Fenstern und eine Weltkarte in einem großen, mit roten und gelben Bögen wie die Flugbahnen von Raketen. Martin vermutete, dass es sich um die Darstellung von globalen Datenströmen handelte.

Dakota legte Emily die Hand auf die Schulter und stand so, dass sie Lefèvre den Blick auf einen der beiden Monitore versperrte.

Die sitzende junge Frau wandte den Kopf und schob die rechte Hörmuschel nach hinten. »Oma Myrte ist tot«, sagte sie. »Und die Welt spielt verrückt.«

»Wir brauchen einen Computer«, erklärte Dakota. »Ich muss was untersuchen.«

Emily deutete zu einer Nische weiter hinten, flankiert von einer blauen und einer gelben Spotlampe. »Amilia hat alles für dich vorbereitet.« Sie blickte kurz zu Lefèvre. »Das mag sie nicht.«

»Kann ich mir denken«, erwiderte Dakota.

Mit schnellen Schritten ging sie durch den Raum, vorbei an einem großen Flachbildfernseher, der ein sich langsam drehendes Hypnoserad zeigte.

»Willow kann stundenlang davor sitzen und draufstarren«, sagte sie knapp zu Lefèvre. »Was vielleicht das eine oder andere erklärt.«

Beim Computer, den Amilia für sie vorbereitet hatte und dessen Bildschirm auf die Eingabe eines Passworts wartete, sank sie auf einen Drehstuhl und streckte die Hand aus. »Her damit.«

Lefèvre holte das alte Handy hervor und gab es ihr. »Seien Sie vorsichtig damit. Und keine Tricks.«

»Tricks? Wo kämen wir denn da hin?«

Martin beobachtete, wie Dakota das Handy mit wieder flink gewordenen Fingern auseinandernahm. Sie öffnete eine Schublade und entnahm ihr ein transparentes Werkzeugetui mit Instrumenten, wie er sie eher bei einem Uhrmacher vermutete hätte.

»Was machen Sie?«, fragte Lefèvre. »Was tun Sie damit?«

Die flinken Finger verharrten. »Möchten Sie reden, Mister Konzertierte Aktion? Oder soll ich arbeiten?«

Lefèvre hob die Hände. »Schon gut, schon gut.«

»Es kann eine Weile dauern.« Dakota deutete mit dem Daumen über ihre Schulter hinweg. »Sehen Sie sich so lange das Hypnoserad an, wenn Sie möchten. Oder Sie können sich an einen der anderen Computer setzen und eine Runde zocken.«

»Ich bleibe lieber hier und schaue Ihnen bei der Arbeit zu. Vielleicht kann ich das eine oder andere lernen.«

»Martin?«

»Zur Stelle.« Er legte ihr kurz die Hand auf die Schulter. »Und das bleibe ich auch.«

Dakota lächelte. »Danke. Legen wir los.«

70

MIT WINZIGEN Pinzetten, Schraubenziehern und Zangen legte Dakota das elektronische Innenleben des Handys frei und operierte vorsichtig an seinem offenen digitalen Herzen. Minuten vergingen, wurden erst zu einer halben Stunde und dann zu einer ganzen.

In Lefèvres Gesicht, das sonst kaum etwas preisgab, zeigte sich wachsendes Unbehagen. Nach anderthalb Stunden – als Dakota begann, die Einzelteile des Handys mit einem zusammengebastelten Interface zu verbinden – brach er sein Schweigen.

»Sie wissen aber, was Sie tun, Mademoiselle van Leeuwen?«

Dakota antwortete nicht. Ihre Hände glitten zur Tastatur und gaben ein unsichtbar bleibendes Passwort ein. Das Anmeldefenster verschwand, und der Monitor füllte sich mit kryptischen Daten, eine Zeile nach der anderen.

»Was ist das?«, fragte Lefèvre. »Was hat das zu bedeuten?«

»Ich versuche, mich an PIN-Code und Passwort vorbeizuschleichen«, zischelte Dakota. »Und bitte halten Sie jetzt die Klappe, wenn Sie gestatten.«

Lefèvre wölbte eine Braue, schwieg jedoch.

Martin wusste nicht, was genau Dakota vorhatte, aber was auch immer sie tat, sie musste sehr vorsichtig sein, solange Lefèvre aufpasste.

Ein Viertelstunde später ergab sich eine Möglichkeit, den Mann vom Geheimdienst für kurze Zeit von Dakota abzulenken.

Emily legte den schwarzen Kopfhörer ab und stand auf. »Ich gab Hunger und hole Kaffee und Kuchen. Möchte jemand was?«

»Gute Idee«, sagte Martin. »Kommen Sie, Monsieur Lefèvre, wir helfen ihr.«

Oben war das Haus still und noch immer sehr warm. Emily drehte die Heizung herunter, ging in die Küche und öffnete einen von zwei großen Kühlschränken. Der war zur Hälfte mit Kuchen gefüllt, vor allem Bienenstich und Schwarzwälder Kirschtorte. Martin wusste, dass sich Amilia von kaum etwas anderem ernährte. Wie sie es schaffte, trotzdem schlank und gesund zu bleiben, blieb ihr Geheimnis.

Lefèvre entschied sich gegen den Kuchen und wählte eine Scheibe Toast mit Honig. Martin fragte sich, was das über seine Persönlichkeit aussagte.

Es waren keine fünf Minuten vergangen, als sie in den großen Computerraum im Keller zurückkehrten. Zeit genug für Dakota, das eine oder andere zu erledigen.

Zahlenkolonnen wanderten über den Bildschirm vor ihr.

Lefèvre trat mit zwei Kaffeebechern neben Dakotas Stuhl. Einen stellte er auf den Schreibtisch. »Sind das Telefonnummern?«

»Ja«, bestätigte Dakota, die Hände an der Tastatur. »Etwa sechzig. Ich könnte den Computer anweisen, sie alle auszuprobieren.«

Lefèvre schüttelte den Kopf. »Nein. Stellen Sie fest, welche Nummern wie oft angerufen wurden und wann zum letzten Mal.« Er zeigte auf den Kaffeebecher. »Für Sie.«

»Was ist da drin?«, fragte Dakota argwöhnisch. »Eine Wahrheitsdroge?«

Lefèvre erlaubte sich ein seltenes Lächeln. »Wollen Sie mich denn anlügen?«

Aus dem Augenwinkel sah Martin, wie Emily ihren schwarzen Kopfhörer aufsetzte, Kuchen aß und dabei auf ihren beiden großen Bildschirmen beobachtete, wie die Welt verrücktspielte. Vielleicht hörte sie Musik, denn sie neigte den Kopf von einer Seite zur anderen.

»Das alte Handy verfügt nicht über eine interne oder externe Erweiterungskarte.« Dakotas Finger wanderten über die Tasten, und vor ihr ordneten sich die Telefonnummern neu, ganz oben jene mit den meisten ein- und ausgehenden Anrufen. »Irene und ihre Freunde haben offenbar versucht, den internen Speicher auszulesen, aber besonders geschickt haben sie sich dabei nicht angestellt. Ganz im Gegenteil. Ein Teil des Speicherinhalts ist verlorengegangen.«

»Unabsichtlich?«, fragte Lefèvre. »Oder wurde er absichtlich gelöscht?«

Dakota zögerte. Tasten klickten, und neben den Telefonnummern erschienen neue Datenkolonnen.

»Denkbar wären auch Alterungserscheinungen des Speichers oder ein Defekt seines Controllers. Jedenfalls sind von den versandten und empfangenen Mitteilungen verschiedener Messengerdienste nur noch Fragmente übrig. Ich habe versucht, so viel wie möglich wiederherzustellen, mit diesem Ergebnis.«

Ein weiterer Tastendruck brachte einzelne Wortfolgen auf den Bildschirm. Martin las sie und konnte zunächst keinen Zusammenhang erkennen.

»Die Textschnipsel oben sind von gesendeten Messages übrig«, erklärte Dakota, »und die unten stammen von empfangenen Mitteilungen.«

»Wer hat sie gesendet?« Lefèvre zeigte auf die Worte, die langsam durch den unteren Teil des Monitors scrollten.

»Namen gibt es nicht«, sagte Dakota, »nur Telefonnummern, und das nicht mal in allen Fällen.«

Emily stand auf, wieder ohne ihren Kopfhörer. Sie hielt ihren leeren Teller in der Hand. »Ich hol Nachschub. Soll ich euch was mitbringen?«

»Nein, danke.« Martin las erneut, langsam und halblaut. »Wenn Sie nicht … bis zum … letzte Warnung … Sie wissen, was passieren könnte …«

»Klingt nach einer Drohung«, meinte Dakota.

Lefèvre las schneller, das Gesicht wieder eine Maske. »Diese Textstellen stammen aus Nachrichten, die David Dean Freeman verschickt hat?«

»Die von diesem Handy gesendet wurden«, korrigierte Dakota.

Lefèvre blickte weiterhin auf den Bildschirm. »Er hat jemanden unter Druck gesetzt. Es klingt nach einer Erpressung.«

Unten standen Wortfolgen wie: »Überlegen Sie gut … keine Chance … eine Nummer zu groß … wer mit dem Feuer spielt …«

»Und jemand scheint nicht willens gewesen zu sein, sich erpressen zu lassen«, fügte Lefèvre hinzu.

»*Das* ist vielleicht die Erklärung für den Unfall, der gar keiner war«, spekulierte Dakota. »Der Erpresste wollte den Erpresser loswerden.«

Ein Betrüger und ein Erpresser obendrein? Es fiel Martin schwer, solche Vorstellungen mit dem Bild, das er von seinem Vater hatte, in Verbindung zu bringen.

»Worum ging es bei der Erpressung?«, fragte er und ahnte die Antwort bereits.

Dakota drückte eine Taste, und am unteren Bildschirmrand erschien ein Symbol: eine orangefarbene Scheibe, darin ein weißes, nach rechts geneigtes »B« mit zwei vertikalen Streifen, wie beim Dollarzeichen.

»Bitcoin«, sagte Martin.

Dakota sah ihn an, und an ihrem Blick erkannte er, dass sie etwas Wichtiges entdeckt hatte, von dem Lefèvre aber nichts erfahren sollte.

»Das ist alles?«, fragte er. »Vermutlich eine Erpressung, bei der es um Bitcoins ging, einige Dutzend Telefonnummern … und sonst nichts?«

Dakota zeigte auf die Handyteile, die noch immer über das improvisiert wirkende Interface mit dem Computer verbunden waren. »Ich versuche noch, weitere Daten zu extrahieren.«

Martin schnupperte plötzlich. »Riecht ihr das?« Er drehte sich halb um. Emily war noch nicht zurückgekehrt. »Wo bleibt sie so lange?«

»Vielleicht brutzelt sie was in der Küche«, sagte Dakota.

Martin schritt zur Treppe, vorbei an dem Raum mit der Heizungsanlage und den beiden Notstromaggregaten. Als er den Aufgang erreichte, wogte ihm Rauch entgegen.

Er schaffte nur drei Stufen nach oben, dann wurde der Rauch zu dicht. »Emily!«

Oben knackte es laut. Das Flackern der Flammen durchdrang den Vorhang aus Rauch.

Martin machte kehrt.

»Es brennt!«, stieß er hervor. »Das Haus brennt!«

DIE FÜNF: JURIJ KOWALKOW

71

»**SIEHT ER** nicht wundervoll aus?« Michail Petrowitsch Tarassow deutete auf die Gestalt hinter dem Glas.

Dort lag er, geschützt von Panzerglas: Wladimir Iljitsch Uljanow, genannt Lenin, Gründer der Sowjetunion. Jemand hatte seine Ruhestätte »Schneewittchensarg« genannt, aber den Anführer der Oktoberrevolution von 1917 konnte kein Kuss ins Leben zurückzuholen.

»Wird es nicht langsam Zeit, dass wir ihn beerdigen?«, fragte Kowalkow.

Der große hagere Mann mit den wässrigen Augen, Direktor der Hauptverwaltung für Aufklärung, zuckte mit den Schultern. »Darüber wird weiterhin diskutiert, wie Sie wissen. Manchen ist der Kult um Lenin zu viel und vielleicht sogar zu gefährlich, weil er an die große Sowjetunion erinnert. Nostalgiker machen sich das immer wieder zunutze. Andere möchten diesen wichtigen Teil unserer Geschichte am Leben erhalten … wenn Sie mir das kleine Wortspiel gestatten. Wer wird sich durchsetzen?«

Jurij Kowalkow betrachtete das Gesicht des Mannes, dessen Bolschewiki den ersten kommunistischen Staat der Welt gegründet hatten.

Sie befanden sich im Lenin-Mausoleum am Roten Platz im Herzen von Moskau. Fast zwei Monate lang war es für Restaurierungsarbeiten an Gebäude und Leichnam geschlossen gewesen. In wenigen Tagen sollte es wiedereröffnet werden, und dann würden Tausende von Touristen Schlange stehen, um den Einbalsamierten zu bestaunen.

»Er hat es nie gewollt«, sagte Kowalkow, und seine tiefe Stimme war ein dumpfes Brummen im Mausoleum.

»Den Personenkult?«

»Stalin hat sich seinem ausdrücklichen Willen widersetzt, als er die Leiche konservieren und in einem ersten Mausoleum, damals noch aus Holz, aufbahren ließ.«

Tarassow stand auf der anderen Seite des Sarkophags, durch das Panzerglas deutlich zu sehen. »Manchmal setzen sich die Lebenden über die Entscheidungen der Toten hinweg.« Er überlegte kurz. »Nein, nicht nur manchmal. Es geschieht sogar ziemlich oft.«

Kowalkow fragte sich, was hinter diesen Worten steckte. Gab es eine verhüllte Botschaft in ihnen?

»Sein Gesicht wirkt frischer als vor einigen Monaten«, sagte Tarassow. »Und sie haben ihm sogar einen neuen Anzug verpasst. Gute Arbeit. Er scheint zu schlafen, nicht wahr? Hundert Jahre sind vergangen, und Lenin sieht aus, als würde er gleich die Augen öffnen und aufstehen.«

Er ging langsam am Sarkophag entlang und näherte sich Kowalkow. »Was würde er von unserer Welt halten, was meinen Sie? Wie würde er über das vergangene Jahrhundert urteilen?«

»Ich glaube, er wäre sehr enttäuscht.«

»Von Stalin?«

»Von ihm und allen anderen, bis hin zu Putin«, brummte Kowalkow. »Sie alle haben die große Revolution von 1917 verraten.«

Tarassow musterte ihn. »Sind Sie Kommunist, Jurij?«

»Nein«, antwortete Kowalkow. »Es ist schwer, heute noch Kommunist zu sein. Die Welt hat sich zu sehr verändert. Aber man kann Idealist bleiben und sich eine bessere Welt vorstellen.«

»Sind Sie Idealist, Jurij?«

»Sie wissen, wer und was ich bin, Michail, alter Freund.«

Tarassow nickte. »O ja. Sie sind jemand, der viel Geld verdient hat und noch immer verdient, trotz der neuen Weltwirtschaftskrise, die mit jeder verstreichenden Stunde schlimmer wird.«

Kowalkow lächelte. »Reichtum und Idealismus schließen einander nicht aus. Mit viel Geld kann man es sich leisten, idealistisch zu sein.«

Tarassow nickte erneut. »Wenn Sie tatsächlich Idealist sind, Jurij ... Von welcher besseren Welt träumen Sie? Wie sieht sie aus?«

»Haben Sie unser Treffen deshalb ausgerechnet an diesem Ort vorgeschlagen, Michail?«

»Gibt es einen besseren Ort, um über Vergangenheit und Zukunft zu sprechen, über alte und neue Welten? Übrigens ... Sie haben eben Putin erwähnt. Ich soll Ihnen einen schönen Gruß von ihm bestellen.«

Der Ton der letzten Worte gefiel Kowalkow nicht. »Möchten Sie mir etwas mitteilen?« Er sah demonstrativ auf die Uhr. »Leider habe ich nicht viel Zeit. Darf ich Sie darum bitten, zur Sache zu kommen?«

»Ich habe eine kleine Überraschung für Sie, Jurij.« Tarassow ging zu einer Tür weiter hinten im Mausoleum, und Kowalkow folgte ihm nach kurzem Zögern.

Hinter der Tür erstreckte sich ein Gang, der nach Südwesten führte, in Richtung Kreml. Kowalkow wusste sich gut abgesichert und empfand nicht einmal vages Unbehagen, als er hinter dem größeren Tarassow über beigefarbene Fliesen schritt. Nichts lag im Schatten, die Lampen an der Decke sorgten überall für Licht.

Dem Gang folgten zwei Treppen und einige kurze Korridore. Kowalkow versuchte, die Orientierung zu behalten, was ihm alles andere als leichtfiel. Er glaubte, dass sie sich dem Glockenturm Iwan der Große näherten oder vielleicht der Erzengel-Michael-Kathedrale.

»Was ist das hier?«, fragte er nach einer Weile. »Ein alter Fluchtweg? Oder ein umgebauter Teil des Bunkersystems aus dem Zweiten Weltkrieg?«

Tarassow warf ihm einen Blick über die Schulter zu. »Weder noch.«

Schließlich erreichten sie einen Raum mit niedriger Decke, ausgestattet mit alten Möbeln und mit Gemälden an den Wänden, die Waffensysteme der Streitkräfte zeigten: Schiffe, U-Boote, Flugzeuge, Raketen, Panzer vom Typ T-14 Armata und das Panzerunterstützungsfahrzeug Terminator-2. Im Gegensatz zu den Korridoren lag dieses Zimmer im Halbdunkel, aber Kowalkow sah deutlich zwei Personen auf der anderen Seite des ovalen Tischs. Eine saß im Rollstuhl, die andere, rank und schlank, stand daneben.

Tarassow winkte einladend. »Nehmen Sie Platz, Jurij, setzen Sie sich.«

Kowalkow sank auf einen der Stühle am Tisch. Tarassow blieb stehen.

»Wo sind wir hier?«

»An einem sicheren Ort. Hier sieht und hört uns niemand.«

Die Antwort stammte nicht von Tarassow, sondern von dem hochgewachsenen Mann, der neben dem Rollstuhl stand. Kowalkow kannte ihn. Es handelte sich um Timur Juschin Smirnow, der hinter Putin die Regierungsgeschäfte führte. Er war der Mann, der Russlands Entscheidungen traf.

Smirnow war gerade erst vierzig geworden, und wer ihn zum ersten Mal sah, neigte dazu, ihn zu unterschätzen, denn er wirkte jung und unerfahren. Doch in seinen Augen, stahlgrau wie sein Anzug, lag das kalte Kalkül eines Machtmenschen, der viel von Putin gelernt hatte und vermutlich schon bald ganz offiziell seine Nachfolge antreten würde.

Der Mann im Rollstuhl war sechsundsiebzig Jahre alt und litt an Parkinson. Das Gesicht war blass und aufgedunsen. Seit zwei Jahren trat Wladimir Wladimirowitsch Putin nicht mehr öffentlich auf, und auch seine Vertrauten im Kreml bekamen ihn nur noch selten zu Gesicht. Nur Smirnow hatte immer, zu jeder Zeit, direkten Kontakt zu ihm.

»Freut mich, Sie wiederzusehen, Jurij«, sagte Smirnow mit glatter Freundlichkeit und setzte sich.

Der Rollstuhlfahrer bewegte den Mund und flüsterte etwas. Smirnow beugte sich zu ihm.

»Wladimir Wladimirowitsch grüßt Sie ebenfalls und wünscht Ihnen Gesundheit«, verkündete er.

»Herr Präsident ...« Kowalkow neigte kurz den Kopf.

Smirnow faltete die Hände auf dem Tisch. »Worüber wir hier sprechen, ist allein für unsere Ohren bestimmt, Jurij. Nichts davon verlässt diesen Raum. Zudem ist er elektronisch abgeschirmt. Es kann nichts per Handy oder einen Minisender übertragen werden.«

Kowalkow nickte.

»Warum?«, fragte er. »Warum sind wir hier?«

Putin flüsterte erneut. Smirnow hörte ihm aufmerksam zu und sagte dann: »Wir sind hier, weil wir Ihnen eine letzter Chance geben möchten.«

Plötzlich war Kowalkows Ruhe dahin. Er ließ sich nichts anmerken, äußerlich blieb er gelassen, aber in seinem Innern wuchs die Anspannung.

»Sie sind ein verdienter Mann«, fuhr Smirnow fort. »Sie haben viel für unser Land getan und der Regierung mehr als einmal in wichtigen Angelegenheiten geholfen. Das wissen wir zu schätzen, und deshalb geben wir Ihnen diese eine Chance. Das Angebot lautet: Kooperation. Sie sollten es annehmen. Die Alternative wäre ...«, er verzog das Gesicht, »... unangenehm.«

»Kooperation wobei?«

Putins Hände zitterten und schlossen sich um die Armlehnen des Rollstuhls. Er krächzte etwas, und diesmal beugte sich Smirnow nicht zu ihm; er schien ihn auch so zu verstehen.

Er hob den Zeigefinger. »Und bitte keine Ausflüchte, Jurij. Also, was ist der Plan der Sieben? Nennen Sie uns alle Einzelheiten, angefangen bei den Namen der Beteiligten.«

Kowalkow starrte auf den Tisch und sammelte seine Gedanken. »Ich fürchte, ich verstehe nicht, was Sie meinen.«

Tarassow stand still wie eine Statue. Putin starrte wortlos.

Smirnow schüttelte langsam den Kopf. »Sie werden uns sagen, was wir wissen wollen, Jurij Kowalkow, so oder so. Wir haben Mittel und Wege, Sie zum Reden zu bringen. Das sollten Sie eigentlich wissen.«

Einige Sekunden lang war es völlig still in dem Raum mit den militärischen Bildern an den Wänden.

Kowalkow räusperte sich. »Ich rate Ihnen dringend davon ab, mir gegenüber irgendeine Art von Gewalt anzuwenden. Das würden Sie in einigen Stunden bitter bereuen.«

Putin flüsterte etwas, und Smirnow nickte ihm zu.

»Wir wissen von Ihrem Totmannschalter«, sagte er und sah auf die Uhr. »Wir haben Ihren Datenverkehr überwacht und wissen, wann Sie den ›Schalter‹ das letzte Mal betätigt haben: vor einer Stunde und sechsunddreißig Minuten. Uns bleiben also vier Stunden und vierundzwanzig Minuten. Möchten Sie wirklich herausfinden, was wir in knapp viereinhalb Stunden alles mit Ihnen machen können? Ich verspreche Ihnen, nach spätestens einer Stunde werden Sie betteln, unsere Fragen beantworten zu dürfen.«

Putin zischte etwas, und Kowalkow glaubte, ein Wort zu verstehen. Es lautete »Verrat«.

»Sie würden es bereuen«, wiederholte Kowalkow, fühlte sich aber längst nicht mehr so sicher.

Smirnow lehnte sich zurück. »Ihre Dossiers spielen für uns keine Rolle, Jurij. Was auch immer darin geschrieben steht, die Welt wird es für das Gefasel eines Geistesgestörten halten. So viel wie derzeit geschieht, all das Chaos, das Sie und Ihre Gruppe geschaffen haben … Wer interessiert sich da für die Vergangenheit von Regierungschefs? Glauben Sie, die Polizei in diesem Land würde gegen uns vorgehen? Wie naiv muss man sein, um so etwas anzunehmen? Wir kontrollieren Polizei, Staatsanwaltschaft und Richter. Was auch immer Ihre Dossiers an die Öffentlichkeit bringen, es wird in den Medien nur für kurze Zeit Wellen schlagen und nach ein paar Tagen vergessen sein.« Seine Stimme wurde schärfer, als er hinzufügte: »Ihr Oligarchen vergesst immer wieder, wer die wahre Macht hat.«

»Sie haben recht«, entgegnete Kowalkow. »Und gleichzeitig unterliegen Sie einem Irrtum, der folgenschwer sein könnte und wahrscheinlich auch sein wird. Es geschah mehrmals in der jüngeren Geschichte, dass sich Oligarchen für mächtig genug gehalten haben, den Staat herauszufordern, und das war dumm, ein klarer Fall von Selbstüberschätzung. Doch ich bin kein Oligarch, sondern ein Visionär. Ich sehe, was die Zukunft bringt, und ich kann maßgeblich dazu beitragen, die Zukunft zu gestalten. Indem ich dabei mithelfe, die globalen Geldströme zu lenken. Ihre Macht – die staatliche Macht – basiert auf Geld. Wenn Sie Polizei und Militär nicht mehr bezahlen können, bleibt von Ihrer Macht nicht viel übrig. Geld ist der Treibstoff für die große Maschine des Staatsapparats. Wenn Ihnen der Treibstoff ausgeht, stehen plötzlich alle Räder still.«

Die Sorge wich aus Kowalkow, als er sprach. Er überzeugte sich mit den eigenen Worten.

»Was wir derzeit erleben, ist das Ende einer Epoche und der Beginn einer neuen«, fuhr er fort. »Ihre Macht wird bald nur noch ein großer Trümmerhaufen sein. Meine Herren …« Er sah alle drei der Reihe nach an: den stummen, immer noch reglos stehenden Tarassow, Smirnow auf der anderen Seite des Tisches und Putin in seinem Rollstuhl. »Ich bin Ihre einzige Hoffnung. Sie sollten mir nicht drohen, sondern mich freundlich bitten, Ihnen zu helfen.«

»Sollten wir das?« Smirnow sah ihn einige Sekunden lang an, bevor er sich an Tarassow wandte. »Michail?«

Tarassow erwachte aus seiner Starre, ging zu einer Tür zwischen zwei wuchtigen dunklen Schränken und öffnete sie.

Zwei weitere Personen betraten den Raum, ein junger Mann in einer grauen Uniform ohne Rangabzeichen, in dessen Waffengürtel zwei Pistolen steckten, und eine Frau in mittleren Jahren, gekleidet in einen weißen Kittel.

»Ist alles bereit, Doktor?«

Die Frau nickte. »Wir können beginnen.«

Der Uniformierte trat um den Tisch und zog eine seiner beiden Pistolen. »Stehen Sie auf.«

Kowalkow blieb sitzen. »Sie machen einen großen Fehler.«

»Wenn Sie nicht aufstehen, schieße ich zuerst auf Ihre Hände und dann auf die Arme«, sagte der Mann in Uniform. »So oder so, Sie werden mitkommen.«

Kowalkow stand auf.

MARTIN FREEMAN

72

DER BRANDGERUCH wurde stärker, und mehr Rauch wallte in trügerisch trägen Schwaden die Treppe herunter. Weiter oben erklang ein dumpfes Rauschen, das nicht vom Wind stammte, sondern von den Flammen.

Martin stand reglos und lauschte.

»Wie bei Oma Myrte«, sagte Dakota. »Wie bei ihrem Hausboot, das in Flammen aufging.«

Lefèvre blickte zum Treppenaufgang. »Sie sind uns hierhergefolgt.«

»Wer *sie?*«, platzte es aus Martin hervor. »Gibt es noch etwas, das Sie uns nicht gesagt haben?« Da gab es bestimmt eine ganze Menge, war einer der Gedanken, die ihm durch den Kopf gingen.

»Irene war nicht allein«, antwortete Lefèvre. »Hinter ihr stand und steht eine Gruppe, eine Organisation, die es *darauf* abgesehen hat.« Er deutete auf die vor Dakota auf dem Tisch liegenden Handyteile.

»Sehr schlau«, kommentierte Martin. »Ein Haus abfackeln, um ein altes Handy zu bekommen, von dem dann nur einige verkohlte Reste übrig bleiben.«

Grauer Rauch kroch wie Nebel in den Hauptraum.

Dakotas Finger wurden wieder flink. Rasch löste sie die Handykomponenten vom Interface und steckte sie ein. Lefèvre beobachtete sie dabei und schien Einwände erheben zu wollen, doch bevor er etwas sagen konnte, rief Martin: »Der Mäusetunnel!«

»Ja, genau!«, stimmte ihm Dakota zu. »Wenn es den Brandstiftern um uns geht, haben sie Pech gehabt.« Sie sprang auf und sah sich um. »Mir tut es um die Computer leid«, fügte sie traurig hinzu.

»Um uns täte es mir noch mehr leid.« Martin trat zur Treppe, wo der Rauch dichter wurde.

»Was Sie da eben eingesteckt haben …«, wandte sich Lefèvre hinter ihm an Dakota.

»Ist bei mir gut aufgehoben.«

Martin trat in den dunklen Tunnel. Schon nach wenigen Metern wurde es so finster, dass er überhaupt nichts mehr sah. Er holte das Ersatzhandy aus der Villa hervor, schaltete den Taschenlampenmodus ein, leuchtete und sah die Tür, auf der Pietro bestanden hatte. Sie war aus Metall, aus rostfreiem Aluminium, der Rahmen in einer gemauerten Verankerung. Er drückte die Klinke. Nichts geschah. Die Tür blieb zu.

»Das verdammte Ding ist abgeschlossen!« Er drehte sich um.

Dakota zwängte sich im engen Tunnel bereits an Lefèvre vorbei und eilte zum Hauptraum des Kellers zurück.

»Ich suche den Schlüssel!«, rief sie über die Schulter hinweg.

Vom Treppenaufgang kamen Hitze, Rauch und flackernder Flammenschein.

»Dafür haben wir keine Zeit«, sagte Lefèvre. »Wenn Sie gestatten, Monsieur Freeman …«

»Was haben Sie vor?«

»Ich breche die Tür auf.«

Martin machte sich so schmal wie möglich. Die Nähe des Geheimdienstmanns war ihm unangenehm – für einen Moment fühlte er sich im wahrsten Sinne des Wortes eingeengt, wie von ihm überwältigt.

Lefèvre schien das zu spüren, denn er verharrte für ein oder zwei Sekunden, und in der Dunkelheit suchte sein Blick Martins Augen. »Ich meine es gut mit Ihnen, Monsieur Freeman«, sagte er. »Mit Ihnen und Ihrer Freundin. Ich bin auf Ihrer Seite.«

»Sie zerquetschen mich fast!«

Lefèvre wich ein wenig zurück, holte tief Luft und warf sich mit seinem ganzen Gewicht gegen die Tür. Es krachte, und die Tür erbebte, doch sie blieb geschlossen.

Im Licht der kleinen Handylampe sah Martin, wie sich Lefèvre die Schulter rieb. »Ich versuch es noch mal.«

»Es hat keinen Sinn. Sie holen sich nur zusätzliche blaue Flecken.«

»Ziemlich feste Tür, um ein paar Mäuse davon abzuhalten, den Keller zu erreichen«, brummte Lefèvre.

Dakota kehrte hustend durch den Rauch zurück.

»Ich hab ihn.« Sie zeigte den Schlüssel.

Martin und Lefèvre ließen sie passieren, und Dakota steckte den Schlüssel ins Schloss, doch er ließ sich nicht drehen.

Hinter ihnen zogen die ersten Rauchschwaden durch den Tunnel.

»Lassen Sie mich mal.«

Dakota wich beiseite und machte Platz für Lefèvre, der ebenfalls versuchte, den Schlüssel zu drehen. Martin hörte ein metallisches Knirschen.

»Wenn der Schlüssel abbricht, kriegen wir das Schloss nie auf«, gab er zu bedenken.

Im Licht seines Handys sah sich Dakota die Tür an. »Hier ist eine Beule. Etwas ist gegen die Tür gestoßen, und dadurch hat sie sich verzogen.«

»Ich weiß auch, was«, brummte Martin und warf Lefèvre einen Blick zu. »Lasst mich ran.«

Er nahm das Handy in die linke Hand, griff mit der rechten nach dem Schlüssel und bewegte ihn vorsichtig.

Hinter ihm hustete Dakota.

»Es wird langsam ungemütlich«, krächzte sie.

Schon nach wenigen Millimetern stieß der Schlüssel im Schloss auf ein Hindernis, das ihn blockierte. Martin drückte etwas stärker, ohne Erfolg. Das Knirschen, das er zuvor gehört hatte, wiederholte sich.

Hinter ihm wurde das dumpfe Rauschen der Flammen lauter. Es hallte den Treppenaufgang herunter und erreichte den Mäusetunnel zusammen mit dichter werdendem Rauch.

»Zurück können wir nicht.« Dakota atmete durch den Ärmel. »Das hier ist der einzige Weg.«

»Ich weiß, ich weiß.« Martin drehte den Schlüssel in die andere Richtung und versuchte es noch einmal. Ganz vorsichtig, sanft und mit Gefühl, darauf kam es an. Das Hindernis nicht mit roher Gewalt angehen, sondern es überlisten.

Er bewegte den Schlüssel Millimeter um Millimeter, die Hand leicht, nicht verkrampft. Der Widerstand kam nicht abrupt, sondern langsam.

»Vielleicht sollte jemand gegen die Tür drücken«, schlug Dakota vor. »Oder an ihr ziehen.«

Mit der linken Hand zog Martin an der Klinke, und mit der rechten versuchte er, den Schlüssel etwas weiterzudrehen. Das Licht der Handytaschenlampe tanzte über die Tunnelwand.

Der Schlüssel bewegte sich ein wenig.

»Der Rauch wird immer mehr.« Dakota hustete in den Ärmel.

Martin merkte es selbst. Das Atmen fiel ihm schwerer, der Hals brannte, und die Kopfschmerzen meldeten sich erneut – ein heißes Stechen zog sich von einer Schläfe zur anderen.

Dakota stand plötzlich neben ihm. »Lass mich an der Klinke ziehen. Dreh du den Schlüssel.«

Sie zog, mit beiden Händen, und Martin drehte den Schlüssel, wieder langsam und vorsichtig. Der Widerstand schien diesmal weniger stark, es knirschte und … klickte.

Dakota hörte es ebenfalls und drückte die Klinke. Die Tür schwang auf.

73

KALTE, MUFFIGE Luft schlug ihnen entgegen. Dakota atmete sie gierig ein.

Sie wankten durch die Dunkelheit, und nach einigen Schritten fiel ihnen das Atmen leichter. Hinter ihnen schloss Lefèvre die Tür und sperrte den Rauch aus.

Sie stapften durch die Finsternis, und Martin hörte, wie Dakota ihre Schritte zählte.

»Jetzt müssten wir unter der Scheune sein«, sagte sie nach einer Weile, und dann: »Jetzt haben wir den Stall erreicht.«

Der Tunnel wurde niedriger und schmaler. Er verlief nicht völlig gerade, beschrieb mehrere Kurven und erweiterte sich einmal zu einem überraschend großen Raum. Schutt lag in einer Ecke, neben mehreren rostigen Soldatenhelmen und vermoderten Kleidungsresten.

Das Licht der Handytaschenlampe wurde schwächer. Mit einem Blick aufs Display stellte Martin fest, dass die Batterieladung weniger als zwanzig Prozent betrug.

Die Dunkelheit rückte näher.

»Wie weit ist es noch?«, fragte Lefèvre.

»Ein paar Hundert Meter, schätze ich.« Dakota durchquerte den Raum und leuchtete mit ihrem eigenen Handy. Martin folgte ihr, und Lefèvre bildete den Abschluss.

»Ich hoffe nur, dass die Leute dort oben, wer auch immer sie sind, nichts vom Mäusetunnel wissen«, sprach Dakota in der Dunkelheit. »Ich meine, sie scheinen ansonsten ja recht gut informiert zu sein. Jedenfalls wussten sie, wo wir sind.« Martin sah, wie sie den Kopf drehte und über die Schulter blickte. »Zumindest nehme ich mal an, dass es diesen Leuten, die Ihnen ja bekannt sein dürften, Mister Konzertierte Aktion, nicht um Emily und jemand von den anderen ging, sondern um uns.«

Emily, dachte Martin und fragte sich, was aus ihr geworden war.

Er hoffte, dass sie es irgendwie geschafft hatte, den Flammen zu entkommen.

Lefèvre setzte schweigend einen Fuß vor den anderen. Sein Gesicht blieb in der Dunkelheit verborgen, aber seine Miene hätte ohnehin nichts verraten.

»Wer sind die Leute, die hinter Irene und ihren Kumpanen stecken?«, fragte Martin und hörte die Schärfe in seiner Stimme. Es gab noch immer zu viele Rätsel in dieser Angelegenheit. »Womit haben wir es zu tun?«

Lefèvre seufzte. »Ich hab es Ihnen bereits erklärt, Monsieur Freeman. Es geht um den Plan, eine neue Weltordnung zu schaffen, mit einem neuen Wirtschaftssystem und Bitcoin als globaler Leitwährung.«

»Schon klar«, kommentierte Dakota. »Deshalb wird ein Bauernhaus abgebrannt. Logisch.«

»Ich glaube, Sie haben uns noch nicht alles gesagt«, brummte Martin. Die Kopfschmerzen wurden heftiger, Übelkeit stieg in ihm auf.

Lefèvre seufzte erneut. »Wir arbeiten seit fast zwanzig Jahren an dieser Sache.«

Das überraschte Martin. »Nicht erst seit vier, fünf Jahren, seit der Sache mit meinem Vater und Bordier & Cie? Moment mal.« Er ahnte etwas. »Fast zwanzig Jahre? Mit anderen Worten: Ihr ›Problem‹ begann Ende des ersten 2000er-Jahrzehnts?«

»Ja.«

»Vor zwanzig Jahren veröffentlichte Satoshi Nakamoto sein Bitcoin-White-Paper. Meinen Sie das? Hat es damit begonnen?« Martin sah nach hinten, doch Lefèvre war nur ein vager Schemen in der Dunkelheit. Es nützte kaum etwas, mit dem Handy nach ihm zu leuchten, sein Gesicht blieb von Schatten umhüllt.

»Wir suchen ihn seit damals«, gestand er. »Kurz nach der Veröffentlichung seines Papers verschwand er spurlos.«

»Haben Sie ihn je gesehen?«, fragte Martin und überlegte

schnell. Lefèvre musste zu jener Zeit Ende zwanzig gewesen sein.

»Nein, ich bin ihm nie begegnet. Ich kam erst einige Jahre später zu der ursprünglichen Ermittlungsgruppe.« Lefèvre legte eine kurze Pause ein. »Aber Ihr Vater hat Nakamoto gekannt. Oder war Nakamoto.«

»Halten Sie das wirklich für möglich?«

Lefèvre zögerte erneut. »Nun, jedenfalls wusste David Dean Freeman, wer Nakamoto war.«

Ein anderer Gedanke nagte an Martin. »Warum wurde diese Ermittlungsgruppe, die Sie gerade erwähnt haben, gegründet? Was hat sich Satoshi Nakamoto zuschulden kommen lassen?«

»Er war ein Revolutionär.« Es klang so, als hielte Lefèvre das für Erklärung genug.

»Wird's jetzt politisch?«, fragte Dakota von vorn.

»Der Bitcoin war von Anfang an als Werkzeug der Destabilisierung gedacht«, fügte Lefèvre hinzu. »Als subversives Instrument.«

Das Gehen wurde mühsam, der Tunnel stieg an.

»Haben Sie das White-Paper gelesen?« Martin fühlte sich herausgefordert. »Und Nakamotos Postings in den damaligen Foren? Er hat Bitcoin als Ausweg aus Wirtschaftskrisen und den Spekulationsblasen von Banken und Börsen geplant. Es ist die erste demokratische Währung in der Geschichte der Menschheit, mit garantierter Knappheit, die vor Inflation schützt. Sie unterliegt nicht der Kontrolle von Staaten oder Notenbanken, kann also nicht zur Finanzierung von Kriegen oder politischen Maßnahmen welcher Art auch immer missbraucht werden. Bitcoin existiert unabhängig von staatlicher Willkür und bedeutet finanzielle Freiheit. Wenn Sie sich mit der Geschichte des Geldes befassen, mit der Historie von Tauschmitteln und Fiatwährungen …«

»Sie sind verblendet«, unterbrach Lefèvre.

»Verblendet?«

»Sie sehen, was Sie sehen wollen, und Sie glauben, was Sie glauben wollen. Bitcoin war als eine Art Brechstange geplant, die das Weltwirtschaftssystem früher oder später aus den Angeln hebeln sollte. Es ging Nakamoto nicht darum, den Menschen finanzielle Freiheit oder mehr Demokratie zu geben. Er wollte Banken und Staaten vernichten.«

»Und das rief Sie auf den Plan«, warf Dakota ein und leuchtete mit ihrem Handy nach vorn. »Achtung, hier kommt eine besonders enge und niedrige Stelle.«

»Meine Vorgänger haben die Gefahr frühzeitig erkannt«, erwiderte Lefèvre.

»Und was wollten die unternehmen?«, hakte Martin nach. »Sollte Nakamoto eliminiert werden, so wie andere ›Staatsfeinde‹ vor ihm?«

»Wir wollten mit ihm reden. Und das wollen wir noch immer.«

Martin folgte Dakota durch die schmale, niedrige Stelle und hörte Lefèvre leise hinter sich schnaufen.

»Sie hatten es auf ihn abgesehen«, sagte Martin. »Vielleicht ist er deshalb verschwunden. Weil er nicht mit Ihnen ›reden‹ wollte.«

»Was derzeit geschieht, beweist die Richtigkeit unserer damaligen Einschätzung.« Lefèvre sprach mit einer sonderbaren Eindringlichkeit, und für Martins Ohren klang er wie jemand, der sich auf einer heiligen Mission glaubte. »Ohne den Bitcoin wäre das, was jetzt geschieht, gar nicht möglich gewesen – jene Personen, die den gegenwärtigen wirtschaftlichen Kollaps herbeigeführt haben, hätten sich damit selbst ruiniert. Bitcoin ist Gift für unsere Welt.«

»Ich lebe seit Jahren davon«, erklärte Martin.

»Sie sind Nutznießer eines gefährlichen Schneeballsystems, das viel zu lange toleriert wurde. Hätte man es gleich zu Anfang ausgemerzt, wäre uns viel erspart geblieben. Allein der Bitcoin erlaubt es den Sieben, ihre Reichtümer zu bewahren und zu mehren, während der Rest der Welt im Chaos versinkt.«

»Wo ist Ihr Schwert?«, wollte Dakota wissen.

»Wie bitte?«, erwiderte Lefèvre verwundert.

»Ihr Schwert. Sie sind ein Kreuzritter auf dem Kreuzzug. Wo ist Ihr Schwert?«

Lefèvre beschloss offenbar, nicht darauf einzugehen. Jedenfalls antwortete er ihr nicht.

»Sie verwechseln Ursache und Wirkung«, hielt ihm Martin vor. »Seit dem ersten Jahrzehnt des einundzwanzigsten Jahrhunderts hat es einige interessante Entwicklungen gegeben, zum Beispiel mehrere Wirtschaftskrisen, mit denen Bitcoin überhaupt nichts zu tun hatte. Und die Bezeichnung ›Schneeballsystem‹ passt wohl besser zu den Derivate-Spekulationen der Banken, die sich jeder Kontrolle entziehen. Dort sitzen die wahren Schuldigen der großen Krisen: in den Wettbüros der Großbanken, Börsen und Finanzministerien. Millionen von Menschen wurden dadurch in den Ruin getrieben. Das System ist durch und durch marode, schon seit vielen Jahren! Kein Wunder, dass es zusammenbricht.«

»Sind Sie Sympathisant?«, fragte Lefèvre scharf.

»Ob ich *was* bin?«

»Sympathisieren Sie mit den Verschwörern?«

»Ich sympathisiere mit allen, die es gut meinen«, entgegnete Martin hitzig. »Und Satoshi Nakamoto hat es zweifellos gut gemeint. Bitcoin ist nicht das Problem, sondern die Lösung. Ein digitales Zahlungsmittel, dezentral wie das Internet, unabhängig von allen staatlichen und wirtschaftlichen Institutionen, vor Inflation und Missbrauch geschützt. Eine Währung nicht nur für einen Staat, sondern für die ganze Welt, ohne eine Instanz, die Einfluss darauf nehmen kann. Eine Währung als globales Gemeingut – so etwas hat es nie zuvor gegeben.«

Martin schnappte nach Luft und fügte in einem dozierenden Ton hinzu: »Das dezentrale Internet, Monsieur Lefèvre, hat die Information demokratisiert. Der ebenfalls dezentrale Bitcoin demokratisiert unser Geld. Banken sind immer undemokratisch gewesen. Sie lassen sich nicht gern in die Karten schauen und kochen gern ihr eigenes Süppchen, und es ist ihnen vollkommen schnuppe, ob das anderen Leuten schmeckt oder nicht. Banken haben am Elend in der Dritten Welt und an Kriegen auf allen Kontinenten verdient. Weil sie nicht nur die Währung kontrollieren, sondern auch das Geld der Millionen und Milliarden Menschen, denen nichts anderes übrigbleibt, als es ihnen anzuvertrauen.«

Immer mehr Worte strömten aus Martin hervor.

»So war das System bisher: Die Menschen arbeiten, und das Geld, das sie für ihre Arbeit bekommen, wird von den Banken verwaltet. Aber Bitcoin befreit von dieser Art der finanziellen Sklaverei, denn mit Bitcoin kann jeder von uns sein Geld selbst verwalten. Wir brauchen auch keine Banken mehr, um Geld zu überweisen, auch das kann jeder selbst erledigen, per Handy oder PC. Entfernungen spielen für die Überweisungen keine Rolle, so wie sie auch für die Datenpakete im Internet keine Rolle spielen. Und die Überweisungen kosten viel weniger. Die Banken verlieren ihr Finanzmonopol und damit ihre Macht. Sie sterben, ihr Ende ist besiegelt, immer mehr Menschen streifen ihre Ketten ab. Der Bitcoin ist eine Riesenchance für die Menschheit!«

Martin klappte den Mund zu. Hinter seiner Stirn schlug ein Hammer.

»Sie sind jung«, sagte Lefèvre. »Junge Leute irren sich oft.«

»Lieber Himmel, was ist das denn für ein Argument?«, entfuhr es Martin. »Wenn Sie …«

Dakotas Stimme klang laut durch den Tunnel. »Darf ich die Herren stören?«

Martin brachte den begonnenen Satz nicht zu Ende.

»Wir haben ein Problem.« Dakota leuchtete mit ihrem Handy. Das Licht fiel auf eine Wand aus Erde und Gestein. »Es scheint eine Art Erdrutsch gegeben zu haben. Das Ende des Mäusetunnels ist verschüttet. Wir sitzen fest.«

DIE VIER: DESNA LAGHARI

74

DIE SONNE über Indien kam Desna größer, heller und wärmer vor. Sie hob ihr das Gesicht entgegen, als sie an der Seite von Ranjan Kumar Sastri durch den Garten der kleinen Villa schritt, vorbei an Feigen- und duftenden Niembäumen.

»Hier ist es wunderschön.« Sie atmete tief durch. »Ich beneide dich um diesen Ort.«

»Es ist ein kleines Haus und ein kleiner Garten«, entgegnete der indische Premierminister und zeigte ein zufriedenes Lächeln. »Aber warte ab, bis wir die Aussichtsplattform erreichen.« Er streckte den Arm aus. »Dort vorn. Es ist nicht mehr weit.«

Desna lächelte ebenfalls und hakte sich bei ihm ein.

Sie setzten die langsame Wanderung zwischen den Bäumen, blühenden Büschen und Blumenbeeten des Gartens fort. Die Sicherheitsbeauftragten blieben im Hintergrund.

»Ein kleines Stück vom Paradies«, sagte Desna. »Ein Ort des Friedens, wie eine Insel im stürmischen Meer.«

»Ja, während die Welt in Aufruhr ist«, entgegnete Ranjan bedrückt.

»Es wird noch schlimmer werden.«

»Du bist daran beteiligt, nicht wahr?«

Desna Laghari hatte ein Netz gesponnen und es von Indien aus durch China und Russland um die ganze Welt gelegt. Vielleicht war sie, noch im Hintergrund, die mächtigste Frau der Welt, aber es gab nach wie vor Risiken und Gefahren. Sie musste vorsichtig bleiben.

»Niemand kann ganz beiseitetreten und alles nur beobachten«, sagte sie behutsam. »Das ist nicht einmal hier möglich, an diesem Ort.«

Sie fühlte die Vibration des Handys in der Taschenfalte ihres türkisblauen Saris. Es signalisierte die Mitteilung einer ganz bestimmten Person.

»Entschuldige bitte.« Sie blieb stehen, holte ihr Handy hervor und hielt es so, dass Ranjan das Display nicht sehen konnte. Mit einem Tastendruck rief sie die empfangene Nachricht auf.

Sie stammte von Francis Forsythe und lautete: *Wir sind kompromittiert. Rückzug.*

»Ich hoffe, es ist nichts Schlimmes«, sagte Ranjan. Seine Worte bedeuteten so viel wie: Was ist so wichtig, dass du dich davon bei einem Spaziergang mit mir stören lässt?

Desna steckte das Handy wieder ein. »Die Welt sucht nach Schuldigen, und einer der vielen anklagenden Finger zeigt auf Golden Wisdom.«

Sie gingen weiter, wieder Arm in Arm.

»Du hast viel für unser Land getan«, sagte der Premierminister nach einigen Schritten. »Mit deiner Hilfe haben wir eine der schlimmsten Pandemien überstanden, die unser großes Land jemals heimgesucht hat. Und Indien verdankt es dir, dass der Mittelstand wächst und die Armut schrumpft. Andererseits …«

»Ja?«

»Man hat mir von einem Komplott berichtet, in das GoWi verwickelt sein soll. Ziel ist angeblich eine neue Weltordnung.«

Desna schwieg einige Sekunden und genoss den Sonnenschein. Es war nicht mehr weit bis zur Aussichtsplattform – vor ihnen lichtete sich der Garten.

»Indiens Dschungel sind voller giftiger Schlangen, und man muss aufpassen, wohin man tritt«, entgegnete sie schließlich. »Die Welt dort draußen, das wissen wir beide, ist ein Dschungel anderer Art, doch dort gibt es ebenfalls zahlreiche Schlangen, die auf Beute lauern. Golden Wisdom hat viele Konkurrenten, nicht nur wirtschaftliche, auch politische. Und so ist es auch mit Indien. Es gibt Menschen auf dieser Welt, denen eine Schwächung Indiens gefallen würde.«

»Pakistan?«, erwiderte Ranjan leise.

»Kriege werden nicht nur mit Kanonen geführt«, sagte Desna. »Worte können sehr mächtig sein, wenn man sie richtig platziert.«

Der Premierminister sah sie kurz von der Seite an. »Bitte unternimm nichts, das Indien schaden könnte.«

»Niemals«, versicherte Desna und hätte gern geglaubt, dass es der Wahrheit entsprach.

Sie erreichten den Aussichtspunkt und betraten die Plattform. Vor und unter ihnen erstreckte sich eine weite Ebene mit den Kuppeln und Minaretten eines Palastes aus weißem Marmor.

»Der Tadsch Mahal«, sagte Ranjan. »Erbaut von Shah Jahan, der im siebzehnten Jahrhundert über das indische Reich der Großmoguln regierte. Kein zartbesaiteter Mann – im Kampf um die Macht ließ er alle seine Brüder brutal umbringen –, aber doch in ewiger Liebe verbunden mit Mumtaz Mahal.«

Er deutete auf den weißen Palast, der ein Mausoleum war. »Dort liegen sie beide begraben. Du kennst die Geschichte, nicht wahr? Oh, natürlich kennst du sie. Shah Jahan – der ›Herrscher der Welt‹, wie sein Name bedeutet – verlobte sich bereits als junger Mann mit Mumtaz Mahal, der ›Erwählten des Palastes‹. Dichter rühmten ihre Anmut und Schönheit, vor der sich, so heißt es, sogar der Mond schamvoll verbarg. Die tiefe Liebe zwischen ihnen hielt ein Leben lang. Im Jahr 1631 begleitete die hochschwangere Mumtaz Mahal ihren Mann auf einem Feldzug gegen Aufständische. Bei der Geburt des Kinds, des vierzehnten, kam es zu Komplikationen, und die Erwählte des Palastes starb. Für Shah Jahan begann eine Zeit der tiefen Trauer, sein Bart soll über Nacht weiß geworden sein. Nie wieder gab es Tanz und Gesang an seinem Hof.«

Desna war mit der Geschichte vertraut, unterbrach Ranjan jedoch nicht.

»Der Legende nach soll Mumtaz Mahal auf dem Sterbebett einen letzten Wunsch geäußert haben: ein Grabmal einzigartig auf der ganzen Welt. Für den Rest seines Lebens machte sich Shah Jahan die Erfüllung dieses Wunsches zur Aufgabe. Schon kurz nach dem Tod seiner geliebten Frau begannen die Bauarbeiten für das Mausoleum. Zwanzigtausend Arbeiter und tausend Elefanten waren damals elf Jahre lang im Einsatz.«

Ranjan seufzte. »Die Macht der Liebe. Erstaunlich, nicht wahr? Sie ist kein Klischee, sie existiert wirklich.« Er wandte sich Desna zu. »Wann heiraten wir?«

Sie gab ihm die übliche Antwort. »Bald.«

»Ach, die Zeit fließt dahin, der vor uns liegende Weg wird kürzer, und ich muss ihn ohne dich gehen.«

»Nicht mehr lange«, erwiderte Desna. »Versprochen.« Sie sah auf die Uhr. »Es wird Zeit für mich.«

»Schon?«

Rückzug, dachte sie. Einige Tage an einem sicheren Ort verbringen und abwarten.

»Wir sehen uns in kurzer Zeit wieder«, stellte sie ihm in Aussicht. »Und dann werde ich eine gute Nachricht für dich haben.«

»Was auch immer geschieht, was auch immer du tust«, sagte Ranjan, »bleib am Leben. Ich möchte kein Grabmal für dich bauen müssen.«

75

DAS KLEINE Haus schmiegte sich an den Hang eines Hügels, von dessen Kuppe aus man bei klarem Wetter im Norden die Gipfelkette des Himalaja sehen konnte. Es bot keinen großen Luxus, aber Desna brauchte auch nicht viel, erst recht nicht für einige wenige Tage, und länger würde der Aufenthalt an diesem Ort weit im Norden von Neu-Delhi nicht dauern – die Welt war *fast* reif.

Die Nachbarn am Fuß des Hügels, keiner von ihnen näher als fünf Kilometer, hielten sie für eine Managerin aus Ambala im Westen oder vielleicht aus Chandigarh, da waren sie nicht sicher. Sie grüßten respektvoll, wenn sie ihr auf einem der steinigen Wege begegneten, aber dazu kam es nur selten. Die Geschäftsfrau zählte zu den Besuchern aus einer anderen Welt, die gelegentlich kamen und gingen und manchmal ein freundliches Wort oder sogar ein wenig Geld hinterließen.

Desna führte ihre Geschäfte mit einem kleinen Notebook und der schnellen, abgesicherten Internetverbindung, über die das Haus verfügte. Sie verzichtete auf Personal, kochte und wusch selbst. Am ersten Tag fühlte es sich immer seltsam an, wie eine Rückkehr zu den Wurzeln des Lebens, doch sie gewöhnte sich stets schnell daran. Xanadu oder Pauline hätten sich vermutlich alles andere als wohlgefühlt, und dieser Gedanke brachte eine gewisse Genugtuung.

Sie verbrachte ihre Zeit mit einsamen Wanderungen durch die felsige Landschaft und nutzte sie, um die Gedanken treiben zu lassen. Dann stellte sie sich die neue Welt vor, die aus den Trümmern der alten entstehen würde, und sie dachte über ihre Rolle beim Aufbau dieser neuen Welt nach. Hier ging es um mehr als nur einen weißen Palast, um viel mehr als die Erinnerung an ein Liebespaar, das sich selbst ein Denkmal gesetzt hatte. Die Menschheit würde einen neuen Weg einschlagen, und sie selbst würde zu den wenigen Personen gehören, die darüber bestimmten, wohin die Reise ging.

Von wem sollte sie sich auf dieser Reise begleiten lassen, mit wem sollte sie die Verantwortung teilen? Mit Kowalkow, Taiji oder Ranjan? Sie mochte jeden von ihnen, auf eine eigene, spezielle Art und Weise, und es gab noch andere Männer in anderen Ländern. Sie war keine junge Frau mehr, doch an Auswahl und Möglichkeiten mangelte es nicht.

Darüber dachte Desna an diesem warmen, sonnigen Tag nach,

als sie erneut eine Wanderung unternahm. Am frühen Nachmittag erreichte sie die Kuppe des Hügels und setzte sich dort auf einen flachen Stein.

Trotz der Wärme war die Luft klar, und der Himalaja schien zum Greifen nah. Sie hatte ihren Rucksack abgenommen, entnahm ihm eine kleine Thermosflasche und trank kalten Tee.

Etwas berührte sie am Bein. Geistesabwesend, den Blick auf die schneebedeckten Gipfel der Sechs- und Siebentausender gerichtet, senkte sie die freie Hand.

Ein jäher stechender Schmerz ließ sie zusammenzucken, und sie sah eine grünschwarze Schlange zwischen den Steinen. Überraschend schnell glitt das Tier davon und verschwand zwischen den Felsen.

Das war unmöglich!

In dieser Region gab es keine Schlangen.

Desna starrte auf ihre Hand. Das Tier, das es hier gar nicht geben durfte, hatte sie gebissen: Zwei dünne Blutfäden zogen sich über ihr Handgelenk.

Verblüfft und erschrocken begriff sie, dass wertvolle Sekunden ungenutzt verstrichen. Rasch hob sie die Hand zum Mund, saugte an der Wunde und spuckte Blut.

War die Schlange, die sie gebissen hatte, giftig oder nicht?

Desna stand auf, griff nach ihrem Rucksack und erinnerte sich daran, dass sie ohne Handy aufgebrochen war. Sie hatte in Ruhe nachdenken und durch nichts gestört werden wollen, und das bedeutete: Sie konnte keinen Hilferuf absetzen.

Sie ließ den Rucksack liegen, eilte über den Weg und erinnerte sich daran, dass man nach einem Schlangenbiss ruhig bleiben und sich so wenig wie möglich bewegen sollte, denn ein kräftig schlagendes Herz sorgte dafür, dass sich das Gift schneller im Körper ausbreitete.

Aber Desna konnte nicht einfach warten. Rettung für sie gab es nur in dem kleinen Haus unten am Hang.

Desna lief.

Sie war nicht einmal hundert Meter weit gekommen, als ihr die Beine schwer wurden. Aus dem Laufen wurde ein Taumeln, sie schnappte nach Luft, stützte sich an einem Felsen ab und sank zu Boden, weil die Knie unter ihr nachgaben.

Dort lag sie, von Steinen umgeben, mit der indischen Sonne hell und heiß am Himmel. Eben war es noch warm genug genug gewesen, um zu schwitzen, aber plötzlich fröstelte Desna.

Ist es fair, so zu sterben, durch einen dummen Zufall?, fragte sie sich und schloss die Augen.

Nur für einen Moment, dachte sie, nur um ein wenig Kraft zu schöpfen.

MARTIN FREEMAN

76

ZWEI HANDYS lagen auf dem Boden des Mäusetunnels, beide im Taschenlampenmodus. Das eine gehörte Martin und leuchtete schwach; das andere, Dakotas, schickte etwas mehr Licht in die Dunkelheit. Drei Personen standen am verschütteten Ende des Tunnels, sechs Hände gruben und lösten Steine aus dem dichten Erdreich.

»Vielleicht war das gar kein Erdrutsch.« Es war kalt, aber Martin begann zu schwitzen. Die Luft erschien ihm plötzlich sehr stickig, und lag nicht ein stärker gewordener Brandgeruch in ihr?

Mit einem Blick zurück versuchte er zu erkennen, ob Rauch durch den Tunnel drang, aber das sollte eigentlich unmöglich sein, denn sie hatten die Tür am Anfang des Tunnels geschlossen. Sehen konnte er jenseits des Scheins der beiden Handys jedenfalls nichts.

»Ich bin schon seit einer ganzen Weile nicht mehr bei Tron gewesen«, fuhr er fort. »Vielleicht haben Amilia und die anderen irgendwann beschlossen, den Tunnelausgang zu verschließen. Das dort«, er deutete auf die Wand aus Erde und Gestein vor ihnen, »könnte meterdick sein.«

»Dein Optimismus gefällt mir, Martin, ehrlich«, schnaufte Dakota. »Du machst einem so richtig Mut.«

Der Hammer hinter seiner Stirn schlug schneller und wuchtiger, und bei jedem Schlag erzitterte das Bild vor seinen Augen. Er konnte kaum noch klar sehen.

Sie gruben weiter, erst mit bloßen Händen und dann mit Steinen, die flach und handlich genug waren. Nach einer Weile wich das Gefühl aus Martins kalten Fingern.

Das Licht seines Handys verschwand. Die Dunkelheit kroch näher zu ihnen.

»Ich glaube, hier ist die Erde nicht mehr ganz so dicht«, brummte Lefèvre schließlich. Er befand sich rechts von Martin, der zwischen ihm und Dakota eingezwängt war.

Der Geheimdienstmann grub noch etwas mehr, mit zwei spitzen Steinen, die Faustkeilen ähnelten. Erde rieselte und rutschte, Lehmbrocken lösten sich und fielen.

Plötzlich spürte Martin einen kalten Luftzug. Er wich zwei Schritte zurück, hob sein Handy auf und steckte es ein. Dann nahm er Dakotas kleines Telefon und leuchtete damit auf die Stelle vor Lefèvre. Dort zeigte sich ein dunkles Loch.

Lefèvre bückte sich und spähte in die Öffnung. »Ich glaube, ich sehe ein wenig Licht«, verkündete er. »Könnte Tageslicht sein.«

Dakota machte sich mit neuem Eifer ans Werk. »Graben, Leute, graben!«

Mit Steinen und bloßen Händen erweiterten sie das Loch, bis es groß genug wurde, um hindurchzuschlüpfen.

Dakota folgte Lefèvre auf der anderen Seite der Barriere aus Erde und Gestein.

Martin blieb bei ihrem Telefon stehen und lauschte für einige Sekunden einer Stille, die sich um ihn schloss wie die Hand eines Riesen, der ihn zerquetschen wollte. Er wankte, rang nach Atem und blickte in die Richtung, aus der sie gekommen waren.

Der Mäusetunnel lag völlig finster, und es zeigte sich nicht eine einzige Maus in ihm.

»Was ist los?«, rief Dakota durch das Loch.

Martin trat mit dem kleinen Telefon zur Öffnung, bevor er es einsteckte. Von einem Augenblick zum anderen herrschte um ihn herum völlige Finsternis.

Er tastete nach dem Loch, kroch hinein und erreichte kurz darauf die andere Seite. Dakota half ihm in einer kleinen Höhle auf die Beine.

»Siehst du?« Sie zeigte nach oben. »Dieser Teil des Tunnels ist eingestürzt, vielleicht durch den starken Regen vor einigen Monaten.«

Lefèvre stand schmutzig im schmalen Einstieg des unterirdischen Gangs. »Das Bauernhaus brennt lichterloh. Es wird nicht viel davon übrig bleiben.«

Martin war mit einigen schnellen Schritten neben ihm.

Einige Hundert Meter entfernt, umgeben von Buchen und Wiesen, brannte nicht nur Trons Bauernhaus, sondern auch der große Werkzeugschuppen direkt daneben. Funken stoben wie feurige Schneeflocken und tanzten bis zu Scheune und Stall. Gelbe, orangefarbene und rote Flammenzungen leckten gen Himmel.

Einige Dutzend Meter vor dem brennenden Haus stand Martins Wagen, viel zu nahe, wie er fand. Und dahinter, ein Stück weiter von den Flammen entfernt, parkte ein zweites Fahrzeug, ein dunkler Kombi. Daneben waren zwei Personen auszumachen, ein Mann und eine Frau.

Weißgrauer Rauch stieg auf und vereinte sich mit dem Hochnebel.

»Es sind nur zwei, mit denen werden wir fertig«, meinte Lefèvre. »Sie rechnen nicht mit uns, ihre Aufmerksamkeit gilt allein dem brennenden Haus.« Er hielt plötzlich zwei Schusswaffen in der Hand, und eine bot er Martin an. »Hier, Ihre Pistole.«

Martin nahm sie erstaunt entgegen. Er hatte angenommen, dass die Pistole nach der Schießerei im Hotel »Waldhaus« von der Polizei beschlagnahmt worden war. Dass Lefèvre sie ihm einfach so zurückgeben konnte, war ein weiterer Beleg für seine Sondervollmachten. Sein Einfluss schien sehr groß zu sein.

»Was soll das?«, fragte Dakota erschreckt. »Was haben Sie vor?«

»Ich nehme an, die beiden dort drüben sind für das Feuer verantwortlich«, erklärte Lefèvre. »Wir schnappen sie uns und stellen ihnen ein paar Fragen.«

»Wer *wir?*«

Lefèvre deutete auf Martin. »Monsieur Freeman und ich. Wenn Sie ebenfalls eine Pistole haben, können Sie mitkommen.«

»Ich fasse so ein Ding nicht wieder an!«

»Dann bleiben Sie hier in Sicherheit, bis alles vorbei ist.«

»Für wen halten Sie sich, für James Bond?«, erwiderte Dakota scharf. »Wir sind hier nicht in Absurdistan, sondern in der Schweiz.«

»Die Personen dort drüben«, Lefèvre deutete nach draußen, »haben das Bauernhaus angezündet, weil sie wollten, dass wir darin verbrennen, und vermutlich ist Ihre Freundin Emily dabei ums Leben gekommen. Ich nehme an, dass die beiden bewaffnet sind. Es wäre sicherlich nicht besonders klug, mit leeren Händen zu ihnen zu gehen, um sie zu fragen, warum und in wessen Auftrag sie das Feuer gelegt haben.« Er wandte sich an Martin. »Die Leute wissen vielleicht, wo wir Satoshi Nakamoto finden.«

Die Verlockung war zu groß. Martins immer noch taube Finger schlossen sich fester um die Pistole. »Na schön. Wie gehen wir vor?«

»Du nicht.« Dakota schüttelte den Kopf. »Du gehst nirgends vor.« Und zu Lefèvre: »Wir warten hier alle drei, bis die Feuerwehr eintrifft. Bestimmt ist sie bereits verständigt, der Brand dürfte nicht unbemerkt geblieben sein. Wir bleiben hier in Sicherheit, bis die Brandstifter weg sind.«

Lefèvre achtete nicht auf sie. »Satoshi Nakamoto«, wiederholte er, den Blick auf Martin gerichtet. »Möchten Sie herausfinden, wo er sich aufhält?«

»Sie wollen sein Leben für Ihre Zwecke aufs Spiel setzen!«, fauchte Dakota. »Wir reden von *meinem* Martin, den ich gern lebend behalten würde, herzlichen Dank. Es geht ihm nicht gut, das sieht man ihm deutlich an. Und außerdem …« Sie holte tief Luft. »Und außerdem wissen wir nicht, ob die beiden dort draußen wirklich allein sind. Vielleicht treiben sich Komplizen von ihnen in der Nähe herum.«

»Wer keine Fragen stellt, bekommt auch keine Antworten, Monsieur Freeman«, sagte Lefèvre.

»Dakota ...«, begann Martin.

Sie hob die Hände. »Na schön, ich hab verstanden. Einmal Dickkopf, immer Dickkopf. Daran ändert auch die Kugel nichts, die dir Irene verpasst hat. Vielleicht hat sie dir nicht gereicht. Vielleicht bist du auf den Geschmack gekommen und möchtest noch eine.«

Sie sah Lefèvre an. »Also gut, Mister James Bond. Tun wir es. Wir *drei.* Ich komme mit.«

77

DER HAMMER in Martins Kopf schlug nicht mehr ganz so heftig. Vielleicht war es das Adrenalin, das den Schmerz betäubte. Mit der Pistole in der rechten Hand folgte er Lefèvre den Hügelhang hinunter, zwischen Büschen und Sträuchern, die zumindest teilweise Deckung boten.

Das Paar beim zweiten Wagen vor dem brennenden Bauernhaus bemerkte sie nicht und kehrte ihnen weiterhin den Rücken zu. Der Mann und die Frau sprachen nicht miteinander, beobachteten nur, wie die Flammen das große Gebäude mit dem Werkzeugschuppen an seiner Seite verschlangen.

Martin fühlte die Pistole schwer in seiner Hand, kein Fremdkörper, nicht etwas, das er am liebsten weggeworfen hätte, aber auch nicht vertraut. Ein Werkzeug, sagte er sich, während er hinter Lefèvre durchs Gebüsch schlich, seinerseits gefolgt von Dakota. Etwas, das ihn schützen und am Leben erhalten sollte.

Hinter einigen Bäumen hielt Lefèvre geduckt inne und sah sich um. Martin vermutete, dass er nach eventuellen Komplizen Ausschau hielt. Er selbst behielt das Paar beim zweiten Wagen im Auge. Er schätzte beide auf vierzig oder ein paar Jahre darüber, nicht mehr jung, aber auch nicht alt, in den besten Jahren, wie es hieß.

Die Frau hatte schulterlanges dunkles Haar und ein schmales Gesicht mit einer Nase, die ein wenig zu klein wirkte. Der Mann war kräftig gebaut und trug eine lange Jacke, die er geöffnet hatte –, auch Martin fühlte die Hitze des Feuers, dabei war er noch vierzig oder fünfzig Meter weit davon entfernt.

»Kennen Sie die beiden?«, fragte er leise.

»Nein«, hauchte Lefèvre. »Wir sind noch immer nicht nahe genug heran. Wenn wir loslaufen, bleibt ihnen Zeit genug, ihre Waffen zu ziehen und auf uns zu schießen. Wir könnten sie von hier erledigen, aber …«

»Aber wir wollen sie nicht tot, sondern lebendig genug, damit sie unsere Fragen beantworten, nicht wahr?«

Lefèvre blickte nach rechts. »Was macht Ihre Freundin da?«

Dakota huschte über den Weg, flink wie ein Eichhörnchen, verschwand hinter einem Holunderbusch und lief dann zum Entwässerungsgraben, wo sie außer Sicht geriet.

»Sie will zum Stall«, vermutete Martin.

»Und dann?«, zischte Lefèvre. »Und *dann?* Was hat sie vor?«

»Dakota weiß, was sie tut«, erwiderte Martin. »Das weiß sie immer.«

Lefèvre deutete nach links. »Dort entlang. Näher zu Ihrem Wagen.«

Sie verließen den Sichtschutz der Bäume und eilten halb gebückt an Amilias Blumenbeeten und Pietros Schubkarre vorbei. Das Prasseln der Flammen und das Krachen von brechenden Balken übertönten alle Geräusche, die sie verursachten.

Plötzlich bewegte sich etwas noch weiter links, bei den Büschen, die Scarletts Gemüsebeet säumten. Eine Silhouette erschien, niemand von Tron, da war Martin sicher, obwohl er das Gesicht nicht sehen konnte.

In der rechten Hand hielt die Gestalt einen dunklen Gegenstand und richtete ihn nach vorn!

Martin wusste, dass er nicht rechtzeitig zielen und schießen konnte, deshalb ließ er sich fallen. Lefèvre hechtete mitten im Schritt zur Seite, und vielleicht schoss er noch im Fallen. Martin wusste es nicht, er hörte keinen Knall, das Tosen des Feuers war viel zu laut. Aber er wusste, dass er nicht liegen bleiben durfte, rollte sich ab, sah seinen Wagen in der Nähe und die beiden Brandstifter, die nicht mehr das Feuer beobachteten, sondern mit gezogenen Waffen herbeieilten.

Der Mann schoss, nicht auf Martin, sondern auf ein anderes Ziel, doch die Frau …

Sie richtete ihre Pistole auf Martin!

Nicht schon wieder!, fuhr es ihm siedend heiß durch den Kopf, als er nach rechts rollte und einen nahen Baum zu erreichen versuchte.

Die Frau ahnte seine Absicht, trat einige Schritte zur Seite und bekam dadurch wieder freies Schussfeld auf ihn.

Dakota erschien wie ein Racheengel hinter ihr, schwang einen Knüppel wie einen Baseballschläger und traf den rechten Arm der Frau einen Sekundenbruchteil, bevor sich der Schuss löste.

Diesmal hörte Martin den Knall, und die Phantasie gaukelte ihm vor, den Luftzug der dicht an ihm vorbeijagenden Kugel zu spüren.

Im nächsten Augenblick war er auf den Beinen, die ihn kaum tragen wollten, so sehr zitterten ihm die Knie. Seine rechte Hand hielt noch immer die Pistole, und sie schien von ganz allein nach oben zu kommen, wie ein Geschöpf, das Witterung aufgenommen hatte und ein Opfer erspähte.

Die Frau mit dem schulterlangen dunklen Haar und der zu kleinen Nase entging Dakotas zweitem Knüppelhieb, drehte sich halb und richtete ihre Waffe auf die Gegnerin.

Martins Zeigefinger krümmte sich um den Abzug, und das Metallwesen in seiner rechten Hand bellte und sprang.

Für einen Moment stand die Frau wie erstarrt, mit seltsamer Verwirrung im Gesicht. Dakota nutzte die Gelegenheit für einen weiteren Knüppelhieb, der die Frau am bereits blutigen Hals traf. Sie taumelte und fiel.

Am Boden liegend, tastete sie mit der freien Hand nach ihrer Kehle, krächzte etwas und rührte sich nicht mehr.

Im halb niedergebrannten Bauernhaus krachte etwas laut wie eine Explosion. Eine Wolke aus Funken stieg auf, die Flammen loderten höher. Vielleicht hatte im großen Wohnzimmer oder in der Küche der Boden nachgegeben. Martin dachte an Emily und stellte sich vor, wie das Feuer auch den Keller erreichte und von dort aus den Mäusetunnel mit der geschlossenen Tür.

Dakota sah auf die tote Frau hinab. »Du hast sie erschossen.«

»Sie wollte *mich* erschießen«, gab er zurück. »Und du hast mitgeholfen!«

»Oh, nichts zu danken, gern geschehen.« Dakota hielt ihren Knüppel und zeigte ein grimmiges Gesicht. »Übrigens, falls es dich interessiert … Ich glaube, es hat James Bond erwischt.«

Martin erinnerte sich plötzlich daran, dass sie nicht allein waren. Er drehte sich, spähte durch den Rauch, den ein Windstoß zu Boden drückte, und sah drei Männer neben Scarletts Gemüsebett liegen. Nur einer von ihnen bewegte sich.

Martin wankte an seinem Wagen vorbei zum Garten. Dakota blieb neben ihm und hielt ihren Knüppel schlagbereit.

Lefèvre lag zwischen zwei Toten, die linke Hand an die Seite gedrückt, in der rechten die Pistole. Er versuchte aufzustehen.

»Toller Plan, Mister Bond«, sagte Dakota. »Hat hervorragend geklappt.«

Martin half ihm hoch und zeigte auf Lefèvres blutige Seite. »Wie schlimm ist es?«

»Schlimm genug«, ächzte Lefèvre. Er machte einen Schritt, knickte ein und wäre zu Boden gesunken, wenn ihn Martin nicht festgehalten hätte.

»Sie verlieren viel Blut«, stellte Dakota fest. »Zu viel, falls Sie meine bescheidene Meinung interessiert.«

»Was ist mit den anderen?« Lefèvres Stimme klang ein wenig angespannt.

Dakota sah auf die beiden reglosen Männer hinab. »Ich fürchte, die können keine Fragen mehr beantworten, Mister Bond.«

»Kommen Sie.« Martin legte sich Lefèvres Arm um die Schultern und führte ihn zu seinem Wagen. »Wir bringen Sie ins Krankenhaus.«

Dakota warf ihren Knüppel weg. »Ich fahre. Kümmer du dich um James Bond.«

Als sie einstiegen, hörten sie eine Sirene – die Feuerwehr war unterwegs.

DIE DREI: JIANG TAIJI

78

DIE LUFT war voller Staub und Stimmen, als sich Jiang Taiji dem Tian'anmen-Platz näherte, dem Platz des Himmlischen Friedens, auf dem es dann und wann in der Vergangenheit recht blutig zugegangen war. Auch jetzt herrschte dort kein Frieden, wie der Name in Aussicht stellte. Hunderte von Demonstranten strömten über die breite Straße zum größten befestigten Platz der Welt, auf dem einst ein einzelner Mensch eine Panzerkolonne aufgehalten hatte. Das würde sich nicht wiederholen, wusste Taiji. Wenn noch einmal jemand so dumm war, sich dem chinesischen Militär in den Weg zu stellen, würden ihn die Panzer einfach niederwalzen.

Drei Sicherheitsbeauftragte – zwei Männer und eine Frau, denen er vorbehaltlos vertraute – begleiteten ihn. Sie hatten es nicht mehr weit bis zum ersten von mehreren Zwischenstopps, und am Ende der Reise erwartete Taiji ein vorbereiteter sicherer Ort südöstlich von Laoting, am Golf von Bohai.

Die Nachricht von Francis Forsythe war vor zwei Stunden eingetroffen, doch er hatte sich Zeit gelassen, um für das Konsortium Shuguang einige wichtige Entscheidungen zu treffen und weiterzuleiten. Er machte sich keine Sorgen, sein Yin und Yang befanden sich weiterhin in Einklang, fest und stark. Wahrscheinlich wäre es gar nicht nötig gewesen, die Stadt zu verlassen.

Die Polizei schritt nicht ein, stellte Taiji fest, als er den Tian'anmen-Platz fast erreicht hatte, sie ließ die Demonstranten gewähren. Das konnte darauf hindeuten, dass sich neue Entwicklungen anbahnten.

Eine Million Menschen konnte der Platz des Himmlischen Friedens aufnehmen, und Taiji schätzte, dass sich etwa vierzig- oder fünfzigtausend eingefunden hatten. In Sprechchören protestierten sie gegen Lohnkürzungen, Entlassungen und die vor einigen Tagen von der Regierung beschlossenen Rationierungen. Am Rand des Platzes bildeten Polizisten einen Kordon, aber sie beschränkten sich darauf, das Geschehen zu beobachten. Möglicherweise wollte die Regierung keine Ausweitung der Proteste riskieren.

Als Taiji die breite Straße nördlich des Platzes verließ, kam ihm ein älterer Mann mit forschen Schritten entgegen. Er hielt direkt auf ihn zu und sah ihn an.

Im Gegensatz zu Jack Ma, dem Gründer von Alibaba, hatte Jiang Taiji nie die Öffentlichkeit gesucht, und so gehörte er auch nicht zu den Persönlichkeiten, die man auf der Straße sofort erkannte. Doch dieser Mann, den Taiji zum ersten Mal sah, schien ihn zu kennen.

Jiang Taiji wich zur Seite, doch der Unbekannte folgte der Bewegung.

Die drei Sicherheitsbeauftragten fingen den Unbekannten ab und hielten ihn fest, während eine Gruppe von Demonstranten vorbeimarschierte. Die Männer und Frauen, junge wie alte, protestierten gegen die »neue Armut«, wie sie es nannten.

Taiji trat auf den Unbekannten zu, den seine Leibwächter weiterhin festhielten. Er glaubte sich nicht in Gefahr und war neugierig.

»Wer sind Sie?«, fragte er. »Was wollen Sie?«

»Er behauptet, dass Sie jemand sprechen möchte«, sagte die junge Sicherheitsfrau.

»Wer?« Taiji musterte den Mann, der keineswegs eingeschüchtert wirkte. »Wer möchte mich sprechen? Wer schickt Sie?«

»Parteisekretär Yiu. Er wartet auf Sie.«

Taiji gab seinen Leibwächtern ein Zeichen, und sie ließen den Mann los.

»Wo wartet er auf mich?«

»Die nächste Straße«, erklärte der Unbekannte knapp. »Eine schwarze Limousine.«

Taiji blickte an den Demonstranten vorbei zur nächsten Kreuzung. Yiu hätte mit dem Hubschrauber oder einem Minicopter zur Dachterrasse des Shuguang-Gebäudes kommen können. Warum sollte er hier in einem Wagen auf ihn warten?

»Er hat eine wichtige Mitteilung für Sie«, fügte der selbstsichere Mann hinzu. »Bitte folgen Sie mir.« Er ging los.

Die drei Sicherheitsbeauftragten sahen Taiji fragend an. Er nickte ihnen zu, noch immer neugierig und nicht besorgt. Zu viert gingen sie einige Meter hinter dem Mann her, der seinen Namen nicht genannt hatte.

In der nächsten Seitenstraße hatten etwa dreißig Polizisten Aufstellung bezogen und warteten offenbar auf den Einsatzbefehl. Ein Dutzend Meter vor ihnen stand ein dunkler Wagen, ein schnittiger Elektro-BYD mit getönten Scheiben, die keinen Blick ins Innere gestatteten.

Der Mann trat zur Fondtür, klopfte kurz ans Fenster und öffnete die Tür mit einer einladenden Geste.

»Bitte steigen Sie ein.«

Taiji blieb neben dem Wagen stehen und sah hinein. Ein kleiner, würdevoller Mann, der auf die siebzig zuging, erwiderte seinen Blick und deutete auf den freien Platz an seiner Seite. Fahrer und Beifahrer saßen reglos da.

Jiang Taiji zögerte nicht. Jemandem wie Parteisekretär Yiu schlug man keinen Wunsch aus.

Taiji stieg ein, und kaum hatte er die Tür geschlossen, setzte sich die Limousine in Bewegung und rollte mit einem leisen Summen an den Polizisten vorbei.

»Wohin fahren wir?« Erstes Unbehagen regte sich in Taiji.

»Zum Flughafen.«

»Oh. Wohin geht die Reise? Wohin wollen Sie?«

»Nicht ich. *Sie* fliegen nach Süden, nach Fuqing.«

Taiji überlegte. »Es warten einige wichtige Termine auf mich«, sagte er vorsichtig.

»Dieser Termin ist der wichtigste von allen.«

Sie kamen an weiteren Demonstranten vorbei, die ebenfalls zum Platz des Himmlischen Friedens wollten. Der Fahrer der Limousine wich ihnen aus und setzte die Fahrt nach Nordosten in Richtung Flughafen fort.

»Die Stadt ist in Aufruhr.« Taiji versuchte, an der Einheit von Yin und Yang festzuhalten, sich nicht aus der Ruhe bringen zu lassen.

»Nicht mehr lange«, erwiderte Yiu. »Wir werden das Kriegsrecht ausrufen. Und sind wir nicht im Krieg?«

Taiji sah ihn fragend an.

»Wir führen einen Krieg an zwei Fronten, gegen die Separatisten auf Taiwan und gegen eine internationale Verschwörung, die uns nehmen will, was wir in den vergangenen Jahren erreicht haben.« Yiu schüttelte den Kopf. »Ich habe Sie gewarnt.«

»Ich würde nie …«

Der Parteisekretär hob die Hand. »Sie wollten sich an einen sicheren Ort zurückziehen, in der Nähe von Laoting, am Golf von Bohai. Zuerst ein kleines Apartment in Fengsheng, in der Nähe des Regierungsviertels. Dann nach Nordwesten, in eine bescheidene Wohnung bei Changping, unweit der Mining-Farm, die Sie dort übernommen haben. Danach wollten Sie nach Lage der Dinge entweder direkt nach Laoting weiterreisen oder noch eine Zwischenstation im Westen unseres großen Landes einlegen, in Taiyuan, wo Ihnen gleich mehrere Apartments zur Auswahl gestanden hätten.« Yiu lächelte humorlos. »Sie fragen sich vermutlich, woher wir das wissen? Nun, die Partei weiß alles. Sie haben den gleichen Fehler gemacht wie der alte Jack Ma, der Gründer von Alibaba. Als sein Unternehmen zu einem Internetriesen geworden war, hielt er sich für unverzichtbar. Die Partei hat ihm vor acht Jahren eine Lektion erteilt, und das hätte auch Ihnen eine Lehre sein sollen. Jack Ma liebte den Ruhm und das gute Leben. Sie lieben die Macht.«

Yin und Yang brachen, und die innere Ruhe, die Taiji für unerschütterlich gehalten hatte, löste sich auf. Plötzlich war sein Kern kein Fels in der Brandung mehr, sondern in Aufruhr wie Peking und das ganze Land. Ihm wurde klar, dass er es hier nicht nur mit einer Unannehmlichkeit zu tun hatte, mit einem der vielen kleinen Probleme, die sich täglich ergaben und die mit schnellen Entscheidungen und vielleicht dem einen oder anderen kleinen Trick aus der Welt geschafft werden konnten. Er befand sich in realer, akuter Gefahr. Der Mann neben ihm war nicht nur Ankläger, sondern auch Richter und vielleicht sogar Vollstrecker.

»Sie könnten sich irren«, sagte Taiji. »Haben Sie an diese Möglichkeit gedacht? Daran, dass ich kein Verschwörer bin, sondern diesem Land einen großen Dienst erweise?«

»Ja, das habe ich tatsächlich, mein lieber Taiji. Wenn es nach gewissen anderen Leuten gegangen wäre, hätten wir schon viel früher Maßnahmen gegen Sie ergriffen.«

Einige Sekunden lang blieb es still. Yiu schwieg, für einen Moment in Gedanken versunken. Der Fahrer steuerte den Wagen durch dichten Verkehr. Der Beifahrer saß halb umgedreht, wachsam und bereit.

Eine Flucht war unmöglich.

»Ich könnte Ihnen alles erklären«, bot Taiji an.

»Das ist nicht nötig«, entgegnete Yiu. »Wir verstehen.«

Taiji begriff, dass bereits alles entschieden war. »Ich könnte Ihnen helfen.«

»Nein«, sagte Yiu und fügte hinzu: »Niemand, *niemand* ist wichtiger als Partei und Staat. Wenn Sie das nicht vergessen hätten, gäbe es für Sie noch einen Platz bei uns.«

Jiang Taiji atmete tief durch. »Die alte Welt kollabiert. Ich habe an Chinas Größe gedacht, an unsere Geschichte und unsere Zukunft.«

»Der Zusammenbruch betrifft die westliche Welt«, entgegnete Parteisekretär Yiu überzeugt. »Wir bleiben stabil und stark.«

Taiji deutete nach draußen, während die Limousine einen weiteren Demonstrationszug passierte. »Das Bröckeln und Brechen beginnt auch hier. Es betrifft nicht nur die Millionen Wanderarbeiter von einst, sondern auch den Mittelstand. In den vergangenen Jahren basierte Chinas Wachstum vor allem auf internem Konsum und Export. Wie soll es mit Partei und Staat weitergehen, wenn Millionen von Menschen ihr Einkommen verlieren und nichts mehr kaufen, wenn Fabriken stillgelegt werden und nichts mehr exportiert werden kann? Sehen Sie denn nicht, was geschieht? Unter meiner Leitung hat sich das Konsortium Shuguang gut vorbereitet. Wir können dafür sorgen, dass die Lieferketten bei uns *nicht* zusammenbrechen. Mit unseren Ressourcen können wir Chinas Wirtschaft vor dem Kollaps bewahren.«

Für einen Moment schöpfte Taiji Hoffnung. Seine Worte klangen wahr, wenn man die Dinge aus einem bestimmten Blickwinkel betrachtete.

»Die Partei weiß alles«, wiederholte Yiu, und wieder gab es nicht den geringsten Zweifel in seiner Stimme. »Wir wissen Bescheid.«

Der Verkehr war nicht mehr ganz so dicht, und weniger Menschen zogen in großen und kleinen Gruppen in Richtung Innenstadt und Tian'anmen-Platz. Der Fahrer beschleunigte, die dunkle Limousine wurde schneller.

Taiji hatte plötzlich einen rauen Hals. »Geben Sie mir eine Chance.«

»Oh, die bekommen Sie, mein lieber Taiji. Wir geben Ihnen Gelegenheit zu beweisen, dass es Ihnen tatsächlich um Chinas Größe geht.«

Mehrere Hubschrauber flogen in Formation dicht über Pekings Häusermeer. Soldaten marschierten über die nächste Kreuzung, vier- oder fünfhundert. Der Fahrer wich ihrer langen Kolonne aus.

»Ich habe eben von einem Krieg gesprochen, den wir an zwei Fronten führen«, sagte Yiu. »Die erste sitzt hier neben mir, die zweite befindet sich fast zweitausend Kilometer entfernt im Süden. Sie heißt Taiwan, das wissen Sie.«

Der Parteisekretär ließ einige Sekunden verstreichen. Taiji wartete, das Unbehagen in ihm ein schmerzhafter Knoten direkt unter dem Herz.

»Taiwans Separatisten leisten unseren tapferen Soldaten größeren Widerstand als erwartet«, fuhr Yiu schließlich fort. »Weil die Amerikaner sie mit modernen Waffen unterstützen. Zudem haben die USA drei Flugzeugträger geschickt, die das Südchinesische Meer in einigen Tagen erreichen. Bis dahin müssen wir Taiwan unter unsere Kontrolle gebracht haben. Dabei können Sie helfen.«

»Wie?«, fragte Taiji.

»Nicht mit Shuguang«, antwortete Yiu. »Nicht mit Ihren Firmen und Ihrem Geld. Mit Ihren Händen, mit Ihrem Mut.«

Taiji sah ihn stumm an.

»Sie werden zur zweiten Invasionswelle gehören«, verkündete der Parteisekretär. »Wir schicken Sie als Soldat in den Kampf.«

79

EINIGE DER Männer übergaben sich, als das Landungsboot durch die Wellen pflügte. Andere überprüften ihre Ausrüstung, insbesondere die Waffen. Manche starrten einfach nur ins Leere. Sie alle waren jung, halb so alt wie Taiji, höchstens Mitte zwanzig.

Eine seltsame Taubheit hatte ihn erfasst, selbst das Gewehr in seinen Händen fühlte er kaum.

»Du hältst es falsch«, sagte einer der jungen Männer, die seine Söhne hätten sein können. »Hier, so ist es richtig.«

Es folgten einige schnelle Handgriffe, die das Gewehr in die Horizontale und dann in die Senkrechte brachten.

»Was?«, fragte Taiji.

Der junge Mann beugte sich zu ihm. »Mach dir keine Sorgen,

Freund. Wir sind die zweite Welle. Wenn wir den Strand erreichen, ist dort längst nichts mehr von den Separatisten übrig. Es wird ein Spaziergang nach Taipeh.«

Die anderen Soldaten schwiegen. Sie hatten ihn »alter Mann« genannt, erinnerte sich Taiji vage.

»Was?«, fragte er erneut.

Rauchschwaden zogen über das tanzende Boot und verdunkelten die Sonne. Gischt sprühte über die hohen Seiten. Taiji glaubte, ein Donnern zu hören, und fragte sich, ob es von Explosionen stammte.

»Noch eine Minute!«, rief der Mann vorn im Boot. Vielleicht war er ein Offizier. Mit den Abzeichen an seiner Uniform wusste Taiji nichts anzufangen. »Aufstellung!«

Die jungen Soldaten verließen ihre Plätze. Taiji blieb verwirrt und benommen sitzen. Er sah sich selbst, den »alten Mann«, der wie gelähmt dasaß, ein Fremder inmitten der jungen Schar, jemand, der sein Gewehr falsch hielt und gar nicht wusste, wie man damit umging.

Hände packten ihn an den Schultern. Einen Moment später stand er auf, auf Beinen, die jemand anderem zu gehören schienen. Er reckte den Hals, um über die hohe Seitenwand zu blicken, doch eine der Hände drückte seinen Kopf nach unten.

»Dreißig Sekunden!«

Das Donnern wurde lauter, das Brummen des Motors veränderte sich, die Soldaten hielten ihre Waffen bereit. Taiji hantierte mit seinem Gewehr.

Der junge Mann, der ihn angesprochen hatte, stieß den Lauf zur Seite. »He, willst du jemanden von uns erschießen? Was ist los mit dir?«

Taiji starrte ihn an. Ich gehöre nicht hierher, dachte er, brachte aber keinen Ton hervor.

»Achtung, es geht *los!*«, rief der Mann im Bug.

Das Boot öffnete sich, und die ersten Soldaten sprangen von

Bord. Das Wasser reichte ihnen bis zu den Hüften. Das Gewehr über den Kopf gehoben, wateten sie so schnell wie möglich zum Strand.

Taiji rührte sich nicht von der Stelle. Er stand wie angewurzelt.

Der junge Soldat, der ihn »Freund« genannt hatte, ergriff ihn am Arm. »Komm.« Er zog ihn mit sich. »Es wird nicht schlimm. Die Kameraden vor uns haben bereits alles erledigt.«

Andere Boote lagen dicht vor dem Strand, Dutzende, und Soldaten strömten aus ihnen hervor. Die ersten erreichten festen Boden und liefen geduckt zur grünen Mauer aus Bäumen und Büschen.

»Na bitte.« Der junge Mann blieb an Taijis Seite. »Was habe ich gesagt, Freund? Keine große Sache.«

Er lächelte – und starb mit diesem Lächeln, das im Tod vielleicht ein wenig überrascht wirkte. Die erste von vielen Kugeln traf ausgerechnet ihn, den Spaziergänger.

Ein Donnern und Krachen begann, ein Knallen und Schreien. Taiji stand umgeben von Chaos, sah die Toten und Sterbenden und wankte über den Strand, ohne zu wissen, wohin er sich wenden sollte.

Andere schlossen sich ihm an, vielleicht hielten sie ihn für mutig, den alten Mann, der nicht versuchte, irgendwo in Deckung zu gehen, obwohl der Feind mit Maschinengewehren feuerte. In der rechten Hand hielt er das Gewehr, einen Fremdkörper, mit dem er nichts anzufangen wusste. Von Kugeln umschwirrt, wollte er es gerade fallen lassen, als ein Ruf erklang, so nahe und laut, dass er die beiden Worte trotz des Krachens und Hämmerns der Schüsse und der Schreie ringsum verstand:

»Vorwärts, Männer!«

In den Rauchschwaden zeigte sich eine Gestalt, der Mann aus dem Boot, der vielleicht ein Offizier war. Er winkte und lief los.

Erstaunlicherweise gehorchten Taijis Beine und trugen ihn zusammen mit den anderen Soldaten ins Gefecht.

MARTIN FREEMAN

80

»**AUS WELCHEM** Loch sind Sie denn gekrochen?«, fragte der Arzt. Er hieß »Dr. Harald Leinberger«, wie das Namensschild an seinem weißen Kittel verriet, und musterte sie eingehend über seine Brille mit den runden Gläsern hinweg.

»Nicht *aus* einem Loch, sondern *durch*«, antwortete Dakota, die ebenso schmutzig war wie Martin. »Wie geht es ihm? Und sagen Sie jetzt nicht ...«

»Den Umständen entsprechend. Er wird gerade operiert. Zum Glück wurden keine lebenswichtigen Organe in Mitleidenschaft gezogen. Wir haben natürlich die Polizei verständigt. Immerhin handelt es sich um eine Schussverletzung. Übrigens wurde eben eine junge Dame eingeliefert, die kaum besser aussieht als Sie beide. Hat mit knapper Not ein Feuer überstanden.« Dr. Leinberger rümpfte demonstrativ die Nase.

»Klein?«, fragte Dakota schnell. »Dichtes rotes Haar?«

»*Angesengtes* rotes Haar. Die Feuerwehr fand sie ohnmächtig in einem Graben hinter einem brennenden Bauernhaus. Eine Freundin von Ihnen?«

»Emily.« Martin hörte Dakota erleichtert seufzen. »Wie geht es ihr? Und bitte sagen Sie nicht noch einmal ›den Umständen entsprechend‹.«

»Es geht ihr besser als dem Mann, den Sie hierhergebracht haben«, antwortete Dr. Leinberger.

»Bei Ihnen dürfte sie gut aufgehoben sein.« Dakota stand auf und ging zur Tür des kleinen Wartezimmers. »Ich bin sicher, Sie kümmern sich gut um Ihre Patienten. Wir müssen los. Martin?«

Er saß mit hämmernden Kopfschmerzen und einem Bild mit Löchern und Schlieren vor Augen da. Seinen Beinen traute er nicht, deshalb blieb er sitzen.

»Martin?«

»Gleich«, krähte er. »Nur einen Moment.«

Der Arzt musterte ihn erneut. »Was ist mit Ihrem Kopf? Die Wunde sieht schlecht verheilt aus.«

Er trat näher.

Dakota war mit einigen schnellen Schritten zwischen ihm und Martin. »Er ist gefallen. Sehen Sie nicht, wie schmutzig er ist?« Sie ergriff Martins Hand und zog ihn hoch. »Verständigen Sie Kommissar Dubois, Claude Léon Dubois, von der Mordkommission in Genf. So hieß er doch, nicht wahr, Martin? Mister James Bond wird ihm alles erklären.«

Dr. Leinberger hob grauweiße Brauen. »James Bond?«

»Beziehungsweise Monsieur Lefèvre.« Dakota zog erneut, und Martin wankte mit ihr in Richtung Tür. »Er ist Geheimagent in höchst geheimem Regierungsauftrag.«

»So geheim, dass Sie mir davon erzählen dürfen?«

»Noch viel, viel geheimer«, verriet ihm Dakota in einem verschwörerischen Ton. »Richten Sie ihm aus, dass wir leider nicht bis zu seiner Genesung warten konnten, wir mussten los.«

Sie öffnete die Tür, und nach einigen weiteren mühevollen Schritten fand sich Martin in einem Krankenhausflur wieder. Es roch nicht nach Desinfektionsmitteln, sondern nach altem Staub. Und nach Feuer. Er schnupperte argwöhnisch.

»Nein, hier brennt nichts«, sagte Dakota. Sie war ganz nah bei ihm, eine beruhigende Präsenz. »Der Brandgeruch hat sich in unserer Kleidung festgesetzt. Zusammen mit vielen anderen Dingen.«

»Wenn Sie so freundlich wären, Ihre Namen und Adressen zu hinterlassen …«, sagte der Arzt hinter ihnen. »Für die Polizei, die gleich hier sein dürfte. Und für Ihren Kommissar.«

»Oh, Kommissar Dubois gehört nicht uns, sondern sich selbst«, antwortete Dakota über die Schulter hinweg. »Er kennt uns, er weiß Bescheid. Was den Rest betrifft … Fragen Sie den Herrn Geheimagenten, sobald er reden kann. Er wird Ihnen alles sagen. Oder vielleicht auch nicht.«

Martin konnte sich kaum auf den Beinen halten. Um ihn herum wankte alles, er glaubte sich plötzlich in einer Welt, in der es keinen festen Halt mehr gab.

Dakota stützte ihn. »Wir haben die Wallet«, flüsterte sie. »Nakamotos Wallet.«

Ein oder zwei Sekunden lang schienen die Worte keinen Sinn zu ergeben, dann traf ihn ihre Bedeutung mit voller Wucht.

»Eine Million Bitcoin?«, brachte er hervor.

»Keine Ahnung, ich konnte keinen Blick hineinwerfen«, sagte Dakota leise. »Aber es ist Satoshi Nakamotos Wallet, da bin ich sicher. Die Fragmente der Textnachrichten lassen keinen anderen Schluss zu. Ich schätze, darauf hatte es James Bond abgesehen.«

Sie erreichten die Treppe. Martin fühlte, wie sich der Schleier der Müdigkeit hob, die Beine wurden etwas kräftiger, und es bereitete ihm weniger Mühe, eine Stufe nach der anderen hinter sich zu bringen.

Draußen dämmerte es.

»Ist es Abend oder Morgen?«, fragte er. »Ich verliere allmählich die Übersicht.«

»Abend.« Dakota führte ihn zum Parkplatz des Krankenhauses. »Wir müssen raus aus diesen Klamotten, bevor wir die Reise fortsetzen. Wir brauchen frische Kleidung. Wir fahren zu dir, einverstanden? Ich nehme an, dort gibt es noch die Sachen deiner Schwester. Das eine oder andere davon sollte mir passen.«

Sie schloss den Wagen auf und half ihm auf den Beifahrersitz.

»Zurück zur Villa?«, fragte Martin, als Dakota am Steuer saß und den Motor anließ. »Könnte uns dort nicht eine unangenehme Überraschung erwarten?«

Dakota sah ihn an. »Es wäre dumm, dorthin zurückzukehren,

nicht wahr? Und Irenes Leute – die von ihnen noch übrig sind – dürften inzwischen wissen, dass wir nicht dumm sind, oder?« Sie zögerte kurz und seufzte. »Klingt blöd und ist es wahrscheinlich auch, zugegeben. Wie dem auch sei, ich glaube nicht, dass uns bei dir zu Hause jemand auflauert. Viel wahrscheinlicher ist, dass sich der Rest von Irenes Komplizen nach dem jüngsten Desaster erst einmal sortieren muss. Einige Stunden Zeit sollten wir haben, vielleicht einen Tag, und das genügt. Außerdem bleibt uns ohnehin keine Wahl. *Meine* Sachen bei mir zu Hause kommen für dich kaum in Frage.«

Dakota löste die Handbremse.

»Von welcher Reise hast du gerade gesprochen?«, fragte Martin benommen. »Wohin?«

»Nach Amsterdam«, lautete die Antwort. »Zu den Hackern von Concept.« Dakota steuerte den Wagen auf die Straße und fuhr langsam und vorsichtig, obwohl kaum Verkehr herrschte, denn den meisten Autofahrern fehlte das Benzin. »Wir haben die Wallet, aber nicht das Geld. Oder kennst du das Passwort?«

»Nein«, murmelte Martin, »natürlich nicht.« Eine Million Bitcoin, dachte er.

»Tron existiert nicht mehr«, sagte Dakota. »Also bleibt uns nur Concept in Amsterdam. Meine alten Freunde werden sich freuen, mich wiederzusehen.«

Es klang nicht sehr überzeugt.

81

»**LIEBER HIMMEL**, wie seht ihr denn aus?«, entfuhr es Henriette. Sie stand in der Tür, blass und wie um Jahre gealtert, gekleidet in Jeans und Pulli.

»Es ist eine lange Geschichte«, erwiderte Martin. »Dürfen wir reinkommen?«

»Was? Oh.« Die Haushälterin wich beiseite, damit Martin und Dakota die Villa betreten konnten. »Du siehst schrecklich aus!«

»Herzlichen Dank.«

»Und dein Kopf …« Henriette hob die Hand zum Mund. »Das Krankenhaus hat sich gemeldet und nach dir gefragt. Und ich habe dich immer wieder angerufen, aber es hat niemand geantwortet.«

»Ich hab ein neues Handy«, erklärte Martin müde. Ein neues altes, dachte er.

»Wir sind nur gekommen, um uns zu waschen und umzuziehen«, sagte Dakota und versuchte, freundlich zu klingen. »Anschließend geht es gleich weiter.«

Henriette richtete einen fragenden Blick auf Martin.

»Ja«, bestätigte er, »wir sind nur auf der Durchreise.«

»Aber wohin wollt ihr in dieser schrecklichen Zeit?«

Die jüngsten Ereignisse kannte Henriette nicht. Martin vermutete, dass sie die Krise meinte. »Nach …«

»Das wissen wir noch nicht genau«, kam ihm Dakota zuvor. »Zuerst einmal wollen wir einfach nur weg.« Sie sah an sich herab. »Ich brauch ein Bad. Und dann, wie gesagt, ein paar Sachen von Jasmin.«

Henriette runzelte die Stirn. »Ich weiß nicht, ob ihr das gefallen würde.«

»Jasmin ist tot«, sagte Martin und hörte die eigenen Worte wie von jemand anderem gesprochen. »Und wir sind ihren Mördern auf der Spur.«

»Ach, Martin«, jammerte Henriette, »warum musste das alles nur geschehen?«

»Es *musste* nicht geschehen«, erwiderte Dakota ein wenig zu heftig. »Es ist eben passiert. Wunschdenken bringt uns nicht weiter.«

Henriette holte tief Luft. »Junge Dame …«

»Kannst du uns etwas zu essen machen, Henriette?«, unterbrach Martin sie. »Was Schnelles, keine große Sache.«

»Natürlich.« Die Haushälterin eilte zur Küche, vielleicht froh darüber, etwas zu tun zu haben.

»Wer zuerst?«, fragte Dakota.

»Du kannst das große Badezimmer nehmen. Mir reicht die Dusche im kleinen. In der Badewanne würde ich vermutlich einschlafen.«

Dakota kannte den Weg. Sie ging zwei Schritte und zögerte dann.

»Wir sollten nicht zu lange bleiben, Martin. Wenn die Suche nach uns beginnt, steht die Villa ganz oben auf der Liste.«

»Ich weiß.«

»Nur das Nötigste«, mahnte Dakota. »Nichts, das Ballast für uns sein könnte. Und …« Sie überlegte schnell, und Martin war dankbar für ihren Kopf, der sicher weniger schmerzte als seiner und noch zu klaren Gedanken fähig war. »Die Tankstellen sind dicht, mit dem Wagen kommen wir nicht weit. Mein kleiner Elektro-Fiat taugt nur was für die Stadt. Wir nehmen die Bahn. Buch uns zwei Plätze im nächsten Zug, am besten Schlafwagen.«

Martin nickte und betrat sein Arbeitszimmer. Alles wirkte unberührt, nicht aufgeräumt, aber auch nicht unordentlich. Offenbar hatte Henriette nur Staub gewischt, ohne irgendetwas an einen anderen Platz zu legen.

Vor dem großen Schreibtisch mit dem gewölbten Monitor, der von einer Seite bis zur anderen reichte, blieb Martin stehen und sah aus dem Fenster. Im Park leuchteten die Lampen, und jenseits von ihnen lag der Genfer See still und ruhig, eine vertraue Welt, die zur Fassade geworden war, zu den Kulissen eines früheren Lebens, das wie in Trümmern lag.

Er zwang seine Gedanken in eine andere Richtung, schaltete den Computer ein und reservierte ein Schlafwagenabteil des nächsten Zugs nach Amsterdam. Die Buchungsbestätigung druckte er aus und steckte sie ein.

Ein oder zwei Minuten lang überlegte er, ob er das Notebook mitnehmen und wichtige Daten kopieren sollte, darunter die aus zwölf Worten bestehende Seed-Phrase für seine Bitcoin-Wallet, obwohl das eigentlich nicht nötig war. Mit der Seed-Phrase ließ sich der Zugang zu seinen Bitcoins wiederherstellen, und er hatte ihr einen festen Platz in seinem Gedächtnis zugewiesen. Zweimal am Tag wiederholte er sie in Gedanken, morgens und abends. Es war zu einem Ritual geworden, das ihn daran hindern sollte, den Seed zu vergessen.

Er dachte an das Manuskript seines Buchs, das bis vor wenigen Wochen eine wichtige Rolle für ihn gespielt hatte und seitdem immer mehr in den Hintergrund gerückt war. Was auch immer in Amsterdam geschehen würde – Martin bezweifelte, dass er dort Zeit und Gelegenheit bekam, die Arbeit an seinem Buch über Bitcoin und Satoshi Nakamoto fortzusetzen. Er hatte ohnehin das Gefühl, dass die Wirklichkeit die spekulativen Aspekte des Buchs zu überflügeln begann.

»Ich mache euch leckere Bratkartoffeln mit Spiegelei!«, rief Henriette aus der Küche. »Geht ganz schnell.«

»In Ordnung«, antwortete Martin laut genug, damit sie ihn durch die offene Tür hörte.

Was als Nächstes?, fragte er sich und versuchte, durch den Nebel in seinem Schädel zu denken.

Er verließ sein Arbeitszimmer, ging aber nicht nach oben, sondern ins Atelier neben dem großen Wintergarten. Die Staffelei zeigte Jasmins letztes Bild, das ihn an Edvard Munchs *Schrei* erinnert hatte: rote, gelbe und braune Farbtöne, darin eingebettet ein Gesicht mit weit aufgerissenen Augen und den Mund zu einem Schrei geöffnet. Jasmin war sehr stolz darauf gewesen.

Er streckte die Hand nach dem Bild aus, wie um den Schrei zu berühren, der von Jasmin selbst zu kommen schien, ließ sie aber dicht vor der Leinwand sinken.

Mit schnellen Schritten wie bei einer Flucht verließ er das Atelier, eilte mit dem Hammer im Kopf die Treppe hoch, erreichte sein Zimmer und öffnete den Kleiderschrank. Rasch stopfte er einige

Kleidungsstücke in eine Reisetasche und fügte ihnen in Jasmins Zimmer eine grüne Jeans und mehrere bunte Blusen und Pullis hinzu. Sie entsprachen nicht Dakotas Geschmack, das wusste er, und vermutlich passten sie nicht richtig. Doch für eine Nacht und einen Tag würde sie damit zurechtkommen, und in Amsterdam konnten sie neue Kleidung kaufen.

Das erinnerte Martin an etwas. Er kehrte ins Erdgeschoss zurück, setzte sich in seinem Arbeitszimmer erneut an den Computer und begann mit einer schnellen Recherche. Er vertippte sich immer wieder, weil seine Finger noch etwas taub waren, aber schließlich fand er, was er suchte: Die niederländische ING-Bank erlaubte die unbürokratische Einrichtung von Online-Konten mit der Möglichkeit von Bargeldauszahlungen an Geldautomaten überall in den Niederlanden.

Martin bestätigte seine Identität mit einem beglaubigten digitalen Ausweis und übermittelte anschließend der in Luxemburg ansässigen Kryptobörse Bitstamp eine kleine Verkaufsorder mit neuen Kontoangaben. Verkauf und Überweisung nahmen nicht mehr als einige Minuten in Anspruch, mit dem Ergebnis, dass am kommenden Tag, wenn sie in Amsterdam eintrafen, zwanzigtausend Euro auf dem gerade neu eröffneten ING-Konto bereitliegen würden.

»Du bist noch hier?« Dakota betrat das Arbeitszimmer und kam zu ihm, in einen Bademantel gehüllt, das Haar ungekämmt und noch feucht. Sie duftete nach Seife, als sie neben ihm stand.

Martin fuhr den Computer herunter. »Ich hab in Amsterdam ein Konto für uns eröffnet. Wir brauchen Geld, wenn wir dort eintreffen.«

»Vielleicht haben wir bald mehr Geld, als wir jemals ausgeben können«, sagte Dakota leise.

»Wo ist das Handy?«

Sie zog es halb aus der Tasche des Bademantels und ließ es wieder darin verschwinden.

»Gib gut darauf acht.« Martin stemmte sich hoch. »Ich gehe duschen.«

Dakota zupfte an ihrem Bademantel. »Hiermit kann ich nicht zum Bahnhof. Ich brauch andere Sachen.«

»Sieh dir den Inhalt von Jasmins Kleiderschrank an, und such dir was aus.« Er gähnte. Müdigkeit machte seine Glieder schwer. »Ich hab was für uns zusammengepackt, eine kleine Reisetasche.«

Sie gingen gemeinsam die Treppe hoch. Oben angelangt, suchte Martin das kleine Badezimmer auf, ließ in der Duschkabine heißes Wasser auf sich herabströmen, schloss die Augen und versuchte, für einige wenige Sekunden alles zu vergessen und sich zu entspannen.

Das Hämmern in seinem Kopf hinderte ihn daran.

Er schrubbte sich den Rücken mit einer Bürste, die an einem rostigen Nagel hing, und überließ es dem heißen Wasser, die Nachwirkungen von Kälte und Schock fortzuspülen. Sauber und noch immer müde zog er zehn Minuten später die frischen Sachen an, die er zuvor aus seinem Zimmer geholt hatte, blickte in den Spiegel und glaubte, einen Zombie zu sehen –, seine Augen waren blutunterlaufen, und blaue und grüne Flecken säumten die Schusswunden an Stirn und Schläfe.

Martin strich das Haar nach hinten, verließ das kleine Badezimmer und ging die Treppe hinunter.

Im Erdgeschoss erwartete ihn ein Besucher.

Kommissar Dubois.

82

»**ICH HABE** einen interessanten Anruf erhalten«, sagte Dubois, der wieder seine hüftlange Lederjacke trug. Das aschblonde Haar schien etwas länger zu sein als bei ihrer letzten Begegnung, die blaugrünen Augen wirkten wach wie immer.

»Auch Ihnen einen guten Abend«, entgegnete Martin.

Dakota stand im Wohnzimmer, in einer von Jasmin stammenden Designer-Jeans, die überraschend gut passte. Die türkisfarbene Bluse darüber wirkte allerdings ein wenig zu weit. Ihr Gesicht kam einem warnenden Fragezeichen gleich.

Henriette schloss die Eingangstür hinter dem Kommissar. »Ich kümmere mich ums Essen.« Sie eilte zur Küche.

»Der Anruf kam aus einem Krankenhaus«, fuhr Dubois fort. »Er stammte von einem Mann, der als ›James Bond‹ eingeliefert wurde.«

»Dann kennen Sie die Geschichte bereits«, sagte Martin, »und Sie wissen, dass Lefèvre fast seinem eigenen Plan zum Opfer gefallen wäre. Wir«, er nickte in Dakotas Richtung, »können von Glück sagen, mit heiler Haut davongekommen zu sein.«

»So ganz heil ist Ihre Haut nicht geblieben«, stellte Dubois fest.

»Das ist eine ältere Geschichte, die Sie kennen.«

»Aber sie hängt mit der neueren zusammen.«

Martin versuchte nicht einmal, geduldig zu wirken. »Warum schickt die Mordkommission Sie hierher? Wir haben niemanden ermordet, das dürfte Ihnen Lefèvre mitgeteilt haben. Oder ist das ein privater Besuch?«

»Ich bin dienstlich hier.« Dubois sah zu Dakota ins Wohnzimmer. »Wollen wir uns nicht setzen?«

»Nein«, entgegnete Martin unhöflich. »Also, warum sind Sie hier?«

Der Kommissar musterte ihn einige Sekunden lang. »Sie ermitteln auf eigene Faust. Das kann sehr gefährlich sein, wie Ihnen inzwischen klar sein dürfte.«

»Ohne den genialen Plan von Mister Bond, James Bond, wäre es nicht so schlimm gekommen«, kommentierte Dakota vom Wohnzimmer.

»Ohne ihn wären Sie vielleicht beide tot«, hielt ihr Dubois entgegen.

»Stimmt es, was er behauptet?«, fragte Martin, obwohl er eigentlich keine Zeit verlieren wollte. »Das mit der Verschwörung? Mit den Sieben?«

Dubois zuckte mit den Schultern. »Was weiß ich? Ich bin nur ein einfacher Kommissar von der Genfer Mordkommission. Ich sehe, dass es mit der Welt bergab geht, man müsste blind sein, um es *nicht* zu sehen. Aber mit der Welt geht es schon seit einer ganzen Weile bergab, es ist nur schlimmer geworden. Keine Ahnung, ob ein Plan dahintersteckt. An Verschwörungstheorien herrscht allerdings gewiss kein Mangel, und es gibt genug Leute, die so dumm oder so verrückt sind, darauf reinzufallen.«

Martin hörte die Worte und wusste nicht recht, was er von ihnen halten sollte. Gab es einen Konflikt zwischen Dubois und Lefèvre? Bezweifelte der Kommissar die Auskünfte und Theorien des Mannes vom Geheimdienst? Oder waren seine lakonischen Antworten nur Teil einer neuen Taktik?

Er seufzte, müde und genervt. »Warum sind Sie hier?«

»Weil ich Sie um etwas bitten möchte. Monsieur Lefèvre vermisst etwas.«

Eine kleine Alarmglocke läutete in Martins schmerzendem Kopf. »Was könnte das sein?«

»Ein Handy, das die Dame dort in einem inzwischen niedergebrannten Bauernhaus auseinandergenommen hat, um seine Geheimnisse zu enträtseln. Sie hat die Einzelteile eingesteckt und mitgenommen. Monsieur Lefèvre möchte das Handy zurück.«

Dubois streckte die flache Hand aus.

Martin blickte darauf hinab.

»Es hat meinem Vater gehört«, sagte er mit rauer Stimme. Die Kopfschmerzen wurden noch stärker, der Hammer schien die Stirn zerschmettern zu wollen. »Ich bin sein Erbe. Das Handy ist jetzt mein Eigentum.«

Dakota stand reglos im Wohnzimmer und schwieg.

»Das Handy ist Beweisstück in einem wichtigen Fall«, erwiderte

Dubois. »Es gehört zu meinen Befugnissen, Beweismaterial zu beschlagnahmen, dazu bedarf es keiner richterlichen Anweisung oder etwas in der Art.« Er bewegte die ausgestreckte Hand. »Also?«

»Von welchem Fall reden Sie da?«, fragte Martin.

Der Kommissar seufzte. »Bitte treiben Sie es nicht zu weit, Monsieur Freeman. Ich kann Sie verhaften, jetzt, hier, auf der Stelle ...«

»Weshalb?«

»Sie haben mindestens einen Menschen erschossen, vielleicht sogar mehrere«, sagte Dubois mit einem Messer in der Stimme.

»Es war Notwehr, und dafür gibt es gleich zwei Zeugen.« Ihm fiel etwas ein. »Übrigens wurde dabei eine Pistole verwendet, die Sie *nicht* als Beweisstück beschlagnahmt haben.«

»Weil mir jemand zuvorgekommen ist«, sagte Dubois.

»Ein gewisser Mister Bond, der sich für sehr schlau hält«, warf Dakota ein.

Der Kommissar streckte die Hand erneut aus. »Das Handy, Monsieur Freeman.«

Martin zögerte, bevor er ein ausgeschaltetes Handy aus der Tasche zog und es Dubois in die offene Hand legte.

»Sehr vernünftig von Ihnen«, lobte der Kommissar. Nach einem kurzen Blick auf das Mobiltelefon steckte er es ein. »Ich wünsche Ihnen noch einen schönen Abend.«

Er drehte sich um, schritt zur Tür und öffnete sie.

Martin folgte ihm bis zur Treppe. »Bekomme ich keine Quittung?«

Dubois antwortete nicht, winkte knapp und ging zu seinem Peugeot.

83

»**DAS WAR** sehr unfreundlich«, sagte Henriette.

»Was?«

»Dass du ihm keinen Platz angeboten hast. Dass er vor der Tür stehen musste wie ein ungebetener und unerwünschter Gast.«

»Genau das war er«, brummte Martin. »Ungebeten und unerwünscht.« Er ließ die Gabel sinken, der Teller war leer. »Haben wir Kopfschmerztabletten?«

Die Haushälterin öffnete einen Schrank, fand eine Schachtel und reichte sie ihm.

Er zog einen Blister heraus, nahm gleich zwei Tabletten und schluckte sie mit Kaffee.

Henriette griff nach der Pfanne. »Noch Bratkartoffeln?«

»Nein«, antwortete Martin. Er hatte einen dumpfen Druck im Magen und keinen Appetit mehr.

Henriette stellte die Pfanne auf den Herd zurück und warf einen Blick zu Dakota, die ebenfalls am Tisch saß und aß. »Ich bereite das Gästezimmer für Frau von Leeuwen vor.«

»Nein.« Martin schob den Teller von sich. Der Wunsch, nach oben zu gehen, auf die Matratze zu sinken und zu schlafen, war riesengroß. Aber ihm nachzugeben hätte bedeutet, wertvolle Zeit zu verlieren. »Ich habe gesagt, dass wir auf der Durchreise sind, und das stimmt.« Er sah Dakota an und fügte hinzu: »Und würden wir bleiben, würde sie nicht im Gästezimmer schlafen, sondern bei mir.«

Dakota schenkte ihm ein knappes, aber warmes Lächeln.

»Aber …« Henriette stand wie verloren in der Tür und sprach nicht weiter.

»Ich weiß nicht, wie lange wir fortbleiben, es könnte eine Weile dauern. Dein Gehalt wird auf jeden Fall weitergezahlt, der Dauerauftrag für die Überweisungen bleibt bestehen.«

»Die Banken …«

Er ließ sie nicht ausreden. »Wenn die Banken dichtmachen, weil es einen Schaltersturm oder was auch immer gibt, lässt du bei deinen Einkäufen für mich anschreiben. Oder bedien dich hier aus unserer Speisekammer. Bleib am besten hier und kümmere dich um die Villa, ja?«

Die Haushälterin nickte. »Bitte ...«

Sie brach ab.

»Ja?«

»Bitte pass gut auf dich auf. Ich meine, passt gut auf *euch* auf, ihr beide.«

»Machen wir«, sagte Martin besänftigt.

Henriette nickte erneut. »Soll ich euch was zusammenpacken?«

Martin überlegte schnell. »Ein Lunchpaket wäre vielleicht nicht schlecht. Für unterwegs.«

Henriette machte sich sofort an die Arbeit und wechselte einen kurzen, stummen Blick mit Dakota, die den Rest ihrer Bratkartoffeln aß.

Zehn Minuten später brachen sie auf.

Im Wagen, Martin wieder auf dem Beifahrersitz, während Dakota fuhr, sagte sie: »Das war gut, das mit deinem alten Handy.« Sie klopfte auf ihre Tasche. »Ich hatte schon befürchtet, mich hiervon trennen zu müssen. Aber war es klug, ihm dein Smartphone zu überlassen? Ich meine, deine Wallet ...«

»Äh ...«, begann Martin verlegen. »Was ich dir jetzt sagen muss, wird dir nicht gefallen. Das Handy, das ich Kommissar Dubois gegeben habe ...«

»Ja?«

»Erinnerst du dich an den Mäusetunnel?«

Dakota runzelte die Stirn. »Was hat der denn damit zu tun?«

»Erinnerst du dich daran, dass dein Handy auf dem Boden lag?«

»Soll das heißen, der Kommissar hat *mein* Smartphone?«

»Mit leeren Händen wäre Dubois nicht gegangen, ich musste

ihm etwas geben. Und dein Handy war ausgeschaltet, als er es von mir bekommen hat.«

»Na prächtig!«

Martin ließ einige Sekunden verstreichen. »Wie lange wird's wohl dauern, bis Dubois herausfindet, dass ich ihm das falsche Handy gegeben habe?«

»Keine Ahnung, ein paar Stunden vielleicht.« Sie lenkte den Wagen vorsichtig durch die Kurven am Hügelhang. Der Vollmond hing dicht über dem Horizont und warf sein Licht in einem langen Streifen über den See. Unter anderen Umständen wäre es vielleicht eine sehr romantische Szenerie gewesen. »Er scheint mir nicht der Mann zu sein, der sich besonders gut mit Handys und digitalem Kram auskennt. Kann mich allerdings irren. Wann fährt der Zug?«

Martin sah auf die Uhr. »In einer Dreiviertelstunde.«

»Bis dahin sollten wir keine Schwierigkeiten bekommen.«

Martin fielen die Augen zu.

»Bleib noch ein bisschen wach«, bat Dakota. »Bald kannst du schlafen.«

In einem Laden beim Genfer Bahnhof kauften sie ein neues Handy für Dakota. Kurze Zeit später stiegen sie in den Zug. Sie hatten ihr Abteil ganz für sich allein.

»He, so luxuriös bin ich noch nie Zug gefahren!«, staunte Dakota.

Martin sank auf eins der beiden Betten. Er wollte nur ein wenig sitzen, kippte jedoch zur Seite. Ein weiches Kissen erwartete seinen Kopf, der kaum mehr schmerzte, die Tabletten hatten geholfen.

Er gähnte. »Da war doch was mit Amsterdam, nicht wahr?«

Dakota schloss die Tür ab. »Ich nehme an, du meinst Concept.«

Martin schloss die Augen. Nur für einen Moment, sagte er sich. »Die Hacker-Gruppe. Hat sie dich damals aus Amsterdam vertrieben?«

»Es ist eine lange Geschichte.«
Martin lächelte mit geschlossenen Augen. »Was, noch eine?«
»Soll ich sie dir erzählen?«, fragte Dakota, ihre Stimme ganz nah.
»Ja, erzähl sie mir«, sagte Martin und schlief ein.

DIE ZWEI: XANADU

84

MIT EINEM Glas Fruchtsaft, von drei Eiswürfeln gekühlt, stand Xanadu am Fenster ihres Apartments im siebenundachtzigsten Stock eines Wolkenkratzers in Riad und blickte auf eine Stadt, die mit ihren breiten Straßen und den vielen neuen Wolkenkratzern sehr modern wirkte. Aber das Fortschrittliche an und in dieser Metropole beschränkte sich allein auf die Technologie. Die Gesellschaft verharrte noch immer in einer besonderen Art von Mittelalter, trotz der vorsichtigen Reformen vergangener Jahre.

Wer würde sie hier vermuten, eine Frau wie sie, in einem Staat, in dem Frauen froh sein konnten, wenn sie Auto fahren durften?

Seit ihrer Ankunft vor einigen Stunden trug sie eine biometrische Maske mit kleinem Impfzeichen, eine dünne hautaktive Membran, die ihr Gesicht auf subtile Weise veränderte. Das neue Aussehen stimmte mit dem Bild in ihrem Reisepass überein und mit den Personendaten im Mikrochip des Dokuments.

Sie war nicht mehr Xanadu, die Frau aus dem Nichts, Gründerin von »Extra«, sondern Charlotte Marilyn Harper aus Nashville, Tennessee, Aufsichtsratsvorsitzende von »Future Oil«, eines aufstrebenden Energiekonzerns, der nicht nur Rohöl vor allem aus Saudi-Arabien verarbeitete, sondern auch neue Technologien für die Energiegewinnung entwickelte und dabei mit saudischen Unternehmen kooperierte.

Sie war nicht zum ersten Mal in Riad, die Geschäftsverbindungen existierten tatsächlich. Man kannte sie als Charlotte Harper, und Xanadu wusste genug, um in der arabischen Gesellschaft nicht bei jedem Schritt und Tritt einen peinlichen oder sogar gefährlichen Fauxpas zu riskieren.

Kein Ort auf der Welt konnte sicherer für sie sein als Riad, davon war Xanadu überzeugt.

Sie trank einen Schluck, ging zum Panoramafenster auf der gegenüberliegenden Seite des großen Salons und blickte in Richtung der schier endlosen Wüste.

Bei ihrem ersten Besuch in Riad vor einigen Jahren hatte sie davon geträumt, als Araberin verkleidet aufzubrechen und einfach alles hinter sich zu lassen, für einige Wochen oder sogar Monate, und durch die arabische Wüste zu ziehen, allein oder mit einer Karawane. Über einige Tage hinweg hatte sie sogar konkret geplant und dabei die vielen Probleme erkannt, die ein solches Vorhaben mit sich brachte. Aber die Versuchung war sehr groß gewesen, und etwas von ihrem Zauber spürte sie immer noch. Ein neues Leben zu führen, ganz anders als das bisherige, alles abzustreifen, ein anderer Mensch zu sein …

Ein romantischer Traum, der, wenn man genauer darüber nachdachte, eigentlich gar nicht so romantisch war –, er bedeutete auch Schwitzen in schier unerträglicher Hitze, Frieren in kalten Wüstennächten und Sand zwischen den Zehen.

Sie lächelte allein für sich selbst und beobachtete, wie die Sonne, die in Saudi-Arabien größer zu sein schien als in anderen Teilen der Welt, hinter den Bergen unterging. Für einige wenige Minuten glühte der Horizont in blutroten, kobaltblauen und türkisgrünen Tönen, ein Farbspektakel, das es in dieser besonderen Pracht nur hier gab, im Herzen der arabischen Halbinsel.

Als die Nacht zur Stadt kroch und sich Riad in ein Lichtermeer verwandelte, trank Xanadu den Rest des Orangensafts, stellte das Glas in der Küche auf die Spüle und betrat das Immersionszimmer, das sie unmittelbar nach ihrer Ankunft vorbereitet hatte. Mehrere große Bildschirme und ein Interface-Sessel erwarteten sie. Hier gab es keine romantischen Träume, wohl aber einen Traum von einer übersichtlicheren, besser organisierten Welt, ohne all die von Bürokraten geschaffenen Hindernisse und Barrieren.

Xanadu nahm im Sessel Platz, und die Bildschirme vor ihr erwachten zum Leben. Die Internetverbindungen bestanden bereits, ein Dutzend verschiedene, einige von ihnen über Kabel und Glasfaser, die anderen über Satellit. Die verschickten Datenpakete rasten verschlüsselt in zwölf unterschiedlichen Fragmenten über mehrere Server in Afrika und Asien. Selbst wenn es jemandem gelang, einige von ihnen aufzufangen und zu entschlüsseln, was für sich genommen bereits sehr unwahrscheinlich war, konnte er mit den fragmentierten Daten nichts anfangen.

Mit den Bildern der Monitore vor ihr verhielt es sich ähnlich. Jeder von ihnen zeigte Bruchstücke von Bildern, und die AR-Linsen – die Xanadus Augen keinen goldenen Ton gaben wie sonst, sondern einen dunkelbraunen, der besser zu Riad passte – setzten sie zu einem ganzen Bild zusammen, das Tiefe bekam, eine dritte Dimension.

Eine Frau schien vor Xanadu zu stehen: Mitte dreißig, das schwarze Haar schulterlang, die Augen smaragdgrün, Wangen und Stirn ohne eine einzige Falte. Die wenigen Unvollkommenheiten im Gesicht – am runden Kinn die Reste eines Pickels, das Haar nicht ganz glatt – gaben der Frau noch mehr Authentizität. Xanadu glaubte sogar, ihren Duft wahrzunehmen, eine Mischung aus Thymian und frischem Harz.

»Wie geht es dir, Xanadu?«, fragte Alice. »Ich hoffe, du hast den sicheren Ort erreicht.«

Xanadu lehnt sich zurück. »Ja«, antwortete sie mit wohliger Zufriedenheit, »ich bin in Sicherheit.«

Alice, die KI im fernen Kalifornien, lächelte liebevoll und streckte die Hand aus. Der Interface-Sessel sorgte dafür, dass sich Xanadu an der Wange berührt fühlte.

»Wie kann ich dir behilflich sein?«, bot Alice sanft an.

»Was ist mit den anderen?«, fragte Xanadu. »Gibt es Neuigkeiten?«

»Es liegen keine neuen Nachrichten vor«, antwortete Alice.

Das überraschte Xanadu. »Überhaupt keine? Nicht eine einzige Mitteilung?«

»Ich nehme an, du meinst die üblichen Kommunikationsnetze«, sagte Alice.

»Nicht nur. Was ist mit Francis' Kanälen? Wir haben Zugriff, nicht wahr?«

»Auf einige von ihnen«, bestätigte Alice, »nachdem du mir die Codes genannt hast. Das war sehr hilfreich. Francis Forsythe erhielt einige Bestätigungen auf seine Anweisung, sichere Orte aufzusuchen, aber seitdem registriere ich keine Aktivität mehr in seinen Kommunikationskanälen.«

Xanadu überlegte. »Was könnte das bedeuten?« Leiser Argwohn regte sich in ihr. »Kann er mit den anderen kommunizieren, ohne dass wir etwas davon wissen?«

Alice lächelte selbstsicher, ohne dabei überheblich zu wirken. »Das halte ich für sehr unwahrscheinlich. Aber auszuschließen ist es nicht.«

Xanadu überlegte noch etwas länger. »Sind die anderen in Sicherheit? Was meinst du?«

»Ohne genauere Daten ist davon auszugehen.«

Alice' Präsenz füllte Xanadus Wahrnehmung. Ihrer warmen geballten Klugheit gegenüber kam sich Xanadu vor wie eine Tochter mit unerschütterlichem Vertrauen in die Mutter, und gleichzeitig fühlte sie sich auf eine fast sexuell anregende Weise geliebt.

»Die Lage ist kompliziert geworden«, sagte sie.

»Nicht für mich.« Alice lächelte erneut. »Ich verliere nie den Überblick, solange die Datenverbindungen aktiv bleiben. Ich bin immer wach und aufmerksam. Ich denke und analysiere schneller als ein Mensch. Und ich bin ganz für dich da.«

Ein Empfinden von Geborgenheit und vertrauensvoller Komplizenschaft umfing Xanadu. Hier durfte man fallen, denn es gab jemanden, der einen sanft auffing.

Sie stellte die Frage, die sie bei jedem Kontakt an Alice richtete. »Mache ich alles richtig?«

»Ich kann noch immer keinen Fehler in deinem Handeln und in deinen Entscheidungen entdecken«, antwortete die Frau vor ihr. »Aber ich habe eine kleine Warnung für dich.«

»Oh.« Das hatte Xanadu nicht erwartet. »Wovor willst du mich warnen?«

»Meinen Berechnungen zufolge ist in den letzten Tagen die Wahrscheinlichkeit dafür gestiegen, dass Francis Forsythe Absichten verfolgt, die mit dem Plan der Sieben nur bedingt etwas zu tun haben.«

Xanadu dachte darüber nach. »Bahnt sich hier ein Interessenkonflikt an?«

»Das ist durchaus möglich«, bestätigte Alice mit ihrer sanften Stimme.

Francis träumte einen großen Traum und war auf dem besten Weg, ihn Wirklichkeit werden zu lassen. Aber vielleicht gab es in diesem Traum verborgene Dinge. Er war ein Freund, vielleicht sogar mehr, ihre unkonventionelle Beziehung ließ sich schwer definieren. Doch Freundschaft bedeutete nicht unbedingt auch Vertrauen. Xanadu hatte vor vielen Jahren gelernt, dass Vorsicht und Wachsamkeit die besten Begleiter auf dem Weg zum Erfolg waren.

»Vertraust du ihm?«, fragte Alice.

Kannst du mir in den Kopf sehen?, dachte Xanadu. »Ich vertraue ihm mehr als irgendeinem anderen Menschen. Aber die Sache, um die es mir und uns geht, ist größer als wir beide.«

»Soll ich Nachforschungen anstellen?«

Die Entscheidung war sofort getroffen. »Ja. Ich brauche einen präzisen Situationsüberblick.«

»Es wird einige Minuten dauern.«

Xanadu schmunzelte. »Das ist schnell genug.« Sie sah auf die

Uhr, und ihre AR-Linsen veränderten automatisch die Justierung. »Ich habe noch eine Stunde, bevor meine Verabredung eintrifft.«

»Mohammed bin Salman al-Saud, seit einem Jahr Premierminister von Saudi-Arabien«, sagte Alice.

»Ein einflussreicher Mann, der Charlotte Marilyn Harper aus Nashville, Tennessee, gefällt«, entgegnete Xanadu. »Sie pflegt gute geschäftliche und politische Beziehungen mit ihm.«

»Sei vorsichtig.«

Eine dünne Falte bildete sich in Xanadus Stirn. »Besteht Gefahr?«

»Ich erkenne keine unmittelbaren Anzeichen dafür, aber wie du selbst gesagt hast: Die Lage ist kompliziert geworden.«

»Gibt es Anzeichen dafür, dass er meine wahre Identität kennt?«

Alice zögerte einen Sekundenbruchteil, und Xanadu stellte sich vor, wie die KI ihre Datenfühler aus Kaliforniens Silicon Valley in die saudi-arabischen Netze streckte. Passwortschranken und Intranet-Barrieren stellten für sie keine nennenswerten Hindernisse dar.

»Ich erkenne keine Hinweise darauf.«

»Er kommt zu mir, weil er Geld verdienen will«, sagte Xanadu. »Und weil er Spaß haben möchte.«

»Wird er ihn bekommen?«, fragte Alice.

»Warum nicht? Es ist immer wichtig, gute Kontakte zu haben. Auch die Welt nach dem großen Crash braucht Erdöl. Wir sind noch fünfzig oder hundert Jahre davon entfernt, bis wir ganz von fossilen Brennstoffen unabhängig sind. Aber nur für den Fall, dass doch etwas Unerwartetes geschehen sollte … Bereite eine Fluchtroute vor, mit zwei Alternativen. Transportmittel, Tickets, eine neue Identität, das ganze Drum und Dran.«

»Ist bereits erledigt.«

»Ausgezeichnet. Und jetzt, während du mit den Francis-Analysen beschäftigt bist … Zeig mir meine aktuelle geschäftliche Situation. Ich meine Extra und Konsorten.«

Alice wich ein wenig beiseite, und zwei der großen Bildschirme änderten ihre Darstellungen. Xanadus AR-Linsen empfingen neue Bilder, ohne dass Alice' Gestalt etwas von ihrem überzeugenden Realismus verlor.

Listen erschienen, Impressionen von Fabriken, Büros und Entwicklungslabors, von hart arbeitenden Männern und Frauen und von Maschinen, die hart arbeitende Männer und Frauen ersetzten. Xanadu mochte Maschinen. Auf Maschinen war Verlass, sie unterlagen nicht dem Wandel von Emotion und Motivation.

»Wir haben zahlreiche Unternehmen erworben, die nach der Krise eine wichtige Rolle beim Wiederaufbau spielen werden«, stellte Xanadu zufrieden fest. »Wir sind in einer guten Position.«

»Ich kaufe weiter, nach den von dir bestimmten Prioritäten.« Plötzlich wirkte Alice nachdenklich. »Meine Analysen sind beendet, ich habe die Ergebnisse.«

»Zeig sie mir.«

Zahlen strömten Xanadu entgegen. Auch sie arbeitete damit, aber anders als Francis. Sie hörte die Zahlen nicht singen, für sie gab es keine Poesie in ihnen wie für Francis Forsythe, nur Informationen.

Einige Minuten lang sah sie sich die Ergebnisse der Analysen an. Sie fragte nicht, ob sie zuverlässig waren, daran konnte kein Zweifel bestehen.

»Wenn ich das richtig verstehe ...«, begann sie.

»Ja?«

»Daraus könnte sich die Notwendigkeit ergeben, unseren Plan zu ändern.«

»Wenn du meine Meinung hören möchtest«, sagte Alice, »ich glaube nicht, dass du bedroht bist. Für Francis Forsythe nimmst du eine Sonderrolle ein.«

Pläne innerhalb von Plänen, dachte Xanadu, ersonnen von einem genialen Mann, der den Gesang von Zahlen wie Symphonien hörte. Und ihr eigener Weg, den sie seit vielen Jahren verfolgte. Ja, sie musste die Richtung ein wenig ändern, nicht jedoch das Ziel. Wenn sie es geschickt anstellte, rückte es sogar noch näher.

»Buch mir einen Flug, Alice«, sagte sie. »Mit den notwendigen Vorsichtsmaßnahmen. Nach dem Treffen mit Mohammed mache ich mich auf den Weg, noch heute Nacht. Er wird nur einige Stunden bei mir bleiben wollen, nicht bis morgen früh.«

»Grönland?«

»Ja.« Xanadus Hand tastete nach den Kontrollen in der Armlehne des Interface-Sessels. »Gib mir alle Informationen und die Tickets auf mein Handy, ja?«

»Sehr gern.« Alice lächelte zum Abschied. »Ich wünsche dir einen schönen Abend.«

Ein Tastendruck rekonfigurierte die AR-Linsen in Xanadus Augen, und Alice verschwand.

Xanadu stand auf, verließ das Immersionszimmer und ging ins Bad, um sich auf das Treffen mit dem saudischen Premierminister vorzubereiten.

Eine knappe Stunde später klingelte es an der Tür des Apartments. In einem jadegrünen Röhrenkleid, das ihre Figur betonte, öffnete Xanadu einem Mann, der einen dunkelblauen Anzug mit kirschroter Seidenkrawatte trug. Seine westliche Kleidung war eine Botschaft für sie, ein Zeichen seiner Kompromissbereitschaft.

»Schön, dass du da bist«, begrüßte sie Mohammed bin Salman al-Saud, lächelte verführerisch und dachte an Grönland.

DIE ZWEI: FRANCIS FORSYTHE

85

DIE SONNE stand tief über dem weißen Horizont und würde schon bald darunter versinken, obwohl es erst Mittag war.

»Schnee und Eis hatte ich Ihnen versprochen«, sagte Forsythe, als sie sich der alten Station näherten. »Ich hoffe, Sie sind nicht enttäuscht.«

»Man kann sich kaum mehr Schnee und Eis vorstellen, Sir«, erwiderte Anthony.

Hinter ihnen hob der Minicopter ab und stieg in einem Schneegestöber auf, um von der Autopilot-KI zum Flugplatz bei Thule zurückzukehren, fast vierhundert Kilometer entfernt.

Forsythe bemerkte Anthonys Blick. »Keine Sorge. Im Hangar dort drüben stehen zwei weitere Copter, jeder von ihnen mit einer Reichweite von etwa siebenhundert Kilometer. Mehr als genug, um im Notfall einen der Orte an Grönlands Küste zu erreichen. Aber es wird natürlich keinen Notfall geben. Wir sind hier sicher.«

Vor ihnen ragten mehrere lang gestreckte Gebäude auf, wie bunte, von einem arktischen Schiff abgeladene Container. Als sie sich ihnen näherten, entdeckten sie Fußspuren im Schnee.

»Jemand ist hier, Sir.«

»War hier«, korrigierte Forsythe. »Ein kleiner Voraustrupp, mit dem Auftrag, nach dem Rechten zu sehen und alles für uns vorzubereiten. Immerhin sind diese Gebäude drei Jahre lang unbewohnt gewesen.«

»Dann ist also bekannt, dass wir hier sind, Sir?«

»Nein.« Hinter ihnen legte sich der vom Copter aufgewirbelte

Schnee. Die Luft war klar, kalt und wieder unbewegt. Und es herrschte Stille. Der eigene Atem erschien Forsythe plötzlich laut.

»Hören Sie das, Anthony?«, fragte er.

»Sir?« Der Butler lauschte. »Ich höre nichts.«

»Ja«, sagte Forsythe. »Nichts. Die arktische Stille. Die Stille von Schnee und Eis, von unberührter Natur.« Er seufzte. »Aber der Eindruck täuscht. Selbst dieser entlegene Fleck des Planeten Erde wurde von der Zivilisation verletzt.«

»Verletzt, Sir?«

Forsythe blieb vor dem ersten Gebäude stehen und deutete zu den Maschinen und Apparaten bei den anderen Containern, halb von Schnee bedeckt. »Die Männer und Frauen, die hierherkamen, um alles in Ordnung zu bringen, glauben an eine neue Forschungsmission. Sie nehmen an, dass weitere Bohrungen stattfinden sollen, wie vor einigen Jahren. Ich habe diese alte Forschungsstation Anfang des Jahres gekauft, als die letzte Phase unserer Planungen begann. Besser gesagt, eine unserer Firmen, die nicht direkt mit mir in Verbindung steht, hat sie gekauft. Als sicheren Rückzugsort. Neue Bohrungen, Anthony, wie damals. Forscher kamen her und schickten Bohrkerne durch Grönlands Eispanzer, der in dieser Region gut zwei Kilometer dick ist. Über Jahrtausende hinweg ist Schnee gefallen und hat sich, während der Mensch seinen Siegeszug über die Welt antrat, zu Eis verdichtet. Und dann kam der Mensch und brach das Eis auf.«

Forsythe vollführte eine Geste, die nicht nur der alten Forschungsstation galt, sondern ganz Grönland. »Es gibt Seen unter uns. Insgesamt sechsundfünfzig hat man gefunden, vielleicht sind es inzwischen auch ein paar mehr. Seen unter dem Eis, seit Jahrtausenden vom Rest der Welt abgeschnitten.«

»So wie der Wostoksee in der Antarktis, Sir?«, fragte Anthony. Wie Forsythe trug er eine dicke Jacke, aber er hatte die Kapuze nicht über den Kopf gezogen.

»Stimmt, in der Antarktis gibt es noch mehr subglaziale Seen, insgesamt etwa vierhundert, wenn ich mich nicht irre.« Forsythe atmete die kalte Luft tief ein. Für einen Moment genoss er Stille, Kälte und Einsamkeit. Hier konnte man noch das Gefühl haben, Pionier zu sein, dachte er und hörte doch schon wieder den Lockruf der Zahlen. Sie warteten auf ihn, in den Datenströmen einer Satelliten-Internetverbindung. »Einige von ihnen hat man angebohrt, wie auch hier, auf der Suche nach primordialen Lebensformen, dem ursprünglichen Leben auf der Erde.«

»Und hat man welches gefunden, Sir?«

»Nun, es wurden tatsächlich bis dahin unbekannte Mikroorganismen entdeckt, Bakterien, die sich über Jahrmillionen hinweg in einem vom Rest der Welt isolierten und völlig dunklen Ökosystem entwickelt haben. Man hat daraus viel über die Möglichkeit von Leben auf anderen Planeten gelernt.«

Anthony sah sich um. »Wie lange bleiben wir hier, Sir?«

»So lange wie nötig.« Forsythe setzte sich wieder in Bewegung und ging zum ersten, orangefarbenen Container, an dessen Seite sich Schneewehen gebildet hatten. Die Tür war jedoch frei zugänglich, der Schnee davor festgetreten. »Proviant gibt es genug, wir haben Stromgeneratoren und Computer. Die alte Funkanlage funktioniert nicht mehr, hieß es im letzten Bericht. Obsolete Technik. Die neue, kleinere dient allein der Verbindung mit dem Satellitennetz, mit Starlink, es steht also schnelles Internet zur Verfügung. Wir könnten hier viele Monate durchhalten. Aber so lange wird es nicht dauern. Zwei oder drei Wochen, denke ich. Höchstens vier. Dann ist die Welt reif für uns. Die Zahlen werden es mir sagen. Kommen Sie, sehen wir uns unser neues Zuhause an.«

Er öffnete die Tür mit einem Schlüssel, den er hervorgeholt hatte, und sie traten in eine Art Schleuse, einen Übergang zwischen Drinnen und Draußen, mit Regalfächern, die Kleidung, Stiefel, Seile, Lampen und Werkzeuge enthielten.

Sie legten ihre dicken Jacken ab und gelangten durch die zweite

Tür in eine Mischung aus Salon, Küche, Lagerraum und Büro. Es war angenehm warm, etwa zwanzig Grad.

»Nicht unbedingt das Four Seasons in Paris, aber recht komfortabel, wenn man bedenkt, wo wir sind.« Forsythe sah sich zufrieden um und entdeckte die Computerstation in der Büronische. Er schaltete den PC ein, und fast sofort erschien auf dem Monitor ein Eingabefeld für das Passwort.

»Ich koche uns Tee, Sir«, bot Anthony an und ging zur Küche.

»Gute Idee.«

Forsythe nahm am Computer Platz, streckte die Finger den Tasten entgegen und fühlte ein Prickeln in ihnen. Das Passwort war schnell eingegeben, und innerhalb weniger Sekunden entstand eine Internetverbindung über Satellit, fast ebenso schnell wie jene, die Forsythe in seinem Londoner Büro benutzte. Er vergewisserte sich, dass der Datenverkehr nicht zu der vermeintlichen Forschungsstation vierhundert Kilometer nordöstlich von Thule zurückverfolgt werden konnte, bevor er auf einem Server in Malaysia – gemietet von einem Sojabohnenproduzenten in Brasilien, an dem Amethyst Prognosis über drei Firmen in Nordamerika, Thailand und Libyen Anteile erworben hatte – die jüngsten gemeinsamen Sicherheitsprotokolle öffnete.

Er erwartete fünf Einträge, den eigenen mitgerechnet, aber stattdessen waren es nur zwei: Außer ihm selbst hatte nur Desna Laghari bestätigt, einen sicheren Ort aufgesucht zu haben. Entsprechende Meldungen fehlten von Jiang Taiji, Jurij Kowalkow und Xanadu.

Forsythe sah auf die Uhr. Die Bestätigungen waren seit mindestens sieben Stunden überfällig.

Anthony brachte Tee und bemerkte Forsythes sorgenvolle Miene. »Sir?«

Forsythe starrte auf den Bildschirm. »Desna ist in Sicherheit oder wird es bald sein. Aber von Kowalkow und Jiang Taiji fehlt eine entsprechende Meldung. Und von Xanadu ebenfalls.«

Anthony stellte die Tasse neben den Computer. »Wenn ich Ihnen einen Rat geben darf, Sir …«

Forsythes Blick blieb auf den Monitor gerichtet, wie auf der Suche nach weiteren Hinweisen. Seine Gedanken galten vor allen Dingen Xanadu. »Nur zu.«

»Ziehen Sie keine voreiligen Schlüsse, Sir. Die Welt ist in Aufruhr. Es könnte Probleme bei den Nachrichtenverbindungen gegeben haben. Warten Sie bis morgen früh, bevor Sie etwas unternehmen.«

Und dann?, überlegte Forsythe. Was soll ich dann tun? Was *kann* ich tun, von Grönlands Norden aus? Wenn du in Schwierigkeiten steckst, Xanadu … Wie kann ich dir von hier aus helfen?

»Sie haben recht, Anthony.« Forsythes Finger kehrten zu den Tasten zurück und stellten eine neue Verbindung her, diesmal zum Server von North Petrol in Anchorage, Alaska. »Kümmern Sie sich um alles, bitte. Sehen Sie sich den Proviant und die übrigen Vorräte an.« Er deutete auf die linke obere Ecke des Bildschirms. »Ab morgen Nachmittag droht schlechtes Wetter, ein Sturm. Falls wir etwas vermissen, müssen wir noch heute oder spätestens morgen früh eine Frachtdrohne bestellen.«

»Sehr wohl, Sir.« Anthony ging.

Forsythe betrachtete das Auswahlmenü auf dem Schirm und sah für einige Sekunden ein Gesicht, gerahmt von blondem Haar und mit großen Augen, denen Computerlinsen die Farbe von Gold gaben.

Dann wählte er mit einem kurzen Tastendruck den ersten Punkt des Menüs und rief die Zahlen ab, die ihm den Zustand der Welt beschrieben.

Etwa eine halbe Stunde später, den angenehmen und vielversprechenden Gesang der Zahlen noch immer in den Ohren, suchte Forsythe den Geräteraum des Hauptcontainers auf und kletterte dort die Leiter hinunter, in den Raum mit den Tanks für die Generatoren.

Kalte Stille empfing ihn, und sein Atem bildete kleine grauweiße Wolken im Licht der Neonlampen, als er langsam an den Geräten vorbeiging und die Anzeigen überprüfte. Zufrieden stellte er fest, dass die Tanks zu drei Vierteln gefüllt waren, genug Treibstoff für mehrere Monate. Die Regale enthielten Ersatzteile, nicht nur für die Heizungsanlage und Generatoren, sondern auch, in Kisten und Kartons verpackt, für die seit Jahren ruhenden Bohrkerne.

Neben ihnen bemerkte Forsythe eine Kiste, die neuer aussah und nicht mit den Frachtsymbolen der Forschungsstation versehen war. Er hob den Deckel. Sie war leer, aber er hatte nichts anderes erwartet.

Hinter dem letzten Tank stand ein Rollschrank mit Werkzeugen. Forsythe schob ihn beiseite, ebenso die Metallplatte darunter. Zum Vorschein kam eine Klappe, gesichert mit einem Schloss. Er holte einen kleinen Schlüssel hervor, entriegelte das Schloss und zog die Klappe auf.

Darunter befand sich, was die leere Kiste enthalten hatte: mehrere Kilo Plastiksprengstoff, genug, um den gesamten Hauptcontainer in die Luft zu jagen. Forsythe tastete vorsichtig nach dem Zünder und betätigte den Schalter an der Seite. Eine Leuchtdiode signalisierte Bereitschaft.

Er nahm sein Smartphone zur Hand, entsperrte es und rief eine spezielle App auf. Innerhalb weniger Sekunden war die Datensynchronisierung mit dem Zünder hergestellt. Die Eingabe eines bestimmten Codes würde die Explosion auslösen.

Forsythe schloss die Klappe, zog die Metallplatte wieder darüber und den Werkzeugschrank darauf. Ihm gefiel nicht, was er gesehen hatte, zugleich aber gab es ihm ein Gefühl der Sicherheit. Es war immer besser, auf alles vorbereitet zu sein.

86

LICHTER GLÜHTEN und flackerten am Himmel der arktischen Nacht.

»Wunderschön, nicht wahr?«, fragte Forsythe. Sie standen draußen, etwa hundert Meter abseits der alten, neu eingerichteten Forschungsstation. Es wehte noch immer kein Wind, vielleicht war es die Ruhe vor dem Sturm. Die kalte Luft lag schwer und still.

Bunte Schleier zogen übers Firmament, schwollen manchmal an, wie von einem himmlischen Wind aufgebläht, und schrumpften dann wieder. Alles geschah in völliger Lautlosigkeit.

»Beeindruckend, Sir«, erwiderte Anthony. »Aurora borealis.«

»Polarlichter. Sie entstehen durch elektrisch geladene Teilchen des Sonnenwinds, die in den oberen Schichten der Atmosphäre auf Sauerstoff- und Stickstoffatome treffen und sie ionisieren. Dabei wird Energie übertragen. Die Elektronen gelangen auf ein höheres energetisches Niveau und fallen anschließend wieder zurück, was Fluoreszenz verursacht. Und voilà, der Himmel glüht.«

»Sie hätten Physiker werden sollen, Sir«, sagte Anthony. »Oder vielleicht Astronom.«

Forsythe erinnerte sich an »The Gherkin« in London und seine Phantasien von einem Raumschiff, mit dem er gern in die Tiefen des Alls aufgebrochen wäre. »Oder Raumfahrer. Leider haben wir nur ein Leben. Wenn Sie die Wahl hätten, Anthony, wenn Sie noch einmal von vorn beginnen und ein neues Leben führen könnten, was wären Sie gern?«

Der Butler überlegte nicht lange. »Ich bin zufrieden mit dem, was ich bin, Sir.«

»Das freut mich für Sie.« Forsythe sah wieder zu den Polarlichtern empor. »Vielleicht sollten wir das alle sein: zufrieden mit dem, was wir sind.«

Sie schwiegen eine Minute lang und beobachteten, wie sich die glühenden Aurora-Schleier am Himmel bewegten.

»Es ist tatsächlich sehr schön, Sir«, sagte Anthony. »Und es wirkt sehr friedlich, wie das Licht über einer friedlichen, harmonischen Welt.«

Forsythe seufzte. »Leider wissen wir beide, dass die Welt alles andere als friedlich und harmonisch ist. Zumindest derzeit. Es herrscht Tumult an den Finanzmärkten. Und nicht nur dort.«

»Sie werden eine bessere Welt erschaffen, Sir«, sagte Anthony zuversichtlich.

»Ja«, murmelte Forsythe. »Ja, das werden wir. Eine bessere Welt, ohne die Fehler der alten. Ein Utopia?«, fragte er sich selbst, für einen Moment in Gedanken versunken. Dann fühlte er plötzlich die Kälte, als wäre sie durch Stiefel und Jacke gedrungen. »Kehren wir ins Warme zurück, Anthony. Was halten Sie von einer Partie Schach, bevor wir zu Bett gehen?«

»Sehr gern, Sir.«

Das Wohnabteil des Hauptcontainers der alten Forschungsstation enthielt einen Elektrokamin mit einem Projektionsschirm, der züngelnde Flammen zeigte. Die Illusion war alles andere als perfekt – es fehlten der Geruch des Feuers und das Knistern und Knacken der Glut.

Forsythe setzte einen Läufer und sah auf die Uhr. Es war nach Mitternacht, und seine Gedanken wurden träge.

»Wenn die Sieben nicht mehr sieben sind, Sir, wenn ihre Zahl geschrumpft ist, auf fünf oder vier … Könnte das den Plan gefährden?« Anthony schickte einen Bauern ein Feld weiter nach vorn.

Forsythe betrachtete das Schachbrett. »Der große Plan besteht aus sieben kleinen Plänen. Niemand der anderen kennt das Gesamtbild.«

»Nur Sie, Sir.«

»Ja, nur ich.« Forsythe dachte an Xanadu, die mehr wusste als die anderen, und blockierte den Weg des Bauern mit einem eigenen. »Aber natürlich könnten die anderen viele wichtige Details verraten.«

»Daran haben Sie gedacht, nicht wahr, Sir?« Anthony setzte einen Springer. »Sie haben alles in Ihrem großen Plan berücksichtigt, jede Möglichkeit, jeden denkbaren Verrat. Was auch immer geschieht, die Dinge werden sich so entwickeln, wie Sie es geplant haben.«

»Zahlen lügen nicht«, erwiderte Forsythe nachdenklich. »Wenn man sie aus dem richtigen Blickwinkel sieht und das richtige Ohr für sie hat, erfährt man nichts als die Wahrheit. Und die Wahrheit lautet: Die Welt zerbricht. Das Gebäude des traditionellen Kapitalismus war nie besonders stabil, es hat immer geschwankt und gewackelt. Jetzt stürzt es ein.« Er setzte einen weiteren Bauern. »Letztendlich geht es bei dem Plan darum, wie man die Trümmer beiseiteräumt und welche man für den Wiederaufbau verwenden kann. Das wichtigste Werkzeug ist Geld. Eine Währung, die ihren Wert behält, unabhängig von Staaten und Zentralbanken.«

»Bitcoin.« Anthonys Springer schlug den Bauern.

Forsythe erkannte eine Lücke in seiner Verteidigungsformation und schob einen weiteren Bauern nach vorn, um sie zu schließen.

»Elektronisches Gold.« Anthony setzte seinen zweiten Springer, was Forsythe für einen Fehler hielt.

»Ein digitaler Schatz. Der größte aller Zeiten. Bald siebzig Billionen Dollar wert. Und damit meine ich den Dollar vor Beginn der galoppierenden Inflation.« Forsythe schlug den Springer mit seinem Bauern.

»Oh«, sagte Anthony überrascht und brachte seinen vom Läufer bedrohten Turm in Sicherheit.

Was ein weiterer Fehler war, denn dadurch verlor der König seinen Schutz.

Forsythe setzte den Läufer. »Matt. Genug Geld, um die Welt wiederaufzubauen. Und wer dieses Geld besitzt, kann bestimmen, wie die neue Welt aussehen wird.«

»Aber die Staaten, Sir.« Anthony musste den König bewegen, ihm blieb nichts anderes übrig. »Wenn sie sich bedroht sehen, werden sie alle ihnen zur Verfügung stehenden Mittel nutzen, um die Gefahr zu eliminieren. Könnten sie nicht versuchen, Bitcoin zu verbieten? Und wenn auch Sie und die anderen verhaftet werden, die sich noch auf freiem Fuß befinden und inzwischen vielleicht ihre sicheren Orte aufgesucht haben … Was würde dann aus dem Plan?«

»Der Zusammenbruch des Systems ist nicht mehr aufzuhalten«, erklärte Forsythe. »Die Lawine rollt, ob wir sie nun zu lenken versuchen oder nicht. Wenn jemand von uns umgebracht wird, wie es mit Sammy Winster und vielleicht auch mit Pauline Laurent geschehen ist, so bedeutet das zwar ein persönliches Ende, aber nicht auch das Ende des Crashs. Je größer er wird, je mehr Banken und Unternehmen zahlungsunfähig werden, desto mehr schwindet die Macht der Staaten und Notenbanken.« Forsythe deutete aufs Schachbrett. »Warum haben Sie den König bewegt, Anthony?«

»Weil mir keine Wahl blieb.«

»Eben. Genauso ergeht es den Staaten. Früher oder später bleibt ihnen keine Wahl, als auf die noch funktionierende ökonomische und finanzielle Infrastruktur zurückzugreifen. Die Staaten – oder das, was noch von ihnen übrig sein wird – werden begreifen, dass sie unsere Hilfe brauchen. Sie werden uns *bitten*, ihnen zu helfen.« Forsythe setzte seine Dame. »Matt.«

»Und wenn die Staaten versuchen, Sie zu *zwingen*, ihnen zu helfen?« Anthony musste erneut seinen König in Sicherheit bringen.

»Was könnten sie tun?«, erwiderte Forsythe. »Uns mit Enteignung drohen? Unsere Unternehmen sind global, internationale Konzerne, nicht auf ein Land oder einen Kontinent beschränkt. Und wer sollte gegen uns vorgehen? Richter, Polizisten und Soldaten, die nicht mehr bezahlt werden können, weil das staatliche Geld wertlos geworden ist? *Wir* haben Geld, dessen Wert beständig wächst. *Wir* sind sehr wohl imstande, Polizei und Militär zu bezahlen. Wer also hat die Macht? Wie heißt es so schön? *Geld regiert die Welt.*«

Forsythe nahm seine Dame und hielt sie in der Hand.

»Wir werden die Bedingungen diktieren, und die Regierungen werden einsehen, dass ihnen nichts anderes übrigbleibt, als sich uns zu beugen. In einigen Tagen wird diese Erkenntnis bei ihnen herangereift sein, und dann können wir unsere sicheren Orte verlassen und beginnen, die Welt neu zu ordnen. Was ein mögliches Verbot des Bitcoin betrifft … Die Regierungen haben es versucht, mehrmals. Aber selbst wenn man den Bitcoin in ein, zwei oder zehn Staaten verbietet, es bleibt ohne Einfluss auf das dezentrale Netz der Blockchain. Man kann sie ebenso wenig abschalten wie das Internet. Und inzwischen ist es für ein Verbot zu spät, denn viele Staaten und Institutionen haben in Bitcoin investiert und finanzieren sich durch Bitcoin.« Er setzte die Dame. »Schachmatt.«

Der Butler und Sekretär blickte aufs Schachbrett. »Na so was.«

Forsythe lehnte sich zurück. »Sie haben mich gewinnen lassen, Anthony.«

»O nein, Sir, Sie haben besser gespielt als ich.«

»Obwohl ich müde bin?« Forsythe lächelte nachsichtig.

»Wenn Sie mir eine weitere Frage gestatten, Sir …«

»Natürlich, Anthony.«

»Wie viel hat Simon gewusst, Sir?«

Forsythe dachte an den jungen Mann, der ein guter, ein sehr guter Analyst gewesen war.

»Viel«, antwortete er. »Vielleicht zu viel, wenn man die Umstände bedenkt.«

»Kannte er den Plan, Sir?«

Forsythe schüttelte den Kopf. »Nur in groben Zügen. Ich habe ihm nie so vertraut wie Ihnen. Sie waren und sind die eine große Ausnahme.«

Für einen Moment zeigte sich Freude in Anthonys Gesicht.

»Ich bezweifle, dass Simon genug wusste, um uns damit ernsthaft in Schwierigkeiten bringen zu können«, fügte Forsythe hinzu. »Wie auch immer, er kann nichts mehr verraten, wir sind hier in

Sicherheit, und es dauert nicht mehr lange, bis Staaten und Regierungen ihre Handlungsfähigkeit verlieren und unsere Hilfe brauchen.«

Er stand auf.

»Es ist spät, gehen wir zu Bett.«

Die Nacht war nicht still. Wind kam auf, wehte Schnee über die Fenster und ließ den Wohncontainer leise ächzen.

Anthony saß in einem Sessel bei der verschlossenen Tür, die dicke Wolldecke bis zum Kinn hochgezogen. Manchmal döste er, aber er schlief nie, schloss nur hin und wieder kurz die Augen.

Im Umkreis von vierhundert Kilometern gab es keine Menschenseele, nur eine sechzig Kilometer entfernte automatisch arbeitende Wetterstation, aber man konnte nie wissen.

Er hielt Wache, die Pistole unter der Decke bereit.

MARTIN FREEMAN

87

DER ZUG ratterte nicht über Schwellen, sondern summte leise wie eine emsige Biene. Allerdings war diese Biene manchmal dreihundert Kilometer pro Stunde schnell und wurde nur bei Tunneln und auf noch nicht angepassten Streckenabschnitten langsamer.

Eine besonders fleißige Biene, dachte Martin im Halbschlaf, flinker als alle anderen. Oder vielleicht eine Hummel. Hummeln konnten ziemlich flott sein.

Dann erwachte er.

Das Summen und Brummen blieb, erzeugt von Elektromotoren und geräuschgedämpften Rädern auf Schienen. Das Fenster zeigte dunkle Nacht.

Auf der anderen Seite des Abteils saß Dakota im Licht einer kleinen Lampe, über das sie ein Handtuch aus dem Bad gelegt hatte, und war mit zwei Handys beschäftigt. Das eine war neu, stammte aus einem Laden beim Genfer Bahnhof und gehörte ihr, das andere war ein Erbstück.

»Hab ich dich geweckt?«, fragte sie.

»Nein, ich glaube, es war eine Biene oder vielleicht eine Hummel.« Martin setzte sich auf und stellte erleichtert fest, dass die Kopfschmerzen bis auf einen dumpfen Druck zwischen den Schläfen verschwunden waren.

»Ich hätte gewettet, dass du mindestens vierundzwanzig Stunden schläfst. Wie war das mit Biene und Hummel?«

»Ein Traum, glaube ich.« Martin gähnte. Ausgeschlafen war er gewiss nicht, aber wach genug für ein Gespräch. Und er hatte Hunger. »Wo ist das Lunchpaket von Henriette?«

Dakota hatte es bereits geöffnet, reichte ihm erst eine Limo und dann ein Stück Käse und ein Brötchen mit gekochtem Schinken.

Als Martin den ersten Schluck trank, merkte er, wie durstig er war. Ähnlich erging es ihm mit dem ersten Bissen; sein Hunger schien dadurch noch größer zu werden.

»Was machst du?«, fragte er kauend.

»Ich bin nicht faul wie du, ich *arbeite*«, erklärte Dakota. »Ich versuche, mehr herauszufinden.«

»Und hast du mehr herausgefunden?«, fragte Martin mit vollem Mund.

Das Summen und Brummen des Zugs veränderte sich, er schien schneller zu werden. Lichter tauchten in der Finsternis jenseits des Fensters auf und verschwanden sofort wieder.

Dakota tippte eine Nummer in ihr neues Handy und hob das kleine Telefon zum Ohr.

»Wen rufst du an?«

Sie hob die Hand, wartete einige Sekunden, schüttelte dann den Kopf und ließ das Handy sinken. »Wieder nichts. Ich gehe die Telefonnummern durch, die wir gefunden haben. Die meisten existieren nicht mehr oder gehören jetzt zu den Anschlüssen anderer Leute, die ziemlich ratlos reagieren, wenn ich sage, dass ich im Auftrag von David Dean Freeman anrufe. Außerdem habe ich mir noch einmal einige der Dateien vorgenommen, die ich kopieren konnte, während James Bond abgelenkt war. Sie sind sehr klein und enthalten nur einige wenige Sätze, die kaum einen Sinn ergeben. Dann gibt es noch ein Bild, eine JPG-Datei, aber sie ist passwortgeschützt.«

Dakota gab eine weitere Nummer ein, hob das Handy wieder zum Ohr und ließ es kurze Zeit später erneut sinken.

»Noch einmal Fehlanzeige.« Sie hatte die Nummern auf einem Zettel notiert und sah sich die nächste an. »Warum hat dein Vater sein Handy in das Schließfach gelegt? Wohl kaum, weil er daheim keinen Platz dafür hatte, oder?«

Martin hatte Brötchen und Käse verschlungen und trank den Rest Limonade. »Ich sollte es bekommen, im Falle seines Todes. Offenbar befürchtete er damals, ihm könnte etwas zustoßen.«

»Genau, *du* solltest es bekommen. Es wäre also möglich, dass auch der Text, mit dem ich nichts anfangen kann, für dich bestimmt ist.«

Erneut hob Dakota das Handy, lauschte und ließ es dann wieder sinken. »Nichts, nichts und noch mal nichts«, sagte sie enttäuscht.

Martins Interesse war geweckt. »Zeig mir den Text.«

Sie nahm das andere kleine Telefon, das sie inzwischen zusammengesetzt hatte, und reichte es ihm. »Ich hab die Schnipsel in einer Datei zusammengefasst.«

Martin tippte auf das Display. »Erst wenn etwas zusammenfällt, war vorher eine heile Welt«, las er die ersten Worte.

»Das ist ein Zitat.« Dakota nahm sich die nächste Nummer vor. »Ich hab's im Internet gefunden. Es stammt von Erhard Horst Bellermann, einem deutschen Bauingenieur, Aphoristiker und Dichter.«

Martin blickte auf die Worte, die sein Vater wie aus dem Jenseits an ihn richtete. »Was bedeutet es?«

Dakota zuckte mit den Schultern. »Dass man die Dinge erst im Nachhinein richtig zu schätzen weiß? Leider ist es dann zu spät.« Sie gab die nächste Nummer ein.

Martin blickte aufs Display des alten Handys. In Teilen von Sätzen war von Ausgeglichenheit und Einklang die Rede, von Verständnis und Eintracht. Harmonie und Familie schienen zentrale Themen zu sein.

»Waren die Dateien beschädigt?«, fragte er nach einer Weile.

»Nein.«

»Aber es sollte so aussehen«, war Martin überzeugt. »Ein fremder Leser sollte verwirrt sein.«

»Wäre möglich.«

Vincent Moreaus SD-Karte fiel ihm ein, mit der für ihn alles begonnen hatte. Er erinnerte sich an seine Verwunderung über die fast fünfzig Megabyte große Textdatei im ODT-Format, in die mehrere Bilder eingebettet waren. Das erste von ihnen hatte David Dean Freeman und Katharina Deiniger auf einem Segelboot gezeigt, mit ihrem drei oder vier Jahre alten Sohn. Auf den anderen, jüngeren Fotos war auch Martins Schwester zu sehen gewesen. Lächelnde Gesichter, ein Gefühl von Unbeschwertheit, eine glückliche Familie.

»Moment mal …«

Dakota sah ihn an. »Ist dir was eingefallen?«

»Die zusammengewürfelten Textstellen … Vielleicht geben sie einen Hinweis auf das Passwort, mit dem sich die JPG-Datei öffnen lässt.«

»Schieß los!«, forderte Dakota.

Martin verzog das Gesicht.

»Sorry«, sagte Dakota. »Leg los.«

Martin gab ihr das Handy seines Vaters. »Versuch es mit …›Eineglücklichefamilie‹.«

Dakota begann zu tippen. Sie sah aufs Display, und ihre Finger blieben in Bewegung.

»Nun?«

Sie schüttelte den Kopf. »Nichts. Funktioniert nicht, auch dann nicht, wenn ich es anders formuliere.«

»Na schön«, murmelte Martin. »Na schön, versuch es mit …«

Das erste, große Bild, sowohl auf der SD-Karte als auch im Handy, das sein Vater in einem Schließfach deponiert hatte, damit er es bekam: ein Segelboot, vermutlich auf dem Genfer See. Martin erinnerte sich kaum daran; er war damals drei oder vier Jahre alt gewesen.

Dakota wartete geduldig.

Der summende, brummende Zug raste Richtung Norden durch die Nacht.

»Genfer See«, sagte er. »Zweitausendzwei oder zweitausenddrei.«

Dakota tippte erneut. »Nein, nichts. Zumindest bei Eingabe der Ziffern. Ausgeschrieben …« Plötzlich lächelte sie. »He, mit deinem Kopf scheint wieder alles in bester Ordnung zu sein, trotz der Kugel.« Sie drehte das alte Handy, damit Martin das Display sehen konnte.

Ein Schriftzug war dort erschienen: *Wie sollte deine Schwester heißen?*

»Ein Passwort und eine Sicherheitsabfrage«, kommentierte Dakota. »Eine doppelte Barriere. Also?«

»Cleopatra«, sagte Martin. »Mit C. So wollte mein Vater Jasmin nennen. Meine Mutter war dagegen.«

Dakota gab den Namen ein.

Martin setzte sich neben sie und sah, wie der Schriftzug vom Display verschwand. Ein bereits vertrautes Bild erschien.

»Das gleiche Foto«, stellte er fest. »Das Segelboot auf dem See. Und weiter?«

»Nichts. Nur das Bild. Kein Text, keine Erklärung, kein Hinweis.«

»Warum sollte mein Vater ein Foto mit einem Passwort und einer zusätzlichen Sicherheitsabfrage schützen? Das ergibt doch keinen Sinn.«

Dakota betrachtete das Bild. »Es sei denn …«

Sie verstummte.

»Es sei denn was?«

»Vielleicht trügt der Schein«, sagte sie langsam. »Vielleicht versteckt sich etwas hinter dem Bild. Beziehungsweise darin.«

»Du meinst …?«

»Nichts, das sich mit bloßem Auge erkennen ließe. Eingebettete Daten. Metadaten in dem Bild. Mit einem speziellen Programm auslesbar.«

Aufregung packte Martin. »Metadaten«, wiederholte er. »Zum Beispiel …«

»Ein spezielles Passwort, das sehr, sehr wichtig ist.«

»Oder eine Seed-Phrase?«

»Genau.«

Sie starrten beide auf das Foto.

»Vielleicht hielt Vincent Moreau den Schlüssel in der Hand«, sagte Martin leise.

»Ohne es zu ahnen«, fügte Dakota hinzu.

»Er hat vermutlich gehofft, dass ich das Rätsel für ihn löse«, spekulierte Martin, und sein Herz klopfte schneller. »Dabei befand sich die Lösung bereits in seinem Besitz. Wie gelangen wir an die Daten? Kannst du sie irgendwie extrahieren?«

»Ein Kinderspiel, normalerweise. Wenn ich einen Computer dabei hätte, wäre das überhaupt kein Problem.« Dakota wischte über das Display ihres Handys und begann zu tippen. »Es gibt ein paar Android-Programme, mit denen man bei Fotos hinter die Kulissen blicken kann. Mal sehen, ob was Geeignetes dabei ist. Hier.« Sie gab ihm den Zettel. »Du kannst es inzwischen mit den restlichen Telefonnummern versuchen.«

88

ES WAREN nur noch drei übrig. Bei der ersten erhielt Martin die Auskunft, dass unter der angerufenen Nummer niemand zu erreichen war. Bei der zweiten meldete sich ein Mann und sprach einige Worte, die Martin nicht verstand.

»Kannten Sie meinen Vater David Dean Freeman?«, fragte er zunächst auf Deutsch und wiederholte die Frage dann auf Englisch, Französisch und Italienisch.

Der Mann antwortete etwas – es klang nach Japanisch – und unterbrach die Verbindung.

Dakota saß im Licht der halb zugedeckten Lampe über die beiden Handys gebeugt, ihr eigenes und das Erbstück aus dem Schließfach. Den Rest der Welt schien sie vergessen zu haben.

Martin beneidete sie um die Fähigkeit, sich vollkommen auf eine Sache zu konzentrieren und alles andere auszublenden.

Er gab die letzte auf dem Zettel notierte Telefonnummer ein, hielt sein Smartphone ans Ohr und wartete. Nach einigen Sekunden hörte er ein Rufzeichen und dann ein seltsames Knistern, als würde jemand Stanniolpapier zerknüllen.

»Hallo?«, fragte er.

Einige Sekunden lang rauschte es leise.

»Wer sind Sie?«, ertönte eine seltsame Stimme, die Martin nicht eindeutig einem Mann oder einer Frau zuordnen konnte. »Woher haben Sie diese Nummer?«

»Mein Vater David Dean Freeman hat Sie mehrmals angerufen«, erklärte Martin. »Kennen Sie ihn?«

Die fremde Stimme antwortete nicht.

»Mit wem spreche ich?«, fragte Martin.

Plötzlich hörte er gar nichts mehr.

Langsam ließ er sein Smartphone sinken. »Was für eine seltsame Stimme. Irgendwie … synthetisch.«

»Ich glaube, ich hab hier was«, sagte Dakota. »Sieht nicht nach einer Seed-Phrase aus, eher nach einem Passwort, das jemand – dein Vater, nehme ich an – in den Bilddaten versteckt hat.« Sie zeigte ihm das Display, auf dem er eine zwanzigstellige Kombination aus Zahlen, großen und kleinen Buchstaben sowie Sonderzeichen sah.

»Versuch's damit«, forderte Martin sie auf. »Versuch, die Wallet damit zu öffnen.«

Dakota ließ sich Zeit und ging sehr sorgfältig zu Werke. Zeichen für Zeichen kopierte sie das Passwort, das in den Metadaten des Fotos versteckt gewesen war, ins Eingabefeld der Wallet. Nach dem letzten holte sie tief Luft.

»Jetzt kommt der große Augenblick der Wahrheit«, verkündete sie und tippte auf Eingabe.

Martin beugte sich zu ihr und blickte aufs Display.

Ein Hinweis erschien: *Synchronisierung fehlgeschlagen. Kein Netz.*

Martins Herz vollführte einen Trommelwirbel. »Die Wallet hat sich geöffnet, kann aber keine Verbindung mit der Blockchain herstellen. Das alte Handy hat kein Netz. Kannst du die Daten kopieren?«

Er reichte Dakota sein Smartphone, und sie verband die beiden Telefone per USB miteinander. Kurze Zeit später gab sie ihm das Handy zurück.

Martin gab den Code ein, langsam und vorsichtig, als könnte etwas zerbrechen. Er verglich die Ziffern, um ganz sicher zu sein, dass ihm kein Fehler unterlaufen war, und er vergewisserte sich, dass Verbindung zum Internet bestand. Dann tippte er auf die kleine Schaltfläche für Eingabe.

Synchronisiere …

Wenige Sekunden später erschien eine Zahl auf dem Display: 1012345.42393972.

Martin wagte kaum zu atmen.

»Du hattest recht«, brachte er schließlich hervor. »Das hier ist Satoshi Nakamotos Bitcoin-Wallet. Beziehungsweise die meines Vaters.« Für einen Moment stellte er sich erneut die Frage, ob es tatsächlich möglich sein konnte, dass sein Vater mit Satoshi Nakamoto identisch war. Die Vorstellung erschien ihm noch immer absurd, er schob den Gedanken beiseite.

»Lese ich das richtig?«, fragte Dakota. »Sind das tatsächlich über *eine Million* Bitcoin?«

»Allein die zwölftausenddreihundertfünfundvierzig hinter der Million wären ein Vermögen: fast zwölfeinhalb Milliarden Euro nach den letzten Kursanstiegen des Bitcoin.«

Dakota räusperte sich. »Und das wären insgesamt wie viel Euro?«

Martin tippte auf den Bitcoin-Betrag, und die Wallet zeigte ihm den genauen Wert in Euro, basierend auf dem aktuellen Kurs.

»Himmel«, ächzte Dakota. »Himmel … Ich hab Probleme mit so großen Zahlen. Lies sie mir vor, ja?«

»Mehr als eine Million mal eine Million«, sagte Martin und lauschte den eigenen Worten. »Mehr als tausend Milliarden. Mehr als eine *Billion* Euro!«

Der Zug summte und brummte wie eine emsige Biene oder vielleicht eine Hummel. Die Fenster zeigten noch immer dunkle Nacht mit den gelegentlich vorbeihuschenden Lichtern von Straßenlampen und kleiner Orte.

»Wir sind reich«, sagte Dakota fassungslos. »Wir sind unfassbar reich.« Rasch fügte sie hinzu: »Ich meine, du bist es. Ich bin chronisch pleite wie immer, und wahrscheinlich hast du jetzt nicht mehr das geringste Interesse an mir.«

Martin sagte nichts. Ihm fehlten die Worte.

»Was kann man sich für tausend Milliarden Euro kaufen?«, fragte Dakota nach einer Weile. Sie starrten noch immer beide auf das Display. »Eine kleine Insel irgendwo in der Südsee?«

»Dafür sind die zwölfeinhalb Milliarden mehr als genug«, antwortete Martin. »Selbst für eine große kleine Insel. Oder eine Handvoll von ihnen. Anschließend hätten wir immer noch tausend Milliarden übrig.«

»Für ein paar Inseln mehr?«

»So viele wie du willst. Das Geld dürfte für einen halben Kontinent reichen. Oder falls du dich auf dem Mars niederlassen willst … Mit einer Billion Euro lässt sich ein groß angelegtes Raumfahrt- und Kolonisierungsprogramm auf die Beine stellen.«

»Es wäre genug für das eine oder andere Paar hübsche Schuhe.«

»Wie wär's mit tausend Schuhfabriken?«

Sie starrten noch etwas länger auf den Betrag, bis Martin die Wallet schloss.

Eine Zeitlang schwiegen sie.

»Martin?«, fragte Dakota nach einer Weile.

»Bin immer noch da.«

»Dadurch ändert sich eine ganze Menge, das ist dir doch klar, oder?«

Martin versuchte, seine wirren Gedanken zu ordnen.

Dakota seufzte tief. Es klang fast so, als hätte sie jahrelang die Luft angehalten. »Wir – ich meine, wir Menschen, alle Menschen – sind Getriebene, unser ganzes Leben lang«, sagte sie. »Oder zumindest den größten Teil davon. Als Kinder nicht, als Jugendliche vielleicht noch nicht so sehr. Und wenn wir Glück haben, verlässt uns der Fluch im Alter. Ich meine, wir müssen Geld verdienen, irgendwie, bestenfalls mit einer Arbeit, die uns gefällt. Die Notwendigkeit, für den eigenen Lebensunterhalt und den der Familie zu sorgen, bestimmt über Jahrzehnte hinweg unser Denken und Handeln, unsere Wünsche und Pläne. Als junge Erwachsene gewöhnen wir uns daran, die Gesellschaft drückt uns ihren Stempel auf. Was auch immer wir tun, wovon auch immer wir träumen, es hängt vor allem davon ab, wie viel Geld wir verdienen und was wir uns leisten können.«

Dakota legte eine Pause ein, um Atem zu schöpfen.

»Viele Menschen setzen jede Woche ihre Hoffnungen auf Lottoscheine in der einen oder anderen Form«, fuhr sie fort. »Mit einem Schlag reich sein, mit einem Schlag befreit von allen Sorgen, zumindest von denen, die Geld und unbezahlte Rechnungen betreffen. Unser Denken und Fühlen wird so sehr davon bestimmt, dass wir es für den Normalzustand halten. Wie würden wir ohne all die Zwänge leben? Wie würden wir einen Tag nach dem anderen verbringen, wenn wir uns nicht bemühen müssten, genug Geld zu verdienen für den nächsten Einkauf?«

Sie seufzte erneut, nicht ganz so tief und schwer wie zuvor.

»Das ist eine Sache: genug Geld zu haben, um ein sorgenfreies, aber einigermaßen normales Leben führen zu können und all den Dingen nachzugehen, für die man sonst keine Zeit hätte. Stichwort: bedingungsloses Grundeinkommen. Die bisherigen Experimente haben gezeigt, dass die Menschen dadurch zufriedener werden und ein erfüllteres Leben haben. Und dann ...«

Sie holte erneut tief Luft.

»Und *dann* gibt es jene Menschen, die sich alles leisten und sich jeden Wunsch erfüllen können, immer und überall. Die überhaupt keinen Zwängen unterliegen, abgesehen von den eigenen Manien. Für die selbst Gesetze nicht mehr sind als mehr oder weniger gut gemeinte Empfehlungen. Ein neues Auto, weil mir die Farbe des alten nicht mehr gefällt? Kein Problem. Ein Privatflugzeug? Welche Marke darf es sein? Ab morgen ein paar Tage auf den Bermudas, anschließend eine Kreuzfahrt durch die Antarktis, um sich von der Wärme zu erholen? Wieso nicht! Und wie viele Villen auf allen Kontinenten sollen es werden? Reichen vierzig oder fünfzig? Und könnte die nächste Yacht nicht zwanzig Meter länger sein und einen zweiten Swimmingpool haben? Aber klar. So reich sind wir, Martin. Sogar noch reicher. Noch viel, *viel* reicher. Und wenn ich ›wir‹ sage, meine ich dich. Die Riesenschatzkiste gehört dir, sie ist dein Erbe.«

Martin betrachtete das alte Handy. »Mein Vater hat sie gestohlen. So viele Bitcoins kann er nicht auf legale Weise erworben haben.«

»Was willst du machen?«, erwiderte Dakota. »Online die Arme heben und rufen: ›Hallo, ist dort draußen irgendwo Satoshi Nakamoto? Ich hab seine Wallet und möchte sie zurückgeben.‹ Rate mal, wie viele sich melden würden. Du würdest selbst zur Jagd auf dich blasen.« Sie schüttelte den Kopf. »Das Geld ist hier«, betonte sie. »Wir können darüber verfügen. Und damit wären wir beim zentralen Punkt. Wir könnten alles hinter uns lassen, wirklich alles. Wir könnten ein völlig neues Leben beginnen, wo auch immer es uns gefällt. Jung genug sind wir, dem Himmel sei Dank dafür.«

Martin dachte darüber nach.

»Geld ist nicht alles«, sagte er schließlich.

»Klingt ein bisschen banal, findest du nicht? Geld ist eine ganze

Menge, Martin. Damit kann man Türen und Tore öffnen, die sonst verschlossen bleiben. Geld bietet die Schlüssel dafür. Geld ist ein Werkzeug für Freiheit.« Nach einigen Sekunden fügte sie leise hinzu: »Wir müssen eine Entscheidung treffen.«

»Müssen wir das?«, entgegnete Martin geistesabwesend. Seine Gedanken bildeten ein Knäuel.

»Ja. Die Frage lautet: Was wollen wir mit unserem Leben machen? Auf Verbrecherjagd gehen, bis es uns irgendwann erwischt? Man kann dem Glück nicht auf Dauer trauen, irgendwann lässt es einen im Stich. Und wir haben unser Glück schon ziemlich strapaziert, findest du nicht?«

»Eine Entscheidung …«, murmelte Martin und spürte, wie sich ein Gedanke aus dem Knäuel löste.

»Ja«, bekräftigte Dakota. »Wir könnten Schluss machen, mit allem. Wir könnten in Amsterdam zum Flughafen Schiphol fahren und irgendwohin fliegen, in den Süden, wo's warm ist. Wir könnten einfach alles vergessen und ein neues, unbeschwertes Leben beginnen.«

»Nein«, sagte Martin.

»Nein?«

»Wie soll das möglich sein, Dakota? Wie soll ich das hier einfach so vergessen?« Martin hob die Hand zu den Wunden an Stirn und Schläfe. »Wie soll ich vergessen, dass Jasmin ermordet wurde? Und Oma Myrte? Wie sollen wir *das alles* vergessen?« Er vollführte eine Geste, die der ganzen Welt galt. »Wenn wir uns jetzt in die Südsee zurückziehen, würde ich mich für den Rest meines Lebens fragen, in was genau mein Vater verstrickt war und wie er an die vielen Bitcoins gelangt ist. Ich würde mich fragen, wer es auf uns abgesehen hat und ob es tatsächlich eine Weltverschwörung gibt, hinter der die ›Sieben‹ stecken. Und ich würde jahrelang darüber grübeln, wer Lefèvre wirklich ist und ob er zu den ›Guten‹ gehört, wie er behauptet.«

»Das sind ziemlich viele Fragen.«

»Eben. Genug, um mir keine Ruhe zu lassen.«

Dakota seufzte wieder, und diesmal klang es ein wenig traurig. »Wir wollten nach Amsterdam, um Satoshi Nakamotos Wallet zu öffnen. Doch das hat sich erledigt, sie ist offen. Wir wissen, was sie enthält: verdammt viel Geld.«

»Wir wissen noch nicht mit hundertprozentiger Sicherheit, ob die Bitcoins tatsächlich von Nakamoto stammen. Es lässt sich feststellen, mit einem Computer, der uns Zugriff auf die Blockchain erlaubt. Über die Bitcoin-Adressen können wir den Weg der Bitcoins zurückverfolgen.«

»Und du willst Satoshi Nakamoto finden«, sagte Dakota.

Martin nickte. »Ja, das will ich. Ich würde gern mit ihm reden und ihm eine Frage stellen.«

»Welche Frage?«

»Warum? Warum hat er damals Bitcoin und die Blockchain entwickelt? Und warum ist er danach spurlos verschwunden?«

»Genau das ist der wichtigste Punkt für dich, nicht wahr?« Dakota sah ihn an – und lächelte auf einmal. »Wie auch immer, du bist jetzt definitiv eine gute Partie. Ich meine, du warst es schon vorher, aber jetzt noch viel mehr. Also, willst du mich heiraten?«

»Sobald das alles vorbei ist.«

Das überraschte Dakota. »Im Ernst?«

»Im Ernst. Wir heiraten, wenn wir alles hinter uns haben. Wird allmählich Zeit. Ich meine, ich bin fast dreißig.«

»Die Grenze zum Alter, ich weiß. Wegen der Rente brauchst du dir wenigstens keine Sorgen zu machen.« Sie schlang die Arme um ihn und drückte ihm einen Kuss auf den Mund. »Damit ist es besiegelt. Wir sind offiziell verlobt.«

Martin nickte. »Jetzt müssen wir nur noch das Rätsel lösen.«

»*Die* Rätsel, es sind mehrere. Dafür brauchen wir einen Computer, und ich meine einen *richtigen* Computer.«

»So wie bei Concept?«

»Genau.«

»Was ist damals passiert?«, fragte Martin. »Wieso hast du Amsterdam verlassen? Du wolltest es mir erzählen, aber dann bin ich eingeschlafen.«

Dakota wandte den Kopf und blickte aus dem Fenster, obwohl es draußen außer dunkler Nacht kaum etwas zu sehen gab.

»Ich erzähle es dir, wenn wir in Amsterdam sind«, versprach sie.

DIE ZWEI: FRANCIS FORSYTHE

89

DIE LEISEN Stimmen der Zahlen begleiteten Forsythe in den Schlaf. In einem Traum von der neuen Welt – besser, stabiler und gerechter als die alte – hörte er ihren Gesang, der ihm von Veränderungen in den Finanzmärkten, ökonomischen Strukturen und politischen Hierarchien erzählte. Die Zahlen wussten, was geschehen würde, und sie erklärten es ihm, sie ließen ihn an ihren Geheimnissen teilhaben.

Zahlen allein konnten die Welt nicht verändern. Sie brauchten die Hand und die Stimme von Menschen, die Entscheidungen trafen und alles Notwendige in Bewegung setzten. Sie mussten nicht nur gesehen und gehört, sondern auch interpretiert und verstanden werden. Regierungen verstanden nicht, und wenn sie doch einmal die Zeichen der Zeit erkannten, handelten sie vor allem auf der Grundlage eigener oder – wenn sie großzügig waren – nationaler Interessen. Ihnen fehlte der Blick für das große Bild, für die ganze Welt. Ihnen fehlten Berufung und oft auch Befähigung. Und sie rangen miteinander und handelten gegeneinander, während die Welt zerbrach.

Es war abzusehen gewesen, dachte Forsythe in seinem Traum, spätestens seit der großen Finanzkrise, die am 9. August 2007 begonnen hatte. Die Weltwirtschaft erstickte an der toxischen Mischung aus Schulden und Spekulation. Aber was die meisten Beobachter übersehen hatten, waren zwei unscheinbare Pflänzchen, die halb im Verborgenen wuchsen: Bitcoin und Blockchain.

Wurzeln konnten sehr beharrlich sein, wusste Forsythe. Sie waren imstande, sich mit sanftem, aber beständigem Druck durch

Asphalt und Beton zu bohren. Wenn man sie an einer Stelle beseitigte, sprossen sie an anderen neu.

Bitcoin und die Blockchain streckten ihre Wurzeln über die ganze Welt: eine neue Währung mit garantierter Knappheit, nie mehr als einundzwanzig Millionen Einheiten, dezentral, vollkommen außerhalb der Kontrolle von Notenbanken und daher unmöglich als Finanzinstrument einzelner Staaten verwendbar. Und ein ebenso dezentrales, fälschungssicheres und von allen jederzeit einsehbares digitales Kassenbuch, in dem jede einzelne Transaktion verzeichnet wurde.

Doch darauf war die Welt nicht vorbereitet. Ganz abgesehen davon, dass die Inhaber der Privilegien alles versuchen würden, an ihren Sonderrechten festzuhalten: Die neue Freiheit würde wie ein gewaltiges Beben sein, das die wankenden und schwankenden Gebäude der alten Welt zum Einsturz brachte. Und dann bestand die Gefahr, dass alles unter Trümmern begraben wurde, auch der Beginn der neuen Welt.

Der Traum zeigte Forsythe erneut den Bus voller Passagiere, der auf einen Abgrund zuraste und von dem er Anthony erzählt hatte. Es blieb keine Zeit für lange Diskussionen. Schnelle Entscheidungen mussten getroffen werden, wenn der Bus mit all den Menschen nicht in die Tiefe stürzen sollte.

Forsythe saß bei all den anderen in diesem Bus, der groß wie die Welt war, aber im Gegensatz zu den übrigen Fahrgästen war er imstande, den Bus zu steuern. Das unvermeidlich Scheinende, flüsterten ihm die Zahlen zu, ist nicht unabwendbar. Deine lenkende Hand kann dir Reichtum und Macht erhalten und etwas Neues aufsteigen lassen wie den Phönix aus der Asche.

Also setzte er sich ans Steuer des Busses und drehte das Lenkrad, unterstützt von anderen Händen …

Später in der arktischen Nacht, als die Zahlen nicht mehr sangen, träumte er von Xanadu. Hatte sie Satoshi Nakamoto gefunden? Oder war sie trotz aller Vorsicht in eine Falle getappt, so wie

Pauline Laurent, Sammy Winster und vielleicht auch Jurij Kowalkow und Jiang Taiji?

In den frühen Morgenstunden wurde der Schlaf tief und traumlos …

90

VOM TYPISCHEN englischen Frühstück hatte Forsythe nie etwas gehalten, Tee und Gebäck waren ihm immer lieber gewesen.

Er nahm die Tasse und einen Teller mit Keksen zum Computer mit und rief, während Anthony in der Küche werkelte und der Wind über die Fenster pfiff, die neuesten Situationsdaten von Amethyst Prognosis ab. Diesmal leitete er den Datenverkehr über zwei Server der Vereinten Nationen in New York, was die Verbindung etwas langsamer, dafür aber sicherer machte.

Listen erschienen auf dem Monitor, begleitet von Graphiken und Diagrammen.

Forsythe ließ erneut die Zahlen zu sich sprechen.

Nach einer Weile kam Anthony mit der Teekanne und füllte Forsythes Tasse neu.

»Sie hatten recht mit dem Wetter, Sir«, sagte er und deutete durchs Fenster. »Die Vorboten des Sturms sind bereits da.«

Forsythe blickte kurz nach draußen ins Schneegestöber. Es war gerade erst hell geworden. »Bis heute Nachmittag wird es noch viel schlimmer.«

»Ich habe es überprüft, Sir. Die Vorräte sind komplett, es ist alles da, was wir brauchen. Es kann wochenlang stürmen und schneien, ohne dass wir in Bedrängnis geraten.«

»Eine Woche«, sagte Forsythe, »höchstens zwei. Länger müssen wir nicht hierbleiben.« Er zeigte auf den Monitor. »Die Lage eskaliert noch schneller, als wir angenommen haben. Eine Großbank nach der anderen wird zahlungsunfähig, überall auf der Welt werden Tausende Filialen geschlossen, die Geldautomaten sind leer. Wer noch Bargeld hat, muss horrende Preise für immer knapper werdende Lebensmittel bezahlen. Die Lieferketten sind unterbrochen, die Verknappung wird sich fortsetzen, die Preise werden weiter steigen.«

»Die Menschen hungern«, sagte Anthony.

»Und sie frieren und schwitzen, je nach Land und Kontinent. Es gibt keine Öl- und Gasversorgung mehr, weil sie nicht bezahlt werden können. Die entsprechenden Konzerne lehnen es ab, zu den alten Preisen zu liefern. Sie parken ihre Öltanker auf hoher See und schließen die Ventile der Pipelines. Das bedeutet, dass Wohnungen nicht mehr beheizt werden können und Kraftwerke abgeschaltet werden müssen, wodurch der Strom für Klimaanlagen fehlt, und nicht nur dafür.«

Draußen pfiff und fauchte der Wind. Forsythe lauschte ihm einige Sekunden lang.

»Wir haben genug Treibstoff für die Generatoren«, versicherte ihm Anthony. »Eine Klimaanlage brauchen wir hier gewiss nicht, Sir, wohl aber die Heizung. Und natürlich den Computer. Was auch immer geschieht, wir haben elektrischen Strom.«

Forsythe öffnete ein Bildschirmfenster. »Nach dem neuesten Wetterbericht könnte das schlechte Wetter eine ganze Woche anhalten. Erst dann steht ein stabiles Hochdruckgebiet in Aussicht.«

»Wir haben es hier warm und gemütlich, Sir.«

Ein anderes Bildschirmfenster zeigte die roten Zahlen von Aktienkursen und die Kurven und Zacken von Entwicklungsprognosen, berechnet von Andromeda in London. Forsythe betrachtete sie und setzte sie miteinander in Verbindung, während Anthony noch einmal den Proviant im Vorratsraum kontrollierte. Die anderen Gebäude der Forschungsstation – Container mit Laboratorien, Archiven und weiteren Wohnräumen – enthielten zusätzliche Lagerräume mit noch mehr Proviant und anderen notwendigen

Dingen. Forsythe nahm sich vor, später eine Liste auszudrucken, die ihnen einen genauen Überblick geben würde.

Die Schar der roten Zahlen – es gab nicht eine einzige grüne, die auf Kursanstieg hinwies – vollführte einen komplexen Tanz im Takt des Herzschlags der Weltwirtschaft. Forsythe besah ihn sich, betätigte gelegentlich Tasten und forderte weitere Daten an.

Ein Textfenster auf der rechten Bildschirmseite gab Auskunft über die von Regierungen und Notenbanken geplanten Maßnahmen, über neue Gesetze, die im Eilverfahren verabschiedet wurden, um die Finanzmärkte zu stabilisieren. Hinzu kamen die Schlagzeilen der Print- und Online-Medien: Lebensmittel- und Treibstoffrationierung, Blackouts, Zunahme der Kriminalität, Hyperinflation und schnell steigende Arbeitslosigkeit. Die Folgen waren Demonstrationen, Streiks, Aufstände. Die Welt bröckelte und brach nicht mehr nur, sie geriet in Brand.

Zufrieden stellte Forsythe fest, dass der Bitcoin-Kurs bei fast einer Million Dollar pro Bitcoin lag, eine Verzehnfachung innerhalb weniger Wochen, noch dazu ohne nennenswerte Rücksetzer. Der parabolische Anstieg setzte sich fort, denn überall auf der Welt flohen die Menschen, wenn sie konnten, aus den inflationären Fiatwährungen. Der Plan sah vor, dass sich der Kurs noch einmal vervierfachte, mindestens, bis die Marktkapitalisierung des Bitcoin auf siebzig Billionen Dollar und mehr wuchs. Zehn Billionen pro Kopf, das hatte Forsythe den Sieben versprochen. Inzwischen waren von den Sieben nur noch vier übrig, vielleicht nur noch drei. Die individuelle Quote war also mächtig gestiegen.

Viel Geld. Enorm viel Geld. Viel mehr Geld, als sich ein gewöhnlicher Mensch vorstellen konnte. Genug, um eine neue Welt zu kaufen.

Forsythe betrachtete wieder die Zahlen. Grayscale, MicroStrategy und die anderen Großinvestoren, die vor acht Jahren die erste Kursexplosion des Bitcoin ausgelöst und ihn zu einem institutionellen Asset gemacht hatten, in das zu investieren lohnte … Sie existierten noch, aber nur dem Namen nach. Hinter den Fassaden ihrer Firmennamen wurden die geschäftlichen Entscheidungen längst von Winsters Whitestone, Jiang Taijis Shuguang, Desna Lagharis Golden Wisdom und übernommenen Finanzgiganten wie Vanguard und State Street getroffen. Mit der Kontrolle über die wichtigsten Mining-Farmen und die sechzehntausend Nodes gehörte der Bitcoin praktisch den Sieben beziehungsweise den Vier. Es fehlte nur noch ein kleines, aber sehr wichtiges Stück: Satoshi Nakamotos Kenntnis von der Hintertür, sein spezielles Wissen, das er seit zwanzig Jahren hütete.

Vor vier Jahren, erinnerte sich Forsythe, hatte es ein Ereignis gegeben, das vielleicht der Anfang einer Spur gewesen war: der plötzliche Verkauf von mehr als hunderttausend Bitcoin, was zu einem Kurscrash geführt hatte. Xanadu vermutete, dass es sich dabei um Bitcoins aus dem Besitz von Satoshi Nakamoto gehandelt hatte. Auf ihrer Suche nach Nakamoto war sie auch dieser Spur gefolgt, doch …

Xanadu …

Für einen Moment sah er sie vor sich, ihre Schönheit so nahe, dass er sie mit ausgestreckter Hand berühren konnte.

Ein Blinzeln vertrieb das Bild. Die Zahlen halfen ihm dabei, nicht an Xanadu zu denken und daran, was ihr widerfahren sein mochte. Sie zeigten ihm, welche Maßnahmen es zu ergreifen galt, damit die Situation nicht völlig außer Kontrolle geriet und den Kollaps dem Plan entsprechend zu steuern.

Forsythes Finger glitten über die Tasten. In einer Tabelle notierte er, welche Aktien innerhalb der nächsten Stunde erworben oder verkauft werden sollten und welche weiteren Unternehmen sich für eine Übernahme anboten. Er entschied über dringende Maßnahmen, die Not lindern und in der nächsten Welt für Rückhalt in der Bevölkerung sorgen sollten: die Einrichtung öffentlicher Küchen durch neu gegründete Hilfsorganisationen; Aufbau einer Infrastruktur für Treibstoff- und Lebensmitteltransporte;

Sicherheitsdienste, die den Kampf der Polizei gegen die wachsende Kriminalität erst ergänzen und dann ganz übernehmen sollten; Unterstützung von Krankenhäusern und Hospitälern ... Den Menschen sollte nicht nur geholfen werden, sie sollten auch sehen: Jemand nahm die Dinge in die Hand, jemand mit Weitblick und Ressourcen, jemand, der mehr Vertrauen verdiente als die kollabierenden Staaten.

Forsythe hatte die Maßnahmentabelle gerade fertiggestellt und wollte sie an einen Server in São Paulo, Brasilien, übermitteln, zur Weiterleitung an die anderen, als die Graphiken auf dem Monitor vor ihm plötzlich erstarrten und die Zahlen ihren unentwegten Tanz unterbrachen.

Draußen pfiff der Wind.

Das Lampenlicht flackerte kurz, ging aber nicht aus.

Die Lüfter des Computers summten leise.

Doch auf dem Bildschirm schien alles tot.

Forsythe drückte einige Tasten. Ein Statusfenster öffnete sich und teilte ihm mit, dass keine Verbindung mehr mit dem Internet bestand. Er überprüfte das Kabel, doch es saß fest im LAN-Port des PCs auf der einen und im Wandanschluss auf der anderen Seite.

Eine ganze Minute lang saß Forsythe still und stumm vor dem Monitor und überlegte. Schließlich holte er sein Smartphone hervor, wechselte die SIM-Karte und versuchte, es mit dem Internet zu verbinden.

Vergeblich.

»Wir sind abgeschnitten«, sagte er laut. »Keine Verbindung mehr mit Starlink. Wir sind isoliert.«

Anthony kam zu ihm. »Sir?«

»Kein Internet. Ich dachte zuerst, es liegt vielleicht am Computeranschluss, am Kabel oder der Satellitenantenne.« Forsythe hob sein Smartphone. »Aber hiermit bekomme ich ebenfalls keine Verbindung.«

»Wie schlimm ist das, Sir?«, fragte Anthony.

Forsythe dachte nach. »Es ist nicht katastrophal, aber schlimm genug. Ich muss Anweisungen übermitteln, so schnell wie möglich.« Er stand langsam auf, die Entscheidung schon halb getroffen. »Der Bus, von dem ich Ihnen erzählt habe …«

»Der voll besetzt auf den Abgrund zurast?«

»Genau der. Wir halten das Lenkrad in der Hand und versuchen, es zu drehen. Was würde passieren, wenn wir es loslassen?«

»Dann würde der Bus in den Abgrund stürzen, Sir.«

»Ja. Und wir mit ihm.« Forsythe entnahm der Schublade einen USB-Stick, übertrug die Datei mit der Maßnahmentabelle und sah auf die Uhr. »Uns bleiben fünf oder sechs Stunden. Mit ein bisschen Glück schaffen wir es zurück, bevor der Sturm losbricht.«

»Sir?«

»Die Wetterstation, sechzig Kilometer von hier«, sagte Forsythe. »Ihre Funkgeräte. Damit können wir die Daten übertragen. Wir machen uns sofort auf den Weg.«

MARTIN FREEMAN

91

»**JETZT SIND** wir in Amsterdam«, sagte Martin. »Ich bin gespannt auf deine Geschichte.«

Sie saßen am Fenster eines kleinen Cafés, in der Nähe von Dam und Königspalast. Nur wenige Touristen wanderten über den nahen Platz, in dicke Jacken gehüllt, den Kragen wegen des kalten Windes hochgeschlagen. Benzin und Kerosin waren knapp und teuer, und die meisten Menschen versuchten in der Krise, ihr Geld zusammenzuhalten.

Martin trug zwei Pflaster, damit er etwas weniger wie ein Zombie aussah, eins auf der Stirn und das andere an der Schläfe. Und seine Jacke, die er nicht abgelegt hatte, war ein Stück leichter geworden, denn die Pistole steckte nicht mehr in der Innentasche, sondern lag auf dem Grund eines Flusses – in anderen Ländern bedeutete ein freier Bürger nicht unbedingt, dass er auch die Freiheit besaß, eine Schusswaffe mit sich herumzutragen.

Der Kellner kam, ein junger Mann mit Pickeln im Gesicht, der Dakota länger ansah als Martin. Sie bestellten Kaffee und etwas Gebäck, und nach einem weiteren Blick auf Dakota ging der Kellner wieder.

»Du gefällst ihm«, sagte Martin.

Dakota beugte sich ein wenig vor. »Bist du eifersüchtig?«

»Lenk nicht ab. Du wolltest mir deine Geschichte erzählen.«

»Warten wir, bis der Kaffee kommt.«

»Na schön.« Martin sah aus dem Fenster und beobachtete die Touristen, die auf dem großen Dam wie verirrt wirkten. »Ich nehme an, du hast dieses Café nicht ohne Grund gewählt, oder?«

»Nein.« Sie deutete nach draußen. »Dort drüben, zwischen dem Blumenladen und dem Atelier mit der falschen Mona Lisa im Schaufenster … Die schmale braune Tür, siehst du sie?«

»Was ist damit?«

»Das ist der Eingang. Von hier aus können wir sehen, wer kommt und wer geht.«

»Concept?«

»Was denkst du denn?«

Der Kellner kehrte mit Kaffee und Gebäck zurück, bediente zuerst Dakota und schenkte ihr ein besonders freundliches Lächeln.

»Das ist meine Verlobte«, sagte Martin auf Englisch. »Wir heiraten nächste Woche.«

»Wie schön für Sie«, antwortete der picklige junge Mann ungerührt. »Ich wünsche Ihnen alles Glück der Welt.«

Als er gegangen war, fragte Dakota: »Wirklich schon nächste Woche?«

»Oder nächsten Monat. Kommt darauf an, wann wir das alles hinter uns haben. Also, warum sitzen wir hier in diesem Café wie auf einem Beobachtungsposten? Warum gehen wir nicht einfach rüber, und du begrüßt deine alten Freunde? Du hast gesagt, dass es dort alles gibt, was wir brauchen, die besten Computer weit und breit, das beste Hacker-Equipment, das beste Knowhow. Im Vergleich damit war Tron eine Kinderkrippe, hast du gesagt.«

»Der Grund hängt mit meiner Geschichte zusammen.«

»Ich bin ganz Ohr.«

Dakota hielt ihre Tasse in beiden Händen und blickte nachdenklich aus dem Fenster. »Was Pietro, Willow, Amilia, Scarlett und die anderen von Tron gemacht haben, war eine kleine Sache im Vergleich mit den Aktivitäten von Concept. Entstanden in den neunziger Jahren des vorigen Jahrhunderts, wurde Concept zu meiner Zeit zum Knotenpunkt eines globalen Netzwerks aus Whitehats, aus Hackern, Nerds und Weltverbesserern, die in Politik, Wirtschaft und bei den Kirchen unter die Teppiche geschaut haben und etliche Skandale aufdeckten. Ich nehme an, du kennst Bellingcat.«

Ja, er kannte Bellingcat, auch geschrieben Bell¿ngcat, mit einem umgekehrten Fragezeichen in der Mitte. »Eine Enthüllungsplattform, nicht wahr?«

Draußen gingen einige Asiaten vorbei, vielleicht Japaner. Sie trugen ihre Impfzeichen groß und rot auf der Stirn.

»Eher ein investigatives Recherchenetzwerk, das sich über die ganze Welt erstreckt«, konkretisierte Dakota. »Gegründet wurde Bellingcat 2014 von dem Netzaktivisten Eliot Higgins. Er spezialisierte sich auf Faktencheck und Open Source Intelligence im Bereich Menschenrechtsverletzungen, Kriegsverbrechen und Finanzkriminalität.«

Martin nickte. »Higgins fand Beweise dafür, dass die Regierungstruppen in Syrien Streubomben und chemische Waffen einsetzten.« Noch etwas fiel ihm ein. »Und dann der Absturz von Flug MH17 über der Ostukraine. Eine Boeing, ein Passagierflugzeug mit fast dreihundert Menschen an Bord. Bellingcat behauptete schon eine ganze Weile vor dem offiziellen Untersuchungsbericht, dass die Russen das Flugzeug abgeschossen hatten.«

»Ja«, bestätigte Dakota, »im Jahr 2015 bewies Bellingcat, dass die von den Russen vorgelegten und angeblich entlastenden Luftbilder manipuliert waren. Und dann der Fall Skripal ein paar Jahre später. Higgins und seine Gruppe leisteten einen wichtigen Beitrag zur Identifizierung der beiden Russen, denen der Giftanschlag auf Sergei Skripal und seine Tochter zur Last gelegt wurde. Bellingcat entlarvte sie als Mitglieder des militärischen Geheimdienstes GRU.«

Dakota setzte die Tasse ab.

»Wir – das heißt, Concept – haben zu meiner Zeit in Amsterdam mit Bellingcat, Amnesty International, Anonymous und ähnlichen Organisationen zusammengearbeitet. Wir waren *hochpolitisch.*« Sie betonte das letzte Wort. »Es ging uns darum, etwas zu bewirken. Wir wollten dafür sorgen, dass die großen Bösewichter auf der Welt nicht mit ihren bösen Taten durchkamen. Sie sollten an den Pranger gestellt und zur Rechenschaft gezogen werden.«

»Damit habt ihr euch vermutlich nicht nur Freunde gemacht«, warf Martin ein.

»Stimmt. Aber der größte Feind befand sich in unserem Innern.« Dakota sah einige Sekunden lang in ihre Tasse und hob dann den Blick. »Es gab da einen Mann. Adrian. Ein netter Kerl, fand ich damals. Ich mochte ihn. Ich meine …«

Sie legte eine Pause ein.

Martin nickte. »Ich glaube, ich verstehe, was du sagen willst.«

»Eine Zeitlang ging es richtig gut«, fuhr Dakota fort. »Wir kamen wunderbar miteinander aus und dachten, es könnte was auf Dauer werden. Ein- oder zweimal haben wir sogar darüber gesprochen, eine Familie zu gründen. Ich als Mutter, kannst du dir das vorstellen?«

»Warum nicht?«, erwiderte Martin leise.

»Aber dann …« Dakota schüttelte den Kopf. »Dann bin ich ihm auf die Schliche gekommen. Der Whistleblower namens Adrian Visser war unbemerkt von uns allen zum Geschäftemacher geworden. Er hatte herausgefunden, dass sich mit Erpressungen und dergleichen viel Geld verdienen ließ. Ich habe ihn zur Rede gestellt, aber …«

Sie sprach nicht weiter. Martin wartete.

»Und dann?«, fragte er, als Dakotas Schweigen andauerte. Sie wirkte wie in Erinnerungen verloren.

»Dann kam es zum großen Knall«, sagte sie. »Adrian – der gute, nette Adrian, von dem ich mir fast ein Kind hätte andrehen lassen – frisierte meinen Computer. Er versteckte kompromittierende Daten darin und präsentierte mich als große Verräterin. Er warf mir das vor, was er selbst gemacht hatte.«

»Und die anderen?«

»Sie haben ihm geglaubt«, antwortete Dakota. »Die vermeintlichen Beweise gaben ihm recht. Nur Silke blieb auf meiner Seite, vielleicht nur deshalb, weil sie Adrian nicht ausstehen konnte.«

»Und dann bist du gegangen.«

»Ja. Es gab bei Concept keinen Platz mehr für mich. Die Stimmung war gegen mich, und Adrian hielt die Zügel fest in der Hand.«

»Und so zog Fleur van Leeuwen von Amsterdam nach Genf und wurde zu Dakota.«

»Bei Tron fand ich eine neue Heimat mit dem Idealismus, den Adrian damals verkauft hat. Wir betrieben im Kleinen, was Concept im großen Stil machte, als Teil eines globalen Netzwerks. Ich fühlte mich wohl, und alles lief bestens, bis …«

»Bis jemand Tron in Flammen aufgehen ließ.«

»Ja.«

»Und jetzt sitzen wir hier und schauen aus dem Fenster, weil …?«

»Weil ich nicht weiß, was mit Concept los ist. Die Gruppe existiert noch, *das* weiß ich, aber ich habe keine Ahnung, welche Rolle Adrian dort noch spielt und ob er überhaupt noch dabei ist.«

»Und wie lange willst du hier sitzen und die schmale braune Tür beobachten? Bis dir der Himmel ein Zeichen schickt? Wir könnten uns einen Computer kaufen oder auch zwei oder drei. Oder wir gehen in ein Internet-Café, die gibt's immer noch.«

»Ein oder zwei Stunden mit den Computern von Concept, und ich kann fast alle unsere Fragen beantworten«, behauptete Dakota.

Plötzlich beugte sie sich näher zum Fenster.

»Meine Güte!«, platzte es aus ihr heraus. »Wir haben Glück. Wir haben richtig Glück. Das ist Silke!« Sie sprang auf. »Komm!«

Martin legte einen Geldschein neben seinen Teller mit dem Gebäck, das er nicht angerührt hatte, und folgte Dakota zur Tür.

Der junge Kellner mit den Pickeln im Gesicht sah ihnen nach, als sie das Café verließen. Er lächelte nicht, holte sein Handy hervor und wählte eine bestimmte Nummer.

Es dauerte einige Sekunden, bis der Anruf entgegengenommen wurde. »Gregor? Ich habe Neuigkeiten …«

92

MIT EINEM kurzen Blick nach rechts und links eilte Dakota über die Straße, vorbei an einigen Touristen, die den Worten eines übertrieben engagiert wirkenden Reiseleiters lauschten. Martin folgte ihr in einem Abstand von einigen Schritten und sah, dass sich auf dem nahen Dam eine größere Gruppe versammelte, Männer und Frauen, Jung und Alt. Einige von ihnen hielten Schilder und Transparente, aus deren Aufschriften Martin schloss, dass es bei der Demonstration um die Krise ging, um die neue Große Depression.

Für einen Moment fragte er sich, wie die Menschen nicht nur hier in Amsterdam auf die Meldung reagiert hätten, dass sich einige wenige Superreiche, genannt »die Sieben«, gegen den großen, großen Rest der Welt verschworen hatten, wenn die Krise in aller Öffentlichkeit sieben Gesichter bekam.

»Silke?«, rief Dakota halblaut, als sie keine zehn Meter mehr entfernt war.

Die Frau im dunkelgrauen Mantel und mit dem pinken Haar blieb stehen und drehte den Kopf. Sie schien ein paar Jahre älter zu sein als Dakota, erste Falten zeigten sich in den Augenwinkeln.

»Fleur?« Ihre Augen wurden groß. »Bist du das wirklich?«

Dakota schlang die Arme um Silke. Martin sah sich um. Niemand achtete auf sie.

Nach einigen Sekunden löste sich Silke aus der Umarmung, hielt Dakota auf Armeslänge und musterte sie.

»Weißt du was?«, fragte sie. »Ich habe dich *sofort* erkannt. Auf den ersten Blick. Nach all den Jahren.« Und dann, schnell hintereinander: »Wie geht's dir? Was ist passiert? Was hast du erlebt? Wo bist du gewesen?« Sie bemerkte Martin, der zwei Schritte entfernt stehen geblieben war. »Gehört ihr zusammen?«

»Darf ich vorstellen?« Dakota zeigte auf ihn. »Mein Verlobter Martin. Wir heiraten nächste Woche.«

»Im Ernst?«, entfuhr es Silke. »Ich meine, *im Ernst*? Ich meine … *du* und *heiraten?* Nach der Sache mit du weißt schon? Oh, du hast sicher *viel* zu erzählen, was? Hallo, Martin, wie geht's?« Sie hielt ihm eine kleine, zerbrechlich wirkende Hand hin, die er kaum zu drücken wagte.

»Hallo, Silke. Dakota hat mir viel von dir erzählt.«

»Im *Ernst?*«, erwiderte Silke und wechselte vom Niederländischen ins Deutsche. »Und ich meine … *Dakota?*«

Sie verstand es wirklich, kursiv zu sprechen, fand Martin. Fast jedes zweite oder dritte Wort hatte eine besondere Betonung.

»Es ist eine lange Geschichte.« Dakota sprach nun auch Deutsch und nickte in Richtung der schmalen braunen Tür zwischen Blumenladen und Atelier. »Alles noch da?«

»Noch mehr als vorher, du würdest *staunen*. Adrian hat nach deinem Weggang einige Sponsoren aufgetrieben. Mit dem Geld konnten wir das ganze Haus und noch ein paar Geräte mehr kaufen.«

»Sponsoren, wie?«, murmelte Dakota.

Martin sah sie an. Du hast niemandem etwas gesagt?, fragte sein Blick.

Sie zuckte mit den Schultern, was so viel bedeutete wie: Wer hätte mir, der Verräterin, geglaubt?

»Ist er da?«, fragte Dakota.

Silke sah auf die Uhr. »Vor einer Stunde lässt er sich nicht blicken.«

Dakota verbarg ihre Erleichterung. Eine Stunde reichte vielleicht. »Wir brauchen deine Hilfe, Silke, für eine dringende Recherche. Eine Stunde an einem eurer Computer.«

Die Frau mit dem pinken Haar und der kursiven Stimme zog die Stirn kraus. »Ihr habt keinen Passierschein.«

»Keinen was?«, fragte Dakota.

Hinten ihnen ertönten Sprechchöre auf dem Dam. Martin drehte sich halb um und stellte fest, dass die Schar der Demonstranten in der kurzen Zeit von einigen Dutzend auf zwei- oder dreihundert gewachsen war. Mehrere Einsatzfahrzeuge der Polizei rollten langsam über die nahe Straße. »Hier könnte es gleich ungemütlich werden.«

»Einen Passierschein«, wiederholte Silke. »Ohne einen Passierschein darf normalerweise niemand rein. Aber *ach*, was soll's. Ich meine, wir kennen uns doch.« Sie zögerte kurz. »Ich bitte dich nur, keinen Unsinn anzustellen. Wenn du *verstehst*, was ich meine.«

Ihrer Miene nach verstand Dakota sehr wohl.

»Was auch immer Adrian behauptet: Ich habe *nie* Unsinn angestellt, auch damals nicht.« Sie fügte ihren ernsten Worten ein schnelles Lächeln hinzu: »Ich verspreche dir, ganz brav zu sein.«

Sie gingen zu der schmalen Tür direkt neben dem Schaufenster mit der großen, falschen Mona Lisa, und Silke steckte nicht etwa einen Schlüssel ins altertümliche Schloss, sondern hielt eine Chipkarte vor einen Scanner, der nicht größer war als eine Ein-Cent-Münze und wie ein rostiger Fleck über der Klinke wirkte. Martin hörte kein Klicken – die Sprechchöre hinter ihnen waren noch lauter geworden –, aber die Tür öffnete sich einen Spaltbreit.

Silke drückte sie ganz auf, und wenige Sekunden später standen sie in einem Flur, der kaum breiter war als die schmale Tür und an einer Sicherheitsschleuse endete.

»Wie auf dem Flughafen«, erklärte Silke und hob das Gesicht zur Kamera über der Schleuse. »Hallo, *ich* bin's«, verkündete sie fröhlich auf Niederländisch und legte ihre Handtasche auf das kleine Fließband neben dem Durchgang. »Ich hab Gäste mitgebracht, Fleur von damals, ihr *wisst* schon, und ihr Verlobter, den sie nächste Woche heiratet, wer hätte das gedacht. Und nein, es sind *keine* Eindringlinge, die mich zwingen, ihnen Zutritt zu verschaffen.«

Sie trat mit energischen Schritten durch die Sicherheitsschleuse und nahm auf der anderen Seite ihre Handtasche in Empfang.

»Legt besser alle eure Metallsachen ab, Uhren, Eheringe, die ihr noch nicht habt, haha, und so weiter.« Silke sprach wieder Deutsch und hob den Zeigefinger. »Wenn das Ding Alarm auslöst, wird es *hier drinnen* ungemütlich. Weil sich dann nämlich alle Türen verriegeln und *nur* von der obersten Instanz geöffnet werden können.«

»Kann mir denken, wer die oberste Instanz ist«, brummte Dakota und folgte Silke durch die Schleuse.

»Jetzt bist du dran«, wandte sich Silke an Martin. »Ich darf dich doch duzen, oder?« Sie deutete auf den Detektor. »Wenn du irgendwelche Waffen dabei hast, solltest du sie besser ablegen.«

»Seh ich aus wie jemand, der mit 'ner Pistole herumläuft?«

Dakota warf ihm einen Blick zu, während er durch die Schleuse trat.

Nichts piepte oder läutete, nichts schlug Alarm. Martin erreichte die andere Seite der Sicherheitsschleuse, ohne dass etwas geschah.

»*Wunder*bar«, freute sich Silke. »Am besten gehen wir gleich zu mir. Verschieben wir die große Vorstellung bei den anderen auf später, wenn überhaupt. Ich meine, vielleicht sollten wir *ganz* darauf verzichten und uns auf eine private Wiedersehensfeier beschränken. Heute Abend? Bei mir zu Hause?«

Martin hatte etwas wie Tron erwartet, vielleicht eine Art Räuberhöhle für Hacker und Zocker. Stattdessen gingen sie im ersten Stock an den offenen Türen von aufgeräumten, hellen Büroräumen vorbei, wie man sie bei einer Immobilienagentur oder einer

Bank erwartete. Nirgends zeigte sich Unordnung. Es standen sogar prächtig gedeihende Topfpflanzen an den Fenstern.

Die meisten Schreibtische waren unbesetzt und abgesehen von den großen Bildschirmen und Tastaturen so gut wie leer.

In einem kleineren Zimmer mit gleich zwei großen wuchernden Pflanzen am Fenster saß ein junger Mann, nicht viel älter als achtzehn oder neunzehn. Er winkte Silke kurz zu und vertiefte sich dann wieder in das, was ihm mehrere große Monitore zeigten. In zwei anderen Zimmern, größer als das des jungen Mannes, bemerkte Martin Frauen in mittleren Jahren, die aussahen wie Chefsekretärinnen.

»Hier scheint sich einiges verändert zu haben«, bemerkte Dakota, als Silke sie eine Treppe hinauf ins Dachgeschoss führte.

»Adrian legt Wert auf Ordnung und Sauberkeit und so.« Silke deutete nach oben. »Mein Domizil befindet sich unter dem Dach, da hört man die Tauben gurren und die Mäuse krabbeln. Ganz oben, was so viel bedeutet wie ganz *unten.* Wer oben arbeitet, steht nur auf der ersten oder zweiten Sprosse der Rangleiter.«

Dakota blieb am Ende der Treppe stehen. »Eine *Hierarchie?* Ist das dein Ernst?«

Offenbar färbte die Sprechweise ihrer alten Freundin auf sie ab, denn Martin hörte Kursives auch in Dakotas Worten.

»Ja, die alten Zeiten sind definitiv vorbei«, entgegnete Silke in einem bedauernden Ton. »Vielleicht wäre es besser gewesen, wenn ich damals ebenfalls gegangen wäre, jetzt hänge ich hier irgendwie fest.«

Sie geleitete Dakota und Martin in ein kleines Zimmer mit schrägen Wänden und einem Oberlicht als Fenster. In der Mitte stand ein halbrunder Schreibtisch mit einem zweiunddreißig Zoll großen Monitor und einem PC unter der Arbeitsfläche. Hinzu kam ein kleines Notebook auf der linken Seite.

Dakota sah sich um. »Nett.« Sie rümpfte die Nase. »Ich meine …«

»Ja.« Silke stand mit hängenden Schultern und wirkte plötzlich traurig. »Man muss mit der Zeit gehen, hat er gesagt. Alte Zöpfe abschneiden und so. Wirtschaftlich arbeiten und wer weiß was sonst noch.«

»Meine Güte, Silke, und das machst du alles mit?«

»Ich mach es nicht *mit*«, lautete die Antwort. »Nicht in *dem* Sinne. Ich warte ab. Irgendwann schwingt das Pendel auch wieder in die andere Richtung. Rutger unten, der junge Bursche, der mir zugewinkt hat ... Der hat *richtig* was auf dem Kasten. Könnte mal die Nachfolge von Adrian antreten.«

»Wann? In tausend Jahren?«

»Vielleicht schon früher, in hundert, haha.« Silke lachte künstlich. »Das Geld stimmt, da hat Adrian recht. Wir verdienen ordentlich was, mehr als damals. Viel mehr.«

»Indem ihr Leute ausspioniert und alles an andere Leute verkauft?«

Silke schnitt eine Grimasse. »Fang nicht mit der alten Geschichte an. Einige der anderen sind noch immer nicht gut auf dich zu sprechen. Adrian hat damals erklärt, die *Neuorientierung* der Gruppe, wie er es nannte, sei nach deinem Verrat nötig geworden.«

»Nach meinem Verrat ...«, murmelte Dakota.

Silke schlang die Arme um sie. »Lass die alten Dinge ruhen, Fleur. Jahre sind seitdem vergangen, ich meine *Jahre.* Das Leben geht weiter, irgendwie.« Sie strahlte plötzlich. »Und vielleicht war alles ganz gut so, wenn man es in der Rückschau betrachtet. Ich meine, du bist *verlobt* und *heiratest* nächste Woche! Ist das etwa nichts?«

Sie wich zur Tür zurück.

»Ich hab unten noch was zu tun.« Sie deutete auf den Computer. »Du kannst den Gäste-Account benutzen, Login mit ›Guest‹ und Passwort ›Snowden‹, ebenso beim Notebook. Bis später.«

Eilige Schritte trugen Silke fort.

»Lieber Himmel«, sagte Dakota, die Hände an den Hüften. »Lieber Himmel. Was hat Adrian aus dir gemacht, Concept? Mir scheint, von Snowden ist hier nicht mehr viel übrig.«

»Uns bleibt eine Stunde, bis Adrian kommt«, mahnte Martin. »Sagen wir vierzig Minuten, um auf der sicheren Seite zu sein. An die Arbeit! Nimm dir die Telefonnummern vor, insbesondere die letzte. Kannst du feststellen, wem sie gehören? Name und Adresse?«

Dakota setzte sich an den Arbeitstisch. »Ich kann's versuchen.«

»Und die Sieben. Und Lefèvre. Seine Geheimdienstkontakte. Wir brauchen einen besseren Überblick.«

Dakota nickte. »Und du? Bist wieder blass geworden. Ich hoffe, es liegt nicht daran, dass wir nächste Woche heiraten.«

»Die Kopfschmerzen sind wieder da.« Martin nahm das Notebook und setzte sich damit auf den Stuhl neben dem Tisch. »Ich nehme mir die Blockchain vor. Mal sehen, ob die Bitcoins in der Wallet meines Vaters wirklich von Satoshi Nakamoto stammen.«

93

DIE KOPFSCHMERZEN wurden stärker, und nach einer Weile breitete sich zudem ein flaues Gefühl in Martins Magengrube aus, ein Vorbote von Übelkeit.

»Es gibt keine hundertprozentige Gewissheit«, sagte er in die Stille des Zimmers, »aber ich glaube, eine Wahrscheinlichkeit von neunundneunzig Komma neun Prozent spricht dafür, dass die Bitcoins in der Wallet meines Vaters tatsächlich von Satoshi Nakamoto stammen.« Dakota tippte schweigend auf der Tastatur und blickte auf den Schirm, aber Martin wusste, dass sie jedes Wort hörte. »Ein Krypto-Forscher namens Sergio Demian Lerner hat im Jahr 2013 erste Untersuchungen zu Nakamotos Bitcoins angestellt, und sechs Jahre später veröffentlichte er einen zweiten Bericht. Auf Lerner geht übrigens der Begriff ›Patoshi‹ zurück.«

»Höre ich zum ersten Mal«, murmelte Dakota und nahm den Zettel mit den notierten Telefonnummern zur Hand.

»Es ist eine Mischung aus Pattern beziehungsweise Muster und Satoshi. Lerner ging damals davon aus, dass Satoshi Nakamoto die Blockchain mit dem ersten Block, dem Genesis Block, geschaffen hat, und anschließend entstand ein Muster aus drei Komponenten. Es gab von Anfang an einen Miner, der Bitcoins bei bestimmten Adressen sammelte, sie nie bewegte und zeitlich sehr regelmäßig arbeitete. Lerner ging davon aus, dass es sich bei dem Miner um Satoshi Nakamoto höchstpersönlich handelte, dem damals, ganz am Anfang, die Stabilität der Blockchain am Herzen lag. Und der immer ein großes Geheimnis um seinen wahren Namen gemacht hat und natürlich wusste, dass Transaktionen von ihm schnell zu seiner wahren Identität führen konnten.«

»Hm«, brummte Dakota.

»Lerner legte das ›Patoshi‹-Muster wie eine Schablone über die Zeitleiste der Blockchain, und daraus wurde ersichtlich, dass sich etwa eins Komma eins Millionen Bitcoins in Nakamotos Besitz befinden müssen.« Martin zeigte auf den Notebook-Schirm. »Die Adressen stimmen überein.«

»Dann fehlen etwa hunderttausend Bitcoins, nicht wahr?«, fragte Dakota geistesabwesend.

»Was mit dem großen Crash vor viereinhalb Jahren zusammenhängen könnte. Der Bitcoin-Kurs fiel dramatisch, weil jemand große Mengen Bitcoins verkauft hat.«

»Dein Vater?«

»Oder die Gruppe um Vincent Moreau, Irene und Konsorten. Das ist eins unserer Probleme: Wir wissen noch immer nicht genau, mit wem wir es eigentlich zu tun haben. Mit Leuten, die sich die eine Million Bitcoin in der Wallet unter den Nagel reißen wollen, das ist klar. Aber wer sind diese Leute? Und spielt Satoshi Nakamoto – die Person, nicht allein der Name – eine Rolle dabei?«

»Sie haben es auf uns abgesehen, weil wir im Besitz der restlichen Bitcoins sind«, war Dakota überzeugt. »Obwohl man hier eigentlich nicht von ›restlich‹ sprechen kann, eher von einem gehörigen Batzen.«

Martin rückte seinen Stuhl näher und versuchte, Kopfschmerzen und Übelkeit zu ignorieren. »Was ist mit dir? Hast du was herausgefunden?«

Tasten klickten leise unter Dakotas Fingern. »Das mit Lefèvre war relativ leicht. Allerdings … Es könnte auch sein, dass ich einer falschen Spur gefolgt bin, die extra für jemanden wie mich gelegt wurde.«

»Für jemanden, der online Nachforschungen anstellt, mit Hacker-Werkzeugen, die nicht jedermann zur Verfügung stehen?«

»Genau. Offenbar arbeitet er für den europäischen Nachrichtendienst INTCEN, das Intelligence Analysis Centre, das in den letzten Jahren mit immer mehr Vollmachten und Sonderrechten ausgestattet wurde.«

»Das würde erklären, warum Kommissar Dubois in Genf Anweisungen von ihm entgegennahm.« Martin blickte zur geschlossenen Tür. Viel Zeit blieb ihnen nicht mehr. »Erinnerst du dich, was er gesagt hat, als wir bei Tron waren, kurz vor unserer Flucht durch den Mäusetunnel? Er hält Satoshi Nakamoto für einen Feind der Gesellschaft, weil er mit dem Bitcoin und der Blockchain die bestehende Ordnung in Frage stelle. Er scheint mir ein strammer Rechter zu sein, vielleicht sogar von der extremen Sorte.«

Dakotas Finger verharrten kurz. »Rechts oder links, oben oder unten, welche Rolle spielt das heute noch? Die alten Begriffe aus der Weimarer Zeit und dem Kalten Krieg haben längst ihre Bedeutung verloren. Richtig oder falsch, gut oder schlecht, darauf kommt es an.«

»Gut oder schlecht für wen?«

»Stimmt, alles ist relativ. Wer weiß, was Lefèvre und Konsorten mit Satoshi Nakamoto anstellen würden, wenn sie ihn fänden.«

»Staatsfeind Nummer eins, in der gegenwärtigen Situation. Was ist mit Lefèvres Behauptungen von einer Weltverschwörung?«

»Da scheint tatsächlich was dran zu sein.« Dakotas Finger setzten sich wieder in Bewegung und tanzten über die Tastatur. Mehrere Bildschirmfenster öffneten sich. »Ich hab einige unserer alten Quellen angezapft. Das wäre mir auch mit den Computern von Tron möglich gewesen, aber von hier aus geht es schneller, ich kann mehr Daten abfragen und sie schneller sortieren. Trotzdem bleibt alles ziemlich oberflächlich. Details fehlen. Dazu braucht es mehr Zeit, nicht nur eine gute halbe Stunde, sondern Tage.«

Martin sah auf den Bildschirm, der ihm Text, Zahlen und Bilder zeigte: Beschreibungen von Orten und Tätigkeiten, Bilanzen mit hervorgehobenen Bereichen, Gesichter von Personen. »Die allgemeine Lage ohne Detailschärfe, das ist immerhin etwas«, sagte er. »Also, wie sieht's aus?«

Dakota zeigte auf eine Liste. »Das sind die Unternehmen, die in den letzten drei Wochen Konkurs angemeldet oder wegen Unterbrechung der Lieferketten ihre Werke stillgelegt haben. Aufgeführt sind nur Firmen mit mindestens dreißigtausend Arbeitern und Angestellten.«

»Eine ziemlich lange Liste«, kommentierte Martin, als Dakota den Text scrollte.

»Südamerika und Asien sind besonders schwer betroffen. Hier in Europa sind wir bisher immer noch einigermaßen glimpflich davongekommen. Aber so wird es nicht bleiben. Der große Hammer fällt auch auf uns herab, in ein paar Tagen.« Sie rief eine weitere Liste auf. »Das hier sind Banken, die bereits pleite wären, wenn sie nicht massive finanzielle Unterstützung von ihren jeweiligen Staaten erhielten.«

Martin zeigte auf einen Namen. »Da haben wir wieder die Deutsche Bank aus Vincent Moreaus Liste.«

»Eine von vielen. Sieh dir diese Zahlen an. Das ganze System ist marode und bricht zusammen. Es kollabiert regelrecht.«

»Ein Meltdown«, kommentierte Martin.

»Ja, ich schätze, so könnte man es nennen. Was dort draußen

geschieht, ist eine Art Kernschmelze. Wir haben es nicht mit einer Krise zu tun, auch nicht mit einer neuen Großen Depression, sondern mit einem regelrechten Zusammenbruch des bisherigen Wirtschafts- und Finanzsystems. Hinzu kommt, dass sich die politische Situation in verschiedenen Teilen der Welt zuspitzt. China hat die Gelegenheit genutzt, in Taiwan einzumarschieren, aber Taiwan leistet hartnäckigen Widerstand. Russland nimmt sich wieder die Ostukraine vor, zwischen Pakistan und Indien ist der Kaschmir-Konflikt neu entflammt, in Afrika hat es gleich drei Staatsstreiche gegeben, und die NATO-Partner Türkei und Griechenland stehen wieder einmal kurz davor, wegen der Zypernfrage ›Schiffe versenken‹ zu spielen, weil's ja auf der Welt nichts Wichtigeres gibt. Wir stecken wie in einem Drucktopf auf heißer Platte, und das Ventil ist verstopft. Wenn der Druck weiter steigt …«

»Bumm?«, fragte Martin.

»Bumm, ja«, bestätigte Dakota. »Und es wird ziemlich laut *Bumm!* machen, lauter als jemals zuvor. Es sei denn …« Sie wurde plötzlich sehr nachdenklich.

»Was ist?«

»Es sei denn, die Staaten, die die vermeintliche Gunst der Stunde für Krieg und dergleichen nutzen, haben plötzlich kein Geld mehr, um Krieg zu führen. Was passiert, wenn Soldaten oder Polizisten nicht mehr bezahlt werden können, weil das Geld fehlt oder nichts mehr wert ist?«

Martin überlegte. Er musste seine Gedanken an den Kopfschmerzen vorbeizwängen. »Chaos?«

»Kommt drauf an. Je schneller sich die Krise vertieft, desto weniger Zeit bleibt Staaten wie China, Russland und der Türkei, Ressourcen und vor allem Menschenleben an Kriege zu vergeuden. Das wäre zweifellos besser.«

»Also, wenn ich das richtig verstehe …«

»Der große Knall, mit dem alles zusammenbricht, ist vielleicht gar nicht so laut. Er könnte sogar recht leise sein, weil allen das Geld ausgeht.«

Ein Gedanke drängte sich bei Martin in den Vordergrund. »Mit Ausnahme von Leuten, die Bitcoins besitzen.«

»Oder Gold«, fügte Dakota hinzu. »Oder irgendein anderes Asset, das in Zeiten von Hyperinflation seinen Wert behält. Aber Bitcoin ist längst viel wichtiger geworden als Gold und die anderen traditionellen Wertspeicher.« Sie deutete wieder auf den Bildschirm. »Und jemand sammelt ganz gehörig Bitcoins an.«

»Lass mich raten: die ›Sieben‹?«

»Das sind einige der Gesichter und Namen, die Geheimdienste den Verschwörern zugeordnet haben.« Sie tippte auf die Porträts, die ihnen der Monitor zeigte.

»Es ist also tatsächlich was dran an der ›Weltverschwörung‹?« Es fiel Martin noch immer schwer, so etwas für möglich zu halten. Es klang für ihn zu sehr nach QAnon und ähnlichem Unfug.

»Ja, und weißt du was?« Dakota lehnte sich zurück. »Ich glaube, der Kreis schließt sich allmählich. Es hängt alles zusammen. Dein Vater, die Sache mit der Bank, für die er gearbeitet hat, die Wallet mit den vielen Bitcoins in seinem Handy … Und jetzt das hier.«

Martin verstand, was sie meinte. Auch er hatte den Eindruck, dass sich die einzelnen Mosaiksteine allmählich zu einem Bild zusammenfügten.

»Es begann vor zwanzig Jahren mit Satoshi Nakamoto«, sagte er. »Mit Bitcoin und Blockchain. Und es endet … hier und heute? Man könnte meinen …«

Er sprach nicht weiter.

»Ein großer Plan«, sagte Dakota. »Ein Masterplan über mindestens zwei Jahrzehnte. Der Bitcoin als eine Möglichkeit der Flucht, ein finanzielles Refugium in einer Welt, in der gewöhnliches, von Staaten und ihren Notenbanken kontrolliertes Geld rapide an Wert verliert. Und als ein Instrument, das die alte, durch und durch marode gewordene Ordnung beseitigt und eine neue Welt schafft. Meinst du das? Kann das wirklich sein? Wer denkt sich so etwas aus?«

»Ich nicht«, ertönte eine Stimme hinter ihnen. »Wo sind denn all die Bitcoins, von denen ihr redet?«

Martin drehte sich auf seinem Stuhl um und sah einen Mann um die vierzig, gekleidet in einen dunklen Anzug mit rosaroter Krawatte. Sein Lächeln zeigte strahlend weiße Zähne und wirkte sympathisch, doch wer genauer hinsah, bemerkte Eis in den grauen Augen.

»Hallo, Adrian«, sagte Dakota.

DIE ZWEI: FRANCIS FORSYTHE

94

DIE WELT war weiß, Himmel und Erde verschmolzen miteinander, und ohne die dunkle Brille vor Forsythes Augen hätte die Gefahr bestanden, im Whiteout die Orientierung zu verlieren und sogar zu erblinden. Schneeflocken tanzten, Wind pfiff, die beiden Motorschlitten brummten.

Francis Forsythe lächelte. »Ist es nicht herrlich?«

»Herrlich, Sir?«, hörte er Anthonys Stimme aus dem Kopfhörer unter seiner Kapuze. Sie waren per Funk miteinander verbunden.

»Zwei Menschen mitten in der Wildnis.« Das Schneegestöber verwandelte den zweiten Schlitten einige Meter neben Forsythe in einen Schemen. »Auf sich allein gestellt. Den Elementen ausgeliefert. So wie es früher einmal war.«

»Früher war nicht alles besser, Sir, wenn Sie mir diese Bemerkung gestatten.«

Der zweite Schlitten, umgeben vom Weiß, schien zu schweben. Forsythe wandte den Blick von ihm ab und sah wieder auf die Anzeigen – gerade noch rechtzeitig, denn das Radar zeigte eine Unebenheit, eine große Schneewehe, unter der sich vielleicht ein Felsen verbarg. Im letzten Moment wich er aus und lachte laut.

»Bitte seien Sie vorsichtig, Sir«, drang erneut Anthonys Stimme aus dem Kopfhörer.

Forsythe glaubte, das eigene Herz schlagen zu hören, laut genug, um das Brummen der Motoren und das Heulen des Winds zu übertönen. Gedanken und Gefühle wurden klarer und intensiver, bekamen Kanten so scharf, dass man sich an ihnen schneiden konnte. Er fühlte sich auf eine seltsame neue Art und Weise lebendig, als wäre plötzlich die Jugend zurückgekehrt.

Aber sie war gefährlich, diese Art von Euphorie, die an Ekstase grenzte. Sie blendete Risiken aus und schob andere, stumpfere Gedanken beiseite. Forsythe versuchte, an der vitalen Freude festzuhalten und gleichzeitig das Ziel nicht aus den Augen zu verlieren, im wahrsten Sinne des Wortes.

Das GPS-Display wies auf eine geringfügige Abweichung hin. Forsythe korrigierte den Kurs.

Der Wind ließ ein wenig nach, und im Schneegestöber öffnete sich eine Lücke. Der andere Motorschlitten bekam deutlichere Konturen und sogar ein wenig Farbe.

»Fahren wir nicht ein wenig zu schnell, Sir?«, fragte Anthony.

Die Sicht wurde besser, Forsythe gab noch etwas mehr Gas. Der zweite Schlitten fiel ein wenig zurück und schloss dann wieder auf.

»Sir?«

»Wir sind nicht schnell genug.« Forsythe lachte erneut, munter wie ein junger Mann. »Je mehr Zeit wir auf der Hinfahrt gewinnen, desto besser. Wenn wir zur Forschungsstation zurückkehren, wird das Wetter noch rauer sein.«

Anthonys Schlitten verschwand für einen Moment hinter einer Wolke aus aufgewirbeltem Schnee.

»Ihnen gefällt das, Sir.«

»Ich leugne es nicht«, gestand Forsythe. »Man könnte sagen: Es ist eine willkommene Abwechslung.«

Es klarte weiter auf, und voraus erstreckte sich ein offenes Schneefeld. Forsythe beschleunigte, der Motor dröhnte.

»Wenn alles vorbei ist, Sir«, sagte Anthony über Funk, »wenn Ihr Plan einen erfolgreichen Abschluss gefunden hat … Dann könnten wir vielleicht eine längere Tour über Grönlands Eisschild unternehmen.«

»Gute Idee.« Forsythe löste die linke Hand vom Lenker und winkte dem anderen Schlitten zu. »Abgemacht.«

Plötzlich saß er nicht mehr auf dem dahinrasenden Schlitten, sondern flog durch eisige Luft, mitten im Tanz der Schneeflocken. Er fühlte einen Schmerz im rechten Oberschenkel und ein Stechen in beiden Schultern, hatte die Ohren voller Worte, die er nicht verstand, und konnte oben, unten, rechts und links nicht mehr voneinander unterscheiden.

Er landete in weichem Schnee, und die Welt um ihn herum kam zum Stillstand.

Beim Flug hatte er die Brille verloren, und er zwinkerte in blendendem Weiß und fragte sich, was geschehen war.

»Mister Forsythe?«, knisterte es aus dem Kopfhörer. »Sir? Wo sind Sie? Ich sehe Sie nicht!«

Anthony, dachte er. Warum klang er so besorgt?

»Ich bin … hier«, krächzte Forsythe und hob den rechten Arm, der schwerer als sonst zu sein schien.

»Ich kann Sie nicht sehen! Bitte schalten Sie Ihren Beacon ein, Sir!«

Forsythe brauchte einige Sekunden, um sich daran zu erinnern, was die Stimme meinte. Er ließ den schweren rechten Arm wieder sinken, tastete nach dem Funkgerät unter seinem Parka und drückte die Taste des Peilsenders.

»Danke, Sir«, ertönte die Stimme. »Ich bin gleich bei Ihnen.«

Forsythe lag reglos und hörte den Wind heulen. Schnee strich über ihn hinweg und deckte ihn mit einer weißen Decke zu. Er stellte sich vor, was sein würde, wenn er einfach liegen blieb und starb, unter Schnee und Eis begraben, der Körper konserviert. Vielleicht würde man ihn in tausend, zweitausend oder zehntausend Jahren finden, eine Mumie im Gletscher, und in einem Laboratorium untersuchen. Wie den Mann vom Tisenjoch, die Mumie von Similaun, »Ötzi« genannt. Wie würde man ihn nennen, den Toten aus einer fernen Vergangenheit?

Ein anderes Geräusch mischte sich in das Heulen und Pfeifen des Winds, das tiefe Brummen eines Motors. Ein Schlitten kam aus dem Weiß und hielt direkt neben ihm, jemand stieg ab und beugte sich über ihn. »Sind Sie verletzt, Sir?«

»Ich glaube nicht.«

Hände ergriffen ihn und halfen ihm hoch. Die Schmerzen im rechten Oberschenkel und in den Schultern blieben, aber es schien nichts gebrochen.

»Der Schnee hat mich gerettet«, sagte er.

Anthony stützte ihn. »Suchen wir Ihren Schlitten, Sir.«

Sie fanden ihn nach einigen Dutzend Metern, auf der Seite liegend, die Kufen gebogen, der vordere Teil halb zerschmettert.

»Damit können Sie nicht mehr fahren, Sir«, stellte Anthony fest und fügte hinzu: »Es hätte weitaus schlimmer für Sie ausgehen können.«

Forsythe stand in weißen Wirbeln und sah sich um. Ohne die Brille schien es keine Richtungen zu geben. »Wir haben etwa die Hälfte der Strecke geschafft, nicht wahr?«

»Das denke ich auch, Sir.«

»Noch etwa dreißig Kilometer. Das sollte mit *einem* Schlitten zu schaffen sein.«

Sie wandten sich von dem Wrack ab und stapften durch den Schnee. Ein oder zwei Minuten vergingen, und Forsythe befürchtete plötzlich, dass sie sich verirrt hatten, dass sie an Anthonys Schlitten vorbeigegangen waren, ohne ihn im dichten Schneegestöber bemerkt zu haben. Er verlor völlig die Orientierung, glaubte, mal zu fallen und mal zu schweben.

»Vielleicht hätten wir doch einen der Copter im Hangar nehmen sollen, Sir«, hörte er Anthonys Stimme. »Damit hätten wir die Wetterstation in einer halben Stunde erreicht.«

»Nicht bei diesem Wind.« Forsythe kniff die Augen zusammen. Das Weiß war überall und blendete. »Wir hätten einen Absturz riskiert.«

»Jetzt sind wir nicht viel besser dran«, erwiderte sein Butler. »Was keine Kritik an Ihrer Entscheidung sein soll, Sir«, erklärte er rasch.

Forsythe rückte den Kopfhörer zurecht und zog die Kapuze weiter zu. Die Schneeflocken schienen sich in winzige Nadeln zu verwandeln und stachen ihm ins Gesicht.

»Schon gut«, beschwichtigte er den treuen Anthony. »Ah, das ist er ja!«

Erleichterung erfasste Forsythe, als er endlich den unversehrten Schlitten seines Butlers sah. Schnee hatte sich an der Seite angesammelt.

»Kann ich Sie loslassen, Sir?«

»Was?« Forsythe merkte plötzlich, dass Anthony ihn noch immer stützte. »Ja, ja, natürlich.«

Die Hand wich von seiner Seite, und Forsythe verlor sofort das Gleichgewicht. Er taumelte, und nur einem plötzlichen heftigen Windstoß, der ihn aufrichtete, war es zu verdanken, dass er nicht fiel und erneut im Schnee landete. Mit der linken Hand hielt er sich am Schlitten fest und kniff die Augen erneut zu schmalen Schlitzen zusammen.

»Hier, Sir.« Anthony gab ihm seine Brille. »Nehmen Sie. Ich brauche sie nicht.«

»Aber …« Forsythe zögerte.

»Ich komme auch ohne klar, Sir. Helles Licht hat mich nie gestört, und mit ein bisschen Schnee werde ich schon fertig. Ich schlage vor, ich fahre, Sir. Dieser Schlitten ist ein Einsitzer, hinter mir bleibt Ihnen leider nicht viel Platz.«

Forsythe setzte die Brille auf, und seine Augen dankten es ihm, obwohl er nicht viel mehr erkennen konnte als vorher. Auch die Schmerzen im Oberschenkel und in den Schultern ließen nach. Er fühlte sich besser und versuchte, hinten auf dem kurzen Sitz nicht zu viel Platz zu beanspruchen.

Anthony betätigte den Anlasser, und der Motor sprang sofort

an, mit einem Brüllen, das für ein oder zwei Sekunden das Heulen des stärker werdenden Winds übertönte.

»Halten Sie sich gut fest, Sir. Am besten legen Sie beide Arme um mich.«

Forsythe kam der Aufforderung nach.

Die Fahrt war nicht glatt und gleichmäßig, kein stetiges Dahingleiten, sondern eine Abfolge von mehr oder weniger starken Erschütterungen. Immer wieder trafen die Kufen auf Eiskrusten unter dem Schnee oder schlimmer noch auf Felsen. Nicht allen Hindernissen dieser Art konnte Anthony rechtzeitig ausweichen. Manchmal waren die Stöße so heftig, dass Forsythe vom Sitz geschleudert worden wäre, hätte er sich nicht an Anthony festgeklammert.

Einmal kippte der Schlitten, und Forsythe befürchtete, dass sie in den Schnee stürzen würden. Doch Anthony erwies sich als geschickter Fahrer, dem es im letzten Augenblick gelang, den Schlitten wieder aufzurichten.

»Ich muss langsamer fahren, Sir«, teilte er über Funk mit, denn selbst so nahe war im Brausen des Windes und bei dem Röhren des Motors keine normale Verständigung möglich. »Sonst riskieren wir eine Kollision, die uns beiden das Leben kosten könnte.«

»Verstehe.«

Das Brummen des Motors veränderte sich und wurde etwas leiser. Am wirbelnden Schnee und dem Weiß oben, unten und zu beiden Seiten änderte sich nichts.

»Sehen Sie etwas?«, rief Forsythe. Und dann: »Sehen Sie genug?«

»Ja«, behauptete Anthony. Er klang zuversichtlich. »Ich behalte die Instrumente im Auge. Sie weisen mir den Weg.«

Das wirbelnde, wogende Weiß bot keine Anhaltspunkte, und Forsythe wusste nicht einmal, wie schnell sie waren, er konnte die Geschwindigkeit nicht abschätzen. Anthony war ein vorsichtiger Mann, vielleicht fuhr er kaum mehr als Schritttempo. Die Hälfte der Strecke, dachte er. Noch dreißig Kilometer. Wie lange würden sie unterwegs sein? Eine Stunde? Vielleicht zwei oder gar drei? Dann wurde die Zeit knapp.

Forsythe bezweifelte, dass sie rechtzeitig vor dem Sturm zur Forschungsstation zurückkehren konnten. Es sei denn, es gab Motorschlitten in der automatischen Wetterstation, für die Wartungstechniker, die in Abständen von einigen Wochen oder Monaten nach dem Rechten sahen. Wenn nicht, blieb ihnen vermutlich nichts anderes übrig, als in der meteorologischen Station das Ende des Sturms abzuwarten, einige Tage, vielleicht eine Woche. Gab es dort genug Proviant?

Forsythe schob die Frage beiseite und dachte an die Welt außerhalb des von der Brille gedämpften weißen Wogens. Sie steuerte immer mehr auf den Punkt zu, den er, beschrieben von den Zahlen, vorausgesehen hatte. *Hier* war alles aufs Wesentliche konzentriert, auf die grundlegenden Bedürfnisse des Menschen: Wärme, Essen und Trinken. *Dort draußen* herrschte eine viel komplexere Realität, ein gewaltiges, hoch kompliziertes Räderwerk, das nach und nach zum Stillstand kam. Milliarden Menschen saßen darin fest, gefangen in einem gewaltigen Mechanismus, der über das Schicksal der ganzen Welt bestimmte und sich längst verselbständigt hatte. Ihr Leben, wie in Schablonen gepresst, stand vor einem grundlegenden Wandel. Eine neue Welt nahm Gestalt an, ihre Anfänge wie erster Sonnenschein nach einem Sturm.

Forsythe lächelte bei diesem Vergleich, die Wange an Anthonys Rücken. All die Menschen würden bald ein besseres Leben führen, in einer freieren Welt mit neuen Regeln. Die Zahlen der Entwicklungsprognosen versprachen es, und Forsythe wusste: Zahlen logen nicht.

Das Brummen des Motors veränderte sich erneut. Forsythe achtete nicht darauf, ließ die Gedanken treiben und träumte an Anthonys Rücken mit halb geschlossenen Augen von der neuen Welt. Ein neues Kapitel der Menschheitsgeschichte begann, und er selbst schrieb es. Keine Staaten mehr, zumindest nicht in der bisherigen Form. Und die staatlichen Institutionen mit ihren bürokratischen Barrieren würden ebenfalls verschwinden. Nicht sofort, nicht von heute auf morgen, eine solche Revolution brauchte Zeit. Zehn Jahre? Oder fünf? Forsythe war sicher, es noch zu erleben, nicht nur die Übergangszeit, während der immer noch mit zahlreichen Problemen zu rechnen war, sondern auch die ersten Etappen auf dem neuen Weg der Menschheit.

War das nicht ebenso interessant wie eine Reise zum Mars oder zu ferneren Planeten? Vielleicht, dachte Forsythe in der angenehmen Wärme seiner Selbstzufriedenheit.

Das Brummen kam und ging. Der Schlitten zitterte und hüpfte, und es schien nicht mehr nur allein am unebenen Gelände zu liegen, an Eiskrusten und Gestein unter dem Schnee. Plötzlich war nur noch das Pfeifen des Winds zu hören, und der Motorschlitten, plötzlich still geworden, kam zum Stehen.

»Es tut mir leid, Sir«, sagte Anthony, als läge die Schuld bei ihm. »Mit dem Motor stimmt etwas nicht. Macht es Ihnen etwas aus, kurz abzusteigen?«

Forsythe stand im wirbelnden Schnee, mit dem Rücken zum Wind, und beobachtete, wie Anthony die Motorabdeckung löste. Vielleicht kam darunter ein bisschen Rauch hervor, es war schwer zu sagen in dem Schneegestöber.

Kälte fraß sich durch Forsythes dicken Parka. »Was ist los?«

»Der Motor, Sir. Er scheint defekt zu sein.«

»Können Sie ihn reparieren?«

»Ich versuche es.«

Forsythe ging in die Hocke, um dem Wind weniger Angriffsfläche zu bieten, und sah zu, wie Anthony an dem Motor hantierte. Einige Minuten vergingen. Das Heulen schien immer lauter zu werden, das Schneegestöber noch dichter.

Schließlich wandte sich Anthony von dem Schlitten ab. »Ich fürchte, es ist aussichtslos, Sir. Ich bin leider kein Mechaniker.«

»Wir kommen nicht weiter«, stellte Forsythe überrascht fest.

Einen solchen Zwischenfall hatte er in all seinen Plänen nicht berücksichtigt; dafür gab es in ihnen keinen Platz.

Anthony öffnete das Gepäckfach und schüttelte den Kopf. »Ich habe eine weitere schlechte Nachricht, Sir.«

»Wie lautet sie?«

»Außer einem kleinen Notzelt und einer spärlichen Reiseration haben wir nichts dabei, Sir.«

»Das Zelt taugt nicht viel, damit können wir nicht mehrere Tage im Sturm ausharren.«

»Also?« Forsythe begriff plötzlich, dass er kein Beobachter war, kein unbeteiligter Zuschauer bei einem kleinen Abenteuer, das zu einem großen, tragischen Drama werden konnte. Er steckte mittendrin. Was hier geschah, betraf ihn direkt.

»Wir müssen zu Fuß weiter, Sir.« Anthony löste das kleine GPS-Gerät vom Lenker des Motorschlittens und entnahm dem Gepäckfach sowohl die Reiseration, die vielleicht Monate oder gar Jahre alt war, als auch das verschnürte Zelt. »Es sind noch etwa zehn Kilometer.«

Er kam näher, und Forsythe sah, dass sein Butler die Augen zu schmalen Schlitzen zusammengekniffen hatte.

»Schaffen Sie es, allein zu gehen, Sir? Oder soll ich Sie stützen?«

»Es geht schon.« Forsythe senkte den Kopf und beugte sich dem Wind entgegen. »In welche Richtung?«

Anthony hob das GPS-Gerät dicht vor die Augen und öffnete sie etwas mehr. Dann streckte er den Arm aus, hinein ins wogende Weiß. »Dorthin, Sir.«

Seite an Seite stapften sie los.

MARTIN FREEMAN

95

»**TOLL, WAS** du aus Concept gemacht hast«, sagte Dakota. Sie blieb sitzen, drehte nur den Stuhl.

»Gefällt es dir?« Adrian betrat das Zimmer. Hinter ihm stand Silke und hob kurz die Hände, eine Geste, die vielleicht so viel bedeutete wie: Er kam früher als sonst, wer konnte *das* ahnen?

»Willst du eine ehrliche Antwort hören?«, erwiderte Dakota.

Adrian hob den Zeigefinger zum Kinn. »Lass mich raten. Es gefällt dir nicht.« Er sprach Deutsch, denn in dieser Sprache hatten sich Dakota und Martin unterhalten, als er den Raum betrat.

»Ich wünsche auch Ihnen einen guten Tag«, meldete sich Martin zu Wort.

»Ach ja, der Verlobte, wie ich hörte. Bist ein bisschen blass um die Nase.« Adrian musterte ihn von Kopf bis Fuß. »Und siehst auch sonst recht mitgenommen aus.«

Martin stand auf und merkte, dass er schwankte. Die Kopfschmerzen wurden stärker. Aufsteigende Übelkeit brachte den Geschmack von Galle.

»Kann sich kaum auf den Beinen halten, dein Verlobter«, wandte sich Adrian erneut an Dakota. »Alkohol so früh am Morgen?«

»Martin trinkt nicht.«

»Ach.« Adrian schüttelte den Kopf. »Es scheint ihm aber ganz und gar nicht gutzugehen. Vielleicht sollten wir einen Arzt rufen.« Er trat zum Schreibtisch. »Was habt ihr hier gemacht?« Er wollte einen Blick auf den Bildschirm werfen.

Dakota langte mit der linken Hand nach dem PLC unter dem

Schreibtisch, schaltete ihn aus, und die Textfenster und Bilder verschwanden vom Monitor.

»Oh, hast du etwas zu verheimlichen? So wie damals?«

»Ich?« Dakota bedachte Adrian mit einem Lächeln, das Martin kannte. Es hatte Krallen. »Lügen bleiben Lügen. Man kann die Wahrheit verstecken, aber nicht ändern.«

»Höre ich da die Idealistin, die ihre Ideale verraten und sich dann aus dem Staub gemacht hat? Aber vielleicht ...« Adrian hob wieder den Zeigefinger, diesmal wie ein dozierender Lehrer. »Vielleicht war es besser so. So konnte ich Concept neu aufbauen und modernisieren. Wir sind sehr erfolgreich.« Er klang zufrieden, stolz auf sich selbst. »Heute verdienen wir mehr Geld als jemals zuvor.«

»Das ist dein Maßstab für Erfolg? Geld?«

»Ehrlich verdient, nicht mit zwielichtigen Geschäften und Verrat«, entgegnete Adrian auf einmal schroff. »Wir sind kein kleines Grüppchen mehr, das Anonymous und was weiß ich wem nachzueifern versucht. Wir haben sie alle übertroffen. Heute ist Concept ein Informatikunternehmen von internationalem Rang. Wir bekommen Aufträge nicht nur von Regierungen, sondern auch von Google, Amazon, Extra und anderen IT-Riesen. Ich rechne sogar damit, dass wir in zwei, drei Jahren an die Börse gehen können.«

»Ihr arbeitet für Google und Amazon? Na prächtig, da ist die Welt in guten Händen. Kein Wunder, dass sie vor die Hunde geht.« Auch Dakota stand nun auf. »An die Börse willst du Concept bringen? Ist dir entgangen, was derzeit mit den Börsen passiert?«

»Die Märkte werden sich wieder beruhigen«, gab sich Adrian überzeugt. »Und dann werden wir ganz groß rauskommen.«

»Du meinst vor allem dich selbst«, zischte Dakota. »Dein Ego war schon immer ziemlich aufgebläht. Irgendwann kommt jemand mit einer Nadel, und dann platzt es wie ein Luftballon.«

Plötzlich legte sich ein Schleier vor Martins Augen. Die Welt schien sich zu verschieben und zu kippen. Er taumelte, musste sich mit der Hand an der Tischkante festhalten.

»Hast du eine Nadel dabei, Fleur?« Adrian lachte. Es klang ein wenig zu schrill für Martins Ohren. »Wir könnten dich wieder aufnehmen. Wie wäre das, Fleur? Willst du zurück in den Schoß unserer Familie? Möchtest du wieder Teil unserer Gemeinschaft sein? Na?«

Dakota stand da, mit den Händen an den Hüften. »Einfach so?«

»Oh, natürlich nicht.« Ohne sich dessen bewusst zu sein, wechselte er ins Niederländisch. »Ein bisschen Buße ist schon notwendig, findest du nicht? Ich werde alle meine Mitarbeiter versammeln, und du wirst vor ihnen deine Schuld bekennen und mit deutlichen Worten bereuen, was du damals getan hast.«

»Deine Mitarbeiter?«, wiederholte Dakota. »Meine Güte. Und was für ein großzügiges Angebot, Herr Chef. Vielleicht erwartest du anschließend noch von mir, dass ich vor dir auf die Knie sinke und um Vergebung bitte.«

»Du solltest nicht mich um Verzeihung bitten, sondern die anderen. Das käme bestimmt gut bei ihnen an. Wenn du ehrlich genug klingst, sind sie vielleicht tatsächlich bereit, es dabei bewenden zu lassen.«

»Es gibt also noch Hoffnung für mich, wie schön«, sagte Dakota spitz. »Danke für den freundlichen Empfang, danke auch für die Gastfreundschaft. Aber leider müssen wir jetzt gehen.«

Sie wollte zur Tür, doch Adrian versperrte ihr den Weg.

»Warum bist du zurückgekehrt?«, wollte er wissen. »Noch dazu mit deinem Verlobten?«

Obwohl Adrian Holländisch sprach, vernahm Martin einen seltsamen Unterton in seiner Stimme, wie von Nervosität. Er klang wie jemand, der Zeit gewinnen wollte.

Martin taumelte wie zuvor, doch Adrian – der stolze, arrogante, siegessichere Adrian, der die Situation unter Kontrolle glaubte – warf ihm nur einen kurzen, gleichgültigen Blick zu. Er sah keine Gefahr in jemandem, der sich kaum auf den Beinen halten konnte.

Martin wankte, beugte sich vor und würgte.

»Kotz mir bloß nicht auf den Anzug, Junge«, knurrte Adrian auf Deutsch. »Der war teuer genug.«

Noch ein Schritt, halb zur Seite, und dann – ein Schwinger mit der linken, schwächeren Faust, das ließ sich nicht ändern. Aber der Schlag kam unerwartet, traf einen unvorbereiteten Gegner, und vielleicht war seine Faust wie jene Nadel, von der Dakota gesprochen hatte, denn Adrian schnaufte plötzlich, die Atemluft wich aus seiner Lunge, und er krümmte sich zusammen.

Das war eine gute Gelegenheit für die rechte Faust. Martin schlug zu, noch einmal in die Seite, und dann, als Adrian zu Boden ging, gegen Hals und Schläfe.

Zwei Sekunden später stand Martin in der Tür. Silke hatte beide Hände erschrocken zum Mund gehoben und war zum Fenster zurückgewichen. Sie starrte Martin an wie einen aus dem Nichts erschienenen Dämon.

»Adrian weiß Bescheid!«, rief er Dakota zu. »Er wollte Zeit gewinnen. Jemand ist hierher unterwegs!«

Das genügte. Sie lief ebenfalls und holte zu ihm auf, als er durch den Flur stürmte, mit Beinen, denen Adrenalin neue Kraft gab.

»Sehen wir uns heute Abend?«, rief ihnen Silke nach. »Bei mir zu Hause? Wie verabredet?«

Dakota antwortete nicht.

»Die Polizei?«, stieß sie hervor, als sie die Treppe hinuntereilten. »Lefèvres Leute?«

»Keine Ahnung«, keuchte Martin. Die Kopfschmerzen ließen ein wenig nach, der Schleier vor den Augen hob sich. Aufregung konnte eine gute Medizin sein. »Vielleicht schlimmere Leute. Wir brauchen was Großes aus Metall, größer als ein Handy oder eine Armbanduhr!«

Dakota verstand und verschwand wortlos in einem der Bürozimmer. Martin lief weiter, in vollem Tempo, hetzte die Treppe hinunter, überschätzte sich dabei und hatte plötzlich keinen Boden mehr unter den Füßen. Im letzten Augenblick bekam er das

Geländer zu fassen, was ihn vor einem Sturz bewahrte, bei dem er sich vermutlich den einen oder anderen Knochen gebrochen hätte.

Adrians »Mitarbeiter« merkten, dass etwas im Gange war, Gesichter erschienen in offenen Bürotüren. Martin achtete nicht auf sie, rannte weiter, erreichte die Sicherheitsschleuse im Erdgeschoss und trat hindurch, ohne dass ihn jemand oder etwas aufhielt.

Auf der anderen Seite verharrte er vornübergebeugt, mit den Händen auf den Knien, und schnappte nach Luft.

Dakota traf wenige Sekunden später ein, agil wie eine Gazelle, in der rechten Hand einen Gegenstand, der aussah wie eine Geldkassette. Sie sprang damit durch die Schleuse und hielt die Kassette dicht vor die Sensoren des Metalldetektors.

Mehrere Kontrolllampen leuchteten rot. Irgendwo piepte es laut und dringend.

Martin trat durch den Flur, der zur schmalen Tür führte. Es war nicht still, Stimmen kamen von draußen.

»Jetzt ist oben alles verriegelt, wenn ich das richtig in Erinnerung habe«, sagte er.

»Verdammter Mistkerl!«, fauchte Dakota.

»Ja, ganz deiner Meinung.« Martin streckte die Hand nach der Klinke aus. »Und deiner Freundin Silke traue ich auch nicht ganz. Vielleicht war sie es, die deinen Adrian benachrichtigt hat.«

»Er ist nicht ›mein‹ Adrian, er ist es längst nicht mehr, und dem Himmel sei Dank dafür.«

Martin öffnete die Tür, und sofort wurden die Stimmen lauter, zu einem Sprechchor.

Demonstranten zogen durch die Straßen.

Martin und Dakota mischten sich unter sie.

96

DER DEMONSTRATIONSZUG kam wie gerufen – für Martin und Dakota gab es keine bessere Möglichkeit, sich unbemerkt abzusetzen. Selbst wenn Polizei oder Leute vom Geheimdienst nach ihnen suchten, inmitten von Hunderten oder gar Tausenden Demonstranten konnte sie niemand finden. Vermutlich nützten auch die Überwachungskameras nichts, es sei denn, sie schickten ihre Bilder an eine besonders leistungsfähige Gesichtserkennungssoftware.

In der dicht gedrängten Menge entfernten sie sich vom Dam und dem Haus von Concept. Aus Seitenstraßen kamen weitere Demonstranten, Einsatzwagen der Polizei standen an Kreuzungen.

Dakota ergriff Martins Hand und zog ihn mit sich.

»Wohin willst du?«

»Weg von hier.«

In der Nähe einer kleinen Seitenstraße schlüpften sie aus dem Demonstrationszug und an Schaulustigen vorbei. Ein Café fiel Martin auf, bei dem ein Schild im Schaufenster verkündete: »Zahlung nur mit ₿.«

Hinter ihnen klirrte es. Martin warf einen Blick über die Schulter und sah, dass Steine aus der Menge der Demonstranten flogen.

Er vergaß seine Kopfschmerzen, als sie durch Straßen und Gassen eilten, fort von den Sprechchören und Steinewerfern, und seine Beine schienen ihre Schwäche ebenfalls zu vergessen. Seine Gedanken waren auf mögliche Verfolger und auf die Bitcoin-Wallet im alten Handy seines Vaters konzentriert.

»Das mit dem Zug war dumm, nicht wahr?«, brummte er schließlich, als sie eine weitere Brücke überquert hatten und unter einem Baum stehen blieben, der seine Blätter verloren hatte. Die Straße entlang der Gracht war seltsam leer, wie zu Zeiten des Corona-Lockdowns.

»Das mit Concept war dumm.« Dakota sah sich um und hielt nach Verfolgern Ausschau. Eine Möwe flog übers nahe Wasser, landete auf einer Anlegestelle und krächzte. »Oder auch nicht. Ich meine, blieb uns eine Wahl? Dort gab es die richtigen Computer und die richtigen Programme.«

»Aber die falschen Leute.«

Dakota hob die Hände. »Kein Einspruch, Euer Ehren. Die Welt ist nicht mehr das, was sie einmal war. Was den Zug und die Fahrt hierher betrifft … Auch da hatten wir keine Wahl. Mit dem Auto wär's nicht gegangen, und da nur noch wenige Flugzeuge unterwegs sind, hätten sich James Bond und seine Leute kaum anstrengen müssen, unserer Spur zu folgen.«

»Sie wissen, dass wir hier sind.« Martin blickte sich ebenfalls um.

Dakota nickte. »Adrian sei's gedankt. Und vielleicht auch Silke, wie du vermutet hast, trotz ihrer netten Worte. Aber der EU-Geheimdienst kennt meine Vergangenheit, er weiß von Concept. Da muss man kein Genie sein, um sich denken zu können, wohin wir uns wenden würden.«

Martin lehnte sich an den Baum, weil ihm die Knie wieder weicher wurden. »Meine Güte, wir sind ganz schön blöd gewesen.«

»Kommt darauf an«, erwiderte Dakota nachdenklich. »Wir sind der Falle bei Concept entkommen und hatten Gelegenheit, das eine oder andere herauszufinden. Aber unser Gastspiel hier in Amsterdam darf leider nur kurz sein. Wenn es nötig ist, werden sie die ganze Stadt nach uns umkrempeln. Auto und Bahn kriegen ein klares Nein von mir. Bleibt also nur …«

Martin deutete zur Gracht. »Ein Boot?«

»Ein Boot wäre zu langsam. Vielleicht müssen wir bald ziemlich weit reisen. Ich hab da so einen Verdacht, der mit deinem letzten Telefonat zusammenhängt.«

»Mit meinem letzten Telefonat?«, wiederholte Martin verwirrt.

Auf der anderen Seite der Gracht kamen mehrere Personen aus

einer Gasse, unter ihnen ein junger Mann, der ein Handy zum Ohr hob und telefonierte.

»Das gefällt mir nicht«, sagte Dakota leise. Sie nahm wieder Martins Hand und ging los.

»Die letzte Telefonnummer auf der Liste«, erklärte sie nach einigen Schritten. »Jemand hat abgenommen. Und die Stimme, die du gehört hast … Sie klang irgendwie synthetisch, hast du gesagt.«

Martin erinnerte sich. »Ja. Was ist damit?«

»Noch nicht viel, ich muss es noch überprüfen. Es hängt mit einem der Fotos und den Texten zusammen, die mir Silkes Computer gezeigt hat. Wie gesagt, es könnte sein, dass wir bald eine weite Reise machen müssen, weiter als von Genf nach Amsterdam, und dafür brauchen wir …«

»Ein Flugzeug. Aber eben hast du darauf hingewiesen …«

»Ich weiß, ich weiß, mein lieber Verlobter. Flugzeuge sind noch leichter zu kontrollieren als Züge. Und da kommt der gute alte Henry ins Spiel. Wir kaufen uns neue Namen, neue Identitäten. Henry ist teuer, aber wir haben genug Geld, nicht wahr?«

»Wer ist Henry?«

»Ein Kauz und Genie. Er wird dir gefallen. Aber zuerst müssen wir die Typen loswerden, die gerade die Brücke überquert haben und uns folgen.«

Sie bogen in eine Nische zwischen zwei Häusern, in eine Gasse so schmal, dass man kaum nebeneinandergehen konnte. Dann spurtete Dakota los, mit Martin im Schlepptau.

97

ANDERTHALB STUNDEN später erreichten sie im Westen von Amsterdam eine kleine Siedlung, zwischen zwei Industriegebieten am Nordseekanal gelegen. Die Häuser waren nicht besonders groß, und in manchen Vorgärten wucherte das Unkraut hüfthoch. Das

Wasser des nahen Kanals lag glatt und unbewegt, es waren keine Schiffe von und nach Amsterdam unterwegs.

Sie stiegen von den Fahrrädern ab, die sie sich in der Stadt »geliehen« hatten, wie Dakota es nannte, und lehnten sie an eine Hecke.

»Bist du sicher, dass dies der richtige Ort ist?«, fragte Martin. »Hier scheint mir alles verlassen.«

Dakota sah sich traurig um. Unter anderen Umständen hätten die Häuser mit ihren Veranden aus Holz und den Anlegestellen vielleicht malerisch gewirkt, doch es sah zu sehr nach Verfall aus.

»Es wurde damals darüber gesprochen«, sagte sie, »und es gab erste Meldungen in den Medien: Eine Erweiterung der Industriegebiete. Es hieß, dass ein großer Investor die Häuser und Grundstücke kaufen wollte. Ich hoffe, Henry hat sich nicht vertreiben lassen.«

Sie näherten sich einem Haus, das etwas größer war als die anderen, mit einem nicht ganz so verwilderten Garten. Martin sah mehrere Gemüsebeete mit nur wenig Unkraut.

Mitten auf der Straße blieb er stehen. »Hörst du das?«

Dakota lauschte. »Nein, ich hör nichts.«

»Eben. Es ist alles still. Die Fabriken dort drüben, die Industrieanlagen auf der anderen Seite des Kanals, der Hafen … Eigentlich müsste es dort ziemlich laut zugehen.« Er blinzelte im zaghaften Sonnenschein, der sich einen Weg durch die hochnebelartige Wolkendecke bahnte. »Jemand hat die Welt angehalten.«

»Wir wissen auch wer.«

»Die Sieben?«

»Es sind nicht mehr sieben«, sagte Dakota. Und als sie Martins fragenden Blick bemerkte: »Später. Erst muss ich noch das eine oder andere überprüfen.«

Sie trat durch eine Lücke im Gartenzaun und schritt über einen schmalen Kiesweg zur Veranda. Altes Holz knirschte unter ihr, als sie die kurze Treppe emporstieg, dann klopfte sie an die Tür.

Nichts geschah.

»Hättest du nicht anrufen können?«, fragte Martin.

»Hätte ich, mit dem Telefon, das du dem Kommissar überlassen hast«, entgegnete Dakota.

Martin bemerkte etwas. »Die Gardine dort oben hat sich bewegt.«

Dakota klopfte erneut, länger und lauter.

Schließlich ertönte drinnen eine Stimme. »Ja, ja, komme schon. Bin nur nicht mehr ganz so schnell wie früher.«

Wenig später drehte sich ein Schlüssel im Schloss, und die Tür schwang auf.

Ein hünenhafter Mann, achtzig oder älter, stand vor ihnen, mit vier langen Zöpfen, die ihm bis zur Brust reichten, das dunkle Gesicht wie aus Leder. Die großen Augen darin schienen zu leuchten, und sie wurden noch größer und noch etwas heller, als der Mann Dakota erkannte.

»Fleur, meine süße kleine Maus!«

Er duckte sich durch die Tür, schlang die Arme um Dakota, lächelte glücklich und zeigte dabei zwei Zahnlücken.

»Meine süße kleine Maus?«, wiederholte Martin verblüfft.

Dakota lachte und löste sich aus den Armen des großen, alten Jamaikaners. »So hat er mich immer genannt. Er kannte mich schon als Kind.«

Henry richtete den Zeigefinger auf sie. »Du bist einfach verschwunden und hast nichts mehr von dir hören lassen. Und was man über dich erzählt hat …«

»Adrian hat mich reingelegt«, erklärte Dakota. »Damals wie heute.« Mit einem Blick nach rechts und links fügte sie hinzu: »Wir sind auf der Flucht und brauchen deine Hilfe, wir beide. Das ist Martin. Wir sind verlobt und heiraten nächste Woche.«

»Hereinspaziert, hereinspaziert.« Henry wich zurück ins Haus und hielt die Tür weit auf. »Vor wem seid ihr auf der Flucht?«

»Vor Geheimdiensten, dem Staatsschutz und irgendwelchen

zwielichtigen Leuten, die schon mehrmals versucht haben, uns umzubringen.«

Henry drückte die Tür zu und richtete sich zu seiner vollen Größe auf, wobei er mit dem Kopf fast gegen die niedrigen Decke stieß. »Das ist kein Scherz, kleine Maus, oder?«

»Leider nicht.«

»Wenn ihr ein paar Tage bei mir bleiben wollt«, schnaufte der Alte, »kein Problem. Ich glaub, ich hab noch genug in Kühlschrank und Speisekammer.«

»Nein«, sagte Martin. Die Kopfschmerzen machten seine Stimme rau. »Wir bleiben nicht länger als unbedingt nötig.«

Dakota sah, dass es ihm wieder schlechter ging. »Hast du Tabletten für ihn, Henry?«

»LSD?«, fragte der Alte hilfsbereit.

»Himmel, nein«, ächzte Martin. »Das hätte mir gerade noch gefehlt!«

»Was gegen Kopfschmerzen«, erklärte Dakota. »Die beiden Pflaster an Stirn und Schläfe … Vor einem Monat hat ihm jemand eine Kugel in den Kopf gejagt. Beziehungsweise *durch* den Kopf.«

Henry marschierte durch den kurzen Flur zur Treppe. »Kaffee ist in der Küche, bedient euch und nehmt Platz. Ich bin gleich wieder da!«

Martin machte zwei Schritte ins Wohnzimmer, in dem überall Zeitschriften verstreut lagen und eine himmelblaue, dem Erdglobus nachempfundene Kugellampe von der Decke hing. Plötzlich wurde aus dem Klopfen hinter seiner Stirn ein Dröhnen, und die Übelkeit sprang in ihm hoch. Er würgte und fürchtete, sich auf der Stelle übergeben zu müssen.

Er wankte in den Flur zurück. »Wo ist das Bad?«, brachte er hervor.

Dakota erkannte mit einem Blick, wie es um ihn stand. »Zweite Tür links«, antwortete sie schnell. »Brauchst du Hilfe?«

Martin schüttelte den Kopf und fand das Bad, in dem alles

dunkelblau oder schwarz war. Dutzende von LED-Streifen zogen sich an Wänden und Decke entlang, führten um Waschbecken und Duschkabine und bildeten ein Strahlenmuster hinter der Toilette. Als Martin das Licht einschaltete, leuchteten die Dioden wie Sterne am Nachthimmel. Er sank vor der Toilettenschüssel auf die Knie und klappte den Deckel hoch.

Einsteins Gesicht streckte ihm die Zunge raus.

Überraschung besiegte die Übelkeit. Er starrte auf das Bild, das Henry in seine Toilette gemalt hatte. Albert Einstein, der seine Zunge an einem sehr ungewöhnlichen und eher unappetitlichen Ort rausstreckte.

Martin musste lachen.

»Geht es dir besser?«, fragte Dakota im Flur.

Er öffnete die Tür. »Ich denke schon. Ich konnte einfach nicht auf einen berühmten Mann kotzen.« Er zeigte zur Toilettenschüssel.

»Oh, du meinst Albert den Großen.«

»Man fühlt sich beobachtet, wenn man hier die Toilette benutzt.«

Henry kehrte aus dem Obergeschoss zurück. Er ging langsam, eine Stufe nach der anderen, und hielt sich dabei am Geländer fest. Unten angekommen, drückte er Martin eine kleine Schachtel in die Hand. »Hier, nimm am besten gleich zwei davon. Ein paar Minuten später hast du keine Kopfschmerzen mehr.«

Martin betrachtete die Schachtel. Sie hatte keinen Aufdruck, auch keine Aufschrift. »Drogen? Ein jamaikanisches Wundermittel?«

»Etwas, das wirkt und nicht schadet, mein Junge. Was kann man mehr verlangen? Und damit du wieder zu Kräften kommst, mach ich uns Rührei mit Schinken, dazu geröstetes Brot. Na, wie klingt das?«

»Nicht nach Jamaika.«

Henry legte ihm kurz die Hand auf die Schulter. »Lass dich überraschen, Junge.«

»Bitte machen Sie sich wegen mir keine Mühe«, sagte Martin. »Ich krieg ohnehin nichts runter. Und wenn doch, müsste ich anschließend Albert Einstein besuchen.«

»Wart's ab«, brummte Henry und ging einen langsamen Schritt nach dem anderen zur Küche. »Wart's nur ab. Nimm zwei von den Tabletten. In einer halben Stunde fühlst du dich besser, glaub mir. Und übrigens …« Er blieb in der Küchentür stehen. »Wir duzen uns. Der Freund von Fleur ist auch mein Freund, wenn auch nicht mein Verlobter.«

»Das wäre auch noch schöner.« Dakota nahm Martin am Arm und führte ihn ins Wohnzimmer, wo er in einen Sessel sank, die Schachtel öffnete und zwei Tabletten aus einem silbernen Blister drückte.

»Brauchst du ein Glas Wasser?«

»Es geht auch so.« Er schluckte die beiden Pillen. »Hoffentlich schicken mich die Dinger nicht ins Nirwana.«

Dakota ergriff kurz seine Hand. »Du bleibst hübsch hier. Nächste Woche haben wir einen wichtigen Termin.« Sie beugte sich näher. »Na, was hältst du von ihm?«

Martin zuckte mit den Schultern. »Er scheint ein Space-Typ zu sein. Die Lampe hier, wie ein glühender Erdball, ein Bad wie mitten im All, mit dem Vater der Relativitätstheorie, dem sehr intime Einblicke gewährt werden, all diese Zeitschriften über Planeten, Sterne und Galaxien …«

»Und über Kunst und Computer.« Dakota nahm einige der Magazine, zeigte ihm die Titelbilder und legte sie wieder beiseite. »Das sind seine drei großen Leidenschaften: der Weltraum, die Kunst und Computer. Manchmal verbindet er alles miteinander. Oben hat er Gelegenheit dazu. Dort gibt es ein kleines Schlafzimmer, kaum mehr als eine Nische, der Rest ist eine Art Museum. Er ist Künstler, Nerd und vor allem ein Genie. Die Bilder hier hat er alle selbst gemalt.«

Dakota meinte die Gemälde an den Wänden, die kreuz und quer

hingen, ohne eine erkennbare Ordnung, manche von ihnen gerahmt wie die Werke alter Meister, andere einfach nur an die Wand geheftet oder geklebt. Einige zeigten fotorealistische Naturszenen: stürmische Meere, neblige Wälder, einsame Moorlandschaften. Andere Bilder präsentierten ferne Galaxien, fremde Welten, ein Raumschiff wie die »Nostromo« aus dem Film »Alien« oder Metaphorisches wie gebrochene und zerfließende Uhren. Überall fiel die Liebe zum Detail auf.

Die Kopfschmerzen ließen nach, Martin spürte, wie der Druck aus seinem Schädel wich und die Gedanken mehr Platz bekamen. Auch die Übelkeit verschwand.

»Es geht dir besser, nicht wahr?«, fragte Dakota erfreut.

»Die Tabletten wirken tatsächlich.« Martin drehte die Schachtel in seiner Hand hin und her. »Wie heißt das Mittel? Woher kommt es? Woraus bestehen die Pillen?«

»Manchmal«, antwortete Dakota weise, »ist es besser, keine Fragen zu stellen.«

Henry behielt auch in einem weiteren Punkt recht – Martin bekam Appetit.

Eine Viertelstunde später saßen sie am Küchentisch, und Martin aß mit Heißhunger Rührei, Schinken und geröstetes Brot. Für einen Moment schien die Welt wieder in Ordnung.

»Wir sind aus einem bestimmten Grund hier, Onkel Henry«, erklärte Dakota zwischen zwei Bissen.

Der Alte auf der anderen Seite des Tisches nickte würdevoll. »Ich nehme an, ihr braucht etwas. Und ich kann mir auch schon denken, was.«

»Wir müssen jemand anders werden«, sagte Dakota, während Martin weiterhin aß. »Wir brauchen neue Identitäten. Ausweise, die auch einer genaueren Überprüfung standhalten.«

Henry nickte erneut. »Und da kommt ihr ausgerechnet zu mir. Warum nur, fragt man sich.«

»Wir beide kennen die Antwort. Du bist der beste Ausweisfälscher weit und breit. Du bist ein Genie.«

»Oha, sag das nicht zu laut.« Er beugte sich ein wenig vor. »Bis wann braucht ihr sie?«

»Bis gestern«, antwortete Martin mit vollem Mund.

»Sofort«, sagte Dakota. »Was wohl so viel heißt wie: heute Abend?«

Der alte Henry lächelte wohlwollend. »Das müsste für meine süße kleine Maus eigentlich zu schaffen sein. Und für ihren Verlobten«, fügte er mit Blick auf Martin hinzu. »Genügt ein Personalausweis, oder muss es ein Pass sein? Personalausweise sind leichter.«

Dakota überlegte. »Ein Pass wäre nicht schlecht. Was meinst du, Martin?«

Er aß den Rest von seinem Rührei und schluckte. »Ich weiß noch nicht, wohin du willst, aber mit einem Pass steht uns die ganze Welt offen.«

»Braucht ihr ihn vielleicht für die Hochzeitsreise?«, fragte Henry und lächelte.

»Könnte sein, Onkel Henry, könnte durchaus sein. Aber zuerst einmal möchten wir einfach weg von hier.«

»Weil Geheimdienst und Staatsschutz hinter euch her sind.«

»Ja.«

»Was habt ihr ausgefressen, wenn ich fragen darf?«

»Wir sind einer Weltverschwörung auf der Spur«, antwortete Martin.

»Nichts weniger als das. Hm.« Henry schwieg einige Sekunden lang. »Arbeit gehört bezahlt, und gute Arbeit sollte gut bezahlt werden.«

»Martin?«, fragte Dakota.

»Ich habe zwanzigtausend Euro anzubieten.« Er hob sein Handy. »Per Online-Sofortüberweisung.«

In Henrys dunklem Gesicht kam es zu einer kleinen Veränderung. Der freundliche Onkel wich in den Hintergrund und machte Platz für den Geschäftsmann. »Der Euro ist nicht mehr das, was er einmal war. Durch die Hyperinflation verliert er ständig an Wert.«

»Bitcoin«, schlug Dakota vor.

»Na schön.« Martin drehte sein Handy. »Ich biete ein Zehntel Bitcoin.«

»Nur ein Zehntel? Das klingt nicht nach sehr viel.«

»Nach dem gegenwärtigen Kurs sind es mehr als hunderttausend Euro«, erklärte Martin. »Und morgen werden es noch mehr sein, denn im Gegensatz zum Euro und allen anderen Währungen steigt der Wert des Bitcoin, Stunde um Stunde.«

»Sagen wir null Komma zwei, Junge, das klingt ein bisschen besser«, meinte Henry.

»Ziemlich viel Geld für einen Tag Arbeit.«

»Aber nur wenig Geld für einen Schlüssel, der die Tür zur Welt öffnet, findest du nicht?«, hielt ihm Henry freundlich entgegen.

Martin gab nach. »Na schön. Wenn du mir eine Bitcoin-Adresse für die Überweisung durchgibst …«

»Ich schicke sie dir nicht per E-Mail, falls du das meinst.« Der alte Henry schnaufte. »Wer weiß, wer da mitliest, wenn es Geheimdienste auf euch abgesehen haben. Ich gebe sie dir oben.« Er deutete mit dem Zeigefinger zur Decke und meinte das Obergeschoss.

»Da wäre noch etwas«, sagte Dakota. »Dürfen wir deinen superspeziellen Computer benutzen? Ich muss etwas überprüfen.«

»Ich nehme an, es geht dabei um die Weltverschwörung?«

»Wir brauchen gewisse Informationen«, sagte Dakota ausweichend.

»Na schön, kein Problem. Was ich nicht weiß, kann man mir auch nicht zur Last legen, oder?« Henry stand auf und griff nach den leeren Tellern. »Wenn wir hier fertig sind … Oben wartet Arbeit auf uns.«

DIE ZWEI: FRANCIS FORSYTHE

98

DAS HEULEN des Winds war laut genug, um die ganze Welt zu füllen. Böen pfiffen und fauchten, manche von ihnen so heftig, dass sie Forsythe das Gleichgewicht nahmen und ihn in den Schnee sinken ließen. Helfende Hände zogen ihn wieder auf die Beine und stützten ihn manchmal, während er durch Schneewehen stapfte.

Als sie im Windschatten eines Felsens verharrten, bemerkte Forsythe die roten Augen seines Butlers. Sie tränten, und aus den Tränen hatten sich kleine Eiskränze gebildet.

»Können Sie überhaupt noch etwas sehen?«, fragte er.

»Es geht schon, Sir.« Anthony rang sich ein Lächeln ab und hob das kleine GPS-Gerät. »Wir sind auf dem richtigen Weg. Nur noch elf Kilometer.«

Ebenso gut hätten es hundert sein können, dachte Forsythe, als sie durch Wind und Schneegestöber marschierten, den Kopf tief zwischen den Schultern, umgeben von einem Weiß ohne Konturen. Der Wind änderte immer wieder die Richtung. Wenn er in ihren Rücken blies, schafften sie es selbst durch den hohen Schnee etwas leichter, der eigentlich Schneeschuhe erfordert hätte. Wenn er von vorn kam, bückten sie sich noch tiefer, machten sich so klein wie möglich, dennoch fiel es ihnen doppelt und dreifach schwer, einen Fuß vor den anderen zu setzen.

Welche Strecke sie zurücklegten, ließ sich kaum abschätzen, aber Forsythe bezweifelte, dass es mehr waren als ein oder zwei Kilometer pro Stunde. Was bedeutete, dass sie, wenn es so weiterging, die Wetterstation erst in sechs bis zehn Stunden erreichen würden. Sie mussten schneller werden, irgendwie, denn was sie derzeit erlebten, war nur ein Vorgeschmack auf das, was in einigen Stunden drohte, wenn der Sturm losbrach, und im Vergleich dazu würden die gegenwärtigen Winde nicht mehr als ein laues Lüftchen sein.

»Es wäre besser gewesen, in der Forschungsstation zu bleiben, Sir«, sagte Anthony nach einer Weile. Er sprach wie immer ruhig und gemessen, als säßen sie bei einer Partie Schach am Kamin. »Sind die Anweisungen, die Sie übermitteln wollen, so wichtig, dass wir dafür unser Leben riskieren müssen?«

Forsythe hörte die Stimme aus dem Kopfhörer, den er noch immer unter der Kapuze trug. »Denken Sie an den Bus, dessen Lenkrad wir halten«, gab er mühsam zurück, während ihm der Wind die Worte von den Lippen riss. »Wenn wir es nicht drehen, stürzt der Bus mit allen Passagieren an Bord in den Abgrund.«

Plötzlich zuckten Anthonys Hände heran, versetzten ihm einen Stoß gegen die Brust. Überrascht taumelte Forsythe zurück, sank erneut in den Schnee.

»Bitte entschuldigen Sie, Sir. Ich habe die Gletscherspalte zu spät gesehen. Sie befindet sich direkt vor uns.«

Forsythe sah sie ebenfalls, als er zwei Meter nach vorn kroch, einen weißen Riss im weißen Boden, selbst mit der Brille kaum zu erkennen. Kein Wunder, dass Anthony die Eisspalte fast übersehen hatte.

»Kommen Sie dem Rand nicht zu nahe, Sir!«, warnte Anthony. »Schnee und Eis könnten nachgeben.« Als sich Forsythe nicht rührte, zog ihn Anthony zurück. »Ich drehe ein wenig unser Lenkrad, wenn Sie gestatten, Sir.«

Forsythe kam auf die Beine, schwankte im böigen Wind und sah links und rechts an der Gletscherspalte entlang. Sie verschwand in beiden Richtungen nach wenigen Metern im Schneetreiben. »Das zwingt uns zu einem Umweg.«

»Ja, Sir.«

»Nach rechts oder links?«

»Ich weiß es nicht, Sir. Es lässt sich nicht feststellen, in welcher Richtung die Spalte am längsten ist.«

Forsythe zögerte. Solange man sich bewegte, produzierte der Körper genug Wärme, doch kaum stand man still, fraß sich Kälte durch die Kleidung. Sie kroch in die Stiefel und umklammerte die Füße, bis das Gefühl aus ihnen wich, stieg in den Beinen auf und legte sich lähmend um die Knie, sie tastete sich durch Lenden und Hüften, bis alles taub war unter dem langsamer schlagenden Herz. Nur der Kopf blieb seltsam frei und unbeschwert. Alles halb so schlimm, signalisierte er. Wird schon werden, sei zuversichtlich.

Wenn das geschah, wenn diese innere Stimme erklang, war es fast schon zu spät. Forsythe war klar, dass er trotz Parka, Stiefel und dicken Handschuhen zu erfrieren drohte, wenn er sich nicht bewegte.

»Nach links«, entschied er aufs Geratewohl und stapfte los.

Anthony erschien an seiner Seite, gebeugt wie er selbst, doch irgendwie gelang es ihm, noch immer würdevoll zu wirken. »Wie geht es Ihnen, Sir? Fühlen Sie sich noch kräftig genug?«

»Spielt das wirklich eine Rolle?«, erwiderte Forsythe. »Wir müssen weiter, ob wir wollen oder nicht.«

»Es ist noch immer ziemlich weit, Sir«, gab Anthony zu bedenken. »Und der Weg an der Gletscherspalte entlang kostet zusätzliche Zeit.«

»Haben wir eine Wahl?«

»Vielleicht, Sir. Wir könnten es mit dem Notzelt versuchen.«

»Sie haben selbst gesagt, dass es nicht viel taugt!«

»Das stimmt auch, Sir«, drang Anthonys Stimme aus dem Kopfhörer. »Aber es ist immer noch besser als gar nichts.«

Vom Wind umtost, blieb Forsythe einige Meter neben der Gletscherspalte stehen und sah seinen Begleiter an. »Sie können nichts mehr sehen, oder?«, fragte er. »Sie sind schneeblind.«

Anthony hielt den Kopf gesenkt. »Eine halbe Stunde im Zelt

würde meinen Augen vielleicht genügen, sich ein bisschen zu erholen, Sir.«

Ich trage seine Brille, dachte Forsythe.

»Na schön«, sagte er. »Suchen wir eine einigermaßen windgeschützte Stelle und bauen das Zelt auf.«

Sie marschierten weiter an dem Riss im Eis entlang, der kein Ende nehmen wollte und zu breit war, um darüber hinwegzuspringen. Ein mühsamer Schritt folgte dem anderen, doch schließlich, nach fast einer Stunde, trafen sie auf eine Ansammlung von Felsen, zwischen denen eine Lücke gerade genug Platz bot für das Zelt.

Anthony machte sich sofort daran, es aufzubauen, und Forsythe half ihm, so gut ihm das mit kalten, tauben Fingern möglich war.

Drinnen war es nicht leiser, am Heulen und Pfeifen der Böen änderte sich nichts, und hinzu kamen das Knarren und Flattern der Plane. Aber der Wind erreichte sie nicht mehr, und dadurch schien es nicht mehr ganz so kalt zu sein.

Anthony öffnete die Reiseration aus dem Gepäckfach des Motorschlittens, reichte Forsythe eine Flasche Mineralwasser, in dem einige Eisklumpen schwammen, und einen Schokoriegel, der trotz seines Alters erstaunlich gut schmeckte. Der Butler selbst begnügte sich mit einigen Keksen. Den Rest stopfte er zusammen mit der Verpackung in die Zelthülle und formte eine Art Kopfkissen daraus.

»Hier, Sir, legen Sie sich hin und versuchen Sie, ein wenig zu schlafen.«

»Wenn ich einen Schlafsack hätte, wäre es vielleicht möglich«, entgegnete Forsythe. »Aber nur mit dem Parka ist es viel zu kalt.«

Anthony wollte seinen eigenen Parka ausziehen.

Forsythe schüttelte den Kopf. »O nein, kommt nicht in Frage. Sie haben mir Ihre Brille gegeben, und sehen Sie sich das Ergebnis an! Ich meine, Sie sehen *nichts mehr!* Sie sind blind.«

»Ich gestehe, dass es um meine Augen derzeit nicht besonders gut bestellt ist, Sir.« Sie waren blutunterlaufen, und Anthony wischte gefrorene Tränen fort.

Forsythe gab ihm die Flasche. »Wir legen uns *beide* hin und versuchen zu schlafen.«

»Sehr wohl, Sir. Wir könnten uns gegenseitig wärmen, wenn Ihnen das recht ist.«

»Gute Idee.« Forsythe sank auf den kalten Boden und legte den Kopf aufs improvisierte Kissen. Anthony streckte sich neben ihm aus.

»Kommen Sie ruhig etwas näher.« Forsythe drehte sich auf die Seite und kehrte ihm den Rücken zu. »Legen Sie die Arme um mich wie ich um Sie auf dem Motorschlitten. Ja, so ist es gut.«

Er schloss die Augen und schlief sofort ein, trotz Kälte und Lärm.

99

FORSYTHE ERWACHTE in Stille – oder in etwas, das ihm nach dem Tosen wie Stille erschien. Die Plane des Zelts knatterte nicht mehr, sie bewegte sich kaum und knisterte nur noch. Aus dem Heulen und Pfeifen war ein dumpfes Rauschen geworden, das laute Geschrei des Sturms hatte sich in ein Flüstern verwandelt.

Reglos blieb er liegen, die Augen noch immer geschlossen. Erstaunlicherweise war ihm nicht kalt, angenehme Wärme umhüllte ihn, bis knapp unter die Knie. Seine Waden aber waren eisig, ebenso die Füße in den Stiefeln.

Schließlich hob er den Kopf, öffnete die Augen und merkte, dass er nicht nur einen Parka trug, den eigenen, sondern noch ein zweiter über ihm lag. Anthony hatte seinen ausgezogen und wie eine Decke über ihn gelegt.

Er rührte sich nicht, der Mann, der dicht hinter ihm lag, und Forsythe hörte ihn auch nicht atmen.

»Anthony?«

Es erklang keine Stimme, kein »Zu Diensten, Sir.« Nur der Wind flüsterte, und die Zeltplanen knisterten.

Forsythe hielt den zweiten Parka fest, als er aufstand. Die Knie fühlten sich nicht mehr ganz so weich an, in den Beinen steckte wieder etwas mehr Kraft.

»Das hätten Sie nicht tun sollen.« Er legte den Parka, der ihn gewärmt hatte, über Anthony, der noch immer reglos dalag, die Augen verquollen und verkrustet, das Gesicht bleich.

»Ich hole Hilfe«, sagte Forsythe. »Der Sturm hat nachgelassen. Bei den Vorhersagen, die wir gesehen haben, war nicht ganz klar, welchen Weg genau er nehmen würde. Vielleicht ist er etwas weiter nach Norden oder nach Süden geschwenkt. Oder dies ist sein Zentrum, in dem Ruhe herrscht, wer weiß? Ich habe Ihre Brille, ich riskiere also nicht, schneeblind zu werden. Und ich nehme den restlichen Proviant mit.«

Forsythes Worte füllten die rauschende Stille. Er sprach und sprach, während er das kleine GPS-Gerät ergriff, das »Kopfkissen« öffnete und den restlichen Reiseproviant einsteckte.

»Es kann nicht mehr weit sein, zehn oder elf Kilometer. Irgendwie schaffe ich es auf die andere Seite der Gletscherspalte. Wenn ich die Wetterstation erreicht habe, kehre ich sofort mit einem Minicopter oder einem Schneemobil zurück und hole Sie. Sie müssen sich nur ein wenig in Geduld fassen, das ist alles. Hier im Zelt sind Sie geschützt.«

Er trat nach draußen, und sofort wurde die Stimme des Winds lauter, als hätte er nur auf ihn gewartet. Aber es tanzten weniger Schneeflocken in der kalten Luft, die Sicht war viel besser. Forsythes Blick reichte Hunderte von Metern weit.

»Geben Sie nicht auf, alter Freund«, sagte er und meinte vielleicht sich selbst. »Ich bin bald zurück.«

Er brach auf.

MARTIN FREEMAN

100

DAS »MUSEUM«, wie Dakota es genannt hatte, nahm fast das ganze Obergeschoss von Henrys Haus ein, mehr als hundert Quadratmeter. Ein Teil davon war dem Weltall gewidmet, mit Bildern des Orbitalteleskops Hubble und Modellen des Sonnensystems und anderer Sternsysteme. Ein Projektor stand bereit, um wie in einem Observatorium den aktuellen Sternenhimmel an die Decke zu projizieren.

Der nächste, etwas größere Raum präsentierte Kunst, in goldenen oder bernsteinfarbenen Rahmen steckende Gemälde: Porträts, Stillleben, abstrakte Darstellungen, die an Picasso und Dalí erinnerten.

Der dritte und größte Teil des Museums war alten Computern, Röhrenmonitoren und Nadeldruckern vorbehalten.

»Hier tobt sich der Nerd aus«, erklärte Dakota, als Henry ging, um etwas aus seiner Werkstatt zu holen, einem kleinen Zimmer neben der Schlafnische. »Wenn ihm Künstler und Fälscher genug Zeit lassen. Henry liebt Retro-Computer aus den achtziger und neunziger Jahren des vorigen Jahrhunderts, der ›guten alten Computerzeit‹. Hier bastelt er und bringt alte Software auf alter Hardware zum Laufen.«

»Wenn du daran denkst, mit einem dieser prähistorischen Relikte ins Internet zu gehen ...« Martin blickte sich skeptisch um. »Die Dinger sind bestimmt so langsam, dass wir für das Herunterladen eines Bilds Tage brauchen.«

»Könnte durchaus sein«, gestand Dakota ein. »Aber es gibt da noch einen speziellen Spezialcomputer, der wesentlich schneller und leistungsfähiger ist. Schnell und leistungsfähig genug für unsere Zwecke.«

Der alte Henry kehrte mit einem Schlüssel zurück, gab Martin und Dakota mit einem Kopfnicken zu verstehen, dass sie ihm folgen sollten, und führte sie an den Tischen und Werkbänken mit den alten Computern vorbei zu einer Tür hinter den elektronischen Eingeweiden eines demontierten Vintage-Computers. Er schloss auf, und wenige Sekunden später fand sich Martin in einem Raum wieder, der nur sieben oder acht Quadratmeter groß war und einen einzelnen Arbeitstisch enthielt, darauf ein Flachbildschirm groß wie ein Fernseher. Neben dem Tisch stand ein unscheinbarer grauer Kasten, von dem mehrere Kabel ausgingen. An den nahen Wänden zogen sich Regale mit Kartons und elektronischen Bauteilen entlang.

»Das ist eine der besten Workstations, die man heute kaufen kann«, verkündete Henry stolz. »Ein Terabyte Arbeitsspeicher, der Prozessor ein Threadripper mit hundertachtundzwanzig Kernen, die Internetanbindung zwei Gigabit schnell. Genügt das der kleinen Maus und ihrem Verlobten?«

Dakota lächelte zufrieden. »Ich denke schon.«

Henry setzte sich, schaltete die Workstation ein und schrieb ein Passwort in die Eingabemaske auf dem Bildschirm. »Dies ist ein Linux-System, damit kennst du dich sicher aus. Kali, um genau zu sein. Manchmal brauch ich es für die Arbeit. Ich richte dir schnell ein Gastkonto ein, mit Zugriff auf alle Programme, die du brauchst. Und ich gebe euch eine Bitcoin-Adresse, an die dein baldiger Ehemann bitte null Komma zwei Bitcoin überweist.«

Er klang nicht mehr großväterlich und gemütlich, sondern sehr geschäftsmäßig.

Der Bildschirm zeigte einen stilisierten Drachen, und davor öffnete sich ein Textfenster, das eine lange Zeichenkette aus Zahlen und Buchstaben enthielt.

Henry stand wieder auf und wollte gehen.

»Ich brauch ein Handy-Interface«, sagte Dakota und setzte sich an den Arbeitstisch.

Henry wandte sich einem Regal zu. »Signalverfolgung?«

»Und akustische Analyse.«

»Hat jemand seine Stimme verstellt?«

»Womöglich. Ich würde gern alle Möglichkeiten abchecken.«

Henry gab ihr mehrere Gegenstände, die aussahen wie Zangen, kleine Kabelknäuel und Adapter mit mehreren Anschlüssen. Dann trat er zur Tür. »Wenn ihr sonst noch was braucht, ich bin in der Werkstatt. Die zwei Zehntel Bitcoin nicht vergessen«, fügte er an Martin gerichtet hinzu und ging.

Dakota nahm von Martin das alte Handy entgegen und verband es per USB-Kabel mit einem der Adapter. Ein weiteres USB-Kabel steckte sie vorn in einen Port der Workstation. Ihre Finger verharrten kurz über der Tastatur, wie die Hände einer Pianistin.

Martin nahm den Stuhl neben der Tür und setzte sich neben Dakota. »Und ich?«, fragte er. »Was mache ich?«

Sie deutete auf das Textfenster mit der Bitcoin-Adresse. »Überweis das Geld.«

Martin holte sein eigenes Handy hervor. »Und dann?«

Dakota lächelte. »Dann kannst du mir zusehen und mich bewundern.«

101

»DU FRAGST dich vielleicht, was ich jetzt mache«, sagte Dakota, während sie schrieb. Kurz verharrte sie, während sich vor ihr auf dem Monitor Bildschirmfenster öffneten, dann huschten ihre Finger erneut über die Tasten.

»Ja«, bestätigte Martin, der sein Smartphone wieder einsteckte, nachdem er den vereinbarten Betrag an Henrys Bitcoin-Adresse überwiesen hatte. »Was machst du?«

»Henry ist sehr stolz auf seinen Superspezialcomputer. Aus gutem Grund, obwohl Concept noch einige schwerere Kaliber vorzuweisen hat. Die Internetverbindung ist gut, ich kann meine Programme in der Cloud fast so laufen lassen, als würde ich sie hier in diesem Computer starten. Natürlich benutze ich ein VPN, wir wollen ja nicht, dass man die IP hierher zurückverfolgt.«

Sie sprach schnell, langte nach dem alten Handy und betätigte die Wahlwiederholung.

»Wir rufen die letzte Nummer noch einmal an und warten ab, was passiert. Wenn der Angerufene noch einmal abnimmt, sind wir einen Schritt weiter. Und wenn er spricht, könnten wir noch mehr herausfinden. Ich hab da so einen Verdacht ... Hier, sieh dir das an.« Fotos von Männern und Frauen erschienen in einem neuen Bildschirmfenster. »Einige der Sieben haben Gesichter bekommen. So weit war ich mit meinen Recherchen bei Concept.«

»Du hast die Verschwörer identifiziert?«

»Nein«, gestand Dakota, »jetzt überschätzt du mich. Das hier sind Informationen der Nachrichtendienste.«

Datenkolonnen scrollten durch ein Anzeigefeld, daneben drehte sich wie bei Google Earth die Erde – die Reise des Betrachters ging von Europa über den Atlantik nach Amerika, zur Westküste der Vereinigten Staaten.

Nach einigen Sekunden ließ Dakota das alte Handy sinken, und die Datenkolonnen im Anzeigefenster kamen zum Stillstand. Der Globus im graphischen Fenster drehte sich nicht mehr, ein Zoom holte Kalifornien heran, einen Ort südlich von San Francisco.

»Der erste wichtige Schritt ist getan«, kommentierte sie. »Leider hat der Angerufene diesmal nicht gesprochen, wir können also nicht seine Stimme analysieren. Aber ich kann feststellen, wo er den Anruf entgegengenommen hat, und es sollte eigentlich auch möglich sein, ihn zu identifizieren.«

Eine Zeitlang schrieb sie auf der Tastatur, ohne ein Wort zu sagen. Martin beobachtete, wie sich weitere Bildschirmfenster öffneten und schlossen. »Was machst du jetzt?«

»Die letzte Nummer auf unserer Liste gehört zu Verizon in den USA«, antwortete Dakota geistesabwesend. »Weißt du, wer Verizon ist?«

»Bitte halt mich nicht für blöd!«

Sie sah kurz zur Seite. »Natürlich nicht, mein Schatz. Du bist ein kluger Bursche, immerhin heiratest du mich nächste Woche.« Sie ließ den Worten ein schnelles Grinsen folgen.

Natürlich wusste er, dass die Verizon Communications Inc. ein milliardenschwerer Telekommunikationskonzern mit Hauptsitz in New York und vielen Niederlassungen auf der ganzen Welt war. Verizon Wireless stand zudem seit Jahren an erster Stelle der Mobilfunkanbieter in den Vereinigten Staaten, und unter dem Namen Verizon Business bot man Dienstleistungen für Geschäftskunden, aber auch für Behörden in ganz Europa an.

Dakota deutete dann auf den Schirm. »Ich verschaffe mir gerade Zugang zu den Datenbanken von Verizon, um den Namen hinter der Nummer herauszufinden.«

»Einfach so?«

»Concept hat lange, wirklich lange Listen über Hintertüren und Firewall-Lücken in Servern überall auf der Welt. Im Darknet kann man solche Listen kaufen, und dafür muss man nicht einmal tief in die Tasche greifen. Ich will keine Firmengeheimnisse ausspähen oder irgendwo Ransomware oder andere Schadware einschleusen. Ich möchte nur einen Namen, mehr nicht.«

Ein akustisches Signal erklang.

»Na bitte«, sagte sie zufrieden. »Die Verizon-Nummer ist der Firma Extra im Silicon Valley zugeordnet.«

»Die größte Softwareschmiede der Welt, spezialisiert auf KI-Systeme.« Martin beugte sich vor. »Kannst du herausfinden, welcher Namen innerhalb von Extra sich hinter der Nummer verbirgt?«

»Dazu müsste ich einen Blick in die Personaldatenbank von

Extra werfen.« Dakota konsultierte ihre Listen. »Keine bekannte Schwachstelle in den Servern.« Sie überlegte kurz. »Versuchen wir's mit einem Login-Versuch per Passwortdatei.«

Tasten klickten. Martin sah auf den Bildschirm und wusste, was Dakota anstellte. Sie hatte ein Programm gestartet, das sich mit dem Extra-Server verband und sich dort einzuloggen versuchte, mit Einträgen einer Datei, die Tausende von oft verwendeten Passwörtern enthielt. Ein typisches Hackerwerkzeug, alles andere als subtil, aber oft erfolgreich.

Einige Sekunden verstrichen, und dann hörte er ein Piepen, das sich mehrmals wiederholte, bis Dakota die Eingabetaste drückte.

Eine Stimme ertönte: »Sie haben mehrmals das falsche Passwort eingegeben. Ihre IP-Adresse ist hiermit gesperrt.«

Ein roter Warnhinweis erschien, und dann schloss sich das betreffende Bildschirmfenster.

»Das war die Stimme, die ich gehört habe!«, entfuhr es Martin. »Hast du bemerkt, wie seltsam sie klang?«

»Ein Bot«, sagte Dakota nachdenklich. »Oder vielleicht eine KI, immerhin haben wir es mit Extra zu tun. Das lässt sich leicht feststellen.«

Sie verband eins der kleinen Geräte, die sie von Henry bekommen hatte, mit der Workstation und nahm eine akustische Analyse vor. Das Ergebnis bekam sie nicht einmal zwanzig Sekunden später.

»Eindeutig eine KI. Mit dem seit einigen Jahren gebräuchlichen Zwischenton bei der Sprachausgabe, der Anrufer darauf hinweisen soll, dass sie es nicht mit einem menschlichen Gesprächspartner zu tun haben. Das ist in-te-res-sant. In der Telekommunikation werden Bots oder KIs oft als Online-Sekretäre eingesetzt. In diesem Fall könnte es bedeuten, dass dein Anruf weitergeleitet wurde.«

»An wen?« Martin glaubte, einen Fehler in Dakotas Überlegungen zu erkennen. »Moment. Die Stimme, die mir geantwortet hat, die mit dem synthetischen Klang … Sie sprach wie ein Mensch und fragte: ›Wer sind Sie? Woher haben Sie diese Nummer?‹«

»Vielleicht eine Vorsichtsmaßnahme«, spekulierte Dakota. »Der Angerufene wollte nicht anhand seiner Stimme identifiziert werden.«

»Weil er die Nummer des alten Handys kannte und wusste, dass mein Vater tot ist?«

»Könnte sein. Also, wenn dein Anruf weitergeleitet wurde … Dann könnten wir uns vielleicht huckepack auf das Transfersignal setzen und feststellen, wohin die Reise geht.«

»Du meinst, wer den Anruf letztendlich entgegengenommen hat?« Neue Aufregung erfasste Martin. Kopfschmerzen und Übelkeit waren vollkommen vergessen, er fühlte sich gut.

»Ein netter kleiner Tracer könnte uns Auskunft geben.« Dakotas Hände, die links und rechts der Tastatur geruht hatten, gerieten wieder in Bewegung. »Eine kleine digitale Klette für die Weiterleitung. Hier ist sie.« Sie zeigte auf ein Bereitschaftssymbol. »Und jetzt … Noch ein Anruf.«

Ein zweites Mal betätigte sie die Wahlwiederholung des alten Handys, das Martins Vater gehört hatte. Wieder wanderten Datenkolonnen über den Bildschirm, und als sie zum Stillstand kamen, drückte Dakota die Eingabetaste. »Jetzt können wir nur noch warten und hoffen.«

Das Fenster mit den Daten verschwand, und unten am Bildschirm erschienen gelbe Punkte, einer nach dem anderen, begleitet von einem blinkenden Cursor.

»Die Klette klebt«, sagte Dakota und tippte wieder. »Mal sehen, ob ich Koordinaten bekommen kann. GPS wäre nicht schlecht. Dann könnten wir genau sehen, wo sich der Angerufene befindet.«

Martin sah, wie aus den gelben Punkten rote wurden. Er zeigte darauf. »Was bedeutet das?«

»Die Verbindung ist unterbrochen, schneller als bei meinem ersten Versuch vorhin. Aber die kleine Klette steckt noch im System und wartet hoffentlich auf die Gelegenheit, uns eine Nachricht schicken zu können.«

Eine Minute verging, dann eine zweite. Am unteren Bildschirmrand wanderte die Linie aus roten Punkten langsam von links nach rechts.

Der Globus im graphischen Fenster drehte sich wieder, die Reise des Betrachters führte über Nordamerika hinweg zurück zum Atlantik. Doch dann ging es nicht nach Osten, in Richtung Europa, sondern nach Norden.

»Wie ich schon sagte, in-te-res-sant«, wiederholte Dakota. »Der Tracer hat tatsächlich etwas entdeckt.«

»Was?«, fragte Martin.

Am unteren Bildschirmrand endete die Linie mit einem etwas größeren grünen Punkt und einem »Ok« dahinter. Wenige Sekunden später rückte die Zeile nach oben, und Zahlen erschienen.

Dakota nickte zufrieden. »Das sind die Koordinaten.«

Ein neuer Zoom holte einen bestimmten Teil des Atlantiks heran. Zu sehen war nur blaues Meer.

»Da ist nichts. Keine Insel, null, nada«, stellte Martin enttäuscht fest

»Ein Flugzeug«, sagte Dakota. »Die angerufene Person befindet sich an Bord eines Flugzeugs.« Wieder klickten die Tasten ihres Computer-Keyboards. »Mal sehen, welche Flugzeuge gerade unterwegs sind. Niemand fliegt ohne Flugplan, richtig? Jede Maschine muss angemeldet sein, sonst gibt's Ärger erst mit der zivilen Flugsicherung und dann mit dem Militär. Also schauen wir mal, welche Starts in Nordamerika angemeldet wurden und mit welchem Flugziel.«

Dakotas Finger huschten wieder über die Tasten, und neue Listen erschienen auf dem großen Bildschirm.

»Hier haben wir's! Ein Privatjet, eine Gulfstream G600, unterwegs nach … Grönland. Und wem gehört der Jet, auf wen ist er zugelassen?«

Wieder klickten Tasten.

Martin sah fasziniert zu, wie Dakota Daten aus verschiedenen Quellen abrief und miteinander verknüpfte. Manchmal hielt sie kurz inne, um Anzeigen zu betrachten und zu überlegen, anschließend kehrten ihre Finger zum Keyboard zurück.

»Es wird immer interessanter.« Sie deutete auf ein neues Textfenster. »Hier ist die Zulassung in den Vereinigten Staaten. Die Gulfstream gehört Extra und steht ausschließlich wem zur Verfügung? Rate mal.«

Martin schüttelte den Kopf. »Keine Ahnung.«

»Einer gewissen Xanadu, der geheimnisvollen Gründerin von Extra.«

Martin hatte natürlich von Xanadu gehört, die gelegentlich auch im Bereich der Kryptowährungen tätig war. Viele Trader verwendeten Software von Extra, er auch.

Er bemerkte Dakotas triumphierenden Blick.

»Und?«, fragte er. Plötzlich glaubte er zu verstehen. »Ich nehme an, es hat etwas mit deinem Verdacht zu tun.«

Dakota tippte einen Clear-Befehl, und von einem Augenblick zum anderen war der große Bildschirm leer.

»Zurück zu meinen Recherchen bei Concept.« Sie gab eine Zeichenfolge ein und drückte die Eingabetaste. Ein Abfragefeld erschien, und Dakotas flinke Finger schrieben ein Passwort. »Die Cloud ist schon eine sehr nützlich Sache«, sagte sie genüsslich. »Weil man von überall Zugriff darauf hat, ob es einem Adrian passt oder nicht.«

Nacheinander erschienen die Fotos, die Martin schon einmal gesehen hatte: zwei Frauen und drei Männer, nach ihrem Erscheinungsbild zu urteilen aus verschiedenen Teilen der Welt.

»Die Sieben haben Gesichter bekommen, hast du gesagt, aber das sind nur fünf«, sagte er.

»Wart's ab. Diese fünf Personen sind: Samuel Winster aus den USA, Jurij Kowalkow aus Russland, Pauline Laurent aus Kanada, Jiang Taiji aus China und Desna Laghari aus Indien.«

Martin las den Text. »Whitestone, größter Investmentfonds der Welt. Canadian Core, größter Rohstoffkonzern der Welt. Shuguang, ein Konsortium aus zweiundneunzig großen Unternehmen, darunter Huawei und Alibaba. Und Golden Wisdom in Indien. Was ist mit dem Russen?«

Dakota drückte Tasten, und ein weiteres Textfenster öffnete sich. »Ein einflussreicher Mann, der über ein weitverzweigtes Netzwerk verfügt. Hier wird er als ein Drahtzieher zwischen Kreml, Oligarchen und russischen Geheimdiensten beschrieben.« Sie warf Martin einen Blick zu. »Alle fünf haben vor gut einem Monat begonnen, massiv in den Bitcoin zu investieren. Als hätten sie gewusst, dass der Kurs bald steigen würde. Und alle fünf sind tot. Das heißt, bei Jiang Taiji weiß man das nicht so genau. China hat ihn als rekrutierten Soldaten gegen Taiwan in den Krieg geschickt. Vielleicht hatte er Glück und lebt noch.«

Martin dachte darüber nach. »Was macht das aus der angeblichen Weltverschwörung?«

»Vielleicht eine Art Duett. Vor knapp zwei Monaten hatten alle fünf Kontakt mit diesem Mann.« Ein sechstes Foto erschien und zeigte einen distinguierten Mittfünfziger. Er stand an einem Geländer, blickte übers nahe Meer und wirkte nachdenklich.

Martin ließ das Bild auf sich wirken.

»Er wirkt seltsam auf mich«, sagte er nach einer Weile. »Er scheint mehr zu sehen als nur das Meer. Man könnte meinen, dass sein Blick in die Zukunft reicht.«

»Und was sieht er dort?«

»Eine neue Weltordnung?«, spekulierte Martin.

»Vielleicht. Das ist Francis Forsythe, Brite, fünfundfünfzig Jahre alt und schwerreich. Er hat die Beraterfirma Amethyst Prognosis gegründet, deren Einfluss in den letzten Jahren immer mehr gewachsen ist. Forsythe pflegt gute Kontakte zu Regierungen überall auf der Welt. Er gilt als Finanzgenie, man hört auf seinen Rat. Bei den Geheimdiensten hält man ihn offenbar für eine Art Autisten, der in Zahlen verliebt ist.«

»Ich kenne Amethyst Prognosis, aber von diesem Mann hab ich noch nie gehört«, gestand Martin.

»Er meidet die Öffentlichkeit und agiert am liebsten hinter den Kulissen. Ich hab noch ein zweites Foto von ihm gefunden.« Dakota drückte erneut die Eingabetaste.

Das Bild zeigte Francis Forsythe in einem Restaurant, in Gesellschaft einer Frau. Er wirkte ein wenig jünger, das Foto schien einige Jahre alt zu sein.

Dakota wandte sich an Martin. »Na?«, fragte sie. »Na?«

»Eine schöne Frau«, gestand er.

Sie rollte mit den Augen. »Das mein ich nicht. Wer könnte die Frau sein? Erkennst du sie?«

Einmal mehr klickte die Eingabetaste.

Das nächste Foto präsentierte die Frau auf einer Bühne. Ein großer Schriftzug schmückte die Wand hinter ihr: EXTRA – *Für die Zukunft!*

»Jetzt rate mal, wer die Frau ist«, sagte Dakota.

»Xanadu?«

»Und sie sitzt gerade an Bord einer Gulfstream und ist nach Grönland unterwegs.«

»Was will sie dort?«

»Gute Frage. Ich glaube kaum, dass sie dort eine Serverfarm einrichten möchte, um auf diese Weise Kosten für die Kühlung zu sparen.« Dakota lehnte sich zurück, ihren Blick auf den großen Bildschirm gerichtet. »Ich lass dich noch einmal raten, aber diesmal geb ich dir einen Tipp. Francis Forsythe ist verschwunden. Er scheint sich in Luft aufgelöst zu haben.«

Martin zählte eins und eins zusammen. »Er ist in Grönland?«

»Darauf würde ich wetten. Und Xanadu fliegt gerade zu ihm!«

»Das Duett.«

Dakota nickte. »Zwei von Sieben. Mehr sind nicht übrig. Bei ihnen laufen alle Fäden zusammen. Sie halten sie in der Hand.«

»Es gibt eine Verbindung zu meinem Vater«, murmelte Martin.

»Da besteht kein Zweifel.«

»Die Leute, die uns nach dem Leben trachten …« Martin hob kurz die Hand zum nicht mehr schmerzenden Kopf. »Und die es auf Nakamotos Bitcoin-Wallet abgesehen haben … Sie haben etwas mit Xanadu und Francis Forsythe zu tun, nicht wahr?«

Dakota nickte erneut. »Davon gehe ich aus.«

»Forsythe und Xanadu könnten vermutlich alle unsere Fragen beantworten.«

»Durchaus möglich.« Dakota seufzte. »Und wieder stehen wir vor der Wahl. Mit den neuen Pässen könnten wir in den sonnigen Süden reisen und das Leben genießen. Die Alternative heißt Kälte, Schnee, Eis und Gefahr.«

»Da fällt die Entscheidung leicht.«

»Finde ich auch«, stimmte ihm Dakota zu.

»Wir reisen nach Grönland«, sagte Martin.

»Dachte ich mir.«

Plötzlich ging das Licht im Zimmer aus. Der Computer blieb an, piepte aber.

»Der Strom ist weg. Was wir hören, ist die unterbrechungsfreie Stromversorgung.« Dakota deutete auf den grauen Kasten neben dem Schreibtisch. »Die USV-Batterie reicht gerade aus, den Computer herunterzufahren.«

Sie stand auf, als der Bildschirm dunkel wurde, und einige schnelle Schritte brachten sie in den Hauptraum des »Museums«. Martin folgte ihr.

Der alte Henry kam ihnen entgegen.

»Kein Strom mehr«, brummte er.

»Haben wir gemerkt.« Martin ahnte etwas, eilte zum nächsten Fenster und blickte nach draußen.

Zwei Limousinen näherten sich und hielten vor dem Haus. Männer stiegen aus, sechs oder sieben.

»Wir kriegen Besuch«, sagte Martin alarmiert.

DIE ZWEI: FRANCIS FORSYTHE

102

EINE GANZE Stunde wanderte Forsythe am Riss im Eis entlang, bis er schließlich merkte, dass der Spalt schmaler geworden war, schmal genug, um mit ein bisschen Anlauf darüber hinwegzusetzen.

Auf der anderen Seite rutschte er aus, fiel der Länge nach in den Schnee, blieb einige Sekunden liegen und versuchte, nicht an Anthony zu denken.

Als er wieder stand, blickte er nach Westen, in Richtung der Forschungsstation, und sah dort einen dunkler werdenden Himmel. Die Hauptfront des Sturms, vermutete er. Das GPS-Gerät zeigte ihm eine Entfernung von noch zehneinhalb Kilometern bis zum Ziel an. Zwei Stunden, wenn er auf keine nennenswerten Hindernisse stieß. Das war zu schaffen. Zurück zum Zelt würde er es mit einem Minicopter oder einem Schneemobil wesentlich schneller schaffen, bestimmt kaum mehr als zehn Minuten unter günstigen Bedingungen.

»Es dauert nicht mehr lange, Anthony«, sprach er in den Wind. »Halten Sie durch.«

Forsythe stapfte durch den Schnee und versuchte sogar zu laufen, gab es aber nach einigen Minuten auf, weil es zu viel Kraft kostete. Er konzentrierte sich darauf, möglichst schnell einen Fuß vor den anderen zu setzen, aber nicht zu hastig, um nicht außer Atem zu geraten und müde zu werden.

Nach einer Weile fand er in einen Rhythmus, der es ihm erlaubte, zügig voranzukommen, ohne dass die Beine zu schwer wurden. Der Wind schien ihn unterstützen zu wollen und drückte mehr oder weniger sanft gegen seinen Rücken.

Eine Stunde lang trottete er dahin, ohne auf weitere Gletscherspalten zu stoßen. Er musste Hindernissen ausweichen, hohen Schneewehen wie Dünen einer weißen Wüste oder bizarren Eisformationen, die aussahen wie von einem Künstler geschaffen. Einmal glaubte er, aus dem Augenwinkel eine Bewegung zu bemerken, doch als er danach Ausschau hielt, blieb die Schneelandschaft leer.

Gab es Eisbären auf Grönland? Und wie sollte er reagieren, wenn plötzlich einer vor ihm erschien? Weglaufen hatte wohl keinen Sinn, der Bär wäre viel schneller gewesen. Forsythe fragte sich, ob es möglich war, so ein Tier mit einem lauten Schrei zu vertreiben. Eine absurde Vorstellung. Doch noch absurder war es, im Magen eines hungrigen Bären zu enden. Oder zu erfrieren, dachte Forsythe und verscheuchte Erinnerungsbilder, die ihm einen reglosen Mann in einem Zelt zeigten.

Vor dem Tod konnte man nicht davonlaufen, dieses Wettrennen hatte man von Anfang an verloren. Aber *hier* zu sterben, in blutige Stücke gerissen von einem Eisbären oder erfroren in Schnee und Eis … Wie ungerecht nach all den Jahren sorgfältiger Vorbereitungen, den Nächten voller Zahlen im Kopf, den Plänen, alten und neuen. Nein, das durfte nicht geschehen. Er musste am Leben bleiben, die Welt brauchte ihn.

Als das GPS-Gerät noch drei Kilometer anzeigte, begann es zu dunkeln, und der Wind wurde heftiger. Neues Schneegestöber begann, die Sichtweite schrumpfte auf fünfzig, dann auf weniger als zwanzig Meter. Doch die Böen blieben in Forsythes Rücken, schoben ihn nach vorn, und er stapfte schneller.

Immer öfter sah er auf die Anzeige des GPS-Geräts, denn er befürchtete plötzlich, dass er an der Wetterstation vorbeimarschierte, ohne sie im Schneetreiben zu sehen.

Als ihn nur noch ein Kilometer von seinem Ziel trennte, war das Display des Navigationsgeräts plötzlich leer. Er starrte darauf hinab und blinzelte mehrmals, als könnte er die Anzeige auf diese

Weise zurückholen. Dann schüttelte er das Gerät, doch auch das blieb ohne Erfolg. Die Batterie, dachte er. Die Batterie musste leer sein.

Er spähte dorthin, wo er den Horizont vermutete, und nahm nach einigen Sekunden die dunkle Brille ab, in der Hoffnung, etwas mehr sehen zu können. Doch das Weiß schien grell zu sein, es blendete ihn schon nach kurzer Zeit. Dankbar für die Brille setzte er sie wieder auf und fragte sich, wie Anthony ohne sie zurechtgekommen war.

Er ließ das nutzlos gewordene GPS-Gerät in einer Tasche des Parkas verschwinden. Ein Blick zurück zeigte ihm seine Fußspuren, Mulden im Schnee, die weniger tief und deutlich wurden, je weiter sie zurückreichten – der Wind ließ nicht viel von ihnen übrig. Forsythe formte in Gedanken aus ihnen eine Linie und setzte sie nach vorn fort. Dieses Bild hielt er fest, es musste ihm als Orientierung dienen.

Er stapfte wieder los und versuchte, nicht nach rechts oder links von der Linie in seinem Kopf abzuweichen. Die Sicht war noch schlechter geworden, und nirgends gab es einen Orientierungspunkt, etwas, das den Augen Halt bot.

Nach einigen Minuten sah er zurück und stellte fest, dass er nur fünf oder sechs seiner Fußstapfen sehen konnte, so schnell verwischte der Wind die Spuren im Schnee.

Es wurde immer dunkler, und Forsythe war versucht, die Brille abzunehmen. Aber sie schützte die Augen vor den winzigen kalten Projektilen, zu denen die Schneeflocken geworden waren, und deshalb behielt er sie auf, obwohl der Blick nicht weiter reichte als einen oder zwei Meter. Selbst die Spur, die er hinter sich zurückließ, war bald nicht mehr zu sehen.

Die Schritte kosteten weniger Kraft als zuvor, denn der Wind drückte immer stärker gegen seinen Rücken. Doch das Schneetreiben wurde so dicht, dass er wieder befürchtete, wenige Meter an der Wetterstation vorbeizuwanken, ohne sie zu bemerken.

Plötzlich stieß er gegen etwas, ein kleines Hindernis, das unvermittelt vor ihm erschien, eine Stange mit roten Markierungen.

Die Station! Sie musste sich in unmittelbarer Nähe befinden.

Forsythe mühte sich weiter durch Schnee und Sturm und kämpfte gegen die Böen an, die nun von der Seite kamen. Etwas schien in der Düsternis vor ihm aufzuragen. Ein Felsen? Oder vielleicht eine Eisformation, vom Sturm umtost? Was hatte die Stange zu bedeuten? War sie ein Wegweiser?

Wenige Sekunden später stand er plötzlich vor einer orangefarbenen Wand, die dem Wind trotzte. Die Wetterstation, er hatte sie tatsächlich erreicht!

Als sich Forsythe an der Wand entlangtastete, fiel ihm plötzlich ein, dass sich ein neues Problem ergeben konnte. Schön und gut, dass er die Wetterstation gefunden hatte, aber wie sollte er hineingelangen? Es gab keine ständige Besatzung, die Station sammelte ihre Daten ohne menschliche Hilfe. Nur gelegentlich kamen Wartungstechniker, um nach dem Rechten zu sehen und den einen oder anderen Schaden zu beheben. Forsythe konnte also nicht hoffen, nur auf den Knopf einer Klingel drücken zu müssen, damit sich eine Tür für ihn öffnete.

Vielleicht waren alle Türen verschlossen und verriegelt.

An einer windgeschützten Stelle verharrte Forsythe kurz und rückte die Brille zurecht. Das Zischen und Fauchen der Böen legte sich ihm wie ein Druck auf den Kopf, und für einen Moment sehnte er sich in die Stille beim Erwachen im Zelt zurück.

Das erinnerte ihn an einen reglosen Mann, der ihn mit seinem Parka zugedeckt hatte, und er konzentrierte sich darauf, eine Tür zu finden. Es durfte nicht abgeschlossen sein, dachte er. Es bestand immer die Möglichkeit, dass jemand in Not geriet und einen Unterschlupf brauchte. Bestimmt gab es internationale Vorschriften, die verlangten, dass die Türen arktischer Stationen – wenn sie nicht gerade militärischen Zwecken dienten – für Schutzsuchende offen blieben.

Die orangefarbene Wand nahm kein Ende. Nach vorn gebeugt und den Kopf zur Seite gedreht, das Gesicht aus dem Wind, stapfte Forsythe daran entlang, bis er tatsächlich, nach einer gefühlten Stunde, eine Tür entdeckte. Mit Händen, die selbst in den dicken Handschuhen eisig geworden waren, zerrte er an der großen Klinke, bis er begriff, dass er sie nicht drücken, sondern drehen musste.

Die Tür schwang auf.

Der Sturm hätte sie fast fortgerissen. Forsythe hielt sie fest, betrat einen kleinen dunklen Raum und zog die Tür hinter sich zu.

Einige Sekunden lang stand Forsythe still und mit geschlossenen Augen. Dann setzte er die Brille ab und stellte fest, dass ein wenig Licht durch ein halb zugeschneites Fenster fiel.

Das kleine Zimmer, in dem er sich befand, war offenbar eine Art Ausrüstungskammer, die auch als Umkleidekabine diente. Ein offener Wandschrank enthielt dicke Jacken und Hosen, Stiefel standen darunter bereit, und Helme und Werkzeuggurte hingen an der Wand.

Forsythe erblickte eine Taschenlampe und streckte die Hand danach aus, bevor er den Schalter neben der Innentür entdeckte. Er betätigte ihn versuchsweise, und zu seiner Überraschung ging die Lampe an der Decke an.

Er lächelte. Das Schlimmste war überstanden. Alles wurde gut.

Oder fast alles.

Die Temperatur in den anderen Räumen der Wetterstation lag bei vierzehn Grad Celsius, warm genug für Forsythe, die Handschuhe auszuziehen und den Parka zu öffnen. Er schaltete überall Licht ein, um die Dunkelheit zu vertreiben, und fand nach kurzer Suche das Computerzimmer.

Es sah aus, als hätte bis eben jemand am Arbeitstisch gesessen. Einer der drei Bildschirme war eingeschaltet und zeigte eine Tabelle mit zahlreichen Reihen und Spalten, darin farbig markierte

Zahlen- und Buchstabenkombinationen, die sich immer wieder veränderten. Meteorologische Daten, vermutete Forsythe. Hier wurden sie gesammelt, ausgewertet und an Empfangsstationen auf dem europäischen und amerikanischen Festland gesendet.

Forsythe saß bereits auf dem Stuhl, den USB-Stick mit seinen geschäftlichen Anweisungen in der Hand, als ihm klarwurde, dass er wertvolle Zeit verlor. Jemand brauchte seine Hilfe. Jemand wartete auf ihn und vertraute darauf, dass er sein Versprechen hielt und so schnell wie möglich zurückkehrte. Ein Mann in einem Zelt, reglos und still.

Er sprang auf und eilte durch die Räume der Wetterstation, auf der Suche nach einer Inventarliste und Schlüsseln. Er fand beides in einem Zimmer, bei dem es sich um ein Verwaltungsbüro zu handeln schien. Aus der Liste ging hervor, dass es tatsächlich einen kleinen Hangar gab, besser gesagt: eine Garage mit einem Schneemobil für Fahrten zu den kilometerweit entfernt platzierten Sensoren sowie einen Ein-Mann-Copter, der vielleicht auch für zwei Personen genug Platz bot, wenn sie zusammenrückten.

Forsythe nahm den Schlüssel für die Garage. Sie war abgeschlossen, obwohl Diebe sicherlich leichtes Spiel gehabt hätten. Als er die Innentür öffnete, hörte er den Sturm lauter werden und außerdem ein Ächzen und Knacken, das von den Wänden stammte.

Der Copter mit seinen zusammengeklappten Rotoren nahm den meisten Platz ein. Er wirkte wie ein zerbrechliches Insekt aus Stahl und Kunststoff, und Forsythe begriff sofort, dass ein Flug mit ihm bei diesem Wetter nicht in Frage kam. Die Rotoren waren nicht annähernd stabil genug, um mit den Böen fertigzuwerden. Der Wind hätte sie zerrissen und zerfetzt.

Blieb nur das Schneemobil.

Der Tank war zur Hälfte gefüllt, wie er feststellte. Da er nicht genau wusste, wie groß die Reichweite war, nahm er einen Kanister aus dem Regal und füllte Benzin nach. Er überprüfte auch die Batterie und holte etwas Proviant aus der fast leeren Speisekammer,

Schokoladenkekse und Fruchtsaft. Beides verstaute er nahe beim Motor, damit Kekse und Saft einigermaßen vor der Kälte geschützt waren. Dann öffnete er die Außentür.

Und schloss sie wieder.

Unmöglich.

Der ohrenbetäubend laut heulende Wind war so heftig, dass er mit dem Schneemobil nicht weiter als einige Dutzend Meter gekommen wäre. Alles, was dort draußen ohne feste, sichere Verankerung versuchte, den Böen zu trotzen, wurde einfach davongeweht.

Forsythe stand in der Garage, die Außentür wieder verschlossen, lauschte der zornigen Stimme des Sturms und dachte an einen Mann, der etwa zehn Kilometer entfernt in einem Notzelt lag.

Anthony musste noch etwas länger ausharren.

Es dauerte fast drei Stunden, bis sich Forsythe mit Computersystem und Sendeanlage vertraut gemacht hatte und in der Lage war, die im USB-Stick gespeicherten Anweisungen zu übermitteln. Er beließ es dabei, fügte den Daten keinen Hilferuf hinzu. Damit hätte er seinen Aufenthaltsort verraten, und bis Hilfe eintraf, wäre es ohnehin zu spät.

Einige weitere Stunden verbrachte er damit, die meteorologischen Daten zu analysieren. Er wollte herausfinden, wie es um den Sturm bestellt war, der über den Norden von Grönland hinwegzog, welchen Kurs er nahm und wie er sich entwickeln würde.

Es sah nicht gut aus. Wenn er die Daten richtig interpretierte, war sogar damit zu rechnen, dass der Sturm in den nächsten Stunden noch stärker wurde – in der kommenden Nacht sollten die Böen Spitzengeschwindigkeiten von hundertsechzig Kilometern pro Stunde erreichen. Die Wetterstation konnte ihnen standhalten, daran zweifelte er nicht, ebenso die Container der alten Forschungsstation sechzig Kilometer weiter westlich. Aber das Zelt zwischen den Felsen … Hatten sie es fest genug im eisigen Boden verankert?

Als der Abend dämmerte, kochte er Tee in der kleinen Küche, setzte sich an den Tisch und aß die Schokoladenkekse, die er Anthony hatte bringen wollen. Bis tief in die Nacht hinein lauschte er dem Heulen des Orkans, der über den grönländischen Eispanzer hinwegfegte, dankbar dafür, vor Wind und Kälte geschützt zu sein. Er saß im Schein einer Lampe, trank Tee und dachte daran, wie sehr seine Welt geschrumpft war, auf eine Glühbirne an der Decke, ein bisschen Tee und einige wenige Wände um ihn herum.

Jenseits davon gab es eine andere, viel größere Welt, die seine Anweisungen empfangen hatte und bald auf ein Zeichen von ihm warten würde, wenn die Regierungen zu dem unvermeidlichen Schluss gelangten, dass sie seine Hilfe brauchten.

Den Rest der Nacht verbrachte er auf einer schmalen Liege, verloren in wirren, zusammenhanglosen Träumen.

Am nächsten Tag verbesserte sich die Situation nicht. Hinter den Fenstern wollte es nicht richtig hell werden, und der Sturm dauerte an, stärker als noch am Abend zuvor.

Im Computerzimmer trafen die Daten der meteorologischen Sensoren ein, wurden zu Wetterberichten verarbeitet und gesendet. Alles geschah automatisch, mit nur einem menschlichen Beobachter, der vor dem Monitor saß, auf die Daten starrte und hoffte, dass sie ein baldiges Ende des Orkans verkündeten.

Der Tag verging, ohne dass der Sturm endete. Es folgte eine zweite Nacht in der Wetterstation, wieder auf der schmalen Liege, die kaum Komfort bot. Das Licht ließ Forsythe eingeschaltet, denn im Dunkeln schien das Heulen und Pfeifen lauter zu werden. Manchmal schlief er ein, nur um wenige Minuten später aufzuschrecken, wenn es laut in den Wänden knackte.

Am nächsten Morgen, zu Beginn des zweiten Tages, wurde es etwas heller, aber das Schneetreiben hielt an, und noch immer drückten Böen gegen die Wände der Wetterstation. Erst am Nachmittag wurde die Sicht besser, und der Wind flaute allmählich ab.

Die Daten, die der Computer von den Sensoren empfing, zeigten eine neue Tendenz: Das ausgedehnte Sturmgebiet schwenkte nach Süden. In vier oder fünf Stunden, so die Prognose, sollte die Windgeschwindigkeit auf siebzig Kilometer pro Stunde sinken. Noch immer eine ziemlich steife Brise, zu viel wahrscheinlich für den Copter, nicht aber für das Schneemobil.

Forsythe bereitete sich darauf vor, die Wetterstation zu verlassen. Er packte neuen Proviant ein, auch ein weiteres Notzelt, das er bei den Jacken, Stiefeln und Werkzeugen in der »Ausrüstungskammer« entdeckte, überprüfte noch einmal Batterie und Tank, obwohl er wusste, dass alles in Ordnung war, und wartete ungeduldig vor dem Computerschirm.

Als es draußen dunkel zu werden begann, streifte er eine lange Jacke über, die noch dicker war als sein Parka, band die Kapuze zu, steckte die Hände in große Fausthandschuhe und machte sich mit dem Schneemobil auf den Weg.

MARTIN FREEMAN

103

»SIE UMSTELLEN das Haus.« Auch Dakota spähte aus dem kleinen Fenster, das wie ein Bullauge aussah. »Zwei von ihnen kommen über den Weg. Sie sind gleich hier.«

Martin sah sich mit klopfendem Herz und rasenden Gedanken um. Gab es einen Fluchtweg? Konnten sie irgendwie entkommen? Vom Nordseekanal zog Nebel heran, aber er war nicht dicht genug, um sich darin zu verbergen.

Dakota wandte sich halb vom Fenster ab. »Was machen wir?«

»Hier gibt es keinen Mäusetunnel, oder?«

»Nicht, dass ich wüsste. Vielleicht können wir uns irgendwie herausreden.«

Der alte Henry öffnete einen Schrank des »Museums« und holte etwas daraus hervor. Martin erschrak, als er in dem Gegenstand eine Flinte mit langem Lauf erkannte.

»Lieber Himmel!«, entfuhr es ihm. »Das Ding sieht aus wie ein Erbstück!«

»Es ist ein Erbstück«, gab Henry zurück. »Und man kann noch immer damit schießen.«

»Einmal, hab ich recht? Es ist ein Vorderlader, richtig?«

Henry antwortete nicht, sondern ging die Treppe hinunter ins Erdgeschoss, wo er vor der Tür Aufstellung bezog. Dakota und Martin folgten ihn. »Was zum Teufel hat er vor?«, raunte Martin mit einem unguten Gefühl im Bauch.

Bevor Dakota antworten konnte, klingelte es.

Henry hob die Flinte und rief: »Es ist niemand zu Hause!«

Es klingelte erneut.

Dakota stand plötzlich vor Henry, schob ihn mit sanftem Nachdruck zurück und zog ihm vorsichtig das Gewehr aus den Händen.

»Aufmachen, Polizei!«

»Nach Polizei sahen mir die Männer nicht aus«, sagte Dakota.

Martin öffnete die Tür und lächelte freundlich. »Nach Polizei sehen Sie mir nicht aus. Wer …«

Einer der beiden vor ihm stehenden Männer bemerkte Dakota mit Henrys Flinte, stieß Martin beiseite, hielt plötzlich eine Pistole in der Hand, zielte damit.

»Waffe weg!«, bellte er. »*Sofort!*«

»Hallo, immer mit der Ruhe.« Dakota bewegte sich betont langsam, ging in die Hocke, legte das alte Gewehr auf den Boden, richtete sich wieder auf und hob die Hände.

Die beiden Männer traten ein. Sie trugen dunkle Anzüge, keine Uniformen. Die Pistole blieb auf Dakota gerichtet, die ihre leeren Hände noch etwas höher hob.

»Haben Sie einen Durchsuchungsbeschluss?«, fragte Martin.

Er erhielt keine Antwort. Die beiden Männer sahen sich um. »Befindet sich sonst noch jemand im Haus?«

Weiter hinten krachte es, und kurz darauf erschienen zwei weitere Männer, die offenbar die Hintertür aufgebrochen hatten. Einer von ihnen war recht jung und hatte ein Gesicht voller Sommersprossen. Beide hielten Pistolen schussbereit in den Händen, steckten sie aber ein, als sie sahen, dass die Lage unter Kontrolle war.

»Wer sind Sie?«, fragte Dakota scharf. »Was wollen Sie von uns?«

Ein fünfter Mann erschien. Er trug keinen Anzug wie die anderen, sondern Jeans, ein hellblaues Hemd und ein dunkelgraues Jackett. Die schwarzen Schuhe, die nicht zu der Jeans passen wollten, waren Martin schon bei ihrer ersten Begegnung aufgefallen.

»So sieht man sich wieder«, sagte Lefèvre und betrat das Haus. Er schien ein wenig von seiner Agilität verloren zu haben, bewegte sich langsam und steif. »Sie haben mir das falsche Handy gegeben,

Monsieur Freeman.« Auch seine Stimme klang anders, etwas heiserer. »Ich möchte das richtige von Ihnen.« Er streckte die Hand aus.

»Sie haben sich in der kurzen Zeit gut erholt, Kompliment, Mister Bond«, sagte Dakota. »Nachdem Ihr grandioser Plan uns allen beinah das Leben gekostet hätte.«

Lefèvre warf ihr nur einen kurzen Blick zu, sah dann wieder Martin an, die Hand weiterhin ausgestreckt. »Das Handy, Monsieur Freeman«, wiederholte er. »Das Handy Ihres Vaters.«

»Und natürlich brauchen Sie uns nicht dafür zu danken, dass wir Sie ins Krankenhaus gebracht und Ihnen damit das Leben gerettet haben«, fügte Dakota hinzu.

»Alles gesichert«, meldete ein weiterer Mann von draußen.

»Bleiben Sie wachsam«, wies ihn Lefèvre über die Schulter hinweg an.

»Das hier ist mein Haus!«, grollte der alte Henry. »Ich habe Sie nicht hereingebeten. Ich weiß nicht einmal, wer Sie sind. Raus mit Ihnen!«

Er trat drohend vor.

Der Mann mit der Pistole richtete seine Waffe auf ihn, nicht auf Kopf oder Brust, sondern auf die Beine. »Einen Schritt weiter, und Sie haben eine Kugel im Knie.«

Zwei schnelle Schritte, und Dakota stand vor dem alten Jamaikaner. »Was soll der Unfug?«, fauchte sie den Mann mit der Pistole an. Und an Lefèvres Adresse gerichtet zischte sie: »Was wird hier gespielt?«

Er drehte sich um und schloss die Eingangstür. Dann ging er, langsam und so steifbeinig wie zuvor, zu Dakota und verharrte dicht vor ihr.

Sie wich nicht zurück, nicht einen Millimeter, stellte Martin fest. Herausfordernd sah sie Lefèvre an. »Was soll das werden? Ein Einschüchterungsversuch?«

»Sie haben gefragt, was hier gespielt wird, und genau das ist das

Problem«, sagte Lefèvre kühl. »Sie scheinen es tatsächlich für ein Spiel zu halten. Haben Sie noch immer nicht begriffen, worum es geht?«

»Sie meinen, was ›auf dem Spiel‹ steht?«, erwiderte Dakota spöttisch. »Sie haben es uns erklärt, Mister Bond, vor Ihrem tollen Plan, der damit geendet ist, dass mehrere Menschen ihr Leben verloren haben. Angeblich steht das Schicksal der ganzen Welt auf der Kippe. Unter solchen Voraussetzungen kann man natürlich Recht und Gesetz vergessen, einfach so in ein Haus eindringen und damit drohen, auf einen alten Mann zu schießen. Da weiß man sofort, wer die Guten und wer die Bösen sind.«

»Mir fällt es nicht schwer, zwischen Gut und Böse zu unterscheiden«, entgegnete Lefèvre. »Ich weiß auch: Wer den Bösen hilft, gehört selbst zu ihnen.«

»Es ist erstaunlich«, sagte Dakota. »Alle meinen es immer nur gut. Und trotzdem geht die Welt vor die Hunde.«

Lefèvre blickte an ihr vorbei zu den beiden Männern, die durch die Hintertür hereingekommen waren. »Sehen Sie sich oben um. Tobias, nehmen Sie sich den Computer vor, mit dem Frau van Leeuwen gearbeitet hat.«

Davon wusste er also, begriff Martin!

Der junge Mann mit den vielen Sommersprossen im Gesicht eilte nach oben. Der andere fragte: »Strom und Internet?«

Lefevre nickte.

Der zweite Mann holte ein Handy hervor und gab eine knappe Anweisung. Wenige Sekunden später ging im Flur das Licht an, und das Brummen des Kühlschranks kam aus der Küche.

»Setzen wir uns ins Wohnzimmer.« Lefèvre winkte den beiden Männern zu, die vor ihm das Haus betreten hatten. Sie begannen sogleich damit, die herumliegenden Zeitschriften einzusammeln und ein wenig Ordnung zu schaffen.

Martin fiel auf, dass der alte Henry davongeschlichen war. Wahrscheinlich wollte er den Geheimdienstmännern auf die Finger schauen, während die sich in seinem Haus umsahen. Und er war sicherlich auch besorgt, was sie alles entdecken konnten.

Martin selbst sank neben Dakota auf das alte geblümte Sofa, das unter ihnen quietschte. Lefèvre nahm im Sessel auf der anderen Seite des Tisches Platz, verzog dabei das Gesicht und tastete kurz nach seiner Seite.

»Sie hätten im Krankenhaus bleiben sollen«, sagte Martin.

»Bei mir ist es nur die Niere, bei Ihnen der Kopf. Also …« Er beugte sich vor, und der Schmerz verschwand aus seinem Gesicht. »Auf den Tisch. Ihre Handys. Alle.«

Einer der beiden anderen Männer stand einen Schritt weit im Wohnzimmer, der andere im Flur. Sie wirkten ernst und entschlossen.

Martin wechselte einen Blick mit Dakota und erkannte die stumme Frage in ihrem Gesicht.

»Sie überlegen vielleicht, was passiert, wenn Sie auf stur schalten.« Lefèvre deutete auf die beiden Männer. »Ich werde Anweisung geben, Sie zu durchsuchen. Ob es Ihnen gefällt oder nicht, ob Sie sich wehren oder nicht. So oder so, ich bekomme von Ihnen, was ich haben will. Anschließend werden Sie an einem sicheren Ort untergebracht, wo Sie niemandem mehr schaden können.«

»Das klingt nicht nach einem Gefängnis«, erwiderte Martin.

»Wir haben andere Möglichkeiten, Sie würden staunen.« Lefèvre klopfte auf den Tisch. »Die Handys.«

Martin holte sein Smartphone hervor. Dakota zögerte, bevor sie erst ihr eigenes neues Handy dazulegte und dann auch das alte aus dem Schließfach von Safes Fidelity in Genf.

Lefèvre beugte sich über den Tisch und zog die drei Handys zu sich heran. »Offenbar werden Sie allmählich vernünftig. Ich nehme an, dies ist das fragliche Handy.« Er deutete auf das alte Modell.

»Kommt darauf an, was Sie unter ›fraglich‹ verstehen«, erwiderte Martin.

»Oh, Sie wissen, was ich meine, Monsieur Freeman.« Lefèvre wandte sich halb um, als es im Flur plötzlich polterte. »Was ist los?«

Der zweite Mann erschien in der Tür, sein Anzug ein wenig zerknittert. »Der Alte wollte sich sein Gewehr schnappen.«

Dakota stand auf. »Wenn Sie ihm etwas antun …!«

»Bleiben Sie sitzen, Frau van Leeuwen!«, befahl Lefèvre. Und zu dem Mann in der Tür des Wohnzimmers: »Sorgen Sie dafür, dass er uns keine Schwierigkeiten macht.«

Dakota sank langsam aufs Sofa zurück und sagte besorgt: »Henry ist alt und harmlos.«

»Er ist ein Fälscher und Hacker«, hielt ihr Lefèvre entgegen. »Wir kennen ihn seit vielen Jahren.« Er lächelte plötzlich, kalt und humorlos. »Ich habe einen Vorschlag für Sie. Wir lassen Henry in Ruhe, und Sie sagen uns, was Sie oben mit dem Computer angestellt haben. Ich meine den Spezialcomputer, nicht die anderen. Auch davon wissen wir.«

»Sie haben die Leitung angezapft, nicht wahr?«, zischte Dakota.

Lefèvre zuckte mit den Schultern. »Was bei verschlüsseltem Datenverkehr kaum etwas nützt. Ich bin sicher, dass wir den Code knacken könnten, aber die Zeit drängt. Also noch einmal, was hat sich bei Ihren Recherchen ergeben?«

»Sie sind der Geheimdienst«, sagte Martin. »Wie könnten wir mehr wissen als Sie?«

Lefèvre ging nicht darauf ein. »Apropos Code knacken. Tobias ist Computerspezialist. Sie glauben, gut mit Computern umgehen zu können, Frau van Leeuwen? Dann sollten Sie mal unseren Tobias erleben. Er wird herausfinden, womit Sie oben beschäftigt waren. Wir sparen nur etwas Zeit, wenn Sie es uns von sich aus verraten.«

»Da gibt's nichts zu verraten«, gab Dakota zurück.

In Lefèvres Gesicht veränderte sich etwas, bemerkte Martin. Er war mit seiner Geduld offenbar am Ende.

»Sie haben die Wahl«, sagte er, nahm die Handys und steckte

sie ein. »Entweder landen Sie für unbestimmte Zeit hinter Schloss und Riegel, vielleicht für Jahre, oder Sie geben Ihren verdammten trotzigen Widerstand auf und teilen Ihr Wissen mit mir.«

»Aus welchem Grund wollen Sie uns verhaften?«, fragte Martin. »Was werfen Sie uns vor? Wir haben niemanden ermordet und nichts gestohlen. Wir gehören auch nicht zu Ihren Weltverschwörern.«

Lefèvre beugte sich wieder vor, diesmal so abrupt, dass es fast schien, er wolle über den Tisch springen. »Haben Sie immer noch nicht verstanden? Ich rede nicht von Verhaftung und einem gewöhnlichen Gefängnis ...«

»Sondern von einem ›sicheren Ort‹«, warf Dakota ein. »Da stellt sich die Frage, für wen oder was er sicher ist.«

Sie war noch immer sehr angriffslustig, und Martin befürchtete, dass sie es übertrieb. Vielleicht war etwas mehr Diplomatie angesagt.

Lefèvre richtete den Zeigefinger erst auf Dakota und dann auf ihn. »Ich lasse Sie einsperren. Ohne Gerichtsverfahren. Bis Sie mir sagen, was ich wissen will. Und wenn es noch so lange dauert.«

»Es lebe der Rechtsstaat, für den Sie sich so vehement einsetzen!«, kommentierte Dakota.

Martin legte ihr die Hand aufs Knie.

»Wenn Ihnen Ihr eigenes Schicksal egal ist ...« Lefèvre deutete zur Tür. »Was ist mit dem Alten? Wollen Sie, dass er hinter Gittern stirbt?« Er richtete die Frage an Dakota.

»Lassen Sie Henry aus dem ...«

»Spiel? Da ist das Wort wieder. *Spiel.* Aber dies ist bitterer, blutiger, apokalyptischer Ernst. In jeder verstreichenden Minute sterben Hunderte, vielleicht Tausende Menschen an den direkten und indirekten Folgen der Krise. Und es werden noch viel, viel mehr, wenn aus der Krise ein Zusammenbruch des gesamten globalen Wirtschaftssystems wird.«

»Wir wollen das Handy zurück«, forderte Dakota.

Lefèvre nickte. »Darum geht es Ihnen, nicht wahr? Um die Bitcoins. Um das Geld.«

»Es gehörte meinem Vater, und jetzt gehört es mir«, betonte Martin. »Es ist mein Eigentum.«

»Ich nehme an, deshalb sind Sie hierhergekommen«, knurrte Lefèvre. »Um den Code für die Wallet zu knacken und an die Bitcoins zu gelangen.«

»Wir wollen das Handy mitsamt seinem Inhalt«, verlangte Dakota.

Martins Hand lag noch immer auf ihrem Knie. Er drückte ein wenig zu, wie um ihr zu sagen: Überspann den Bogen nicht.

Sie hörten, wie jemand die Treppe herunterkam, und wenige Sekunden später sah Tobias zur Tür herein. Er schüttelte den Kopf.

Dakota lächelte.

Lefèvre stand auf. »Sie hatten ihre Chance.« Und zu einem der anderen Männer: »Schafft sie weg!«

»Grönland«, sagte Martin.

Dakota sah ihn groß an, und sein Blick antwortete ihr: Vertrau mir.

Zwei Männer hatten sich bereits dem Tisch genähert, doch Lefèvre hob die Hand. »Warten Sie. Grönland?«

»Deshalb sind wir hergekommen.« Martin gab sich zerknirscht. »Zuerst haben wir es bei Concept in der Stadt versucht, aber dort hat es nicht geklappt.«

»Was hat dort nicht geklappt?«, hakte Lefèvre nach. »Das mit der Wallet?«

»Das mit der Verschwörung«, entgegnete Martin. »Besser gesagt, mit den Verschwörern. Wir wollten mehr über sie herausfinden. Zu diesem Zweck hat Dakota oben den speziellen Computer benutzt.«

»Was ist mit Grönland?« Lefèvre wurde wieder ungeduldig.

»Dort befindet sich ein gewisser Francis Forsythe, der Ihnen kein Unbekannter sein dürfte.« Martin hoffte, dass seine Taktik

Erfolg hatte. Dakota blieb skeptisch, das spürte er. »Und er wird bald Besuch bekommen, von einer Frau namens Xanadu.«

Tobias trat vor. »Xanadu von Extra?«

Lefèvre gab ihm mit einem Wink zu verstehen, dass er ruhig sein sollte, und fragte Martin: »Was wissen Sie sonst noch?«

»Wir können Ihnen die Flugdaten nennen«, bot Martin an. »Xanadu ist mit einem Privatjet unterwegs, mit einer Gulfstream G600. Wenn Sie ihr folgen, finden Sie Forsythe. Und das wollen Sie doch, oder? Forsythe und Xanadu gehören zu den Verschwörern, die die Welt ins Chaos gestürzt haben, und Sie wollen sie zur Rechenschaft ziehen, nicht wahr? Und ich will von ihnen erfahren, warum meine Eltern sterben mussten. Und auch meine Schwester. Und all die anderen Menschen, die Sie eben erwähnt haben. Haben Sie nicht von Zusammenarbeit und Kooperation gesprochen, um die Welt zu retten? Wir geben Ihnen die Daten der Gulfstream. Lassen Sie uns gemeinsam nach Grönland fliegen.«

»Wir finden auch allein heraus, mit welcher Gulfstream Xanadu unterwegs ist und wo sie landen wird«, entgegnete Lefèvre. »Sie hatten Ihre Chance, Monsieur Freeman. Sie hätten sie rechtzeitig nutzen sollen.«

Seine Männer traten um den Tisch herum.

Das zwang Martin, seinen letzten Trumpf auszuspielen. »Ich weiß, wer Satoshi Nakamoto ist!«

DIE ZWEI: FRANCIS FORSYTHE

104

DER SCHEINWERFER des Schneemobils schnitt eine mehr als hundert Meter lange Schneise der Helligkeit in die Nacht. Der Motor brummte laut, viel lauter als der zahm gewordene Wind, und Kilometer um Kilometer blieb hinter Forsythe zurück. Es fiel kein Schnee mehr, die Sicht hätte kaum besser sein können, Hindernisse erschienen rechtzeitig genug im Licht, um ihnen auszuweichen.

Er war schon seit einer ganzen Weile unterwegs, als ihm plötzlich die Gletscherspalte einfiel. Sofort nahm er Gas weg, das Schneemobil wurde langsamer und blieb schließlich stehen.

Wo befand sich der Riss im Eis? Hatte er sich in der Zwischenzeit geschlossen? War so etwas möglich?

Forsythe stieg ab, machte einige Schritte und hörte, wie der Schnee unter seinen Stiefeln knirschte. Um ihn herum regte sich nichts. Der Motor brummte leise in stiller Nacht.

Jenseits des Scheinwerferlichts war es nicht völlig dunkel, stellte Forsythe fest, als er sich einige weitere Schritte vom Schneemobil entfernte. Eine schmale Mondsichel hing tief über dem Horizont, und am Himmel darüber leuchteten mehr Sterne, als man zählen konnte. Viel, viel mehr. Das Band der Milchstraße zeichnete sich deutlicher ab, als er es je zuvor gesehen hatte, und der Andromedanebel, mehr als zwei Millionen Lichtjahre entfernt, ließ sich mit bloßem Auge ausmachen.

Zwei oder drei Minuten lang stand Forsythe da und staunte wie ein Kind, das sich wünschte, mit einem Raumschiff aufbrechen und all jene Sterne mit ihren Planeten erkunden zu können. Dann senkte er den Blick und ließ ihn über das weite Schneefeld schweifen. Nirgends zeigte sich auch nur die Andeutung einer Gletscherspalte.

Forsythe kehrte zum Schneemobil zurück, stieg wieder auf und setzte die Fahrt fort, doch diesmal langsamer. Aufmerksam behielt er das Gelände vor sich im Auge. Hatte der Sturm die Spalte mit einer weißen Decke getarnt? Verbarg sie sich irgendwo unter frisch gefallenem Schnee? Er zog das GPS-Gerät zu Rate. Es würde ihm allerdings ohne Kenntnis der genauen Position des langen Risses im Eis nicht viel nützen.

Nach weiteren zehn Minuten gelangte Forsythe zu der Überzeugung, dass die Gletscherspalte hinter ihm lag –, er hatte sie überquert, ohne es zu merken. Die Erleichterung darüber wich bald neuer Sorge. Den Instrumentenanzeigen zufolge hatte er fast zehn Kilometer zurückgelegt, und nach seinen Schätzungen stimmte auch die Richtung. Die Felsen mit dem Notzelt dazwischen hätten in Sichtweite sein müssen.

Forsythe fuhr noch etwas langsamer, sah sich um und bemerkte auf der rechten Seite einen Hügel aus Schnee. Behutsam drehte er den Lenker und fuhr einen Bogen, der ihn dorthinbrachte. Als er näher kam, zeichneten sich noch immer nicht die Umrisse von Felsen ab, was jedoch nicht viel bedeutete. Vielleicht hatte sich genug Schnee angesammelt, um das Gestein ganz zu bedecken.

Einige Meter entfernt hielt er an, stieg ab und schaltete den Motor aus, um Benzin zu sparen, denn er wusste nicht, wie lange die Suche dauern würde.

Stille schloss sich um ihn. Selbst das Flüstern des Winds war nicht mehr zu vernehmen.

»Ich bin zurückgekehrt, wie ich es versprochen habe«, sagte Forsythe laut.

Er trat zu dem Hügel, begann zu graben und stieß schon nach kurzer Zeit auf den ersten Felsen. Ermutigt verdoppelte er seine

Anstrengungen, erweiterte die Mulde mit den Händen und bereute es, keine Schaufel mitgenommen zu haben.

Schließlich fand er eine Stange.

Für einen Moment hielt er inne und fragte sich, wie lange man in einem Zelt unter Schnee begraben sein konnte, bevor man erstickte.

Forsythe grub sich weiter durch den Schnee, bis die Hände selbst in den Handschuhen kalt wurden und zu schmerzen begannen. Das Zelt stand schief, stellte er fest, und auf der einen Seite war die Plane eingedrückt und gerissen.

Er wühlte noch mehr Schnee beiseite, legte weitere Teile des Zelts frei …

… und fand den Toten.

Anthony lag so da, wie er ihn zurückgelassen hatte, auf der Seite, den rechten Arm ausgestreckt, wie um einen anderen Menschen gelegt.

Forsythe starrte auf ihn hinab.

Natürlich hatte Anthony nicht mehr am Leben sein können, tief in seinem Innern war Forsythe das klar gewesen. Aber ein irrationaler Teil von ihm hatte sich geweigert, diese Erkenntnis zu akzeptieren.

Vor dem Toten sank er auf die Fersen. Er sprach nicht und sah wortlos auf den Mann hinab, der ihn mit seinem Parka zugedeckt hatte. Dann stand er auf und überließ den Leichnam Nacht und Kälte.

Er stapfte zum Schneemobil, ließ den Motor an und machte sich ohne einen Blick zurück auf den Weg zur alten Forschungsstation.

105

DIE NACHT war ruhig, und er traf nur auf wenige Hindernisse: Dünen aus Schnee, Felsformationen oder kleine Hügel aus Eis, vom

Wind geschliffen. In sicherem Abstand wich er ihnen aus. Nie fuhr er schneller als zwanzig oder dreißig Kilometer in der Stunde, und immer hielt er aufmerksam Ausschau. Einen Fehler konnte er sich nicht leisten, er durfte sich nicht ablenken lassen, nicht einmal von den eigenen Gedanken. Deshalb konzentrierte er sich ganz darauf, das Ziel zu erreichen; nur daran dachte er, an nichts anderes.

Die alte Station zu finden, die er als sicheren Zufluchtsort gekauft hatte, fiel Forsythe nicht schwer. Das GPS-Gerät kannte ihren Standort, er brauchte also nur den Richtungshinweisen auf dem Display zu folgen.

Gut zwei Stunden dauerte die Fahrt. Als er sich der ehemaligen Forschungsstation näherte, stand die Mondsichel ein ganzes Stück höher am Himmel, und die Sterne schienen noch etwas heller zu leuchten. Die Signallampe am Mast neben dem Hauptcontainer schuf eine Insel aus Licht in der Nacht …

… und in ihrem Schein sah Forsythe die Fußspuren!

Die Schneedecke, vom Wind geglättet, hätte unberührt sein sollen. Stattdessen zeigten sich längliche Mulden in Abständen menschlicher Schritte.

Forsythe stellte den Motor ab und ließ das Schneemobil die letzten Meter dahingleiten. Als es anhielt, als kein Schnee mehr unter den Kufen knirschte, herrschte völlige Stille.

Nirgends regte sich etwas. Die Blenden der Fenster waren geschlossen, daher ließ sich nicht feststellen, ob im Hauptcontainer Licht brannte.

Voller Anspannung und den eigenen Herzschlag im Ohr stieg Forsythe ab, ging einige Schritte bis zu den ersten Spuren im Schnee, verharrte und lauschte erneut. Nichts.

Die Spuren führten am Hauptcontainer vorbei, und Forsythe folgte ihnen wachsam. Wie alt sie waren, konnte er nicht sagen, vielleicht eine halbe Stunde oder auch zwei oder drei. Die Ränder waren klar abgegrenzt, was aber nicht viel bedeutete. Es schneite schon seit einer ganzen Weile nicht mehr, und inzwischen rührte sich auch der Wind kaum noch.

Er spähte um die Ecke des Containers und sah den Minicopter. Kobaltblau stand er im Licht der Signallampe, eine große, geräumige Passagiergondel zwischen den eingeklappten Rotoren und mit dem goldenen Emblem eines grönländischen Verleihers aus Thule. Für den Transport von Fracht diente ein solcher Copter gewiss nicht, dafür nutzte man größere Transportcopter oder -drohnen. Ein Mensch war mit ihm gekommen, vielleicht mehrere.

Forsythe horchte. Wer auch immer an Bord des Copters gewesen war, wo befand er sich? Im Hauptcontainer der Station? Und hatte er das Schneemobil gehört?

So leise wie möglich trat Forsythe durch den Schnee zur Hintertür, streifte die Handschuhe ab und stopfte sie in die Taschen der langen Jacke. Dann holte er sein Schlüsselbund hervor, öffnete das Lederetui und achtete darauf, dass die Schlüssel nicht klirrten. Im Schein der Signallampe hoch oben am Mast wählte er den richtigen aus, schob ihn behutsam ins Schloss und drehte ihn langsam.

Es klickte, laut in der stillen Nacht.

Forsythe wartete einige Sekunden und lauschte einmal mehr, bevor er die Tür öffnete und in ein halbdunkles kleines Zimmer trat, das ebenso einer Schleusenkammer ähnelte wie der Raum hinter dem Haupteingang.

Dicht vor der Innentür zögerte er, dann zog er die Stiefel aus, stellte sie beiseite, drückte die Klinke und befand sich wenige später im Flur hinter Küche und Speisekammer. Licht kam von vorn; jemand hatte im Hauptraum die Lampen eingeschaltet.

Auf leisen Sohlen schlich Forsythe an der Speisekammer vorbei, und bei der Küche erwartete ihn der Duft von frisch gekochtem Tee.

Er ahnte plötzlich, wer mit dem Copter gekommen war. Besorgnis verwandelte sich in Freude.

Sie saß im Computerraum, stand auf, als er in der Tür erschien, und drehte sich zu ihm um.

»Die Sensoren haben dich natürlich bemerkt«, sagte Xanadu und deutete auf den Monitor. »Ich beobachte dich schon seit fünf Minuten.« Sie lächelte, aber nur kurz. »Nur noch wir beide sind übrig, Francis. Und ich möchte von dir wissen, warum.«

MARTIN FREEMAN

106

»ALS KIND habe ich geglaubt, mich fallen lassen zu können und auf Watte zu landen.« Dakota deutete aus dem Fenster des Flugzeugs, auf die Wolken unter ihnen. Im Westen hing die Sonne dicht über ihnen. »Als Kind glaubt man viele schöne Dinge. Das Erwachsenwerden besteht aus zahlreichen Enttäuschungen darüber, dass die Kindheitsträume nichts weiter sind als Illusionen.«

Sie wandte sich vom Fenster ab und blickte nach vorn, nach hinten und zur Seite, zu den anderen Sitzplätzen.

Einige der Männer schliefen oder hatten zumindest die Augen geschlossen. Andere hantierten mit Tablets, trugen Kopfhörer und sprachen leise in kleine Kehlkopfmikrophone.

Lefèvre saß vorn in der ersten Sitzreihe und hatte sich bisher nicht ein einziges Mal zu ihnen umgedreht. Niemand schien auf sie zu achten, aber Martin war sicher, dass man sie nicht aus den Augen ließ. Belauschen konnte man sie allerdings kaum, dafür war das Brummen der Triebwerke zu laut.

»Warum?«, fragte Dakota. Sie war ungewöhnlich ernst.

Martin glaubte zu wissen, was sie meinte. »Gab es eine andere Möglichkeit?« Er beugte sich näher zu ihr und sprach noch etwas leiser. »Lefèvre hätte seine Drohung wahr gemacht. Wir mussten ihm etwas anbieten, sonst säßen wir jetzt nicht hier, sondern in irgendeinem Loch irgendeines Geheimdienstes.«

Einer von Lefèvres Männern warf ihnen einen argwöhnischen Blick zu. Martin schenkte ihm ein übertrieben freundliches Lächeln.

»Und Nakamoto?«, hakte Dakota nach.

Sie bekam ebenfalls ein Lächeln, aber eins von anderer Art.

»Wer weiß?«, erwiderte Martin gerade laut genug, damit sie ihn verstand.

Dakota sah ihn an, ihre Miene ein Fragezeichen.

»Lefèvre hat das Handy.« Sie flüsterte fast.

»Ich weiß.«

»Er hat das Geld.«

»Ja.«

»All die Bitcoins.«

»Ja.«

»Über eine Million.«

»Es sind nicht weniger geworden«, sagte Martin. »Lefèvre hatte keine Gelegenheit, welche auszugeben. Selbst wenn er wollte, er kennt das Passwort nicht.«

»Du wirst es ihm nennen.«

»Auf keinen Fall!«

»Du wirst es ihm nennen«, wiederholte Dakota, und es klang traurig. »Er braucht dir nur eine der neuen vollsynthetischen Wahrheitsdrogen zu verabreichen, dann sagst du ihm alles, was er wissen will. Oder er lässt dich foltern. Glaubst du, du könntest schweigen, wenn dir jemand Finger- und Zehennägel herausreißt? Oder dir ein kleines Stück nach dem anderen vom Penis abschneidet? Ob du überlebst oder nicht, ist Lefèvre schnuppe. Hauptsache, er bekommt von dir, was er will.«

»Solange ich ihm nicht gesagt habe, wer Satoshi Nakamoto ist, wird er kaum riskieren, mich umzubringen«, hielt Martin ihr entgegen.

»Und wenn er damit droht, *mich* umzubringen? Wenn er mir die Pistole an den Kopf setzt? Wenn er mir in Beine und Arme schießt? Schweigst du dann auch?«

Martin stellte es sich vor, und die Kopfschmerzen kehrten zurück.

»Und selbst wenn du stark genug bist, ich bin es nicht«, sagte Dakota. »Ich kenne das Passwort ebenfalls. Wenn er seine fiesen Tricks bei mir versucht, dauert es bestimmt nicht lange, bis ich es ihm verrate.«

»So weit dürfen wir es nicht kommen lassen.«

»Einverstanden«, sagte Dakota. »Kein Widerspruch meinerseits. Wer ist Satoshi Nakamoto, Martin?«

Er zögerte. »Wart's ab.«

»Du weißt es gar nicht, oder?«, fragte Dakota leise. »Du hast geblufft.«

»Wart's ab.«

»Oder willst du es mir nicht sagen, weil du glaubst, ich könnte dein Geheimnis auf der Folterbank ausplaudern?«

Martin hob bedeutungsvoll die Brauen.

Das Brummen der Triebwerke veränderte sich. Die Wolken schienen etwas näher gekommen zu sein.

»Der Sinkflug hat begonnen«, stellte Dakota fest. Sie sah kurz auf die Uhr. »Könnte passen.« Sie deutete aus dem Fenster. »Da unten müsste Grönland sein. Das bedeutet, dass uns nicht mehr viel Zeit bleibt. Wir sollten uns bald etwas einfallen lassen.«

Die Kopfschmerzen schwanden wieder, und Martin glaubte sich auf dem richtigen Weg, trotz allem.

»Lefèvre will die Welt retten«, sagte er. »Er will sie retten, aber sie sich zugleich so zurechtzimmern, wie er sie haben will.«

»Es scheint eine Welt zu sein, in der ich nicht unbedingt leben möchte«, kommentierte Dakota düster.

Martin nickte. »Aber er hat etwas Wichtiges vergessen.«

»Was?«

»Wart's ab.«

107

»ICH HABE einen Plan«, verkündete Lefèvre.

Dakota rollte mit den Augen. »Das ist jetzt nicht wahr! Sie hatten schon mal einen Plan, und der ist gründlich danebengegangen!«

Sie saßen in einem Büro des kleinen Flughafens, auf dem sie gelandet waren. Gesprächsfetzen hatte Martin entnommen, dass sie sich weit im Süden von Grönland befanden. Eigentlich hätte der Flug weiter nach Norden gehen sollen, aber dort waren die Flughäfen wegen eines heftigen Schneesturms geschlossen.

Durch die offene Tür sah Martin Personen kommen und gehen, nicht nur Männer, sondern auch Frauen – Lefèvres Geheimdienst schien keine rein männliche Domäne zu sein. Das breite Fenster bot Blick auf die erst kürzlich geräumte Landebahn. Im Scheinwerferlicht türmte sich Schnee zu beiden Seiten.

»Wenn der Sturm tatsächlich so schlimm ist«, sagte Martin nachdenklich, »wieso ist Xanadu dann nicht hier? Warum hat sie den Flug nach Norden fortgesetzt?«

»Das wissen wir nicht«, gestand Lefèvre. Er trank Kaffee und aß eine Brioche, aber vorsichtig, als könnte das Gebäck Glassplitter enthalten. Die Schussverletzung machte ihm noch immer zu schaffen. »Die Gulfstream ist bei Upernavik an der Westküste vom Radar verschwunden.«

»Absturz?«, fragte Martin. »Im Sturm?«

»Oder es sollte nach einem Absturz aussehen«, spekulierte Dakota.

»Ja, es könnte ein Trick sein.« Lefèvre trank einen weiteren Schluck Kaffee und setzte die Tasse dann behutsam ab. Das war neu an seinen Bewegungen, alles geschah langsam und vorsichtig. »Es wäre möglich, dass die Gulfstream nach Westen abgedreht ist und über die Baffin Bay hinweg nach Kanada fliegt.«

»Sie meinen, Xanadus Ziel befindet sich vielleicht gar nicht auf

Grönland?« Aus irgendeinem Grund fühlte sich das für Martin falsch an.

Lefèvre schwieg, biss von seiner Brioche ab und kaute wieder sehr behutsam. Dakota aß Schokoladenkekse, und zwar mit Heißhunger. Dazu trank sie Cola. »Zucker«, hatte sie gesagt. »Ich brauche Zucker. Eine Frage der Energie.«

Vor Martin stand nur ein Glas Orangensaft auf dem Tisch. Er hatte es noch nicht angerührt.

»Sie sollten etwas essen, Monsieur Freeman«, sagte Lefèvre. »Sie sind noch immer sehr blass.«

»Machen Sie sich plötzlich Sorgen um mein Wohlergehen?«

Im Flur vor dem Büro erschien ein älterer Uniformierter, sprach auf Englisch mit einem von Lefèvres Männern, sah kurz ins Zimmer und ging wieder.

»Offenbar gehen Ihre Befugnisse ziemlich weit«, stellte Martin fest. »Ich meine, Grönland gehört nicht einmal mehr zur Europäischen Union.«

»Solche Dinge haben ihre Bedeutung verloren«, behauptete Lefèvre. »Es wird getan, was notwendig ist. Überall, nicht nur hier.«

Das klang nicht gut, fand Martin.

»Was ist mit Ihrem Plan?«, warf Dakota ein. »Ich hoffe, er ist besser als der letzte.«

Lefèvre bedachte sie mit einem kurzen, freudlosen Lächeln und sah wieder Martin an. »Er besteht zu einem Teil darin, dass Sie mir sagen, wer Satoshi Nakamoto ist, Monsieur Freeman.«

»Ich werde es Ihnen verraten«, kündigte Martin an, »aber nicht jetzt und nicht an diesem Ort. Zu gegebener Zeit.«

»Ich könnte …«, begann Lefèvre.

»Nein«, kam ihm Dakota zuvor. »Sie *könnten* vielleicht, aber Sie *werden* nicht. Schluss mit den Drohungen. Zusammenarbeit und Kooperation, erinnern Sie sich? Gegenseitige Hilfe.«

Lefèvre reagierte nicht auf sie, sondern sah auf die Uhr. »Wir fliegen in zwei Stunden weiter. Wenn Sie vorher ein wenig schlafen möchten … Es stehen Feldbetten bereit.«

Martin musterte den Geheimdienstmann. »Sie glauben nicht, dass die Gulfstream abgestürzt ist. Sie glauben auch nicht, dass sie nach Westen über die Baffin Bay fliegt.«

»Nein«, bestätigte Lefèvre. Er schob Teller und Tasse beiseite. »Xanadu will vermutlich nach Thule und von dort etwa vierhundert Kilometer weiter nach Osten. Oder sie benutzt eine private Piste irgendwo in der großen Leere des grönländischen Eisschilds.«

Martin begriff. »Sie wissen Bescheid. Sie kennen ihr Ziel. Deshalb haben Sie gesagt, Sie hätten einen Plan.«

Lefèvre nickte. »Eine alte Forschungsstation weit im Norden, etwa vierhundert Kilometer östlich von Thule. Dort haben vor Jahren Bohrungen stattgefunden, die einem subglazialen See tief unter dem Eis galten. Francis Forsythe, den wir für das Oberhaupt der Verschwörung halten …«

»Den Ersten der Sieben«, warf Dakota ein.

Lefèvre nickte erneut. »Könnte man so sagen, ja. Francis Forsythe hat die alte Station vor einer Weile gekauft. Natürlich nicht direkt, sondern über verschiedene Firmen und Mittelsmänner. Es war nicht ganz einfach, aber wir konnten der Spur des Geldes folgen.«

Lefèvre zeigte sich plötzlich sehr redselig und offen. Martin wusste nicht, was er davon halten sollte. »Sie vermuten, dass sich Francis Forsythe in der alten Forschungsstation befindet und dort wartet, bis die Zeit reif ist?«

»Ja«, bestätigte Lefèvre.

»Und der Plan?«, fragte Dakota. Sie hatte das letzte Schokoladenplätzchen verspeist. »Wie sieht er aus?«

»Wir fliegen hin, vergewissern uns, dass Xanadu bei Forsythe ist, und schnappen uns beide.«

»Toller Plan«, erwiderte Dakota. »Genauso subtil und gut ausgearbeitet wie ›Ich nehme an, die beiden dort drüben sind für das

Feuer verantwortlich. Wir schnappen sie uns und stellen ihnen einige Fragen.‹ Und wir wissen, wie *das* ausgegangen ist, Mister Bond!«

Jemand kam herein, ein junger Mann in Jeans und Pullover, im Gesicht zahlreiche Sommersprossen. Martin erkannte ihn sofort wieder: der Computerspezialist Tobias.

Er reichte Lefèvre einen Hefter und verließ den Raum.

Lefèvre schlug den Hefter auf, las ein oder zwei Minuten lang und schloss ihn. »Unseren Satelliten bleibt nichts verborgen«, sagte er zufrieden. »Sie haben die Gulfstream lokalisiert. Xanadu scheint tatsächlich auf einer privaten Piste gelandet zu sein. Einige Stunden nach der Landung, als der Wind abgeflaut hat, ist sie mit einem Minicopter, der auch für Unwetter geeignet ist, nach Norden aufgebrochen. Unsere Augen am Himmel haben es gesehen.«

Martin wechselte einen Blick mit Dakota. »Warum sagen Sie uns das alles?«

»Waren wir nicht beim Thema Zusammenarbeit und Kooperation?« Lefèvre lächelte dünn. »Wir sind Partner, nicht wahr? Wir helfen uns gegenseitig. Immerhin müssen wir die Welt retten.«

Dakota rieb sich die Ohren. »'tschuldigung, aber wenn ich eine Überdosis Ironie höre, krieg ich Ohrensausen.«

»Wer ist Satoshi Nakamoto?«, fragte Lefèvre.

»Zu gegebener Zeit«, wiederholte Martin.

»*Jetzt.*«

»Zu gegebener Zeit«, betonte Martin noch einmal.

Mit einem Ruck stand Lefèvre auf. »Dann bleiben Sie hier, bis wir zurück sind.« Er ging mit dem Hefter zur Tür.

»Sie haben bei Ihrem Plan etwas vergessen«, sagte Martin.

Lefèvre drehte sich in der Tür um. »Und das wäre?«

»Es gibt nicht nur uns und die Weltverschwörer, die Sieben oder wie viele noch von ihnen übrig sind. Es gibt auch noch eine dritte Gruppe, zu der Irene und ihre Leute gehörten. Sie haben es auf die Wallet abgesehen und werden nichts unversucht lassen, sie in ihren Besitz zu bekommen und …«

In diesem Moment verwandelte draußen auf dem Flugfeld ein Blitz die Nacht in hellen Tag. Das Donnern einer Explosion ließ die Fensterscheiben erzittern.

DIE ZWEI: FRANCIS FORSYTHE

108

SIE SASSEN im Wohnabteil des Hauptcontainers der alten Forschungsstation, vor dem Elektrokamin mit seinen falschen Flammen, und tranken Yorkshire-Tee. Xanadu trug einen gelben Technikeroverall, der viel zu weit für sie war. Forsythe hingegen hatte sich nach einer langen heißen Dusche für eine dicke braune Hose und einen rostroten Rollkragenpullover entschieden. Er saß mit gestreckten Beinen und versuchte, sich zu entspannen.

Draußen rang die Dunkelheit der Nacht mit dem Licht der Signallampe hoch oben am Mast. Hier und dort wirbelte der wieder etwas frischer gewordene Wind Schnee auf.

»Du hast einiges auf dich genommen.« Forsythe stellte seine Teetasse auf den kleinen Tisch zwischen ihren beiden Sesseln. »Der Flug durch den Sturm …«

»Ich habe nicht mehr riskiert als unbedingt nötig«, unterbrach ihn Xanadu.

Etwas zwischen ihnen hatte sich verändert, das spürte Forsythe. »Bist du sicher? Allein deine Anwesenheit an diesem Ort kompromittiert uns beide. Du hättest in Saudi-Arabien warten sollen, bis uns die Welt um Hilfe bittet.« Er ließ zwei Sekunden verstreichen. »Wie war dein Treffen mit Mohammed bin Salman al-Saud?«

»Für mich eine Notwendigkeit«, antwortete Xanadu emotionslos. »Und zweifellos ein Vergnügen für ihn. Kurz vor der Begegnung mit ihm hatte ich davon erfahren. Deshalb habe ich mich noch in der Nacht auf den Weg hierher gemacht.«

Forsythe dachte darüber nach. Natürlich hörte er den Köder in den Worten, aber noch reagierte er nicht darauf.

»Anthony ist tot«, sagte er unvermittelt.

»Das tut mir leid«, erwiderte Xanadu, doch auch diesmal schwang keinerlei Emotion in ihrem Tonfall mit. »Er war ein guter Mann. Wie ist er gestorben?«

Forsythe erzählte vom Unfall mit dem Motorschlitten, von Kälte, Sturm und Schneegestöber so dicht, dass man selbst mit schützender Brille nichts mehr sah.

»Er hat dir seine Brille gegeben, um dich vor Schneeblindheit zu bewahren«, sagte Xanadu.

»Das hat er, ja.«

»Und dann, im Zelt, hat er dir das Leben gerettet.«

»Ja.«

»Er hat sich für dich geopfert.«

Forsythe nickte, den Blick auf die falschen Flammen des Elektrokamins gerichtet.

»Ein guter Mann«, wiederholte Xanadu. Sie hielt ihre Tasse in beiden Händen. »Wusstest du, dass er homosexuell war?«

Forsythe starrte sie an.

»Doch«, bestätigte Xanadu, »es stimmt. Ich habe Nachforschungen anstellen lassen.« Als Forsythe die Brauen hob, fügte sie hinzu: »Ich wollte sicher sein, dass du in guten Händen bist. Er hat dich geliebt, Francis, doch auf ganz andere Weise, als dir offenbar bewusst war.«

Forsythe dachte an den Toten in Schnee und Eis. »Liebst du mich auch?«

»Ist das wichtig?«

Forsythe beobachtete erneut den Tanz der Flammen. »Es kommt darauf an. Es kommt immer darauf an, nicht wahr? Auf den Kontext, auf die Zusammenhänge.«

»Ist das deine Antwort auf meine Frage, Francis?« Xanadu stellte ihre Tasse ebenfalls ab. »Wenn ja, bitte ich dich, sie mir zu erklären.«

Sie saßen nur etwa anderthalb Meter voneinander getrennt, doch die Distanz zwischen ihnen schien viel größer zu sein. Eine bessere Welt, dachte Forsythe. Das war sein Traum, dafür hatte er all die Jahre gearbeitet. Für eine Welt, die ein letztes Mal in Chaos versinken oder zumindest darin eintauchen musste, bevor sie, geläutert und geheilt, zu neuen Höhen aufstieg, wie nach einer Impfung immun gegen alle Krisen.

»Wie ist die Situation?«, fragte er leise. »Wie sieht die Welt dort draußen aus?«

»Weißt du es nicht? Es gibt überall … Turbulenzen. Mancherorts sind sie stärker als erwartet. Die nationalen Ökonomien kollabieren, die große vielrädrige Maschine der Weltwirtschaft kommt zum Stillstand. Wir haben alles vorbereitet und können sie wieder in Bewegung setzen. In einem Monat oder vielleicht in zwei, sobald die Lieferketten wieder vollständig sind, sollte das Schlimmste überstanden sein. Die wichtigste Nachricht lautet: Wir haben den Bitcoin unter unserer Kontrolle.«

»Es war überraschend leicht«, meinte Forsythe.

»Wenn man weiß, wie man vorgehen muss und was man mit welchen Werkzeugen erreichen kann, ist alles leicht. Es gibt noch ein paar unabhängige Mining-Farmen und Nodes, aber sie fallen nicht ins Gewicht.«

»Der geheime Code für die Blockchain fehlt uns noch«, gab Forsythe zu bedenken.

»Vielleicht gibt es ihn gar nicht.«

»Und Satoshi Nakamoto?«

»Vielleicht gibt es auch ihn nicht. Vielleicht hat er nie existiert.«

»Das sind mir zu viele ›Vielleicht‹. Wenn der Code existiert, könnte uns jemand im letzten Augenblick die Kontrolle nehmen.«

»Ich glaube, da müssen wir uns keine Sorgen machen«, meinte Xanadu. »Der Bitcoin gehört uns. Und damit meine ich nicht ›nur‹ die Bitcoins im Wert von siebzig Billionen alten Dollars, die dein Plan vorsah, sondern alle, die gesamte Blockchain.«

Forsythe nickte, wieder zufrieden. »Eine neue, stabile Leitwährung für eine neue, stabile Welt.«

»Bitcoins im Wert von siebzig Billionen Dollar«, betonte Xanadu noch einmal. »Das war dein Plan. Zehn Billionen pro Kopf. Jetzt sind nur noch zwei Köpfe übrig.«

»Fünfunddreißig Billionen für dich und fünfunddreißig für mich.« Forsythe lächelte. »Das sollte reichen, oder?«

Xanadu erwiderte das Lächeln nicht. »Bist du mir nicht lange genug ausgewichen, Francis? Ich warte noch immer auf eine Erklärung. Das Verschwinden der anderen fünf, ihr Tod oder wahrscheinlicher Tod … Auch das gehörte zu deinem Plan, nicht wahr?«

»Wie kann man so etwas planen?«, hielt ihr Forsythe entgegen.

Sie musterte ihn ernst. »Mit Hilfe deiner Zahlen, Francis. Mit Andromeda. Mit genauen Analysen von Amethyst Prognosis.«

»Niemand kann das Schicksal einzelner Menschen vorhersagen. Das gelingt nicht einmal unseren besten KIs.«

»Du weißt sehr wohl, dass man Entwicklungstendenzen und Wahrscheinlichkeiten berechnen kann, Francis. Und genau darum geht es bei deinen Prognosen. Dir war klar, dass nur wir beide übrig bleiben würden, habe ich recht?«

»Und?«, fragte Forsythe. »Ist es nicht besser so? Mit Kowalkow wären auch die russischen Geheimdienste an der Führung der neuen Welt beteiligt gewesen. Und nur einen Schritt hinter Jiang Taiji stand die Kommunistische Partei Chinas. Hätte es dir gefallen, sie am Tisch der Entscheidungen wiederzufinden? Oder nimm Samuel ›Sammy‹ Winster. Mit der Ermordung von Salomon Fray hat er bewiesen, dass er auf dem Weg zu mehr Macht und Reichtum über Leichen ging. Irgendwann hätte er sich gewünscht, der Eine zu sein. Was Pauline und Desna betrifft … Sie haben ihren Zweck erfüllt. Woran sie letztendlich gescheitert sind, werden wir vermutlich erst in einigen Wochen oder Monaten erfahren, wenn überhaupt. Ich nehme an, Sie sind unvorsichtig gewesen, und wenn das stimmt … na ja, dann könnte man von einem natürlichen Ausleseprozess sprechen.«

Einige Sekunden lang sah Xanadu ihn schweigend an. »Ich frage mich, was dein Plan sonst noch vorsieht«, sagte sie dann. »Und welche Rolle mir darin zukommt.«

»Die der Frau an meiner Seite«, sagte Forsythe. »Als gleichberechtigte Partnerin.« Er seufzte. »Ich bin müde. Ein langer, langer Tag liegt hinter mir, hinter uns beiden. Lass uns zu Bett gehen.«

MARTIN FREEMAN

109

LEFÈVRE SPRANG auf, mit der einen Hand an seiner schmerzenden Seite, in der anderen eine große Pistole. Er starrte nach draußen, in seinem Gesicht eine Mischung aus Überraschung und Zorn.

»Das sind nicht Ihrer Leute, oder?«, fragte Martin.

Tobias, der zuvor den Hefter gebracht hatte, platzte zur Tür herein. »Wir werden angegriffen!«

»Wie viele sind es?« Lefèvre trat zur Seite, als eine zweite Explosion grelles Licht durch die Nacht schickte. Kleinere Lichtblitze folgten, begleitet von einem Rattern – automatische Waffen.

»Zwei Frachtcopter!«, stieß der junge Mann hervor.

Lefèvre spähte nach draußen. »Wie viele *Leute?*«

»Zwanzig oder dreißig«, lautete die schnelle Antwort, »bewaffnet mit Panzerfäusten und Miniraketenwerfern.«

»Klingt nach Krieg«, kommentierte Dakota, die auf Martin seltsam ruhig wirkte; vielleicht eine Art Schockzustand.

Martin ergriff ihre Hand, zog sie vom Stuhl hoch und zur Tür, während weitere Schüsse fielen. Eine verirrte Kugel schlug durchs Fenster, an dem Lefèvre stand, und Glassplitter flogen ihm um die Ohren.

»Wieder ein toller Plan, der zum Teufel geht!«, zischte Dakota. »Und wer weiß, ob wir *diesmal* mit dem Leben davonkommen.«

Lefèvre duckte sich und eilte so schnell durchs Zimmer, wie es seine schmerzende Seite erlaubte, blieb dann vor Martin und Dakota stehen. »Nehmen Sie den Mund nicht zu voll, Frau van Leeuwen«, grollte er. »Sie könnten an Ihren eigenen Worten ersticken.«

Und an den jungen Mann gerichtet: »Bringen Sie die beiden in den Raum, den uns die Flughafensicherheit vorhin für den Fall der Fälle gezeigt hat. Ich kümmere mich um den Rest.«

Er wankte in den Flur.

»Das ist ein ziemlich großer Rest!«, schickte ihm Dakota hinterher.

Auch Tobias hielt plötzlich eine Pistole in der Hand, winkte damit. »Kommen Sie!«

Im Flur sahen sie noch, wie Lefèvre davonstapfte, begleitet von Männern und Frauen, die alle bewaffnet waren, einige von ihnen mit Maschinenpistolen.

»Wohin soll's gehen?«, fragte Dakota herausfordernd. »Nicht nach draußen, hoffe ich.«

»Dorthin!« Tobias deutete zur Treppe. »Nach unten!«

Martin und Dakota stiegen die Stufen hinab. Männern und Frauen kamen ihnen entgegen oder eilten an ihnen vorbei in Richtung Erdgeschoss. Einige von ihnen trugen die Uniformen der Flughafensicherheit, andere Overalls oder dicke Hosen und Jacken, und die meisten von ihnen hantierten mit Waffen und Funkgeräten. Martin entnahm Gesprächsfetzen, dass es nicht zum Besten stand.

»Es hat Sie auf dem falschen Fuß erwischt, wie?«, fragte eine immer noch ziemlich giftige Dakota.

»Gehen Sie weiter!«, befahl Tobias hinter ihnen, als sie das Erdgeschoss erreichten, in dem es ziemlich wüst zuging. Tische, Stühle und Sitzbänke wurden an den Fenstern aufgetürmt, bei den Türen gingen Bewaffnete hinter Barrieren aus umgestürzten Schränken in Stellung.

Das Licht flackerte und ging aus.

»Weiter, weiter!«, drängte Tobias. »Bleiben Sie nicht stehen!«

Taschenlampen wurden angeknipst, ihr Schein tastete durch die Dunkelheit, und flackernder Feuerschein fiel durch zerschossene Fenster. Irgendwo erklang ein schmerzerfüllter Schrei

»Dort drüben brennt das Flugzeug, mit dem wir gekommen sind«, stellte Dakota fest. »Ich schätze, das war nicht Teil von Mister Bonds Plan.«

Martin fragte sich, ob sie versuchen sollten, Tobias zu überwältigen und zu fliehen. Er entschied sich dagegen. Die Situation war auch so schon gefährlich genug und zudem völlig unübersichtlich.

Tobias scheuchte sie eine weitere Treppe hinab in den Keller. Das Gepolter und die Schüsse klangen nur noch gedämpft zu ihnen herunter.

»Bleiben Sie hier stehen!«, wies Tobias sie an. Er hielt die Taschenlampe auf sie gerichtet, und Martin hörte, wie er eine Tür aufschloss.

Der Raum, den sie wenig später betraten, enthielt zwei Feldbetten und einen kleinen, wackligen Tisch, der an einer kahlen grauen Wand stand. Ein schmaler Durchgang führte in einen Waschraum mit einer Toilette.

»Eine wirklich noble Unterkunft«, sagte Dakota. »Ihr Mister Bond verwöhnt uns mit Luxus.«

Tobias reagierte nicht darauf. Er kehrte in den Flur zurück und wollte die Tür schließen.

»Warten Sie!« Martin stellte den Fuß zwischen Tür und Rahmen.

Tobias hob die Pistole. »Lassen Sie das!«

»Was wird mit uns geschehen?«, fragte Martin. »Was haben Sie mit uns vor?«

»Zunächst einmal geht es darum, dass wir alle am Leben bleiben«, erwiderte Tobias, dann zog er die Tür zu, und es wurde stockfinster im Raum.

Martin hörte, wie der Schlüssel im Schloss umgedreht wurde.

110

»**HÖRST DU** die Wellen?«, fragte Dakota. »Spürst du den warmen Sonnenschein?«

»Wie bitte?«, erwiderte Martin verwundert.

Sie saßen in dunkler Stille. Nur gelegentlich rumpelte es über ihnen.

»Die Südseeinsel, die wir uns hätten kaufen können.«

»Oh.«

Etwas berührte Martins Ärmel. Dakotas Finger tasteten nach seiner Hand.

»Jetzt können wir uns überhaupt nichts mehr kaufen«, sagte sie leise in der Finsternis. »Lefèvre hat Nakamotos Wallet. Und auch deine. Wir haben überhaupt nichts mehr. Null, nada, niente.«

Martin versuchte vergeblich, in der Dunkelheit irgendetwas zu erkennen. Der Kellerraum hatte kein Fenster.

»Es könnte hier Abhörgeräte geben«, mahnte er.

»Ich weiß. Und wenn schon. Derzeit dürfte kaum jemand Zeit und Muße haben, uns zu belauschen. Die Leute dort oben sind mit anderen Dingen beschäftigt.«

Eine Zeitlang standen sie beide in der Finsternis.

»Was wird mit uns geschehen?«, fragte Dakota schließlich.

»Kommt darauf an, wer gewinnt.«

»Wer sind die Angreifer?«

Martin hatte bereits darüber nachgedacht. »Irenes Hintermänner. Die dritte Gruppe. Die Leute, die es von Anfang an auf Satoshi Nakamotos Bitcoin-Wallet abgesehen hatten, schon damals.«

»Die Leute, die für den Tod deiner Eltern verantwortlich sind«, fügte Dakota im Dunkeln hinzu. Ihre Finger hatten sich fest um Martins Hand geschlossen. »Und die Jasmin auf dem Gewissen haben.«

»Ja.«

»Ich schätze, du hast mit ihnen noch eine Rechnung zu begleichen, wie?«

»Ich denke schon.«

Für einige Sekunden herrschte erneut Stille.

»Aber mir scheint, sie sitzen derzeit am längeren Hebel, habe ich recht?«, fragte Dakota. Ihre Finger drückten zu.

»Könnte man so sagen.«

»Irenes Hintermänner, die die Wallet wollen, die große, meine ich, mit über einer Million Bitcoin ... Haben sie vielleicht etwas mit Satoshi Nakamoto zu tun?«

»Vielleicht, ja.« Einige seltsame Gedanken gingen Martin durch den Kopf. Er versuchte, sie festzuhalten.

»Und du weißt, wer Nakamoto ist?«

»Ja«, hörte sich Martin antworten.

»Welche Rolle spielt er bei dieser ganzen Sache? Könnte er das Zünglein an der Waage sein?«

Über ihnen krachte etwas, es klang wie Gewittergrollen. Dann wurde es wieder still.

»Wäre durchaus möglich«, antwortete Martin auf Dakotas Frage.

»Hilft uns das irgendwie weiter?«

»Ich glaube nicht.«

Nach einer kurzen Pause: »Martin?«

»Bin noch hier.«

»Arbeitest du an einem Plan? Denkst du darüber nach, wie wir fliehen können?«

»Nein.«

»Oh.«

»Dieser junge Bursche, Tobias, er hat die Tür abgeschlossen«, sagte Martin und starrte in die Finsternis. »Sie ist aus Metall. Wahrscheinlich könnten wir sie nicht einmal aufbrechen, wenn wir einen stabilen Schraubenzieher oder Hammer und Meißel hätten.«

»Wir sitzen hier also fest.«

»Ja.«

»Es gibt nicht einmal ein verdammtes Fenster, durch das wir nach draußen klettern könnten.«

»Nein«, bestätigte Martin und begriff, dass Dakota nur sprach, weil sie die Stille fürchtete.

»Hoffentlich vergisst man uns hier nicht.«

»Lefèvre will etwas von uns. Er wird uns ganz bestimmt nicht vergessen.«

»Und wenn er sich noch einmal eine Kugel einfängt?«, kam Dakotas Stimme aus dem Dunkeln. »Wenn er, Tobias und die anderen sterben? Die Angreifer wissen nicht, dass wir hier sind.«

»Vielleicht doch.«

»Wie meinst du das?«

»Überleg mal«, sagte Martin. »Warum greifen diese Leute ausgerechnet hier und jetzt an?«

»Weil …« Dakota zögerte. »Weil sie es auf uns abgesehen haben. Auf die Wallet. Sie sind uns gefolgt, haben eine günstige Gelegenheit abgewartet und zugeschlagen.«

»Ja.«

»Du meinst …« Dakota zögerte erneut. »Hier drin sind wir sicherer als draußen?«

»Davon gehe ich aus.« Martin tastete mit der freien Hand nach seinem Kopf. Die beiden Pflaster klebten noch immer an Stirn und Schläfe.

»Sie würden uns erschießen, nicht wahr?«, sagte Dakota zaghaft. »Ich hab schon überlegt, dass wir uns irgendwie bemerkbar machen sollten, wenn es lange genug still ist. Wir könnten schreien oder so. Oder mit irgendwas gegen die Tür hämmern, damit man uns hört. Aber das ist vielleicht keine gute Idee, oder?«

»Nein.«

»Dann sollten wir besser noch etwas länger als nur lange warten, nachdem es still geworden ist. Verdursten werden wir schon nicht. Nebenan im Waschraum gibt's Wasser. Hoff ich jedenfalls. Ein, zwei Tage. Höchstens. Was meinst du?«

Martin brummte zustimmend.

»Ich meine, eigentlich kann es nur ein paar Stunden dauern, bis Rettungskräfte eintreffen, glaubst du nicht? Lieber Himmel, das ist ein *Flughafen*. Wenn auch ein kleiner. Ein Flughafen bedeutet, dass sich eine Stadt in der Nähe befindet. Vermutlich sind bereits Feuerwehr, Polizei, Armee und wer weiß was unterwegs. Lefèvre und die anderen können sich hier nicht beliebig lange austoben, oder?«

»Sie werden die Sache so schnell wie möglich hinter sich bringen und uns dann hier herausholen. Beziehungsweise wird man uns suchen, wenn die Gegenseite den Kampf gewinnt.«

»Ich frage mich, was mir lieber wäre«, murmelte Dakota und fügte nach einer kurzen Pause mit mehr Vehemenz hinzu: »Und das kurz vor unserer Hochzeit! Ist das etwa gerecht? Ich meine, nicht nur, dass wir all das Geld verloren haben, Millionen und Milliarden! Jetzt fällt auch noch die Hochzeit ins Wasser!«

»Kommt drauf an«, sagte Martin noch einmal.

»Hast du das gehört?«, flüsterte Dakota, nachdem sie einige Sekunden lang geschwiegen hatte. »Das klang wie …«

»Pscht«, machte Martin.

Schritte im Kellerflur. Eine Stimme erklang, ein Schlüssel drehte sich im Schloss, die Tür schwang auf.

Licht fiel ins Zimmer. Martin kniff geblendet die Augen zu.

»Sind Sie Martin Freeman?«, fragte jemand.

Martin hob die Lider ein wenig, blinzelte im Licht und sah einen hochgewachsenen Mann mit zernarbtem Gesicht.

»Ja«, bestätigte Martin. »Und wer sind Sie?«

»Ich bin Gregor«, sagte der Mann und richtete einen großkalibrigen Revolver auf ihn.

DIE ZWEI: XANADU

111

TIEF IN der Nacht, als Francis schlief, strich Xanadu behutsam die Decke zurück, schlüpfte lautlos aus dem Bett und verließ das Schlafzimmer. Sie hatte ihre Kleidung nicht ohne Grund im Bad gelassen, zog sich dort an und ging auf leisen Sohlen durch den Wohncontainer der alten Forschungsstation.

Beim elektrischen Kamin, wo sie am Abend zuvor gesessen hatten, blieb sie kurz stehen und lauschte. Nur ein gelegentliches Knacken und Knistern in den Wänden war zu hören.

In der schleusenartigen Eingangskammer trat sie in gefütterte Stiefel, wählte eine dicke Jacke und zog sich die Kapuze über den Kopf. Mit geschlossener Innentür öffnete sie die Außentür, stapfte durch den Schnee und blieb dabei in dem vom Licht der Signallampe unerreichten Schatten. Es war fast völlig windstill und beißend kalt.

Xanadu ging zu dem kobaltblauen Minicopter, den sie in Thule gemietet hatte. Mit einem Blick zurück vergewisserte sie sich, dass die Fenster des Hauptcontainers dunkel blieben –, Francis schlief offenbar tief und fest.

Sie hielt die Schlüsselkarte an den kleinen Scanner des Minicopters, und sofort schwang die Luke auf. Xanadu zog sie hinter sich wieder zu, zog die Stiefel aus, ließ jedoch die Jacke an und schloss die Fensterblenden, bevor sie das Licht einschaltete.

Rasch trat sie durchs Passagierabteil des Copters ins Cockpit, wo sie in den Sessel des Piloten sank und das Kommunikationssystem aktivierte. Für einen VR-Stream reichte die Bandbreite nicht, wohl aber für eine Datenverbindung mit gewöhnlicher audiovisueller Komponente.

Sie verband ihr Smartphone mit dem Funkgerät des Copters, gab ihren Code ein und brachte mehrere Sicherheitsschranken hinter sich. Daraufhin dauerte es nur eine halbe Minute, bis auf dem Kommunikationsmonitor vor ihr das Gesicht einer Frau erschien, mit Augen grün wie Smaragd.

»Hallo, Alice«, sagte Xanadu mit einem warmen Gefühl tief in ihrem Innern. »Ich brauche deine Hilfe.«

»Ich bin immer für dich da, Xanadu«, lautete die Antwort aus Kalifornien.

Xanadu schilderte die jüngsten Ereignisse und ihr Gespräch mit Francis.

»Du bist am Ziel«, sagte Alice und lächelte mit zärtlicher Zufriedenheit.

»Fast. Es fehlt nicht mehr viel.« Xanadu legte die Stirn in Falten. »Habe ich etwas übersehen, Alice? Gibt es Schwachstellen in meinem Plan?«

»Die Wahrscheinlichkeit für einen Erfolg ist weiter gestiegen. Sie liegt jetzt bei fast hundert Prozent.«

Ein zweites ›Fast‹, dachte Xanadu. »Was könnte noch schiefgehen?«

»Kaum etwas bei unveränderter Sachlage«, erklärte Alice. »Du wirst bekommen, worauf du hingearbeitet hast.«

»Es sei denn …?«

»Menschliches Verhalten ist eine starke und schwer kalkulierbare Variable, selbst wenn man die individuellen Eigenheiten der beteiligten Personen kennt. Wenn Menschen in Bedrängnis geraten, neigen sie zu sehr innovativen Problemlösungen.«

»Kreativität«, murmelte Xanadu nachdenklich.

»Der Mensch ist immer für eine Überraschung gut«, brachte es Alice auf den Punkt.

»Hast du mehr über Francis herausgefunden?«

»Leider nein«, antwortete Alice. »Die Kernbereiche der Systeme von Amethyst Prognosis sind noch besser geschützt als die Datenbanken, die zur Erstellung von Prognosen dienen. Es wird noch eine Weile dauern, bis es mir gelingt, Zugriff darauf zu erhalten. Mit kybernetischer Gewalt ließe es sich schneller bewerkstelligen, aber in dem Fall wären Entdeckung und Identifizierung unvermeidbar.«

Xanadu wog das Für und Wider ab.

»Tu es!«, wies sie Alice schließlich an. »Nutz jedes Mittel, um Zugriff auf die Daten im Kern von Andromeda zu bekommen. Ich muss wissen, ob Francis noch etwas in der Hinterhand hat.«

»Liebt er dich nicht?«, fragte Alice.

Nach dem letzten Gespräch war das nicht leicht zu beantworten, fand Xanadu. Sie hatte eine Veränderung zwischen ihnen gefühlt, eine neue Distanz, eine Verschiebung von Perspektiven und Prioritäten, als hätte Francis entschieden, anderen Dingen Vorrang zu geben, ungeachtet aller persönlichen Vorlieben. Er war ein Mann mit einer heiligen Mission, die über allem stand.

»Ja, ich glaube, er liebt mich«, sagte sie bedächtig. »Aber ich glaube auch, dass er mich nicht mit seinem Parka zudecken würde, um mich vor dem Erfrieren zu bewahren. Nicht wenn es seine Mission in Gefahr brächte.«

Wahrscheinlich verstand Alice nicht, was sie damit meinte, doch sie fragte nicht nach, sondern sagte: »Ich leite alles in die Wege und gebe dir Bescheid, sobald ich mehr in Erfahrung gebracht habe.«

»Was ist mit den anderen?«

»Sie sind unterwegs und werden in wenigen Stunden bei dir sein«, antwortete Alice.

»Gut.« Xanadu stand auf. »Ich kehre in den Wohncontainer zurück.«

»Ich wünsche dir viel Glück«, sagte Alice.

»Glück brauche ich hoffentlich nicht«, erwiderte Xanadu.

Francis war nicht mehr da.

Xanadu starrte auf das leere Bett und ließ den Blick durchs Zimmer schweifen. Nein, er erlaubte sich keinen kindischen Scherz, er hatte sich nicht irgendwo versteckt, um sie zu überraschen.

Im Wohnabteil vergewisserte sie sich, dass die für den Notfall bestimmte Pistole noch immer hinter dem elektrischen Kamin lag. Dann machte sie sich auf die Suche nach dem verschwundenen Francis.

MARTIN FREEMAN

112

»ICH HABE Ihren Vater gekannt«, sagte der Mann mit den Narben im Gesicht. Er schoss nicht, sondern senkte die Hand mit dem großen Revolver, fügte aber hinzu: »Er hat uns etwas gestohlen!«

Gregor wich ein wenig beiseite, und ein junger, sommersprossiger Mann in Jeans und Pullover kam herein. Er trat zu Martin und Dakota und richtete das Licht einer Taschenlampe auf sie.

»Umdrehen!«, befahl er.

Martin kam der Aufforderung nach und spürte, wie ihm Handfesseln aus Plastik angelegt wurden. »Haben Sie die Seiten gewechselt?«

»Ich bin immer auf der richtigen Seite gewesen«, erwiderte Tobias und fesselte auch Dakota.

Das erklärte, woher die Angreifer gewusst hatten, wo und wann sie zuschlagen mussten. Lefèvre hatte einen Spion in seinen Reihen gehabt.

Die Fesseln hielt Martin für ein gutes Zeichen. Sie bedeuteten, dass Dakota und er am Leben bleiben sollten, zumindest vorerst.

Gregor steckte seinen Revolver ein, kam näher und begann, Dakota abzutasten.

»He …«, begann sie und unterbrach sich, als Tobias ihr den Lauf einer Pistole gegen den Kopf drückte.

»Keine Sorge, junge Dame«, sagte der Narbige ruhig. »Ich suche nur etwas.«

Martin hielt still, als Gregors Hände über seinen Körper wanderten. Er glaubte zu wissen, was der Mann zu finden hoffte.

»Nichts.« Gregor trat einen Schritt zurück und musterte die beiden Gefesselten. Sein Gesicht blieb voller Schatten. »Tobias?«

»Keine Ahnung«, sagte der junge Mann mit den Sommersprossen. »Vielleicht haben sie es versteckt.«

»Wo ist das Handy, Martin?«, fragte Gregor. Er sprach noch immer ruhig und nannte ihn beim Vornamen.

»Wir wissen nicht, was Sie meinen«, behauptete Dakota. »Welches Handy?«

Tobias richtete erneut die Pistole auf sie. »Dich hat niemand gefragt!«

»Sie wissen sehr wohl, was ich meine, nicht wahr, Martin?«, fragte Gregor. »Geben Sie uns zurück, was Ihr Vater gestohlen hat.«

»Sie haben mich gerade durchsucht«, entgegnete Martin. »Sie wissen, dass ich kein Handy bei mir habe.«

»Wo ist es?«

Dakota warf Martin einen warnenden Blick zu. Sobald Gregor wusste, wo sich das Handy mit Satoshi Nakamotos Wallet befand, brauchte er sie nicht mehr, dann gab es für ihn keinen Grund mehr, sie am Leben zu lassen.

Jemand sah zur Tür herein. »Die Zeit wird knapp. Einsatzkräfte sind unterwegs.«

Gregor drehte sich halb um. »Wann treffen sie ein?«

»In zehn Minuten.«

Der Narbige nickte kurz. »Bereiten Sie alles für den Start vor.«

Der Mann verschwand.

Gregor ging zur Tür. »Kommen Sie«, sagte er, und es klang fast so, als ob ihnen eine Wahl bliebe. »Verlassen wir diesen ungastlichen Ort.«

Tobias blieb hinter Martin und Dakota, während sie durch den Kellerflur gingen, die Pistole schussbereit in der rechten Hand.

»Lefèvre«, sagte er plötzlich, als sie die Treppe erreichten. Oben erklangen Stimmen, aber es fielen keine Schüsse mehr. Der Kampf schien entschieden.

»Was ist mit ihm?«, fragte Gregor über die Schulter hinweg, einen Fuß schon auf der ersten Stufe. Brandgeruch stieg Martin in die Nase. Er fühlte sich plötzlich an Tron erinnert.

»Er hat mit ihnen geredet«, antwortete Tobias diensteifrig. »Ich nehme an, er hat ihnen das Handy abgenommen.«

»Wo ist er?«

»Vielleicht bei den Gefangenen. Ich bin mir nicht sicher.«

Die Gefangenen – das waren die Überlebenden von Lefèvres Leuten und die Angestellten des Flughafens, insgesamt nicht mehr als siebzehn Personen. Lefèvre befand sich nicht unter ihnen.

»Wo ist er?«, fragte Gregor laut. Er stand mitten in der Flughafenhalle, umgeben von umgekippten Sitzbänken und Tischen. Glassplitter und Patronenhülsen lagen auf dem Boden. Draußen brannte noch immer lichterloh das Flugzeug, Flammenzungen leckten durch die kalte Nacht, und eisiger Wind wehte durch zerschossene Fenster.

»Ich sehe mich um«, erklärte Tobias und lief los.

Gregor richtete einen warnenden Blick auf Martin und Dakota. »Kommen Sie nicht auf dumme Gedanken.«

Männer und Frauen – die meisten von ihnen in Tarnfarbenoveralls, einige wenige mit Cargohosen und dicken Jacken – eilten umher, packten Dinge zusammen und trugen sie nach draußen, zu den beiden großen und sehr massiv wirkenden Frachtcoptern, die direkt vor dem Gebäude standen. Ein dumpfes Brummen erklang, als sich die ersten Rotoren zu drehen begannen.

Tobias kehrte zurück. »Ich habe ihn gefunden«, meldete er außer Atem. »Drüben beim Nebeneingang.«

»Los, kommen Sie mit«, sagte Gregor zu Martin und Dakota. Sie setzten sich in Bewegung und folgten Tobias nach draußen, während diesmal Gregor in ihrem Rücken blieb.

Lefèvre lag bäuchlings in blutrotem Schnee, neben einem gepflasterten und halb vereisten Gehweg, der zum Parkplatz hinter dem Flughafengebäude führte. Gregor bückte sich, griff nach den Schultern des Reglosen und drehte ihn auf den Rücken.

Lefèvres Augen starrten ins Nichts. An seinem Hals zeigte sich eine klaffende Wunde – der fatale Schuss hatte die Schlagader zerfetzt.

»Das war eine Kugel zu viel für ihn«, murmelte Dakota.

Gregor tastete den Toten ab und brauchte nicht lange zu suchen, bis er die Handys fand. Zufrieden lächelnd richtete er sich auf.

»Eins davon gehört mir«, sagte Dakota. »Und die beiden anderen sind Martins Eigentum.«

Gregor steckte die drei Handys ein. »Bei mir sind sie gut aufgehoben.«

»Soll ich mich um sie kümmern?«, fragte Tobias und zog wieder seine Pistole.

Gregor zögerte.

»Wohin auch immer Ihre Reise geht«, sagte Martin schnell, »nehmen Sie uns mit.«

»Warum?«

»Ich weiß, wer Satoshi Nakamoto ist.«

Gregor lächelte erneut. »Ach, tatsächlich?« Er überlegte zwei oder drei Sekunden. »Na schön. Es könnte interessant werden. Tobias, bringen Sie die beiden zum ersten Copter. Ich komme gleich nach.«

113

DAS INNERE des Frachtcopters bot nicht den Komfort von Passagierabteilen. Schalensitze mit Seitenhalt waren montiert und im Boden verankert, darin saßen Männer und Frauen in Overalls, nicht nur in Tarnfarben wie die, die Martin schon in der Flughalle gesehen hatte, manche Overalls waren auch weiß. Zur Ausrüstung der Männer und Frauen gehörten automatische Waffen und Funksprechhelme.

Sie wirkten entspannt, als die beiden Copter über dem Flughafen mit dem brennenden Flugzeug aufstiegen. Einige von ihnen sprachen miteinander und scherzten, andere sahen stumm aus den Fenstern, ohne besonders besorgt zu wirken.

Auf der Straße, die den Flughafen mit einer nahen Kleinstadt verband, zeigte sich das Scheinwerferlicht einer Fahrzeugkolonne.

»Sie kommen zu spät«, sagte jemand.

»Viel zu spät«, fügte ein anderer hinzu.

Gregor sah auf seine Armbanduhr. »Wir sind im Zeitplan. Fünf Stunden bis zum Ziel.«

»Vielleicht schaffen wir es eher«, erwiderte der bärtige Mann, der vorn an den Flugkontrollen saß. »Wir haben Rückenwind aus Westen.«

»Die alte Forschungsstation vierhundert Kilometer östlich von Thule?«, fragte Martin. Er saß direkt neben Gregor, die rechte Hand an die Armlehne seines Sitzes gebunden. Dakotas Platz befand sich ihm gegenüber auf der anderen Seite, zwischen Tobias, dessen Finger über ein Tablet-Display wischten, und einer freundlich wirkenden Frau in mittleren Jahren. Aber besonders freundlich konnte sie nicht sein, wenn sie zu dieser Gruppe gehörte.

»Sie wissen davon?«, fragte Gregor, doch er klang nicht allzu verwundert.

»Lefèvre hat sie erwähnt. Was haben Sie dort vor? Wollen Sie sich der Weltverschwörung anschließen?«

Gregor musterte ihn. Das Licht der Lampe über ihnen verwandelte sein narbiges Gesicht in eine Landschaft aus Bergrücken und Tälern. »Lassen Sie sich überraschen.«

Er griff in die Tasche seiner Jacke und holte nacheinander die drei Handys hervor, die er dem toten Lefèvre abgenommen hatte. Zwei steckte er nach kurzer Prüfung wieder ein, das dritte – das alte – drehte er in seiner Hand hin und her und besah es sich so aufmerksam, als würde er nach einer Inschrift suchen, die ihm alle Geheimnisse verriet.

»Ich nehme an, Sie hatten Gelegenheit, das Handy zu untersuchen«, sagte er schließlich.

Die Rotoren des Copters erzeugten ein monotones Brummen, fühlbar auch als Vibration in Boden und Wänden. Gelegentlich kam es zu Erschütterungen, verursacht von Windstößen und Turbulenzen.

Dakota hatte kein einziges Wort gesagt, seit sie an Bord des Copters gegangen waren. Sie versuchte zu erkennen, was Tobias auf dem Tablet betrachtete.

»Ich nehme weiterhin an, Sie haben die Wallet gefunden«, fügte Gregor hinzu.

»Sie sind für den Tod meiner Eltern verantwortlich«, sagte Martin.

»Ach.« Gregor seufzte. »Die alte Geschichte.« Er schaltete das Handy ein und wartete, bis die PIN-Abfrage auf dem Display erschien. »Ihr Vater hat den Entsperrungscode geändert, nicht wahr? Wie lautet der neue Code?«

»Meine Schwester ist ebenfalls tot.«

Gregor brummte etwas, das Martin nicht verstand.

»Es tut mir leid«, sagte er dann, und es klang ehrlich. »Sie und Ihre Schwester hatten mit dieser Sache nichts zu tun. Wenn Sie einen Schuldigen suchen ... Wie wäre es mit Vincent Moreau? Durch ihn sind Sie erst in diese Sache hineingeraten.«

»Was ist ›diese Sache‹?«, fragte Martin. »Wie steht sie mit den Sieben in Verbindung?«

Das Licht der Lampe über ihnen flackerte, wodurch sich Gregors zernarbtes Gesicht für einen Moment in eine Fratze zu verwandeln schien. »Sie haben keine Ahnung, Martin, richtig? Sie haben sich auf etwas eingelassen, das viel, *viel* größer ist als Sie. Aber vielleicht bleiben Sie dennoch am Leben, ich würde es mir wünschen. Dann hätten Sie Zeit genug, darüber nachzudenken, wie dumm Sie gewesen sind.« Er hob das Handy. »Der Code.«

»Wir kennen ihn nicht«, log Dakota.

Gregor schenkte ihr ein warnendes Lächeln. »Oh, Sie kennen ihn sehr wohl. Ich bin sicher, dass es Ihnen gelungen ist, das Handy zu entsperren und die Wallet zu öffnen.«

»Dann müssten wir ja ziemlich blöd sein«, hielt Dakota dagegen. »Ich meine, warum sollten wir als steinreiche Leute unser Leben riskieren?«

»Weil Sie wissen wollen, was hinter allem steckt. Weil Sie es nicht ertragen können, dass Ihre Fragen nach dem Warum und Weshalb unbeantwortet bleiben. Und weil Martin will, dass die Mörder seiner Eltern und seiner Schwester für ihre Taten bestraft werden. Nun, Irene ist tot …«

»Sie hat ihre Anweisungen von Ihnen bekommen, nicht wahr?«, unterbrach ihn Martin. »Sie hat in Ihrem Auftrag gehandelt.«

Gregor seufzte erneut. »Uns allen wäre viel erspart geblieben, wenn Ihr Vater damals nicht etwas gestohlen hätte, das uns gehört.«

»Die Bitcoin-Wallet gehört nicht Ihnen, sondern Satoshi Nakamoto!«, platzte es aus Martin hervor.

Dann dachte er plötzlich: *uns*. Das hatte Gregor gesagt: etwas, das *uns* gehört. Satoshi Nakamotos Bitcoin-Wallet mit mehr als einer Million Bitcoin.

Dakota schien ein ähnlicher Gedanke durch den Kopf zu gehen, denn in ihren großen Augen dämmerte eine Erkenntnis.

Als Martin behauptet hatte zu wissen, wer Satoshi Nakamoto war … Gregor hatte es mit einem Lächeln hingenommen, ohne nachzuhaken. Seine Reaktion war ganz anders gewesen als die von Lefèvre. Er hatte sich wie jemand verhalten, der *Bescheid wusste*.

Konnte es sein, dass Satoshi Nakamoto das Oberhaupt der dritten Gruppe war, zwischen den Geheimdiensten der Konzertierten Aktion auf der einen und den Sieben auf der anderen Seite?

»Für wen arbeiten Sie?«, fragte Martin. »Von wem bekommen *Sie* Ihre Anweisungen?«

»Ich denke, in fünf Stunden werden Sie Antworten auf Ihre Fragen bekommen.« Gregor steckte das alte Handy ein. »Zumindest auf einige.«

DIE ZWEI: FRANCIS FORSYTHE

114

ALS FRANCIS Forsythe erwachte, wusste er sofort, dass er allein war. Er hielt die Augen geschlossen und lauschte, doch nicht das geringste Geräusch war zu hören.

Nach einigen Sekunden setzte sich die rechte Hand in Bewegung, tastete zur Seite und fand eine leere, kalte Stelle, wo Xanadu die Decke zur Seite geschlagen hatte.

Dass sie einfach so verschwand, geschah nicht zum ersten Mal. Xanadu blieb nur selten bis zum Morgen, meistens verließ sie ihn mitten in der Nacht und begab sich wieder auf Reisen. Aber sie befanden sich hier nicht in London, sondern auf Grönlands Eisschild. Eigentlich konnte sie hier nirgendwohin. Draußen gab es über viele Kilometer hinweg nur Eis, Schnee und tödliche Kälte.

Er hob den Kopf.

Noch immer blieb alles still. Die Rotoren des Minicopters hätte er gehört, sie hätten ihn geweckt, wäre Xanadu davongeflogen, da war er sicher.

Forsythe stand auf, ging zum Fenster und sah nach draußen. Er musste sich zur Seite beugen und den Kopf ganz nah an die dicke Scheibe heranbringen, um zum Landeplatz blicken zu können.

Er sah den Copter im Licht der Signallampe, mit glänzender blauer Flanke, die Rotoren eingeklappt. Und er sah auch noch etwas anderes: frische Fußspuren. Xanadu hatte den Container verlassen und war zu ihrem Minicopter gegangen, um dort … was zu tun?

Er überlegte, enttäuscht und gleichzeitig auch ein wenig erleichtert, da er jetzt wusste, wo Xanadu war. Vermutlich hatte sie das Funkgerät benutzt, um mit jemandem in Kontakt zu treten. Aber das mitten in der Nacht. Heimlich.

Vielleicht steckte nichts weiter dahinter. Das hielt Forsythe sogar für sehr wahrscheinlich. Doch das Schicksal der anderen Fünf mahnte ihn zur Vorsicht.

Er traf eine Entscheidung, zog sich schnell an, zögerte jedoch in der Tür des Schlafzimmers und klopfte seine Taschen ab. Das Smartphone! Er kehrte zum Bett zurück, nahm das Handy vom Nachtschränkchen und steckte es ein, bevor er das Zimmer verließ und durch den Flur eilte, nicht nach vorn zum Haupteingang, sondern in die entgegengesetzte Richtung.

Vor der Treppe, die nach unten zu den Tanks führte, wandte er sich nach links und erreichte nach einigen weiteren Schritten die Luke des kleinen Notausgangs. Er drückte die Innentür zu, ließ das Licht ausgeschaltet und zog zwei Schneeschuhe aus dem nahen Regal. Ein Taschenmesser lag auf ihnen und fiel zu Boden. Forsythe hob es auf und wollte es zurücklegen, zögerte dann aber und steckte es ein. Dann befestigte er die Schneeschuhe an den Stiefeln, was länger dauerte als erwartet, weil ihm die eigenen Finger im Weg waren.

In eine dicke Jacke gehüllt und mit den Schneeschuhen an den Füßen, öffnete er die Luke, trat mit einem Bein nach draußen und zögerte. Die Schneeschuhe sollten verhindern, dass er tiefe Abdrücke hinterließ, aber es bedeutete nicht, dass keine Spuren zurückblieben. Er brauchte etwas, um sie zu verwischen.

Nach kurzer Suche im Dunkeln fand er einen Besen, schloss die Luke hinter sich und stapfte los. Er ging rückwärts, schwang den Besen dabei von einer Seite zur anderen. Wer nicht genau genug hinsah, würde im Dunkel der Nacht nichts bemerken.

Geduckt und das Licht der Signallampe meidend, marschierte er um die nächsten Container, mal auf tiefem Schnee, mal auf vom Wind freigelegtem Felsgestein. Er wusste nicht genau, wie viel Zeit verstrich, eine Viertelstunde oder mehr. Gelegentlich verharrte er in der Dunkelheit, blickte zum Hauptcontainer, suchte nach Licht hinter den Fenstern und fand keins. Befand sich Xanadu noch im Copter? Oder war sie ganz woanders?

Er sah sich um, ein Schatten in der Nacht. Nirgends regte sich etwas.

Schließlich erreichte er sein Ziel: das pavillonartige Gebäude mit dem Bohrloch. Er schlüpfte durch den offenen Zugang, verwischte seine letzten Spuren und stellte den Besen beiseite. Nachdem er die Schneeschuhe abgestreift hatte, schloss er die Zugangsplane, wodurch es noch dunkler wurde. Nur ein wenig Mondlicht fiel durch ein hohes Fenster.

Natürlich gab es Lampen und einen Generator, aber er ließ beides unberührt. Vorsichtig ging er an der Innenwand entlang, wich Hindernissen aus, die in der Düsternis vor ihm erschienen, Geräteblöcken und alten Pumpen, und erreichte die »Bohrstation«, eine halb offene Hütte, vor Jahren vollgestopft mit Computern, die Sensordaten tief unten aus dem Bohrloch empfangen und ausgewertet hatten. Sie stand direkt neben dem Bohrloch, das sich unter einer dicken Stahlplatte verbarg und unter der ein Schacht mehr als zweitausend Meter in die Tiefe reichte.

Forsythe leuchtete kurz mit seinem Handy, um sich zu orientieren, fand die Treppe, die in den Inspektionsraum führte, und brachte, wieder im Stockdunklen, eine Stufe nach der anderen hinter sich.

Unten angekommen, leuchtete Forsythe wieder mit dem Handy. Er befand sich in einem etwa zwanzig Quadratmeter großen Raum, der einst wie ein Laboratorium eingerichtet gewesen war. An den Wänden zogen sich Regale aus Metall entlang, im Eis verankert. Noch vor wenigen Jahren hatten sie zur Aufbewahrung von Proben aus dem Bohrloch gedient, aus den tiefen Eisschichten. Manche dieser Proben waren an Ort und Stelle nach primordialen Lebensformen untersucht worden, andere in den besser ausgestatteten wissenschaftlichen Containern des Forschungslagers. Auf der einen Seite gab es eine Öffnung, durch die man den Bohrkern hatte inspizieren können, ohne ihn ganz aus dem Schacht zu heben. Daher die Bezeichnung »Inspektionsraum«.

Neben der Treppe stand ein Tisch mit zwei Kunststoffstühlen. Er schob den Tisch und einen der Stühle näher zum Bohrloch und setzte sich so, dass er die Treppe im Blick hatte. Komfort bot der Inspektionsraum gewiss nicht. Es war kalt, weit unter null Grad Celsius, und früher oder später würde die Kälte durch Stiefel und Jacke kriechen. Aber hier würde ihn Xanadu nicht vermuten, und das bedeutete Sicherheit.

Forsythe wölbte die Hand am Display seines Smartphones, damit nicht zu viel Licht nach oben strahlte, stellte eine Verbindung mit der Kamera am Signalmast her und betrachtete das Bild, das ihm den Copter zeigte, die Rotoren nach wie vor eingeklappt. Beim Hauptcontainer blieben die Fenster dunkel.

Wo war Xanadu?

Der Zeigefinger verharrte dicht über dem Display, bei der Schaltfläche für die Motorkontrolle der Kamera, und wich dann zurück. Eine Bewegung der Kamera hätte Xanadus Aufmerksamkeit erregen können, falls sie sich in der Nähe befand.

Forsythe beobachtete den Minicopter mehrere Minuten lang, hielt nach Veränderungen Ausschau, doch es geschah nichts. Er behielt nicht nur den vom Lampenschein erhellten Bereich im Auge, sondern vor allem die dunklen Randzonen.

Nichts bewegte sich dort, kein Schatten erschien und verschwand wieder.

Zehn Minuten verbrachte Forsythe auf diese Weise. Einmal glaubte er, etwas entdeckt zu haben, doch vermutlich hatte nur ein kleiner Windstoß etwas von dem pulvrigen Schnee aufgewirbelt.

Schließlich tippte er auf das Display, woraufhin das Kamerabild verschwand. Er rief die spezielle App auf und vergewisserte sich, dass die Datenverbindung hergestellt worden war und das Zündsignal seinen Bestimmungsort erreichen konnte.

Schließlich ließ er das Handy sinken, saß mit geschlossenen Augen in kalter Finsternis und überlegte, wie lange er warten sollte.

Bis der Minicopter startet, dachte er.

Oder bis etwas anderes geschah.

MARTIN FREEMAN

115

MARTIN UND Dakota trugen wieder die Plastikfesseln, aber diesmal waren ihre Hände nicht auf dem Rücken zusammengeschnürrt, sondern vorn am Leib. Gregor führte sie fort von den beiden Frachtcoptern, die in einer Wolke aus aufgewirbeltem Schnee gelandet waren. Nicht weit entfernt stand ein weiterer Copter, ein kleinerer für den Personenverkehr, kobaltblau im Schein einer Lampe, die an einem hohen Mast leuchtete.

Die Männer und Frauen begannen sofort damit, die beiden großen Copter zu entladen. Ihre Waffen hatten sie eingesteckt.

»Die Leute wirken ganz unbesorgt«, flüsterte Dakota Martin zu, als Gregor kurz mit Tobias sprach. »Sie rechnen nicht damit, hier auf Gegner zu treffen.«

»Und was bedeutet das?«, fragte Martin ebenso leise.

»Keine Ahnung.«

Mehrere Container standen auf dem grönländischen Eis, von Schneewehen umgeben. Im größten von ihnen ging das Licht an, und jemand sah aus dem Fenster.

Gregor sprach noch immer mit Tobias. Der junge Mann gestikulierte, und Martin bemerkte, dass er mehrmals in ihre Richtung deutete.

»Dieser Tobias gefällt mir nicht«, zischte Dakota.

»Mir gefällt niemand von diesen Typen, am allerwenigsten Gregor.« Er gab sich freundlich, dieser Mann mit dem zernarbten Gesicht, er lächelte oft und schnell. Aber Martin vergaß nicht einen Moment lang, dass er für den Tod seiner Eltern und auch für den von Jasmin verantwortlich war.

Dakota sah sich um. »Kein sehr gemütlicher Ort. Eine Insel in der Südsee wäre mir lieber, das steht fest.«

Gregor beendete das Gespräch mit Tobias, der Dakota und Martin einen letzten Blick zuwarf und dann zu den anderen ging, um ihnen beim Ausladen zu helfen.

»Ich hab's schon mal gesagt, wir müssen uns schleunigst was einfallen lassen«, flüsterte Dakota schnell. »Hast du einen Plan?«

»Ich überlege noch.«

»Dann überleg etwas schneller.«

Gregor kam heran. »Was flüstern Sie da? Falls Sie an Flucht oder dergleichen denken: Hier gibt's nichts im Umkreis von vierhundert Kilometern. Oder fast nichts. Nur eine unbemannte Wetterstation sechzig Kilometer von hier und dreimal so weit entfernt die Reste von Camp Century, bestehend hauptsächlich aus dem Müll, den die Amerikaner dort hinterlassen haben, als sie ihre ›Stadt unter dem Eis‹ 1966 aufgaben. Zehntausend Tonnen Unrat, ein Teil davon radioaktiv verstrahlt. Ein schönes Geschenk an Grönland und die dänische Regierung.« Er deutete in die Runde. »Hier gibt es nur kalte weiße Leere, sonst nichts. Eine Flucht würde bedeuten, dass Sie elendig erfrieren.«

Dakota hob die Hände. »Wenn Flucht keinen Sinn hat, können Sie uns ja die Fesseln abnehmen.«

»Vielleicht später.«

Die Aussicht, dass es überhaupt ein Später für sie gab, erleichterte Martin. »Wo sind wir hier?«

»Haben Sie's noch nicht erraten?«, fragte Gregor.

Martin sah sich noch einmal um und beobachtete, wie die Männer und Frauen Ausrüstungsgegenstände zu den Containern trugen. Mehr Lampen leuchteten auf, die Dunkelheit wich weiter zurück. »Ist das die alte Forschungsstation, die Francis Forsythe aufgesucht hat und zu der Xanadu unterwegs war?«

»Sie klingen überrascht, Martin. Was haben Sie erwartet?«

Nicht so viel Entspannung, dachte Martin. Nicht so viel Ruhe und Gelassenheit. Hatte sich hier nicht ein Gegner verschanzt?

Vielleicht ging Dakota ein ähnlicher Gedanke durch den Kopf, denn sie sagte: »All die Waffen, die Sie mitgebracht haben … Gegen wen wollen Sie hier Krieg führen?«

»Es ist eine kleine Sicherheitsmaßnahme«, antwortete Gregor bereitwillig. »Für den Fall, dass die Welt dort draußen ein militärisches Eingreifen beschließt.«

Was bedeutete … Es gab keine dritte Interessengruppe, begriff Martin. Es existierten nur zwei Seiten: die Sieben und der Rest der Welt. Gregor und seine Helfer waren so entspannt, weil sie nicht erwarteten, hier auf Kontrahenten zu stoßen, sondern Verbündete zu treffen.

Nein, dachte Martin. Nicht auf Verbündete in dem Sinne, sondern auf die Personen, von denen sie ihre Anweisungen erhielten.

Und das bedeutete auch …

»Er ist hier, nicht wahr?«, entfuhr es ihm.

»Wen meinen Sie?«, fragte Gregor, obwohl er es offensichtlich genau wusste, denn er lächelte wieder, die Narben in seinem Gesicht gerieten in Bewegung.

»Satoshi Nakamoto!«

»Wer weiß«, erwiderte Gregor. »Kommen Sie, ich möchte Sie jemandem vorstellen.«

»Der unsere Fragen beantworten kann?«, wollte Dakota wissen.

»Oh, ich denke schon.«

Gregor führte Martin und Dakota zum Hauptcontainer.

Im Osten zeigte sich das erste Licht der Morgendämmerung.

116

DIE FRAU war außergewöhnlich schön. Fotos wurden ihr nicht gerecht, fand Martin, denn ihnen fehlte das innere Licht, das in den Augen zu strahlen schien, ebenso warm und hell wie die falschen Flammen des Elektrokamins im Wohnabteil des Hauptcontainers.

»Sie sind Xanadu«, stellte Martin fest.

Die Frau nickte. »Und Sie sind Martin Freeman. Ich habe Ihren Vater gekannt. Ein sehr ehrgeiziger Mann. Er hätte es weit bringen können, wenn ihm nicht ein entscheidender Fehler unterlaufen wäre.«

»Welcher?«, fragte Martin.

»Er hat mich unterschätzt.« Sie wandte sich an Gregor. »Ich glaube, Sie haben mir etwas mitgebracht, oder?«

Der Mann mit dem zernarbten Gesicht trat vor. Seine Körpersprache hatte sich verändert und deutete auf großen Respekt hin. Er holte drei Handys hervor und legte sie nebeneinander auf den Tisch.

»Das hatten sie bei sich«, erklärte er.

Die Frau kam näher. Sie trug Hose, Jacke und Stiefel, an denen noch etwas Schnee haftete – Xanadu schien vor kurzer Zeit draußen gewesen zu sein. Trotz der schlichten, alles andere als figurbetonten Kleidung war sie in eine Aura der Eleganz gehüllt.

Am Tisch angelangt ergriff sie das alte Handy, das im Schließfach von Safes Fidelity in Genf gelegen hatte. Ihre langen Finger schienen es zu liebkosen.

»Nach all den Jahren«, sagte sie mit einem zufriedenen Lächeln.

»Die Handys gehören uns!«, platzte es aus Dakota heraus. »Alle drei. Ich meine, eins gehört mir, und die beiden anderen gehören Martin.«

»Das hier nicht.« Xanadu hob das alte Handy etwas höher. »Es ist *mein* Eigentum.«

Martin hörte die Worte, doch ihre wahre, tiefere Bedeutung wurde ihm erst nach einigen Sekunden klar. Ein ungeheuerlicher Verdacht stieg in ihm auf.

Die Innentür der schleusenartigen Eingangskammer wurde geöffnet, und Tobias kam herein. Gregor gab ihm mit einer knappen Geste zu verstehen, dass er bei der Tür warten sollte.

»Es ist ein Erbstück meines Vaters«, sagte Martin zu der Frau. »Den Sie umgebracht haben oder umbringen haben lassen, nicht wahr? Ebenso wie meine Schwester Jasmin.« Er hob die gefesselten Hände zu den Pflastern an Stirn und Schläfe. »Und auch das hier verdanke ich letztendlich Ihnen.«

Xanadu sah ihn nur an.

»Sie behaupten, die Identität von Satoshi Nakamoto zu kennen«, wandte sich Gregor an ihn. »Nun, wer ist er?«

»Vielleicht …« Es fiel Martin schwer, den Gedanken auszusprechen. Er hatte sich immer gewünscht, eines Tages Satoshi Nakamoto zu begegnen und mit ihm zu sprechen, aber so hatte er sich das Treffen gewiss nicht vorgestellt.

»Ich habe immer geglaubt, dass Satoshi Nakamoto ein Mann ist«, sagte er langsam. »Alle sind davon ausgegangen. Aber in Wirklichkeit verbirgt sich eine Frau hinter diesem Namen, nicht wahr?«

Xanadu lächelte.

DIE ZWEI: FRANCIS FORSYTHE

117

DIE KÄLTE kroch Forsythe von den Füßen in die Beine und weiter nach oben, in Hüften und Lenden. Die dicke Jacke mit dem hochgeschlagenen Kragen schützte den Oberkörper, aber manchmal rieb er sich die Ohren, um Taubheit und Kälte aus ihnen zu vertreiben.

Stunden vergingen.

Hin und wieder stand Forsythe auf und stapfte im Dunkeln durch den Inspektionsraum. Sechs Schritte bis dicht vor die gegenüberliegende Wand, dann sechs Schritte zurück bis zum Stuhl, wieder und immer wieder. Um sich abzulenken, begann er damit, die Schritte zu zählen. Bei mehr als fünftausend – etwas mehr als vier Kilometer, schätzte er – gab er es schließlich auf. Hunger und Durst meldeten sich, er spürte Leere in der Magengrube und Trockenheit in der Kehle.

Niemand verhungerte oder verdurstete in einigen wenigen Stunden, ermahnte er sich, wenn die Unruhe wuchs. Um nicht daran zu denken, was sein Körper verlangte, überlegte er, was Xanadu plante. Warum hatte sie ihren Copter aufgesucht, zu welchem Zweck? Oder war er übervorsichtig, zu misstrauisch? Gab es vielleicht gar keinen Grund, besorgt zu sein?

In mehr oder weniger regelmäßigen Abständen sah er sich die von der Überwachungskamera am Signalmast übertragenen Bilder an. Stundenlang geschah gar nichts. Dann und wann wirbelte wieder auflebender Wind den Schnee zu kleinen Wolken auf, aber andere Bewegungen gab es nicht. Nirgends zeigte sich eine menschliche Gestalt, es fehlte jeder Hinweis darauf, wo sich Xanadu befand.

Was ging in ihr vor?, fragte sich Forsythe, als er wieder auf dem Stuhl saß, von Finsternis umgeben. Glaubte sie sich von ihm hintergangen und verraten, wie ihre letzten Bemerkungen vermuten ließen? Plante sie etwas gegen ihn? Hatte sie vielleicht von Anfang an eigene Ziele verfolgt, so wie er selbst? Die Zahlen logen nicht. Sie hatten ihm diese Möglichkeit bereits während des Frühstadiums der Vorbereitungen gezeigt.

Er sah auf die Uhr und setzte sich selbst eine Frist. Eine weitere Stunde, entschied er. Wenn sie verging, ohne dass etwas geschah, würde er den Inspektionsraum verlassen, in den Hauptcontainer zurückkehren und noch einmal mit Xanadu sprechen, wenn – falls – er sie dort antraf. Vielleicht gelang es dann, die neu entstandene Barriere aus Argwohn zwischen ihnen niederzureißen.

Die beiden Frachtcopter trafen zehn Minuten vor Ablauf der Frist ein. Er sah sie erst, als sie bereits landeten, dann beobachtete er auf dem Display seines Smartphones, wie bewaffnete Männer und Frauen die beiden Flugmaschinen entluden. Von Xanadu fehlte noch immer jede Spur, aber Forsythe zweifelte nicht daran, dass die Streitmacht – denn darum handelte es sich – auf ihr Geheiß eingetroffen war.

Das veränderte die Situation völlig. Ein Gespräch würde, wenn es überhaupt noch sinnvoll war, nicht mehr auf Augenhöhe stattfinden. Xanadu nahm jetzt eine dominierende Position ein und konnte Druck ausüben, war in der Lage, ihm ihren Willen aufzuzwingen.

Anders ausgedrückt: Sie hatte ihm die Kontrolle genommen!

Das durfte er nicht zulassen.

Erinnerungsbilder zogen an seinem inneren Auge vorbei, von Paris, London und anderen Orten, von warmer Nähe und liebevollen Worten. Er hatte sich Xanadu an seiner Seite gewünscht und gleichzeitig gewusst, dass dies sehr schwierig werden würde. Jetzt deutete alles darauf hin, dass sie sich offen gegen ihn stellte.

Er wischte über das Display, und die spezielle App erschien, mit einem roten Button, mit dem er das Signal zum Zünder des Plastiksprengstoffs aktivieren konnte.

Forsythe zögerte.

Ein Finger, der über Leben und Tod entschied. Und hier ging es nicht um irgendein Leben. Die Männer und Frauen bei den Frachtcoptern blieben anonym für ihn, namenlose Gestalten, mit denen ihn nichts verband und deren Schicksal keine Anteilnahme von ihm verlangte.

Bei Xanadu sah die Sache anders aus. In den vergangenen Jahren war die besondere Beziehung zwischen ihnen gewachsen und gereift. Er hatte, das musste er zugeben, mit ihr an seiner Seite innere Zufriedenheit verspürt. In Xanadu schien ein Teil von ihm selbst zu stecken, mit ihr würde auch etwas von ihm sterben.

Das Licht von Feuer und Flammen schien die Dunkelheit aus dem Inspektionsraum zu vertreiben. Für einen Moment glaubte Forsythe, die Hitze der bevorstehenden Explosion zu spüren.

Ein Blinzeln ließ die Vision von Zerstörung und Tod verschwinden. Die kalte Dunkelheit kehrte zurück, und mit ihr kam die Einsicht in die Notwendigkeit. Nach all den Jahren des sorgfältigen Planens durfte er nicht im letzten Augenblick an der eigenen Schwäche scheitern.

Er wartete, bis die meisten Männer und Frauen, die mit den Frachtcoptern gekommen waren, entweder den Hauptcontainer betreten hatten oder sich in seiner Nähe befanden.

Dann drückte er die Kuppe des Zeigefingers auf die rote Schaltfläche.

MARTIN FREEMAN

118

FÜR EINIGE lange Sekunden schien das Innere des Hauptcontainers wie eingefroren, als hätte sich Grönlands Eis darum geschlossen. Gregor, der Mann mit den Narben, stand ruhig auf der anderen Seite des Tisches, auf dem nur noch zwei Handys lagen. Tobias wartete hinten an der Tür. Und Xanadu sah Martin an.

Ihr Lächeln verschwand langsam und wich einem Ernst, der nicht unfreundlich wirkte. Martin fühlte einen Kloß im Hals.

»Sind Sie Satoshi Nakamoto?«, brachte er schließlich hervor. Er *musste* die Frage stellen, denn er brauchte absolute, jeden Zweifel ausschließende Gewissheit.

»Das bin ich einmal gewesen«, antwortete die Frau vor ihm. »Heute bin ich Xanadu.«

»Ich habe Sie überall gesucht«, sagte Martin mit rauer Stimme. »Ich habe jahrelang recherchiert und bin allen Spuren nachgegangen, die Sie hinterlassen haben.«

»Viele Leute haben mich gesucht«, erwiderte Xanadu. »Satoshi Nakamoto verschwand in London, vor fast zwanzig Jahren, und in Kalifornien erschien Xanadu.«

»Die Gründerin eines Start-ups namens Extra.«

»Ja.«

»Das großen Erfolg hatte und einen steilen Aufstieg erlebte.«

Xanadu nickte.

»Kein Wunder.« Der Knoten in Martins Hals löste sich, das Sprechen fiel ihm leichter. »Immerhin wurde es von jemandem gegründet, der sich bestens mit Computern und ihrer Technologie auskannte. Einem Genie.«

»Danke.«

»Xanadu, die Frau aus dem Nichts«, fuhr Martin fort, mit Dakota dicht an seiner Seite. »Die ein großes Geheimnis aus ihrer Herkunft machte. Alle hielten es für einen Marketingtrick.«

»Es hat gut funktioniert«, sagte Xanadu. »Mehr noch, die Tarnung hätte gar nicht besser sein können. Niemand wäre jemals auf den Gedanken gekommen, dass ich Satoshi Nakamoto bin.«

Martin erkannte die Bedeutung hinter diesen Worten.

»Mein Vater!«, entfuhr es ihm. »Er kam Ihnen irgendwie auf die Schliche.«

»Auf die Schliche?« Xanadu musste schmunzeln. »Wir hatten geschäftlich miteinander zu tun, weil ich damals eine Niederlassung in der Schweiz gründen wollte und mich unter anderem an Bordier & Cie wandte. Er war ein schlauer Mann, Ihr Vater. Er war schlau, ehrgeizig … und rücksichtslos.« Sie drehte erneut das alte Handy in ihrer Hand hin und her.

»Wie nahe standen Sie sich?«, fragte Dakota plötzlich. »Sie und Martins Vater.«

Martin stockte der Atem. War es möglich, dass …?

Xanadu erkannte in seinem Gesicht, welcher Gedanke ihm durch den Kopf geschossen war. »Wir standen uns *sehr* nahe«, sagte sie. »So nahe, dass er Gelegenheit bekam, mir meine Wallet zu stehlen.« Sie legte das alte Handy auf den Tisch. »Mehr als eine Million Bitcoin.«

»Aber die Beziehung blieb ohne Kinder?«, hakte Dakota nach.

»Sie sind recht neugierig und auch hartnäckig«, stellte Xanadu fest, und es klang fast wie ein Kompliment. Dann aber schüttelte sie den Kopf. »Nein, Martin ist nicht mein Sohn.«

»Sonst hätten Sie vermutlich nicht befohlen, ihn zu erschießen«, sagte Dakota. »Oder vielleicht doch?«

Xanadu wechselte einen Blick mit dem stummen Gregor.

»Sie meinen Irene, nehme ich an«, entgegnete sie. »Irene neigte zu einer gewissen … Übereifrigkeit. Vorauseilender Gehorsam, sozusagen.«

»Bitte behaupten Sie nicht, dass alles nur ein bedauerlicher Unfall war«, sagte Martin. »Menschen sind gestorben, meine Eltern, meine Schwester und andere. Sie sind im wahrsten Sinne des Wortes über Leichen gegangen.«

Die Worte schienen wirkungslos an Xanadu abzuprallen. In ihrem Blick veränderte sich nichts.

Es gab viele Fragen, die Martin dem Erfinder von Blockchain und Bitcoin hatte stellen wollen, aber es ließ sich alles in einer einzigen Frage zusammenfassen:

»Warum?«

»Wer eine nationale Währung kontrolliert, kontrolliert den Staat«, antwortete Xanadu. »Wer die globale Währung kontrolliert, kontrolliert die ganze Welt.«

»*Darum* geht es Ihnen? Darum ist es Ihnen *von Anfang an* gegangen?«, stieß er ungläubig hervor. »Um *Weltherrschaft?*«

»Klingt ziemlich abgedroschen, wenn man es so ausdrückt«, fand sie. »Und die Antwort lautet: Nein, es geht mir nicht um die Weltherrschaft, sehr wohl aber um eine bessere Welt.«

»Lieber Himmel, nicht schon wieder!«, ächzte Dakota. »Hat es in den letzten paar Hundert Jahren nicht genug Weltverbesserer gegeben? Und immer ist die Welt schlechter geworden.«

»Diesmal ist es anders.«

Martin sah, wie Dakota mit den Augen rollte. »So heißt es immer«, erwiderte sie. »Diesmal ist alles anderes. Ich mach es besser als die anderen. Und siehe da, schon wieder ist die Welt ein Trümmerfeld.«

»Wie der Phönix aus der Asche«, sagte Xanadu. »So hat es jemand beschrieben, den ich gut kenne. Der Vergleich hinkt ein bisschen. Wir wollen die Welt nicht in Asche legen …«

»O nein, Sie haben sie nur ins Chaos gestürzt!«

Xanadu schmunzelte erneut. »Eine resolute junge Dame. Fast

erkenne ich mein jüngeres Selbst in Ihnen. Haben Sie keine Ideale? Träumen Sie nicht von einer besseren Welt?«

»Ich wünsche mir nur ein ruhiges, friedliches Leben, wenn's geht mit dem Mann hier an meiner Seite, vielen Dank«, entgegnete Dakota giftig. »Übrigens heiraten wir nächste Woche.«

»Tatsächlich? Herzlichen Glückwunsch. Sicherlich wollen Sie wie so viele anderen Paare, dass Ihre Kinder in einer gerechteren Welt aufwachsen.«

»Die Sie für uns erschaffen? Wie großzügig von Ihnen!«

»Wollen Sie mich provozieren, Frau van Leeuwen?« Xanadu wirkte weiterhin ganz ungerührt, während sie das fragte. »Was versprechen Sie sich davon?«

»Müsste nicht noch jemand hier sein?«, fragte Dakota. »Vielleicht der Jemand, der den Phönix aus der Asche erwähnte? Ein gewisser Francis Forsythe? Oder sind nur Sie allein von den Sieben übrig?«

Xanadu hob die Brauen und musterte Dakota nachdenklich. Schließlich griff sie in die Hosentasche, holte etwas hervor und legte es auf den Tisch.

»Was ist das?«, fragte Martin.

»Ein Zünder«, erklärte Xanadu. »Er steckte in mehreren Kilo Plastiksprengstoff nicht weit von hier. Wir sollten in die Luft gesprengt werden, wir alle. Sehen Sie das?« Eine kleine Leuchtdiode am Zünder blinkte. »Er hat das Aktivierungssignal empfangen.«

Gregor straffte die Schultern. »Wo ist er?«

»Keine Ahnung«, antwortete ihm Xanadu. »Ich habe ihn gesucht, aber nicht gefunden. Offenbar hat er seine Spuren verwischt. Aber weit kann er nicht sein.«

»Sollen wir ihn suchen?«

»Nein, das ist nicht nötig. Er wird hierher zurückkehren, vermutlich davon überzeugt, dass es einen technischen Defekt gab, der die Explosion verhindert hat.«

»Sollen wir …«, begann Gregor erneut.

»Nein«, wiederholte Xanadu. »Ich möchte noch einmal mit ihm reden und ihm die Frage stellen, die auch Martin Freeman hier an mich gerichtet hat.«

»Warum«, wiederholte Martin.

»Genau. Und nun …« Xanadu nickte Gregor zu.

Der wandte sich an den immer noch wartenden Tobias. »Kümmern Sie sich um Martin und seine Freundin.«

»Seine Verlobte«, korrigierte Dakota.

Tobias öffnete die Tür.

»Was haben Sie mit uns vor?«, fragte Martin.

»Sie werden in einem der anderen Wohncontainer untergebracht, bis alles vorbei ist«, erklärte Gregor. »Begleiten Sie Tobias nach draußen.«

Der junge Tobias führte sie nicht zu einem der anderen Container der alten Forschungsstation, sondern dorthin, wo das Licht der Signallampe am hohen Mast in Dunkelheit überging. Im Westen zeigte sich bereits das Grau des kommenden Tages, doch die Nacht hatte noch nicht den Rückzug angetreten, die Schatten waren immer noch dicht und dunkel.

»Was sollen wir hier?«, fragte Dakota, als Tobias ihnen schließlich befahl, stehen zu bleiben, etwa zweihundert Meter von den Containern entfernt. »Hier gibt es nichts.«

Tobias hielt plötzlich seine Pistole in der Hand.

»Hier ist die Reise für Sie zu Ende.« Er richtete die Waffe auf Dakota.

Martin stand wie erstarrt. Selbst wenn er sofort reagiert hätte, es wäre in jedem Fall zu spät gewesen. Er konnte Tobias nicht daran hindern, erst auf Dakota und dann auf ihn zu schießen.

DIE ZWEI: FRANCIS FORSYTHE

119

ES BLIEB still. Nur das Handydisplay brachte ein wenig Licht in den Inspektionsraum.

Forsythe wartete und lauschte.

Nichts geschah.

Das Donnern der Explosion blieb aus. Boden und Wände erzitterten nicht.

Die rote Schaltfläche blinkte, das Signal war gesendet worden.

Nach einigen weiteren Sekunden wischte Forsythe über das Display und besah sich das Forschungslager mit dem elektronischen Auge der Mastkamera. Die Container standen heil und unberührt, nirgends loderten Flammen. Licht fiel durch die Fenster, manchmal bewegte sich die eine oder andere Silhouette.

Forsythe merkte, dass seine Hände zitterten.

Er rieb sie, nachdem er das Smartphone beiseitegelegt hatte, hob sie vor den Mund und versuchte, sie mit seinem Atem zu wärmen. Die Kälte schien noch intensiver geworden zu sein und tiefer in seinen Leib zu kriechen.

Ein Defekt?, fragte er sich. Er hatte alles überprüft, das Handy und die spezielle App ebenso wie den Zünder. Die App nutzte die Sendefunktion des Handys und funktionierte auch, wenn keine Netzverbindung bestand.

Der Hauptcontainer hätte nicht mehr existieren dürfen.

War es möglich, dass Xanadu den Sprengstoff gefunden und den Zünder entfernt hatte? Aber wie? Durch Zufall bestimmt nicht, dazu war der Sprengsatz zu gut versteckt. Also musste sie gezielt danach gesucht haben.

Er starrte auf das Display.

Inzwischen waren die beiden gelandeten Frachtcopter entladen. Nur noch wenige Personen stapften im Schein der Signallampe am hohen Mast durch den Schnee, die meisten befanden sich im Hauptcontainer.

Forsythe stand auf. Seine Beine schienen die Entscheidung bereits getroffen zu haben. Es hatte keinen Sinn, noch länger im Inspektionsraum zu bleiben.

Im schwachen Licht des Handydisplays wankte er zur Treppe, trat die Stufen empor und erreichte die halb offene Hütte der Bohrstation, umgeben vom großen Pavillon, der die hier arbeitenden Techniker und Wissenschaftler vor Wind und Wetter geschützt hatte.

Nichts rührte sich. Alles blieb still.

An der Zugangsplane blieb Forsythe stehen, spähte in die Nacht und lauschte. Wenn Xanadu den Sprengstoff tatsächlich gefunden und den Zünder entfernt hatte ... Würde sie dann nicht nach ihm suchen? Musste sie nicht vermuten, dass er sich irgendwo in der Nähe versteckt hielt, um den Sprengsatz zum richtigen Zeitpunkt zu zünden?

Aber es regte sich nichts in der Nacht. Nirgends zeigte sich das Licht von Taschenlampen, die Schatten blieben unbewegt.

Nein, niemand suchte nach ihm. Was nur bedeuten konnte, dass der Zünder defekt war – Xanadu hatte den Sprengstoff nicht gefunden.

Es bedeutete auch, dass es noch eine Chance gab. Wie konnte er sich herausreden? Welche Rechtfertigung gab es dafür, dass er den Hauptcontainer verlassen hatte und stundenlang fort gewesen war? Der Wunsch, allein und in Ruhe über alles nachzudenken, daher ein Spaziergang durch die arktische Nacht? Sorge wegen der Ankunft der Bewaffneten?

Forsythe trat nach draußen.

Schnee knirschte unter seinen Stiefeln, als er langsam, einen zögerlichen Schritt nach dem anderen, in Richtung Hauptcontainer ging.

Wie würde Xanadu auf seine Rückkehr reagieren? Forsythe zweifelte nicht daran, dass die Barriere aus Argwohn zwischen ihnen noch höher und breiter geworden war, das ließ sich gewiss nicht vermeiden. Er musste die Kontrolle über die Situation zurückgewinnen, trotz der Streitmacht, die Xanadu zur Verfügung stand, aber wie?

Indem er ihr klarmachte, dass sie sich nach wie vor gegenseitig brauchten!

Forsythe beschloss, den Sprengstoff verschwinden zu lassen, sobald die Wogen einigermaßen geglättet waren. Schadensbegrenzung, so hieß das Gebot der Stunde.

Plötzlich schwang die Tür des Hauptcontainers auf.

Forsythe verharrte ein ganzes Stück außerhalb des Lampenscheins und beobachtete drei Personen, die den Container verließen. Zwei von ihnen bewegten sich seltsam, und es dauerte nicht lange, bis er den Grund dafür erkannte: Ihre Hände waren gefesselt.

Die dritte Person führte die beiden Gefesselten etwa zweihundert Meter weit, dorthin, wo die Dunkelheit begann.

Eine Stimme erklang, die einer Frau. »Was sollen wir hier? Hier gibt es nichts.«

Die dritte Person, ein Mann, holte eine Pistole hervor.

»Hier ist die Reise für Sie zu Ende«, sagte er und richtete die Waffe auf die Frau.

Forsythe reagierte instinktiv. Er lief und sprang.

MARTIN FREEMAN

120

EIN SCHATTEN flog aus der Nacht heran, gewann Substanz und wurde zu einem Mann, dessen Faust den jungen Tobias mitten im sommersprossigen Gesicht traf.

Martin stieß Dakota zur Seite, fort von der Waffe, streckte das Bein und rammte den Fuß gegen Tobias' Knie.

Die Pistole flog, ohne dass sich ein Schuss aus ihr gelöst hatte, und landete einige Meter entfernt im Schnee.

Tobias fiel, Blut spritzte ihm aus der Nase.

Der Angreifer aus dem Dunkeln setzte über ihn hinweg und erreichte die Pistole vor Dakota, die ebenfalls danach greifen wollte, und einen Augenblick später hielt er die Waffe in der Hand und zielte auf Tobias.

»Nein!« Martin sank neben Tobias auf die Knie und versetzte ihm einen Hieb gegen die Schläfe. »Sie brauchen ihn nicht zu erschießen. Es hat schon genug Tote gegeben.« Er richtete sich wieder auf. »Sie sind Francis Forsythe, nehme ich an.«

»Ein Retter in der Not.« Dakota kam wieder auf die Beine. »Oder geraten wir vom Regen in die Traufe?«

»Und Sie sind …?«, fragte der Mann. Er hielt die Pistole nicht direkt auf sie gerichtet, schien aber bereit, das jeden Moment zu tun.

»Ich bin Martin Freeman«, sagte Martin.

»Der Sohn von David Dean Freeman«, fügte Dakota hinzu. »Mit dem eine gewisse Xanadu vor Jahren liiert war. Und nein, er ist nicht ihr Sohn. Ich bin übrigens Dakota. Eigentlich Fleur, aber nennen sie mich Dakota. Freut mich, Sie kennenzulernen, sehr angenehm. Danke, dass Sie uns das Leben gerettet haben. Wir wollen nächste Woche heiraten, Martin und ich. Falls das irgendeine Rolle spielt.«

Der Wortschwall schien den Mann zu verwirren. »Wie … wie bitte?«

»Aber vorher müssen Sie uns erschießen«, fügte Dakota hinzu.

»Was?«

Martin verstand, was Dakota meinte. »Zwei Schüsse. Es muss zweimal knallen, damit Gregor, Xanadu und die anderen glauben, Tobias hätte uns erschossen.« Er deutete auf den bewusstlosen jungen Mann im Schnee.

»Was?«, fragte der Mann.

»Für den Chef der Weltverschwörung sind Sie ziemlich schwer von Begriff«, konstatierte Dakota. »Also los! Wenn's nicht bald knallt, werden die Typen misstrauisch!«

Forsythe zögerte.

»Dass Sie hier draußen sind und nicht dort drinnen, bedeutet vermutlich, dass Sie Hilfe brauchen«, spekulierte Martin. »Was halten Sie von ein bisschen Zusammenarbeit? Sie helfen uns, und wir helfen Ihnen.«

Dakota verkürzte die Distanz zu dem Mann um einen Schritt. »Na los, *na los!*«

Endlich hob Forsythe die Pistole, richtete den Lauf in den Himmel und drückte zweimal ab.

»Wie viele Personen befinden sich im Hauptcontainer?«, fragte er anschließend. »Und wo?«

»Zwei im Wohnabteil«, antwortete Martin. »Gregor, ein Mann mit zernarbtem Gesicht, und Xanadu.«

»Die früher einmal Satoshi Nakamoto war«, sagte Dakota. Sie versuchte offenbar, den Mann vor ihnen aus der Reserve zu locken.

»Was?«, entfuhr es ihm überrascht.

»Weiter hinten habe ich zwei weitere Männer gesehen«, sagte Marin hastig. Er dachte an die Männer und Frauen, die nicht im

Hauptcontainer waren und nichts von Tobias' Auftrag wussten, einen gewissen Martin Freeman und seine Freundin – seine Verlobte – zu eliminieren. Sie hatten jedoch die Schüsse gehört und würden sicherlich nach dem Rechten sehen.

»Bewaffnet?«, fragte Forsythe.

»Ich glaube schon.«

»Wenn wir hier noch länger herumstehen, bekommen wir es mit denen zu tun«, drängte Dakota.

»Kommen Sie.« Forsythe winkte mit der Waffe und machte zwei, drei erste Schritte in Richtung Wohncontainer. »Es genügt, wenn wir Xanadu überwältigen. Die anderen werden nichts unternehmen, was sie in Gefahr bringen könnte.«

Martin hob die gefesselten Hände. »So können wir Ihnen schlecht behilflich sein.«

Forsythe sah ihn misstrauisch an. Dann steckte er die Pistole ein, klopfte auf die Taschen seiner Jacke, fand das Taschenmesser, öffnete es und durchschnitt die Plastikfesseln erst von Dakota und dann von Martin.

Dakota rieb sich die Handgelenke. »Wenn wir Ihnen helfen, was haben wir davon?«

Forsythe hatte sich inzwischen von der Überraschung erholt und wirkte entschlossener. Er zeigte auf die Reste der Plastikfesseln. »Zunächst einmal Ihre Freiheit. Und wenn wir die Situation unter Kontrolle gebracht haben … Wer weiß?«

»Ich nicht«, sagte Dakota.

»Ein Zweckbündnis«, sagte Forsythe. »Mit der Aussicht zu überleben. Ist das zu wenig? Was wäre die Alternative?« Er deutete in die Runde. »Jede Menge Schnee und Eis.«

Martin kam einem weiteren Einwand Dakotas zuvor.

»Na schön«, brummte er. »Gehen wir's an.«

121

FORSYTHE ÜBERPRÜFTE die erbeutete Pistole und vergewisserte sich, dass sie geladen und schussbereit war, bevor er die Außentür des schleusenartigen Eingangsraums öffnete. Martin warf einen Blick über die Schulter und sah dorthin, wo Tobias bewusstlos im Schnee lag. Nichts rührte sich an jenen Stellen, wo der Lampenschein ins Dunkel der Nacht überging.

In dem kleinen Raum schob sich Martin vor Dakota. »Du zuletzt«, flüsterte er, während Forsythe an der Innentür lauschte. »Ich nehme mir Gregor vor. Du bist für die Leute zuständig, die sonst noch da sind.«

»Für den ganzen Rest«, hauchte sie.

»Ja.«

Forsythe öffnete die Innentür.

Warme Luft schlug ihnen entgegen. Stimmen erklangen.

Sechs oder sieben Personen befanden sich vor ihnen, mehr als erwartet. Was bedeutete, dass sie kaum eine Chance hatten, dachte Martin erschrocken.

Trotzdem sprang er an Forsythe vorbei, der sich nach rechts wandte, wo eine Frau mit schulterlangem blonden Haar stand. Gregor befand sich noch immer auf der linken Seite, bei jenem Tisch, auf dem zwei Handys lagen. Hinter ihm kam ein noch größerer Mann aus der Küche, in der Hand eine Kanne mit Kaffee. Noch weiter hinten, im Flur beim Computerraum, waren mehrere Männer und Frauen in Overalls damit beschäftigt, Kabel auszulegen. Sie sahen überrascht auf.

Gregor war ebenfalls überrascht, aber er reagierte schnell und wich beiseite, als Martin herankam, so dass ihm der Tisch als Barriere diente. Gleichzeitig griff er in die Jackentasche, vermutlich mit der Absicht, seinen Revolver zu ziehen.

Zu viele Gegner, fuhr es Martin durch den Sinn. Gegen eine solche Übermacht half das Überraschungsmoment kaum etwas.

»Niemand rührt sich!«, ertönte eine schneidende Stimme.

Gregor erstarrte. Der große Mann mit der Kaffeekanne stand wie ein Fleisch gewordenes Bollwerk beim Eingang des Wohnabteils. Die Männer und Frauen weiter hinten richteten sich von ihren Kabeln auf.

Einige Sekunden lang herrschte eine seltsame Stille.

Forsythe hielt Xanadu die Pistole an den Kopf.

»Martin, Dakota«, sagte er, »entwaffnen Sie die Leute!« Und zu Xanadu: »Deine Soldaten sollten besser keine Dummheiten machen. Ich würde schießen, das weißt du.«

Xanadu nickte. Sie war etwas blasser als zuvor, fand Martin.

»Legen Sie die Waffen beiseite«, wies sie ihre Leute an.

Martin trat auf die andere Seite des Tisches mit den beiden Handys, griff in Gregors Jackentasche und zog dessen Revolver daraus hervor.

»Wissen Sie, wie man mit dem Ding umgeht?«, knurrte der Mann mit dem zernarbten Gesicht.

Martin spannte den Hahn und drückte Gregor den Lauf in die Seite. »Soll ich's Ihnen zeigen?«

Dakota huschte in den Flur, vorbei am dem großen Mann mit der Kaffeekanne, der die freie Hand hob, um zu zeigen, dass er nicht bewaffnet war.

Xanadu fröstelte.

»Mir ist kalt«, sagte sie. »Darf ich mich neben den Elektrokamin setzen?«

Forsythe nickte und folgte ihr. Xanadu sank auf den Stuhl direkt neben dem Kamin mit den projizierten züngelnden Flammen und streckte ihm beide Hände entgegen, um sie zu wärmen. Forsythe ließ sich in einen nahen Sessel nieder und hielt die Pistole auf sie gerichtet.

»Du wolltest uns alle in die Luft sprengen«, hielt ihm Xanadu vor.

»Du wolltest mich hintergehen.«

Sie sah ihn an und seufzte schwer. Martin beobachtete sie und fühlte eine Aura akuter Gefahr, obwohl die Frau mit leeren Händen dasaß.

Dakota entwaffnete unterdessen die Männer und Frauen im Flur. Niemand von ihnen versuchte, Widerstand zu leisten, die Situation schien tatsächlich unter Kontrolle.

»Jeder von uns hatte eigene Pläne, nicht wahr, Francis?«

»Du bist Satoshi Nakamoto?«, fragte Forsythe.

»Oh, ihr hattet Zeit genug, euch ein wenig zu unterhalten.« Xanadu sah zu Martin und in den Flur. »Ich bin es gewesen, ja.«

»Du hast mir nie etwas davon gesagt.« Es klang verletzt und enttäuscht.

»Hätte es etwas geändert? Hätte es eine Rolle gespielt?« Xanadu lächelte matt.

»Natürlich hätte es das«, sagte Forsythe. »Alles wäre anders gewesen, auch mein Plan.«

»Dein großer Plan …« Xanadu schüttelte den Kopf. »Und jetzt sitzen wir hier, und du bedrohst mich mit einer Pistole.«

»Du kennst den geheimen Code«, sagte Forsythe.

»Den geheimen Code für Bitcoin und Blockchain? Es gibt keinen geheimen Code, Francis. Er hat nie existiert. Die Programmierung der Blockchain ist kein Geheimnis. Jeder Programmierer kann ihn einsehen. Und selbst die Argwöhnischsten unter ihnen werden dir bestätigen, dass es keinen darin versteckten geheimen Schlüssel gibt, mit dem sich Blockchain und Bitcoin kontrollieren lassen.« Xanadu lachte plötzlich. »Es ist ein Mythos, den ich selbst geschaffen habe.«

»Du hast mich glauben lassen …«, stieß er verblüfft hervor.

»Du *wolltest* es glauben. Aber der Bitcoin gehört uns. Die Mehrheit der Miner und Nodes sind in unserer Hand. Dein Plan ist aufgegangen.«

Martin stand neben Gregor, den Lauf des Revolvers noch immer in dessen Seite gedrückt. Er beobachtete Xanadu und Forsythe und versuchte zu verstehen, was zwischen ihnen geschah. Etwas bahnte sich an, da war er sicher.

»Jetzt ist nichts mehr so wie vorher«, sagte Forsythe, doch die rechte Hand mit der Pistole sank einige Zentimeter. Weil sie müde wurde? Oder begann er, seine Meinung zu ändern?

Xanadu fröstelte erneut. »Mir ist immer noch kalt.« Sie beugte sich zum Ofen, reckte beide Hände in seine Richtung.

Eine verschwand hinter der Imitation eines Kamins.

Es ging so schnell, dass Forsythe starb, bevor er begriff, was geschah.

Xanadu hielt plötzlich eine Waffe in der Hand, die eben noch kalt gewesen war und nach Wärme gesucht hatte. Sie schoss sofort und traf Forsythe mitten in der Stirn.

Sein Kopf ruckte nach hinten, die Pistole fiel aus der erschlaffenden Hand, der Körper, bereits ohne Leben, sackte im Sessel zusammen.

Xanadus Arm schwang herum, richtete die Waffe auf Martin.

Er war nicht vor Schreck wie gelähmt. Plötzlicher Zorn gab ihm Kraft und Agilität. Dies war die Frau, die seine Eltern und auch Jasmin auf dem Gewissen hatte.

Der Revolver kam wie von selbst nach oben und donnerte in seiner Hand.

122

DIE KUGEL traf Xanadu in der Brust.

Ihre Wangen blähten sich auf, als hätte ihr jemand einen Schlag in den Unterleib versetzt. Die Augen wurden noch ein wenig größer, der Mund öffnete sich, und die Pistole, die sie hinter dem Elektrokamin hervorgeholt hatte, schien für ihre Hand plötzlich zu schwer zu werden und fiel zu Boden.

Einige rasche Schritte brachten Martin zu ihr und dem toten

Francis Forsythe. Xanadus Oberkörper neigte sich zur Seite, Forsythe entgegen.

»Das geht nicht«, sagte sie erstaunlich laut und klar. »Ich kann nicht einfach so sterben.«

Eine Sekunde später lag sie tot halb über der Armlehne.

»Keine Bewegung!«, hörte Martin Dakota rufen. »Niemand rührt sich von der Stelle!«

Er drehte sich um, hielt den großen Revolver in beiden Händen und richtete ihn auf Gregor. Dakota kam rückwärts aus dem Flur, in jeder Hand eine Pistole.

»Die Handys«, sagte sie. »Vor allem das eine, du weißt schon.«

Martin fand es bei Xanadu und steckte es ein. Er kam ihr sehr nahe und fühlte sich von den großen Augen angestarrt. Doch das besondere Licht in ihnen war erloschen.

»Sie haben keine Chance«, knurrte Gregor. »Wie wollen Sie mit uns allen fertigwerden?«

»Und unsere beiden, hier auf dem Tisch«, sagte Dakota. »Ich hab keine Hand frei, wie du siehst.«

Martin wich von den Toten zurück, mit einem nagenden Gedanken, der sich in den Vordergrund drängeln wollte. Er schob ihn beiseite, dafür war in diesem Moment keine Zeit.

Gregor sah ihn an, die Arme halb erhoben. Eine von Dakotas Pistolen zeigte auf ihn.

»Seien Sie vernünftig«, sagte er rau.

»Gibt es bei dieser Sache irgendwas, das auch nur halbwegs vernünftig ist?«, fragte Dakota scharf.

Martin erreichte den Tisch, nahm die beiden Smartphones und fügte sie dem Handy seines Vaters in der Jackentasche hinzu.

»Sie können nicht entkommen«, sagte Gregor. Er schien mit jeder verstreichenden Sekunde an Selbstbewusstsein zu gewinnen. »Wir sind weit, weit in der Überzahl. Und die draußen sind immer noch bewaffnet.«

»Ist das hier nichts?« Dakota hob ihre beiden Pistolen. »Wie dem auch sei, wir wollen Ihre erlesene Gastfreundschaft nicht länger in Anspruch nehmen.« Sie wich noch etwas weiter vom Flur und von Gregor zurück.

Der große Mann mit der Kaffeekanne in der einen Hand sah Gregor an und schien ihn mit seinem Blick zu fragen, was er tun sollte.

Martin zielte mit dem Revolver auf ihn. »Denken Sie nicht mal dran.«

»Der Copter«, sagte Dakota.

Sofort war alles klar. Von einer Sekunde zur anderen wusste Martin, was sie meinte. Er trat noch einmal zu Xanadu, ohne Gregor und den Mann mit der Kaffeekanne aus den Augen zu lassen. Widerstrebend berührte er die Tote, suchte in ihren Taschen und fand eine kleine Mappe, darin die Schlüsselkarte eines Verleihers aus Thule. Er zeigte sie Dakota, bevor er sie in der Innentasche seiner Jacke verschwinden ließ.

»Sie kommen nicht weit«, prophezeite Gregor.

»Abwarten.« Martin winkte mit dem Revolver. »Zumindest ein kleines Stück des Weges begleiten Sie uns. Dakota?«

Sie nahmen den Mann mit den Narben zwischen sich und führten ihn zum Ausgang des Hauptcontainers. Die Innentür blieb diesmal offen – Dakota hielt eine ihrer beiden Pistolen auf die Männer und Frauen im Flur gerichtet, die andere auf den Narbigen –, und als Martin die Außentür aufstieß, taumelte ihnen Tobias entgegen.

Er blieb abrupt stehen, als er sie sah, und wandte sich zur Flucht.

»Oh, bleib ruhig hier«, wies ihn Martin an. »Eine zweite Geisel kann nicht schaden.«

Im vagen Licht der heranziehenden Morgendämmerung zeigten sich mehrere durch den Schnee stapfende Gestalten. Martin packte Tobias mit einer Hand und hielt ihm mit der anderen den Revolver an den Hals.

»Bleiben Sie stehen!«, rief er ins Halbdunkel. »Keinen Schritt näher. Gregor?«

Dakota stieß dem Narbigen den Lauf einer ihrer beiden Pistolen in den Rücken.

»Ihr habt ihn gehört«, ertönte Gregors Stimme. »Bleibt, wo ihr seid!«

Langsam marschierten sie am Hauptcontainer vorbei in Richtung Landeplatz.

Tobias schien Mühe zu haben, sich auf den Beinen zu halten, aber Martin ließ in seiner Wachsamkeit nicht nach. Vielleicht war die Schwäche nur vorgetäuscht.

Auf der linken Seite ragten die beiden Frachtcopter auf, mit denen Gregor und seine Leute gekommen waren, klobige, sehr massiv wirkende Fluggeräte, mehr als zwanzig Meter groß, die Rotoren eingeklappt. Xanadus Minicopter stand weiter hinten, kleiner und mit glatten, gewölbten Flanken, die hohe Geschwindigkeit suggerierten.

»Hier stehen bleiben«, wies Martin Tobias an, als sie nur noch ein Dutzend Schritte von dem kleineren Copter trennten. Gregor verharrte ebenfalls.

Mit der freien Hand holte Martin die Mappe hervor, die er Xanadu abgenommen hatte, und zog die blauweiße Schlüsselkarte mit dem Symbol des Verleihers aus Thule heraus. Er trat zum Minicopter, den Revolver weiterhin schussbereit, hielt die Karte an den Scanner der Einstiegsluke und hörte ein Klicken.

Die Luke schwang auf.

»Ihr bleibt an Ort und Stelle!«, befahl Dakota den beiden Geiseln.

Sie kletterte hinter Martin an Bord, der sich bereits mit den Kontrollen vertraut machte. Er entdeckte einen weiteren Scanner und steckte die Karte in den Leseschlitz darunter. Mehrere Anzeigen leuchteten grün auf.

Dakota hielt die Luke mit dem Fuß offen und zielte mit ihren Waffen auf Gregor und Tobias.

»Ich dachte, du wolltest nie wieder eine Pistole in die Hand nehmen«, erinnerte sich Martin.

»Zum Glück hab ich meine Meinung geändert«, lautete die Antwort. »Na los, bring uns weg von hier.« Sie warf ihm einen Blick zu. »Du kannst das Ding doch fliegen, oder? Sag jetzt bitte nicht, dass du keine Ahnung davon hast!«

»Man muss gar keine Ahnung davon haben. Der Autopilot erledigt alles. Ah, hier ist er.«

Martin schaltete das Navigationssystem ein und stellte erleichtert fest, dass es sich ebenso leicht bedienen ließ wie das seines Wagens. Es summte, als Elektromotoren die Rotoren in ihre Flugposition brachten.

»He!«, rief Dakota, als Gregor plötzlich loslief. Tobias folgte ihm nur eine Sekunde später, wenn auch langsamer.

Sie zog das Bein an, und die Luke klappte zu.

»Schnell jetzt!«, stieß Dakota hervor. »Schnell, schnell, *schnell!*«

Schüsse fielen. Irgendwo hinter ihnen zerbrach etwas.

Mit brummenden Rotoren hob der Minicopter ab, neigte sich ein wenig zur Seite, stieg auf, glitt nach Westen und tauchte in den Rest der Nacht.

Weitere Schüsse krachten, das Knallen wiederholte sich, wurde aber schnell leiser. Der Copter flog, und die Anzeigen vor Martin deuteten darauf hin, dass alle Bordsysteme einwandfrei funktionierten.

Dakota sah aus dem Fenster. »Wie schnell sind Frachtcopter? Einer startet gerade.«

»Nicht schnell genug, um uns einzuholen.« Martin erhöhte die Geschwindigkeit. Die Ladung der Batterien reichte selbst dann bis nach Thule, wenn sie die ganze Strecke mit Höchstgeschwindigkeit flogen. »Und für den Fall, dass Gregor und Co Verstärkung anfordern …« Er deutete auf die Kommunikationskontrollen. »Sobald wir in Funkreichweite sind, teilen wir der Welt mit, was hier geschehen ist.«

Er versuchte, sich zu entspannen. Der bohrende Gedanke in seinem Hinterkopf blieb.

Dakota legte die Pistolen beiseite. »Haben wir die Welt gerettet? Was meinst du?«

»Wir haben *uns* gerettet«, sagte Martin. »Und wir haben die Handys.«

»Auch das mit Nakamotos Wallet.«

»Ja«, bestätigte Martin nachdenklich.

»Eine Million Bitcoin sollten genügen, um unsere Hochzeit nächste Woche zu finanzieren«, meinte Dakota und rutschte näher.

»Ich schätze, es bleiben sogar ein paar übrig.«

Dakota lehnte sich an ihn und schloss die Augen. »Wärm mich, mir ist kalt.«

Martin legte den Arm um sie.

EPILOG

ICH SITZE hier, schreibe unsere Geschichte und frage mich: Haben wir die Welt gerettet? Konnte die Welt überhaupt gerettet werden?

Fast ein Jahr ist vergangen, und endlich lassen uns die vielen Lefèvres aus Nord und Süd und West und Ost in Ruhe. Vielleicht glauben einige von ihnen immer noch, dass wir mehr wissen und insbesondere den geheimen Bitcoin- und Blockchain-Code kennen, von dem sich die Geheimdienste vieler Staaten eine Kontrolle der neuen globalen Leitwährung erhofften und sehr wahrscheinlich noch immer erhoffen. Wir haben es überprüft, immer wieder, und Dakota kann mit Computern und Programmcodes umgehen, so viel steht fest. Doch wir haben nichts gefunden, nicht ein einziges verdächtiges Bit. Es gibt keinen geheimen Code. Wir nehmen an, dass Xanadu dieses Gerücht in die Welt gesetzt hat, um eine Variable in Francis Forsythes großen Plan zu schleusen und sich selbst in eine bessere Position zu bringen.

Aber um ehrlich zu sein: Absolut sicher sind wir nicht. Xanadu war Satoshi Nakamoto. Sie hat Bitcoin und Blockchain erfunden. Selbst Dakota schließt nicht völlig aus, dass nicht doch irgendwo eine kleine Hintertür versteckt ist. Die Lefèvres dieser Welt haben die Suche nach ihr nicht aufgegeben, da sind wir sicher.

Also, haben wir die Welt gerettet, Dakota und ich?

Von den Sieben ist niemand übrig, Forsythes großer Plan ist gescheitert, könnte man meinen.

Doch das stimmt nicht ganz. Die Welt dort draußen, jenseits unserer Insel, ist eine andere als vor der großen Krise. Die Notenbanken und Staaten existieren zwar nach wie vor, aber sie haben an Bedeutung verloren. Was sie erschüttert hat, war letztendlich nicht der Plan der Sieben, sondern die digitale Revolution, die vor einem halben Jahrhundert mit dem Siegeszug des Computers begann. Als Satoshi Nakamoto schuf Xanadu etwas, das größer war als sie selbst: den Schlüssel für die finanzielle Selbstbestimmung des Menschen, die erste demokratische Währung, dezentral, von keiner Nation als Werkzeug oder Waffe gegen eine andere einsetzbar.

Ich verfolge die Entwicklungen nicht im Einzelnen, aber die Ereignisse vor allem während der letzten Monate deuten darauf hin, dass der Bitcoin genau das Heilmittel ist, das die Weltwirtschaft dringend gebraucht hat. Es geht aufwärts, auf eine neue Art und Weise, denn die Menschen haben damit begonnen, ihre Finanzen selbst zu verwalten. Der Phönix erhebt sich tatsächlich aus der Asche, auch wenn zum Glück nicht alles verbrannt ist, doch er wird nie wieder in nationale, dem Gutdünken von Regierungen und Autokraten unterliegende Währungen vertrauen. Von jetzt an wird der Bitcoin die Leitschnur des globalen Zahlungssystems sein.

Martin sah vom Notebook auf, als Dakota vom nahen Meer kam und in den Schatten der Veranda trat. Wie schön sie war, dachte er und staunte darüber, dass er sie jemals für eine Art Mauerblümchen gehalten hatte. Das musste ein anderer, ein viel dümmerer Martin Freeman gewesen sein.

»Es waren dreitausendvierhundertneun Schritte um die Insel«, sagte Dakota. Rank und schlank stand sie da, sonnengebräunt, das länger gewordene Haar im Nacken zusammengebunden. »Gestern waren es dreitausendvierhundertzwei – vielleicht wächst unsere Insel.«

Er schmunzelte. »Vielleicht.«

Neugierig nahm sie ein Blatt des Ausdrucks und las

einige Sätze. »Das Buch, das du immer schreiben wolltest ... Du hast einen Roman daraus gemacht. Ob er ein Bestseller wird?«

»Es ist unsere Geschichte, nur das ist mir wichtig.«

»Wie geht sie aus?«, fragte Dakota.

»Gut«, antwortete Martin. »Wie kann sie anders ausgehen als gut?«

Sie legte ihm eine warme Hand auf die Schulter. »Kommst du mit ins Haus?«

»Gleich. Lass mich nur die letzten Sätze schreiben.«

Dakota nickte und trat durch die Tür.

Martin saß am Tisch, hörte die Stimmen von Meer und Wind und überlegte.

Ja, die Geschichte geht gut aus. Die Welt hat Risse bekommen, aber sie ist nicht zerbrochen. Wir können sehen, wie sie sich erholt, wir sind am Leben, und allein das ist viel, wenn man die Umstände bedenkt. Dakota hat die Insel bekommen, die sie sich erträumt hat, und ich habe mir den Wunsch erfüllt, der einmal der größte meines Lebens war: Ich habe das Buch über Bitcoin und Satoshi Nakamoto geschrieben.

Aber ein Gedanke lässt mich nicht los. Er nagt und kratzt in mir, und er lautet: Hat Xanadu gelogen? Habe ich meine Mutter erschossen? Bin ich der Sohn von Satoshi Nakamoto?

Vermutlich werde ich darüber nie endgültige Gewissheit haben.

Lassen wir es also dabei. Man kann nicht erwarten, Antwort auf alle Fragen zu finden.

Die Geschichte endet hier.

Ich muss jetzt gehen, meine Frau wartet auf mich.

DRAMATIS PERSONAE

In alphabetischer Reihenfolge:

Abigale Hobbs – Journalistin von Associated Press.

Adrian Visser – Oberhaupt der Amsterdamer Hackergruppe »Concept«. 42 Jahre alt. War früher mit Martin Freemans Freundin Dakota liiert.

Alice – Eine Künstliche Intelligenz.

Anthony Wilkinson – Francis Forsythes Butler und Sekretär, ein würdevoller Mittsiebziger.

Claude Léon Dubois – Kommissar der Mordkommission in Genf, um die 40.

Dakota – Siehe »Fleur van Leeuwen«.

Damiano Battista Di Sabatino – Kardinal der römisch-katholischen Kirche.

David Dean Freeman – US-amerikanischer Vater von Martin und Jasmin Freeman. Bei einem Autounfall ums Leben gekommen.

Desna Laghari – Inderin, 51 Jahre alt, gehört zu den »Sieben«. Erbin der »Laghari-Holding« und Leiterin des Investmentfonds »Golden Wisdom«, dem Indiens große Mittelschicht ihr Geld anvertraut. Verfügt über exzellente Kontakte in Politik und Wirtschaft.

Emily – Mitglied der Hackergruppe »Tron«.

Eric – Einer von Xanadus Leibwächtern.

Fleur van Leeuwen, »Dakota« genannt – Niederländerin aus Amsterdam, 31 Jahre alt. Freundin von Martin Freeman.

Francis Forsythe – Brite, 55 Jahre alt, ein Mann mit einer Mission,

Oberhaupt der »Sieben«. Leitet den Thinktank »Amethyst Prognosis«.

Gregor – Ein Mann, der wie aus dem Nichts erscheint.

Harald Leinberger, Dr. – Arzt in einem Krankenhaus.

Henriette – Martin Freemans Haushälterin.

Henry – Jamaikaner, über 80 Jahre alt. Kannte Dakota bereits als Kind. Ein Meisterfälscher und Liebhaber von Retro-Computern.

Irene – Eine skrupellose Frau, zwischen 35 und 40 Jahre alt. Arbeitet für einen unbekannten Auftraggeber.

Jacob Liam Blake – NSA-Direktor.

Jannik Angelani – Hat als Sachverständiger den Unfall untersucht, bei dem die Eltern von Martin und Jasmin Freeman ums Leben kamen.

Jasmin Freeman – Schwester von Martin Freeman, 24 Jahre alt. Malerin.

Jayden Elroy – Journalist von Associated Press.

Jiang Taiji – Chinese aus Peking, 48 Jahre alt, einer der »Sieben«. Leitet »Shuguang«, ein Konsortium aus 92 großen Unternehmen, unter ihnen Huawei und Alibaba.

Jurij Kowalkow – Russe, 60 Jahre alt, einer der »Sieben« Drahtzieher zwischen Kreml, Oligarchen und Geheimdiensten.

Katharina Deininger – Deutsche Mutter von Martin und Jasmin Freeman. Bei einem Autounfall ums Leben gekommen.

Lefèvre – Franzose, Ende 40. Der Geheimdienstmann stellt Martin Freeman nach.

Michail Petrowitsch Tarassow – Direktor der GRU, der russischen Hauptverwaltung für Aufklärung. Um die 50 Jahre alt.

Myrte – Schweizerin, Mitte 70, lebt auf einem Hausboot namens »Eldorado«.

Nathan Conrad – Samuel Winsters Technischer Direktor.

Paul Gribach – Inhaber der »Gribach GmbH«, Mitte 50, Sachverständiger und Gutachter.

Pauline Laurent – Kanadierin, 57 Jahre alt, gehört zu den »Sieben«. Ehemals Aufsichtsratsvorsitzende von Canadian Core (Can-Core), des größten Rohstoffkonzerns der Welt. Eine gut vernetzte Frau mit großem Einfluss.

Ranjan Kumar Sastri – Indiens Premierminister.

Ruth – Samuel Winsters persönliche Sekretärin.

Salvatore Riccardi – Italiens Finanzminister.

Samuel »Sammy« Winster – Amerikaner, 39 Jahre alt, gehört zu den »Sieben«. Vorstandsvorsitzender von »Whitestone«, des größten Investmentfonds der Welt.

Satoshi Nakamoto – Erfinder von Bitcoin und Blockchain.

Silke – Mitglied der Amsterdamer Hackergruppe »Concept«, Dakotas Freundin.

Simon – Mitarbeiter von Francis Forsythe, Analyst bei Amethyst Prognosis.

Timur Juschin Smirnow – Sekretär von Wladimir Wladimirowitsch Putin.

Tobias – Hacker in Lefèvres Diensten.

Vincent Moreau – Ehemals Kollege und Mitarbeiter von David Dean Freeman.

Willow – Mitglied der Hackergruppe »Tron«.

Xanadu – Eine Frau mit geheimnisvoller Vergangenheit, gehört zu den »Sieben«. Alter zwischen 40 und 50. Gründerin der Softwareschmiede »Extra«, die KI-Systeme entwickelt und mit einer Marktkapitalisierung von fast drei Billionen Dollar den ersten Platz der größten börsennotierten Unternehmen belegt, noch vor Apple und Microsoft.

Yiu – Parteisekretär der Kommunistischen Partei Chinas.

ÜBER BITCOIN & KRYPTOWÄHRUNGEN

EIN INTERVIEW MIT ANDREAS BRANDHORST

Herr Brandhorst, Bitcoin ist noch nicht besonders alt, aber hat bereits eine wechselhafte und spannende Geschichte. Können Sie sich daran erinnern, wann Ihnen das Thema das erste Mal begegnet ist oder wann Sie das erste Mal gedacht haben: Darüber möchte ich einen Thriller schreiben?

Zum ersten Mal aufmerksam geworden auf Bitcoin bin ich 2011 oder 2012. Damals lebte ich noch in Italien und dachte mir: Na so was, eine digitale Währung, interessante Sache, wer weiß, was daraus werden könnte? Wenn ich doch nur klug oder geistesgegenwärtig genug gewesen wäre, vor zehn Jahren hundert oder fünfhundert Bitcoin für wenig Geld zu kaufen und dann einfach in der Wallet liegen zu lassen, zu »hodlen«, wie es im Fachjargon heißt. Dann wäre ich heute Multimillionär. Der Gedanke, Bitcoin zum Thema eines Romans zu machen, kam mir 2019, als ich mich eingehender damit beschäftigte, außerdem auch mit der Geschichte des Geldes und dem Auf und Ab wirtschaftlicher Entwicklungen und ihrer Zyklen. Ich hatte bereits Romane über Künstliche Intelligenz und Industrie 4.0 geschrieben, über die neue technologische Revolution, die über unsere Gesellschaft und unser Leben hinwegrollt, und mir wurde klar: Bitcoin und die Blockchain sind Teil dieser Revolution und werden das Finanzwesen unserer Welt völlig umkrempeln.

Einen Roman über eine Kryptowährung und eine Weltwirtschaftskrise zu schreiben, erfordert sehr viel Recherche: Wie sind Sie vorgegangen? Hatten Sie bereits Vorkenntnisse, auf die Sie aufbauen konnten?

Gewisse Vorkenntnisse hatte ich bereits, und die waren eine gute Basis für sehr umfangreiche Recherchen. Ich brauchte Insider-Wissen, mich interessierte der Blickwinkel von Tradern, Shortsellern, Börsenmaklern, Fondsverwaltern und Bankern. Wie sieht jemand die Welt, der jeden Tag Millionenbeträge hin und her schiebt oder darauf wettet, dass Börsenkurse sinken? Hinter den glitzernden Fassaden von Banken-Wolkenkratzern erstreckt sich eine ganz andere Welt, und die wollte ich kennenlernen, um »Das Bitcoin-Komplott« zu schreiben. Als sehr hilfreich erwies sich das Netzwerk aus Kontakten, das bereits bei meinen Recherchen für »Das Erwachen« und »Die Eskalation« entstanden ist, meine beiden Thriller über Künstliche Intelligenz. Ich bin dann ganz tief eingestiegen in die Bitcoin-Szene, habe selbst investiert und auch getradet, um die Mechanismen besser kennenzulernen und mich vor allem mit der Idee vertraut zu machen, die hinter alldem steckt: der Entkopplung von Staat und Geld, ein Konzept, das in seiner Bedeutung vergleichbar ist mit der Trennung von Staat und Kirche. Man denke nur daran, was der Laizismus für die Gesellschaft bedeutet hat. Die Trennung von religiösen und staatlichen Strukturen hat vielen Menschen mehr Freiheit gegeben. Ähnliches wird durch die Trennung von Währung und Notenbanken und Staat passieren. Wir reden hier von der Demokratisierung des Geldes.

Bei Satoshi Nakamoto handelt es sich ja um eine reale Person, die die Grundlage für die Bitcoin-Technologie gelegt hat. Weiß wirklich niemand, wer sich hinter dem Pseudonym verbirgt? Was ist Ihrer Ansicht nach die wahrscheinlichste Auflösung des Rätsels?

Satoshi Nakamoto veröffentlichte im Oktober 2008 das Bitcoin-Whitepaper (https://www.bitcoin.de/de/bitcoin-whitepaper-deutsch), das war gewissermaßen die Geburtsstunde des Bitcoin, obwohl die Implementierung erst 2009 erfolgte. Und tatsächlich weiß bis heute niemand, wer hinter diesem Namen steckt, den viele für ein Pseudonym halten. Es gibt mehrere Theorien, die von »halbwegs plausibel« bis »abwegig und absurd« reichen, und einige davon erwähne ich in »Das Bitcoin-Komplott«. Interessanterweise sind die vor gut zehn Jahren von Satoshi Nakamoto geschürften Bitcoins – man schätzt sie auf 1 125 150 Stück, ein riesiges Milliardenvermögen – bis auf wenige Ausnahmen nie bewegt worden. Das lässt sich anhand der transparenten Blockchain überprüfen. Wer auch immer Satoshi Nakamoto ist: Er hat sein ungeheures Vermögen bisher kaum angerührt. Ein guter Nährboden für zahlreiche Spekulationen. In meinem Roman geht es um beides, um Satoshi Nakamoto und auch um seine Bitcoins. Und zum Schluss erfährt der Leser, wer Satoshi Nakamoto wirklich ist.

In Ihrem Roman geht es unter anderem darum, dass sich die Staaten gegen das Bitcoin-Komplott wehren. Werden wir auch in der Realität an den Punkt kommen, an dem sich Regierungen und Notenbanken für oder gegen die neue Währung aussprechen oder sogar versucht sein könnten, sie zu verbieten?

Den Punkt haben wir bereits erreicht. Immer wieder bringen sich Notenbanken, Minister und Regierungschefs in Stellung gegen den Bitcoin, weil seine Marktkapitalisierung und damit sein Einfluss wächst. In Zukunft wird das noch viel häufiger geschehen. Wir werden immer wieder hören, wie »schmutzig« (nicht nur in Hinsicht auf das Klima) Bitcoin ist und dass er hauptsächlich von Verbrechern genutzt wird usw. In Wirklichkeit geht es den »Eliten«, wenn ich sie einmal so nennen darf, um die Verteidigung ihrer alten Machtstrukturen, denn sie wissen genau: Wenn die Währung von staatlicher Kontrolle entkoppelt wird, bleibt von ihrer Macht nicht mehr viel übrig. Wer über das Geld bestimmt, hat die Macht.

Wenn es einen Gedanken gibt, den die Leserin oder der Leser aus der Lektüre Ihres Buches mitnehmen sollte, was wäre das?

Dass wir in einer Welt leben, die sich rasend schnell verändert, schneller als jemals zuvor. Dass wir mitten in einer technologischen Revolution stecken, die viel größer ist als alle Revolutionen zuvor in der Menschheitsgeschichte. Wir leben in einer Zeit, die zukünftige Geschichtsbücher vielleicht einen Wendepunkt in unserer Historie nennen werden.

Die Kurse sind ja recht volatil, braucht man nicht eine Zockermentalität, wenn man in Bitcoin oder andere Kryptowährungen investieren möchte?

Kommt darauf an, wie man an die Sache herangeht. Unter den Tradern gibt es tatsächlich Zocker – einige von ihnen haben viel Geld verdient, andere haben sich von ihren Emotionen überwältigen lassen und hohe Verluste eingefahren. Das ist die eine Seite, die Daytrader, die jeden Tag Bitcoin kaufen und verkaufen, dabei auf steigende oder fallende Kurse wetten. Auf der anderen Seite stehen die »Hodler« wie ich: Wir kaufen nur Bitcoin und »halten« ihn, ungeachtet des Kursverlaufs. Hodler sind davon überzeugt, dass der Bitcoinkurs mittel- und langfristig steigt. Ich sehe meine eigenen Bitcoin-Investitionen als langfristige Anlage. Wer sich die Entwicklungen des Bitcoin seit 2009 ansieht, wird feststellen, dass sein Wert kontinuierlich steigt, unter anderem auch deshalb, weil es nie mehr als 21 Millionen Bitcoin geben wird – der Vorrat ist also begrenzt, es gibt keine Inflation.

Wie steht es um die anderen Kryptowährungen – Ethereum, Dogecoin, Cardano, Litecoin und wie sie alle heißen. Was unterscheidet sie von Bitcoin?

Bitcoin war die erste Kryptowährung, die anderen kamen erst später, im Kielwasser des Erfolgs von Bitcoin. Aber wichtiger ist: Bitcoin ist die einzige vollkommen dezentrale Kryptowährung. Es gibt keine zentrale Stelle, die ihn, seine Blockchain und das Minen kontrolliert. Der Bitcoin ist ein »distributed system«, ein »verteiltes System«, das von niemandem kontrolliert oder abgeschaltet werden kann. Jeder kann sich einen »Full Node« des Bitcoin-Netzwerks auf seinem Rechner installieren, wenn er einen Computer mit genügend freiem Speicher hat (mindestens 200 Gigabyte).

In den letzten Jahren war auch viel von Non-Fungible Tokens die Rede – worum geht es da? Können Sie uns den Unterschied zu Kryptowährungen erklären?

Die NFTs sind eine digitale Anlageklasse neben Kryptowährungen und werden manchmal mit ihnen verwechselt, weil sie ebenfalls die Technologie der Blockchain verwenden, also dezentrale Datenbanken. Aber der größte Unterschied besteht darin, dass jeder einzelne der »nicht austauschbaren Token« einzigartig ist, während zum Beispiel Bitcoins beliebig ausgetauscht werden können, da jeder von ihnen denselben Wert hat. Hier gibt es eine übersichtliche Erklärung zu NFTs: https://www.stuttgarter-nachrichten.de/inhalt.nft-was-ist-das-mhsd.386bd7ac-2e41-461d-b726-cd5a6f0d2096.html

Nicht alle Bitcoin muss man kaufen. Im Prinzip ist es ja auch möglich, Bitcoin zu »minen« – aber das ist ein technisch recht anspruchsvoller Prozess – ist das denn für Privatmenschen überhaupt noch möglich und rentabel?

Ja, möglich ist das Minen nach wie vor, aber privat mit einem ganz normalen Computer lohnt sich das im Gegensatz zu früher kaum mehr. Man müsste sich einem größeren Miningpool anschließen oder eventuell spezialisierte Hardware anschaffen, um das Minen einigermaßen rentabel zu betreiben. Hier gibt es eine kleine Anleitung dazu: https://www.pcwelt.de/ratgeber/Bitcoin-Mining-mit-dem-eigenen-Computer-so-geht-s-4917667.html

Welche Rolle spielen die privatwirtschaftlichen Unternehmen für die Akzeptanz von Bitcoin als Währung? Würde sich etwas ändern, wenn beispielsweise Amazon plötzlich bereit wäre, Bitcoin als Zahlungsmittel zu akzeptieren?

Das ist eine interessante Frage, denn Amazon hat vor einiger Zeit per Stellenausschreibung nach Spezialisten für Kryptowährungen gesucht. Dafür dürfte es einen guten Grund geben, möglicherweise die Absicht, früher oder später Bitcoin als Zahlungsmittel zu akzeptieren. BlackRock, größter Investmentfonds der Welt, plant ebenfalls den Einstieg in die Bitcoin-Welt. JPMorgan, größte Bank der USA und laut Forbes das weltweit drittgrößte an einer Börse notierte Unternehmen, bietet seinen Kunden bereits Krypto-Investitionen an. Das gilt auch für VISA. Die Liste der Banken, Unternehmen und Finanzdienstleister, die sich Bitcoin öffnen oder geöffnet haben, ist lang und wird mit jedem Tag länger.

Sehen Sie die Gefahr, dass die bekannten oder die großen Investoren zu viel Einfluss auf das Marktgeschehen haben?

Je größer die Marktkapitalisierung von Bitcoin und der Kryptowährungen insgesamt wird, desto geringer ist diese Gefahr. Derzeit liegen wir bei knapp 2 Billionen US-Dollar. Zum Vergleich: Die Marktkapitalisierung von Gold beläuft sich auf etwa 10 Billionen Dollar. Da ist also noch reichlich Luft nach oben. Große Investoren können tatsächlich Einfluss auf den Kurs nehmen und tun das auch, nicht nur bei Bitcoin, sondern auch bei anderen Anlageklassen wie zum Beispiel Aktien. Man denke nur an BlackRock, den größten Investmentfonds der Welt, der nicht nur Börsenkurse beeinflusst, sondern auch die Politik. Hier gibt es dazu ein aufschlussreiches Video: https://www.youtube.com/watch?v=Zqn3BDGAvNw

Der besondere Reiz der Blockchain-Technologie liegt ja nicht nur in der Dezentralität und Anonymität, sondern auch in der Sicherheit, mit der alle Transaktionen festgehalten werden. Sehen Sie nicht auf lange Sicht das Problem, dass es gelingen könnte, die Verschlüsselung der Blockchain zu knacken, beispielsweise mittels Quantencomputer?

Quantencomputer sind meiner Meinung nach ein entscheidender Schritt in Richtung echter Maschinenintelligenz (siehe »Das Erwachen« und »Die Eskalation«). Ganz abgesehen davon eignen sie sich tatsächlich bestens für den Einsatz als blitzschnelle Codeknacker, woraus folgt: Wenn solche Quantencomputer für den realen Einsatz zur Verfügung stehen, bekommen wir Probleme in ganz anderen Größenordnungen als in Bezug auf Bitcoins Blockchain. Dann sind nämlich alle Passwörter überall auf der Welt hinfällig, dann ist nichts mehr sicher. Man stelle sich einen solchen Quantencomputer in den Händen von böswilligen Hackern (Black Hats), Terroristen oder Diktatoren vor. Codes zu knacken wird zu einem Kinderspiel, das Eindringen in fremde Computersysteme eine Sache von Sekunden oder höchstens Minuten. Die Auswirkungen bei Bitcoin würden nicht so sehr die Blockchain betreffen, deren Verschlüsselung sich anpassen lässt, sondern die privaten Wallets, sowohl die rein softwaremäßigen wie zum Beispiel Electrum als auch die Hardware-Wallets wie zum Beispiel die von Ledger. Mit einem Quantencomputer hätte man auf solche Wallets mühelosen Zugriff. Hier muss sich an den Verschlüsselungsmethoden etwas ändern, und daran wird bereits gearbeitet, Stichwort Quantenkryptographie. Auch hier ein Link zu einem interessanten Artikel mit mehr Einzelheiten zum Thema: https://www.blockchain-insider.de/quantencomputer-ein-risiko-fuer-die-blockchain-a-897959/

Lange Zeit kannte man Bitcoin vor allen Dingen als Zahlungsmittel auf dem Schwarzmarkt – wenn es um Drogen oder Waffengeschäfte ging. Das hat sich in den letzten Jahren, in denen Bitcoin als Spekulationsobjekt entdeckt wurde, gründlich geändert. Wer-

den illegale Geschäfte im Internet eigentlich immer noch in Bitcoin abgewickelt?

Ich nehme an, mit »Schwarzmarkt« ist hier das Darknet gemeint, denn manche der dortigen kriminellen Geschäfte, bei denen es vor allem um Drogen, Waffen, gefälschte Ausweise und Zugangscodes geht, werden tatsächlich über Kryptowährungen abgewickelt, weil dafür erstens keine persönlichen Begegnungen und zweitens keine nachverfolgbaren Banküberweisungen nötig sind. Transparent sind diese Zahlungen dennoch, und sie werden auch von den Cyberabteilungen der Polizei verfolgt. Die Blockchain verzeichnet jede einzelne Transaktion, man kann also genau nachverfolgen, welchen Weg gezahlte Bitcoins von Adresse zu Adresse zu nehmen. Nur: Man kann diesen Adressen nicht ohne weiteres Namen zuordnen; das erfordert akribische kriminalistische Arbeit. Der »Schwarzmarkt« im eigentlichen, traditionellen Sinn ist viel, viel größer als das Darknet, und dort ist das beliebteste Zahlungsmittel ganz klar Bargeld. Nicht ohne Grund schränken viele Staaten den Zahlungsverkehr mit Bargeld immer mehr ein. Nicht der Bitcoin ist die populärste Währung in den Welten von Verbrechen und Terrorismus, sondern der US-Dollar, bar auf die Kralle.

In der letzten Zeit wurde viel darüber gesprochen, dass die Blockchain-Technologie, die Bitcoin nutzt, sehr energieintensiv ist, was gerade in Zeiten des beschleunigten Klimawandels ein Problem darstellt. Wird das nicht mittelfristig dazu führen, dass die Investoren abspringen?

Solange Investoren Geld verdienen oder ihr Geld sicher parken und mittelfristig vor Wertverlust schützen können, werden sie nicht vom Bitcoin abspringen, sondern ganz im Gegenteil immer mehr darin investieren. Was die Klimabilanz des Bitcoin betrifft: Sie wird immer besser. Viele Miner sind bereits aus China (Stichwort: Kohlekraftwerke) abgewandert und haben sich in den USA und anderen Ländern niedergelassen. Es ist letztendlich eine Frage, die alle Energieverbraucher auf dieser Welt betrifft: Je mehr saubere Energie wir verwenden, desto besser die Klimabilanz. Die Entwicklung hin zu klimaneutralen erneuerbaren Energien müssen wir unbedingt vorantreiben, davon hängt die Zukunft unserer Kinder und Enkel ab.

Bitcoin ist ja recht umstritten: Es gibt zahllose Befürworter und ebenso viele vehemente Gegner, die hier nur eine große Energieverschwendung oder Abzocke am Werk sehen. Wo würden Sie sich einordnen?

Ich bin zu Anfang, als ich begonnen habe, mich mit Bitcoin zu beschäftigen, skeptisch, aber aufgeschlossen gewesen. Satoshi Nakamotos Konzept hinter Bitcoin und der Blockchain hat mich nach und nach überzeugt. Die wahren Zocker und Abzocker, die die Weltwirtschaft mehr als einmal abstürzen ließen, sitzen in den Banken und Finanzministerien. Und auch in großen Fonds wie BlackRock. Bitcoin kann uns von der Macht dieser Zockerbande befreien, unser Geld und das Finanzwesen demokratisieren. Dieser sehr politische Aspekt von Bitcoin gefällt mir und hat mich zu einem Befürworter gemacht. Außerdem, und das war für mich gewissermaßen eine Zugabe, bietet der Bitcoin ein gutes Anlagesystem.

Digitale Währungen sind aus der heutigen Finanzwelt ja kaum noch wegzudenken. Wie sieht ihre Zukunft aus?

Sie werden das Geld in Form von Banknoten und Münzen schon bald ganz ablösen. Zahlungen mit Bargeld werden in wenigen Jahren die Ausnahme und eher beschwerlich sein, weil kaum mehr jemand darauf vorbereitet ist. Schon bald werden wir in Europa vor allem mit dem digitalen Euro bezahlen – wenn der Euro die nächste schwere Wirtschaftskrise, die garantiert kommen wird, überlebt. Der Bitcoin wird wahrscheinlich nie eine Währung sein, mit der wir beim Bäcker die Brötchen bezahlen, aber er könnte durchaus zu einer globalen Leit- oder Reservewährung werden. Erste Staaten unternehmen bereits Schritte in diese Richtung.

KONTAKT MIT DEM AUTOR

Das Schreiben ist einsam. Oder auch nicht, wie man‘s nimmt: Als Autor taucht man ein in andere Welten, schlüpft in die Haut anderer Personen, agiert und spricht mit ihnen. Man freut sich mit den Romanfiguren und leidet manchmal auch mit ihnen, man nimmt teil an ihrem (fiktiven) Leben.

Ihr Leben, liebe Leserinnen und Leser, ist real. Lassen Sie mich ein klitzekleines Stück an Ihrem Leben teilhaben, indem Sie mir schreiben, wie Ihnen der Roman gefallen hat.

Sie haben mehrere Möglichkeiten, Kontakt mit mir aufzunehmen:

- Schreiben Sie eine E-Mail an **autor@andreasbrandhorst.de**
- Besuchen Sie meine Webseite: **www.andreasbrandhorst.de**
- Oder meinen Facebook-Account: **https://www.facebook.com/andreas.brandhorst.autor/**
- Bei Instagram erreichen Sie mich unter: **https://www.instagram.com/andreas.brandhorst/**
- Bei Twitter bin ich hier zu finden: **https://twitter.com/andbrandhorst**
- Und bei MeWe: **https://mewe.com/p/andreasbrandhorst**

Ich würde mich freuen, von Ihnen zu hören.

Phillip P. Peterson
Universum
Roman

Eine gefahrvolle Reise bis ans Ende des Universums ... und darüber hinaus: Im 22. Jahrhundert hat sich die Menschheit über die Grenzen unseres Sonnensystems hinaus ausgebreitet. Dank neuer Antriebe ist überlichtschnelles Reisen zur Normalität geworden, und es gibt Kolonien in den entlegensten Ecken der Galaxie. Das Reisen zwischen den Sternen ist sehr sicher – nur ganz selten geht etwas schief, und ein Schiff verschwindet spurlos im Hyperraum ... Die Challenger unter Kommandantin Christine Dillinger ist ein solches Schiff. Doch wie sich herausstellt, verschwindet es nicht einfach. Stattdessen erwartet Christine und ihre Crew ein Abenteuer, das jede Vorstellungskraft übersteigt.

448 Seiten, Klappenbroschur

Weitere Informationen finden Sie auf
www.fischerverlage.de

AZ 596-70086/1